HACKEURS

LUDIVINE SUZAN

—— LES ÉTOILES DE WAX ——
Tome 2

Roman

© 2024 Ludivine Suzan

Édition : BoD · Books on Demand GmbH, In de Tarpen 42,
22848 Norderstedt (Allemagne)
Impression : Libri Plureos GmbH, Friedensallee 273,
22763 Hamburg (Allemagne)

Illustration : Ludivine Suzan
(Comprenant l'intégration d'images issues d'IA)

ISBN : 978-2-3225-3497-5
Dépôt légal : Décembre 2024

*« Mon émission ne fera pas aimer la prog aux enfants.
En revanche, s'ils ont des affinités avec le langage de Tuni,
ils vont l'adorer, car la symphonie des symboles
est un art aussi puissant et délicat que l'amour. »
— Jo Bénédict, 2542 —*

1. Orion

Assise à la table du restaurant Gulliver, au deuxième de la tour 48 d'Orion, je souffle sur mes doigts pour les réchauffer. Cette coupole dortoir n'a rien à voir avec Andromède. Malgré une opulence de technologies multiples, la température basse qui y règne nous oblige à utiliser des vêtements thermorégulateurs dès que nous sortons dans la rue.

Hier soir, aussitôt arrivés, Declan a donné rendez-vous à son contact dans une communication brève et incompréhensible. Pourtant, ce midi, personne ne s'est présenté.

— Il n'est pas là. Simon avait conseillé de rejoindre Andromède. Pourquoi on ne suit pas son avis ?

— Je te l'ai déjà dit. Si on rentre à Andromède, ils vont nous tomber dessus.

— Mais pas à Orion ? Les faucheurs enlèvent des gens ici aussi.

— Ne parle pas d'eux si fort ! Surtout pas en public !

— Où, dans ce cas ? Tu refuses d'aborder le sujet !

Il se rembrunit et s'avachit sur sa chaise en se mordillant nerveusement la lèvre. Depuis qu'il a court-circuité mon Programme Netra Infiltré et notre départ précipité de la coupole de Paradis, la communication est difficile. Il refuse de me faire part des événements qui ont eu lieu pendant sa disparition, si l'AGRCCP est responsable de l'Opération Netra qu'il a subie ou non. Il ne répond jamais quand j'avance le sujet de Joan Fill et de son programme sur la puce de simulation que nous devions trouver. Il ne me parle pas non plus de l'extérieur des coupoles, théorique désert que je pensais encore invivable la semaine dernière, d'où il s'avère que son ami Simon et lui sont originaires. En bref, il ne m'adresse pas beaucoup la parole et lorsqu'il le fait, c'est rarement de façon agréable. Difficile de lui en vouloir après ce qu'il vient de traverser. Ces dernières semaines, il s'est senti spectateur de sa vie, subissant en toute conscience l'influence du PNI que j'ai conçu et installé en lui. Malgré tout, j'ai du mal à contenir mon impatience et les questions qui se bousculent.

Parce qu'à côté de sa froideur apparente, il a parfois des attentions ou des regards qui me font rougir.

Les faucheurs, auteurs de l'attentat d'Andromède qui a coûté la vie à toute mon équipe de travail il y a quelques mois, ne sont pas les seuls à sévir. Nous sommes parvenus à démanteler Unik, un de leurs réseaux à la coupole de Capricorne. Malgré cette petite victoire, d'autres organisations du même acabit existent, disséminées dans diverses coupoles, comme ici, à Orion. En suivant Declan, j'espère autant réussir à me réconcilier avec lui qu'à mettre une raclée dévastatrice au groupe malveillant qui a mis fin à de nombreuses vies auxquelles je tenais, et qui représente désormais une menace pour mes proches que je ne peux plus ignorer. Pour cela, il faut que nous réussissions à partir avant dimanche. Declan m'affirme qu'il ne pourra pas envoyer le rapport hebdomadaire que nous devons communiquer à la Sécurité Intercoupoles et à l'AGRCCP, ni via mon boîtier, ni par le réseau du Fil, à cause d'un cryptage de sécurité que seul l'agent du PNI connaissait. Or, sans rapport, ils vont rapidement soupçonner que le programme de personnalité est défaillant et intervenir. Il faut donc partir avant.

Je tapote la tasse de café encore brûlante. Le serveur sort pour nous déposer des serviettes propres et désactiver les panneaux de commandes des tables vides d'à côté. Mon coéquipier lui adresse un regard mauvais et s'emporte :

— C'est ma femme ! Arrête de la reluquer comme ça !

Je sursaute. Non seulement à cause de son ton, mais aussi parce que c'est la première fois qu'il fait allusion à notre mariage depuis qu'il a fait taire le PNI. Le serveur décampe sans demander son reste.

— Qu'est-ce qui t'a pris de l'agresser ? Il faisait son travail.

— Se balader avec son contact en surbrillance sur sa montre, c'est son boulot ? On ne peut pas se permettre d'attirer l'attention.

— Je n'ai rien demandé ! Je ne l'ai même pas vu !

Il ferme les yeux et serre les dents. Exaspérée par son silence, je regrette de ne pas pouvoir le calmer à coup de rectifications de codes de Tuni et de décharges contrôlées d'endorphines. Mon café toujours trop chaud, je pose la tasse et joue avec mon alliance. Qu'il invoque notre mariage me tord le ventre. D'un côté, je me sens mal d'avoir perdu l'agent dont je suis tombée amoureuse. De l'autre, je ne voyais que Declan. Mon Declan, le même que j'ai devant moi maintenant, de toute désagréable humeur qu'il soit.

Prise d'un malaise grandissant, je bois mon café d'une traite, me brûle la langue et le pharynx. Tout vaudra mieux que rester ici dans cette ambiance tendue. Masques de purification sanitaire opaques sur nos visages, il m'emboîte le pas, nos mains enfoncées dans nos poches de manteaux. Plus nous nous approchons de l'hôtel et plus le froid se fait intense. Malgré le tissu intelligent qui me couvre, je grelotte.

— Je ne comprends pas pourquoi il fait si froid. Les turbines tournent à fond.

— Soit il fait très froid à l'extérieur, soit ils ont un problème avec leur gestion de l'énergie. Vu la saison et les antécédents de pannes ici, il s'agit sans doute d'une défaillance du programme régulateur.

Je crois que c'est le plus long discours qu'il ait prononcé calmement depuis notre arrivée. Plus surprenant encore, il passe son bras dans mon dos pour me réchauffer. Je m'empresse de compléter son geste. Il ne dit rien, continue son chemin droit devant lui. Serait-il finalement de bonne humeur ?

— Je n'ai pas dragué le serveur. Je ne sais pas pourquoi il a tenté de me refiler son contact.

— Je sais. J'ai eu peur qu'il nous identifie sans nos masques. Laisse tomber.

***

Demain midi, ce sera notre dernière chance. Aujourd'hui encore, personne ne nous a rejoints au Gulliver. Mon partenaire se laisse lourdement tomber sur le lit situé derrière la porte de notre chambre. Je vais m'asseoir sur l'autre, séparée de lui par quelques centimètres à peine. L'Escale du Lilliputien porte bien son nom. Tout y est minuscule, surtout la salle de bain. Je ne m'en soucie guère. Ce qui m'importe, c'est d'être avec Declan.

Il se redresse face à moi. Nos genoux se touchent presque. J'en ai douloureusement conscience jusqu'à ce qu'il prenne mes mains dans les siennes. J'ose à peine bouger, de peur qu'il recule face à une quelconque tentative de ma part.

— Wax, si Flo ne vient pas demain non plus, il faudra que tu rentres à Andromède avec tes parents, Umy et Val.

— Tu as dit que ce serait trop risqué de retourner là-bas pour sortir de la coupole.

— Je sortirai ici, moi. Pas toi. Sans la désactivation de nos puces de géolocalisation, ce sera trop dangereux. Avec de la chance, je réussirai à m'en débarrasser avant qu'ils ne l'activent.

— Non. J'ai pris ma décision. J'ai conscience de ce que ça me demande de sacrifier. On reste ensemble. On est partenaire, tu te souviens ?

— Ce n'est pas moi, ton partenaire.

Nous y revoilà… Encore. De nos tentatives de discussions avortées ressort qu'il considère que tout ce qu'on a vécu ensemble quand le programme tenait les rênes de son corps, ce n'était pas avec lui. Je n'arrive pas à trouver les mots pour le convaincre du contraire. Accablée par les souvenirs de notre relation qu'il rejette, je doute même que les bons mots soient efficaces s'ils viennent de moi. Et s'il décidait de m'abandonner sans prévenir ? De s'enfuir seul ? Je ne peux pas laisser une telle chose arriver, pas sans m'être excusée.

— Tu ne veux pas que je vienne, et c'est compréhensible. Sache tout de même que je regrette et que je suis sincèrement désolée de… Tu sais… De t'avoir forcé, à Paradis.

— De quoi tu parles ?

— De nous. De la dernière journée là-bas, en particulier. Je suis désolée de ne pas avoir été à la hauteur, de ne pas avoir vu que tu étais déchiré en deux et de t'avoir forcé à être intime avec moi. Je m'en veux. J'aurais dû…

— Je t'interdis de penser que tu m'as forcé à faire quoi que ce soit !

Il me lâche, passe une main sur sa bouche en calant l'autre sur sa hanche. Declan inspire en baissant les yeux. Incapable de suivre sa logique, je bredouille :

— Tu m'as reproché de l'avoir laissé me toucher avec tes mains.

— Non, le reproche ne t'était pas adressé. C'était à moi que je parlais. Je sais que c'est bizarre. J'étais confus, les émotions étaient brutes. Les souvenirs revenaient par blocs entiers… J'ai dit des trucs sans réaliser que c'était à voix haute. Tu n'as rien forcé. À Paradis, je ne voulais pas que l'agent te touche parce que…

Il s'interrompt et se ronge la lèvre inférieure. Sa main vient à nouveau à la rencontre de la mienne.

— Parce que je ne voulais pas qu'il le fasse à ma place.

Le soulagement est colossal. Une pression dont je n'avais pas vraiment pris l'ampleur soulage ma poitrine. Il me fixe d'un air impassible, guettant ma réaction. J'ose poser ma paume sur sa joue.

— C'était toi. Tu étais là. Tu m'as appelé ton étoile, ta muse, comme dans l'article de l'*Indépendant*. C'était toi, même si tu ne contrôlais peut-être pas tout ce que tu disais ou faisais. C'est avec toi que j'ai fait l'amour ce jour-là parce qu'entre le programme et toi, je ne voyais plus les limites. Tu les as effacées jusqu'à revenir. Je n'ai jamais vu de « il ». Je n'ai jamais vu que toi, Declan.

Son souffle se fait court. Il a toujours du mal à gérer ses émotions, même si cela s'améliore progressivement. Je recule et attends qu'il se reprenne. Ses doigts se resserrent encore sur les miens quand il murmure :

— Je voudrais que tu viennes avec moi. Néanmoins, tu seras plus en sécurité avec Val et Umy.

— Je pars avec toi, avec ou sans puce activée. Je reste avec toi. Tu es mon mari.

— Je n'en suis pas sûr.

Son genou se met à trembler contre le mien. Je n'aurais peut-être pas dû m'aventurer sur ce terrain-là, toutefois, quitte à y être, je me lance :

— Qui a choisi ma robe de mariée ?

— C'est moi. Nos alliances aussi.

Il caresse l'anneau autour de mon doigt sans me quitter des yeux. Mon cœur bat la chamade. Tout ce qui était dans le contrat de l'AGRCCP n'était pas faux de bout en bout ? Quelque part, je suis soulagée. Ça veut dire qu'il a tout de même eu un certain poids dans sa rédaction. Il faut que je reste prudente.

— Démétri, c'est ton vrai prénom ?

— Non, je m'appelle Declan. Démétri Lebon était mon identité lors de mon séjour ici, il y a quelques années.

— Le contrat que j'ai signé, c'est toi qui l'as paraphé ?

— Oui. Et Rivage Blanc, c'est vraiment… Je veux dire… C'était chez mes parents, avant, il y a longtemps. D'une certaine façon.

— C'est ton identité d'emprunt qui a été utilisée. J'ai signé ce contrat avec toi. J'ai porté ta robe, je porte ta bague. Tu es là, tu l'as toujours été. Si tu as besoin de temps pour savoir comment considérer notre mariage, d'accord. Sache tout de même que pour moi, quelle que soit ta décision, tu resteras mon partenaire.

Ses bras se referment autour de mes épaules. La sensation familière de son corps contre le mien et l'odeur de sa peau me donnent envie d'oublier toutes ces histoires de puces. Il y en a trop, que ce soient celles de géolocalisation, celles implantées dans nos hanches ou celle de simulation, perdue avec Joan Fill. Et encore, c'est sans compter les implants sous-cutanés de mes avant-bras pour les transactions de la vie courante ou l'exosquelette de ma montre, ISC devenus communs sous les dômes de verre CARP ces dernières années. Trop tôt à mon goût, il met fin au câlin. Néanmoins, il m'adresse un petit sourire.

— Merci.

***

De sombres silhouettes enserrées dans des combinaisons de lanières rouges me poursuivent sur un sol glissant jusqu'à ce que je me rende compte que c'est du sang et pas de l'eau qui m'éclabousse à chaque pas. La faucheuse aux cheveux rouges m'attrape, porte un doigt à ses lèvres : « *Dors, sucre d'orge* »

Je me réveille en sursaut. Declan dort sur le ventre, une jambe par-dessus sa couverture. De son lit, nous sommes tellement proches qu'il lui suffit de tendre le bras pour m'atteindre.

— Je suis là. Dors, princesse.

Je calle sa main sous ma joue pour me rassurer. Plus je fais ce cauchemar et plus j'acquiers la certitude que cette faucheuse qui apparaît dans mes rêves est celle qui a enlevé Declan avant son Opération. Néanmoins, c'est trop tôt pour aborder le sujet. Pour une fois, il va falloir que je retienne ma curiosité.

Tout ce qui importe aujourd'hui, c'est que nous sommes ensemble, et en vie.

***

Il fait moins froid aujourd'hui, mais suffisamment pour que nous soyons les seuls à nous installer à la terrasse du Gulliver. Depuis le câlin inattendu de la veille, Declan évite soigneusement tout contact. Même s'il parle plus facilement, c'est oppressant. Sans grande conviction, je lui demande :

— Tu crois que les tagliatelles au saumon sont bonnes ?

— Elles ne pourront pas être meilleures que celles de Val.

— À quel moment mon prince a-t-il osé cuisiner des tagliatelles au saumon sans que je sois présente pour en manger ? Il va m'en devoir une !

Ma tentative d'humour tombe à plat. Elle semble même le déstabiliser. Sans réponse de sa part, je commande un gratin de pommes de terre aux lardons et salade, de l'eau et le dessert du jour : une mousse au chocolat. Quand je désactive l'écran, il chuchote en jouant avec son couteau.

— C'était en juin, l'année dernière. On s'était fait mettre à la porte par le personnel parce qu'on avait dépassé les heures de visite à l'hôpital. Val nous a préparé ça en deux temps trois mouvements, chez lui.

Il fixe obstinément le couvert qui tourne sur place sous l'impulsion qu'il lui donne. Je n'arrive pas à croire ce qu'il vient de m'avouer.

— Pourquoi tu n'es pas plutôt venu me voir une fois que j'étais réveillée ?

Il relève les yeux vers moi, visiblement étonné.

— Tu ne m'en veux pas ? Tu ne me connaissais pas.

— Toi non plus, pas plus qu'à l'interview.

Il se mord la lèvre et détourne les yeux. C'est un signe de nervosité chez lui, nullement une tentative de séduction. Je l'ai vite compris, bien que je n'arrive pas à cerner ses autres réactions. Il se redresse tandis qu'un homme avec un imperméable gris attrape une chaise et s'installe avec nous. Les bras croisés sur la table, son cou est crispé. Rides aux coins des yeux et cheveux comptant quelques rescapés bruns dans une masse grisonnante, son allure générale laisse penser qu'il doit être dans la cinquantaine. Par-dessus son masque, l'homme me lance un regard rapide et murmure :

— Elle ne passera pas. Déjà pour toi, ça va être compliqué.

— Elle vient avec moi où on se débrouillera sans vous, Flo.

— Aucun de vous ne passera avec les mouchards.

— Alors, on se fera arrêter.

Tu as perdu la tête ? S'ils mettent la main sur toi... Elle aussi ?

— Non. Je dois rentrer. Vous êtes avec ou contre moi ?

De quoi ils parlent ? Le type recule, glisse la main dans son imper pour en sortir un papier sur lequel il griffonne.

— Nous sommes du même côté. Malgré cela, faire bouger tout le réseau en si peu de temps, c'est très risqué. Dono pourrait t'aider, c'est un des meilleurs ici.

— Surtout pas ! Laisse-le en dehors de ça. Protégez-les et ne leur dites pas que nous sommes là.

— Ça m'aurait étonné. Faites-vous discrets. Dans deux semaines, c'est jouable.

— Je t'ai dit qu'on a une date limite. Il faut qu'on s'en aille ce soir.

Flo secoue la tête, rature son papier avant de le donner à Declan.

— Vous êtes cinglés.

Ce sont ces derniers mots avant qu'il ne s'en aille. L'entrevue a duré à peine une minute de bout en bout. Declan jette un coup d'œil au mot avant de sourire. Le serveur sert nos plats. Après son départ, mon partenaire se lève, vient dans mon dos et fait tourner la bague de prise de vue à ma main :

— Souris, ma princesse. C'est notre photo d'adieu aux coupoles.

Ses lèvres sont douloureusement proches des miennes. Je crève d'envie de franchir les quelques millimètres qui nous séparent lorsqu'il se penche pour effleurer ma bouche. Il enclenche la prise de vue et recule. Il se moque de moi ? Je passe une main derrière sa nuque pour lui rendre son baiser. Il saisit ma taille et me colle à lui. C'est si intense et soudain que j'en oublie de respirer. Quand il s'éloigne, il semble mesurer chaque mouvement.

— Ça va ?

— Oui. Je... C'est encore dur de gérer les contacts physiques.

La gêne me fait perdre la voix. *Patience.* Il rejoint sa place et le silence règne entre nous tout le long du repas, jusqu'à ce que mon dessert arrive. Declan reluque mes deux coupes en grimaçant.

— Je vais enfin tenter ce drôle de mélange. Écœuré ?

— Justement, non.

Il paraît contrarié de ne pas l'être. Je plonge ma cuillère dans les deux récipients et dois me retenir de rire face au regard partagé entre l'envie et l'agacement de mon partenaire. Il épie chacun de mes gestes et ma réaction dès lors que la glace, froide et à la saveur intense de fraise, se mêle à la mousse chocolatée trop ferme et trop sucrée à mon goût. C'est sans aucun doute son dessert préféré, agent ou pas.

— Ce n'est pas aussi bizarre que ce que j'imaginais. Ce serait certainement meilleur avec la mousse au chocolat de mamie Lili.

Declan détourne les yeux vers la rue pour scruter les passants. Les gens continuent leur chemin sans prêter attention à nous tandis que je déguste mon dessert. Enfin, je soupire et repousse mes coupes à moitié pleines. Mon partenaire me fusille du regard.

— Ne fais pas exprès. J'ai bien compris ton petit jeu.

— Quel jeu ? Je n'ai plus faim, c'est tout. Tu veux finir ?

L'innocence même. Tu parles d'une comédienne ! Comme si je lui imposais la corvée de tout terminer, il s'empare des deux coupes et gémit de satisfaction lorsque la mousse au chocolat lui effleure le palais. Cette fois, je ris.

— Ce truc aura ma peau. S'il y a bien quelque chose qui va me manquer, c'est ça. Le chocolat n'est pas aussi bon à la maison. J'ai avalé des tonnes de mousse quand j'habitais ici. Ça nous est même arrivé de n'avoir que ça à manger pendant toute une semaine. Je ne m'en lasserai jamais.

Il sourit, l'air nostalgique. *Qui désigne le « nous » ?* Je dois me mordre la langue pour ne pas lui poser la question.

***

De retour à l'hôtel, Declan me demande l'accès à ma montre sous-cutanée. Comme il fait glisser ses doigts sur mon avant-bras, je peux profiter béatement de sa proximité. Ce n'est que lorsqu'il matérialise l'écran et ouvre une fenêtre sur le Fil intercoupoles que je m'étonne :

— Je croyais que son accès était restreint, ici aussi ?

— Quelques hacks suffisent pour y accéder. C'est tellement simple que je ne sais même pas si on peut appeler ça du hack !

Il sélectionne la photo prise au Gulliver et y ajoute un bandeau : « *Jusqu'aux étoiles...* »

— Tu veux publier ça comme ça ? C'est un peu osé, non ?

— Ça l'aurait été si c'était une photo du baiser qui a suivi.

Le sourire discret, il valide l'envoi alors que sa réflexion enflamme mes joues. Immédiatement, des commentaires de lopistes s'amoncellent sous la publication : « Vous êtes dans quelle coupole ? #Wax&Declanforever ; — Complètement fan #Lovin'Wax ; — Où sera la prochaine démo de prog ? #ProgAFond ; — C'est beau de vous voir vous aimez comme ça ! #Wax&DeclanDansLesEtoiles »

Les messages affectueux des lopistes, ceux qui suivent autant mon travail que ce que je laisse voir de ma vie privée, submergent les mécontents d'une telle démonstration d'affection sur le réseau. Declan indique que nous sommes encore en repos pour quelques jours. Puis, il annonce que nous révélerons bientôt les détails de démonstrations de programmation dans de nouvelles coupoles. C'est difficile de le voir décrire un futur qui n'aura jamais lieu.

Un message s'affiche en surbrillance car venant de contacts favoris : « Tu nous manques, princesse #PasdEtoilesSansWax ».

Umy et Val sont rentrés à Andromède depuis longtemps. Comment ont-ils fait pour se connecter au réseau ? Sans doute comme nous, en contournant le système de restrictions. Declan tape une réponse : « Vous me manquez aussi. Declan aurait encore voulu des tagliatelles aux saumons. #OnVousAime #EtoilesDeWax » Je m'interpose avant qu'il ne réponde.

— Tu veux essayer de leur faire comprendre ?

— S'il te plaît... Ce sont mes amis aussi. Je vais les laisser derrière moi autant que toi.

Attendrie, je valide le message. Declan ferme les yeux en soupirant. Aussitôt, la réponse apparaît : « Mousse au chocolat en dessert ? » Cette fois, je réplique : « La mousse au chocolat, il n'y a que ça de vrai ! ; — Pas de blague sur Mars, vous arrivez quand ? #Impatients #Umy&ValOfficiel.

Declan rédige en serrant les dents : « Ensemble aussi vite que possible. Pas encore de date. #LopiTour #Wax&DeclanOfficiel »

Il nous déconnecte et ferme la fenêtre avant de voir une éventuelle réponse. J'ai la gorge nouée. C'était peut-être la dernière communication avec nos amis.

— Il est temps d'y aller. On a une bonne demi-heure de marche pour atteindre le lieu de rendez-vous.

— On doit apporter quelque chose avec nous ?

— Rien de plus que ce qu'on a habituellement. Ça va être assez compliqué de passer de l'autre côté, il ne faut pas s'encombrer d'objets inutiles.

— Ça va être si difficile que ça ?

Declan se tourne vers moi, la main sur la poignée de la porte.

— Dans un sens ou dans l'autre, oui.

2. *Clair de lune*

Flo nous a donné rendez-vous dans une maison au milieu d'un quartier étonnamment déserté. Une petite femme aux cheveux d'un noir de jais et aux traits fins se tient devant moi. Elle s'appelle Henoï. Joker, un homme à la musculature impressionnante, dans un costume ajusté, se tient en face de Declan. Flo, toujours avec son imper, a révélé la barbe sous son masque et occupe le bout de table pour nous exposer leur solution pour nous faire sortir.

Mourir. Ils veulent nous faire mourir aux yeux de tous. Ils veulent faire croire à mes parents, à Umy et à Val que nous sommes morts lors d'un nouvel attentat. Sous le choc, je me masse les tempes. Je n'avais manifestement pas pris l'ampleur des conséquences de notre sortie de la coupole.

— Mais pour les corps... Il va falloir des corps...
— Wax, s'il te plaît. C'est déjà assez compliqué, me coupe Declan. Ne t'inquiète pas des détails.
— Des détails ? Entre disparaître et passer pour morte, il y a plus qu'un détail !
— Oui, admet Flo. Dans le premier cas, même si vos puces sont désactivées, ils vont se lancer à votre recherche. Dans le second, ils ne le feront pas, ou à moindre échelle. Pour les corps, nous remplacerons les humatronics grimés pour vous ressembler par des cadavres de corpulences similaires aux vôtres quand Joker aura mis les caméras hors service et que la rue sera enfumée.

Je quitte la table. J'ai envie de vomir. Dans la pièce voisine, vide, je me laisse glisser contre le mur. C'est dur à encaisser. Les autres continuent d'exposer les détails de notre évasion à Declan. Parce que c'est de ça qu'il s'agit : ils voient la coupole comme une prison, pas comme un refuge. Nous allons nous enfuir pour ne plus jamais revenir. Ils vont utiliser des cadavres pour ça. Est-ce que c'est vraiment ce que je veux ? Est-ce que je suis réellement prête à tout laisser derrière moi, de façon irrémédiable, pour le suivre, lui ?

Je me fais peur. Parce que la réponse est toujours oui.

Declan me rejoint au bout de quelques minutes. Accroupi en face de moi, il chuchote :

— Tu peux encore rester.

— Non. Je te suis. Arrête d'essayer de me faire changer d'avis.

— D'ac… J'ai besoin de ta bague, dans ce cas.

Je lui donne ma bague de prise de vue et il pince les lèvres.

— Oui, celle-là aussi.

— Tu veux mon alliance ? Et puis quoi encore ? Pour les payer ?

— Bien sûr que non. C'est pour simplifier notre identification, pour accélérer la saturation du réseau et détourner l'attention.

— Je ne vois pas comment nos alliances pourraient aider à nous identifier !

Declan retire sa bague. Il a encore la trace du bronzage de notre séjour à Capricorne. Il me tend l'anneau pour me faire voir l'inscription à l'intérieur : W&D. Je n'ai pas enlevé la mienne une seule fois, m'empresse de le faire et y lit : D&W.

— Je veux encore moins la donner, maintenant. Umy et Val… Mes parents… Ils vont nous croire morts, eux aussi.

— Oui, ma douce. C'est nécessaire pour nous en sortir vivants.

Une oppression lourde dans la poitrine, j'ai la voix qui tremble. Devant moi, il écarte les mains pour m'inviter dans ses bras. Je me réfugie contre le battement régulier de son cœur, trouve réconfort et soutien dans ce geste partagé. Au bout d'un temps interminable à retenir mes larmes, je dépose nos alliances dans sa main.

***

Nous marchons dans la rue, au treizième de la tour. Il fait moins froid, ici. Nous portons toujours des vestes thermorégulatrices, quoique plus légères. À côté de moi, Declan est tendu. Malgré de nouveaux masques filtrants plus couvrants, il a peur que quelqu'un nous reconnaisse à cet étage, avant l'instant fatidique. Nous n'avions pas le choix : nos puces de localisation ont une sphère de précision de sept mètres. Il a fallu retirer tous mes ISC. Je n'ai pas demandé pourquoi, de peur de connaître déjà la réponse morbide. La cellule chirurgicale n'était pas aussi performante que celle dans laquelle je me suis fait implanter ma montre, à Andromède. J'ai dû m'efforcer de ne pas regarder ma peau se faire scalper à travers la vitre non opacifiée, sous le regard rude de Declan qui me l'interdisait. Pour terminer, il n'y avait pas suffisamment de baume cicatrisant dans l'engin. Henoï m'a enduit les doigts d'un reste de crème réparatrice. Elle a terminé de refermer mes avant-bras avec des points de suture, technique sommaire et barbare impliquant fils et aiguilles.

Flo a également récupéré mon boîtier de régulation. Lorsqu'il a demandé si nous n'avions aucun autre objet qui pourrait aider à nous identifier, Declan a répondu par la négative. Depuis, je suis rongée par le doute. Nous avançons d'un pas mesuré dans un quartier résidentiel qui débouche sur une rue plus commerçante, et une question me brûle les lèvres quand Declan me demande :

— Tu es prête ?

— Non. Où est ma chaîne ? Celle d'Umy, avec le pendentif que Matt m'a offert.

Il devient blême et fuit mon regard.

— Pourquoi tu me demandes ça maintenant ?

— Parce que c'était sans doute l'élément d'identification le plus évident et tu as dit à Flo que tu ne l'avais pas.

— Vraiment, ce n'est pas le moment.

— Tu sais à quel point elle compte pour moi. Dis-moi que tu ne l'as pas laissée…

Le sol se met à trembler sous nos pieds. Les murs vibrent autour de nous dans un nuage de poussière blanchâtre. En panique, je m'accroche à mon partenaire. Le son me renvoie cinq mois en arrière.

Du sang. Du sang partout. Des bouts de chair, de la poussière et les yeux vides de mon ami Matt. L'explosion de l'étage du dessous, qui devait être inoffensive, a fait des victimes jusqu'ici. Je hurle en me sentant décoller du sol avant de me retrouver plaqué contre un mur. Les faucheurs nous avaient repérés, ils étaient déjà là ! Je me débats aussi bien que je peux avec ce que j'ai appris ces dernières semaines, mais celui qui me tient ne cesse de réussir à parer mes coups. Ils nous ont eus. Où est Declan ? Terrorisée, je suis plongée dans un silence sifflant et bourdonnant. L'explosion m'a rendue sourde, comme à Andromède. Une vive douleur dans la mâchoire m'atteint. L'audition me revient.

— Wax ! C'est moi ! Laisse-toi faire !

— Si elle n'arrête pas de remuer, je ne vais pas réussir à hacker le traceur ! grogne une femme.

— Ma princesse, regarde-moi. Arrête de bouger. Il faut désactiver la puce de géolocalisation.

— Calme-la, Démétri ! On n'a plus que quelques secondes ! invective encore la voix féminine.

Démétri ? Je panique encore plus. Une main puissante saisit mon poignet tout en évitant mon pansement frais. Un baiser doux et familier se pose sur mes phalanges, arrête l'ascension fulgurante de mon angoisse et délie mon poing fermé. Ma paume rencontre sa joue et glisse vers ses cheveux.

— Declan ? Les faucheurs sont là. Ils nous ont trouvés.

— Il n'y a pas de faucheur, ma douce. Nous sommes dans l'ascenseur, tout se déroule comme prévu. Respire, ouvre les yeux.

Paralysée par la peur, je ne bouge pas un cil. Il vient lentement poser sa joue contre la mienne. Je perçois son odeur rassurante et son souffle contre mon oreille.

— Tout va bien, mon yin. On reste ensemble.

À ses mots, ma peur refoule. Les taches de sang disparaissent de sous mes paupières et j'enlace Declan au cou.

— Mon cœur, j'ai cru t'avoir perdu.

Choquée, j'observe la femme ronde aux cheveux blancs qui tient un épais boîtier jaune collé contre le tatouage du yin sur ma hanche. Deux leds rouges clignotent et passent au vert, fixe. Elle se réjouit alors même que les portes s'ouvrent :

— C'est bon !

— Merci. Je te revaudrai ça, lui assure Declan.

— J'y compte bien ! Dépêchez-vous, avant qu'ils ne condamnent toutes les issues.

Mon homme lui sourit, puis il passe une main sous mes genoux et dans mon dos.

— Accroche-toi.

J'obéis. Il me soulève du sol de l'ascenseur qui débouche dans un large couloir sombre et bas. Au premier angle, il me lâche et pose un doigt sur ses lèvres pour me signifier de me taire, le regard à l'affût de tous les côtés. Il a l'arcade sourcilière gauche ouverte et le début d'un œil au bord noir. Sa lèvre supérieure est coupée. Qu'est-ce qui s'est passé ?

Derrière nous, un charriot élévateur passe. Dès que l'engin est suffisamment éloigné, il m'entraîne jusqu'à deux larges portes automatiques. Il pose une carte magnétique sur la borne qui sonne et déclenche l'ouverture du sas. Après un ultime regard tendu autour de nous, mon partenaire m'emmène à l'autre bout du compartiment dont les portes se referment. Ensemble dans le couloir d'accès assez grand pour accueillir un camion à multiples remorques, il me protège en m'enveloppant de ses bras.

— Ça va être très froid. Retiens ta respiration !

Un courant d'air glacial se met à tourbillonner autour de nous en laissant une couche de givre sur nos vêtements. Après quelques secondes qui me semblent de longues minutes, le souffle s'arrête et l'autre porte s'ouvre. L'extérieur.

Declan se précipite dehors. Je n'ai pas le temps de me poser de questions. Nous sommes sans combinaison, sans protection. Je m'attends à manquer d'air et suffoquer sur place, à voir ma peau se mettre à fondre, à brûler sous les radiations, à ce que mon corps se dématérialise dans d'atroces souffrances. Je réalise seulement maintenant que je me suis préparée à mourir avec lui en passant cette fichue porte.

Il n'en est rien. Nous courrons à perdre haleine sur la ligne droite de deux cents mètres, encadrée de murs mesurant trois fois notre taille. Il faut que nous remontions l'allée avant que quelqu'un d'autre n'utilise le passage. Je me félicite d'avoir exigé que Prisci ait veillé sur moi et m'apprenne à courir lorsque je rédigeais le PNI. Sans son soutien, je n'aurais jamais pu tenir un tel rythme aujourd'hui. Elle aussi, elle va me penser morte.

Une lumière rouge clignotante illumine le couloir. Elle vire à l'orange et Declan accélère encore. Au moment où il plonge se réfugier dans l'angle du mur, j'ai le temps de la voir passer au vert. Il me tire brusquement et je m'écroule contre lui sur le sol, me tordant le poignet au passage avec un cri étouffé. Il m'aide à me relever et saute d'un mouvement fluide sur ses pieds pour nous cacher dans un recoin sombre, contre le mur extérieur. Un camion à cinq remorques passe dans un souffle d'air tonitruant, à quelques centimètres de nous. Accroupis dans les hautes herbes, je tremble de tous mes membres. *Pour le courage, je repasserai !* À côté de moi, Declan inspire à fond et sourit.

— C'était moins une.

— Tu peux le dire, tu es tout amoché ! Qui nous a attaqués là-haut ? Les faucheurs ?

— Pas du tout. Tu as dû avoir un genre de flash-back de l'attentat de décembre et tu as paniqué. C'était une illusion.

Stupéfaite, je me souviens vaguement m'être débattue. Je n'ai pas eu l'impression de porter de coups aussi violents.

— C'est moi qui t'ai fait ça ? Declan, pardon ! J'ai vraiment cru…

Il y avait du sang partout… Pourquoi tu ne m'as pas immobilisé ? Tu n'aurais pas dû me laisser te faire mal.

— Figure-toi que tu as un coude assez difficile à éviter.

Il sourit toujours. Il plaisante ? C'est cet effet qu'à l'extérieur sur lui ? Je signe tout de suite ! Malgré tout, nous avons encore du chemin à faire avant d'être en sécurité. Declan me prend la main pour partir, mais je la retire pour lui donner l'autre, mon poignet tordu me faisant souffrir. Il m'adresse un dernier sourire avant que nous ne nous mettions à avancer dans le crépuscule.

***

Chaque fois que nous croisons un véhicule, nous devons nous planquer. À jouer à cache-cache avec les engins, atteindre notre objectif nous demande plus d'une heure. Quand nous arrivons au bosquet ciblé, la nuit est complètement tombée.

Pendant que Declan cherche une trappe sous une large masse de feuillage, j'ai le temps de comprendre pourquoi la nuit n'est pas totalement sombre. Un ovale déformé entouré d'une multitude de points lumineux éclaire le ciel au-dessus de nos têtes. Une fois que mon partenaire a trouvé le passage souterrain que nous allons emprunter, il vient s'installer à côté de moi.

— C'est la lune. Les points lumineux autour, ce sont les étoiles.

— On y est vraiment. En vie et sous les étoiles. C'est magnifique.

— Tu auras tout le temps d'en profiter une fois à la maison. Viens, il nous reste un bon bout de chemin à faire dans le passage.

C'est peu dire. Nous y marchons un temps infini. Dans le tunnel, le noir est total et le silence absolu en dehors de nos pas. Une angoisse pèse lourd sur ma poitrine. Nous passons plusieurs chemins adjacents jusqu'à bifurquer sur la gauche. La douleur dans mes avant-bras cousus se réveille, l'anesthésiant cessant de faire effet. J'avance jusqu'à ce que je n'en puisse plus.

— C'est encore loin ? Je ne me sens pas bien.

— Il doit rester une demi-heure. Ça va aller ?

Je m'arrête, à bout de souffle et avec la tête qui tourne. Une demi-heure, ce sera trop. Declan s'immobilise dès que je lâche le dos de son manteau.

— Qu'est-ce qui se passe ?

— Je me sens mal. J'ai des vertiges.

Son silence m'inquiète. Ses mains viennent à la rencontre des miennes et remontent le long de mes poignets.

— D'ac. Je vais te porter.

— Quoi ? Mais non…

Il ne me laisse pas le temps de finir et je me retrouve – encore – dans ses bras.

— Garde bien tes mains autour de mon cou. Ne le lâche pas, ne t'endors pas, d'ac ?

— Heu… Oui. Declan, c'est grave ?

— Non. Fais ce que je te dis, on arrive bientôt.

Je me concentre pour garder les mains autour de sa nuque et ne pas tourner de l'œil, mais ça devient compliqué à peine dix minutes plus tard. Il marchait déjà vite, maintenant il court. J'ai conscience que quelque chose cloche lorsque de l'air frais me ramène vaguement à moi. Une voix s'exclame :

— Vous voilà ! On n'y croyait pas…

— Vite, elle a perdu beaucoup de sang.

— Merde ! On n'a que le minimum avec nous ! C'est quoi ta tête ? Vous avez rencontré une équipe de faucheurs ?

Je reconnais cette voix. Le froid me saisit. On m'a enlevé ma polaire. Ça me fait ouvrir les yeux. Le monde tangue. Je ne capte que des bribes de phrases jusqu'à ce que la voix, que je reconnais sans parvenir à la remettre, crie :

— Declan, regarde-moi ! Concentre-toi, sinon, elle va y passer !

C'est Simon. Il est là, sous les étoiles. Il n'avait pas menti. Declan est en sécurité, il va rentrer chez lui. Je souris et perds connaissance, réconfortée : mon étoile est en sécurité.

***

Je reprends conscience à l'arrière d'une voiture basse, la tête sur les genoux de Declan, les jambes surélevées par Simon de l'autre côté de la banquette. Il me sourit et m'adresse un signe de la main. Declan me caresse le visage.

— Tiens bon, ma douce, on est à la maison. Vic est partie chercher Peps.

Vic ? Peps ? La maison ? Les conséquences de notre fugue de la coupole me prennent à la gorge et je réalise ce qu'il s'est passé. Nouveau vertige. L'air me manque sous la poussée de stress et mes doigts accrochent dans le tee-shirt de Declan. Ma poitrine est oppressée comme jamais, serrée dans un étau invisible. Mes parents, mes amis… Et Loukas. Mon tout petit Loukas. Je n'ai même plus pensé au fils de mon défunt collègue et ami Matt, jusqu'ici.

— Umy et Val… Ils pensent que nous sommes morts… Loukas… Comment Paola va pouvoir lui dire qu'une personne de plus autour de lui est morte ? Declan, on a fait une erreur. On n'aurait pas dû partir…

— On le devait. Pour nous tous, notre sécurité et la leur. Fait attention, tes points ont sauté, tu as beaucoup saigné. On a arrêté l'hémorragie, mais ne force pas. Et ne t'inquiète pas, on est sur le coup pour Val, Umy, tes parents, et même le petit bonhomme. Calme-toi, ma douce, ça va aller. On est à la maison. Je m'occupe de tout.

— Tu te vantes ! se marre Simon. Jamais tu n'arriveras à les faire sortir sans moi.

Contre toute attente, sa remarque nous arrache un soubresaut de rire simultané. Je tends la main pour qu'il me donne la sienne.

— Tu es vraiment là, à l'extérieur.

— Et vous aussi. Bienvenue à la maison, Princesse.

Princesse ? Deux coups contre le carreau. La porte qui s'ouvre, l'air frais qui s'engouffre dans l'habitacle. Je crois avoir une hallucination quand s'exclame cette voix familière et éternellement de bonne humeur :

— Ma tortionnaire préférée ! J'ai failli attendre !

— Priscilla ?!

— Surprise ! Tu as une sale tête. Presque aussi mauvaise que le jour de ton anniversaire.

— Vous étiez ensemble ce jour-là ? s'étonne Declan.

Elle l'ignore totalement et se penche pour me préciser :

— Ici, on m'appelle Peps. Priscilla, c'est mon identité publique aux coupoles. Derrière moi, c'est Vic. Elle va m'aider à te déplacer. Ça te va ?

Je hoche la tête, ébahie et soulagée. En voilà au moins une qui ne me croira pas morte à Orion ! Declan bouge de façon à me soutenir. Je m'insurge :

— Tu ne vas pas me transporter dans un lit !

— Ici, c'est moi que les malades écoutent, madame Lopi. Ce soir, c'est brancard. La course sera pour plus tard.

Je cède. Elle décompte et je suis installée, impuissante, sur un lit à roulettes dont mon ancienne coach remonte des barrières sur les côtés. Elle et Vic, qui conduisait la voiture, me poussent jusque dans un bâtiment. Je ne quitte pas des yeux Presci. Enfin, Peps. Declan nous suit de près jusqu'à ce que mon amie s'adresse à lui d'une voix raide.

— Tu ne vas pas pouvoir la suivre dans la salle d'examen.

— Je vais là où elle voudra de moi.

— Pas en salle d'examen ! Pas pendant que je travaille. C'est trop… bizarre.

Une double porte s'ouvre et nous entrons dans une pièce illuminée par des néons à la lumière crue. Un hublot sur chaque battant, le visage de mon partenaire nous observe par celui de droite. Tandis qu'elle défait mes bandages de fortune, Peps râle :

— Il ne va pas partir. Toujours aussi têtu, même version Netra.

— Non… C'est Declan. Le programme de personnalité s'est arrêté.

Peps se fige. Elle me fixe intensément avant de regarder vers la porte. Je crois qu'elle va me laisser en plan avant qu'elle ne demande confirmation à Vic qui opine : il le leur a dit dans la voiture. Je suis un brin vexée qu'elle ne me croie pas directement, mais je suppose qu'à l'extérieur, je vais devoir devenir aussi prudente et suspicieuse qu'elle à l'annonce d'une telle nouvelle. Abasourdie, Peps insiste auprès de Vic :

— Tu es sûre ? C'est bien lui ? Tu te rends compte à qui tu affirmes une telle chose ?

— Évidemment ! Il voulait qu'on attende que tu aies terminé de t'occuper d'elle pour te le dire.

Leur échange me rend nerveuse. Non, il me stresse carrément. Jusqu'à ce que tout s'emboîte. Elle est de l'extérieur, comme lui. Elle est venue s'occuper de moi quand Declan a disparu, alors qu'elle était déjà une célèbre coach aux coupoles, à l'époque. Ce travail ne devait être qu'une façon de justifier sa présence à Andromède. Elle le cherchait, lui, et à entendre l'espoir dans sa voix, il n'est pas qu'un simple ami pour elle. Un trou profond se creuse dans ma poitrine. Elle se retrouve avec une seringue et tout un tas d'instruments pointus ou tranchants dans les mains qu'elle utilise sur moi. Son labeur terminé, elle me sourit.

— Merci de me l'avoir ramené.

Vic reste avec moi tandis que Peps le rejoint. Elle se jette si brutalement à son cou que mon homme vacille sous son poids. Il la garde contre lui sans broncher, l'étreint avec force, le visage plongé dans ses longs cheveux blonds. Lorsqu'il la repousse, c'est avec tendresse, tout sourire. Plus grande que lui, elle colle son front au sien. Encore des mots échangés avec complicité. C'est douloureux de le voir aussi détendu avec elle. Enfin, il me regarde, plus apaisé qu'il ne l'a été depuis que le PNI s'est arrêté. Tenu par la main, il suit Peps qui le fait entrer dans la salle.

— Tu lui as donné quoi ? Tu n'as pas trop chargé, au moins ?

— Ne t'inquiète pas. Tout va bien aller maintenant, Cookie.

— Vingt-quatre heures, grince-t-il des dents. Après, je ne réponds plus de ma réaction à ce surnom ridicule.

Il sourit encore. *Cookie ?* Ça ne lui va pas. On dirait le nom d'une peluche. Mon Declan est tout sauf une peluche. Engourdie, je voudrais lui demander pourquoi il ne m'a pas parlé d'elle avant, sans y parvenir. Une larme m'échappe. Il efface la manifestation de mon chagrin de le perdre si brutalement d'un coup de pouce.

— Tu es entre de bonnes mains, les meilleures. De celles à qui je confie ma vie. Ne pleure pas, je viendrai te voir plus tard, dès que tu te seras reposée. Là, tu vas pouvoir dormir. Récupérer. Nous ne craignons rien, ici.

Il m'embrasse sur le front. Je voudrais lui tendre les lèvres. Lui dire que je l'aime, de me choisir, moi. Mais c'est trop tard. Il avait déjà fait son choix quand il a décidé de revenir ici. Dans le couloir, Declan nous regarde. Ses yeux qui pétillent de joie sont la dernière image qui s'imprime sur ma rétine avant que je ne sombre.

3. Raconte-moi

C'est un sommeil profond, sans rêve. Non. Ce n'est pas exactement dormir. C'est comme être prisonnier du moment où vous plongez dans le sommeil. Vous ne vous en rendez pas compte et vous avez parfois un sursaut incontrôlé. Oui, c'est cette sensation-là. Le bruit m'atteint en premier : un bip régulier. Ensuite, sentir une main dans la mienne. Puis, des draps contre ma peau. Enfin, des patchs sur ma poitrine. Le lit bouge.

Serrer la main, avoir une réponse en retour. Ce n'est pas la voix de Declan qui s'élève à côté de moi. *Simon ?* Mon mouvement de recul n'est pas plus efficace qu'un frémissement. Des lèvres se posent sur mes phalanges.

— Je reviens, princesse. Je vais prévenir Doc.

Soulever les paupières. La faible lumière est aveuglante, trop blanche. Un bruit sourd. Une porte ? J'ouvre les yeux plus doucement, à peine de quoi voir entre mes cils. Ma voix est enrouée.

— Declan ?

Je tousse. La porte s'ouvre à nouveau, se referme. Un type immense et à la peau la plus noire que toutes celles que j'ai pu voir dans ma vie s'approche de mon lit et éteint les machines qui sonnent. Il sourit, ses dents légèrement jaunies se révélant trop écartées. Je ne sais pas ce qui me choque le plus : qu'il semble gigantesque dans la chambre ou qu'il porte une blouse de médecin et pas une veste de videur de bar ? Le timbre de sa voix, lui, se révèle doux et étonnamment grave.

— Bonjour, Wax. Bienvenue parmi nous. Je suis Tibber, plus couramment appelé Doc, le médecin référent d'Hôpital.

— Où... Declan.

Je gémis et tente de me relever. La tête me tourne.

— Il est à Hôpital, ne t'inquiète pas. Pour commencer, si tu veux bien, je vais t'ausculter. Au lieu de dormir une douzaine d'heures suite aux soins de Peps, tu es restée inconsciente presque cinq jours. Sans doute une réaction disproportionnée aux calmants. Nous avons refermé tes plaies d'ISC pendant ce temps. Il n'y a plus de marques grâce aux baumes.

Cinq jours ? Je le laisse faire son travail. J'ai une sonde urinaire, l'enlever fait un mal de chien. Une fois mes perfusions de micronutriments retirées, Doc semble satisfait de me voir tenir assise dans le lit et conclut que je vais bien.

C'est bien joli tout ça, mais celui qui m'importe le plus n'est pas dans cette pièce et je me racle méticuleusement la gorge pour demander à nouveau où se trouve Declan. Le médecin pince les lèvres. L'air sérieux, il tire un tabouret à pied pour s'installer à côté du lit.

— Pendant que tu dormais, il nous a fait un rapport de ce que vous avez vécu aux coupoles, de son Opération Netra. Du PNI. De la façon dont il est revenu à lui. Hôpital est un endroit à part. Nous devons obéir à de nombreuses règles qui nous permettent de rester ici sans nous faire repérer. L'une des plus basiques est la suivante : ce qui se passe aux coupoles reste aux coupoles.

Je cherche mécaniquement la bague à mon annulaire sans la trouver. *L'attitude de Declan avec Peps.* Il est venu pour la retrouver, elle. J'avale douloureusement.

— Mariage ?

— Les mariages contractés au sein des coupoles ne sont pas reconnus dans le désert, pour de nombreuses raisons.

Mes yeux s'embuent. Je retiens mes larmes de toutes mes forces et hoche la tête. Le point est déjà fait, il est venu retrouver Peps et ne m'a ramenée ici que pour les aider à combattre les faucheurs. Le docteur se lève, immense masse dans la petite pièce.

— Il est bientôt vingt heures. Je te suggère de rester manger ici. Il serait fatigant de te déplacer jusqu'au réfectoire.

— D'accord. Voir Declan.

— Ce n'est pas possible ce soir. Nous nous verrons tous demain matin, sans faute. Je te fais porter à dîner.

***

Simon entre avec un plateau-repas dans les mains. Je tente de cacher mes yeux rouges tandis qu'il dépose la nourriture sur une tablette qui glisse au-dessus de mon lit.

— Pas envie de te voir.

— Ouille, ça fait mal !

Il fait mine de recevoir un projectile en pleine poitrine. Sans se départir de sa mine amusée, il s'assoit sur mon lit et désigne le plateau avant de soulever la cloche. Mon ventre grogne. Agacée par le réveil de ma faim, je me jette néanmoins sur le plat et interroge Simon entre deux bouchées.

— Pourquoi toi et pas Declan ?

— Ça a été tendu, pendant que tu dormais. Il essaie d'apaiser la situation en suivant les règles de nos référents, Doc, et sa femme, Imanna.

— Ce qui implique qu'il ne vienne pas ce soir ?

— Malheureusement pour toi, oui. Te voilà obligée de te coltiner le remplaçant. Doc et Imanna ont découvert qu'il avait enfreint beaucoup de règles à Andromède, dont celle de ne pas entrer en contact avec toi.

— Il n'avait pas le droit de venir me parler ?

— Non. Declan m'a rejoint à Andromède pour enquêter sur les faucheurs. Il avait entendu parler d'une Programmatrice qui aurait été capable de faire fonctionner tout ce qui peut être équipé d'une puce, et qui aurait pu être leur cible.

— Il ne faut pas exagérer. Ma spécialité, c'est la prog Netra.

— Qui te dit que je parle de toi ? Prétentieuse.

Interloquée, j'en oublie de mâcher alors qu'il sourit.

— Je te fais marcher, bien sûr que c'était toi. C'était il y a bientôt deux ans.

— Vous étiez à Andromède tout ce temps ?

— Et oui ! Plus précisément, j'habitais T14, 3754, rue Vendetta. Quand Declan m'a rejoint, sa principale préoccupation était de déterminer si les faucheurs t'avaient déjà approchée. Il te suivait partout.

Ils habitaient à quelques maisons de chez moi. *Comment j'ai fait pour ne jamais les voir ?* Il y a deux ans, ma vie se résumait à mon travail et aux courses du jeudi. Pas d'amis, pas de sortie. Le vide.

— Il a dû drôlement s'ennuyer.

— Pas dans mes souvenirs, non ! s'amuse Simon. Je te dis qu'un inconnu a enquêté sur toi, t'a suivi durant des mois, et ce qui t'inquiète, c'est qu'il se soit ennuyé ?

Ah. Oui, bon, vu comme ça…

— C'est Declan, pas un inconnu.

— Il l'était, à l'époque. Mais restons dans les grandes lignes : il avait une théorie. Pour mettre en circulation des Netras non répertoriés, les faucheurs devaient passer par un réseau complet, du poseur des neuro-électrondes jusqu'aux Programmateurs de personnalités. Dans une telle configuration, t'avoir à leur service aurait été le jackpot. Il a donc continué à te filer même après avoir établi que tu n'avais pas de liens avec les faucheurs, pour être sûr qu'ils ne t'approcheraient pas. Je l'aidais dès que je pouvais. C'est grâce à sa théorie que nous avons trouvé Unik et Laura, l'été dernier, lorsqu'il est rentré voir Peps.

Après être venu me voir pendant mon hospitalisation. Je comprends mieux son malaise lorsque nous avons abordé cette période à Orion. Simon m'adresse un sourire empreint de nostalgie. Pourquoi il me raconte tout ça ? Il poursuit :

— À votre arrivée aux Ménades, je n'avais pas eu de contact avec l'extérieur depuis six mois. Que votre présence soit le résultat d'une coïncidence ne m'a pas effleuré l'esprit. J'ai toujours du mal à y croire. La règle en mission, c'est que le dernier arrivé donne le signal pour un contact. Au hammam, j'ai essayé d'esquiver, mais Lau… Une fois qu'elle a quelque chose en tête…

— Elle n'y va pas par quatre chemins ! dis-je sans me retenir.

— Ça, c'est bien vrai ! Et aussi, je veux t'expliquer… À la soirée, au moment où tu m'as embrassé, j'ai compris que toi et Declan étiez vraiment ensemble. C'est pour ça que je t'ai suivi dans le salon. Je voulais que tu saches que ce baiser m'a sauvé, en un sens, car après, Unik a été démantelé et j'ai pu rentrer.

Il marque un arrêt plus long en baissant les yeux, les doigts jouant avec le dessus-de-lit. C'est plus fort que moi, je pose une main sur les siennes.

— Devoir côtoyer des faucheurs, cacher ton identité… Tu étais seul, tout ce temps. Cette mission a dû être une épreuve terrible pour toi.

— J'ai fait mon boulot. Il fallait que je le fasse. Même si ce n'était qu'un petit réseau... Ils ont bien arrêté tous les faucheurs ?

— Oui, ils ont arrêté tout le monde. Même les clients.

— Tant mieux. Et toi, ça va ? Je veux dire, le PNI s'est arrêté.

— Je gère. L'important aujourd'hui, c'est Declan. Il faut l'aider à se recentrer sur ses émotions, sa gestion du stress. C'est difficile pour lui, depuis l'arrêt du programme. Je ne sais pas ce qui est bon à faire ou non. À ma connaissance, ce n'est jamais arrivé qu'un Opéré se soit réveillé avec tous ses souvenirs.

— Oui… Aussi… Son Opération est confidentielle, autant parce qu'il l'a demandé que parce que c'est plus simple de ne pas en parler. Vu votre intervention à Capricorne, la version officielle se limite à dire que vous y étiez en mission spéciale et que tu as rallié notre cause contre les faucheurs. Il n'y a que Doc, Imanna, Vic, Peps et moi qui sommes au courant. Ils t'en diront plus demain.

Il ramasse le plateau vide. Je le retiens.

— Bonne nuit, Simon. Et merci.

— De quoi ?

— De tout ! D'avoir veillé sur moi avec Declan, d'avoir aidé à arrêter Unik, de m'avoir cru pour son Opération à l'hôtel. Merci de m'avoir parlé, ce soir.

— C'est normal, c'est notre histoire. Bonne nuit, princesse.

— Pourquoi tu m'appelles comme ça ?

Le regard plein de douceur, il m'embrasse le front comme l'aurait fait Valentin.

— À demain.

***

Le lendemain, je saute de joie dans les bras de Declan qui se trouve déjà dans le bureau de Doc. Ses mains tremblantes se pressent dans mon dos, à la fois tendres et puissantes. Soulagée de le voir enfin, je murmure :

— Tu m'as manqué.

— J'étais inquiet.

— Tu as des nouvelles d'Umy, de Val et de mes parents ?

— Une équipe de volontaires rentre d'Andromède aujourd'hui. On en saura plus avec eux.

Nous nous asseyons. La pièce est organisée de façon simple. Au centre trône un bureau en bois foncé rectangulaire sur lequel s'alignent des puces mémoires soigneusement rangées. Trois chaises et deux grands meubles aux portes et aux tiroirs fermés occupent entièrement le mur du fond. En face de nous, Doc joint ses mains.

— Nous sommes ici pour faire un point ensemble. Wax, Simon m'a confirmé que tu es au courant des agissements des faucheurs et que tu désires t'opposer à eux.

— C'est vrai. Il est hors de question que des innocents continuent à être enlevés et opérés de force. Je veux aider à arrêter ça.

— Nous sommes heureux que tu aies pris cette décision. Avant de te lancer, il faudra que tu te familiarises avec notre mode de vie.

Hôpital est un endroit inconnu des coupoles et très protégé. Simon t'expliquera et te fera visiter la structure cet après-midi.

— Je préférerais que Declan s'en charge.

Les poings de mon compagnon se crispent, son regard se fait fuyant.

— Je ne peux pas. Il faut qu'on prenne nos distances, toi et moi. J'en ai besoin.

— Besoin. De distance.

— Oui. Tu as été ma Programmatrice. Je n'arrive pas à… à faire la différence entre le passé du PNI et moi. Ça se mélange. Je ne sais même plus si j'ai rêvé certains souvenirs ou s'ils sont réels. C'est plus difficile quand tu es là. Parce que tu ne connais que l'agent, tu comprends ?

— Pas du tout. Tu identifiais de mieux en mieux ce que tu ressentais à Orion et tu n'as jamais eu de problème de mémoire…

— Wax, m'interrompt Doc. Il faut que tu l'écoutes. Ce que vous avez vécu est déstabilisant pour lui. Il a besoin de prendre du recul. Declan, j'aimerais vraiment que tu lui poses la question. Maintenant.

Oppressée de partout, j'ai l'impression de me noyer. Ils se dévisagent mutuellement quelques secondes et mon partenaire souffle :

— Est-ce que le programme peut reprendre le contrôle ? Se relancer tout seul ?

— Non.

— Tu es sûre ? Parce que, théoriquement, je n'aurais jamais dû pouvoir me réveiller en me souvenant de toute ma vie d'avant l'Opération.

— Certaine. Le PNI ne s'est pas simplement mis en veille. Il s'est arrêté, d'où le message de réinitialisation. Et aucune autre personnalité ne pourra être installée à sa place. C'était ta demande, dans le contrat.

Enfin, il me regarde et esquisse un sourire. Doc intervient :

— Parfait. Tu peux sortir, Declan.

Mon partenaire déglutit avant de hocher la tête. Il se lève et part sans un mot. Je serre les dents pour ne pas pleurer. De quoi il se mêle, ce Doc ? Pourtant, une fois seuls, le médecin s'adresse à moi d'un air compatissant.

— Simon va arriver. Saches que nous avons tous un rôle ici, autant les gens de passage que les jeunes qui y vivent. Si tu veux bien, nous nous reverrons demain matin pour étudier les options qui s'offrent à toi à Hôpital.

Je hoche légèrement la tête, la poitrine dans un étau.

— Si je peux me permettre, tu sembles affectée que Declan demande à établir certaines limites entre vous.

— Il n'a pas émis ce genre de souhait jusqu'à aujourd'hui, alors, oui.

— Votre arrivée ici marque un nouveau départ pour vous deux. N'oublie pas : ce qui se passe aux coupoles reste aux coupoles.

— Un programme de personnalité a régulé ses hormones et sa chimie interne pendant plusieurs semaines. Ses émotions sont encore affectées et peuvent connaître des fluctuations violentes, car son corps réapprend à les gérer seul. Il a bien progressé à Orion, mais il va avoir besoin de temps et de bienveillance pour se stabiliser.

— Ne t'inquiète pas, nous ferons de notre mieux pour prendre soin de lui en attendant que la situation soit plus claire entre vous. Si tu as besoin d'en parler, n'hésite pas à venir me voir.

C'est là que je réalise vraiment. Notre mariage ne compte pas et je viens de me faire plaquer en beauté. Ici, Declan a Peps. Heureusement, Doc ne reste pas traîner sur le sujet. Il me confie ma veste nettoyée, puis, dans un sac en toile marron, une seconde tenue à quelque chose près identique à celle que je porte maintenant : un débardeur et un pantalon avec des poches partout le long des jambes. Comme j'ai une paire de chaussures en bon état, je devrais m'en contenter. Trois culottes, deux paires de chaussettes et une brassière me sont offertes en plus de ce que j'avais sur le dos. J'ai aussi le droit à un tee-shirt et un pantalon de pyjama trop grand, mais qui devrait tenir en serrant la ceinture à fond.

***

J'ai un goût amer dans la bouche et le moral en berne. Declan et Peps, Peps et Declan. Ça tourne en boucle malgré mes efforts pour me concentrer sur Sim. Il m'explique qu'en plus des passes de matériels entre les coupoles et le désert, la plateforme d'Hôpital est un lieu de passage dont la devise est d'être ouvert à tous ceux qui cherchent un refuge sur leur route.

Actuellement, la structure accueille environ cinq cents personnes de tous les horizons jusqu'à former ce qu'ils appellent une caravane, plus sûre pour se déplacer vers une colonie. Village à l'est, Grande Vallée au nord et Bois Noir au sud-ouest sont les plus proches. Je suis soumise à la même règle principale que les nomades : interdiction de sortir du bâtiment principal seule, et ceci tant que je ne saurai pas me cacher des drones de repérage. Depuis la fin de l'hiver, les engins sont plus nombreux à survoler la zone. Les faucheurs cherchent des gens plus loin des coupoles depuis que la majorité évite de s'en approcher.

Au deuxième étage inférieur, Simon me fait découvrir ce qu'ils appellent les dortoirs. Les pièces plus ou moins grandes où s'entassent des couchettes rudimentaires, le plus souvent superposées, s'enfilent le long des couloirs. Il me fait entrer dans une chambre où la plupart des lits sont fermés par des tissus rapiécés, punaisés aux structures de ceux du dessus ou au plafond, pour tenter de créer un coin d'intimité à leur occupant. Manifestement, la proximité va être de mise, et mixte. Simon se passe une main dans la nuque, me rappelant le geste d'Umy quand il est mal à l'aise.

— D'habitude, on est deux ou trois par chambre et on se retrouve rarement tous ensemble, vu l'alternance des missions. Mais avec tout ce monde en plus, ce n'est plus possible. Ce sera ton lit, si ça te va. Le mien est là-bas.

Il me désigne un lit en haut d'une structure superposée de l'autre côté de la chambre. Je tire le rideau bleu délavé de mon espace du bas : des draps couleur lin, une couverture fine et un oreiller gonflé n'attendent qu'à être installés. J'y pose mon manteau et mon sac de toile. Sur le mur, des marques ont été gravées. Des points, dont certains sont reliés par des traits fins. Au beau milieu, un W, légèrement penché.

— Ce sera très bien. Qu'est-ce que c'est, au mur ?

— La carte du ciel, avec les étoiles reliées par constellation. On nous les enseigne tout petits. Ça permet de se repérer, de savoir où on va lorsqu'on voyage. On n'a pas de montre avec localisation ici. Juste des boussoles et encore, si elles fonctionnent !

« *Les étoiles guident.* » C'est ce que m'avait dit Vingt, une Netra que j'aimais beaucoup, le jour de son arrivée dans mon bureau. Une fauchée de l'extérieur, sans plus aucun doute.

— Le W, c'est une constellation ?

— Oui. C'est Cassiopée.

Cassiopée. Je ne reverrais plus jamais la maison de Rivage Blanc, son jardin, le sable fin, la houle douce de la mer qui nous berçait au rythme de ses vagues. Val et Umy dans l'immense canapé dont nous avons à peine eu le temps de profiter. Je n'y inviterai jamais mes parents. En venant ici, je croyais que Declan deviendrait ma famille. Mais aujourd'hui, il est avec Peps et ma famille me croit réduite à un tas de cendres.

Je ravale mes larmes pour poursuivre la visite vers les sanitaires collectifs. Si les douches sont séparées des toilettes, ces espaces sont également mixtes. Je me demande comment je vais faire pour supporter autant de promiscuité quotidienne après avoir vécu presque toute ma vie dans le cocon artificiel qu'avaient créé mes parents autour de moi, à la coupole.

***

Nous remontons dans l'étage supérieur pour le déjeuner. Ici, les couloirs sont plus larges et les pièces promises à divers usages : couture, tri, nettoyage, pièce de stockage, salon de repos… La vie est organisée selon les besoins au jour le jour. Personne ne reste très longtemps, il faut donc savoir faire un peu de tout et profiter d'apprendre ou de transmettre les talents des uns et des autres à chacun.

Tendue et perdue dans la foule du self, je suis Sim en fixant le sol, tire la chaise qu'il me désigne quand la voix de mon voisin de table m'interpelle :

— Tu étais moins timide au Bronx, au milieu des lopistes.

Si je m'attendais à le trouver là ! Heureuse de voir un visage familier dans cet océan d'inconnus, j'accepte volontiers son étreinte de bienvenue.

— Ça me fait plaisir de te voir, Tana… Heu…

— Si, si ! Tanaël. Pour moi, ça ne change pas ! On a été soulagé de savoir que vous étiez vivants Declan et toi en rentrant ce matin ! Où il est ?

Impossible de répondre en reconnaissant son compagnon de table. Je me souvenais à peine de sa mâchoire ronde et de ses yeux trop creusés, de son nez proéminent et de ses larges épaules. Et qu'il était aussi grand. Comment est-il possible que ce type soit ici ? Il sourit en me voyant bloquer sur lui, comme s'il ne m'avait pas agressé au Bronx le soir de l'anniversaire d'Umy.

— Salut, Lopi. Javani Gonzague, c'est mon vrai nom.

Perturbée par sa présence, je m'assois à côté de Tanaël sans lui répondre.

— Declan est sans doute avec Peps, enchaîne Simon. Tu as des nouvelles d'Andromède ?

— Personne de chez nous n'avait eu l'info que l'attaque d'Orion était fausse. Val et Umy sont cernés par les médias-drones et les journalistes. Et encore, ce n'est rien comparé à l'exposition d'Edith et Justin. Oh… Pardon, Wax. Je ne voulais pas…

— Au contraire ! Comment vont mes parents ?

— Ben... Ils sont en deuil. Val a fermé son restau. Umy n'a pas participé à son dernier match et il n'a pas été vu à son boulot, au musée. La rumeur court que Lectra Novak a octroyé un logement d'appoint à tes parents pour les aider à protéger leur intimité. Des lopistes se réunissent tous les jours pour pleurer et parler de vous. C'était dur, mais pour y avoir été, étrangement réconfortant. D'après ce qui est prévu, ils attendent vos funérailles officielles pour arrêter.

— Nos cendres n'ont pas déjà été remises à ma famille ?

— Elles ne l'avaient pas encore été hier, s'incruste Javani. Vu l'ampleur du mouvement qui s'est formé, faire sortir Val, Umy et tes parents risque de prendre du temps. Il y a des hôtels de commémorations à tous les étages d'Andromède. Les gens déposent des puces ou des tronics sous vos portraits. Ils se rassemblent et affichent la constellation de Cassiopée comme un signe de ralliement. Je trouve ça glauque.

Sur ce point, je suis d'accord avec lui. C'est encore plus flippant.

— Pourquoi les gens font ça ?

— C'est un signe de soutien collectif. Ils sont touchés par vos décès et ses circonstances, ils ont besoin de se retrouver pour pleurer, énumère Tanaël. Un communiqué officiel a imposé aux lopistes de s'en tenir aux salles de recueillement habituelles. En réponse, des commerçants ont suivi l'AGRCCP et appliqué leur droit d'occupation libre devant leurs locaux pour ne pas toucher aux autels déjà dressés. Mais t'inquiète, ça va se calmer et on ramènera tout le monde dès qu'on pourra.

Il me sourit, réconfortant. Je hoche la tête alors qu'un garçon blond l'appelle en bout de table.

— Tan ! C'est toi qui prends le relais de l'organisation du tournoi ?

— Antho ! Oui, les nouvelles vont vite.

Il sort un bloc-notes et un stylo d'une poche de pantalon. Je ne retiens pas ma surprise.

— Du papier et de l'encre ? Ça coûte une fortune !

— La valeur des choses varie selon l'endroit où on se trouve, avance celui qui s'inscrit. Ici, un écran à développement condensé est bien plus rare qu'un bout de papier. Wax Lopi, je suppose ?

— Heu... Oui. C'est ma question qui m'a vendue ?

— Ça et Simon qui fait l'andouille. Bienvenue à Hôpital !

Je fais volte-face pour surprendre la grimace de Sim qui tente d'adopter un air innocent. Déjà, la recrue de Tanaël s'en va. Il l'observe, l'air pensif.

— Antho était bavard, aujourd'hui.

— Qui ne le serait pas en rencontrant la célèbre Wax Lopi ? demande Java. Quoique pour les gens du désert, tu es une personne lambda. Ça va te changer des foules lopistes, hein ?

Brr. Assez parlé de ma célébrité morbide.

— C'est quoi, ton tournoi, Tan ?

— Des combats ! Il faut bloquer son adversaire au sol pendant dix secondes pour gagner le tour. Declan est premier au classement général, mais il ne s'est pas encore inscrit. C'est en partie pour ça que je le cherche !

— Oh ! Pas étonnant qu'il gagne à ce genre de jeux. Une fois qu'il a passé ses mains là où il veut, impossible de le retourner.

Simon s'étouffe avec son eau, Java pouffe dans son coin et Tan me sourit largement d'un air taquin.

En voilà qui ont les idées bien placées.

— Personne n'arrive à le retourner. En tout cas, personne n'y est encore arrivé, ici.

— Il ne faut pas se faire attraper !

— Plus facile à dire qu'à faire ! Si tu veux, les inscriptions sont possibles jusqu'à la fin du premier tour. Histoire de ne pas te retrouver contre Sim dès le début. Même s'il se laisserait peut-être mettre par terre par toi ?

Celui-ci croque déjà dans sa pomme et commente tout en mâchant :

— Pas de mon plein gré ! Désolé ma belle, mais c'est à l'avant-dernier tour que ça devient intéressant. Se faire éliminer avant, c'est chiant.

La lumière baisse dans le self jusqu'à s'éteindre. Seules quelques veilleuses orange nous éclairent et un silence tendu s'impose dans la salle bondée. Je chuchote :

— Qu'est-ce qui se passe ?

— Un survol de drone. Quand ça arrive, tu entres dans la première pièce à côté de toi et tu attends calmement que l'alerte passe. L'hôpital et nos planques extérieures sont protégés contre leurs caméras thermiques ou à ondes, mais nous limitons toujours le bruit et les mouvements par précaution.

Declan apparaît, comme matérialisé en bout de table. Il tire la chaise à côté de moi et s'assoit :

— C'est un hélico. Ils vont mitrailler la partie aérienne de l'hôpital.

Je le dévisage sans comprendre ni d'où il sort, ni de quoi il me parle. Brusquement, une multitude de petites explosions sèches se font entendre au-dessus de nos têtes. J'ai à peine le temps de réagir que Declan me serre contre lui.

Le grondement se fait de plus en plus intense et au lieu de le repousser, je capitule face à mon angoisse grandissante et m'accroche à ses épaules en serrant les dents. Enfin, le bruit cesse. J'inspire profondément, desserre mon étreinte alors que son cœur cogne fort dans sa poitrine, sa main toujours crispée dans mon dos. Il se contracte avant que je ne perçoive une déflagration plus importante. Les murs de la bâtisse tremblent et des cris étouffés échappent aux gens du réfectoire. Même Tanaël se rapproche de nous dans mon dos. De mon côté, je suis en boule contre Declan pendant qu'une seconde secousse nous atteint.

— Ils nous ont trouvés…

— Non. Ils testent de nouvelles armes parce qu'ils pensent qu'il n'y a personne dans le bâtiment. Je suis là. Nous sommes ensemble et vivants. Tout va bien.

Les bruits inquiétants cessent, les lumières se rallument, les discussions reprennent lentement. Declan me retient pour lever mes yeux vers son regard triste avant de partir. Plus loin, il lance :

— On se voit cet aprèm', Tan !

— Declan, attends-moi ! T'en vas pas si vite !

Il se lève à sa poursuite, me laisse avec Simon et Javani qui commente :

— Imanna n'a pas exagéré. Le retour est difficile pour le chef.

— Ça, c'est peu de le dire. Ça va, Wax ?

— Je ne sais pas. Il a dit ce matin qu'il voulait prendre ses distances. Pourquoi il est venu ?

— Quelle question ! rit Java. Il avait autant besoin d'être avec toi que toi avec lui tant que l'hélico était au-dessus. Ça se voyait comme le nez au milieu de la figure.

— Javani, le gronde Simon. Ne remue pas le couteau dans la plaie.

***

Mes premiers pas à l'extérieur sont déstabilisants. La lumière d'abord : éblouissante et claire, en provenance directe du soleil, roi du ciel bleu au-dessus de ma tête. Les odeurs ensuite, nombreuses et inconnues, transportées par une brise légère. Le paysage est impressionnant. Les herbes hautes, les plantes, les arbres… Tout est organisé de façon à laisser croire que la nature se répand selon ses propres désirs, alors que l'ensemble est minutieusement orchestré.

Ça donne le vertige, cette sensation d'infinité au-dessus de la tête.

Simon me montre d'abord un gymnase qui semble délabré de l'extérieur. C'est à cet endroit que se passent les entraînements des membres de la garde et de tous ceux qui souhaitent le suivre. Dans la grande salle vide qui se révèle en excellent état à l'intérieur, Simon m'envoie une bourrade :

— Un petit échauffement avant le tournoi ? Je m'entraîne avec Declan d'habitude mais là, il m'évite.

— Ça avait l'air d'aller dans la voiture. Qu'est-ce qui s'est passé pendant que je dormais ?

— Va savoir. Maintenant, il fait la gueule. Ça lui passera ! Tu m'aides ?

— Ravie de servir de roue de secours !

— Non, ce n'est pas… Ah !

À genoux au sol, il n'a opposé aucune résistance là où je pensais en rencontrer une, rendant l'action plus brusque que prévu. Tandis que je le lâche, il ne cache pas son étonnement.

— Merde alors ! Depuis quand tu sais te battre, Programmatrice ?

— C'est Dec… L'agent Declan m'a appris quelques trucs simples.

Simon rit et tente de me déstabiliser. Je l'évite d'un mouvement de pivot et le refais glisser par terre d'un coup de pied. Comparé aux attaques de Declan, il est bien plus lent, sans doute pour me ménager. Je lui tends la main pour le relever et m'amuse :

— Tu sais qu'il a aussi voulu m'apprendre à nager ? Je me suis révélée bien plus douée pour les pirouettes que pour flotter.

— Nager ? Declan nage comme une pierre ! Il coule !

— L'agent savait très bien nager. C'est moi qui coulais. C'était peut-être un ajout de programme. Tu ne l'as pas vu faire ?

— Je l'ai aperçu au jacuzzi et au bord de la piscine, mais pas en train de nager, non. J'aurais tout de suite capté qu'un truc clochait !

Il essaie encore de m'attraper. Cette fois, il semble sérieux dans son attaque mais à nouveau, je retourne sa force contre lui et l'immobilise, allongé au sol. Il s'esclaffe.

— Des trucs simples… J'aurais tout entendu ! Je n'aurais jamais pensé que tu étais capable de me mettre par terre !

— L'agent te dirait que tu y vas trop fort, que tu es prévisible et pas assez rapide. Trouve le bon mouvement pour te dégager et je te laisserai faire, même si tu y vas doucement.

J'ai mis de longues minutes décourageantes à trouver le point faible de la prise avec Declan. Avec son expérience, Simon comprend en quelques secondes qu'il faut d'abord s'occuper de dégager mon bras. Je fais mine de tomber en avant sur lui. Souriant, il donne une impulsion des hanches. Je me rattrape facilement. Il en déduit qu'il n'a pas mis assez de force dans son mouvement, recommence et se vexe face à l'échec de sa manœuvre.

— Tu es plus légère qu'une seule de mes jambes ! Qu'est-ce que c'est que cette blague ?

— Comment je me suis rattrapée ?

Cette fois, il dégage mon poignet sans le lâcher et donne une impulsion qui me fait basculer sous lui. J'éclate de rire face à son émerveillement d'avoir réussi sa prise et le préviens :

— Avec moi, ça fonctionne. Comme tu l'as dit, je suis plus légère que toi. Avec quelqu'un du même gabarit ou plus lourd, il faut préférer faire comme ça.

Je glisse mon tibia sur son bas-ventre et me retrouve à nouveau à cheval sur lui.

— Par les étoiles ! Tu es sûre de ne pas vouloir t'inscrire au tournoi ?

— Certaine.

— Mais tu m'aiderais à l'entraînement ? Demain, après la journée de boulot.

— Pourquoi pas ? Ce n'est pas en perdant mes réflexes que je pourrais confronter les faucheurs.

Nous poursuivons la visite. Alors que je trébuche tous les trois pas sur les racines des arbres qui nous entourent, Simon m'emmène jusqu'à un immense lac en contrebas. De petites embarcations sont cachées sur les rives à des endroits stratégiques. Camouflée dans le même esprit, une équipe de surveillance nous salue au passage. J'en profite pour questionner mon accompagnateur.

— Vous y faites quoi, au sein de la garde ?

— Principalement des rondes, l'occupation des postes de vigilance et l'escorte des itinérants qui arrivent et partent d'ici. Le signalement des drones, des hélicos et le transport des passes, bien sûr.

— Vous utilisez des drones ?

— Non. S'ils étaient repérés, ils dévoileraient notre présence et la forêt qui nous entoure serait ratissée. C'est une des défenses naturelles les plus efficaces d'Hôpital : les faucheurs se déplacent par groupe de cinq et en voiture la plupart du temps. Ce sont eux qui envoient des drones en repérage.

— Vous avez un système de surveillance ? Des tronics ? Des jeux à projection ? Un moyen de communication ?

— On doit avoir deux ou trois plateaux multi-jeux qui traînent mais… Attends, tu saurais résoudre les bugs du système de surveillance actuel ? On ne l'utilise plus. Il foire et personne n'arrive à trouver l'origine du problème.

— Je pourrai regarder.

— D'accord, je vais faire remonter l'info. Les symboles te manquent déjà, hein ?

— Je veux surtout combattre les faucheurs. Je suis venue pour ça.

— Ça viendra. En attendant, tu pourrais être surprise ! Peps est sur le coup pour te préparer de la bouillie et te mettre un coup de pied aux fesses pour te faire dormir, si je me souviens bien.

Priscilla a si bien pris soin de moi à Andromède. Elle était même présente, avec mes parents, Umy et Val, le jour de mon anniversaire. *« Merci de me l'avoir ramené. »* Tu parles ! J'aurais préféré le garder.

Nous apercevons un immense plateau d'herbe rase en remontant le chemin escarpé vers l'hôpital, le bâtiment principal et cœur du territoire d'Hôpital. Outre la végétation qui tente de s'y accrocher, l'antique structure montre des traces d'impacts de balles sur toutes ses façades et ses étages supérieurs, en ruines, s'exposent à ciel ouvert. Seules quelques fenêtres du rez-de-chaussée, encore épargné, sont condamnées par des planches et des tissus pour limiter la vue des drones à l'intérieur.

De retour dans la partie souterraine, Sim me demande de retrouver seule le chemin vers notre chambre. Résultat de mon inattention lors de la visite et des multiples couloirs ? Je me trompe trois fois de direction et finis par passer devant la bonne porte sans y prendre garde. Mon nouvel ami l'ouvre derrière moi en s'amusant :

— C'est par ici ! C'est moi ou le sens de l'orientation et toi, vous ne vous entendez pas ?

— Je me repère très bien. Dans une coupole avec des noms de rues, des trams et des stations d'ascenseurs. Et une montre qui m'indique le chemin si je me perds !

— Es-tu seulement déjà sortie de la tour 14 ?

— Bien sûr ! J'ai fait de la pluri-compète de tronics : précision, combat et courses. Les épreuves se passaient dans les tours 32 et 56. Ensuite, je me suis plongée dans mes études pendant que les autres filles de mon âge découvraient les effets abrutissants d'un baiser.

Qu'est-ce qui m'a pris de sortir un truc pareil devant lui ? Mes joues chauffent. Traitresses. Je m'empresse de me concentrer sur le rangement de mes affaires dans la corbeille que je glisse sous le lit. Mes yeux se posent à nouveau sur les constellations au mur, Cassiopée en plein milieu. Comment j'ai pu passer à côté ?

— C'est le lit de Declan en temps normal, c'est ça ? Il est parti avec Peps.

— Oui. C'était la solution la plus simple vu l'invasion des nomades. Elle n'allait pas laisser son frère dormir par terre !

— Son frère… Peps est sa sœur ?

J'ai presque crié, et je tente de me contenir rapidement. Sa sœur ! Simon se courbe pour poser sa tête sur mon épaule, un brin amusé.

— C'est sa grande sœur, oui. Tu as cru quoi ? Qu'ils étaient ensemble ?

— Personne ne m'a dit qui elle était pour lui alors… Oui. Ce n'est pas courant d'avoir une sœur, aux coupoles ! Je ne l'ai même pas envisagé.

— Peps remuerait ciel et terre pour lui. Elle a eu un choc quand tu lui as dit qu'il était bel et bien notre Declan.

Leur Declan. Je hoche la tête. À quoi bon lui dire que je me suis torturée à retranscrire au mieux ce que je croyais être sa personnalité en lignes de codes de Tuni pour ensuite me retrouver, impuissante, à l'implanter dans sa propre tête ? Ça n'a plus aucune importance.

— Ça te dirait d'aller voir les étoiles, ce soir ? suggère Simon d'une voix douce. Le ciel sera dégagé, ça nous changera les idées.

Voir les étoiles qui brillent dans le noir. Il lâche mes épaules et se met en route. Je le rattrape dans le couloir et accroche son bras jusqu'au réfectoire.

***

Après le repas, muni d'une couette, Simon m'emmène de l'autre côté du complexe, en plein milieu du large terrain dégagé. Le nez en l'air, je contemple le ciel illuminé de milliers de points scintillants jusqu'à en avoir la tête qui tourne.

— Ça te plaît ?

— C'est splendide !

La nuit est fraîche. Simon me propose de nous serrer pour avoir moins froid. Une fois la tête sur son biceps, il me défie :

— Allez, fais honneur à tous ces lopistes, aux coupoles. Trouve-moi Cassiopée.

— Comment je pourrais ? Il y en a beaucoup plus que sur la carte de la chambre !

— Et encore, elles ne sont pas toutes là ! Les étoiles des constellations brillent nettement plus que les autres en début de soirée, et elles ont exactement la même forme que sur la carte. Vas-y, trouve là.

Mon regard émerveillé admire la voûte céleste jusqu'à ce que le W me saute aux yeux. Simon me félicite d'avoir trouvé ma première constellation. Il m'en montre d'autres, faciles à repérer d'après lui : la grande et la Petite Ourse, mais aussi celles de la Balance, de Pégase et d'Andromède.

Les points s'allument dans le ciel, comme commandés par des interrupteurs. Ravie, j'observe aussi la lune, presque ronde et aux contours si nets. Mon nouvel ami m'explique qu'elle change de forme tous les soirs de façon cyclique avant qu'un silence détendu ne s'installe entre nous.

Un étrange cri me fait sursauter. Sim m'assure que c'est celui d'une chouette. Mouais. Plutôt effrayant. Je frémis, l'esprit tourné vers le danger.

— Les faucheurs ont plus d'armes que ce que je croyais.
— Leur technologie semble évoluer à chacun de leurs passages. Nous restons vigilants.
— Tu penses qu'ils ont cru à l'attentat d'Orion ?
— Contrairement à la majorité, ils savent que l'extérieur est viable. Certains doivent y croire, d'autres, non.
— J'avoue que je doute moi-même de la réalité, d'être ici, sous les étoiles.

Sim frotte mon épaule. Nous restons admirer le ciel jusqu'à ce que l'un des membres de la garde nous demande de nous mettre moins à découvert ou de rentrer.

Exténuée, je suis la première de la chambre à me coucher.

***

Plus tard dans la nuit, je me réveille les yeux trempés, la poitrine oppressée. Simon est assis sur le bord du lit. Je me redresse, haletante.

— Declan est en vie ? Il est en vie, n'est-ce pas ? Il va bien ? Ce n'était pas vrai… Il n'était pas au labo quand la bombe a explosé. Il était avec moi, n'est-ce pas ? Simon !

Il me ramène contre lui. Confuse, j'éclate en sanglots violents, reprenant difficilement ma respiration.

— Tout va bien, princesse. Nous sommes en sécurité à Hôpital. Declan est avec Peps. Il va bien, il est en vie. Vous êtes sortis de l'AGRCCP en vie.

Simon m'offre sa main rassurante pour m'aider à calmer mes larmes. Je n'arrive pas à la lâcher : les images de corps ensanglantés m'assaillent dès que j'essaie.

— Tu veux que je reste ? me demande-t-il.

— Oui. S'il te plaît.

Le lit est trop petit pour lui et il doit replier ses jambes pour ne pas se cogner la tête. Je me retourne, dos contre son torse au début, et finis par m'endormir presque complètement sur le ventre, son souffle régulier dans mes cheveux et sa main posée sur mon épaule, son corps immense et rassurant contre moi.

***

— Wax, réveille-toi. Il est temps, tout le monde est déjà levé.

J'ouvre les yeux pour découvrir Simon, cherche à me cacher dans l'oreiller et rencontre son bras à la place.

— Tu es resté toute la nuit ?

— À l'évidence. Au moins, on a pu dormir.

— Oui, et sans cauchemars. On dirait que tu les as bloqués.

Son sourire se fait plus franc. Il n'a pas d'aussi beaux yeux que Declan, mais quelque chose de si tendre dans le regard que ça me met de bonne humeur. Je ris en me passant la main dans les cheveux. Ils sont dressés sur ma tête, complétement ébouriffés. Son regard s'illumine et il se relève sur un coude :

— Si tu veux dormir avec moi toutes les nuits, ce sera dans mon lit. Celui-ci est minuscule.

— Je ne suis pas contre ton pouvoir anti-cauchemar.

— Et moi, pour les nuits sans pleurs. Il y a assez de marmots qui couinent dans tous les sens. Petit dej' ?

Nous montons au réfectoire pour y petit-déjeuner. Alors que nous en sortons, Declan arrive dans le couloir, l'air ronchon.

— Salut. Sim, on va être en retard pour notre tour de garde.

— Tu reprends le service aujourd'hui ?

— Oui. Wax, Doc est prêt à te recevoir dans son bureau.

Il fait demi-tour. Simon passe sa main dans mon dos.

— À moi la journée avec le glaçon de mauvais poil, quelle chance !

— J'aimerais être à ta place. Qu'il ne cherche pas à m'éviter.

— Ne t'inquiète pas. Quand il aura retrouvé ses marques, il reviendra vers toi. Tu viendrais avec moi au gymnase, après ma garde ? Je suis inscrit pour l'entraînement de dix-sept heures.

Je hoche la tête en retenant mes larmes. *Et si Declan ne revient pas* ? Simon dépose un baiser sur mon front avant de partir. Je voudrais tant que Val soit là pour le faire aussi, et pouvoir me réfugier dans mon fidèle canapé vert avec Umy.

Le trou dans ma poitrine se réveille, comme si mon cœur l'avait déserté.

4. Programmatrice

Une cagette de jolis fruits rouges striés de mauve repose près de la porte du bureau de Doc. Je le salue, ainsi que la femme en sa compagnie. Elle est aussi petite et pâle que lui est grand et noir, ses yeux aussi clairs que ceux de Tibber sont sombres, et ses lèvres aussi fines que celles du médecin sont charnues. Je n'ai jamais eu un tel contraste sous les yeux et j'avoue trouver ça assez amusant. Une fois les présentations faîtes – Gyna est une amie de passage à Hôpital avec un patient – ils m'invitent à m'asseoir avec eux. Doc attaque d'emblée :

— Imanna souhaite te rencontrer ce soir pour voir avec toi si tu as une idée d'activité principale.

— J'ai entendu parler de la garde. Comme je suis venue pour contribuer à arrêter les faucheurs, ça m'intéresse.

— Oh, bien. Simon a effectivement laissé entendre que tu pourrais te pencher sur notre système de surveillance et d'alerte d'intrusion sur le territoire. Sache néanmoins que ce n'est pas ta seule option.

Le médecin se tourne vers Gyna dont le poing nerveux se referme sur une pochette rouge très usée.

— Nous souhaiterions te demander d'examiner le dossier du patient qui m'a suivi jusqu'ici. Il est paraplégique.

— Les sérums de reconstruction nerveuse aux coupoles sont la dernière avancée notable dans le domaine. Leurs résultats sont fluctuants, mais les exosquelettes sont de plus en plus performants.

— Exosquelettes comme sérums sont inutilisables dans notre cas. Tu dois le savoir, les travaux de Birman et Tuni ont été détournés par la mise en place de l'Opération Netra comme condamnation. Néanmoins, les neuro-électrondes ont été mises au point pour pallier des déficiences motrices dues à un dysfonctionnement du cerveau, à la base. Nous savons modifier des électrondes, les retravailler si besoin. Les poser. Nous l'avons fait pour Pierre. Ce qu'il nous manque, c'est le bon programme pour qu'elles fonctionnent.

Je me tortille sur ma chaise, la curiosité pointant son nez. Puis, je secoue la tête.

— Vous n'êtes pas les premiers à travailler sur cette piste. Jemmy Outa est reconnu comme le plus performant dans ce domaine et a récemment publié sur le sujet. Il n'a obtenu aucun résultat concluant jusqu'ici.

— Nous le savons, Simon nous a rapporté une copie de son article. Nos électrondes n'ont rien à voir avec celles que son équipe utilise.

— Désolée, vraiment. J'ai déjà relevé le défi de ma vie avec les symboles de Tuni et le résultat est… Passons. Je suis venue ici pour arrêter les faucheurs.

— Declan est de retour à la maison. Voilà le résultat du PNI. S'il te plaît. On a déjà une base. Un simple coup d'œil.

Donc, elle sait pour son Opération. Gyna me présente la pochette, le regard suppliant. Avec une avidité que je peine à cacher, je saisis le dossier. Immédiatement, les enchaînements de symboles rédigés à la main me réconfortent. *Complètement accro à la prog.*

— Je suis pour ainsi dire spécialisée dans l'élaboration de personnalités réalistes, pas en nanotronics, ni en reconstruction médicale. Je n'avais jamais rien vu d'aussi poussé en neurotransmission. Ce sera difficile de faire mieux.

— Comment tu peux dire ça si vite ? s'étonne Doc. Tu as à peine regardé !

— Les symboles de Tuni s'expriment comme une langue. Ici, ce sont des structures linéaires qu'on apprend en institut de Prog. Certains codes de transitions et d'articulations sont primaires, mais l'ensemble est bien construit, très parlant et fluide. Il n'y a presque pas de notes. Qui est le Programmateur ?

— Je croyais que tu voulais seulement jeter un œil ? me taquine le médecin.

— Disons que ça m'intrigue. Si c'est possible, j'aimerais beaucoup le rencontrer.

Doc et Gyna sourient et je me m'inflige une gifle mentale. C'est toujours mieux que de ne plus jamais rédiger une ligne de code de ma vie. Ou pire, de leur paraître inutile.

***

Je passe toute la journée dans une salle bordée d'écrans matérialisables et d'un bureau à clavier multifonctionnel aux allures de table de prog. Je ne soupçonnais pas la présence d'autant de technologies entre ces murs. C'est encore mieux qu'à mon bureau d'Andromède ! Je m'y sens si bien que je ne vois pas le temps passer et sursaute quand on frappe à ma porte. Simon vient me chercher pour le service du soir. J'ai carrément sauté le déjeuner, sans compter notre entraînement prévu ! Ce qui ne m'empêche pas de grommeler : il ne me reste que quelques pages du programme à lire. Mon nouvel ami m'affirme que Pierre ne va pas m'en vouloir de ne pas avoir terminé en une journée ce qui n'a pas été réussi par des scientifiques qui y ont consacré leur vie. La menace de voir Peps débouler avec sa bouillie termine de me convaincre et j'arrive à délaisser le clavier aux symboles de Tuni scintillants sans plus protester.

Au self, Declan et sa sœur discutent vigoureusement à l'autre bout de la salle. Distraite par leur dispute, je remarque que mon amie d'Andromède se retourne plusieurs fois pour me lancer des regards farouches. Je finis par demander à Sim :

— C'est une impression ou Peps m'en veut personnellement ?

— Ne t'inquiète pas pour ça. Peps est aussi farouche qu'une lionne dès qu'il s'agit de Declan. Il ne va pas bien, donc elle déconne.

— N'empêche, j'ai l'impression qu'elle est en colère contre moi.

— Ça t'embête parce que c'est Peps, ou parce que c'est la sœur du gars dont tu es amoureuse ?

Le rouge me monte aux joues plus vite que si j'avais mangé un piment cru. Simon éclate d'un rire franc et direct. Sans souligner mon teint cramoisi, il me rapporte qu'Imanna peut me rencontrer dans la soirée au sujet de mon entrée dans la garde. Il retrouve mon entière attention en m'annonçant joyeusement qu'il s'est proposé comme cible à abattre pour l'évaluation physique. Une fille s'arrête alors à sa hauteur et l'interpelle :

— On m'a dit que vous n'êtes pas ensemble. Tu me rejoins ce soir ?

— Non. Je ne me tape pas toutes les nomades qui passent ici. On ne t'a pas dit ça ?

Vexée, la fille reprend son chemin d'un pas énergique.

— J'ai manqué un morceau ou tu l'as envoyé balader de façon magistrale ?

— Elle me tourne autour depuis qu'elle est arrivée. Elle s'est envoyée en l'air avec la moitié des gars d'ici. Avant, je n'aurais peut-être pas dit non, mais depuis Laura, ce genre de plan ne m'intéresse plus, et ce n'est pas la première fois que je le lui dis.

— Dans ce cas, tu as été diplomate !

Il esquisse un sourire, termine malgré tout son assiette avec un air triste.

— Tu as dû rencontrer beaucoup de monde, en tant que Marshal.

— Ce n'est pas ce qui manquait, à l'hôtel. C'était dur de devoir mentir, mais j'ai aussi passé de bons moments avec Lau… Enfin, avec des gens de là-bas.

Il baisse les yeux sur son assiette vide, les poings serrés autour du plateau. Je pose ma main sur la sienne, qui saisit mes doigts.

— Moi aussi, je l'aimais bien. Pas Unik et le trafic d'êtres humains, mais son côté Programmatrice, oui. Je n'avais jamais rencontré quelqu'un comme elle. Dans un autre contexte, je crois qu'on aurait pu bien s'entendre.

— Dans un autre contexte, elle n'aurait pas été la même. Je sais qu'il y a toujours eu le réseau des faucheurs entre nous mais… Je doute toujours qu'elle était au courant de la vraie provenance des Netras. Elle était aussi délurée et libertine dans sa vie perso que directe, intransigeante et honnête avec ses merveilles. Je veux dire, ce n'était pas son genre d'accepter ça ou de me le cacher si c'était le cas. Elle croyait à notre couple et… Je crois qu'elle me manque. C'est dingue, non ?

— Pas vraiment. Tu as passé beaucoup de temps avec elle.

— Ouais… Au début, je devais seulement l'approcher pour avoir des infos sur Unik. Mais Lau, tu as bien vu. Si quelqu'un lui plaît, elle ne se retient pas. On s'est mis ensemble dès la première semaine. Le jeu était clair, j'étais un parmi d'autres. Et puis son nombre d'amants a diminué. En deux mois, il n'y avait plus que nous et des envies passagères, disons. On n'a jamais abordé le sujet de façon directe, mais la plupart du temps, il n'y avait qu'elle et moi… Et Unik.

Il s'interrompt et se redresse. Anthonin s'installe à côté de nous à table.

— Salut ! Comment ça va, Sim ? Prêt pour demain soir ?

— Et comment ! Ce tournoi tombe à pic !

— J'ai pris le risque mais je croise les doigts pour ne pas me retrouver face à toi au premier tour, ça ferait mal à mon classement général. Et toi, Wax, tu participes ?

— En tant que spectatrice et supporter de Simon, oui.

— Moi qui pensais te troquer une Klic-Klac qui arborerait mon nom !

Je me marre face à son air rieur et faussement déçu.

— Je ne suis pas branchée casquette, mais je pourrai t'encourager de l'autre côté de la corde pendant ton combat, si tu veux.

— Marché conclu ! Ce ne sera pas désagréable.

— Et si on se retrouve l'un contre l'autre, lequel tu vas soutenir ? questionne Simon.

— Les deux. Que le meilleur gagne !

Il hausse les sourcils et tend son poing à Antho qui le frappe doucement du sien. Le nez dans mon verre, je manque de m'étouffer lorsque Declan arrive près de notre table.

— Tu as fini ? On doit y aller.

— Nous deux ?

— Ouais.

Dans ma précipitation, je manque de m'étaler avec mon plateau. Simon pouffe dans mon dos. Est-ce que j'ai encore rougi ? Pense à autre chose, Wax !

***

Dehors, je crois suivre Declan jusqu'au gymnase. C'est pourtant à un terrain de terre battue couvert par de vieilles tuiles qui manquent à l'appel en plusieurs endroits qu'il me conduit. Sur les murs, des barres en acier retiennent des ballots de vieux foin là où d'autres délimitent des espaces. Au centre, le sol est plat et dégagé. Je ne comprends pas ce que nous faisons là, seuls. Les mains enfoncées dans les poches, Declan se décide enfin :

— C'est dur. De rester loin de toi.

— Pourquoi tu forces ? Je suis là.

— Il le faut. Doc pense que c'est ce qu'il y a de mieux à faire, et je crois qu'il a raison. Ça ne rend pas la chose plus facile à vivre. Surtout si... Pourquoi tu as dormi avec Simon la nuit dernière ?

Comment il le sait ? Déstabilisée par sa question, je bafouille :

— Simon est venu... Je réveillais les autres et... Ce n'était pas volontaire... On a fait que dormir...

— Comme avec moi, en mission ? Si c'est ça, ce n'est pas que dormir, pas de mon point de vue.

Il se fout de moi ? L'indignation surgit, brûlante :

— Declan Lopi ! Je ne te permets pas ! Simon est venu parce que je faisais des cauchemars. Même si je n'ai pas à me justifier. Je te rappelle que tu m'as plaquée !

Sous l'impulsion de l'émotion, je le pousse avant de tourner les talons mais déjà, il saisit mon poignet pour me retenir.

— Tu crois quoi ? Que c'est ce que je voulais pour nous, en sortant des coupoles ?

— Quel « nous » ? Tu prétends que je ne suis rien de plus que ton ancienne Programmatrice ! Je ne suis peut-être pas ta femme ici, mais tu ne m'as pas non plus laissé la moindre chance de le devenir !

— Pourquoi je voudrais être avec une personne qui voit quelqu'un d'autre quand elle me regarde ? Je ne suis pas l'agent des coupoles, Wax !

J'en reste pétrifiée. Il me lâche, recule et s'accroupit par terre, la tête entre les mains. Deux secondes plus tard, il se relève, visage fermé et cou tendu.

— S'éloigner, c'est le prix à payer pour obtenir notre liberté. C'était une mauvaise idée de venir ici. Rentrons.

— Non.

— Voyez-vous ça ! Et tu proposes quoi ?

— Idéalement ? Qu'on se pose et qu'on discute de la mission, d'Orion et de la nuit dernière. Mais ce n'est pas ce dont tu as besoin, maintenant.

— Tu n'as pas de boîtier pour me lire, Wax.

— Je n'en ai plus besoin depuis un bout de temps, Declan.

Je me mets en position de combat. Il ricane.

— Tu crois vraiment que tu vas pouvoir me casser la gueule avec un ou deux trucs qu'il t'a appris ?

D'abord vexée, je me souviens de la facilité avec laquelle j'ai mis Sim par terre la veille. Quoi qu'il en pense, ce que j'ai appris est efficace. J'assure mes pieds.

— C'est ce qu'on va voir.

Je me jette sur lui. Il s'apprête à m'esquiver. Je change de trajectoire, le contourne et frappe l'épaule opposée que celle que mon mouvement suggérait. *Là ! Non mais oh !* Prenant ses appuis, il me dévisage.

— On dirait qu'on va pouvoir s'amuser un peu.

Immédiatement, il lance son poing vers mes côtes. Je l'évite de justesse. Les coups et les parades s'enchaînent jusqu'à ce que je lui balaye les pieds, qu'il bascule en arrière et tombe au sol. Essoufflée et en sueur, je lui offre ma main pour le relever et raille :

— Trop lent !

— T'es plus rapide.

— Non. C'est toi qui rouilles !

J'attaque encore. Ça me fait un bien fou de me défouler avec lui ! Après quelques échanges, mon coude rencontre sa mâchoire. Je n'ai pas le temps de m'en inquiéter : il riposte sans en tenir compte. Son rythme accélère en une fraction de seconde, comme s'il avait appuyé sur un bouton. Bientôt, c'est moi qui n'arrive plus à tenir le rythme. Ses frappes s'enchaînent si vite qu'il a le temps de me rattraper pendant que je tombe à la renverse.

— Fatiguée ?

Cette fois, il affiche une mine amusée. Je souris et réclame :

— Encore.

Il reprend les enchaînements plus lentement, mais à peine. Juste de quoi ne pas me faire plus mal que nécessaire pour que je sache si un de ses coups a porté.

— Plus loin, Wax !

Je sais ce qu'il me demande. C'est ce qu'il me disait pour m'encourager quand il me sentait faiblir lors de nos entraînements à Paradis. Alors je pousse plus loin. Plus fort. Jusqu'à laisser mes mains et mes pieds décider du coup suivant à ma place. Il est rapide mais cette fois, il est à fond. Et puis il tourne la tête et se fige. Mon pied lancé l'atteint en plein thorax. Il tombe, se rattrape et se relève aussitôt.

— Ça va ? Ma frappe n'était pas censée porter

— Arrête. Drones. Ils arrivent.

— Des drones ? Il y a déjà eu des hélicos hier !

— Ils passent tous les jours depuis qu'on est sorti. Faut se cacher.

Sous un ballot contre le mur, il m'installe entre ses jambes, dos contre lui. Là, il retire la longue barre en fer au-dessus de nos têtes et tout le foin nous tombe dessus. La poussière qui s'en dégage me donne envie de tousser mais il murmure à mon oreille :

— Ne fais pas de bruit. Certains ont des micros et ce qu'ils filment est surveillé en direct.

— Il faut qu'on s'en aille d'ici ! Ils vont nous trouver.

— Non. Ne bouge pas tant que je ne te le dis pas. Ils font plusieurs passages parfois. Ne t'inquiète pas, je reste avec toi. Toujours.

— Tu mens. Tu m'as quitté.

— Je suis là malgré tout. C'est compliqué.

Dans le silence relatif qui nous entoure, l'oreille tendue, je perçois un bruissement subtil, légèrement sifflant. Le son s'amplifie pendant que le drone passe sous les tuiles qui couvrent le terrain. Mon cœur accélère, littéralement terrifiée à l'idée que l'engin serve de repérage à une équipe de faucheurs. Et s'il est équipé d'une caméra thermique ? Ce n'est pas le foin qui nous dissimulera ! Je ne veux même pas imaginer ce qu'ils feront à Val et Umy, mes parents, sans compter les gens d'ici, s'ils nous trouvent.

Dès que l'appareil s'éloigne, je veux sortir de notre cachette. Declan ne me le permet pas. Il resserre son étreinte, m'intimant de ne pas bouger. Je me recroqueville de plus belle contre lui lorsque le vrombissement caractéristique de l'appareil de repérage retentit à nouveau à proximité. J'accroche farouchement dans ses avant-bras tendus, jusqu'à dissiper ma panique et mes tremblements. Cette fois, même si le drone semble être parti, je ne remue pas le petit doigt sans son feu vert. Ce qu'il ne donne pas. Je réalise que son bras a glissé contre mon ventre, que mon souffle chatouille sa peau. Il ne paraît pas en tenir compte, jusqu'à ce qu'il soit parcouru d'un soubresaut. Il se dégage sans préavis et me tire vers le haut avec lui.

— Suis-moi, vite !

Dans les bois, même quand je trébuche maladroitement sur les racines ou quand il bifurque deux fois sans prévenir, Declan ne me lâche pas la main. Alors que nous tentons de rejoindre le gymnase, mon compagnon s'arrête brusquement. D'un mouvement, il me fait basculer au fond d'un trou. J'ai à peine le temps de réagir qu'il se retrouve allongé au-dessus de moi. Cachés sous les planches au revêtement de protection pare-balles usé, je vois le jour et des feuillages à certains endroits. J'attends le sifflement du drone, en vain. Dans l'ombre, les doigts de mon partenaire guident mon menton vers son visage jusqu'à ce que je croise son regard.

— Ne panique pas. Ils risquent de descendre s'ils nous repèrent.

— Les drones ?

— Les faucheurs.

Declan se crispe au moment où une sirène tonitruante rugit au-dessus de nos têtes. Un énorme appareil aux reflets noirs miroitants apparaît entre les interstices du bois, comme sorti de nulle part. Je me retiens de hurler de trouille. Une voix retentit, comme tombée du ciel :

— Patrouille de sécurité d'Andromède. Veuillez rejoindre l'intérieur du cercle rouge au sol. Vous avez dix secondes.

La voix décompte. Declan enfouit mon visage contre sa poitrine. Mes ongles s'enfoncent dans sa peau fraîche. Une terreur sans pareil s'empare de moi et s'amplifie à chaque nouvelle salve de tirs qui pleut sur nous. Sa main dans mes cheveux passe sous ma cuisse pour soulever ma jambe. Un instant plus tard, une balle passe entre deux planches et érafle mon mollet.

Enfin, le silence reprend ses droits. L'appareil en vol stationnaire au-dessus de nous s'en va, provoquant un simple frémissement de la végétation. Seules nos respirations me raccrochent à la réalité. Nous restons ainsi quelques instants, sa paume retenant fermement ma cuisse contre sa hanche, sa joue caressant la mienne.

— Tu vas bien ?

— Je crois… C'était un hélico ?

— Oui. Contrairement aux drones, ils utilisent la contre-gravité. Et manifestement, ils ont un système de camouflage, maintenant.

Son cœur tambourine si fort dans sa poitrine que je le confonds avec le mien qui – il me semble – suit sa cadence de façon synchronisée. Ses lèvres effleurent ma tempe, glissent sur ma joue, frôlent mon nez. Son souffle chatouille ma bouche…

Il me lâche. Il s'arrache si brusquement à moi que j'ai la sensation qu'on vient de m'écorcher à vif. Pauvre chose faible que je suis. Complètement accro à un mec qui ne s'approche de moi que pour me sauver la vie. *Ça m'agace !* Declan soulève la trappe de l'abri de fortune et me tend une main.

— Nous devons rentrer, les autres vont s'inquiéter.

Rentrer ? Je crois que je hoche la tête. Une fois debout, je lui saisis le poignet.

— Avant de partir d'Orion, tu allais mieux. Tes émotions n'étaient plus aussi chaotiques qu'à ton réveil. Tu m'as dit que nous serions ensemble et en sécurité ici, que nous élaborerions un plan pour arrêter les faucheurs. Et hier, tu m'as quitté. Aujourd'hui, on m'a proposé de travailler sur un programme médical et on vient de se faire tirer dessus par un appareil volant. Il était rempli de faucheurs et de faucheuses qui ne sont censés se déplacer qu'en voiture. Explique-moi ce qu'il s'est passé pendant que je dormais. Je suis paumée.

— Je le suis autant que toi ! s'énerve-t-il immédiatement. Les technologies faucheuses ont évolué beaucoup trop vite. On est dépassé ! Et il faut oublier ce qu'il s'est passé avec l'agent aux coupoles. On est plus ensemble. On n'a jamais été ensemble. Il avait le contrôle et je n'ai rien pu empêcher !

— Empêcher quoi ? Qu'on s'aime ? Qu'on fasse l'amour ? On en a déjà parlé à Orion et je ne peux pas te laisser dire qu'on n'a jamais été en couple. Je n'aurais jamais craqué avec quelqu'un d'autre. Declan, c'était toi…

— C'était l'agent ! explose-t-il. Et il est toujours là. Je l'entends qui me souffle que je dois te protéger parce qu'il t'aime, parce que tu es la femme de *sa* vie ! Cet enfoiré est toujours dans ma tête, Wax ! C'était horrible de ne pas avoir le contrôle, mais ce n'était pas aussi affreux que de devoir me demander si chacun de mes choix vient de moi ou de son influence. Et si une décision te concerne, de près ou de loin, c'est pire ! Je suis incapable de définir ce qui vient de lui ou de moi.

Déchiré entre tristesse et colère, il se laisse tomber au pied d'un arbre. *Qu'est-ce qu'il raconte ?* Il refuse de me regarder tandis que je m'agenouille devant lui, inquiète.

— Je reste ta partenaire, quoi qu'il arrive. On doit prendre soin l'un de l'autre. Tu te souviens ?

— Ses souvenirs sont nets comme une projection sur écran de verre. Le son, les images, les sentiments, rien ne manque. Je les ressens comme s'ils étaient les miens. Mais ce ne sont pas les miens !

— Les souvenirs que tu as en tant qu'agent sont les tiens. C'est ton corps qui les a vécus, ton cerveau qui a permis au programme de vivre les choses telles qu'elles l'ont été et de réagir comme il l'a fait. Tu as le droit de t'approprier cette partie de ta vie.

— Non, parce qu'il me répète que c'est *sa* vie.

— Tu es là, tu es toi, Declan. Nous ne pouvons pas changer ce qu'il s'est passé. Nous ne pouvons pas retirer les électrondes ou la puce parce que nous ne savons pas à quel point ton corps dépend du programme de bases vitales. Mais une chose est certaine : le PNI n'est plus actif.

— Alors comment j'ai fait pour entendre les drones près de cinq minutes avant toi ? Visualiser et prévoir chaque itinéraire et changement de trajectoire des quatre drones et de l'hélico actuellement lancés sur le territoire ? Évaluer la résistance du revêtement pare-balle en fonction de la résonnance des impacts ? Anticiper au point de voir les trajectoires des balles et lever ta jambe à temps pour qu'elle ne transperce pas ta cuisse ? C'est lui qui a activé tout ça, pas moi ! Je sais que ça peut paraître dingue, mais il me parle toujours. Crois-moi, je l'entends vraiment. Doc dit que ce sont des hallucinations auditives, mais je sais que non. C'est lui. C'est l'agent.

« Voir les trajectoires des balles ? ». Wouaw.

— Tu viens de nous sauver grâce à des fonctionnalités annexes du programme de personnalité. Pourquoi ça devrait poser problème ?

Que tu réussisses à utiliser les compléments de programme ne donne pas au PNI la possibilité de s'activer.

— Tu es en train de me dire que si je l'entends me parler, c'est parce que je l'active pour utiliser les compléments de programme ?

Il se masse les tempes, le ton suppliant. Il y a vraiment un problème. Je m'installe à côté de lui.

— D'accord. L'agent te parle. Qu'est-ce qu'il te dit ?

— Doc ne veut pas que j'en discute avec toi. Et il a assez eu la parole.

— Doc n'était pas avec nous aux coupoles. Il n'y connaît rien en Netra ou en programme de personnalité. Il y a des situations qui déclenchent le phénomène ?

Il soupire, se mord les lèvres.

— Toi. Il me reproche de ne pas suffisamment être avec toi. Et y'a pas que ça ! S'il récupère le contrôle, retourne aux coupoles et dénonce Hôpital, tu imagines le nombre de personnes que ça condamnerait ?

— Qui t'a mis une idée pareille en tête ? L'agent ne ferait pas ça !

— C'est ce qu'il dit, mais qu'est-ce qui l'en empêcherait ? C'est peut-être une ruse de m'avoir rendu le contrôle de mon corps. Tout ça, c'est peut-être seulement…

— L'agent ne ferait pas ça. Notre rôle est de protéger Hôpital des faucheurs, pas de leur livrer des innocents. Declan, souviens-toi que le PNI n'aurait pas été le même avec quelqu'un d'autre.

Au loin, j'entends nos prénoms. Simon, Peps. Ils crient à s'en casser la voix. *Non, c'est trop tôt !* Il les entend bien sûr et se relève.

— Ils s'inquiètent, il faut les rejoindre.

— J'aimerais vraiment en parler avec toi. En présence de Doc si ça peut te rassurer.

— Plus tard. Il faut rentrer.

***

Dans le bureau de Doc, le référent attend que l'un de nous commence à parler. Face à notre silence, il finit par se tourner vers Declan.

— Que faisiez-vous tous les deux à l'extérieur ?

— On avait besoin de parler.

— De quel sujet ?

— De l'attentat d'Andromède. Wax fait toujours des cauchemars. Nous voulions aborder le sujet sans curieux de l'évènement autour de nous.

Le médecin reste crispé et tapote son bureau des doigts.

— Je vois. Si vous avez besoin de discuter à l'avenir, utilisez plutôt un salon de détente, quitte à mettre du monde dehors pour être seuls. Ce sera moins risqué. Vu les circonstances, la fête du tournoi est annulée et Imanna ne pourra pas te voir ce soir, Wax. Vous pouvez y aller.

Dans le couloir, Declan me désigne une salle de soin dans laquelle il entre avec moi.

— Montre-moi ton mollet.
— Pourquoi tu lui as menti ?

Il soupire et ferme les yeux. Je remonte ma jambe de pantalon trouée par la balle et constate que ma peau a collé au tissu, légèrement brûlée. Declan inspecte la lésion avant de s'emparer d'une boite et revient vers moi.

— Pas assez rapide. Tu es blessée.
— Je préfère ça à un membre transpercé. Merci.
— C'est normal. Tu veux... Je peux m'en occuper ?

Je hoche la tête. Il désinfecte la plaie, y applique des baumes par massages circulaires qui apaisent et effacent rapidement la brûlure.

— Declan, qu'est-ce qui s'est passé pour toi après que je me sois endormie, à notre arrivée ?
— La procédure habituelle.
— Je ne parle pas de la procédure, je parle de toi qui te distingues de l'agent. Depuis quand tu l'entends ? Depuis ton réveil à Paradis ?
— Ne te force pas. Je sais que tu n'y crois pas.
— J'ai été surprise, ça ne veut pas dire que je ne te crois pas.

Sans répondre, il range les baumes dans leur boite, la boite sur une étagère et s'y appuie pour me regarder.

— Je parle à la Programmatrice Lopi : comment une personnalité peut être active en étant désactivée ?
— Elle ne peut pas. Mais la personnalité dont nous parlons a déjà été active plusieurs semaines et sans interruption. Nous savons qu'une partie des synapses des individus ne sont pas effacées par l'Opération et surtout, elles continuent d'évoluer même sous l'influence d'un programme. Il n'est pas déraisonnable d'envisager que ta capacité à utiliser des fonctions, qui te seraient théoriquement inaccessibles, est le résultat de nouvelles connexions neuronales établies par le PNI pendant qu'il était actif.
— Je n'y avais pas pensé. C'est... plausible. Ça pourrait aussi expliquer que la personnalité de l'agent puisse toujours s'exprimer.

— Tu l'entends vraiment comme une voix ? Je veux dire, ta voix qui te parle ?

Il se racle la gorge et redresse les épaules.

— Oui. Il parle si fort parfois qu'il couvre les sons extérieurs.

— Et… Il te parle, maintenant ?

Declan se concentre sur ses pieds avant de hocher la tête.

— Oui. Il me dit qu'il est réel.

— Que tu es réel, Declan.

— Non. Que lui, l'est.

— Vous êtes indissociables l'un de l'autre.

— Je ne suis pas du tout comme lui ! Du moment où j'ai pris conscience d'être là, j'ai dû me battre tous les jours pour ne pas me perdre dans ma propre tête et retrouver la liberté !

Il a crié. Je le laisse reculer pour se calmer. Je me rends compte qu'il pense ce qu'il dit, inspire profondément et poursuit, la voix la plus neutre possible :

— À partir de quand tu as été là, comme tu dis ?

— Votre dispute, en arrivant à Capricorne. Tu as sorti un truc, j'ai éclaté de rire, mais pas lui. Et il a fini par rire, comme moi. Je me suis rendu compte que j'étais là, bien dissociable, et que je pouvais avoir une certaine influence.

Wax la Programmatrice crève de lui tirer les vers du nez. Wax l'amoureuse ne se souvient pas de l'avoir fait rire lors de cette dispute et gagne.

— Qu'est-ce que j'ai dit de si hilarant ?

— C'est le pompon !

Le voilà qui se marre ouvertement. *J'ai vraiment sorti un truc aussi ridicule ?*

— Pendant notre semaine à Orion, tu as fait beaucoup de progrès sur la gestion des émotions. La voix de l'agent était-elle déjà présente ?

— Oui, mais c'était complètement différent, moins oppressant. J'avais le temps de m'y retrouver sans qu'il insiste pour me faire adhérer à ses positions.

Quelques coups à la porte. À chaque fois qu'il commence à se confier, nous sommes interrompus. C'est agaçant, mais c'est Peps.

— Vous allez bien, tous les deux ?

— Oui. Wax a été légèrement touchée au mollet. Je l'ai soignée. On a fini.

5. Pierre et Gyna

— Hé, Wax ! Tu es toute seule pour le petit-déjeuner ?
— Salut, Tanaël. Oui, Simon faisait partie de l'escorte de la caravane partie ce matin.
— Le veinard, il va voir du paysage ! Tu manges avec moi ?
— Volontiers.

Nous nous installons à un bout de table tous les deux. Je soupire en soufflant sur mon café.

— Merci. Je me sentais perdue.
— Tu n'es pas la seule. Des gens arrivent tous les jours en ce moment. Il parait que tu travailles sur le programme de Pierre ?
— Oui. Comment tu le sais ?
— Declan me l'a dit, hier soir. Tu n'as pas fait de cauchemars cette nuit ? C'est effrayant de se retrouver sous un hélico.
— Des cauchemars bien plus affreux me hantent depuis décembre. Au moins, hier, personne n'est mort.

Tanaël s'arrête de mâcher un instant. Je secoue la main.

— Désolée ! Je ne voulais pas gâcher ton repas.
— Non, ça va. C'est que Declan refuse de parler de l'attentat ou de ce qu'il s'est passé après. Je ne pensais pas que tu évoquerais le sujet aussi facilement.
— Il y a une différence entre dire qu'on fait des cauchemars et les décrire. Le tournoi pourra avoir lieu ce soir ?
— Oui ! En espérant ne pas nous faire interrompre par un survol de drones.
— Ça devrait aller, surgit Javani à côté de nous. Il semble qu'il y ait un minimum de vingt-huit heures entre chaque inspection, sans doute à cause du temps de recharge, ou bien à cause de l'autonomie des drones, et les vols par nuit complète sont rares.
— Java, le salue Tan. Tu es matinal, aujourd'hui.

— Je profite du départ de ce matin et du calme relatif que ça va apporter au self pendant quelques jours. Salut, Lopi.

Un frisson me contracte des pieds à la tête. Java s'installe à côté de Tan, souriant. Je n'ai aucune idée de la façon dont je dois réagir et ne réussis même pas à lui répondre. Peps surgit près de moi.

— Bonjour, bourreau ! T'as fini ? Le frangin t'attend dans le couloir.

— Il m'attend, moi ?

— Oui. Qu'est-ce que tu fais déjà debout, Javani ?

— J'ai été réveillé par une faim inexplicable, mon petit chou à la crème.

Mon ancienne coach lui adresse un regard noir avec ses yeux clairs et se retourne en faisant claquer ses longs cheveux nattés derrière elle. Javani penche la tête pour reluquer ouvertement ses fesses et Tanaël lui met une tape sur la tête.

— Arrête de la mater comme ça. Tu vas encore t'attirer des ennuis.

— Je reluque qui je veux, n'en déplaise au chef.

Ses yeux se posent sur moi. Pétrifiée, j'avale d'une traite le reste de mon café et quitte la table pour rejoindre Declan dans le couloir.

— Bonjour.

— Salut. Java a été lourd ?

— Il est… particulier. Je n'étais pas mécontente de m'échapper.

— Il est insupportable, tu peux le dire. Viens, on a du boulot.

Intriguée, je suis Declan jusqu'à l'infirmerie. Pourquoi m'emmène-t-il à l'infirmerie ? Un tronic médical à réparer, peut-être ? Perdue dans mes pensées, je manque de lui rentrer dedans quand il frappe à une porte avant de l'ouvrir.

Je reste dans l'entrée. Gyna se lève, offre son étreinte à Declan qui la lui rend avant de s'asseoir sur le bord du lit où se trouve Pierre, le patient auquel est destiné le programme médical. Je découvre qu'il s'agit d'un jeune garçon, d'une dizaine d'années tout au plus.

— Elle est là ? demande-t-il.

— Oui, je te l'ai amené, comme promis. Wax ? Je te présente Pierre, mon cousin. Tu connais déjà ma tante, Gyna.

Sa tante ? Son cousin ? Je fais mon possible pour encaisser sans les inonder de questions, perdue entre tous ces liens familiaux. Pierre a beau parler lentement, c'est un grand bavard. Il est fan de mon travail, se présente comme « un vrai lopiste ». Je suis étonnée qu'il connaisse ce terme. Ce qui se passe aux coupoles n'est-il pas censé y rester ? Manifestement ravi de ma visite, il se montre aussi curieux.

— Declan a dit que tu travailles sur son programme. Vous faites équipe ?

— On fait équipe, oui, répond l'intéressé. D'ailleurs, on doit y retourner.

Nous les saluons. Dans le couloir, il ne perd pas une seconde. Je le rattrape en courant.

— Comment ça, ton programme ? Tu es Programmateur de Bases Vitales ? Pourquoi Gyna ne m'a pas dit que Pierre était son fils ? Et qu'elle est ta tante ! Ma parole, Declan, tu es Programmateur BV ?

— Oui, ralentit-il le pas. Gyna préférait ne pas te révéler nos liens de parenté pour que tu acceptes le travail par intérêt, pas par pitié.

— Si je n'arrive pas à faire fonctionner ton programme, je n'y pourrai rien, pitié ou pas.

— Doc m'a dit que tu as des questions, d'où l'accord pour se voir.

— J'en ai des tonnes ! Je n'avais jamais travaillé sur un projet médical ! Et la première : où tu as appris à programmer ?

Devant la porte de la salle de travail, il m'adresse ce sourire éclatant qui illumine son regard. Le voir m'électrise la colonne vertébrale alors qu'il ouvre en me répondant :

— J'ai suivi le cursus de deux ans à NetraCORP Orion. Avec le décalage des cycles de formation, tu as commencé le tien après moi, et tu l'as fini avant !

— Ma parole, Declan, tu es surprenant !

Il détourne les yeux, ses pommettes joliment rosies. Admirative et sous le charme qu'il dégage à ce moment, je réactive les écrans mis en veille. Declan observe le programme affiché et saisit la pochette rouge pour la feuilleter.

— Tu as déjà lu les trois-quarts ? Wouaw ! Wax ! Qu'est-ce qu'il s'est passé dans le chapitre mémoire ?

— Oui... Hum... C'est là que j'ai apporté le plus de modifs.

Je fais défiler les lignes sur l'écran pour les lui montrer. Declan les lit avant d'émettre un long sifflement.

— Ces enchaînements Sictro/Faoli, tu es sûre de ton coup ? Ça permettrait de relier directement la mémoire de la puce à la mémoire naturelle, si ça fonctionne !

— C'est l'idée. Si on veut booster son accès à sa mémoire, il faut la stimuler pour que les connexions s'améliorent. Et ça fonctionne.

— Tu veux dire que c'est une partie des lignes du PNI ?

Je ne veux pas aller sur ce terrain, mais à ce stade, inutile de nier. Il semble bien assimiler la nouvelle et ma curiosité reprend le dessus.

— Ça ne te dérange pas ?

— À vrai dire, j'en suis content ! Si le PNI peut aider Pierre ou d'autres personnes, c'est une bonne chose. Et puis, c'est tellement innovant de combiner la mémoire naturelle avec l'implantée !

Il se tourne vers moi, l'air en paix avec cette idée. Rassurée, j'acquiesce et lui montre d'autres modifications, prête à l'inonder de questions.

***

Plongés dans les lignes, nous passons une bonne matinée, sans voir le temps passer. Pour me faire lâcher les codes, Declan secoue la clef de la salle sous mon nez. Je souffle, dépitée d'être interrompue en plein travail. Cependant, il faut que je profite d'être seule avec lui. Mes doigts pianotent sur le clavier de prog, nerveuse.

— Declan, c'est quoi le plan pour s'attaquer aux faucheurs ?

— Ici, on protège les engagés qui résident à Hôpital, les nomades de passage, beaucoup de gens.

— Mais on ne les arrête pas.

— Comment veux-tu les arrêter ? En partant les chasser ?

— Pourquoi pas ? Ils le font bien, eux. Ce serait si fou ?

— Oui ! Il y a six mois, les faucheurs disposaient de voitures, de cannes à chocs électriques et de lunettes à vision longue distance. Maintenant, ils utilisent des drones, des flingues longue portée, des hélicos camouflables armés et des lentilles d'améliorations visuelles. On ne fait pas le poids pour contre-attaquer.

— D'accord, j'entends. Mais vous continuez les passes. Il n'est pas possible de faire venir Umy, Val et mes parents ici par l'une d'elles ?

— Les passes sont la raison d'être d'Hôpital. Je t'assure que si c'était possible de ramener tout le monde, ce serait déjà fait. Ils sont tous médiatiquement très exposés depuis notre disparition. Les contacter risquerait d'attirer l'attention des faucheurs sur eux, or le service de sécurité que tu avais négocié avec Novak est toujours en place. Imanna pense que le bénéfice-risque est en faveur de leur maintien à Andromède, pour l'instant.

— Je me moque de son opinion, je ne la connais pas ! Declan, ils croient que nous sommes morts. Ils doivent être dévastés.

— C'est pour ça qu'il ne faut rien leur dire, assène-t-il sèchement. Qu'ils y croient assure d'autant plus leur sécurité, même si c'est dur.

Pourquoi il s'énerve ? Il se retourne, fait la manip pour éteindre les écrans et je percute. Il a disparu, lui aussi. Il ne sait pas comme il m'a manqué.

— En décembre, je te cherchais partout où j'allais. J'étais toute seule et…

— Tu avais Umy et Val. Ce sont tes meilleurs amis, je sais. J'veux pas en parler.

— Non, il faut que je te dise…

— Je m'en fiche ! C'est du passé ! Gyna t'ouvrira demain.

Si l'objectif était de me blesser, il a réussi. Je perds le contrôle et hurle :

— Tu t'en fiches ? Val et Umy ne me parlaient plus après notre dispute et une thérapeute m'a fait croire que tu n'avais jamais existé ! Je n'ai pas dormi plus de trois heures d'affilée pendant trois mois parce que tu avais disparu ! Et tu t'en fiches ? Quand je me suis réconciliée avec Umy et Val en janvier, j'ai réussi à reprendre pied parce qu'ils m'ont confirmé que toi, tu es réel, Declan !

Il me regarde maintenant. Vraiment. Et il en reste sans voix. Tant mieux. Je le plante au milieu de la pièce.

— Wax ! Où tu vas ?

— C'est toi qui as la clef, alors ferme-la !

***

Depuis une demi-heure, je m'acharne en pestant sur un punching-ball que Tanaël m'a aidé à installer au gymnase. D'autres personnes se sont mises à l'entraînement depuis mon arrivée mais je n'y prête pas attention, concentrée sur mes enchaînements qui évacuent ma colère. *Ou pas.*

— Wax Lopi ?

Je m'arrête, la sueur perlant à mon front. Une grande femme se tient droite à côté de moi. Les cheveux crépus serrés en chignon strict, une peau couleur café au lait dépourvue de toute imperfection, elle m'observe sans esquisser le moindre sourire.

— Qu'est-ce que tu me veux ?

— T'évaluer. Il semble que tu sois déjà échauffée. Anthonin, en place.

Antho se fait arrêter d'une main ferme par Javani qui se fait lui-même doubler par Peps.

— Si ça ne te dérange pas, Imanna, je me propose. Ça nous changera de la course !

Imanna ? Pas douée pour les présentations ! La femme acquiesce. Je rejoins Peps qui lève les poings et fait mine de me donner un coup dans l'épaule en dansant sur ses jambes. Enfin, elle redevient la Priscilla des coupoles. Imanna veut connaître mon niveau pour m'autoriser à me battre contre les faucheurs ? Elle va le voir. Je m'ancre dans mes appuis.

— D'accord, Prisci, dis-je en appuyant sur le surnom. Prépare-toi, je me suis entrainée !

— C'est ce que je constate. Tu es en bien meilleure forme, madame zombie !

Elle sourit et attaque aussitôt. Je pare son coup en me penchant sur le côté, enchaîne sur deux coups de pieds pour la déstabiliser en tournant autour d'elle. Elle évite de justesse la paume de ma main la première fois, mais pas la deuxième. Ni mon coude, ni mon genou qui suit dans l'élan de l'enchaînement.

Peps s'écroule.

Des murmures montent autour de nous. Javani l'aide à se relever pour inspecter sa joue et sa pommette éclatée. Sa lèvre est aussi ouverte. Une ecchymose apparaît déjà sur tout le côté gauche de son visage. Elle lèche le sang sur sa bouche et m'adresse un regard farouche. J'ai pourtant retenu mes coups autant qu'avec Declan !

— Peps, pardon ! Je ne me suis pas rendu compte que j'y allais si fort.

— Comment tu as fait ça ? Apprends-moi !

— Non ! Je veux dire, demande à ton frère. C'est lui qui m'a montré.

— Tu viens de m'éclater la tête en deux secondes. Tu m'en dois une !

— Elle ne te doit rien du tout, tranche la voix de Declan dans mon dos. Imanna, nous étions d'accord pour qu'elle passe son évaluation avec moi.

— L'occasion s'est présentée. Merci pour cette démonstration, Wax. Tu as le niveau requis pour intégrer la garde. Les autres, reprenez l'entraînement.

La femme va s'asseoir dans les gradins. Des groupes de deux ou quatre se forment rapidement. Simon, arrivé en même temps que Declan, me rejoint pendant que Peps se lève pour faire face à son frère. Ils se défient du regard, bleu pâle entrant en collision avec bleu sombre. À cet instant précis, je vois qu'ils sont de la même famille. Leur ressemblance saute aux yeux quand elle déclare :

— Tu vas participer au tournoi.

— Je t'ai déjà dit non.

— Je suis blessée, je n'ai plus le droit de participer. J'étais déjà inscrite. Soit je te désigne pour me remplacer, soit c'est elle parce que c'est elle qui m'a amochée.

— T'abuses, elle ne connaît même pas cette règle !

— C'est la seule raison qui me fasse envisager d'accepter de te désigner à sa place.

Il serre les dents et saisit le bloc d'inscription que Tanaël lui tend. Je m'insurge :

— Pourquoi il ferait ça ? C'était un accident !

Declan s'inscrit avant de tourner les talons. Il n'est pas là pour s'entraîner mais pour aller donner des conseils à ceux qui le font. Avec Sim, je rejoins Java qui apporte la trousse d'urgence à Peps. Tan inspecte sa joue et conclut :

— Ça va te coûter un tour à l'infirmerie côté patient, mais bien joué.

— Ça valait le coup.

— Tu m'as laissé te blesser pour le forcer à s'inscrire au tournoi ?

Elle serre les dents mais grommelle avec un air mauvais que je ne lui connais pas :

— Non. Je pensais te mettre une raclée bien méritée.

Blessée, je recule et sors du gymnase.

***

Courant à l'aveugle dans les bois, j'arrive au terrain de terre battue que Declan m'a montré la veille. Je déborde de colère envers lui qui n'en a rien à faire du mal que sa disparition m'a fait. Et pour Peps qui tente de me casser la gueule alors que je pensais retrouver mon amie, et qui en profite pour le forcer à s'inscrire au tournoi.

C'est complètement contradictoire. D'un côté, je lui en veux et de l'autre, je le plains. Je ne tourne vraiment pas rond. De rage, je crie sous les tôles sous lesquelles ma voix résonne :

— Je suis là ! Venez me chercher, bande de salopards ! Wax Lopi n'est pas morte ! Votre petit génie au don si précieux est toujours là ! Où sont vos drones, maintenant que je suis dehors, hein ? Faucheurs de merde ! Assassins ! Je vous tuerais tous pour ce que vous avez fait à Matt ! Aux Netras ! À tous !

Une main tapote mon épaule. Je me retourne : Peps.

— Qu'est-ce que tu veux ? Que je t'amoche encore ?

— Je veux que tu me dises comment mon frère s'est retrouvé sur une table pour l'Opération Netra.

— Demande-lui, il refuse de m'en parler.

— Arrête de jouer l'innocente ! J'ai trouvé ta pochette avec son nom dessus dans ton bureau. Tu as parlé de lui lors d'un repas avec Umy et Val. Tu savais qu'il allait se faire effacer et intégrer le PNI, et tu n'as rien fait pour l'empêcher. Au contraire, tu as rédigé ce stupide programme !

L'accusation me coupe la parole avant de me faire exploser.

— Comment tu peux croire que je savais où il était ? J'ai fait tout ça pour le retrouver ! Je l'imaginais chaque seconde à mes côtés, tout le temps qu'il m'a fallu pour rédiger le PNI ! Je me demandais pourquoi il s'était enfui de chez moi sans rien dire, alors que ce sont les faucheurs qui sont venus le kidnapper dans ma chambre !

— « *P.N.I. Declan* » ! Son nom était sur ton dossier !

— Parce que Lectra m'avait dit que la personne qui m'accompagnerait serait un policier volontaire d'Orion. Je voulais un prénom qui serait digne du courage que cet acte m'inspirait. Je voulais que l'agent m'aide à retrouver Declan, pas qu'il devienne l'agent !

— Depuis quand tu l'aimes ?

Comment peut-elle passer d'une question aussi extrême à une autre en restant aussi stoïque ? Déstabilisée, je recule de deux pas. En mode sœur surprotectrice, elle me fixe de ses yeux dont les contours noircissent et dont la lèvre enfle à vue d'œil. Un étau dans la poitrine, je débite :

— Depuis l'interview. Ou l'attentat. Du moment où je l'ai trouvé dans ce fauteuil avec la mémoire effacée. À moins que ce ne soit lorsqu'il m'a dit qu'on s'était vraiment marié et qu'il était condamné à mourir une fois la mission terminée. Depuis qu'il m'a demandé de le suivre ici. Aujourd'hui, quand il m'a souri, en salle de prog.

J'ai les yeux si embués que je distingue à peine Peps qui vient me prendre dans ses bras. Je lui rends son étreinte, bouleversée, mais aussi soulagée par son geste.

— Je te crois. Merci. Je préfère ça, de très loin.

— Pardon. Je te l'ai ramené en morceaux et malheureux.

— Et vivant.

Entre mes larmes, je distingue Simon, accoudé contre la tôle.

— Je n'y croyais pas, mais c'est rassurant d'être sûr. Tu as réussi, tu l'as sauvé.

— Ce n'est pas son sentiment. J'ai essayé de lui en parler et il m'a reproché de ne pas avoir mis fin à sa vie, après l'avoir trouvé Netra.

— Et tu l'as suivi après ça ? Avec moi, il aurait pris un coup de poêle dans la tronche !

Je ris avec mon amie qui approuve la méthode. Ça me console qu'ils me croient, s'offusquent et prennent ma défense, tous les deux.

J'en ai besoin. Peps m'offre une dernière étreinte avant de se rendre à l'infirmerie, me confiant à Sim.

J'hésite. Ce n'est pas Umy ou Val. N'empêche, il est droit, paisible et tendre. Il me rappelle la douceur d'Umy, le calme de Val. Je cède à son offre. Des larmes silencieuses roulent sur mes joues pour le couple qui me manque tant. Pleurer m'aide à dissiper cette sensation de vide dans ma poitrine. Ce réconfort offert repousse ma rancœur et mon amertume, ma tristesse et ma solitude.

— Je te retiens. Tu ne devrais pas te préparer pour le tournoi ?

— On a le temps, princesse. C'est après le dîner.

— Pourquoi tu m'appelles princesse ?

— C'était notre code pour parler de toi en dehors de la maison. Et puis on a tous pris l'habitude. Val n'aimait pas qu'on lui ait piqué le surnom.

— Parce que c'est mon prince. Tu crois que j'ai le temps d'aller programmer ?

— Accro jusqu'à l'extérieur, hein ? Viens, on va trouver Gyna pour t'ouvrir la salle.

***

Plongée dans le dossier médical de Pierre, Gyna et Simon viennent me chercher pour le repas du soir. Le petit garçon est équipé de dix-huit électrondes dont douze du côté droit au lieu des six habituelles sur chaque hémisphère. Une opération de sept heures, suivie de cinq semaines de coma induit et de six mois de convalescence sans aucun accélérateur de guérison ou de cicatrisation… Cette famille a connu l'enfer. Pourtant, la maman me sourit en reconnaissant l'historique de son fils sur les écrans.

— Je ne perds pas espoir qu'on n'ait pas fait tout ça pour rien.

— C'est compréhensible. Vous savez pourquoi le médecin a posé autant d'électrondes ?

— Pour optimiser les chances de faire fonctionner le programme, essayer d'établir une connexion qui manquerait pour que les stimulations directes fonctionnent.

— Hum… Comment vous avez fait pour tester le programme la première fois ?

— On l'a directement implanté. Ça n'a strictement rien fait.

Je reste bouche bée. Ils en ont sans doute conscience, mais ils auraient pu faire mourir d'autres zones cérébrales comme ça. Pas le choix, il va falloir la jouer franc-jeu.

— Honnêtement, je ne pense pas que les modifications que j'ai apportées jusqu'ici changent quoi que ce soit à la fonctionnalité du programme de Declan. Vous le savez, les électrodes fonctionnent de façon extrêmement imprévisible chez les non Netras. Je voudrais lire tout le dossier de Pierre et être sûre de ne pas pouvoir faire mieux avant de tenter une implantation. Je ne veux pas le décevoir plus de fois que nécessaire.

— Oui, bien sûr. Ça a été assez dur la première fois, même si Declan nous avait prévenus que ça risquait de ne pas fonctionner. Mais sache que j'ai confiance en toi. Tu peux rendre sa mobilité à mon bébé. Je le sais.

Simon m'adresse un sourire tout aussi confiant. Ma parole, ils me prennent pour une sorcière de la prog ? Incapable de briser brutalement tous les espoirs de cette mère et médecin, je lui souris sans rien dire. Comment je vais faire pour pouvoir tester ce programme sans mettre la vie de Pierre en danger ?

— Comment accédez-vous à l'installation de programme ?

— Par une puce de régulation classique implantée dans son avant-bras gauche.

Comme celle de Declan. Je retiens ma réflexion et tourne les pages du dossier sans y trouver ce que je cherche. Une coïncidence ? Je ne sais pas.

— Qui a opéré votre fils, Gyna ?

— Jo Bénédict. Il est venu à Baie spécialement pour Pierre.

— C'est en référence à Jo Bénédict, celui décédé il y a dix ans ?

— Oh, non ! Il a simplement gardé son nom. Se faire passer pour mort est un moyen assez classique pour sortir des coupoles, comme pour Declan et toi. C'est vrai qu'il animait une émission à destination des enfants qui était diffusée dans de nombreuses coupoles. Tu la regardais ?

Estomaquée un instant, j'ai soudain chaud partout, complètement surexcitée. Ce type est un génie à proprement parler, le « Birman et Tuni » de notre siècle. Son nom apparaissait dans tous mes cours. Une seconde. Deux. Je ne tiens plus en place, secoue mes mains, saute de mon fauteuil et explose :

— Si je regardais ? C'est… Par l'univers tout entier, Bénédict est mon idole ! Celui qui m'a donné envie de programmer quand j'étais gamine ! Il est en vie ! Et il a opéré votre fils ! Vous vous rendez compte de ce que ça signifie ? Je vais travailler sur des électrodes posées par Jo Bénédict !

— Oui, confirme Simon. Declan était déjà en formation à l'époque. Il a conseillé de l'attendre, que ce serait le mieux, qu'il aurait accès aux dernières avancées en matière de prog.

— Il s'est montré compatissant et vraiment à l'écoute, raconte Gyna. Nous lui devons beaucoup. Lorsque le programme de Declan n'a pas fonctionné, il lui a parlé de toi. Jo a dit que si quelqu'un pouvait trouver la solution, c'était toi. Et tu es là, maintenant.

Mon cœur bat à toute allure, mon visage doit être rouge cramoisi tellement j'ai chaud.

— Declan a parlé de moi à Jo Bénédict… Par les étoiles, je vais trouver, Gyna. Je vous promets que j'y passerai toute ma vie s'il le faut, mais je vais trouver.

— Si j'avais su, j'aurais commencé par ça !

Extatique, je la gratifie d'un bref câlin, un sourire figé sur le visage.

6. Tournois

L'ambiance est à la fête. À l'étage des dortoirs, une salle de regroupement a été aménagée pour le tournoi. Un comptoir au fond occupe toute la largeur de la pièce et les boissons alcoolisées s'enchaînent entre les mains à un rythme soutenu. Le long de la corde qui délimite l'espace de combat, entre Simon et Peps, j'accueille Tanaël dans son rôle d'animateur de la soirée en accompagnant les éclats de joie déjà éméchés de la foule. Sur les tapis, il explique qu'il faut maintenir son adversaire dix secondes au sol pour gagner, les autres règles étant scandées par les spectateurs : *« On ne casse pas, on ne perfore pas et on plaque au sol ! »*

Une fois les duos annoncés, les participants sont invités à se rassembler dans la salle d'à côté. Simon m'embrasse le front avant de s'en aller, tout sourire. Une tension euphorique presque palpable remplit l'air.

Emportée par l'ambiance, j'applaudis et encourage les combattants du premier face-à-face. Ne les connaissant pas, je n'en soutiens aucun particulièrement. Pourtant, quand Jerry plaque Sarah au sol après l'avoir balayée d'un coup de pied en moins d'une minute, je me réjouis avec Peps et les autres qui hurlent *« Plaqué au sol ! »*. Le gagnant envoie un baiser de la main à mon amie.

— Un admirateur ?

— On aime entretenir le mystère, avec Jerry ! Quoique pour ça, c'est compliqué, en ce moment, avec le frangin dans ma chambre. Il surveille tout ce que je fais !

— J'ose à peine imaginer. Vous êtes très protecteurs l'un envers l'autre !

— Ça aurait pu être pire ! Il aurait pu être mon grand frère !

Nous rions encore lorsque Simon arrive dans le cercle avec son adversaire. Ils se serrent la main, la cloche retentit et je me laisse complètement prendre au jeu pour l'encourager. Nous braillons à nous en casser la voix alors qu'il esquive deux coups et enchaîne avec un crochet qui percute violemment la mâchoire de son opposant. Sim semble être déstabilisé par le mouvement suivant, avant d'enchaîner les coups jusqu'à ce que son adversaire s'écroule et tape trois fois le sol avant la fin du décompte.

— Plaqué au sol ! s'exclame Peps. C'est la spécialité de Simon, ça. Il les fait craquer avant l'heure !

Elle s'amuse beaucoup, ça se voit. Trois uppercuts règlent la confrontation suivante qui laisse place au combat de Declan que Tanaël annonce dans un silence relatif.

— Voici l'affrontement du premier tour que vous attendez tous ! Celui qui oppose Clovis, troisième au dernier tournoi et septième au classement général, à celui qui reste le champion incontesté des tournois d'Hôpital. Sa seule défaite a été sa première participation face à son propre père. Il n'a pas combattu depuis plus de deux ans parmi nous, faisant de lui une vraie légende pour certains... Je veux bien évidemment parler de Declan !

Torse nu, Clovis s'accorde un tour de piste pour chercher les encouragements du public. Declan arrive beaucoup plus discrètement, se positionne en regardant ses pieds nus et sans adresser un seul regard à la foule. Mes oreilles se mettent à bourdonner. Les deux hommes se saluent, la cloche retentit. Declan imite la position de son opposant, les poings en avant. Impossible de résister avec Peps qui encourage son frère à côté. Je le soutiens autant que sa sœur. Dire que cet après-midi, je l'ai envoyé bouler... Mais après tout, il a parlé de moi à Jo Bénédict ! Il évite les trois premiers coups de son adversaire avec des gestes souples. Placé dans notre axe, il nous sourit, esquisse une fausse roue et attrape la taille de Clovis entre ses jambes pour l'entraîner avec lui sur le sol.

— Oh la vache ! s'exclame Peps.

Une vache ? Un de ces gros animaux domestiqués de l'Ancien Monde ? Je ne comprends pas son expression. Ce que je vois, c'est Clovis, cloué au sol. Il se débat de toutes ses forces pour tenter de reprendre le dessus, en vain. Tanaël décompte jusqu'à dix avec la foule avant qu'elle ne hurle le fameux *« plaqué au sol »*. Vainqueur, mon partenaire relâche son adversaire qui lui serre la main avec une mine dégoûtée et repasse sous les cordes, côté spectateurs. Declan, lui, semble de bien meilleure humeur et nous rejoint.

— Tu me le payeras, grande sœur.

— Declan Walter Jensen, je te somme de m'apprendre cette technique dès demain !

Je n'ai pas le temps de me remettre de son nom complet qu'il nous colle un bisou sur la joue à chacune et s'en va. J'en reste choquée tandis que Peps m'adresse un grand sourire. Elle a les yeux qui pétillent comme jamais en me traînant jusqu'à la table à laquelle un garçon inscrit les concurrents de dernière minute. J'ai beau refuser de participer, elle continue de faire la queue pour moi.

— Montre-moi ce qu'il t'a appris ! Assister aux combats sans y participer, c'est comme aller à un décalé des coupoles sans se défoncer aux biomolécules !

— Non ! Je n'ai pas envie de me battre contre des montagnes comme Sim ou Javani.

— C'est une excuse minable. Simon s'en défend, mais il tape moins fort quand c'est une fille en face. Et Javani n'est jamais là ! Il est permanent aux serres !

— Vraiment ? Vu son gabarit, je pensais que c'était son genre.

— Javani peut se montrer plus surprenant que ce qu'il laisse croire au premier abord. C'est un gentil gars.

Sans déconner ? Javani, gentil ?

— Il a essayé de m'embrasser au Bronx malgré un refus clair ! Je n'aime pas ses manières. Et je n'ai pas confiance en lui.

— Au Bronx ? Quand est-ce que… Oh, Java… Ces deux-là n'en manquent pas une dès qu'il s'agit d'emmerder l'autre ! N'empêche, tu lui feras confiance si un jour tu te retrouves avec lui face aux faucheurs. Tu veux vraiment attendre ton premier affrontement réel pour savoir si ce que mon frangin t'a enseigné peut te sauver la vie ?

Non, c'est certain. Les hurlements du combat en cours retentissent. Tanaël annonce ensuite l'avant-dernier face-à-face et rappelle que les inscriptions sont bientôt closes. Plus que quelques minutes à tenir.

Ne craque pas, Wax !

***

Vic m'ouvre la salle des participants. Des chaises, des tables. Une vingtaine de paires d'yeux se tournent vers moi. Je rejoins la table occupée par Anthonin et Simon, ravis de ma participation. À peine assise, Declan glisse son bras entre moi et Antho.

— Qu'est-ce que tu fais là ?

— Peps m'a convaincue de mettre mes entraînements en pratique.

— En pratique ? Ma frangine est seconde au classement général et tu lui as mis une raclée ! Il faudra plutôt retenir tes coups pour ne blesser personne !

Je lui adresse un grand sourire qui lui fait froncer les sourcils.

— Quoi ?

— J'ai une chance de te plaquer au sol.

— Sérieusement ? C'est tout ce que tu trouves à dire ? Parce que tu peux rêver ! Il faudra que j'y reste dix secondes.

— T'as trouvé une concurrente motivée, s'amuse Simon.

Antho et moi sourions avec lui. La porte s'ouvre pour laisser entrer une nouvelle participante. Brune, assez jolie, elle se dirige vers notre table sans l'ombre d'une hésitation. Declan la regarde faire, l'air perdu.

— Je suis arrivée à temps pour m'inscrire ! C'est chouette, non ?

Elle lui colle un bisou sur la joue et l'enlace. *C'est qui, cette pétasse ?* Il reste parfaitement immobile pendant cinq secondes avant de se réveiller.

— C'est bien, oui. Wax, je te présente Gwenaela. Gwen, c'est Wax.

— La Programmatrice Lopi, m'évalue-t-elle de haut en bas. Ravie de te rencontrer. Je ne pensais pas que tu participerais au tournoi après être restée dans les vapes aussi longtemps.

— Elle se porte comme un charme, se penche Antho vers moi. Tu l'aurais vu à l'entraînement tout à l'heure, une vraie guerrière face au punching-ball.

— Un punch ne rend pas les coups. C'est facile.

— Tu viens ? lui propose Declan. J'ai envie de m'échauffer avant le deuxième tour.

Elle opine et ils partent ensemble. Tan entre dans la foulée et annonce que je dois livrer mon premier combat contre un certain Kalvin. Simon et Antho me conseillent avec enthousiasme. Dès que Vic m'appelle, Declan apparaît devant moi.

— Ne le laisse pas te toucher.

Contre toute attente, il s'empare de ma main et la tient jusqu'à ce que les bouts de mes doigts glissent des siens.

Dans la salle, la foule crie et applaudit. C'est intimidant. Peps m'encourage avec entrain à la corde. La cloche sonne. Mon prénom résonne autour de moi, mêlé à celui de Kalvin. Distraite par le brouhaha, j'encaisse son crochet du droit en pleine figure. Je me rattrape au sol d'une main et enchaîne avec une roue. Le moins qu'on puisse dire, c'est que prendre un vrai coup, ça fait mal ! Hors de question qu'il réitère son geste. Ne pas casser, ne pas perforer, plaquer au sol. J'approche en feinte. Il lève trop sa garde par réflexe et mon poing s'enfonce dans son ventre. Un demi-tour. Mon coude opposé rencontre sa tête dans la foulée. Le type tombe K-O, confirmé par Tanaël.

La suite n'est que hurlements et cris. Peps brandit ses poings comme si elle venait de voir la plus belle chose de sa vie et lève ses pouces en l'air quand je rejoins la porte de sortie entre les mains bizarrement tendues sur mon passage. Vic me félicite en m'ouvrant la salle des participants. J'y croise Gwen qui m'inspecte d'un regard dédaigneux en sortant pour son propre combat. La porte se referme sur elle et Sim me presse contre lui.

— Je savais que ça irait, ma belle. Bravo !

— T'as pris un mauvais coup à la mâchoire, observe Antho.

— Je t'avais dit de ne pas le laisser te toucher, le pousse Declan pour passer devant lui. Il faut te mettre du baume.

Pour souligner que ce n'est pas qu'un conseil, il me traîne à table où il ouvre un pot d'une mixture qui sent vaguement la menthe poivrée et autre chose de beaucoup plus puissant. Un spasme me parcourt lorsqu'il applique lui-même la pommade sur mon visage.

— Kal va être dégoûté de devoir regarder la suite, s'amuse Simon. Vas-y, raconte !

— Il m'a mis une droite pendant que j'étais distraite par la foule et je l'ai mis K-O.

— Personne n'a jamais mis Kal K-O ! remarque Antho.

— Il faut bien une première fois, riposte Declan.

Il secoue la tête et détourne les yeux. Sim se moque gentiment :

— Il est fier comme un paon de son élève, le prof !

— Oh, ça va. Comme si tu ne l'étais pas !

— Bien sûr que si.

Gwen revient. Elle fonce vers nous en repoussant ses longs cheveux bruns pour exposer sa joue droite et son cou à Declan. Elle minaude pour qu'il lui applique également de la pommade et le remercie en trouvant le moyen de l'embrasser sur la joue une fois ça fait. Cet idiot lui sourit béatement. *Ben voyons !* J'inspire un grand coup et réfrène tant bien que mal l'accès de jalousie qui menace. Ce n'est pas le moment de perdre les pédales comme à Capricorne.

Tanaël vient annoncer les couples d'adversaires du deuxième tour avant que je ne laisse échapper une connerie. Une fois les duos tirés au sort, Antho va discuter avec son prochain concurrent et Simon se lève pour aller prendre un bain de foule. En serrant les dents, je le suis. Il se retourne et pose son bras sur mes épaules.

— Tu le laisses seul avec elle, ma belle ?
— J'ai besoin d'air sain. Ils embaument la mièvrerie.
— J'ai comme dans l'idée que tu aimerais bien la mettre K-O, elle aussi.
— Ou lui tordre son cou d'oie. Il m'a l'air fragile.

Il rit. Dans la salle, les supporters sont surexcités. Ils crient et braillent de partout. Cette fois, je comprends pourquoi ils tendent leurs mains en voyant les autres leur taper dans les paumes. Je me prête au jeu derrière Simon jusqu'à atteindre Peps qui se jette dans mes bras par-dessus la corde pour me féliciter.

***

La cloche sonne et Jude attaque directement. Trop. Elle heurte son avant-bras au mien et ne déchiffre pas mon esquive qui me place dans son dos. De là, je lui attrape les poignets par-derrière et la balaye au sol pour me coucher sur elle en lui bloquant les jambes pour l'empêcher de se relever. Elle bouge beaucoup, mais ma prise est ferme et à la fin du décompte, elle est toujours par terre.

Mon adversaire vaincue jure de déception, mais sourit en me serrant la main avant de passer sous le cordon. Peps embrasse sur la bouche un garçon admirateur de mon crochet-coude à la pause précédente. Il n'en semble pas encore remis quand je les perds de vue. Dans la salle, Declan redresse les épaules dès que j'entre et il m'adresse un sourire que je lui rends. J'échange une accolade avec Simon, torse nu comme il l'a promis à Peps entre deux combats. Gwen profite de ce moment pour s'installer sur les genoux de Declan, m'adressant un énième regard dédaigneux au passage.

C'est quoi cette incruste ? Que je les rejoigne ne l'empêche pas de bavasser à propos de sa sœur en mission je-ne-sais-où, jusqu'à faire glisser sa main sur l'épaule de Declan avant de la poser sur sa cuisse. Je n'arrive pas à m'empêcher de me visualiser lui casser les doigts. *Un jour, je lui casserai les doigts d'avoir osé le toucher comme ça sous mon nez.* Les mots sortent de ma bouche sans mon autorisation.

— Tu vas retirer ta main de là, oui ?
— Voyez-vous ça ? Vous n'êtes pas aux coupoles ici, Lopi. Sans compter que je le connais depuis beaucoup plus longtemps que toi.
— Et tu tripotes tous ceux que tu connais de la sorte en public ? Parce que là, c'est franchement déplacé.

— Ce que je fais de mes mains ne te regarde pas, Lopi. Attention à l'incruste, Declan, tout le monde ne l'apprécie pas.

Moi, l'incruste ? Il ne relève pas sa réflexion et elle s'en va. *Ce que ça me démange !* En matière de self-défense, je suis peut-être au taquet, mais en matière de self-contrôle, il me reste du travail à faire… Mes ongles s'enfoncent dans mes paumes. *La cogner. Jusqu'à ce qu'elle s'évanouisse.* Declan se rapproche de moi.

— Qu'est-ce qui t'a pris ?

— Elle m'agace. Je n'arrive pas à croire que je t'ai encouragé lors de ton premier combat, tout ça à cause de Jo.

— Jo ? C'est qui ça, Jo ?

— Jo Bénédict, qui d'autre ? Il parait que tu lui as parlé de moi.

Je souris malgré moi. Ses yeux papillonnent un instant et il se détend.

— Oui, et il était impressionné par ce que je lui ai raconté à ton propos, si tu veux tout savoir.

— Évidemment que je veux tout savoir, Programmateur !

Ça le fait rire. Son rire contracte mon bas-ventre. *Traitre de corps !*

— C'est grâce à lui que j'ai découvert la programmation, que j'ai écrit mes premières lignes de codes ! C'est un monument de l'histoire des électrondes, son nom apparaît dans tous les cours de prog. Tu dois le savoir, non ?

— Oui, mais il n'aime pas trop qu'on le lui rappelle.

— Il est fantastique. On pourra le rencontrer ?

— C'est lui qui viendra à nous, s'il le souhaite. C'est un nomade, maintenant. Je ne sais pas où il est.

Ma déception est cuisante, mais ça ne dure pas bien longtemps. Le sourire de Declan à cette seconde vaut toutes les électrondes du monde. C'est ce moment que choisit Gwen pour revenir à la charge. Excédée par son attitude envahissante, je rejoins la fontaine à eau où se trouve Anthonin. Également dépourvu de tee-shirt pour ce tour, grand et musclé, ses yeux de miel croisent les miens, les accrochent avant de désigner Declan et Pétasse.

— Gwen peut être très démonstrative en public.

— Ça se voit tant que ça qu'elle m'exaspère ?

— Juste un peu, sourit-il rieur. Elle est gentille mais quand elle a un mec en vue, c'est un vrai pot de colle.

Elle minaude, joue avec ses mèches, trouve je-ne-sais-quoi à dire pour que Declan l'aide à se recoiffer. Antho se racle la gorge.

— Tu as impressionné Imanna au gymnase. J'étais content de m'être fait griller la place. Je ne sais pas si j'aurais pu éviter ne serait-ce que ton premier coup !

— Je n'ai pas fait exprès de faire mal à Peps. J'aurais dû me rendre compte qu'elle ne suivait pas la cadence.

— Ça n'enlève rien. Ton enchaînement était super.

Je le remercie, mon attention détournée par Simon revenu de son combat à deux tables de moi. Il grimace en appliquant du baume sur une ecchymose qui se dessine sur sa poitrine.

***

Ce tour m'oppose à Gwen en personne. Parfait. La cloche retentit à peine arrivées. Chacune à l'affût, on se tourne autour sous le grondement de la foule qui nous entoure.

Elle se jette sur moi sans prévenir. Tout me laisse penser qu'elle va tenter de me mettre un coup de poing, aussi je suis surprise lorsque son pied s'envole dans les airs. Prise au dépourvu par sa technique, je pars en salto arrière pour esquiver. La mise en pratique d'une telle figure en combat me déstabilise et j'encaisse un coup sec du tranchant de sa main en plein biceps.

Je m'éloigne. *Hors de question qu'elle me touche à nouveau !* Je décide d'enchaîner les coups façon Simon. Elle bloque le premier et perd le fil. Quelques secondes plus tard, je l'écrabouille contre le sol, ses épaules bloquées en arrière. Incapable de bouger, elle tente malgré tout de se dégager pendant le décompte. Quand Tan atteint deux, elle cesse de gigoter et me lance :

— Ça ne change rien. C'est mon mec, pas le tien.

Le décompte se termine et me déclare victorieuse. Je lui écrabouille la main à l'occasion de devoir la serrer, au point de lui faire monter les larmes aux yeux. Il y a des gens comme ça avec qui ça ne passe pas. *Pétasse !*

***

La porte claque derrière Claude et Antho. Il n'y a plus que Sim, Declan et moi dans la salle, déjà qualifiés pour les demi-finales. Declan est à table avec nous mais ne décroche pas un mot. Il semble contrarié depuis que j'ai battu Gwen. Déboussolée par ses changements d'humeur incessants, je pose ma tête sur l'épaule de Simon :

— Je ne vais pas me laisser boxer si on doit se battre. Tu t'en rends compte, espèce de grand nounours ?

— Ce ne sera pas intéressant si tu te laisses faire. Et c'est quoi ça, mon surnom ?

— Peut-être, si tu es sage. Si tu ne l'es pas, je trouverai pire.

— J'aurais dû te bouffer dès le premier jour, ma belle.

Il rit. Umy me manque. Notre complicité me manque, cette même complicité que je retrouve avec l'humour vif de Simon. Pas étonnant qu'ils se soient bien entendus à Andromède.

— Je ne te verrai même pas te battre si tu es face à Declan en demi, regrette Sim.

— On pourra toujours se faire un entraînement.

— Celui que j'attends encore, tu veux dire ?

— Ah, oui… Désolée. Je t'avais promis.

— T'inquiète ! Face à vous deux, je vais sans doute me faire retourner comme une crêpe.

— C'est quoi, une crêpe ? Peps parlait de vache, tout à l'heure.

— Ah… J'avais oublié. Pas de crêpes aux coupoles ! Le sacrilège ultime. Pour la vache, ça devait être une expression.

La porte s'ouvre sur Claude. J'aurais préféré qu'Antho passe. Le type s'avance pour s'emparer de la pommade à côté de Declan en le toisant. Tanaël et Vic entrent dans la foulée avec le sac de tirage au sort. Declan et moi nous affronterons en premier, Simon et Claude ensuite. Nous avons un quart d'heure pour nous détendre. Claude sort de la pièce et Simon le suit, me laissant seule avec un Declan muet. Avachie sur ma chaise, je laisse échapper :

— Tu sors avec Gwen ?

— Certainement pas ! D'où tu tiens une bêtise pareille ?

— D'elle. C'était plausible, vu comme elle te tripote sous mon nez.

— C'est la meilleure ! Tu te rends compte comment tu es avec Simon ? Tu te colles à lui alors qu'il est torse nu ! Tu as mis des jours à avoir ce genre de gestes avec moi… Je veux dire, avec l'agent… Et puis merde.

— C'est toi qui racontes des bêtises. Tu es l'agent Declan, Declan.

— Non. C'était le PNI, là-bas.

— Là-bas, nous n'étions pas censés devenir amis mais faire semblant d'être amants.

— Sans moi, vous n'auriez pas simulé très longtemps.

— Tu serais peut-être revenu plus tôt !

— Tu crois que je n'ai pas essayé de toutes mes forces de revenir avant ça ?

— Ce n'est pas ce que je dis ! Seulement, le programme n'était pas du tout prévu pour éprouver ce genre d'émotions, à la base. Il est possible qu'il n'ait pas supporté.

— Il a quand même fallu trois fois pour que ça fonctionne.

Je rougis jusqu'aux oreilles. Pourquoi faut-il qu'il se souvienne d'absolument tout ? Et pourquoi on parle de ça en plein tournoi ?

— Ça ne change rien, gronde-t-il. Tu détournais les yeux devant moi et là, tu agis avec Sim comme si vous vous connaissiez depuis des mois.

— Toi non plus, tu ne pouvais pas me regarder.

— Je n'étais pas encore là à Cassiopée.

— Tu y étais, Declan. Même si tu n'en avais pas complètement conscience.

— On n'a pas le même avis là-dessus. Mais quelle importance ? Je suis là maintenant et je m'en souviens comme si j'y avais été.

Il se renfrogne. Qu'est-ce qui pourrait faire retomber la pression ? Aucune idée. Je râle :

— Tu es aussi têtu qu'un écrou scellé de tronic !

— Qu'est-ce que c'est, ça ? Une insulte ? Il y a besoin d'aide partout pour lutter contre les faucheurs. Si c'est trop dur de rester ici, tu peux partir avec la caravane que tu veux. Choisis Village ou Grande Vallée. Tu seras sûre de ne plus jamais me croiser.

En voilà un qui n'a rien compris. Je me radoucis.

— Je ne veux pas être loin de toi, quoi qu'il arrive. Tu n'as pas encore saisi ? Mariés, pas mariés, amis ou pas, tu es mon yang et je ne te lâcherai pas. Tu es tombé sur la pire glue de l'univers, désolée.

Il observe ma paume offerte sur la table, soupire et se détend :

— Tu resteras avec moi ? Quoi qu'il arrive ?

— Oui. C'est promis. Mais ça ne te donne pas le droit de devenir con.

— À toi non plus.

Nous échangeons un regard serein. L'instant ne dure pas. Il recule dès que la porte s'ouvre sur Simon, Claude et Tanaël qui s'installent.

— Bien. Ceux qui remporteront la victoire des demi-finales iront en finale. Celui qui mettra le plus longtemps à être battu ce tour remportera la troisième place. Les règles sont les mêmes que pour les autres combats. On ne casse pas, on ne perfore rien et on plaque au sol sous peine de disqualification. C'est clair ?

La remarque est adressée à Claude. Il faudra que j'aille voir comment se porte Antho. Declan et Simon ont été les plus rapides, aussi Tan fait glisser un smartphone sur la table. *Un smartphone ? Ici ?* Simon sélectionne rapidement une musique, Tan sourit :

— Ambitieux. Elle ne dure que deux minutes quinze.

— Ce sera suffisant.

L'organisateur amusé tend l'appareil à Declan et secoue la tête quand il le lui rend :

— Tu te moques de moi ! Choisis-en une des trois.

— En fait, je me tâte d'en ajouter une autre.

L'ancien lopiste me jette un regard comme s'il découvrait que j'étais dangereuse.

— Tu es si douée que ça ? Il vient de programmer dix minutes de musique !

— Seulement ? Quel prétentieux !

J'éclate de rire. Tan écarquille les yeux et Declan se passe une main dans les cheveux avec un haussement de sourcil séducteur. *Tu as tort, Gwen. Il est mon yang plus qu'il ne sera jamais ton petit ami.*

***

J'inspire un grand coup à l'ouverture des portes de la salle. C'est une cacophonie tonitruante qui nous accueille. Au milieu de la zone de combat, Declan serre ma main et lève nos poings unis en émettant un cri rauque qui contracte tout son cou. La foule se met à clamer son prénom en cœur. Il me lâche pour effectuer un salto avant parfait. De quoi rendre tout le monde dingue.

Puis il me fait signe. Je me sens loin de sa grâce, mais un truc que j'ai adoré apprendre, c'est la roue frontale. Je me lance et ralentis mon geste en équilibre jusqu'à finir en poirier. La tête en bas, je m'arrête pour faire un grand écart et termine ma figure en douceur sous les acclamations du public.

Declan me reprend la main et lève à nouveau nos poings en rugissant. J'ai un sourire figé sur le visage. Peps est complètement extatique de l'autre côté de la corde.

Puis la cloche sonne, la musique commence. Nous nous lâchons pour mieux échanger une tape dans la main. C'est tellement familier de faire ça avec lui ! J'avais perdu espoir qu'on partage à nouveau ça un jour et l'émotion me prend à la gorge. *Concentre-toi, Wax.*

Declan adopte tout de suite une position basse pour me tourner autour alors que je reste sur mes appuis habituels. Il veut se battre, mais aussi faire durer le spectacle. Je lance un coup de pied qui le frôle de justesse. Il enchaîne sur un balayage que j'évite en sautant largement plus haut que nécessaire, à près d'un mètre. Le public retient son souffle lorsque son pied passe au-dessus de ma tête la seconde suivante. Je me laisse rouler sur le sol, m'arrête en équilibre sur le bout des pieds et des doigts d'une main, l'autre bras tendu sur le côté.

Declan m'adresse un hochement de tête. Je me lance dans un enchaînement de coups de pieds qu'il évite tous avec différentes figures. La musique, dont nous ne percevrons que les basses dans le brouhaha, change. Elle est plus rapide, plus rythmée, plus près de notre cadence ordinaire. Je souris. À nouveau en position, il articule :
— Rapide.

On tourne, on s'observe. On anticipe les mouvements de l'autre. On essaye vraiment de se porter des coups, mais on se connaît par cœur. Le tempo des basses accélère encore et les gens autour de nous passent derrière un voile. Il n'y a plus que lui et moi. Je vois ses tendons saillir sous sa peau. Ce serait plus facile s'il n'avait pas son tee-shirt. Là, je dois me contenter d'observer ce qu'il me laisse voir de ses muscles pour essayer de définir à quel moment il va se lancer. Une main rapide : il porte le premier coup. Je tombe, me relève en torsion arrière. Il ne s'y attendait pas et l'ouverture est trop belle ! Je le bouscule. Il roule et m'esquive souplement, un éclat de concentration teintée d'excitation pure dans le regard.

Nouvelle attaque. Ses bras heurtent les miens et je lui rends coup pour coup. Il réussit à me balayer au sol, et moi à lui échapper. De retour debout devant lui, je lâche prise et pousse un cri de rage. De cet instant, chaque coup a pour objectif de le plaquer. J'exprime toute ma frustration accumulée depuis mon réveil à l'infirmerie, tout mon amour et toute ma détermination à le conquérir malgré les tensions qui nous entourent. C'est libérateur. Il accélère la cadence jusqu'à ce que nos mains en deviennent floues. Il s'éclate. Il enrage aussi, attaque plus fort, plus vite, grogne et esquive plus rapidement que je ne réussis à le frapper. J'utilise tout ce qu'il m'a enseigné et soudain, il est sous moi. Plaqué au sol. J'en suis tellement surprise que je m'en rends compte quand le décompte atteint déjà six. Il rit aux éclats.

Cinq. Il essaie de se dégager sans y parvenir.

Quatre. Il renverse la tête en arrière, hilare. Une chaîne sort de son col. Un pendentif y est accroché, les circuits y forment mon prénom.

Trois. C'est ma chaîne, mon pendentif.

Deux. Je sens sa jambe réussir à passer sous mon bassin. Sous le choc, j'ai relâché la pression. C'est fichu.

Un. La chaîne pend à son cou. Il est si près de moi que le pendentif se loge dans ma gorge. Je tente de me repositionner, en vain. Le décompte a repris pour lui et défile à toute allure alors que je me noie dans ses yeux bleus.

— Tu l'as gardée.
— Jamais je ne l'aurais laissée là-bas.

Zéro.

Il se relève, passe ma chaîne sous son tee-shirt et me présente sa main pour m'aider. Les éclats de voix me parviennent à nouveau, assourdissants. Il lève de retour nos poings ensemble. La foule hurle nos prénoms à tour de rôle. Il me serre contre lui avant de partir pour la dernière fois vers la salle des participants. Je passe sous la corde à côté de Peps qui n'en revient pas.

— Par toutes les coupoles, comment est-il possible que tu aies appris tout ça en si peu de temps ?
— Il m'a entraîné et il n'a pas lésiné.
— D'accord, mais… C'est… Pourquoi tu l'as laissé gagner ?
— Ce n'est pas ce que j'ai fait ! J'aurais été plus que satisfaite qu'il ne me retourne pas. Mais il y arrive toujours.

Je boude. J'y étais presque. Les bourrades dans mon dos s'accompagnent de félicitations en tout genre qui me remontent le moral. De la sueur goutte de mon nez, de mon menton, et me pique les yeux. Je m'essuie le visage avec le bas de mon vêtement complètement détrempé, lui aussi. J'ai une soif horrible et réussis à m'extirper de la foule serrée pour rejoindre le bar auquel ils ne servent que de la bière. Légère, j'en bois quatre d'affilée. Du comptoir, j'assiste au combat de Simon qu'il remporte rapidement.

Pendant les dix minutes de pause, ceux qui viennent me féliciter pour nos douze minutes quarante-trois de combat avec Declan m'offrent des nouvelles boissons. Je les accepte toutes sans réussir à dissiper la sensation d'être desséchée et très vite, l'alcool me monte à la tête.

***

C'est la finale. Simon entre en premier. Il a le visage violacé, mais l'air déterminé. Vivement acclamé et encouragé par la foule, l'explosion de hurlements atteint son apogée quand Declan entre. Il a des bleus, ceux de notre combat. Je jette un coup d'œil à mes bras. *Wouaw. Il me faut de la pommade.*

La cloche sonne. La quantité de bière que j'ai ingurgitée entre les deux combats engourdit la douleur qui s'éveille dans mes membres. Declan évite les coups de Simon. Même s'ils se donnent le change, ils jouent. Quand ils atteignent les deux minutes, Declan saisit son ami pour le plaquer au sol. Sim réussit à se dégager grâce à la technique que je lui ai montrée avant d'être complètement bloqué.

Declan s'amuse comme un fou ensuite, pendant six secondes tout au moins, avant de balayer son ami de façon bien plus radicale et de le coller au tapis. À la fin du décompte, Declan est déclaré vainqueur. Peps explose de joie à côté de moi. Je ne réagis même pas, trop occupée à être fière de mon homme, un grand sourire aux lèvres.

Tanaël lève le poing de Declan en l'air. Gwen passe la corde pour se coller contre mon amoureux et s'empare de sa bouche. *Quelle pétasse !* Elle va voir ce que… Le baiser se prolonge. Il ne la repousse pas. Non, il passe sa main autour de sa taille. Mon désespoir m'étouffe lorsque Peps se retourne, farouchement fâchée, avant de blanchir.

— Wax ! Tu es couverte de bleus. Viens, on va s'en occuper.

Sonnée, je la suis sans protester dans une autre salle où se trouve encore Antho, qui se fait soigner l'arcade sourcilière par Doc.

— Par les étoiles, Wax ! Tu t'es faite renverser par un camion ?

— Par mon frère, répond Peps. Il est dans le même état ou presque, heureusement.

Assise sur le banc, j'ai l'esprit vide. Mon amie attrape un pot plein de baume et m'en tartine les bras. Simon entre dans la salle quand elle termine de s'occuper du second. Ils parlent sans que je saisisse ce qu'ils disent. On soulève mon tee-shirt. Je me laisse faire.

Des mains fines et agiles passent sur mon ventre puis dans mon dos avant de m'enfiler un vêtement propre. Je réagis au moment où mon pantalon disparaît : j'ai besoin d'aller aux toilettes. Peps me fait patienter : elle veut encore me mettre du baume.

Doc a terminé les soins d'Antho. Nous sommes seuls, maintenant. Je reprends peu à peu conscience de mon amie qui s'occupe de ma jambe gauche, me rends compte que ce sont les mains de Simon qui s'occupent de la droite. Il remonte jusqu'en haut de ma cuisse, frôle les contours de ma culotte pour couvrir au maximum les hématomes de la pommade.

Je ris sans raison apparente pour eux, sans leur dire pourquoi non plus. Sim peut me toucher de toutes les façons qu'il veut. Il ne me fait pas plus d'effet qu'Umy ou Val. Si c'était Declan qui était là, en revanche…

Justement, en pensant au loup, il ouvre la porte, l'air joyeux. Peps et Simon lui tournent le dos, mon ami s'appliquant à enduire ma cuisse meurtrie. Declan change d'expression. J'ai seulement le temps de hausser les sourcils. Simon vole à travers la pièce et s'écrase contre le mur d'en face, encaissant rudement le choc.

— Ne la touche pas !

— Tu me fais quoi, mec ? Ce n'est pas moi qui l'ai mise dans cet état ! Je ne fais que la soigner !

Declan observe mes membres bleuis et plonge les doigts dans la pommade. Je le repousse avec mon pied et tire une perfide satisfaction de le voir tomber le cul par terre en évitant de me toucher.

— Va-t'en voir ta pétasse.

— Wax, laisse-moi rester, laisse-moi m'occuper de toi…

— C'est autorisé par Doc, ça ? Dégage d'ici ! Va profiter de cette liberté à laquelle tu tiens tant ! Wax Lopi t'a dit non, Declan Jensen.

Il se décompose avant d'afficher une colère noire.

— Très bien, je vais aller rejoindre ma pétasse, alors. Pour le peu que j'en ai une.

— Ne la cherche pas, me défend sa sœur. On t'a vu. Tout le monde t'a vu embrasser Gwen !

Furax, il se relève et claque la porte derrière lui. Simon est encore sonné. Peps lui présente une main secourable en s'excusant. *Comme si c'était sa faute !* Elle m'aide à aller jusqu'aux toilettes où elle me fait avaler deux comprimés au lavabo.

Je suis prise d'un fou rire incontrôlable pendant que Simon me porte jusqu'à mon lit. Avant de partir, il dépose un baiser sur mon front en m'ordonnant de me reposer. Je lui obéis et sombre dans le sommeil.

***

Une main caresse mes cheveux et me réveille. Les médicaments de Peps sont fantastiques. Collée à mes étoiles, je n'ai mal nulle part. Dans le vague, je grommelle :

— Pas de cauchemars, Simon. Va dans ton lit.

— Je ne suis pas Simon. Et je suis dans mon lit.

J'ouvre les yeux dans le noir. Je le distingue à peine, mais je reconnaîtrais sa voix entre mille. Que fait-il là ? Il embaume le baume. Son haleine est chargée en alcool, ses cheveux sont encore humides de sa douche sous mes doigts.

— Declan ? Mais…

— Je ne veux pas de Gwen. C'est toi que je veux. Je n'ai jamais eu que toi dans mon cœur. Wax, c'est dans notre lit que je veux être. S'il te plaît, laisse-moi rester avec toi.

Repousse-le. Il est saoul. Mes doigts rencontrent ma chaîne autour de son cou.

— Tu ne l'as pas donnée à Flo.

— Comment j'aurais pu ? Je sais mieux que personne ce qu'elle représente. Je ne l'aurais jamais laissé. Je ne te laisserai jamais, ma princesse. Ma Wax adorée. Ne laisse pas Simon te toucher comme il le fait. Je n'aime pas quand il te prend dans ses bras ou qu'il t'appelle *« sa belle »* Je déteste devoir le regarder faire sans avoir le droit d'intervenir. J'ai tellement rêvé de nous ici. Toi et moi. Juste toi et moi. Je t'aime, Wax. Je t'aime à en crever.

Il trouve mes lèvres et les frôle. Sa main dans mes cheveux passe sous les draps, son corps chaud se glisse contre moi. La bière, les cachets, ses mots. Le mélange de tout. Peu importe ce qui me pousse à accepter son corps contre le mien. Je l'aime aussi, en dépit de son attitude des derniers jours.

Je lui cède ma bouche alors que ses mains effleurent ma peau sous mon débardeur. Il nous déshabille et mon corps tremble d'impatience sous ses caresses. Son haleine se charge du goût mentholé d'un contraceptif. Je fonds sous sa tendresse, ses murmures qui me dévoilent ses sentiments pour moi, qu'il décrit comme puissants et infinis. Je perds la notion du temps et de l'espace. Il me semble avoir une conscience accrue de chaque mouvement, de chaque baiser entre nous. Mes sens décuplés rendent nos retrouvailles exquises. Il est entier, avec moi. Réfugiée contre celui que j'aime tant, je chuchote :

— Reste toute la nuit, toute la vie. Avec moi.
— Je ne demande que ça, ma princesse.
— C'est tellement bon de te retrouver.

Je me blottis contre sa peau nue et me rendors, tout contre lui.

***

Au réveil, je trouve ma chaîne seule sur mon oreiller et la passe autour de mon cou sans comprendre ce qu'elle fait là. J'ai mal partout. Je n'ai plus eu de telles courbatures depuis… Je n'ai jamais eu de telles courbatures. C'est affreux, j'arrive à peine à bouger. Il est midi passé. En repensant à la nuit dénuée de cauchemars, je ne me souviens pas d'avoir entendu Simon rentrer. En même temps, il ne valait peut-être mieux pas, vu que Declan m'a rejointe.

Je me rends jusqu'au réfectoire où je me fais accueillir par des félicitations et des remerciements pour le spectacle de la veille. Deux pilules antidouleur plus tard, j'apprends que Declan est à l'entraînement de la garde. J'ai hâte de le retrouver et suis un groupe au hasard jusqu'au gymnase.

Il est là, torse nu et plein de bleus lui aussi, les muscles saillants. Il aide et corrige les positions de ceux qui s'entraînent, dont Simon et

Tanaël. Certains sont dans les gradins, comme Javani qui discute avec deux autres garçons. J'y repère aussi Gwen. Que fait-elle encore ici ? Declan s'interrompt, va saisir sa serviette près d'elle, se penche et l'embrasse.

Ça doit être un cauchemar. Je recule, suffoque et sors du gymnase. Simon m'a vue et a commencé à me suivre, mais c'est Declan qui me rejoint à l'extérieur.

— Wax…

— C'est quoi ça ? C'est quoi ce cauchemar ?

— J'avais picolé. J'ai fait une erreur. Désolé.

Non, pas ça, pas à moi ! Je serre mon pendentif, furieuse d'être percutée si violemment par la réalité. Nous hurlons sous les arbres :

— Une erreur ? Une erreur de quoi ? De chambre ? De fille ? De lit ? Parce que tu avais l'air de parfaitement savoir où tu te trouvais cette nuit ! Tu sais ? Dans notre lit ! Tu es passé dans toutes les chambres de l'étage ou tu t'es contenté de moi et Pétasse ? J'aurais dû te foutre à la porte !

— Oui, tu aurais dû. Je ne suis pas lui, Wax. Si tu veux m'avoir, me retrouver comme tu l'as si bien dit, vas-y, réinitialise-moi. Tu auras *ton* Declan.

Il me tend son bras gauche comme si j'avais le pouvoir de réactiver le PNI dans la seconde. Mon cœur se brise. Littéralement. La douleur dans ma poitrine me fait si mal que j'ai le souffle coupé.

— Ce n'est pas ce que je veux. Tu ne comprends pas…

— Si. Je comprends très bien. Tu veux ton mari, le Netra dont tu es tombée amoureuse, avec qui tu t'es mariée, qui t'a appris à te battre, avec qui tu as vécu des soirées mémorables à Paradis. Mais je ne suis pas ce type-là, Wax ! Ce n'est pas avec moi que tu as vécu tout ça ! Je suis moi, le vrai Declan, et je choisis Gwen. Pas toi, la Programmatrice qui ne me connaît pas.

C'est trop, tellement trop que ma voix retrouve un volume normal et menaçant pour lui dire :

— Oui. Oui, je voudrais que tu redeviennes mon mari. Il n'avait pas peur de me dire les choses en face, lui. Il m'aimait vraiment et j'espère que sa voix dans ta tête te rappellera chaque jour du reste de ta vie à quel point il m'aimait. Parce que personne, personne ne t'aimera jamais comme nous nous sommes aimés, lui et moi.

Mes doigts craquent en percutant son visage, à moins que ce ne soit son nez. Pourquoi il ne m'a pas esquivé ? Je pars sans regarder derrière moi. Suffocante, mes poumons me brûlent violemment lorsque je m'effondre sous le lit de Simon. Je ne veux pas de son odeur qui imprègne encore mes draps. Brisée, je hurle dans le matelas, accroche dans ses rebords jusqu'à ce que mes ongles cassent à l'intérieur.

***

Ce sont bien mes phalanges qui n'ont pas résisté face au visage de Declan. Il n'a même pas une coupure, seulement la pommette enflée. En marque de soutien face à cette injustice et au comportement de son frère, Peps a fait atterrir la poche de glace qu'il est venu lui réclamer sur son entrejambe. Ils se sont disputés. Il lui a reproché d'avoir passé la nuit avec Simon, ce à quoi elle a répondu qu'il était un ami déplorable pour lui.

Je reste à l'infirmerie toute la journée. Pas d'accélérateur de reconstruction osseuse ici : Peps m'a plâtré la main. Les antidouleurs me font somnoler jusqu'à ce que Doc vienne m'apporter mon repas. Il me laisse manger avant de me convoquer dans son bureau avec Declan.

Là, les dents serrées, je le laisse me faire la morale sur mon comportement sans émettre le moindre son. Je n'ai rien à plaider hormis un cœur brisé et je doute que cet argument porte.

Les coudes en appuis sur ses genoux, les poings contre ses lèvres, la jambe de Declan tressaute tout le long du rappel à l'ordre. Il ne répond pas plus que moi aux questions du médecin. La patience du référent est à nouveau mise à rude épreuve et il finit par capituler en concluant :

— Le retour d'une mission telle que la vôtre est déjà difficile dans des conditions normales et je conçois que, dans votre cas de figure, ce soit pire. Il n'empêche que le recours à la violence physique n'arrangera rien. Respectez-vous, respectez vos choix. Le mariage arrangé de votre mission a biaisé votre jugement personnel sur l'autre. Je ne peux que vous encourager à limiter vos contacts au minimum pour prendre plus facilement du recul sur la situation. Sur ce, tu peux sortir, Wax. Declan, je dois te parler d'autre chose.

Je sors. Dans le couloir, Super Pétasse attend. Elle me dévisage et crache :

— Comment tu as osé le frapper ? Tu n'as pas ta place à Hôpital.

— Parle pour toi ! Vivement que ton temps de service se termine.

— Ferme-la ! Tu crois que bricoler quelques fonctionnalités ici compensera tout le mal que tu as fait avec ta prog ? Tellement stupide…

— Tu peux me dire clairement ce que tu me reproches ?

Declan sort du bureau, saisit Gwen par la taille et lui murmure quelque chose à l'oreille. Elle m'adresse un regard assassin avant de partir à grandes enjambées. Declan reste l'observer sur place, soupire et se masse les tempes.

— C'est insupportable de te voir avec elle.

— Dans ce cas, ne regarde pas, ça ne changera rien. Nous sommes libres de fréquenter qui nous voulons. Il vaut mieux suivre les conseils de Doc. Soigne-toi bien.

Là-dessus, il s'en va sans un seul regard en arrière.

***

Sim a entendu toute la dispute au gymnase. C'est lui qui m'a trouvé dans notre chambre, qui m'a consolé en premier avant de résumer la situation à Peps. Il est très fier de me montrer qu'il a fixé un immense drap rapiécé sur tout le pan de mur pour cacher la carte des étoiles. Il en soulève un nouveau qui ferme la couchette sous la sienne :

— La structure de mon lit est plus grande. Comme ça, on peut dormir en bas et je ne suis pas obligé de me retrouver plié en quatre. Je l'ai appelé la bulle anti-cauchemar. Ça te va ?

— Sim, c'est gentil, mais je vais simplement aller dans un autre lit avant que d'autres nomades n'arrivent. Si tu veux aller rejoindre Peps un soir…

— Tu plaisantes ? J'ai dormi avec elle hier parce que tu m'avais dit de ne pas venir et que j'étais cuit. Il ne s'est rien passé. Il ne s'est plus rien passé là-dessous depuis Laura.

L'air parfaitement gêné, sa main suit sa ceinture. J'aurais dû m'en douter après sa confession au réfectoire. Il me tend les bras pour que je m'y blottisse.

À force de chercher une position confortable, je finis à moitié avachie sur Sim allongé sur le dos. La tête au creux de son épaule, une cuisse en travers des siennes et le pied entre ses mollets, j'ai conscience que cette proximité n'est pas normale. Nous nous connaissons à peine – trop peu pour être amis au point de partager un lit – et ne sortons pas ensemble. Une fois que nous ne bougeons plus ni l'un ni l'autre, je souffle lentement :

— Simon, ce n'est pas bizarre entre nous. Si ?

— Non, princesse. Ce n'est pas bizarre.

— J'essayerai de ne pas venir squatter ton lit tous les soirs.

— Je préfère ça à t'entendre paniquer au milieu de la nuit. C'est flippant de se faire réveiller par des hurlements.

— J'avoue. Sim, tu n'es pas obligé de répondre. Arrête-moi si c'est indiscret, mais… tu as eu de vrais sentiments pour Laura ?

— Sans aucun doute. Le véritable problème, c'est que j'en ai encore.

Je ne réponds pas tout de suite. Ses mots font leur chemin dans le noir.

— Nous sommes deux idiots amoureux de la mauvaise personne.

— Au moins, le tien n'est pas condamné à perpète à Hydre.

— Non. Il est à côté et il a décidé de se taper une pétasse sous mon nez.

— Je ne le comprends pas. Si je n'avais pas connu Laura, j'aurais tenté ma chance avec toi.

— Si je n'étais pas accro à cet idiot, j'aurais craqué sans hésiter. Et pourtant, on est là comme deux cons.

— Et ouais ! Ne t'inquiète pas, ma belle. Ça va aller. Pour nous deux.

Pour l'instant, qu'il me l'affirme me suffit. Il caresse mes cheveux. Le geste réconfortant dissipe la boule douloureuse dans ma gorge et je m'endors, l'oreille collée contre son cœur.

7. *Boostée*

Le plâtre à la main, la figure verte, mon reflet dans le miroir des sanitaires me fait soupirer. Les hématomes des autres concurrents du tournoi sont de l'histoire ancienne grâce au baume que j'ai appris être l'œuvre de Peps. Moi, je suis encore verte et courbaturée. Je rejoins péniblement la chambre dans laquelle mon amie s'empresse de m'appliquer une nouvelle couche de crème.

— Ça tourne au jaune, dans le dos.

— Génial ! Je vais ressembler à un citron pourri, maintenant. Pourquoi je me suis inscrite à ce stupide tournoi, déjà ?

— Pour t'amuser. Et ça a marché. Tu as bien failli aller en finale et tu aurais gagné !

— J'aurais été dans le même état à la fin.

Je suis fatiguée. Simon était de patrouille cette nuit. J'ai perdu le compte des cauchemars qui m'ont réveillé. Peps est formidable. Formidable et belle, avec une peau sans traces des coups que je lui ai maladroitement mis il y a trois jours.

Une nouvelle cohorte est partie pour Baie, permettant à son frère d'emménager dans la chambre de Tanaël. J'ai été soulagée qu'il n'aille pas directement dans le lit de Gwen. Malgré tout, Sim l'a vu l'y rejoindre hier soir. Entre ma famille et mes amis restés à la coupole et cette situation, je m'efforce de me couper de tous mes sentiments. C'est le seul moyen que j'aie trouvé pour ne pas pleurer sans cesse.

— Java a demandé de tes nouvelles. Antho aussi, en passant à l'infirmerie, ce matin. Il va avoir une marque à l'arcade, il n'a pas mis de baume cicatrisant. Ça lui va bien, le charme du baroudeur.

— Comme le blond, le soir des combats ?

— Oh, Rufus est gentil, mais c'était seulement sur le coup de l'émotion.

— Tu as quelqu'un d'autre en tête ?

Elle rit sans m'en dire plus. Elle veut me faire manger au réfectoire. Je souffle. Je n'ai pas envie. Si c'est pour voir Declan se pavaner avec Gwen, non merci. Toujours aussi tenace, Peps insiste pour me sortir de la chambre et m'aide à enfiler mon pantalon. Les escaliers sont une torture à monter. Mon amie m'encourage – ou me décourage – en me certifiant que les descendre sera pire.

Nous retrouvons Simon et Vic pour manger. Je les soupçonne fortement d'avoir mis mon état à profit pour remonter plus vite la file et être sûr d'avoir un flan en dessert. Nous en avons eu un chacun. Declan est arrivé plus tard avec Super Pétasse. Ils n'en ont pas eu.

Installés à trois tables de nous, leur présence m'est perceptible comme une lame chauffée à blanc dans mon espace vital. Dépitée et déprimée, j'ai l'impression que mon cœur va cesser de battre d'un instant à l'autre tellement je suis au fond du gouffre. Je termine ma tasse lorsque quelqu'un vient s'installer à côté de moi. Avec son sourcil abîmé, Antho m'adresse un air compatissant.

— Ouille. C'est rare de rester si longtemps dans cet état après un tournoi.

— Ça ira peut-être mieux après un autre café.

— Je vais te le chercher. Noir, c'est bien ça ?

J'opine. Peps ronchonne en face de moi et Simon se marre. Une fois Antho revenu avec nous, il raconte comment Claude l'a mis K-O et la façon dont il s'est ouvert l'arcade en tombant. Il rit avec entrain et m'arrache un sourire avant que Simon ne parte dormir. Antho me regarde sans l'ombre d'un doute quand il demande :

— Tu viens à l'entraînement ?

— À quoi bon ? Je ne pourrai rien faire.

— Voir un entraînement est un entraînement en soi si on écoute les conseils qui vont avec. Et puis… Gwen est de corvée de patates cet aprèm'.

Voilà qui m'arrache un vrai sourire. Même Peps se déride. Antho jette un œil vers la porte du self où Pétasse se trouve avec Declan. Il regarde vers nous comme s'il avait entendu toute la conversation. Peut-être est-ce le cas, comme avec les drones ? Non, sans doute pas. Gwen se retourne et l'étouffe. Prendre du recul… Faut-il suivre le conseil de Doc ?

— D'accord. Allons-nous entraîner !

Les lèvres d'Antho s'étirent et mon cœur semble se réveiller dans ma poitrine.

***

En bas des gradins, je regarde Peps s'installer avec Vic comme partenaire. Tan est venu compatir à mes bleus et Antho s'est mis à l'entraînement. Pour ne rien gâcher, il bouge plutôt bien. Cependant, en passant voir le binôme pour les corriger, Declan ne rectifie pas la position de ses poings. Avant de m'en rendre compte, je suis à côté de lui. Il sursaute lorsque je remonte son coude.

— Plus haut, la garde.

Nous échangeons un sourire. Je recule pour l'observer, tape dans son pied pour écarter ses jambes et replace son coude. Une main se pose sur ma hanche.

— Va t'asseoir. Tu n'es pas en état.

Je repousse Declan d'un geste sec, sans lui adresser un regard. Il s'écarte pour corriger la position d'Antho. *Ce n'est pas trop tôt !* J'en profite pour rejoindre Peps et me rends compte que Vic est encore plus grande que mon amie. En passant à côté d'elle, elle me propose :

— Tu te sens d'échanger quelques mouvements ?

— Pourquoi pas.

Hein ? Qu'est-ce qui m'arrive ? J'ai mal partout ! Peps me laisse volontiers sa place. Je trouve mes appuis de façon mécanique et dois lever le nez pour m'adapter à la taille de ma partenaire qui s'en amuse. Pour toute réponse, je lui lance un coup de pied qui frôle son menton.

— Ça suffit ! se fâche Declan. Wax, sur le banc. S'il te plaît.

Il serre les dents. *S'il continue, il va faire un ulcère !* Je me contente de souffler bruyamment pour rejoindre les gradins. En passant à côté d'Antho, je lui conseille de relever encore les poings. À croire que Declan a fait exprès de ne pas bien le placer pour qu'il se prenne un mauvais coup.

Au bout d'une demi-heure, les groupes tournent. Certains s'en vont, d'autres arrivent et d'autres restent. Peps vient s'asseoir à côté de moi et regarde Antho ranger ses affaires en s'épongeant. Pour une fois, je la vois venir avec ses grands pieds et ses sourires malicieux. Elle hoche la tête :

— Anthonin est gentil. Un peu timide, mais gentil.

— Il en a l'air.

— Mon frangin est mieux.

J'en reste bouche bée. La voir venir, je pensais ? Ou pas. J'aurais dû m'attendre à ce qu'elle soutienne à nouveau son frère à un moment ou à un autre.

— Il est avec Gwen, pour rappel.

— Non. Il a plaqué Gwenaela après le déjeuner. Il a eu un genre de passage à vide, l'effet retour au bercail. Faut croire que c'est fini.

Les lumières de la salle clignotent trois fois en orange avant de s'éteindre complètement. Des drones. Encore. Ceux qui s'entraînaient s'alignent sur le premier rang des gradins et Antho s'installe à côté de moi. Moins d'une minute après, un vrombissement nous parvient de l'extérieur. Certains s'amusent à suivre à l'oreille le trajet de l'appareil, d'autres sont visiblement inquiets. Je fais incontestablement partie de cette seconde catégorie. Les doigts d'Antho frôlent les miens et je les serre. Le réconfort de ce simple geste me soulage. Dire que je suis venue ici pour m'opposer aux faucheurs ! Me voilà pétrifiée au moindre passage de tronic volant qui leur appartient.

Quand Declan donne l'autorisation de reprendre une activité normale, j'ai hâte de rentrer à l'hôpital pour avaler les médicaments qui m'y attendent et sombrer dans un nouveau sommeil réparateur. Antho joue avec mes doigts sans les lâcher.

— Je m'arrête là pour aujourd'hui. Tu me raccompagnes ?

— Volontiers, mais ne t'attends pas à aller aussi vite qu'à l'aller. J'ai mal partout !

Un sourire lumineux éclaire son visage. Je ne vois pas du tout où Peps a vu qu'il était timide. Il s'en va changer de tee-shirt et mon amie se rue sur moi.

— Je peux savoir ce que tu fais ? Declan plaque Gwen et tu pars avec Antho ?

— Tu te fais des idées. Declan bosse. En attendant, j'oscille entre le mauve, le vert et le jaune, sans compter ma main qui me lance. J'ai besoin de me reposer.

— D'accord. Je te ramène à ta chambre.

— Non, on a un programme à tenir, la retient Vic. C'est bien qu'Antho la raccompagne, surtout avec des drones dans les parages.

Peps va pour répliquer, mais elle ravale ses mots car Antho revient vers nous. Sans perdre de temps, je le rejoins. Sa main frôle ma taille lorsque je passe à côté de lui. Le geste succinct provoque une vague fraîche dans mon dos alors que nous sortons au soleil. Cheminant dans les herbes hautes, l'oreille à l'affût d'un retour potentiel des drones, les escaliers de l'hôpital sont une torture à descendre. Peps n'avait pas menti ! Antho me soutient jusqu'à ma chambre.

— Merci pour les conseils au gymnase. Ton ex m'a pris en grippe, je crois. Ça a l'air compliqué entre vous.

Mon ex. Je mets un instant à déchiffrer qu'il parle de Declan.

— Il ne ressemble pas à celui que j'ai connu aux coupoles, depuis que nous sommes ici.

— C'est souvent le cas au retour d'une mission spéciale. C'est une mauvaise période à passer. Ceci dit, je l'ai croisé brièvement une fois ou deux, avant. Il avait déjà la réputation d'être casse-couille avec Doc et Imanna dès qu'une de leurs décisions lui déplaisait.

— C'est vrai qu'il peut se montrer aussi têtu que Peps quand il veut ! Merci en tout cas. C'est agréable de passer du temps avec des gens plus souriants.

— J'adore sourire. On se verra demain ?

Je hoche la tête et son visage se colore d'un rouge timide. Malgré cela, vif, il vient poser un baiser léger sur ma joue qui me réchauffe le cœur de façon inattendue.

***

Épuisée, j'ai sombré dans un sommeil profond contre Sim. Trois heures plus tard, le réveil est curieusement agréable. Étrangement reposée, je n'ai pas fait de cauchemars bien que mon ami se soit levé entre-temps. Bon point. Tout me paraît moins difficile à faire que ce midi, jusqu'à remonter mon pantalon. C'est en allant me laver les mains aux lavabos des sanitaires que je sursaute face à mon reflet.

Mes bleus encore verdâtres il y a quelques heures sont passés au jaune délavé, certains désormais à peine visibles. Même mes cheveux semblent plus doux sous mes doigts quand je les attache. Enjouée par cette bonne tournure des choses, je monte rapidement retrouver Sim et Peps au self, sans faire la queue pour me servir un plateau.

— Salut vous !

— Par les étoiles, qu'as-tu fait ? souffle Peps en me dévisageant.

Simon ouvre la bouche de surprise. Je n'ai pas rêvé, ce n'est pas normal d'avoir récupéré aussi vite.

— Je me suis réveillée comme ça. Les quinze couches de baumes ont toutes été efficaces en même temps !

— Avoue. Doc t'a donné un truc.

Le ton autoritaire de Peps me fait rire. Sim va chercher un plateau que Javani m'avait mis de côté. Je le repère de l'autre côté des étagères réfrigérées et lui adresse un signe pour le remercier. L'appétit revenu, j'entame mes fraises avec entrain en même temps que la voix grave de Declan me fait vibrer de la tête aux pieds.

— Qu'est-ce que Doc t'a filé ?

— Rien de particulier. J'ai réussi à me reposer et le baume a enfin fait effet.

Je fais rouler une fraise dans du sucre avant de la porter à ma bouche en le regardant. Sa pomme d'Adam fait l'aller-retour de façon si perceptible que ça m'arrache un demi-sourire. Hochant rapidement la tête, il s'en va rejoindre Tanaël. Bonus : pas de Pétasse en vue. D'humeur à rire, je me permets de reluquer ses fesses au passage. Arff ! Tout à fait choqué de me voir le mater aussi ouvertement, Simon me demande :

— C'était quoi, ça ?

— Mon ex.

— Ton…

Il se laisse emporter par un fou rire incontrôlable.

***

Le lendemain matin, mes bleus ont tous disparu. Il n'y a plus qu'un vague reste d'auréole jaune sur ma cuisse. Peps, l'air inquiet, m'a traînée chez Doc qui m'ausculte de tous les côtés.

— Il n'y a pas que ça, énumère mon amie au médecin. Il y a deux mois, elle faisait du cinq kilomètres heure à la course. Maintenant, c'est une ninja ! Declan m'a parlé d'entraînements réguliers d'une demi-heure à deux heures max. Même avec des séances intensives, ce n'est pas possible d'atteindre son niveau en si peu de temps.

— Peps, pas de conclusions hâtives. Wax, tu peux ouvrir la bouche ?

Je m'exécute. Le médecin m'inspecte minutieusement le fond de la gorge avant de se pencher sur ma main. Elle aussi s'est rétablie, au point qu'il retire mon attelle, me recommandant de faire simplement attention à ne pas forcer. Mon amie, elle, s'impatiente.

— Doc, vérifie sa nuque.

— Je dois écarter toutes les hypothèses avant. En admettant que ton hypothèse soit la bonne, on ne pourra rien y faire.

— Que ce soit l'un ou l'autre, elle a le droit de savoir.

— Savoir quoi ?

L'angoisse qui transpire de Peps commence à m'atteindre. Doc passe derrière moi, fait remonter ses doigts le long de ma nuque jusqu'à la base de mon crâne. Là, il atteint un point douloureux qui me fait sursauter. Le visage sérieux, il vient s'asseoir en face de moi.

— Un élément est manifestement passé à côté de mon attention vu les circonstances de ton arrivée. Pour commencer, est-ce que tu as subi une opération, une implantation au cours de laquelle tu as été inconsciente ces derniers mois ?

— Oui. Fin janvier. Lectra a organisé l'implantation de ma puce de localisation. Mais elle a été désactivée à Orion !

— Elle l'a été, c'est certain. D'après ce que décrit Peps, les faucheurs ont dû en profiter pour te faire implanter un booster à ce moment-là. C'est assez inattendu.

Face au regard curieux du médecin, Peps demeure prudente et pose sa main sur ma cuisse. Après le choc, je panique complètement.

— C'est quoi, ce truc de faucheur ? Une puce ? Si c'est ça, retirez-la !

— Nous ne pouvons pas, regrette sincèrement Doc. Les boosters sont une électrode de nouvelle génération.

— Plutôt un croisement entre une puce et une électrode, claque de la langue Peps. Initialement, l'objectif des boosters était d'augmenter les capacités physiques pour réduire le temps de formation des agents de sécurité des coupoles et les rendre plus performants sur le terrain. L'appareil fonctionne, mais les résultats étaient trop aléatoires pour le comité intercoupoles. Le projet médical a été officiellement abandonné. Les faucheurs l'ont récupéré et l'utilisent sur certaines de leurs recrues.

Et sur moi. Je tâte l'arrière de ma tête sans rien sentir de particulier là où Doc m'a pourtant fait mal. Mon amie m'attrape les mains.

— Wax, tu ne dois en parler à personne, même pas à Simon et Declan. Ici, les boosters sont associés aux faucheurs. S'il vient à se savoir que tu en portes un, certains pourraient penser qu'ils t'ont demandé de t'infiltrer et les réactions seraient très violentes, bien plus qu'un simple rejet s'ils pensent que tu exprimes. Tu comprends ?

— Rien du tout. Exprimer quoi ?

— Un don, reprend Doc. Le peuple du don vit en retrait des colonies, en groupes soudés et avec une hiérarchie très particulière. Il réunit des gens qui absorbent les énergies qui nous entourent et les expriment d'une autre façon. Certains peuvent produire de l'électricité, du feu, agir sur les composants de l'eau, ce genre de chose.

— En utilisant quelle technologie ?

— Aucune, enchaîne Peps. Ils y arrivent comme toi à bouger ta main.

Je lui adresse un regard ahuri.

— Tu te moques de moi. C'est impossible !

— Dis celle qui réalise des performances réputées inaccessibles avec des symboles. Ce n'est pas parce qu'un phénomène est impraticable pour certains qu'il est irréalisable.

— Mais on parle de manipulation des énergies naturelles, là !

— Oui. Pour faire court, le peuple du don rassemble des personnes aux sens et aux capacités plus ou moins exacerbés. Ils ne perçoivent pas le monde de la même manière. La nature humaine cherche encore sa place dans ce monde, ma jolie !

— Et vous pensiez que j'étais capable de manipuler des énergies comme ces gens pour suivre les cours de Declan ?

— En concentrant ton énergie sur ton évolution physique, oui, confirme Tibber. Ça s'est déjà vu. D'ailleurs, sache qu'il est possible que ce soit une expression du don et pas seulement le booster qui t'ait, entre autres, permis de guérir en une nuit, d'acquérir ton habileté au combat rapproché, et même de programmer comme tu le fais.

— Ma prog est le résultat de mon travail ! Ce n'est pas un don !

En le criant, j'entends mes parents, mes profs, mes collègues me dire que j'ai un don pour la prog, pour m'exprimer à travers les symboles. Je repense à ma mère le jour de mes dix-sept ans : « *Il est temps que tu saches que tu as un véritable don.* »

Non. J'ai travaillé dur pour connaître chaque code, chaque ligne, chaque articulation, ce qu'exprime… Non, la signification et le rôle de chaque symbole. Tout ça pour quoi, d'ailleurs ? Pour que des centaines d'innocents se fassent enlever et soient effacés ? Pour que je perde le seul garçon que j'ai aimé ?

— Wax, ça va ? s'inquiète Peps.

— Oui. Je… Les faucheurs m'ont utilisée comme cobaye. C'est dur à encaisser. Ce booster, on ne peut vraiment pas l'enlever ?

— Non. Ces puces sont implantées comme des électrodes avec des racines neuronales, à la base de l'hypophyse. S'il y en a une, nous ne connaissons pas la procédure de retrait.

J'essuie la larme sur ma joue. Il va falloir que je vive avec ce truc installé par l'ennemi dans la tête. Et que je garde le secret.

— Peps, tu peux nous laisser ? demande Doc.

L'hésitation de mon amie est perceptible. Je lui serre finalement la main et hoche la tête. Une fois seuls, le médecin s'assoit sur un disque d'assise à contre-gravité en face de moi.

— Je ne voulais pas te blesser en supposant que ton talent en programmation ait pu être influencé par un élément extérieur. Le don fait partie intégrante de la personne qui l'exprime, ce n'était aucunement une insulte.

— Ce n'est pas ça… Les faucheurs ont cherché à faire de moi une de leurs armes.

— Et ils ont échoué. Tu es ici. Tu as choisi de t'opposer à eux.

Je garde le silence de longues secondes.

— Matt était un de mes collègues Programmateurs. Il est mort à l'AGRCCP, ce jour-là.

Nouvelle interruption, du fait de mes reniflements tristes.

— Il ne sera plus jamais libre. Il ne pourra jamais voir son fils entrer à l'école, ni célébrer son TAPIO, ni le féliciter lors d'aucun évènement important de sa vie. Matt ne pourra plus jamais embrasser sa femme, ni venir échanger sur une ligne de code ou boire un café avec moi.

Une larme roule sur ma joue. Je l'efface avec la paume de ma main. Doc m'écoute, tel un rocher massif qu'aucune confession ne peut ébranler.

— Matt n'avait rien demandé. Mes autres collaborateurs n'avaient rien demandé. Les cinq cents Netras qui sont morts ce jour-là sans que qui que ce soit ne leur prête la moindre importance, eux non plus, n'avaient rien demandé. J'ai retrouvé Declan, et c'était un de mes objectifs quand j'ai accepté de construire le PNI. Mais si je l'ai suivi ici, quitte à mourir aux coupoles, c'est parce que je veux mettre un terme aux agissements des faucheurs. C'est le seul moyen pour que la vie reprenne un cours paisible, que plus personne ne soit enlevé ou tué, aussi bien aux coupoles que dans le désert.

Toujours du silence en réponse.

— J'ai tort ?

— Je ne suis pas juge de tes choix. C'est ton choix, et si tu es en paix avec, tu as raison de suivre cette voix. Le monde a besoin de gens qui décident de se battre, comme il a besoin de gens qui prennent la fuite, car les seconds sont la motivation des premiers pour poursuivre leur combat.

— Un par un, dizaine après dizaine ou par milliers, aussitôt que l'occasion se présentera, je compte détruire ces salopards, à la porte d'Hôpital s'il le faut. L'arme qu'ils ont tenté de créer à travers moi se retournera contre eux.

Je n'en ai jamais dit autant à ma psy, à Andromède. Est-ce que j'avais réalisé que c'était ce que je voulais, à ce moment-là ? Doc ne paraît pas perturbé par ma déclaration obscure. Au contraire, il inspire un bon coup.

— La soif de vengeance peut être une motivation puissante. Néanmoins, n'oublie pas que ton désir principal, il me semble, est de retrouver une vie tranquille avec tes proches. Si un jour, tu as la possibilité de choisir entre cette vie calme et la guerre contre une organisation qui se renforce de jour en jour, prend un peu de temps pour décider si tu poursuis ou non le combat. La réponse ne sera peut-être pas évidente. Ou peut-être qu'elle le sera. Quel que soit ton choix ce jour-là, souviens-toi que personne ne t'en voudra de vouloir profiter de la paix à laquelle tu aspires.

***

Le lendemain midi, Simon me tire du labo pour le déjeuner. Cette histoire de booster me mine le moral depuis la veille et je n'ai pas beaucoup réussi à travailler. Peps déjeune à l'infirmerie où elle est de garde, mais Antho nous rejoint dans la file, l'air heureux.

— Salut ! J'avais bien cru voir que tu avais repris des couleurs plus classiques hier soir mais aujourd'hui, tu es toute belle.

Son compliment fait chauffer mes joues. Qu'est-ce qui m'arrive tout à coup ? Je bégaye lamentablement sans savoir comment répondre. Désemparée, je lance un appel au secours à Simon qui rit dans son coin sans manifester la moindre intention de venir à mon secours. Je finis par réussir à lâcher :

— Merci. C'est gentil. Tu manges avec nous ?

— Bien sûr !

J'envoie un coup de coude à Sim dès qu'Antho détourne les yeux. Ce n'est pas sympa de se moquer ! J'ai conscience d'être empotée au possible.

Ma maladresse me poursuit jusqu'à table : ma fourchette dérape et fait voler mes petits pois dans l'assiette d'Antho. Simon ne manque pas l'occasion de faire chauffer ses zygomatiques et nous l'imitons rapidement. Dans l'euphorie, j'attrape un légume et le lance sur mon voisin qui l'attrape au vol dans sa bouche. En le mâchant, Antho me dévisage.

— Tu n'aurais pas dû !

J'évite une attaque de Simon alors qu'une poignée entière de pois nous parvient de l'autre bout de la table. Il n'en faut pas plus : le self se transforme en joyeux champ de bataille jusqu'à ce que la voix d'Imanna résonne dans la salle pour réclamer le calme. Une boule verte atterrie dans son chignon. Le regard qu'elle lance en direction de sa provenance me donne envie de me ratatiner. Déjà, Simon se lève et baisse les yeux.

— Désolé, Madame. C'est moi qui ai commencé.
— C'est nous !

Je tire Antho pour qu'il se lève avec moi. Elle hoche sèchement la tête, nous condamne au nettoyage de la salle et à une corvée qu'elle ne précise pas. Tout le monde reprend son repas dans un silence artificiel qui ne tient pas longtemps.

— C'est quoi, la corvée ?
— Écosser les petits pois, soupire Antho.
— Qu'est-ce qu'il faut leur faire, aux petits pois ?
— Les écosser… Les sortir de la cosse dans laquelle ils sont, quoi !
— Il faut les sortir un par un d'une coquille ?

Antho et Sim éclatent de rire, ce qui ne m'empêche pas de repérer celui de Declan assis à deux tables de nous. Il nous écoute ou…

— Parfois, ce n'est pas loin ! s'amuse Antho en coupant ma réflexion intérieure. Ça prend des plombes et à chaque fois, ça finit en bataille. Celui qui l'a déclenchée se voit coller d'office à la corvée la fois d'après.

Je regarde la quantité de billes vertes sur le sol. On n'a pas fini !

***

Simon est parti à son entraînement. Avec Antho, nous faisons le tour du terrain de l'est, celui du gymnase. Il me montre les différents points de ralliement et les planques d'urgence pour une, deux ou trois personnes en cas d'arrivée imminente de drone. Je n'aurais pas le droit d'intégrer la garde tant que je ne les connaîtrai pas toutes. À la douzième rien que dans cette zone, je souffle avec l'impression que je ne pourrai ni les retenir ni me repérer dans le dédale de la forêt. Si le booster pouvait au moins me servir à ça ! Nous remontons vers le gymnase quand mon guide de la journée se lance d'une voix légèrement chevrotante :

— Le vendredi, c'est soirée ciné. Ça te dit qu'on y aille tous les deux ?
— C'est quoi, le film ?
— Aucune idée ! Les premiers arrivés proposent des films. Ensuite, c'est tirage au sort. C'est rare de choper des fichiers qui fonctionnent. Certains datent des débuts de la langue commune, avec des doublages aux accents affreux !

Ça, ça me parle. C'est une des choses qui fascinent Umy du temps de l'Ancien Monde. Il existait une multitude de langues différentes avant que l'algorithme de Frimbert ne s'impose dans toutes les coupoles. Antho m'explique qu'elles n'ont pas complètement disparu dans les colonies, que parler Frimbert sans accent est un critère de recrutement des plateformes de passes. Il me fait même découvrir quelques mots inconnus aux sons étonnants que je peine à reproduire. Umy aurait adoré ça.

Antho passe devant moi lorsque le gymnase arrive en vue. Derrière lui, Declan sort de la salle avec une Mini-Pétasse blonde qui lui fourre sa langue dans la bouche. *Beurk.* Je me secoue pour me concentrer sur Antho qui renouvelle sa demande.

— Qu'en dis-tu, pour ce soir ?

— J'en dis qu'après ce cours de langues, je suis curieuse d'entendre le Frimbert à ses débuts. On se donne rendez-vous en bas des escaliers des dortoirs ?

— Oui, ce sera bien. Une demi-heure avant ?

— Impossible, gronde Declan. On doit aller voir Imanna.

Je sursaute et blêmis. Comment est-il possible de ne pas l'avoir vu ou entendu arriver si vite ? Je bascule de la détente à la colère en un clin d'œil.

— Qui ça « on » ?

— Toi et moi. On doit parler avec elle après le dîner, avant la projection. Elle aurait pu te le dire elle-même si tu n'étais pas partie te promener avec lui.

— On ne se promenait pas, riposte calmement Antho. Je lui montrais le tour de garde principal de la zone est et ses planques.

Mon ex lève les yeux au ciel et serre les poings. La main dans celle d'Antho, je lui passe devant pour entrer dans le gymnase. Declan nous suit et crie dans mon dos, furax :

— Lopi ! Dehors ! Tout de suite !

— Je te demande pardon ? Tu me considères comme un chien, peut-être ?

Contre toute attente, il entrouvre la bouche un instant avant de reprendre, un poil moins sec :

— Tu es une novice et moi le responsable permanent. Tu es sous mes ordres.

— Novice et responsable de quoi ?

— Des cours de langues… De la garde, bien sûr !

Il nous a écoutés ? Exaspérée, je ressors, envoie voler un caillou du bout du pied pour me défouler et attaque dès qu'il arrive :

— Temps que je n'ai rien signé, je ne suis pas sous tes ordres.

— Je te transmets ceux d'Imanna ! Qu'est-ce que tu fous avec ce type ?

— C'est pour ça que tu veux me voir seule ? C'est le pompon ! Je n'ai pas à justifier mes fréquentations face à mon ex !

Il se couvre le visage des mains, prit de soubresauts. Il se marre ? J'en ai marre. Je veux m'en aller, mais il s'interpose.

— Attends ! Pour ce soir, je suis aussi coincé que toi. Refuse d'entrer dans la garde d'Hôpital. Tu as vu ce que ça donnera à l'instant ! Tu ne suivras pas mes directives.

— Je suis venu ici pour combattre les faucheurs. Pour notre sécurité, je t'obéirai sans laisser interférer nos relations personnelles. Donne-moi une bonne raison de dire non à la garde et je passerai les prochains mois à retirer les petits pois de leur cloche. Sinon, dégage. J'ai des chemins de garde à mémoriser.

Il ferme les yeux et demeure silencieux jusqu'à ce que je bouge. Là, il murmure :

— Leur cosse. Les petits pois sont dans des cosses, pas des cloches.

— Tu te moques de moi ?

— Pas du tout. Wax…

Un groupe passe, le salue. Je tente de suivre les autres dans le gymnase mais il me saisit la main et me fait tourner à l'angle de la salle.

— L'agent ne veut pas que tu sois en danger. Pour le calmer, s'il te plaît. Il n'arrête pas de hurler parce que tu flirtes avec Antho.

— Je suis venue ici pour apprendre à me défendre et confronter les faucheurs, pas pour me planquer. Quant à Antho, j'ai aussi envie de hurler à chaque fois que je te vois baver sur tes pétasses en public, et je fais avec !

Il va pour me répondre et change d'avis. Son baiser me surprend autant qu'il m'étourdit. Ses lèvres me dévorent et il murmure que je lui manque. *Je dois rêver !* Pourtant, non. Mes doigts me trahissent, accrochent dans ses cheveux pour le serrer plus fort contre moi. Ses mains viennent caresser ma poitrine. Il gémit, frotte plus fort son bas-ventre contre le mien avant de s'écarter brusquement, à bout de souffle. Je reste pantelante quand il murmure :

— Tu m'as demandé une bonne raison. Ce que je viens de faire, c'est ce que l'agent me réclame sans arrêt. Je ne peux pas me retrouver de garde avec toi. Il me harcèlera. Je serais moins concentré et donc moins efficace sur le terrain. On se retrouverait trop souvent à bosser ensemble. Tu dois dire non à Imanna.

— Tu viens de m'embrasser pour me convaincre de refuser la garde ?

— Je… Oui.

Ce type est vraiment tordu. Et moi encore plus, à me faire retourner le cerveau par un simple baiser. Je laisse mes bras retomber le long de mes cuisses, les larmes aux yeux.

— Ne pleure pas. C'était la seule façon de te montrer que ce n'est pas raisonnable…

— Tais-toi. Je sais quoi répondre à Imanna. On se verra ce soir.

Je le repousse. Dans le gymnase, Sim discute avec Antho qui m'enlace la taille pour ressortir. Je le laisse faire avec l'espoir que ça fasse enrager Declan. Pourquoi ça le ferait enrager, d'ailleurs ? Peu importe, j'ai envie que ce geste ait cet effet sur lui.

***

Je passe une partie de l'après-midi à apprendre à différencier des arbres par leurs feuilles, leurs écorces ou leurs racines avec Simon et Antho. Je trouve tout ça très compliqué. J'ai grandi entourée de béton et de sol en alliage à absorption de chocs, pas de plantes et de terre sèche ou boueuse qui envahissent mes chaussures. Près de ruines encore visibles, les garçons me racontent que c'est le démantèlement de nombreuses villes qui a permis de récupérer les matériaux nécessaires à la construction des coupoles. De celle qui se trouvait dans la région, il ne reste que l'hôpital et quelques bâtiments autour.

Selon l'histoire, de ce côté des murs de verre CARP, les gouvernements des coupoles ont pendant longtemps soutenu la vie dans ce qui était devenu *« le désert »* Pour une raison oubliée, elles leur ont fermé leurs portes les unes après les autres jusqu'à renier leur existence, terminant de diviser le monde. Comme dans la plupart des dernières villes démantelées, l'hôpital est resté intact et ici, les gens de l'époque l'ont adapté à la vie troglodyte.

Toutes leurs histoires m'ont changé les idées. Nous ne rentrons à l'hôpital que pour nous rendre au self, où mon ex nous attend de pied ferme.

— Où étiez-vous passés ?

— On est à l'heure, réplique Antho. Arrête de flipper.

Il me ramène contre lui pour embrasser ma joue, une main passant sur mes reins. Ses lèvres laissent une empreinte électrique sur ma peau et mon cœur accélère d'un coup. Le souffle court, j'arrive à répondre à son sourire avant de le laisser.

Dans des couloirs inconnus, Declan me conduit jusqu'à une porte sur laquelle il est sobrement indiqué *« bureau »* Il attend deux secondes devant et entre. Loin d'avoir le sourire aussi chaleureux que son mari, Imanna nous désigne les fauteuils face à son bureau. Avec son chignon toujours parfait, la femme de Doc m'agace déjà.

— J'irai droit au but : trois gardes par semaine pour concilier avec tes temps de prog. Une garde, c'est deux fois six heures sur vingt-quatre heures. En échange, on te demandera de participer aux tâches collectives de façon exceptionnelle. Ça te va ?

Elle n'imagine pas une seconde que je vais refuser, c'est pour ça que j'ai un pincement au cœur de répondre :

— Il semble que Declan ne soit pas à l'aise avec l'idée que nous travaillons dans la même équipe. Ma seule requête pour accepter consiste à ce que vous vous arrangiez pour que nous soyons dans des groupes différents le plus souvent possible.

— Non ! réagit mon ex. Ça ne changera rien…

— Declan !

Elle aboie son prénom, si bien que j'en sursaute. Il s'enfonce dans son siège, les bras furieusement croisés sur son torse, sa jambe tressautant d'impatience. Imanna me regarde.

— Pour les trois prochaines semaines, je pourrais faire tourner les groupes. Après, je m'efforcerai de vous séparer, mais il faudra faire quelques concessions. Dès que Sim estimera que tu es apte à le rejoindre, tu deviendras sa partenaire. Sur le terrain, présent ou pas, les ordres de Declan seront supérieurs à tous les autres. Ça ne posera pas de problème ?

— Aucun.

— Bien. Si ça te va, signe ce papier.

Alors que je lis rapidement le texte, mon ex m'arrache le papier des mains. Je me retiens à temps de protester : c'est Imanna qu'il dévisage d'un air menaçant par-dessus le bureau.

— Sa date de fin d'engagement. On a un accord, ne revient pas dessus.

— L'engagement de Wax comme celui de Simon…

— Non ! On renforce les défenses d'Hôpital jusqu'à l'anniversaire de Peps. Après, nous serons libres de partir ensemble. Ça a été vu, Imanna. Tu m'as donné ta parole.

Malgré les tensions, il ne nous laissera pas derrière lui. Mon cœur rate un battement. C'est mon ex, mais il reste mon Yang. Imanna inspire longuement, s'empare de la feuille et change la date d'expiration du contrat pour celle du prochain anniversaire de Peps : 10 novembre 2556. Elle ajoute une mention à côté et tend la feuille à Declan qui vérifie le changement avant de me la rendre.

— Tu pourras rempiler si tu le souhaites en temps voulu, m'indique la référente. Rester, ce sera avoir plus de chance d'être présente pour accueillir vos amis Umy et Valentin si nous n'avons pas réussi à les faire sortir d'Andromède d'ici là.

— Si c'est une menace voilée de les laisser là-bas tout l'été pour me retenir ici, vous devriez y réfléchir à deux fois.

— Vos amis sont impossibles à approcher en ce moment. Leurs moindres faits et gestes sont épiés par toute la communauté des coupoles. J'ai déjà promis à Declan de saisir toute occasion de les faire sortir et de surveiller d'éventuelles approches que les faucheurs pourraient tenter.

Elle joue sur la corde sensible, elle ne sait visiblement pas à quel point. Je note qu'elle ne nie pas que ça lui a traversé l'esprit de les y laisser pour me retenir à Hôpital. Le peu de confiance que j'avais en elle s'effrite lentement. Je signe et demande :

— Nous avons terminé ?

— Oui, Lopi, nous avons terminé, tu peux disposer. Jensen, reste ici.

J'hésite un instant, toujours furieuse contre Declan. D'un autre côté, nous partirons tous les quatre. Ensemble. *Pff. Tu as le cœur trop tendre, Wax.* J'ose :

— Nous avons rendez-vous avec des amis respectifs pour le film.

— Pas grave, je les ai tous vus. Vas-y, souffle Declan.

Je hoche la tête et me détourne. J'étais sûre qu'elle ne passerait pas à côté et ça n'y coupe pas ! Imanna corrige :

— Tu n'as pas à attendre son autorisation.

— *« Sur le terrain, présent ou pas, les ordres de Declan seront supérieurs à tous les autres »* Article 2 : *« Le présent signataire devra obéir aux ordres de ses supérieurs désignés dans les situations qui impliquent une obéissance à la hiérarchie de la garde »* Vous ne m'avez présenté que Declan en tant que supérieur, Imanna.

C'est un coup de poker qui me permettrait de me retrouver directement très haut dans la hiérarchie. Ça apprendrait à cette femme hautaine à se présenter correctement ! Imanna serre les mâchoires, visiblement mécontente. Declan, lui, esquisse un sourire.

— Tu ne lui as pas donné l'organigramme de la garde avant de la faire signer. Sa présentation est obligatoire. Tu l'as mise sous mes ordres directs, en ma présence. Tu viens de me promouvoir Co-commandant chef de la garde d'Hôpital. À la seconde où Wax a signé, j'ai eu ma promotion. Et je l'accepte.

Qu'est-ce qu'il raconte ? Je voulais seulement prendre du grade rapidement pour être plus libre de mes mouvements ! Imanna le dévisage comme s'il venait d'apparaître dans la pièce.

— Declan, tu n'es pas sérieux ?

— Le protocole est clair. Tu n'es plus ma supérieure. Je suis ton égal.

Visiblement, la pilule est difficile à avaler pour la référente. Si je m'attendais à un tel bouleversement… Declan esquisse un sourire pour moi :

— C'est bon Wax, tu peux disposer.

8. Flirt et rencard

Je retrouve Antho, Peps et Sim au réfectoire presque vide, passe la dernière et m'assois à côté d'eux pour leur expliquer comment Declan vient de passer Co-commandant. Ils n'en reviennent pas qu'Imanna ait tenté de m'enrôler jusqu'à mes vingt-cinq ans et remis en cause la fin de l'engagement de Simon. Peps s'avachit sur sa chaise et murmure, abasourdie.

— Je n'aurais pas pensé qu'elle nous aurait fait ce coup-là. Pas étonnant que Declan ait pris la promotion. On se casse tous en novembre et puis c'est tout.

— Declan lui a tenu tête, c'est bon. C'est bon ce truc !

— Sauce tomate. Meilleure que les petits pois, s'amuse Antho.

— Oui ! Fini ! Maintenant, un film !

Enjouée, je saute de ma chaise. Sim me retient pour nous isoler à la sortie du réfectoire.

— Tu as un rencard avec Antho. On y va séparément.

— N'importe quoi ! Il m'a proposé d'aller avec lui parce que je ne savais pas qu'il y avait une soirée ciné !

Il me fait une de ces têtes…

— Tu as dit oui pour aller voir le film avec lui. Vous avez passé l'après-midi ensemble. Tu l'as laissé te prendre la main, te tenir contre lui, t'embrasser sur la joue et tu lui as rendu la pareille… Si tu ne veux pas te caser avec lui, décide-toi vite.

— Tu veux dire qu'il deviendrait mon copain ?

— Il ne va pas se transformer en crapaud si tu l'embrasses, donc oui.

Je regarde Antho au bout du couloir. C'est étrange, parce que dans ma tête…

— Je suis mariée, Sim.

— Pas ici. Tu es célibataire, ma belle. Profite, tu as un rendez-vous.

— Mais… Je n'ai jamais eu de rendez-vous comme ça avec un garçon !

— Tu veux dire que tu n'as jamais eu de copain en dehors de cette fausse histoire avec Umy ?

— Non ! Je n'ai pas… Il n'y a pas eu… Declan est…

Face à ma panique, il tient délicatement mon visage dans ses mains jusqu'à ce que je ne voie plus que lui.

— Dire que je pensais que Val exagérait… Calme-toi, il faut bien une première à tout. Va te changer et nettoie tes chaussures. Brosse-toi les dents. Lâche tes cheveux aussi, tu ne vas pas te battre ce soir. Je lui dis de t'attendre comme prévu. Ça te va ?

Je hoche la tête. Me changer, me brosser les dents et suivre ce qui était prévu… Ça va, je peux gérer ça.

J'ai un rendez-vous. Je suis rapidement les consignes de Simon, arrange mes cheveux à l'aveugle dans ma chambre et lance mes affaires en vrac sur le lit pour sortir au plus vite dans le couloir. Antho ouvre la porte de la cage d'escalier au même moment, l'air heureux.

— Synchro !

Il s'est aussi changé. Quand nous nous rejoignons, je m'attarde sur ses yeux dorés, plus foncés que ceux d'Umy. Bras dessus, bras dessous, nous gagnons la salle de regroupement. Là, je m'étonne intérieurement de voir tout le monde installé dans le même sens pour la projection. Assise derrière Peps qui se pelotonne confortablement contre Sim, les lumières s'éteignent pour se rallumer quelques secondes plus tard dans un tonnerre de protestations.

Mini-Pétasse blondie se retrouve à s'asseoir à une chaise de moi alors que Declan suit Imanna devant tout le monde. *Quelle plaie !* Antho inspire profondément et enlace nos doigts. La référente ne s'encombre d'aucune excuse.

— J'ai une annonce à faire. Je profite que vous soyez nombreux ici. Declan Jensen est désormais Co-commandant de la garde. Les effets de sa prise de poste sont immédiats. Je vous remercie pour votre attention. Bonne soirée.

Imanna s'en va, laissant Declan se mordre la lèvre avec un sourire inconfortable face à tous. Quelques applaudissements se font entendre. Il y met vite fin d'un signe de la main en souhaitant bon film à tous. Ensuite, il ne trouve rien de mieux à faire que de venir se placer entre moi et sa nouvelle conquête plutôt qu'en bout de rang.

Il me cherche ou quoi ? À peine ai-je fini de penser ça qu'il se penche :

— Merci pour la promotion. C'est quel film ?
— Aucune idée. Demande à ta copine.
— Eryn ne sait pas. Pss ! Peps, c'est lequel ?
— Titanic. Le bien.
— Bien ? Le long et chiant ?
— Chut ! gronde Sim. Le silence est d'or aux soirées ciné.

Une lumière vive éclaire soudain le mur blanc vers lequel nous sommes tous tournés. Qu'est-ce que c'est que...

— Ce n'est pas un écran matérialisé, me décrit Declan. C'est un projecteur d'images qui a besoin d'un support pour refléter la lumière.
— Oui, merci ! J'ai compris.

Je lui tourne le dos et me blottis contre l'épaule d'Antho en imitant la position de Peps avec Sim. Mon compagnon de la soirée ajuste sa posture, et je me surprends à ne pas trouver ça désagréable du tout.

— Tu aimes quel genre de film ? m'interroge Declan.

Il ne va pas me lâcher !

— Ceux que je peux regarder sans que personne me fasse suer.
— Celui-là est chiant. Le type meurt à la fin.
— Tu viens de spoiler tous ceux qui ne l'avaient pas vu, fait remarquer Antho. Va-t'en ou tais-toi. Tu emmerdes tout le monde, Co-commandant.

Quelques rires accueillent la remarque, dont le mien. Declan s'enfonce enfin sur sa chaise à côté de sa nana. *Mince quoi !*

***

À la fin du film, je pleure avant de rire en découvrant Peps, les yeux aussi imbibés que les miens. Le vieux Frimbert ne m'a pas empêché de plonger dans l'histoire. Declan, lui, s'est endormi. Eryn essaie de le réveiller en le secouant. *Qu'elle rame !* À deux doigts de m'en aller, je croise le regard inquiet de Peps. Je présente mes excuses à Antho pour aller voir mon ex, me glisse derrière sa chaise sous le regard courroucé de Mini-Pétasse pour lui souffler :

— Réveille-toi, andouille. Le bateau a fini de couler.
— Pas d'bateau... J'suis là. Dors, Wax...
— Le Titanic. Le paquebot qui fonce dans un iceberg, la soirée ciné. Tu remets ?

Declan plisse enfin les yeux en les entrouvrant, comme perdu. Puis il voit Eryn et semble se souvenir de là où nous sommes.

— Ah… Oui. J't'avais dit qu'il était chiant, comme film.
— C'était un très beau film. Bonne nuit, Declan !
— Attends !

Mini-Pétasse tire la gueule. Antho m'enlace aussi vite qu'il le peut et se retourne, espiègle :

— Désolé, elle est déjà prise !

Je ris et suis mon cavalier qui, au lieu de remonter le couloir comme les autres, s'enfonce plus loin dans les recoins de l'hôpital. Ma curiosité s'éveille. Où m'emmène-t-il ? Après une ligne droite interminable, il ouvre une porte, allume une lumière faiblarde dans une grande salle qui compte des étagères par dizaines sur lesquelles s'entassent des centaines de livres.

— Antho… Je n'ai jamais vu autant de livres de toute ma vie ! C'est un vrai trésor !

— La bibliothèque n'est pas au programme des visites d'accueil, mais je me suis dit que ça te plairait… Les bouquins papier, c'est plutôt rare aux coupoles. Ceux de cette pièce ont été réimprimés ou traités, prêts pour passer les quatre ou cinq cents prochaines années sans prendre une ride ! En revanche, il y en a beaucoup dans des langues d'avant Frimbert. Certains ont des illustrations, des livres pour enfants pour la plupart.

Pour valoir le détour, ça le vaut ! Le seul que j'aie manipulé à Andromède est celui de mon histoire d'enfance, héritage familial, *La princesse aux mille coupoles*. Les autres que j'ai pu voir étaient sous vitrine dans un musée lors de sorties scolaires. Il y avait ceux de Rivage Blanc aussi, mais je n'ai pas eu le temps de les regarder. Si Umy était là, il serait fou de joie. Je m'empresse de passer les doigts sur les tranches de cuir ou de papier glacé, hésite, choisis un livre au hasard pour en caresser la couverture avant de l'ouvrir. L'odeur qui s'en dégage me donne envie de lire les mots même sans les comprendre. Antho me décrypte le titre.

— Les chroniques d'Elaween. Prête pour l'aventure, guerrière ?

— Il faut croire. Pourtant, j'avais imaginé l'aventure différente de ce qu'elle est ici. Je pensais me retrouver directement face aux faucheurs pour les détruire. Pas seulement limiter les dégâts, avec les patrouilles.

— S'ils découvrent Hôpital, ils risquent de se douter de l'existence d'autres endroits comme celui-ci. Les plateformes n'en ont peut-être pas l'air comme ça, mais ce sont les poumons qui relient la vie des coupoles à celle du désert. Chaque drone signalé à temps, chaque personne qui trouve refuge dans ce vieux bâtiment, chaque passe sans accro est une victoire contre les faucheurs.

— Ce sont des victoires indirectes.

— Quand le passeur d'une équipe-coupole disparaît ou que des nomades attendus n'arrivent jamais, c'est un échec. Nous ne le ressentons pas comme indirect.

Si une de mes connaissances venait encore à se faire enlever par les faucheurs, il serait effectivement difficile d'envisager la situation autrement. Je repose le livre et glisse mes mains autour de sa taille. Son étreinte me réconforte, comme le baiser qu'il dépose dans mes cheveux.

— Pardon, je n'avais pas vu les choses sous cet angle. J'ai tellement peur pour mes proches que je suis prête à me jeter dans la mêlée sans réfléchir.

— Qu'est-ce que tu crois ? Dès qu'on pourra, on ripostera ! Pas seulement Hôpital, tout l'extérieur. Les nomades du désert, les résidents des colonies, des plateformes, tout le monde. Et ce jour-là, je compte sur toi pour foncer dans le tas. En attendant, ne prends pas ton rôle ici à la légère.

Je souris malgré ma frustration et approuve de la tête.

— C'est vraiment gentil de m'avoir montré cet endroit.

— Venir ici m'a aidé, après mon arrivée. Mes parents et mes amis me manquaient. Lire me permettait de me changer les idées. J'espère que tu découvriras ce qui t'apportera autant de réconfort, le temps de trouver tes marques ici.

Dans ses bras, la douleur étouffante de ma poitrine semble se dissiper. Je suppose que s'il y a des gens avec qui l'animosité est de mise au premier regard, comme avec Gwen, le phénomène contraire est aussi possible. Antho murmure :

— Tu sais que je ne suis pas aussi à l'aise, d'habitude ? Je suis plutôt du genre bafouillant du début à la fin, surtout si la fille avec qui je suis me plaît. Mais depuis que je t'ai vu, mon cœur s'emballe.

J'inspire, bloque ma respiration. *Je lui plais ? Vraiment ?* Il se pince les lèvres, glisse mon visage dans sa paume et dépose un baiser tendre sur ma joue. Un frisson de bonheur me traverse. Serait-ce si simple d'oublier Declan ? Il est gentil et sa présence, réconfortante. Je n'ai finalement pas le temps de me laisser aller à mon hésitation. Il s'éloigne sans insister.

— C'est trop tôt. Je vois bien comme tu le regardes essayer de t'oublier et à quel point ça ne lui plaît pas que tu tentes de faire pareil, tout Co-commandant qu'il soit. Il est temps d'y aller, ma guerrière. La journée a été longue.

— Ta guerrière ?

— Oui. En souvenir du bouquin d'Elaween et de ce moment. Entre nous.

Il referme la porte de la bibliothèque derrière nous. Blottis l'un contre l'autre, Antho me raccompagne à ma chambre. Devant la porte, je pose les lèvres sur sa joue. Il me rend la pareille en faisant glisser sa bouche dans mon cou avant de reculer.

— Il vaut mieux que j'aille dormir. Je commence tôt demain et si je reste ici, je ne vais pas pouvoir fermer l'œil de la nuit. Or, au marché, ça troque sec !

— Il y a un marché à Hôpital ?

— Bien sûr ! Tout ce qu'on ramène des coupoles ne reste pas ici, ça n'aurait aucun intérêt. Mettre en place des cultures suffisantes pour tenir Hôpital nous rendrait trop visibles, donc on troque le matos des coupoles contre de la nourriture plus variée de l'extérieur. Une partie va aussi à l'intérieur. Les marchands viennent de partout, ça braille dans tous les sens… C'est génial ! Peut-être que je pourrais t'enlever à Simon quelques minutes pour te montrer. Peut-être même que je pourrais t'enseigner un ou deux trucs.

— Sur le troc ?

— Oui, aussi. Hôpital est entre deux mondes, ma guerrière. Il est temps que tu découvres l'autre côté, celui d'où je viens.

Il me serre contre lui en balançant des hanches, le regard séducteur. Un baiser sur ma joue, délicat et doux, réveille mon désir pour de bon. Il recule en souriant.

— À demain, mon Elaween guerrière. J'ai hâte.

— Pas autant que moi, Antho, dénicheur de perles rares.

Je fais référence aux livres. Il se retourne dans le couloir, le sourire lumineux.

— J'ai trouvé la plus belle ici.

Oh ben ça… J'en rougis. Pour un premier rencart, je le trouve plutôt réussi.

***

Mon pauvre Simon. Je l'ai réveillé cinq fois cette nuit en appelant après Declan. Il avait des cernes sombres sous les yeux en prenant sa garde à cinq heures. J'ai à peine fermé l'œil depuis qu'il est parti et me retrouve à être une des premières à monter vers le réfectoire pour boire un café bienvenu. Dans le couloir, Javani arrive derrière moi en courant.

— Hey ! Salut, Lopi ! Tu vas petit dej' ?
— Heu… Oui.
— Deux minutes, je te rejoins !

Il entre dans une pièce et j'accélère le pas vers le self. Pourquoi ce type voudrait partager son petit-déjeuner avec moi ? Sur la ligne de service, je me retourne en sentant une présence derrière moi. Ce ne sont que deux personnes que je ne connais pas. *Calme-toi, Wax.* J'attrape une tasse pour aller me servir du café, sursaute en identifiant la personne qui attend après moi. Cette fois, c'est bien Java. Incapable de bouger, je reste figée face à lui. Ce type a le don de me transformer en statue. Pour me secouer, je râle :

— Que veux-tu ?
— Un rencard. Tu m'en dois un après ta soirée ciné avec Antho.
— Je ne te dois rien du tout, surtout pas un rendez-vous.
— Après la mandale que j'ai prise au Bronx ? Tu es dure.
— On m'a appris que ce qui se passe aux coupoles reste aux coupoles.
— Un point pour toi. Cela dit, je t'assure que les filles qui craquent pour Sim ne sont pas déçues avec moi.
— Nous sommes seulement amis, aussi incroyable que ça puisse te paraître.
— Si tu dors avec tous tes amis, j'ai hâte d'en faire partie.

Il hausse les sourcils. Je le regarde de l'air le plus méprisant qu'il m'inspire du haut de ses deux mètres et des poussières. Mon silence l'amuse visiblement.

— Pas de souci ! Ici, les relations vont et viennent avec nos allers-retours aux coupoles, quoi qu'en dise l'adage. Ça ne me dérange pas d'attendre mon tour, si tu préfères être avec les mecs un par un.
— N'attends rien. Tu n'auras ni tour, ni rencard. Laisse-moi tranquille !

Je recule pour lui laisser l'accès au percolateur et vais m'installer à une table vide dans le self quasi-désert. Javani vient se planter en face de moi. Je souffle rageusement sur mon café trop chaud et hésite à changer de place. Il reste debout, les mains sur son plateau, prêt à partir au moindre signal. Je souffle, contrariée :

— Pourquoi tu me colles ?
— Je voudrais reparler de notre rencontre au Bronx. Ça n'excuse pas tout, mais j'avais trop bu, d'où mon approche maladroite et trop

directe. Ce n'est pas mon genre d'aborder les gens de cette façon, en temps normal.

— L'alcool n'excuse rien du tout. Tu as essayé de m'embrasser en me coinçant dans l'angle de la banquette !

— D'accord, c'était nul. Mais le poing du chef m'a rappelé à l'ordre, quand même ! Je peux manger avec toi ? S'il te plaît.

Je regarde autour de moi. Il n'y a pas beaucoup de monde, mais nous ne sommes pas seuls non plus. Je finis par hocher la tête en émettant un avertissement :

— Si tu deviens lourd, je te mets un coup de pied dans les tibias et tu dégages.

Ça le fait sourire. Il s'assoit. *Qu'est-ce qui ne tourne pas rond chez lui ?*

— Comme ça, tu as signé à la garde. C'est dommage, je suis sûr que personne n'a pris la peine de te faire visiter les serres. Tu sais, la garde, ce n'est pas passionnant hormis les passes. On se lasse vite de surveiller les écureuils, quoi.

Je souris, amusée. J'imagine bien Declan donner des ordres aux animaux de la forêt pour se défouler ! Java l'interprète comme un encouragement et me demande :

— Tu en as déjà vu ? Des écureuils.

— Non. Ce sont des petites bêtes, c'est ça ?

— Un genre de rat des arbres avec de longs poils et roux, par ici. Ceux des sables de Bois Noir sont bien plus beaux, à mon avis. Ils sont plus gros et leur pelage caméléon varie du gris clair au jaune sable. Pour ne rien gâcher, c'est délicieux en brochettes, cuites au barbecue de préférence.

Je hoche vaguement la tête. Java met moins de cinq secondes à saisir que je ne sais pas de quoi il parle et me décrit le mode de cuisson interdit aux coupoles en raison du risque d'incendie. *Javani Gonzague qui m'apprend des choses, j'aurai tout vécu !*

Il enchaîne en me parlant de son rôle de responsable aux serres installées au nord-ouest. Il s'y occupe de plantes médicinales, de fruits et de légumes. Nous discutons tranquillement pendant une vingtaine de minutes avant de nous lever et qu'il ne tente encore sa chance :

— Il n'y a vraiment pas moyen pour un rencard ? Parce qu'ici, on se connaît tous et personne n'aurait parié sur Anthonin. Sim, encore, pourquoi pas. Mais Antho ? Je le pensais homo. Ou aromantique.

— Il n'est ni l'un ni l'autre, manifestement.

— Message reçu. Mais si tu changes d'avis, je suis là. Et aussi, si tu veux voir les serres, ou ces fichus écureuils... Les autres les trouvent mignons.

Je le regarde s'éloigner avec un sentiment étrange. Force est de constater que Peps n'avait pas tort. Il a vraiment un côté gentil. Bien caché, mais bien là.

***

Passablement agacée de ne pas trouver mon confort habituel dans les symboles, je pars à la recherche de Declan en ronchonnant. Je dois demander à plusieurs personnes au hasard où le trouver et finis par me faire indiquer le marché. Sur le chemin, je me dis que je pourrais profiter de l'escapade pour voir Antho.

Je me réjouis à cette idée jusqu'à ce que le large passage piéton souterrain s'ouvre sur ledit marché. Ce n'est pas une simple salle mais une grande place bondée. Des tissus de toutes les couleurs, des charriots, des voitures chargées de marchandises invraisemblables. Des dizaines et des dizaines de mètres carrés grouillants de vie. Criants, hurlants d'un étal ou d'un coffre à l'autre, les marchands sont sur le pied de guerre pour troquer leurs articles.

Dans mon dos, un énorme affichage indique « ACCÈS HOPITAL » au-dessus des lanières translucides que je viens de franchir. Au moins, je ne risque pas de le perdre de vue, même avec mon sens de l'orientation foireux. D'autres panneaux du même genre ornent la salle : « ANDROMÈDE SUD », « ORION EST » ...

Ma frustration face à ma peine à décrypter certains enchaînements de codes du programme de Pierre me semble bien ridicule, maintenant. Qu'est-ce qui m'a pris de croire que je réussirai à trouver Declan ou Antho là-dedans ? Je ne comprends pas un traître mot autour de moi, souffle face au labyrinthe des étals et m'y engage. À force de déambuler en empruntant les allées les moins chargées, je finis par trouver le cœur du lieu des négociations.

La centrale est constituée d'une estrade surélevée disposée en cercle autour d'une tour de traitement de données octogonale. Hommes et femmes équipés de micro-casques à interfaces neuronales, debout face à la foule devant eux, concluent les transactions au cri, d'une tape sur l'épaule ou d'un clin d'œil. Je reste observer le spectacle qui se déroule à une vitesse hallucinante sous mes yeux. C'est de la folie furieuse.

J'en fais un quart de tour avant de repérer Antho au bureau 16B. Une petite foule se presse devant son stand sur lequel il jongle avec les vendeurs venus de tous horizons. Sans que j'aie à esquisser un geste, il me repère et me fait signe de le rejoindre de la main. Plus facile à dire qu'à faire ! Mal à l'aise dans l'attroupement compact, il lance quelques mots inconnus aux marchands pour m'aider à passer à l'intérieur du cercle. Bien contente de ne pas rester surplomber la foule avec lui, je n'en suis pas moins fascinée par le nombre incroyable de dialectes qui fusent de partout.

Antho esquisse des signes, refuse, accepte des transactions, renvoie des gens sur un autre stand en passant d'une langue à l'autre avec une aisance enivrante. Une tablette chacun dans les mains, deux jeunes suent pour garder le rythme que leur impose mon ami… Mon petit copain ? *Houlà, je m'emmêle.*

Des cris de protestations se font brièvement entendre quand Antho descend de la scène pour me rejoindre. Les gens se dispersent alors qu'il m'adresse le plus beau sourire que je ne lui ai jamais vu.

— Tu es venue toute seule ?

— Oui, sans même me perdre !

Il rit. Du coin de l'œil, il observe les deux personnes de son stand qui travaillent toujours avec les marchands. Avant de s'accorder une pause, il m'embrasse sur la joue pour aller les aider.

J'en profite pour inspecter le casque qu'il a laissé derrière lui, toujours aussi surprise de trouver ce genre de technologie de ce côté des coupoles. Cédant à ma curiosité, mes doigts effleurent l'objet avec soin. Antho revient rapidement me présenter Ywan et Morag avec qui il travaille. Muni d'une tablette, il m'entraîne ensuite dans la foule, me montre les coffres qu'il juge propices aux bonnes affaires et repère ceux qu'il vaut mieux éviter en un clin d'œil. Il se déplace si aisément qu'avec ma main dans la sienne, la cohue souterraine me semble moins dense et oppressante.

— Dis, tu m'as caché que tu connaissais si bien les langues de l'Ancien Monde !

— Je t'ai parlé dans six langues différentes, hier.

— Sans préciser que tu comprenais et parlais couramment certaines d'entre elles ! Antho, c'est formidable de pouvoir faire ça !

— Avant de partir à Grande Vallée, mes parents étaient des marchands nomades. J'ai appris tous ces dialectes sans même m'en rendre compte.

Autant dire que pour lui, c'est naturel cet endroit, carrefour du troc et des itinérants. Il évoque ensuite d'autres marchés, comme celui de Bois Noir, où il faut déjà être connu comme crieur pour pouvoir y travailler. Il me confie qu'il espère pouvoir développer une place de troc à Baie, ses parents espérant s'y installer avant la fin de son engagement à Hôpital. Puis, il se fait aborder, réclamer, accepte trois transactions sur le chemin jusqu'à ce que nous trouvions un type immense qui s'illumine en le voyant :

— Ah ! Ann'to !
— Pablo ! Je te croyais à l'ouest !

Avec son accent jovial, le type nous fait signe d'approcher d'une remorque recouverte d'un tissu opaque. Lorsqu'il le repousse pour Antho, celui-ci hoche la tête, content de ce qu'il voit. En échange, il propose au marchand de la peinture, des tissus et des médicaments, dont le baume de Peps. Pablo cache ses trouvailles.

— Ann'to… J'ai vu stock. Aujourd'hui, yé suis là. Et yé veux la belle.
— C'est beau, mais c'est juste pour négocier la belle. Tu le sais bien, Pablo.
— Yé veux que La Belle aujourrd'hui. Et yé de quoi, amigo.

Il fait le tour de sa remorque et nous fait signe de le suivre. Sûr de lui, il dévoile son trésor : deux beaux bancs en fer forgé noir et une table sur laquelle brille une rosace aux couleurs éclatantes, arborant mille petits éclats de verre sur sa surface. Antho siffle, lui tend la main et lui confirme que *« la belle »* est pour lui. Enchanté, l'homme lui rend son accolade, ravi de son affaire. Après avoir validé l'info sur sa tablette, le troqueur laisse quelques instructions au marchand et nous le quittons, satisfait de son acquisition.

— Par Jupiter, si je m'y attendais ! Déjà avec les épées, je la lui aurais laissée, je le faisais marcher pour faire monter son impatience. Mais avec du fer forgé comme ça… Ça va finir au parc, pas à la coupole, c'est certain !
— Qu'est-ce que c'est *« la belle »* ?
— Tu veux voir ?

Antho allonge le pas et me fait traverser le marché en diagonale. Nous passons dans des allées numérotées et je comprends que ce sont les marchandises que les négociants d'Hôpital vendent, rangées par stand. Rendus devant une porte, Antho l'ouvre pour nous et nous plonge dans le noir complet. Il allume en appuyant sur un bouton au mur, comme la veille dans la bibliothèque. La lumière est douce pendant un instant, puis des projecteurs se mettent en route et je découvre *La Belle* de Pablo.

C'est un tableau. Ou plutôt, plusieurs tableaux qui n'en composent qu'un. Sous un ciel étoilé, une femme nue s'offre à la vue des astres lumineux au-dessus d'elle, son corps aux reflets de bronze luisant dans les nuages. Un homme également dépourvu de tout vêtement, assis plus loin sur la droite, la regarde avec un sourire tendre. Les sept tableaux qui composent l'œuvre font près d'un mètre de haut chacun, sur une vingtaine de centimètres de large. Je suis sans voix. Les couleurs, la peinture, la matière... Et le réalisme complètement irréel qui ressort ! J'adore ce tableau, je n'en reviens pas de ne le découvrir que maintenant.

— Je te présente La Belle dans les nuages de San Anton Milo Rosé. Ça fait près d'un an que Pablo cherche à nous la troquer.

— Et tu l'as échangé contre un tas de vielles épées rouillées et une table ? Tu es tombé sur la tête ou quoi ?

— Non, pas encore fou ! éclate-t-il de rire. Ces épées que tu as vues doivent avoir plus de deux mille ans. Elles vont partir dans les musées des coupoles, devenir le fruit de trouvailles oubliées chez un riche héritier, qui sait ? Et le fer forgé, il n'y a qu'une dizaine d'endroits dans le désert où il se travaille encore de cette façon. Ça ne vaut rien aux coupoles, ou dans trop peu, loin d'ici. Le matériau est trop lourd. Mais de ce côté du monde, c'est une perle rare qu'on encourage à continuer à exploiter. Comme la mosaïque qui se trouve dessus, d'ailleurs.

— Mais le tableau doit valoir des milliers de coupons ! Antho !

— Pablo a écoulé beaucoup de tableaux de Milo Rosé aux coupoles, il connaît bien leur valeur à l'intérieur. Mais je ne pense pas qu'il va troquer celui-là. Il est tombé amoureux de la fille, je crois. Si les gens de là-bas savaient que celui qui l'a peint vit à l'extérieur, ils auraient un choc !

— Tu connais l'artiste ?

— On peut dire ça, oui. Toi aussi.

Il enfonce ses mains dans ses poches. *San Anton...*

— Ne me dis pas... C'est toi qui as peint La Belle ?

— Oui. Ceux d'ici ne savent pas. Je ne peins plus depuis que je suis arrivé. Je préfère le troc. Tu... Tu ne diras rien, hein ?

— Non, si c'est ce que tu souhaites. Mais c'est dommage que tu ne peignes plus.

— Je n'en ai plus besoin. Avant, j'étais prisonnier de chez moi. Je rêvais d'une autre vie, de m'en aller. Je n'étais pas à ma place à Grande Vallée. Mes parents me disaient souvent que j'avais hérité du gêne du voyageur. Je peignais parce que je m'ennuyais. Maintenant, je troque car j'aime troquer. C'est bien mieux !

— Tu es incroyable. Mais dis-moi, il n'y a rien d'autre que tu aimerais faire ?

Il diffuse son bonheur autour de lui comme la gravité attire la lune à la terre. Je l'étreins, le ramène contre moi, avide de baigner dans ce bien-être. Son cœur s'emballe fort dans sa poitrine. Une main sur mes reins, il pose l'autre sur ma joue et s'approche de mes lèvres.

La porte s'ouvre en grand.

— Tu me cherchais ?

Je sursaute et m'éloigne d'Antho par réflexe. Declan le dévisage durement, entre dans la pièce et ferme derrière lui avant de répéter sa question, insistant. Mon cœur bat à toute vitesse, mes idées s'embrouillent. Je serre mon poing valide à m'en faire mal pour m'aider à reprendre mes esprits. Pourquoi je le cherchais déjà ? Ah oui, le programme…

— C'est à propos de Pierre, j'ai du mal avec un passage.

— Pas ici. Au bureau.

La gorge serrée, j'ai l'impression vaseuse d'avoir fait une grosse bêtise. Declan lève les yeux au ciel et s'empare de ma main.

— Elle est troquée, lance Antho. Ce sera la dernière de San Anton à être mise sur le marché, si Pablo la vend.

Mon ex évalue le tableau d'un œil critique.

— Je mise trois-cent-quarante. Non, quarante-cinq. Tu l'as troqué contre quoi ?

— Une trentaine d'épées anciennes et un salon fer forgé avec décoration mosaïque.

Declan siffle et sourit. Il semble avoir oublié qu'il me tient la main et approuve la transaction de la tête.

— Ça valait le coup.

— Du fer, des bouts de verre et des épées rouillées contre ce tableau ? Vous êtes complètement fous !

— C'est un art contre un autre.

— Peut-être, mais là, une armure à contre-gravité n'aurait pas fait le poids !

Je regarde la création une dernière fois, triste de savoir que je ne l'admirerai plus jamais. Declan interrompt ma contemplation et me tire avec lui dans la foule du marché. Dès que nous passons les étranges lanières translucides et briseuses de son, il me lâche. Arrivé au bureau, il a retrouvé son air fâché.

— Pourquoi tu fais la gueule ?
— Tu es vraiment avec lui ?
— Oui.

J'attrape son cahier dans la chemise rouge et lui montre les lignes de codes qui me posent souci. Comme la dernière fois, il m'explique consciencieusement les enchaînements, reste écouter mes critiques et approuve deux changements qui semblent judicieux. Le reste du temps, je fronce beaucoup les sourcils, tellement que j'ai l'impression que les rides sur mon front vont y rester imprimées. J'ai du mal à suivre la logique des articulations de lignes, ce qui est pour le moins inhabituel. À l'heure du déjeuner, Declan m'arrête en se massant la tempe, prétextant un mal de tête.

— On revoit ça après les entraînements, vers seize heures.
— On doit travailler les parcours de patrouille avec Sim, cet après-midi.
— Dans ce cas, on verra demain matin. Je serai de l'équipe du midi. Tu… Ça va ta main ?
— Mieux, oui. Merci de demander. Tu as souvent mal à la tête comme ça ?

S'il s'inquiète de ma main, je peux m'enquérir de sa tête, non ? Il ferme les yeux avant de me dire lentement :

— De temps en temps. Si tu vois Sim avant l'entraînement, tiens-moi au courant. D'ac ?

Il serre les dents. Il doit vraiment avoir mal, ce n'est pas une blague. J'approuve en commençant à ranger le bureau et il s'en va sans rien dire de plus.

9. Départ mouvementé

Dans le couloir, je trouve Simon qui venait me chercher en sens inverse. Il passe son bras autour de mes épaules, et moi le mien autour de sa taille, pour aller jusqu'au réfectoire. Une fois installé pour déjeuner, il s'inquiète :

— Il parait que tu cherchais ton ex, ce matin. J'ai trouvé ça louche.

— C'était pour lui parler du programme de Pierre. J'ai découvert le marché en le cherchant et trouvé Antho à la place. Et Declan est arrivé juste avant qu'on ne s'embrasse.

— Il a choisi son moment pour débarquer, pff ! Au fait, on a un départ imprévu pour les coupoles cette nuit, je change d'équipe. Entre minuit et cinq, tu vas te retrouver toute seule. Ça ira ?

— Non ! Je vais sans doute oublier comment respirer sans toi !

— Ou te perdre dans le lit, tu en serais capable ! Je vais faire une sieste, après manger. Tu as ton après-midi de libre, et mon petit doigt me dit que si tu te débrouilles bien, tu pourrais ne pas dormir seule ce soir.

— Tu ne vas pas t'y mettre, toi aussi ! Declan est avec Eryn maintenant.

— Heu... Je pensais à Antho. Mais, c'est toi qui vois...

Ah... Oui. Il me manque encore quelques réglages au cerveau. J'en suis à la moitié de mon plat quand Simon blêmit. Je suis son regard, découvre Declan volant un bisou du bout des lèvres à Gwen qui arbore un air triomphant.

Il n'avait peut-être pas mal à la tête, finalement. *Quel enfoiré !*

Antho arrive à la table avec Morag et Ywan et dépose un baiser dans mes cheveux en s'asseyant à côté de moi. Son grand sourire béat a le mérite de détourner mon attention de la Pétasse gloussante.

— On a clôturé notre journée, ma guerrière. Tu fais quoi, cet après-midi ?

— Le changement d'emploi du temps de Simon fait que je suis libre comme l'air !

Mon ami approuve et s'éclipse pour aller se reposer. Du coin de l'œil, je surprends Declan à nous fixer pendant qu'il se met à table. Antho me dévisage sans faillir avec un sourire parfaitement heureux collé aux lèvres, ce qui amuse beaucoup ses amis. Declan passe à côté de notre table lorsque mon prénom retentit dans le self. Javani. Il ne manquait plus que lui ! Enjoué, il me tend une boite en bois sombre.

— De la part d'Imanna. Cadeau de bienvenue à Hôpital.

— C'est à moi de lui donner, s'interpose Declan. Pour qui tu te prends ?

— Tu te fous de moi, chef ? Je suis responsable permanent, j'ai le droit de lui donner !

— Responsable aux serres, Java. Pas à la garde. Arrête de lui tourner autour.

— Ce n'est pas moi qui lui ai promis le mariage pour pouvoir la baiser.

Declan accroche dans le blouson de Java qui lève les bras sur les côtés, paumes ouvertes. Tous les présents observent la scène, sur le qui-vive de la bagarre qui menace. Je me lève et pose une main hésitante sur l'épaule de mon ex.

— Qu'est-ce qui t'arrive ? Lâche-le.

— Je ne supporte pas le manque de respect.

— Il m'a offert un cadeau de bienvenue. Ne sois pas con. Lâche-le.

— Parce que tu le défends ?

Declan repousse méchamment Java qui manque de tomber en arrière. Il s'en va sans un regard pour Gwen qui le suit comme son ombre, m'insultant au passage. Le réfectoire se détend, les gens reprennent leur repas, et Java me dévisage.

— Tu as pris mon parti face au chef.

— Cet idiot n'avait pas à s'énerver contre toi.

— Wouaw... Je veux dire, j'suis content qu'Imanna m'ait chargé de te l'offrir.

Il semble encore chamboulé en me désignant la boite abandonnée. À l'intérieur se trouvent une ceinture d'équipement en cuir soigneusement roulée sur elle-même, un couteau cranté et une montre à aiguille. Je remercie Java qui ne cesse de sourire. Il nous invite même, Antho et moi, pour une visite guidée des serres, l'après-midi.

Il quitte la table en sautillant presque, nous laissant complètement abasourdis par son attitude légère.

***

— Et à cet étage, attention les gourmands, voilà les fraises !

Java ouvre un étage de la serre verticale. L'odeur sucrée des fruits mûrs ravit mon nez. C'est un festival depuis que nous sommes arrivés. La ferme aquaponique n'a rien à envier à celles établies aux coupoles, hormis sa surface. Java contrôle l'état des poissons du bac et chipe quelques fraises au passage.

— C'est plus intéressant que de stresser à la moindre brise dans les feuilles, non ?

— Il en faut bien qui s'ennuie à attendre les drones ! ris-je. Et puis, si je passais mes journées ici, votre production de fraises en prendrait un coup !

— Premier arrivé, premier servi !

Javani nous laisse cueillir quelques fruits pendant qu'il recharge un distributeur d'aliment des poissons. Il nous invite à continuer la visite dans la seconde serre au fonctionnement différent. Nous mettons des lunettes pour protéger nos yeux des forts rayonnements. Ici, les plantes poussent avec un apport d'eau maîtrisé et une grosse dose de soleil artificiel. Java nous annonce fièrement qu'ils réussissent à y faire pousser leurs pommes de terre cinq fois plus vite qu'à l'extérieur, avant de nous faire visiter d'autres allées, toutes aussi riches en végétaux comestibles. Plus tard, une lumière rouge s'allume au bout de l'allée. Toujours joyeux, notre hôte nous fait signe de le suivre.

Je saisis la main d'Antho dans le couloir. Il se trouve qu'il connaît la jeune femme qui vient d'arriver : c'est une nomade habituée du marché. Dans mon dos, mon copain passe ses mains autour de ma taille pour me la présenter :

— Wax, voici Ajay. Je ne savais pas que tu troquais directement ici.

— Tout le troc ne peut pas se faire au marché, Antho.

— Je suis scandalisé que tu qualifies notre arrangement de troc, s'insurge Javani en souriant. Tu as trouvé les graines dont on avait parlé ?

La jeune femme confirme et le sérieux responsable des serres disparaît un instant pour revenir avec un pot plein de terre et un verre d'eau.

— J'ai trop hâte de voir ça. Ce sera utile à Doc et Peps si j'arrive à en cultiver ici.

— Tu veux que je le fasse tout de suite ?

— Pourquoi attendre ? Ils sont de confiance, ne t'inquiète pas.

Java nous fait confiance ? Ajay nous regarde Antho et moi en penchant la tête sur le côté. Un brin mal à l'aise sous son regard insistant, je pose ma main sur celles de mon copain qui plonge son nez dans mon cou pour y déposer un baiser.

— D'accord, décide-t-elle. Je compte sur ta discrétion au marché, Antho.

Il hoche la tête en posant son menton sur mon épaule. D'une bourse en cuir, elle sort trois graines rouge et blanche en forme de haricot aussi grosses que mon petit doigt. Ajay plante l'une d'entre elles dans le pot de Java et lui confie les deux autres qu'il tient comme si elle venait de lui offrir un trésor.

Les doigts de la main droite enfoncés dans le pot, la nomade verse lentement l'eau du verre dessus. Je n'ai pas idée de ce que je regarde jusqu'à ce que je voie une minuscule feuille sortir de terre. Tenir ma langue est plus que difficile. Ajay doit être du peuple du don dont m'a parlé Peps. C'est même certain. Millimètre par millimètre, nous observons la petite plante grandir jusqu'à atteindre une quinzaine de centimètres et que ses feuilles virent du rouge au blanc. *Comment elle a fait pour en accélérer la croissance ?* Ajay sourit à Java qui semble tout aussi émerveillé que nous.

— Prends-en soin, Javani. Je t'ai fait gagner deux semaines pour celle-ci, mais n'oublie pas qu'elle ne fleurira pas avant sept mois avec une bonne exposition.

— Chacune aura le droit à son programme bien défini avec cycle jour/nuit, c'est promis. C'est toujours aussi agréable de te voir faire, Ajay.

— Si ça fonctionne, je négocierai le troc des graines avec Antho. En attendant, je réclame tout de suite ce que tu m'as promis en retour.

***

Je n'ai pu poser aucune question à la nomade. Manifestement, elle avait décidé qu'elle nous en avait assez montré et a décrété qu'elle préférait se retrouver seule avec Java pour conclure leur arrangement. Par conséquent, c'est Antho que je bombarde de questions en remontant par l'extérieur vers l'hôpital.

— Il y a beaucoup de gens avec un don ? Comment peuvent-ils influencer la croissance d'une plante ?

— J'en ai croisé quelques-uns, mais la plupart se font discrets, même ici. Il y a beaucoup de monde qui passe et on ne sait jamais le niveau de tolérance des gens vis-à-vis de ceux qui expriment.

— Certains ne les tolèrent pas ?

— Oh oui ! Ils sont plus effrayés qu'autre chose par ce qu'ils sont capables de faire parce qu'on ne sait pas comment ils font. Et lorsque les gens ont peur, ils peuvent vite devenir très méchants. Le peuple du don vit à part des colonies. Certains font exception pour le troc ou le temps d'un voyage, mais ça reste rare. Aux coupoles, certains connaissent la notoriété avec des spectacles, mais la plupart terminent dans une structure d'accueil sous prétexte de déséquilibre mental. Les plus chanceux découvrent la vérité sur l'extérieur, tentent leur chance et rejoignent leurs semblables dans le désert.

Je repense immanquablement à ce spectacle de *« développement de capacité sensorielle humaine »* à Capricorne. L'artiste qui manipulait mystérieusement l'eau aux Ménades exprimait sans doute un don.

— Tu as déjà vu d'autres expressions du don que celle d'Ajay ?

— Aussi bien, une seule fois. Il y a un gars plutôt sympa qui passe régulièrement pour du troc. Il contrôle le feu, c'est drôlement impressionnant.

— Anthonin !

Declan. Toujours là où il ne faut pas ! S'il va le voir seul, mon compagnon revient de leur face-à-face rapide, le visage fermé. Prenant simplement ma main, il ne dit rien tout le temps qu'il nous faut pour rejoindre la porte de ma chambre où je remarque qu'il a les larmes aux yeux.

— Antho, qu'est-ce qui se passe ?

— Je m'en vais. En mission. Je m'en vais à Lynx.

J'ouvre la porte de la chambre et pousse le drap de ma bulle anti-cauchemar. Sim n'y est plus. Tant mieux. J'invite mon copain à s'installer avec moi sur le lit et lui demande de me donner plus d'explications.

— Les équipes tournent. Ma période de service s'est terminée il y a déjà sept semaines. Je reste souvent plus longtemps parce que je suis un atout au troc mais là, une autre équipe va rentrer de Lynx et leur négociant est dedans. C'est mon tour d'y aller.

— Tu t'en vas quand ?

— Ce soir. Le départ est à vingt-deux heures. Ça se passe presque tout le temps de cette façon. On sait les choses au dernier moment.

Je le serre contre moi. C'est le seul qui ait réussi à me remonter le moral, à me rendre des sensations autres que ce vide dans la poitrine. Même Sim n'arrive pas à le combler autant. Même le rire de Peps n'apaise pas l'absence de Val et Umy comme il parvient à le faire. Je relève la tête, essuie la larme qui roule sur sa joue. Mes mains se perdent dans ses cheveux, sa nuque. Ce n'est pas Declan, mais Declan ne se considère plus comme mon mari. C'est mon ex. Et Antho, lui, veut être mon petit ami.

— Je m'en vais ce soir. Je comprendrai que tu refuses, mais je le regretterai si je ne te demande pas si je peux t'embrasser ?

Je laisse tomber les armes et cède à la tentation. Nos lèvres se répondent timidement dans un premier temps, puis de façon plus prononcée. Il m'entraîne avec lui sur le lit, à cheval sur ses genoux. Le visage plus haut que le sien, je fais basculer sa tête en arrière pour ne pas perdre sa bouche alors qu'il s'écarte. Ses pouces caressent mes joues et Antho murmure :

— Je peux t'embrasser dans le cou ?

— Tu peux embrasser toute la peau que tu vois. C'est assez ?

Il confirme d'un sourire, et je me demande bien ce qui m'a pris d'hésiter à franchir le pas. Il fait glisser sa bouche jusqu'à mon épaule, semant une panoplie de petits baisers au contact électrique et étrangement gelé. Ses gestes tendres finissent par provoquer un spasme de plaisir. *Oui, c'est ça qu'il me faut. C'est ça que je veux.* Je m'écarte pour retirer mon haut.

— Wow ! Pas trop vite.

— Pardon, j'aurais dû prévenir. Tu veux que je me rhabille ?

— Nan, surtout pas. Je te trouve bien trop belle, ma guerrière.

Je pose ses mains sur mes hanches et l'embrasse à nouveau. Je veux le toucher. Mes mains passent sous son tee-shirt. Il fait mine de le soulever et le baisse, le visage sérieux, avant de rire et de l'abandonner au pied du lit. Il recommence à embrasser mon cou et descend plus bas dans ma gorge cette fois. Ses mains remontent lentement le long de mon ventre jusqu'à effleurer ma brassière. Je me mords la lèvre. Pourquoi ne me donne-t-il pas plus ?

— Antho, touche-moi, s'il te plaît.

Seul son souffle me répond, immobile. Il ne veut pas. Je recommence, comme avec Declan à Paradis. Une boule se forme dans ma gorge et je m'écarte vivement.

— Eh ! Où tu vas ?

— Je ne te forcerai pas. J'ai cru que tu avais envie d'aller plus loin, mais si ce n'est pas le cas, on arrête. On n'a aucune obligation.

— Par les étoiles, Wax ! J'en ai envie ! C'est que... Disons qu'en général, on n'enchaîne pas son premier baiser avec sa première fois.

Son premier... Quoi ? J'écarquille les yeux. Je ramasse mon tee-shirt et me fige dès lors qu'il passe ses mains autour de ma taille pour me ramener entre ses jambes.

— Je t'ai dit que je ne me suis jamais senti aussi bien avec quelqu'un d'autre, avant toi. C'est comme si tu me donnais l'équilibre pour marcher droit.

Il embrasse mon ventre qui se contracte sous ses lèvres. Son premier baiser... C'était avec moi, à l'instant ? Ça me fait tout drôle de savoir que j'ai pu être le premier baiser de quelqu'un. Et puis sa bouche remonte le long de mes côtes et j'arrête de penser.

***

Sans véritable faim, Antho et moi arrivons à la toute fin du service du dîner. Nous mangeons rapidement l'un à côté de l'autre, nos cuisses collées sous la table. Nous avons passé l'après-midi à nous câliner, ce qui nous a convenu à tous les deux. Pourtant, j'ai toujours inexplicablement soif de son contact.

Ywan et Morag font un passage pour discuter, le premier étant également concerné par le départ du soir. Le temps passe vite. J'ai enfilé la montre que m'a donnée Java au poignet et nous nous rendons compte en quittant réfectoire qu'elle a cessé de fonctionner. Antho rit quand je tapote l'écran aux aiguilles figées : avec lui non plus, les montres à piles ou mécaniques ne fonctionnent pas, ou mal. Soit elles s'arrêtent, soit elles accélèrent jusqu'à faire passer la journée en l'espace de trois heures.

Il lui reste une petite heure pour se préparer. Dans sa chambre se trouvent deux lits simples aussi serrés que l'étaient ceux de l'Escale du Lilliputien. Une fois que nous y sommes, il fourre simplement une tenue propre dans un sac à dos avant de m'inviter sur son lit. Rapidement, nous nous cachons sous la couverture où nos peaux s'échauffent l'une contre l'autre. Sa bouche se fait plus audacieuse et ses mains moins hésitantes, jusqu'à ce qu'il commence à trembler.

— C'est bien la première fois que je ne veux pas m'en aller de quelque part, ma guerrière. Tu sais, la règle ici, c'est qu'une fois parti, la relation est finie. On ne sait jamais vraiment combien de temps on va devoir rester à la coupole, ni...

— Chut. Tu es encore là. Ne pars pas avant l'heure.

Je bouge mon bassin contre le sien. Nous ne sommes pas totalement nus sous la couette, mais mon mouvement lui arrache un gémissement qui me satisfait particulièrement. Il ne faut pas plus de quelques secondes pour que la température augmente encore d'un cran entre nous. Ses lèvres se perdent sur ma peau, provoquant une panoplie de sensations gelées et grisantes jusqu'à ce qu'il suffoque.

— Premiers baisers, premiers câlins… C'est tellement doux avec toi. En réalité, c'est fait pour aller ensemble, non ?

Ses doigts effleurent l'élastique de ma culotte… *Toc, toc, toc…*

— Antho, tu es là ?

Il refuse de répondre et mordille mon ventre, près de mon nombril. Son coloc de chambre ouvre grand la porte. On a tout juste le temps de remonter la couverture vers ma poitrine. Antho se redresse pour envoyer chier son ami :

— Ywan ! Dégage d'ici !

— Sérieux ? Antho ! Tu n'as plus le temps pour ça ! C'est l'heure, il faut descendre au garage !

— Je suis au courant ! Tu vas sortir de là, oui ?

Il lui envoie un oreiller à la figure. Son ami ferme la porte sans abandonner pour autant.

— Si tu arrives à la bourre, le chef va te larguer aux faucheurs à la première occasion.

— Sérieux, lâche-moi ! Je t'ai dit que j'arrive !

— Non, rit Ywan. Tu m'as dit de dégager et je conçois bien pourquoi, mais il te reste cinq minutes pour t'habiller, t'équiper et descendre au garage. Aussi agréable soit la compagnie, sors ton cul de ce lit, Anthonin Gregorio !

Il nous recouvre entièrement avec la couverture pour un dernier baiser avant d'enfiler son pantalon tout en me tendant le mien.

— On n'a pas intérêt à traîner !

***

Nous courons dans les couloirs. Antho termine de mettre sa veste et d'équiper sa ceinture sur le chemin du garage. Dès qu'il le peut, il me saisit la main pour m'emmener avec lui jusqu'au bout de là où je serais autorisée à aller. À peine entrons-nous dans le hangar que la question est réglée : Gwen est là, vissée à sa cible comme un écrou rouillé. Antho serre nos hanches et Declan s'exclame :

— Ce n'est pas trop tôt, Gregorio !

— J'optimise mon temps libre, Monsieur.

Monsieur ? Declan hoche la tête en me lançant un regard douloureux mais déjà, la tête d'Ywan sort de la camionnette. Il adresse un clin d'œil complice à Antho.

— Merde ! J'ai perdu les gars ! Il est là !

— C'était juste ! résonne une voix rieuse à l'intérieur.

Mon copain aux joues légèrement échauffées lance un regard à son supérieur qui occupe la cavité buccale de Pétasse. *Beurk.* En voyant ça, il me ramène contre lui.

— Tu vas me manquer, ma guerrière.

Il me sourit et m'embrasse sur la joue avant de s'emparer de ma bouche. Je réponds à son envie encore brûlante d'avoir été interrompu dans notre intimité, accroche dans ses cheveux et le ramène contre moi. Il m'entoure de ses bras et me soulève un instant du sol. Dans la camionnette, quelqu'un siffle et Ywan lance :

— Eh, Antho ! On ne te savait pas aussi chaud !

— Regarde ailleurs ! s'amuse-t-il. Merci, Wax. C'était parfait, aujourd'hui.

— Ne te fais pas casser le nez sur la route avec ce genre de réflexion.

— Ne t'inquiète pas pour mon nez, Elaween la guerrière. Prends soin de toi.

Il me lâche, tend la main derrière moi pour serrer celle de Simon qui lui souhaite bonne mission. Je le rejoins, les larmes aux yeux. Et puis Tanaël monte du côté passager. Gwen n'est plus dans mon champ visuel et Declan referme la porte de la camionnette sur Antho. Prise d'un doute affreux, je me rapproche de mon ex.

— Tu checkes toutes les équipes comme ça ?

— Seulement celles que je supervise.

— Rassure-moi, tu n'as pas prévu d'aller à Lynx ?

— Si, puisque c'est mon équipe.

— Non ! Tu te rends compte des conséquences si les faucheurs te mettent la main dessus ? C'est complètement inconscient comme attitude ! Tu ne dois pas y aller !

— Ce ne sera pas la première fois. Ça va aller.

— Très bien. Si ce n'est pas dangereux, j'y vais aussi.

— Hors de question ! C'est mon rôle, mon devoir, mon engagement ! Toi, tu restes là avec Sim et Peps, c'est compris ?

— Il y a un problème ? s'inquiète Tanaël en passant la tête par la fenêtre de l'habitacle.

J'écarquille les yeux et saisis l'énormité de sa connerie.

— Ils ne savent pas ? Tu n'as même pas prévenu Tan ? Declan, tu ne peux plus accepter ce genre de mission !

— Tu n'es pas ma Programmatrice ! éclate-t-il dans le garage. Je ne suis pas un Netra qui doit t'obéir ! Rentre ! Maintenant !

— C'est mon programme ! Je vais où il va !

Il sort son couteau, relève sa manche, prêt à s'entailler la peau.

— Tu le veux ? Prends-le. Prends-le ! Il me pourrit la vie.

— Vas-y doucement et pose ça, Declan, intervient Simon.

— Eh, lâche ce couteau, s'affole Tan. Qu'est-ce qui se passe ?

J'ai les larmes aux yeux, c'est pourtant la rage qui s'exprime :

— Vas-y, arrache tout ! C'est ce que tu veux, non ?

— Je suis mort, Wax ! hurle-t-il. Je suis mort sur cette putain de table !

— Et tu m'as reproché de ne pas t'avoir tué le jour où je t'ai retrouvé, je m'en souviens, merci ! Une chose est sûre, j'aurais dû rester en vie pour Val et Umy ! Pas exploser dans une putain de fausse bombe à Orion ! Maintenant, je suis coincée ici et tu trouves le moyen de m'arracher Antho en plus !

— Non, je n'y suis pour rien pour Antho. Ce n'est pas moi…

— Si ! Tu es Co-commandant ! Pourquoi Val et Umy ne peuvent pas venir via une passe ? Laisse-moi Antho ! Rends-moi Umy ! Ramène-moi mon Prince !

Il m'attrape par la taille, me ramène contre lui et m'embrasse avec une fougue qui me tétanise tellement il me manque. Je mets un instant à me rendre compte de ce qu'il fait. Nous nous disputions il y a un instant… Je le repousse des deux mains.

— Non ! Tu ne peux pas faire ça à chaque fois que tu me mets en rogne.

Tan retient tant bien que mal son rire. Simon soupire derrière moi. Declan ramène ses cheveux en arrière des deux mains, le visage crispé, en colère. Le trou s'ouvre dans ma poitrine vide et douloureuse. Je tremble de partout quand Antho s'approche. Je m'accroche à lui.

— Ne t'en va pas, je t'en prie.

— Je n'ai pas le choix. Nos chemins se séparent pour mieux se recroiser dans le futur, j'en suis sûr. Je serai là le jour où tu auras besoin de moi, ma guerrière, c'est promis. Mais aujourd'hui, c'est avec Sim qu'il faut que tu restes.

Je me blottis contre lui jusqu'à ce que le ton monte entre Declan et Simon derrière nous.

— Tu as l'air de vachement bien gérer, ouais. Tu te fiches de moi ? Tu joues au con, tu lui fais du mal, tu prends des risques inconsidérés ! Il faut arrêter les frais, cette fois.

— Tu n'as pas à me faire de leçon ! Ce n'est pas moi qui me suis tapé une proxénète et ses Netras-putes pendant six mois !

Le poing de Sim est étonnamment rapide. Declan encaisse le crochet gauche en pleine figure et vacille avant de tomber à genoux, sonné et surpris :

— Tu m'as frappé ?

— Dégage ! Dégage d'ici et fais-toi choper par les faucheurs, je n'en ai plus rien à foutre. Ou que Tan te laisse à Lynx. Ça nous fera des vacances !

— Espèce d'enflure. Ça t'arrangerait bien que je ne sois plus là.

— Ta présence ne change rien. Wax est assez grande pour choisir qui elle veut dans son lit. Et j'ai un scoop pour toi, Jensen, ce n'est plus toi.

Antho me guide à l'arrière de la camionnette et nous assoit sur le plancher. Ils sont six à l'intérieur, dont Ywan qui allume une cigarette et lance, nonchalant :

— On va être en retard.

Contre Antho, je supporte les insultes qui fusent entre Declan et Simon jusqu'à ce que la camionnette vacille dans un grand bruit. Nous sortons tous pour découvrir le côté du véhicule qui s'est déformé sous le choc. Declan, par terre, est manifestement celui qui a percuté le camion. Simon a la lèvre éclatée et saigne du nez un peu plus loin :

— Je te sors de ma vie, Jensen. Ma belle, viens. On rentre.

J'offre un dernier baiser sur la joue à Antho. Je ne suis pas amoureuse de lui, non, mais je l'aime déjà, d'une certaine façon, et lui dire au revoir me déchire réellement. Declan me suit, prudent face au regard menaçant de Simon, au tee-shirt ensanglanté.

— Wax ? Je serais de retour pour le petit-déjeuner, demain. Si tu veux que je rentre.

Il est sérieux ?

— Certaines choses sont gravées dans notre chair, Declan. Et la chair est faible. À demain.

Il hoche la tête, manifestement soulagé. *Comment peut-il croire que je souhaiterais qu'il reste à Lynx ?* Il monte, démarre le camion et s'en va. Gwen actionne la fermeture du garage. *Je la pensais partie, celle-là !*

— Vous n'avez pas idée comme vous le faites souffrir tous les deux, nous reproche-t-elle d'un air mauvais.

Elle tourne les talons, nous laissant enfin seuls.

10. Les nuits sans toi

Simon est parti voir avec Imanna s'il peut se faire remplacer pour cette nuit. Dans la bulle, je ferme les yeux sans avoir pris la peine d'enlever plus que mon tee-shirt. Déjà à la lisière du sommeil, une main chaude glisse sur mon ventre. Des lèvres déposent un baiser dans mon cou, sensation étrange.

— Je ne laisserai ma place à personne, cette fois. Tu es si belle...

Javani. Mon cœur accélère d'un coup. La poussée d'adrénaline me réveille tout à fait pendant que ses grandes mains m'enveloppent. Je tente désespérément de réagir mais je suis vidée, éreintée par le départ d'Antho, par la dispute avec Declan et la violence dont il a fait preuve envers Simon. Mes pleurs sont la seule défense qui me reste quand je me rends compte que Java est nu contre moi.

— Javani, non ! Sors de mon lit !

Je ferai ce que tu veux, je serai qui tu veux. Je me plierai à ta volonté pour être avec toi, Wax. Dis-moi.

— Non, Java. Je ne veux pas de toi comme ça. Stop !

Il ne s'arrête pas. Je sanglote. Il m'immobilise sans peine pour basculer sur moi. Je tente de le repousser sans succès. Dépourvue de toute force, je n'arrive même pas à prendre appui sur mes pieds, ni à remonter mon genou entre nous. Faisant preuve d'une tendresse en totale opposition avec son manque total d'écoute et sa prise ferme sur moi, Java murmure :

— Tu n'es pas comme eux. Laisse-moi ma chance, Wax.

— S'il te plaît, Javani, ne fait pas ça. Je ne veux pas !

— Tu dis ça, mais ton corps réclame le contraire. Tu en as besoin. Je le sens.

Il plaque sa bouche sur la mienne. Je serre les dents. *C'est vraiment en train d'arriver ? Il s'est montré gentil, c'était pour mieux en arriver là ? C'est un nouveau cauchemar ?* Je suis complètement perdue, désorientée et pourtant pleinement consciente de ses doigts qui glissent sur mes cuisses.

— Wax ?

Simon. Simon ! Je grogne, ou couine, ou pleure en tentant de garder mes lèvres scellées. De la lumière, un hurlement de rage, Javani contre le mur d'à côté. Le souffle coupé, il suffoque au sol face à mon ami fou de rage qui le surplombe. Je pleure de plus belle. *Tu parles d'une combattante ! Je n'aurais pas pu le mordre, au moins ?*

— Tu vas comprendre une bonne fois pour toutes, sale pervers !

La phrase, brutale et chargée de haine, me fait prendre conscience de la scène. Je crie, supplie Sim de s'arrêter. Son poing s'abat sur Java, encore et encore, jusqu'à ce qu'enfin, quelqu'un entende mes appels à l'aide.

Beaucoup de mains doivent s'unir pour éloigner mon ami qui n'arrive plus à s'arrêter de frapper alors que Javani, le visage ensanglanté, a perdu connaissance depuis longtemps.

***

À l'infirmerie, je ne sais plus comment je suis passée de mon lit à la pièce blanche et vivement éclairée. Peps se tient en face de moi. Elle fait un plâtre autour de ma main. *Pourquoi ?*

— Comment va Java ?

— Il t'a agressée, Wax.

Ses mains, sa bouche, son corps, envahissants dans mon lit. Mes épaules se contractent.

— Je sais. Mais il ne voulait pas…

— Si, affirme-t-elle fermement. Il voulait, pas toi. Si Simon n'était pas arrivé, il t'aurait violée. Il n'a même pas tenté de s'en défendre. Je n'aurais jamais pensé qu'il ferait une chose pareille. C'est ignoble.

Elle continue les soins autour de ma main. Les yeux dans le vide, je la regarde faire jusqu'à ce qu'elle ait fini. Peps parle de m'examiner, soulève ma blouse. Des hématomes sur mes bras, des marques de doigts dans ma chair. Je ne me souviens pas qu'il ait serré si fort, pourtant. Comme engourdie, je ferme les yeux.

— Il faut que je t'ausculte, Wax. Tu es en état de choc. Je peux appeler quelqu'un d'autre, si tu veux.

— Java n'a rien eu le temps de faire. Simon l'a tellement frappé… Comment va Simon ?

— Je te l'ai déjà dit, il va bien. Le tranquillisant de Doc l'a aidé à se calmer. S'il te plaît, je peux relever ta chemise pour t'examiner ?

Elle me l'a déjà dit ? Je ne m'en souviens pas.

— Non. Je veux voir Simon.

Peps soupire, recule néanmoins pour passer derrière ma chaise. Je suis surprise qu'elle pousse dessus pour passer dans le couloir. Il y a des roues à la place des pieds !

— Qu'est-ce que c'est que ce truc ?

— Un fauteuil roulant. Tout n'est pas à contre-gravité. Préviens-nous si tu te sens mal dans sa chambre. Sim ne t'en voudra pas.

— Qu'est-ce que tu racontes ? Laisse-moi le voir !

Elle soupire, frappe à la porte, l'ouvre et passe sa tête dans la chambre.

— Wax peut venir ?

— Elle est sûre de vouloir ?

— Bien évidemment, je suis sûre ! Peps, laisse-moi entrer !

Je tente de me lever. Les jambes flageolantes, mes genoux cèdent brusquement. Mon amie me rattrape en me grondant :

— Attention ! Si tu es en fauteuil, c'est que tu ne tiens pas debout !

— Dans ce cas, bouge et laisse-moi entrer, docteur Prisci.

J'arrache un rire à mon amie. Je préfère ça. Je ris beaucoup moins en découvrant Simon. Je ne me souviens pas avoir vu Java répliquer. Mon ami arbore pourtant un magnifique œil au bord noir qu'il ne tient assurément pas de Declan. Enfin, près du lit, j'attrape sa main. Ses phalanges sont encore sensibles, mais le baume a déjà effacé les petites coupures et réparé la peau où n'apparaissent plus que quelques zébrures rouges.

— Tu n'aurais pas dû battre Java. Tu vas avoir des ennuis.

— Des ennuis ? Wax, il était de force dans notre lit !

Il tend la main vers mon visage et s'arrête, prudent. J'ai eu un mouvement de recul involontaire. Pourquoi ? Le plâtre de ma main... son visage... *Par les étoiles !*

— Merde, Sim ! Je t'ai boxé ! Pardon ! Je...

— Tu refusais que qui que ce soit te touche pour t'installer dans le fauteuil. Tu as été claire et moi con. Je n'aurais pas dû te laisser seule. Pardon, princesse.

— Ne t'excuse pas ! C'est moi... Je suis vraiment désolée de t'avoir frappé. Repose-toi, Sim.

— Toi, repose-toi. Ça va aller, les cauchemars ?

— T'inquiète, je vais gérer, lui promet Peps.

Elle paraît sérieuse. Incroyablement sérieuse. Elle me reconduit à ma chambre, m'aide à m'allonger dans le lit avant de couvrir de baume mes nouveaux bleus. Rien de grave, pourtant, mon amie semble tendue.

— Wax, c'est avec l'assistante de Doc que tu parles. Je respecterai le secret de tout ce que tu exprimeras dans cette chambre. Tu peux me le dire si Javani a…

— Non. Java n'a rien fait. Sim est arrivé à temps.

— Il t'a couverte de bleus, t'a déshabillée de force dans ton lit. S'il a fait quoi que ce soit, ne serait-ce qu'avec ses doigts, tu peux me le dire.

J'observe mes mains qui tremblent de nervosité, effrayée, me rendant compte de ce à quoi j'ai échappé et éclate en sanglots. Effectivement, il y a une différence entre se battre en entraînement ou au tournoi et tenter de réagir face à une intrusion dans son intimité.

Peps finit par retirer sa blouse, redevient mon amie et m'offre un refuge sûr dans ses bras. Blottie contre elle, je lui parle de cette dernière dispute avec Declan, du départ d'Antho qui ajoute de la profondeur au trou laissé par l'absence d'Umy et Val dans ma poitrine. Je lui dis comme je voudrais pouvoir arrêter d'aimer son frère, pleure mon mari qui me manque comme j'ai la sensation de manquer d'oxygène. Je me confie sur tout et n'importe quoi, dans un sens et son contraire. Je parle, et elle m'écoute jusqu'à l'épuisement.

***

La nuit est horrible. Des ombres fantomatiques – squelettiques formes rouge et noire – nous poursuivent et persistent d'un rêve à l'autre. Ils ne cessent de nous traquer malgré Peps qui me garantit que nous sommes en sécurité et en vie à Hôpital. Ses mots me rassurent sur le moment, mais rien à faire, les faucheurs reviennent me hanter dès que je ferme les yeux, encore et toujours.

Declan est touché par une balle et meurt.

Declan se fait attraper par cette femme floue à la tignasse rouge et meurt.

Declan me cherche dans un labyrinthe de murs et d'arbres. J'entends sa voix sans pouvoir lui répondre. Et il meurt.

Si bien que lorsque arrive midi et que Doc m'apprend que Declan et Tanaël ne sont pas encore rentrés de Lynx, je panique.

— Il m'avait assuré qu'ils seraient rentrés pour le petit-déjeuner !

— Ils peuvent avoir du retard pour de multiples raisons. Profitons-en pour discuter d'hier soir, tous les deux.

Le médecin m'invite à m'asseoir sur le lit et je croise les bras, obstinée à rester debout.

— Tu veux parler ? D'accord. Pourquoi Declan participe encore aux passes ?

— C'est une de ses attributions de poste.

— Une attribution devenue beaucoup trop dangereuse ! Je vous ai fait confiance à toi et à ta femme pour veiller sur lui et vous ne trouvez rien de mieux à faire que l'envoyer risquer une confrontation physique avec les faucheurs ! Si le PNI tombe entre de mauvaises mains, vous pourrez scanner tous vos protégés qui rentreront de mission parce que vous ne serez plus capable de différencier la taupe de l'allié !

Écœurée, je regarde le docteur plisser les yeux en m'observant. Je sens qu'il va dire une connerie.

— Pour toi, la valeur de Declan se limite au PNI ?

— Il représente ce que j'ai de plus précieux au monde, bien au-delà du programme.

— Il ne sera plus jamais celui que tu as connu ces quelques semaines aux coupoles. Il t'a clairement dit qu'il avait besoin de prendre du recul, mais vous ne faites qu'enfreindre cette décision à la première occasion donnée. Pour son bien, s'il te plaît, accepte de le laisser partir.

— Jamais je ne ferai ça. Il est mon Yang. Tu n'as aucune idée de ce que ça signifie pour nous.

— *« Tu es son Yin, il est ton Yang, c'est incrusté dans votre chair »*, récite-t-il comme une vieille rengaine trop entendue. Wax, t'es-tu posée la question de savoir si tu serais tombée amoureuse avec ton programme implanté à quelqu'un d'autre ?

Il m'agace. *Comme si je n'avais pas déjà pensé à tout ça !*

— Tu crois que je suis une petite écervelée tombée amoureuse du premier beau mec qu'on lui a mis entre les mains ? Jamais je ne partirai, jamais je ne le quitterai. Je lui ai promis !

— Ce qu'on vit aux coupoles reste aux coupoles. Votre mariage…

— Ça n'a rien à voir avec le mariage. Les morceaux de cadavres nous poursuivent jusque dans nos rêves, peu importe où on dort.

— Je conçois que vous ayez partagé des expériences choquantes. Mais essaie de comprendre, Declan est déchiré entre les souvenirs du programme de l'agent et le présent.

— Declan est une personne entière. C'est toi qui cherches à le réduire à une seule facette de lui-même et qui lui retourne la tête !

— J'essaie de l'aider. Il entend une voix qui tente de lui dicter sa conduite, ce n'est pas anodin.

— Cette voix n'a rien à voir avec un trouble psychotique. Sa stabilité émotionnelle évoluait positivement à Orion. Il prenait le temps d'écouter cette voix intérieure, de décider si cette pensée était en accord avec lui ou pas pour trouver l'équilibre et se reconstruire. Ça demandait du temps, de la patience et de l'écoute, mais il ne subissait plus ses sentiments comme à son réveil. Il était loin d'être aussi torturé que ce qu'il est depuis que nous sommes arrivés ici !

Le médecin me regarde d'un air grave. *Génial ! Il me prend pour une folle.* Il semble néanmoins envisager la chose une seconde, se lève en se passant une main sur le visage.

— Non, Wax. La voix reflète les pensées de la personnalité Netra, pas celles de Declan.

— Pourquoi tu veux absolument les différencier ? Declan est Declan, point !

— Tu fais un amalgame. Le programme qui a contrôlé son corps pendant sept semaines n'était pas le vrai Declan. Comment peux-tu lui demander d'être le même après ce qu'il a vécu ?

— Tu m'accuses, mais c'est toi qui le pousses à faire comme si ces sept semaines n'avaient pas existé. Comment peux-tu considérer qu'il a été un faux lui-même tout ce temps ? Cette période fait partie de sa vie, même si ce sont des symboles qui lui permettaient d'interagir avec le monde. Declan était aussi réel il y a trois semaines qu'aujourd'hui. Je le connais !

— Comment peux-tu prétendre le connaître alors que tu as fréquenté un simple programme de Tuni dans son corps ? Les rôles que vous avez endossés vous ont traumatisés et vous devez vous éloigner pour aller mieux !

Un simple programme ? S'éloigner ? Ma mâchoire se contracte.

— Cette conversation est terminée.

— Wax, entre le départ mouvementé d'Antho et l'agression d'hier soir…

— J'en ai discuté avec Peps, pas besoin d'en parler avec toi.

Sa poitrine se soulève lourdement quand il soupire :

— D'accord. Je me suis emporté, désolé. Souviens-toi que mon bureau reste ouvert. Je ne cherche qu'à vous aider.

— Si tu veux nous aider, fait en sorte que Declan n'escorte plus les passes.

Le front de Doc se plisse, mais il hoche la tête avant d'ouvrir la porte de ma chambre. Il ne la referme pas, revient à reculons, à petits pas précipités. *Quel courage, Monsieur le Médecin !* Declan lui fait face, le visage fermé et tuméfié. Il ne s'est pas soigné après s'être battu avec Simon, hier soir ? Son regard ignore Tibber pour me trouver et mon cœur chavire. L'inquiétude et le soulagement que j'y lis me font ressentir que j'ai raison. Declan, mon Declan, il est bien là, dès qu'il arrête de se torturer tout seul. Je me précipite vers lui, me fais retenir par Doc. Declan le repousse d'une main très lente en me prenant par la taille, défiant ouvertement son ami d'essayer de l'empêcher de m'approcher. Tibber a beau être immense et baraqué, il semble rapetisser face à l'aura d'autorité que dégage mon ex en cet instant.

— Je viens lui parler. Seul.

Doc nous regarde l'un après l'autre, les poings serrés, ouvertement mécontent. Enfin, il cède.

— Le temps que je trouve Peps.

La porte se referme derrière lui. Je serre Declan contre moi et souffle :

— Elle ne doit pas être loin. Pourquoi vous rentrez si tard ?

— Le débrief avec Imanna a été plus long que d'ordinaire.

Il se mordille la lèvre, nerveux.

— Je n'irai plus dans les équipes d'escortes. Je voulais te le dire moi-même. Une fois calmé, je me suis rendu compte que tu as raison. C'est trop risqué que je me fasse capturer avec la puce.

Je hoche la tête. Une inquiétude réglée. Ses doigts inspectent mon visage avec une infinie douceur.

— On m'a dit ce qui s'est passé hier soir, avec Javani. Je suis désolé. Si je t'avais écouté, si j'étais resté, il n'aurait jamais tenté quoi que ce soit.

— Sim est arrivé à temps, ce n'est rien.

— Si, c'est grave. Le comportement de Java m'a toujours exaspéré, mais là, ce qu'il a fait est intolérable.

Les yeux fermés, il pose son front contre le mien un instant avant de reculer.

— À Lynx, j'ai eu le temps de voir quelques articles concernant Val et Umy, pendant le chargement du camion. Val a rouvert le restau, mais personne ne l'y a vu. Il doit se planquer des médias-drones.

Umy n'a apparemment repris ni le rugby, ni le travail au musée. La date de la remise de nos cendres n'a pas été rendue publique. Je ne sais pas si elle a déjà eu lieu.

— Il faut les prévenir le plus vite possible qu'Orion n'était qu'un leurre.

— On ne peut pas. Imanna a raison sur ce point, c'est beaucoup trop risqué pour l'instant. Ils sont vraiment sous une surveillance accrue. Tous ceux qui les approchent de près ou de loin sont répertoriés. Les identités d'emprunts qu'on utilise ne seront pas assez solides pour tenir face à un journaliste ou un agent de justice curieux. On ne peut leur envoyer personne.

Il semble déterminé à les laisser dans l'ignorance. Je cherche sa main. Il recule encore d'un pas.

— Wax, non. Il vaut mieux qu'on s'évite comme convenu, même si Antho est parti. À ce propos, je t'ai dit la vérité ; je n'y suis pour rien dans son affectation. Et aussi, je… Je suis désolé de t'avoir embrassé, hier soir. Et les autres fois avant ça.

Mon cœur rate un battement. Heureusement que le lit est juste à côté pour que je me laisse tomber assise dessus. Mon ex coince nerveusement ses mains sous ses aisselles.

— Antho comblait le vide, mais pas celui auquel tu penses. Je ne regrette pas d'être venue ici, de ne plus vivre dans le mensonge des coupoles. En revanche, je regrette que tu sois devenu le pire des enfoirées en passant la frontière.

— Le pire des… Attends une seconde, je viens de m'excuser !

— Justement. Si tu es encore un tant soit peu celui qui a pris ma défense au Bronx quand Javani m'y a agressé. Si tu es encore celui qui est venu me chercher à l'AGRCCP malgré notre dispute, je t'en prie, Declan…

— Je ne serai plus jamais cette personne-là. Plus jamais. Pour tout un tas de raisons, et pas seulement la période Netra.

Je déglutis. S'il commence à me couper, il faut que j'aille droit au but.

— Je ne te demande pas de redevenir celui que tu étais à ce moment-là. Je ne pourrais pas plus que toi régresser à qui j'étais alors. Mais si tu comptes rester avec le caractère et les décisions que tu tentes de t'approprier aujourd'hui, c'est une bonne chose que nous ne soyons pas mariés ici. Parce que je n'aime pas celui que tu es maintenant.

Ça me coûte très cher de lui dire ça. Ça brise quelque chose en moi. Sa réponse attise la sensation de verre pilé dans ma gorge.

— Qui te dit que je t'aime, moi ? Qui te dit que j'aime celle que tu es devenue ? Je ne sais même pas répondre à la question parce que cette fichue voix me pousse à considérer que oui sans aucune autre option. L'agent ne me laisse aucun répit pour décider par moi-même ! J'aime être avec Gwen. Elle m'aide à me sentir mieux. Ça, je le sais. Mais avec toi, je n'en sais rien !

C'est le coup de grâce. Une autre vacherie, encore, mais invoquer Gwen ?

— Sors.

— Attends, pour une fois que…

— Sors ! Sors d'ici et ne reviens pas !

La porte s'ouvre en grand sur Peps. Son frère reste figé, choqué en face de moi. Elle le tire en arrière en lui hurlant dessus.

11. Perdre le contrôle

Je n'ai presque plus rien avalé depuis ma sortie de l'infirmerie, il y a quatre jours. Simon me force à picorer. Je n'ai ni faim, ni envie de quoi que ce soit. Le bon côté, c'est que je connais les tours de garde par cœur. Il ne me manque plus que deux cachettes du secteur nord que je peine à retrouver. Elles sont bien planquées entre des arbres qui se ressemblent encore beaucoup trop à mes yeux.

Aujourd'hui, Javani est sorti de l'infirmerie. Il a été relevé de sa fonction de responsable des serres et va être envoyé en mission aux coupoles dès qu'il sera présentable. Simon estime qu'il aurait dû être renvoyé définitivement chez lui, à Bois Noir. De mon côté, même si le simple fait d'entendre son prénom me fait angoisser, je ressens une inexplicable compassion pour lui. Avoir perdu son titre de responsable des serres est une punition méritée pour sa mauvaise conduite, certes, mais il aime tellement ses cultures !

Avec Sim, nous descendons vers le gymnase sous une pluie fine. C'est la première fois que je me retrouve sous la pluie. En général, Peps m'attend sur le chemin, mais nous avons de l'avance. Mon ami me demande :

— On l'attend ici ou...

— Non, on va rentrer. J'ai froid. Et puis, il faudra bien qu'on se revoie un jour ou l'autre. Si toi et Peps pouvez le supporter, je le peux aussi.

Évidemment, Declan s'occupe toujours des entraînements. Je n'y assiste pas à cause de ma main cassée. La mauvaise surprise en entrant, c'est qu'Imanna est également présente. Assise droite comme un I dans les gradins, la femme de Doc hausse les sourcils en me voyant entrer.

J'aurais préféré qu'elle ne soit pas là, prête à rapporter à son mari que j'ai osé me retrouver dans la même pièce que mon ex. Simon n'était déjà pas en très bons termes avec elle, mais je crois que leur différend a empiré ces derniers jours. Declan lève les yeux vers nous et les détourne dès qu'il nous reconnaît pour montrer un mouvement de frappe du plat de la main à Tanaël. Peps s'entraîne avec Vic. Elles aiment se mesurer l'une à l'autre. Nous allons nous asseoir sur le tapis, à côté d'elles.

— Attention à ta garde, raille Sim en observant Peps.

— Ta garde toi-même, andouille !

Je les regarde s'entraîner sérieusement. Leurs mouvements sont bons, mais le tout manque d'équilibre, ce qui les fera perdre en force si elles doivent envoyer un vrai coup un jour. La réflexion m'échappe à voix haute :

— La garde, ça va. En revanche, les appuis…

— Quoi, mes appuis ? Ce n'est pas mon élève qui va me donner des cours !

— On dirait bien que si.

Je me lève, la pousse en riant et lui fait remarquer qu'elle n'écarte pas suffisamment les jambes. Je replace son pied en arrière pour baisser son centre de gravité. Peps suit mes conseils avec Vic à qui je rappelle de sortir le pouce de son poing. Les deux filles s'entraînent à parer leurs attaques à tour de rôle. Mais non, décidément, ça ne va pas.

— Vic, tes hanches !

— Quoi, mes hanches ?

— Laisse-les tourner ! Tu pivotes bien des épaules, mais tu bloques tes hanches !

J'attrape Peps et reproduis lentement le mouvement de Vic en corrigeant sa posture. C'est à ce moment que Declan arrive derrière nous.

— Lopi, arrête ça. Tu es blessée.

— Je ne fais que rectifier leur posture.

— Je sais, j'arrive. Je ne peux pas me dédoubler, figure-toi. Retourne t'asseoir.

Je croise les bras et tire la langue dans son dos, vexée. Je n'ai pas besoin de lui pour savoir que j'ai raison sur le placement de ce mouvement. En tailleur à côté de Simon, je me mets à brailler :

— Je disais donc qu'avec cette rotation des hanches, tu améliores ta puissance de frappe !

Declan me regarde durement alors qu'il a attrapé les épaules d'un gars d'un autre binôme. Sa position me ramène quelques semaines en arrière. Je me souviens parfaitement de cette séance, à Paradis. De comment elle a fini, aussi. Mes joues s'empourprent.

— Lopi, Jensen, nous appelle Imanna d'une voix dure. Dehors.

Declan soupire et fronce les sourcils en la suivant. J'adresse un regard paniqué à Simon : que me veut-elle ? Il hausse les épaules.

— Tu l'as cherché.

— Ce n'est pas vrai !

Sim sourit pour la première fois depuis la rixe avec Java. Le voir ainsi me réchauffe le cœur. Je lui envoie une bourrade qui le surprend en me levant. Il proteste mollement :

— Eh… Si tu m'attaques, je te mords.

— Essaye toujours, mollusque !

Il éclate d'un rire franc qui se répercute dans tout le gymnase. Oui, ça fait du bien de l'entendre rire. Dehors, mes deux bêtes noires d'Hôpital se prennent la tête :

— … peux pas faire ça !

— Il va falloir, Jensen ! Elle sait rectifier les positions. Lopi, tu viendras aider Declan lors des cours.

— Quoi ? Non ! Je serais un boulet ! Je fais toujours beaucoup d'erreurs et…

— Pas de ça, vous êtes nos deux meilleurs éléments en combats. Depuis que Declan a commencé les cours, tout le monde progresse très bien, de la garde ou pas. Hors de question que vos querelles gâchent vos talents ou coûtent la vie à l'un des nôtres. Le boulot, c'est le boulot et le vôtre, c'est la garde et la protection des membres d'Hôpital.

— Wax est blessée.

— Ce qui ne semble pas la déranger pour rectifier les prises. Je me trompe ?

Je n'ai pas envie de lui donner raison, mais…

— Non, Co-commandante.

— Parfait. Je ne vous demande pas de faire des pirouettes comme au tournoi, Jensen. Morel m'a fait un rapport, Lopi sera sur le planning de la semaine prochaine. Je ne vous imposerais pas du temps commun si je n'étais pas persuadée que ça pourrait sauver des vies. Ne soyez pas butés ! Bonne journée.

Declan grimace dans son dos lorsqu'elle tourne les talons. Elle crie par-dessus son épaule, des yeux derrière la tête :

— Du respect, Co-commandant !

Je ne sais plus où me mettre. Je ne me suis jamais retrouvée aussi mal à l'aise en sa présence.

— On y retourne ?

— Ne force pas. Et fait attention à ta main ou Peps va m'achever.

Son ton est tranchant quand il ouvre la porte du gymnase.

— T'attends quoi ?

— Tu me tiens la porte ?

Il secoue la tête, regarde sa main sur la poignée comme si ce n'était pas la sienne.

— Si tu n'entres pas tout de suite, je raconte à ma frangine et à Sim pourquoi tu as rougi tout à l'heure.

Quoi ? J'entrouvre la bouche sous la surprise. Qu'est-ce que…

— Peps ? Une anecdote de Paradis, ça te…

Je le bouscule rapidement et m'engouffre dans le gymnase devant lui. *Il est sérieux, là ?* Sa sœur hausse les épaules en me voyant débouler de la sorte. Declan s'approche par derrière, trop près de mon oreille :

— Occupe-toi de la dernière rangée. Et ne traîne pas dans mes pattes.

Son ton reste rude, mais beaucoup plus doux malgré tout… Bon, ben, c'est parti !

***

— Je n'aurais jamais imaginé que ce serait aussi fatigant de faire ça pendant trois heures d'affilée.

— Demain, ce sera cinq. Tiens, pour la douche.

Éreintée, je me retourne en m'emmêlant les pieds, manquant de tomber. Il me tend une tenue de rechange et un savon.

— La douche ?

— Je préfère me laver avant de retourner à l'hôpital. Tu peux attendre, si tu préfères celles d'en bas.

Parce qu'il faut encore que je sois accompagnée pour rentrer. *Redescends sur terre, Wax !* Il claque déjà la porte des sanitaires qu'utilisent majoritairement les hommes. Voilà l'ambiance… Je me dirige vers le bloc le plus éloigné, me déshabille et ouvre le robinet pour plonger ma tête sous l'eau. La chaleur me détend. Le savon mousse agréablement sur ma peau lorsqu'une main coupe le jet et qu'un doigt se pose en travers de ma bouche. Je crie par réflexe et Declan évite de peu mon plâtre en pleine figure. Collé contre mon dos, il souffle tout bas :

— Un survol. Ne bouge pas.

J'ai du mal à trouver ma respiration. Le vrombissement qui me parvient enfin suit le long des tôles de l'espace des douches. Nous restons immobiles près de deux minutes. Et deux minutes, nue, trempée et collée à votre ex également à poil, c'est drôlement long. Je cherche à attraper une serviette sur le côté. La main de Declan m'en empêche. Son geste électrise tout mon corps, hérisse mes poils de façon parfaitement indécente. Jamais je n'aurais cru que mes poils pourraient me trahir de la sorte.

Je me fige dans la foulée. Ce n'est pas le bruit d'un drone que je perçois. C'est un autre, feutré. Près. Très près. Un hélico ? L'engin reste de longues secondes près du gymnase en vol stationnaire. Les doigts froids de Declan sur mon avant-bras se mettent à caresser ma peau. Pourtant, c'est de la peur que je lis dans ses yeux au moment où il les écarquille.

Il nous projette dans un coin de la pièce. La chute est rude, mais ce n'est rien en comparaison du bruit infernal des balles qui traversent la tôle qui nous sépare du dehors. Les deux miroirs au-dessus des lavabos explosent. Declan se recroqueville encore plus autour de moi. *Peu importe qu'on soit nus tous les deux !* Je me fais plus petite dans son étreinte. Le tout ne dure que quelques secondes terrifiantes et quand le bruit s'arrête enfin, il ne bouge pas.

Collée à lui, terrifiée, je cherche ses battements de cœur sans les trouver. Il est gelé. Des balles l'ont touché ? Soudain, il m'attrape les épaules. Les morceaux de miroir craquent sous nos pieds. L'un d'eux m'entaille. J'ignore la douleur vive et suis Declan le long des gradins équipés en cas d'attaque d'hélico pour nous réfugier dessous. Une seconde salve de munitions traverse le plafond à peine la porte refermée. Accroupie au milieu du matériel, il m'entoure de son corps comme un bouclier vivant.

Le bruit des balles perforant la tôle résonne encore à mes oreilles. Pourtant, l'hélico est parti. Declan me caresse les cheveux, remonte mon visage vers lui d'un geste tendre. Gelée, je me concentre pour ne pas céder à l'envie de me réfugier contre lui pour me rassurer. Il m'aide à me relever et m'emmène sous la douche où il se trouvait. L'écho de nouveaux tirs nous parvient en provenance de l'hôpital et me fait sursauter. Declan rouvre le robinet d'eau qui me semble brûlante et m'étreint en chuchotant :

— Ils tournent beaucoup autour du gymnase, ces derniers temps. C'est fini. On ne craint plus rien.

— Je m'en veux d'avoir autant peur d'eux. Je suis sortie pour leur faire face, à la base.

— On en a tous peur, moi le premier. Ça va, ton pied ? Tu saignes.

Je me moque de mon pied. Je tremble sous ses doigts redevenus chauds contre ma peau. Declan s'écarte finalement et me tend une serviette en détournant les yeux. Je l'enroule autour de moi.

— Il n'y a rien que tu n'aies déjà vu, tu sais.

— Techniquement. Et puis, on n'est plus ensemble. C'est la moindre des choses que je ne te reluque pas, non ?

— Techniquement, hein ? Pour ma part, je ne me gêne pas. Je sais à quel point tu es beau, je ne vais pas passer à côté du spectacle.

Pourquoi je lui fais du rentre-dedans ? Il reste bouche bée que j'ose laisser mon regard glisser sur son corps, incapable de m'en empêcher. Il saisit son pantalon pour l'enfiler, mais pas assez vite pour me cacher sa réaction face à mon effronterie. Je me détourne avant qu'il ne se redresse, amusée malgré moi.

— Ne t'inquiète pas, je ne vais pas te sauter dessus, Co-commandant.

— J'espère bien. Je ne sais pas si je serais capable de te repousser.

Je fais volte-face. Il est déjà sorti. Mes joues s'empourprent et je m'efforce de ravaler mes pensées mal placées. Nous devons dire n'importe quoi pour détendre l'atmosphère, à cause de l'état de choc. Oui. C'est la seule explication possible.

Quoi qu'il prétende, quoi qu'il dise, n'espère plus après lui, Wax.

Je vérifie qu'aucun morceau de verre n'est resté planté dans mon pied. Declan revient avec mes affaires. En m'habillant, je constate que mon plâtre a ramolli. Je le retire maladroitement avant que sa déformation ne devienne douloureuse et teste ma main qui me semble être dans état convenable.

Derrière moi, une porte des sanitaires vole en éclats. Ce n'est pourtant pas le battant de bois scindé en deux qui retient mon attention, ni le poing de Declan qui vient de le briser. Ce sont plutôt les dizaines de bouts de verre incrustés dans son dos recouvert de petites blessures sanglantes. La vision a le mérite de me sortir de ma torpeur. Il se tourne vers moi, les yeux rouges.

— Je l'ai entendu au dernier moment. Les balles n'auraient pas dû pouvoir traverser le mur sur toute sa surface. Un peu plus et nous n'avions aucun angle pour nous mettre à l'abri des tirs.

— Declan… Tu l'as entendu, nous allons bien.

— Je ne sais pas comment ils font. Leur matos évolue super vite alors que de notre côté, on a de plus en plus de mal à nous procurer de quoi entretenir la sécurité des planques. Ça m'énerve !

— Tu n'es pas responsable de leurs agissements. Tu... Viens, il faut te soigner.

— Pas besoin. C'est superficiel.

Il attrape son tee-shirt resté sur un lavabo. Superficiel ? J'attrape un bout de miroir et l'arrache d'un coup sec. Il m'adresse un regard noir face au morceau enfoncé de deux centimètres dans sa chair.

— Ça fait mal, enlevé comme ça !

— Ce sera pire si tu les laisses en place. Tu ressembles à une boule d'aiguilles ! Assieds-toi, je m'en occupe.

— Mais...

— Tais-toi. Tu pisses le sang. Il faut t'enlever tout ça et désinfecter.

J'exagère à peine. Pour une fois, il m'écoute. À cheval sur un gradin, je m'installe dans son dos. Il attrape mon pied pour le poser sur sa cuisse et panser ma coupure. Au moins, dans cette position, je peux retirer les bouts de verre et appliquer du désinfectant sur ses plaies. Il termine son soin bien avant moi, lâche mon pied et murmure :

— Merci de le faire.

— C'est à moi de te remercier. Jamais je n'aurais entendu l'hélico arriver, sous l'eau. Tu as l'ouïe fine.

— Non, c'est l'agent. À l'instant où tu es sorti de mon champ de vision, il s'est réveillé. Il aura été utile, pour une fois.

— Tu vas devoir invoquer ton côté agent pour m'apprendre les soins pour les coupures profondes ? Parce que tu vas en avoir besoin.

— Pour ça, je devrais pouvoir te guider sans devoir mobiliser les extensions de programme. Mais il faudra aller à l'infirmerie, il n'y a pas le baume adéquat ici.

— Doc ne nous laissera pas être ensemble.

— Doc n'est pas de garde cet après-midi.

Il se racle la gorge. Je souris dans son dos. La porte extérieure s'ouvre et la voie suraiguë de Gwen résonne dans le gymnase dans lequel passe désormais une multitude de rayons de soleil.

— Declan ! Par les étoiles ! Tu es blessé ! Tu as pris une balle ?

— Tu crois vraiment qu'on serait encore là s'il avait pris une balle ?

Bon, je l'ai dit à voix haute. Pétasse me regarde de haut avant de s'asseoir sur le gradin.

— Mon pauvre chéri, tu es blessé. Laisse-moi m'occuper de toi.
— Non, ça va. Wax s'en charge.
— C'est une mauvaise idée. Tu sais ce que Doc a dit. Et ça fonctionne, ça va mieux. Reste loin d'elle.
— On va bosser ensemble tous les jours ici, Gwen. Ça ne va plus être possible.
— C'est encore une idée d'elle, je parie !
— Pas du tout. L'ordre vient d'Imanna. On vit dans la même structure. Ce que demande Doc est ridicule.

Gwen ne semble pas convaincue. Je laisse Declan lui raconter la fusillade et me concentre pour retirer les plus petits éclats de miroir à la pince à épiler. Je n'ai pas du tout envie de m'adresser directement à Super Pétasse, de toute façon. Puis la porte s'ouvre à nouveau et je lâche tout. Du sang goutte de la tête de Simon et coule le long de son visage. Il me fait signe de le rejoindre. Je me précipite vers lui, inquiète.

— Par les étoiles ! Viens, la trousse est déjà sortie.
— Pas ici. Il faut rentrer.

Il ne bouge pas quand j'insiste pour qu'il pose au moins une compresse sur sa plaie. Il me tire vers l'extérieur, l'expression grave. L'angoisse monte dans ma poitrine. Mon ex passe à côté de nous à grandes enjambées, son tee-shirt à peine en place.

— Qui a été blessé ? Peps va bien ?
— Elle opère Jerry au bloc.

Jerry... Le garçon qui lui a envoyé un baiser au tournoi ? Declan jure et pousse la porte de dehors, suivi au petit trot par Super Pétasse.

— Elle veut te voir, me confie Simon. Elle n'a pas demandé que je le prévienne.
— Mais c'est logique qu'elle veuille l'avoir près d'elle, non ? Viens, rattrapons-les.

***

— Tu es trop con ! Pétasse n'a rien à faire ici ! Dégaaaage !

Gwen fonce vers Sim et moi dans le couloir et nous dépasse, l'air farouche. Au moins, nous en sommes débarrassés. Nous poussons les battants du couloir, découvrons Declan à genoux, tenant Peps tant bien que mal contre lui, en larmes. Elle est encore en blouse, couverte de sang et tremblante. Simon la rejoint en deux pas :

— Merde, Peps ? Est-ce que Jerry...
— Doc a pris le relais de l'opération, répond Declan pour sa sœur.

Elle se blottit contre lui, ses mains accrochées dans son dos. Du sang frais perle des plaies que je n'ai pas eu le temps de soigner et s'épanouit sur le tee-shirt de son frère sans qu'elle ne s'en aperçoive. Il ne bronche pas un instant, pourtant, il doit avoir mal... Lorsque je m'accroupis près d'eux, elle le lâche pour m'agripper, libérant Declan de son étreinte douloureuse.

— On était tellement près de pouvoir rentrer, mais ils sont arrivés trop vite ! Jerry s'est mis côté extérieur de la planque. Ils ont arrosé la zone de tirs, les balles qu'ils ont utilisées ont carrément traversé le revêtement. Il en a pris trois, Wax. Trois ! Il a au moins un poumon perforé. Où tu étais ?

— Au gymnase, avec Declan. Tu as ramené Jerry jusqu'ici, ça va aller. Doc l'opère.

Mon amie essuie ses larmes d'un revers de pouce. Elle tripote mes cheveux mouillés, se retourne vers son frère et lance :

— Avec Declan... Sous la douche ?

Il rougit brusquement. Sa réaction est si vive que j'éclate de rire dans le couloir et il bafouille :

— Non... J'ai... Ce n'est pas ce que tu crois. Arrête de te faire des films. C'est fini, tu entends ? On ne se remettra pas ensemble.

— Tu n'as pas encore compris que c'est elle qu'il te faut et pas Gwen ?

— Tu n'en sais rien !

— Si, je le sais ! Parce que tu m'en as rebattu les oreilles pendant tout le temps que tu étais là, l'année dernière !

Declan redevient rouge, mais de colère.

— Arrête. Tout a changé depuis l'été dernier. Tout ! Arrête !

— Rien n'a changé ! Gwenaela ne t'aime pas et...

— Wax non plus ! explose-t-il soudain. Arrête de me faire chier !

Il tourne les talons, ouvre si fort la porte battante qu'elle claque contre le mur. Peps reste le regarder s'en aller en secouant la tête.

— Il est complètement con ou quoi ?

— Tu as poussé trop loin, lui reproche Sim.

— Quelqu'un doit lui dire les choses, à la fin ! Et toi, qu'attends-tu ? Cours-lui après ! Va lui dire que tu l'aimes, triple andouille ! Je sais qu'il a fait le con, mais Doc peut dire ce qu'il veut, Declan ne va pas mieux loin de toi. Je connais mon frère, c'est de pire en pire, de jour en jour !

Elle me désigne le couloir dans lequel il s'est engouffré. Lui courir après comme dans une comédie romantique ? Je sais que ce genre de truc idiot me fait glousser parfois, mais à ce point-là… Sim relève les yeux vers moi et soupire.

— Fais comme tu veux. Peps va s'occuper de ma tête. Et puis, ça pourra difficilement être pire que ça ne l'est déjà, non ?

Essayer. Une dernière fois. Mes jambes prennent la décision avant moi. Je cours dans le couloir à la poursuite de Declan, bouscule maladroitement des gens et le repère enfin à l'angle du passage menant au marché.

— Declan ! Attends !

— On doit limiter nos échanges au boulot.

Il se retourne néanmoins, porte ses mains sur ses hanches. Au moins ne s'en va-t-il pas directement. Je ne lui laisse pas le temps de commencer et souffle :

— Je m'en fous. Tu me manques. Toi, tes sautes d'humeur et ton sourire. Tu me manques. Tu as tort, Declan. Je…

— Ne le dis pas.

— Je t'aime.

Il se mord la lèvre, regarde dans le couloir désert, les yeux brillants. Mon cœur bat trop vite. Il me regarde encore, détourne à nouveau les yeux sans répondre. Je fais un pas de plus vers lui.

— Je sais que c'est compliqué, que tu as vécu l'indicible et sans doute pire encore. Doc pense que je ne te connais pas. Tu penses que je ne te connais pas. Mais c'est faux, Declan. Je te connais. On trouvera le chemin qui t'aidera à te sentir à nouveau complet.

Il passe sa langue sur ses lèvres avant de la mordiller nerveusement. Les yeux plissés, il semble attendre quelque chose qui ne vient pas. Mais quoi ?

— Tu me manques aussi.

— Je suis là.

Il sourit, secoue la tête en m'attrapant les mains.

— J'ai peur que ce ne soit pas réel.

— Je suis réelle et tu l'es aussi, Declan. Tu es tout ce qu'il y a de plus réel. Nous sommes en vie. Ne doute jamais de ça.

Son sourire s'efface. Il inspire longuement.

— Je ne suis pas fait pour toi, Wax. Plus maintenant, je suis désolé. Il ne faut plus regarder vers le passé. C'est le seul moyen de construire l'avenir.

Il se rapproche d'un pas, caresse mon visage. Sa voix est si douce que ses mots me font encore plus mal. Quitte à passer pour celle qui s'accroche…

— Je ne vois pas l'avenir sans toi.
— Je n'en envisage aucun où tu n'es pas à mes côtés.
Comment peut-il dire une chose pareille après m'avoir refoulée ?
— Je ne comprends pas. Pourquoi tu me repousses ?
— Nous pouvons au moins être amis, tu ne crois pas ?
— Non.
— Non ?
— Non. Je ne peux pas t'aimer comme je le fais et ne pas souffrir de te voir avec Gwen ou n'importe qui d'autre. Quoi qu'il arrive, je souffrirai de ne pas pouvoir te toucher, te parler, t'embrasser comme j'ai envie de le faire en sachant que tu ne veux pas de moi de cette façon. On bossera ensemble, mais ne t'attend pas à ce que je devienne ton amie. Je ne suis pas faite pour ça.

Je tourne les talons. Il ne tente pas de me rattraper. Je m'éloigne et pourtant, j'ai l'impression qu'il a gardé mon cœur dans sa main.

***

Autour du repas, au réfectoire, Sim et Peps m'assurent que Jerry est sauvé. Il dort à l'infirmerie et ne se réveillera sans doute pas avant la nuit. Peps a soigné la coupure dans les cheveux de Simon, comme neuf. J'ai de retour une attelle pour protéger ma main, mais plus de plâtre, c'est déjà bien.

Declan arrive plus tard pour manger avec Gwen. Il s'arrête à hauteur de notre table pour demander des nouvelles de Jerry à sa sœur qui l'ignore royalement.

— Je ne t'avais jamais vu silencieuse aussi longtemps en face de lui, remarque Sim.
— Et il n'a pas fini. Choisir Super Pétasse, non mais oh !

Nous prenons nos affaires, sortons du self et descendons jusqu'à notre chambre avec Simon. Peps s'est déjà fait envahir sa chambre par de nouveaux arrivants dans l'après-midi. Le balai incessant des gens qui vont et viennent ici va vite me donner le tournis. Elle sort des cartes, des dés. Nous comptons les points du jeu sans grand entrain. Je gagne la partie sans savoir comment. Chanceuse au jeu, malheureuse en amour… J'aurais préféré le contraire.

Nous nous arrêtons tôt. En pyjama, je vais aux sanitaires. En sortant des toilettes, Javani se tient devant moi, avachi contre les lavabos et les mains dans les poches. Il m'attendait manifestement et se redresse dès qu'il me voit. Je le contourne pour aller me laver les mains le plus loin possible de lui.

— Wax, n'aies pas peur de moi, s'il te plaît. Je comprends, mais je t'assure que tu ne crains rien. Je suis venu m'excuser.

— Tu as tenté de me forcer à coucher avec toi. Ça s'appelle une tentative de viol, Java !

Ma voix est chargée de colère et de trouille. Il recule d'un pas, abasourdi. *Il ne se rend pas compte ou quoi ?*

— Je n'ai jamais voulu te faire de mal. Non, je voulais seulement...

— Me baiser même si je n'étais pas d'accord ? Ne t'approche pas ! Tu es bouché ? Va tenter ta chance avec Gwen. Ça m'arrangera !

J'atteins la porte, tire le battant que Java referme d'un geste au-dessus de ma tête. Il active un loquet tout en haut, hors de ma portée. Là, je panique franchement, tente d'ouvrir en vain. Ma tête se vide. Comme dans la chambre, je ne sais plus comment me défendre. Derrière moi, Javani recule aussitôt, les paumes en l'air.

— Je veux seulement parler, mais si tu t'en vas à chaque fois, comment je fais ?

Parler. Il veut parler. Je hoche la tête, néanmoins terrorisée. *Ne laisse pas l'adversaire te bloquer.* Je m'écarte de la porte, m'éloigne du mur où il serait trop facile pour lui de me piéger. Il retourne près des lavabos, les mains dans le dos :

— Vraiment, je suis désolé pour l'autre soir. J'ai cru qu'une fois Antho parti, je pourrais le remplacer. Au moins te réconforter de son départ ! J'ai cru que c'était la bonne chose à faire.

— Tu ne m'as pas entendu te dire non ?

— Si, bien sûr ! Mais je n'arrivais pas à m'arrêter. Quand Simon est intervenu, j'ai compris que j'avais été trop loin. Je... Je ne sais pas ce qui m'arrive, avec toi. Je pensais que tu changerais d'avis si je me montrais à la hauteur. C'est pitoyable comme excuse, je n'aurais pas dû insister. Je n'avais pas le droit, je le sais, je m'en rends compte, et pourtant... Je vois bien que tu vas mal. Tu ne rayonnes plus comme à Andromède.

— Rayonner ?

Je suis aussi surprise d'entendre ce genre de mots dans sa bouche qu'il l'utilise pour me décrire. Je penche la tête, intriguée et légèrement moins sur la défensive.

— Oui, tu dégages un truc d'habitude, comme au Bronx... J'ai cru que je pourrais rallumer ça. Ça me rend fou... Tu t'éteins, Wax.

Le bruit qui suit est fracassant. Le verrou des toilettes vole en éclats, les battants s'ouvrant de part et d'autre sur Declan, furax :

— Qu'est-ce que tu fous là, Gonzague ?

— La vache ! T'es barré, chef !

Il n'a pas le temps d'en dire plus. Mon ex l'immobilise en trois mouvements, tenant un de ses bras dans son dos dans une torsion douloureuse. Un instant, je suis rassurée : Javani est immobilisé. La seconde suivante, je réalise que quelque chose ne va pas. Declan exerce une pression du genou sur le ventre de mon agresseur qui se met à suffoquer.

— Je t'ai ordonné de ne plus l'approcher, Javani. Tu es à un cheveu d'être banni d'Hôpital. Pourquoi cette fichue porte était en sécurité ?

— Je voulais lui parler tranquille, c'est tout ! Wax, dis-lui que je ne t'ai pas touché !

— Tu lui demandes de l'aide ? À elle ? T'es sérieux ? Petite nature. C'est quoi, tes fantasmes tordus, sale pervers ? Immobilisation, cordes, fouets, ou le cran au-dessus ?

Qu'est-ce qu'il raconte ? Il semble perdre le contrôle de la force qu'il exerce sur Java qui suffoque sous la douleur. Je chuchote :

— Declan… Arrête. Il ne m'a pas touché. On ne faisait que parler.

— Oui, il parle pour te convaincre que tu ne crains rien, qu'il ne va pas te faire de mal et après, il te fait souffrir jusqu'à ce que tu souhaites mourir. Je vais te pourrir la vie, Gonzague. Tu regretteras d'avoir voulu toucher à ma princesse jusqu'au jour de ta mort.

— Merde, chef… Je sais que j'ai déconné. Je voulais m'excuser !

— Pas d'excuses, pas de fin. La vie est courte, la vie est dure. Fais-la durer, sucre d'orge, qu'on puisse encore s'amuser.

Java hurle lorsque Declan accentue la tension sur son bras, rameutant une foule qui se presse pour voir ce qui se passe dans les sanitaires. Simon entre et en tombe le cul par terre, bouche bée face à la scène qui me tétanise. Je le supplie carrément :

— Il faut l'arrêter, Sim ! Il n'a rien fait, Java n'a rien fait !

— Pour une fois ! Declan, tu as entendu ? Entre moi l'autre jour, sa punition et toi maintenant, il a compris. Arrête-toi ! Tu vas lui broyer le bras !

— Il ne pourra plus mettre ses mains là où il ne faut pas. Wax est ma princesse. C'est moi qui la protège, personne d'autre.

Java se met à rire malgré sa position. Une expression de haine pure sur le visage, Declan force la torsion de son épaule qui se déboîte dans un mouvement sec. Javani blanchi brusquement avant de chuchoter, le souffle haché par la souffrance :

— La protéger ? Laisse-moi rire. T'es pas à la hauteur, chef. Elle s'éteint, ta princesse. T'es devenu tellement con que tu n'admets pas que le vrai danger pour elle, c'est toi !

Simon anticipe le coup, s'interpose entre le visage de Java et le poing de Declan. Le bruit du choc se répercute sur les murs carrelés. La tête de Sim adopte un angle étrange en heurtant le sol avec une violence inouïe, déjà inconscient quand son crâne craque.

Je hurle et me précipite à ses côtés, tremblante de trouille. Imanna surgit de nulle part, comme Peps qui fend la foule pour nous rejoindre. La Co-commandante ferme les yeux de soulagement en trouvant son pouls. Une vague de rage monstrueuse monte dans ma poitrine. Ma voix est de glace, tranchante, et fige Declan, le poing prêt à frapper à nouveau.

— Declan Lopi ! Lâche immédiatement Javani. Éloigne-toi de lui, de moi et Simon. Ne nous approche plus, ne nous parle plus, ne nous touche plus. C'est compris ?

Imanna s'échine à disperser la foule tandis qu'il trouve mes yeux. Il semble enfin se rendre compte de ce qu'il vient de faire lorsqu'il voit sa sœur pleurer. Il lâche Java qui s'écroule. Peps s'active autour de Simon. Perdant toutes ses couleurs, Declan déglutit et rampe vers nous. Je m'interpose et rugis :

— Non ! Je t'interdis. Tu n'es pas mon mari. Tu n'es plus celui qui a veillé sur moi à Andromède. Tu ne l'es plus depuis que tu as ouvert les yeux cette nuit-là. Je voulais y croire, mais c'est fini. Je ne suis plus ta princesse.

— Ne dis pas ça... Wax, c'est Sim, c'est mon frère, je t'en prie...

— Tu l'as gravement frappé ! Tu n'es pas son frère ! Mon Declan à Andromède, Capricorne et Paradis l'était ! Pas toi !

— Non. Je ne voulais pas... Pardon, Wax, pardon...

— Non. Pas cette fois.

— Je t'en supplie, je t'implore, ma princesse, pardon. Excuse-moi. Pardon...

Il se dresse sur ses genoux, passe ses mains dans sa nuque et baisse la tête. D'autres personnes vont soutenir Javani alors que mon ex répète les mêmes mots en boucle, enfermé dans un monde qui me reste inaccessible. *Que fait-il ?* Imanna laisse passer Gwen qui se jette devant lui et me lance un regard furibond avant de m'aboyer dessus :

— Qu'est-ce que tu lui as dit ?

— De nous fiche la paix. Il a sérieusement blessé Sim en voulant s'en prendre à Javani.

— Par les étoiles… Tout ça parce que tu n'as pas été capable de rester loin de lui, Programmatrice en carton. Declan ? Declan, tu m'entends ? Arrête, c'est fini. Reviens avec moi.

— Dégagez d'ici tous les deux, grogne Peps.

Gwen s'accroupit devant Declan qui n'a pas bougé d'un pouce. Elle continue de lui parler à voix basse. Il ne semble pas réagir. C'est ça, qu'elle fait avec lui ? Elle le séduit à coups de mots doux ? Je me détourne d'eux et aide Peps à se calmer maintenant qu'elle a terminé d'immobiliser Simon. Notre ami respire, mais elle inspecte souvent ses yeux pour vérifier son activité cérébrale, jusqu'à l'arrivée de Doc.

Tout va très vite après ça. Simon et Java sont emmenés à l'infirmerie et la foule se disperse. Seule, Gwen continue d'appeler Declan qui poursuit sa litanie, figé à implorer mon pardon sur le carrelage.

12. Garde mouvementée

Simon et moi sommes de garde cette nuit. Nous faisons équipe depuis que j'ai officiellement intégré la garde il y a six semaines, en même temps que sa reprise, après son traumatisme crânien.

Javani est parti en mission la semaine qui a suivi l'épisode des sanitaires, malgré ses blessures. Il est à Andromède. Ou à Lynx. Je n'ai pas tout suivi à ce moment-là. Java n'a pas pu me parler à nouveau avant de s'en aller ; je passais tout mon temps au chevet de Simon. Je me dis que c'est mieux comme ça, mais j'aurais quand même aimé terminer notre conversation inachevée.

La cohabitation avec Declan est compliquée. Il change de copine deux à trois fois par semaine, a rompu et s'est remis trois fois de plus avec Gwen la Pétasse. Peps a tenu plus de deux semaines sans lui adresser un seul mot. Étant donné qu'il n'arrêtait pas de la suivre partout pour qu'elle lui parle à nouveau, c'est un bon score. Il n'a rien fait de ça avec Sim et moi. On s'ignore la plupart du temps, ça vaut mieux pour tout le monde. Il suffit qu'on se retrouve à moins de trois mètres de lui pour que tout parte en cacahuète, comme dit Peps.

Les rondes sont plus agréables maintenant qu'il fait plus doux, que l'air est plus sec et moins venteux. Simon m'affirme que l'été est bel et bien là, que bientôt, il va falloir imposer des restrictions d'eau.

— Une journée de passée sans dispute. Pourvu qu'on ne le voie pas ce soir !

— Il gère la patrouille générale toute cette semaine. Tu espères qu'il passe.

— Non. On va encore se prendre la tête.

— Tant qu'il ne te la fracture pas. Quoique vos disputes cassent bien les oreilles ! C'est peut-être ça qui fait fuir les faucheurs ?

Je mets un coup de coude mou dans les côtes de Simon. C'est notre quotidien depuis deux mois. Je lance une pique, il réplique ou vice-versa. On passe toutes nos journées ensemble. On s'endort et on se réveille l'un à côté de l'autre. On mange avec Peps, on passe notre temps libre avec elle. Vic et Tan nous rejoignaient certains jours, avant que Vic ne reparte aux coupoles.

On s'entraîne entre nous, en plus des heures que je dirige au gymnase. J'ai appris à tirer au pistolet et au fusil avec Tanaël. Enfin, j'ai essayé. Je n'ai pas du tout la fibre avec les armes à feu, contrairement aux armes blanches qui me siéent bien mieux. J'ai appris à repérer et à différencier les bruits des drones, des hélicos, de certains animaux. J'ai fini par connaître chaque cachette de chaque recoin d'Hôpital et pas seulement les trappes. Bref, je m'adapte.

Le bilan le plus décevant se trouve du côté de la prog. J'ai plus ou moins abandonné l'étude du dossier de Pierre sans oser tester le programme sur lui. Je n'en ai plus modifié une seule ligne depuis des semaines. J'ai réussi à améliorer la répartition des apports électriques du bâtiment principal et encore, ce n'est pas optimal. Sans le nouveau matériel pour instaurer un nouveau périmètre de surveillance à distance, je n'avance plus. Rien ne me parle, les codes ne m'inspirent plus. *Affligeant.*

Côté faucheurs, vingt-deux jours se sont écoulés sans qu'Hôpital n'ait été survolé par un drone ou mitraillé par un hélico. Après une période de surveillance intense où nous avons essuyé jusqu'à quinze survols par semaine, c'est le record des six derniers mois depuis trois nuits. Autant dire que nous sommes à l'affût du moindre bruit.

Tan et Declan descendent le chemin de la vallée pour venir jusqu'à notre poste, au lac. Je tente de rester en retrait, mais la voix de mon ex nous interpelle tout de suite :

— Morel, Lopi.

— R.A.S., répond mon coéquipier.

— Bien. Soyez vigilants. La période creuse est rompue, des drones sont passés au hangar.

— Gemna et Luc ont dû se planquer, ajoute Tanaël. Ils sont passés trois fois, c'était une inspection. Tendez bien l'oreille.

Declan a continué son chemin et l'appelle, ce qui me hérisse tout de suite le poil.

— Il nous donne des infos, là ! Il fait son taf.

— Tu insinues que je ne fais pas mon job, Lopi ?

— J'affirme que signaler un passage de drone, c'est plutôt vague quand l'équipe en place a dû se planquer.

— Vous seriez au courant de ce qu'il s'est passé si ton bracelet était actif.
— Tu m'emmerdes ! J'ai filé mon bracelet à Zerha hier, sur ordre d'Imanna.
— Yeon-Jae devait te le rendre à la fin de sa garde !
— On dirait qu'iel l'a donné à quelqu'un d'autre !

Les poings crispés, Declan décroche le bracelet de communication bleu délavé qu'il a au poignet. Large de trois bons centimètres, c'est une version basique de montre sous-cutanée en fibre synthétique. Ils se connectent automatiquement les uns aux autres dans un rayon d'environ trois kilomètres. Normalement, chaque équipe dispose de l'un d'eux. Ce genre de matériel étant devenu difficile à obtenir, il n'y en a plus assez pour tout le monde, même si j'ai réussi à en sauver trois depuis mon arrivée. Mon ex me tend le sien. Je secoue la tête.

— Prends ce bracelet, Lopi ! Il faut qu'on puisse vous prévenir !
— Il faudra surtout que vous puissiez vous rendre chacun à votre point de communication pour prévenir tous les autres de la prochaine zone touchée. On est prudent avec Sim et on a trois planques à proximité. Ne fais pas le con.
— Je suis con maintenant. C'est génial. Ça faisait longtemps !
— Vous allez arrêter, oui ? Un hélico pourrait arriver sans silencieux qu'on ne l'entendrait pas, tellement vous faites du bruit !
— La ferme, Tan ! réclamons-nous de concert.

Nous nous foudroyons du regard. Sa simple présence m'horripile ! Enfin, il remet son bracelet en grognant.

— Si vous prenez une balle dans le cul, ne venez pas vous plaindre.
— On sait s'occuper de nos culs, Jensen, réplique Simon. Dégage, avant que je ne m'énerve, moi aussi.

S'il y a quelqu'un face à qui Declan ne répond plus depuis la bagarre des sanitaires, c'est bien lui. Mon ex baisse les yeux et murmure :

— Faites gaffe. Je t'attends, Tan.

***

Emmett et Silas passent une heure plus tard pour la tournée de notre secteur. Emmett est un petit blond de mon âge à la coiffure en brosse. Silas est rentré de mission à Lynx il y a deux semaines. Grand, brun, avec le nez cassé, c'est un copain de Declan. Je crois qu'il ne m'aime pas beaucoup, mais il reste sympa parce qu'il connaît aussi Simon et qu'il s'entendait bien avec Antho, là-bas.

— Tout se passe bien ? demande Silas.

— T'inquiète, on est au taquet !

— Il y a eu un second survol de drone au gymnase. Au fait, Wax. C'est toi qui gères l'entraînement de demain ?

— Non. J'y serai après-demain.

— D'accord. On s'y verra !

J'acquiesce, ils repartent. Sim se racle la gorge.

— C'est tout ? Au prochain entre-deux, je vais me retrouver avec Silas en coéquipier, et toi les jambes en l'air dans les fourrés.

— C'était un renseignement pour l'entraînement. Tous ceux qui viennent aux cours dont je m'occupe ne sont pas là pour me draguer, Sim. Heureusement !

— Tous, non. Lui, oui.

— Oh, arrête !

Il rit en regardant le ciel.

— Un de ces jours, quelqu'un va t'embrasser et tu ne l'auras même pas vu venir.

— J'esquiverai. Et toi, Erik le nomade ? Il t'a abordé encore aujourd'hui.

— M'intéresse pas.

Nous soupirons en cœur. Il ne dit pas le nom de Declan, je ne prononce pas celui de Laura. C'est une règle tacite entre nous. Il aime Laura, en dépit du trafic de Netras avec Unik à Capricorne pour lequel nous l'avons fait arrêter. J'aime Declan, bien qu'il ne soit plus tout à fait le même et qu'il me rejette. Le pire, c'est que nous n'arrivons même pas à nous intéresser à quelqu'un d'autre, à tourner la page. Je me demande parfois si j'attends qu'Antho rentre de Lynx sans m'en rendre compte. C'est carrément désespérant.

Sim et moi n'échangeons plus un mot, aux aguets. Sans bracelet, il faudra signaler l'approche des drones avec nos torches au guetteur du rez-de-chaussée de l'hôpital pour qu'il donne l'alerte. Depuis que j'ai commencé les rondes, nous avons dû avertir plusieurs fois de l'arrivée de drones, mais jamais de cette façon. Ça me stresse. Plus le temps passe et plus mon intuition m'oppresse la poitrine, me hurlant l'approche des appareils. Pourtant, l'oreille tendue, je ne perçois rien. Au dernier passage, aucun hélico n'est venu. Mais cette nuit, j'en suis persuadée, on va se faire tirer dessus.

Des pas se rapprochent, discrets. Dans la pénombre, aucun faisceau de lampe n'apparaît. Sim et moi dégainons et retirons les crans de sûreté de nos armes. Il ne manquerait plus que des faucheurs soient venus à pied jusqu'ici !

— Du calme, c'est moi.

— Declan ! soupire mon ami. Comment tu fais pour marcher dans le noir total ?

— Comme les aveugles. Je compte mes pas et je connais le terrain par cœur. Vous êtes trois binômes sur huit sans bracelet. C'est Dona qui a celui de Yeon-Jae. Tan est parti de son côté pour prévenir Jerry et Mik et rattraper notre retard sur la tournée. Je dois l'attendre ici. Je fais bien mon job, maintenant ?

Qu'est-ce qui lui a pris de venir ici plutôt que d'aller voir Jerry et Mik ? L'oppression qui met tous mes sens en alerte est trop forte et je n'arrive pas à m'énerver.

— Oui. On devrait se rapprocher de la planque du sapin.

— Ce n'est pas la mieux équipée si un hélico débarque avec des balles perforantes. Préférez la cabane, elle est mieux équipée.

— C'est trop bas, on ne pourra pas avertir de leur arrivée de là, fait remarquer Simon en passant son bras autour de mes épaules. Notre rôle est de signaler la présence des faucheurs et de surveiller leurs agissements, pas de se planquer et de ne servir à rien.

— Dans ce cas, restez là et si vous entendez quelque chose, signalez et allez directement vous planquer à la cabane. Ne prenez pas de risques inconsidérés. Tan arrive.

La lumière étouffée de la lampe de notre ami éclaire effectivement le sol plus haut trois secondes plus tard. Son faisceau balaie Declan quand il arrive à notre hauteur. Mon ex le regarde descendre l'allée et j'en profite pour m'attarder sur sa silhouette. Je m'agace toute seule de ne pas pouvoir m'en empêcher. Tan éteint sa lumière une fois près de moi et s'étonne :

— Vous ne vous êtes pas entre-tué ? J'ai eu peur en entendant le silence.

— Garder le silence est parfois la meilleure stratégie.

Tan et Sim étouffent un rire. Declan siffle entre ses dents :

— Je ferais mieux de me taire quoi qu'il arrive. C'est ça, le message, Lopi ?

— C'était une simple blague, on est déjà à cran.

— Quel humour ! Je suis bidonné. Vous avez plutôt intérêt à faire gaffe, tous les deux. Sinon, je vous finis à coups de pelle.

— Fous le camp avant que je ne te mette ta pelle dans la figure !

Voilà qu'il rit.

— Arrête de te marrer !

— Je croyais que tu voulais faire ta marrante ?

— Tu es bien le seul à rire quand je le menace de lui mettre une raclée !

— Sans doute parce que je ne crains pas grand-chose. Surtout dans le noir !

Il se marre de plus belle. Simon accroche mes épaules en me sentant bouger pour me jeter sur lui. Nous sommes de garde. Il faut rester en poste. Je ferme les yeux et laisse ma colère refouler. *Comment il fait pour me mettre dans un tel état en si peu de temps ?* Tan rallume sa lampe :

— Viens, mec, on n'est pas en avance. Et on a besoin de vous deux en service cette nuit.

***

— Simon, Wax.

— R.A.S, Emmett. Ah si, il y a un crétin en liberté. Fais gaffe, si tu le croises.

— Un cré... Ah. Declan, quoi. Voilà un bracelet. De la part du crétin qui ordonne que vous alliez à la cabane maintenant que vous êtes équipé.

— C'est celui de qui ?

— Gemna et Luc. Ils peuvent signaler de leur planque pare-balles. Notre Co-commandant est sur le qui-vive avec l'aube qui pointe. C'est à ce moment que le camouflage des hélicos est le plus performant. Il a exigé que tout le monde se poste près de sa meilleure planque.

J'accepte le transmetteur et le mets en fonction :

— Équipe du lac, bracelet activé.

— *Nickel. Declan veut que vous alliez à la cabane, répond Tanaël.*

— Oui, on a compris. Emmett a passé le message.

— *Tout est affaire de transmission. C'est le seul message qu'il t'a passé ?*

Le ton de Tan est rieur et Simon se retient à peine. Emmett esquisse un sourire.

— Tu viens avec moi à la soirée ciné de vendredi ?

J'en reste baba et Sim arrête de rire. Emmett se tourne vers Silas qui a posé la question et s'offusque :

— T'es sérieux, mec ?

— Tu ne te décides pas ! Si tu ne te décides pas, moi, je demande !

Au secours ! Je tente de couper court :

— Désolée, j'y vais avec Sim.

— Je croyais que vous n'étiez pas en couple, tous les deux ?

La plupart des gens le pensent, qu'ils soient de passage ou engagés à Hôpital. Nous ne démentons pas à moins qu'on nous pose directement la question. C'est plus simple pour nous deux.

— Je… Non, mais… C'est gentil d'avoir proposé.

— D'accord, il n'y a pas de malaise, ne s'embarrasse pas Silas. Si tu changes d'avis un vendredi ou un autre soir, tu me dis.

— Je… Merci. C'est noté.

Sim se marre dans mon dos de me voir aussi mal à l'aise. Emmett n'en rajoute pas. Les garçons repartent pour leur tour de patrouille. Depuis le départ d'Antho, j'esquive les garçons d'Hôpital. Ce qui n'empêche pas qu'un gars vienne me proposer un rancard de temps en temps, sans doute par curiosité par rapport à mon ancienne célébrité aux coupoles. Deux mecs simultanément, c'est malgré tout une première dont je me serais passée. Une fois qu'ils sont assez loin, Simon se laisse aller à rire. Puis, il me presse pour que j'informe Tanaël que Silas m'a invitée. J'hésite, mais j'avoue être curieuse de la réaction de Declan. Est-ce qu'il va être en colère ou seulement exaspéré ? Je cède à la tentation, tends mon poignet pour activer la communication :

— Emmett s'est fait griller le tour par Silas.

— *Le pauvre.*

— Les pauvres.

— *Je suppose que ce n'est pas le bon matin pour fixer un rencard ?*

Je regarde Simon qui fait les yeux ronds. Là, j'ai besoin de lui pour comprendre.

— Il ne compte pas m'inviter, si ?

— En temps normal, j'aurais dit non. Mais Tan est célibataire depuis qu'il est rentré. Je ne sais pas. Sérieux, on n'a pas eu l'occasion de parler filles depuis un bail. Il est beaucoup avec Declan… Je ne sais pas du tout.

— *Alors ? Bon matin ou pas ?*

Simon écarte les mains en désignant mon bracelet que j'observe sans savoir comment répondre. Le simple fait que j'hésite à dire non me perturbe. Une brise caresse ma nuque et éveille un frisson dans mon dos. Je me reprends et murmure :

— C'est un beau matin, mais pas le bon. Peut-être un autre, on ne sait jamais.

— *Je note. On ne sait jamais !*

Mon cœur fait une embardée inappropriée. Simon grimace d'un drôle d'air.

— Tan va se prendre une mandale avec le crétin.

— Le crétin ne veut plus de moi. Qu'est-ce que ça peut bien lui faire ?

— Je ne sais pas. Si je le savais, on n'en serait pas là. Mais Tan va s'en prendre une.

Nous observons les nuages cacher et dévoiler les étoiles au gré du vent. Mon bracelet se réactive :

— Wax, c'est Tanaël. Pas de malentendu, hein ? C'était pour un pote, le rencard.

— Pas de malentendu. Tout va bien.

— Pour un pote ? répète Simon. On y croit, oui. Le pauvre s'est pris une pouille avec l'autre abruti.

***

Nous rejoignons un groupe de marchands dans les bois pour sécuriser leur arrivée au marché. Sim en connaît deux, habitués de longue date d'une pause à Hôpital. Ils lui demandent même des nouvelles de Peps et Declan sur le chemin. Le trajet n'est pas long, mais nous restons sur le qui-vive. Je ne suis rassurée que lorsque les cinq marchands sont à l'abri dans le passage souterrain qui mène à la place intérieure. Nous longeons les limites du terrain pour retourner au lac quand mon bracelet en capte un autre et s'active :

— Drone en... Planquez...

Le message coupe. C'est une blague ?

— Declan ?

— Wax, écoute.

Nous tendons attentivement l'oreille en accélérant le pas jusqu'à la planque la plus proche. Je tente de réactiver mon bracelet sans succès quand nous percevons l'engin. Nous courons. Le vrombissement se fait plus fort. *Et merde !* Simon arrive le premier à l'abri du terrain et soulève la planche. J'entre dans le renfoncement du talus et éteint complètement mon bracelet. Il ne manquerait plus qu'il s'active avec un drone à proximité.

— Tu crois qu'ils ont anticipé la destination des marchands ? chuchote Simon.

— Peut-être. Il y a des arrivées et des départs tous les jours. Il doit bien y avoir un pilote qui a eu l'idée d'en suivre un au moins une fois.

Nous nous taisons. J'entrouvre le regard de la trappe pour voir le drone passer sur le terrain. Il est plus gros que ceux à caméra. Deux disques à rotations circulaires superposées l'un au-dessus de l'autre tournoient à toute allure, alors que ceux qu'on a déjà vus fonctionnaient grâce à trois ou quatre hélices. Non seulement il est plus silencieux, mais il transporte plus lourd. Une grosse boule noire est suspendue dessous. L'engin survole le terrain en remontant vers la forêt. La procédure veut qu'on reste caché au cas où il ferait demi-tour. Je déplore à mi-voix :

— On n'a pas eu le temps de confirmer l'info. Je devrais rallumer mon bracelet.

— Non, pas déjà. Il connaît les protocoles. On reste là.

Je surveille le terrain quand quelqu'un sort des bois en courant à toute allure sur l'herbe rase. Je n'en crois pas mes yeux.

— Declan !

J'ai murmuré de mon trou, mais il s'arrête net et se tourne vers la planque. Simon ouvre la planche et mon ex nous appelle :

— La cabane ! Vite ! Drone thermique et un autre non référencé. Dépêchez !

Nous nous précipitons. Le non référencé, c'est celui avec la boule. J'ai trop peur de ce qu'il y a dans cette sphère. Declan va vite, tellement qu'on a du mal à suivre avec Sim. Il nous fait couper par le talus. En mode soldat, je saute sans réfléchir, le vrombissement des drones dans les oreilles. *Merde, ils sont près !* Nous franchissons les derniers mètres jusqu'à la cabane. C'est Simon qui dit tout haut ce qui m'inquiète :

— Il n'y a que deux places. On ne passera pas à trois !

— Entrez là-dedans !

Declan me pousse avec Sim, ferme au-dessus de nous et part.

— Il est venu pour nous. Les drones sont là. Où il va aller ?

— Il sait où se planquer. Ne t'inquiète pas…

Une salve de tirs proche coupe Simon qui resserre son étreinte sur moi par réflexe. Je me retiens de crier dans l'abri. Declan est dehors et aux alentours, il n'y a qu'ici que la planque est renforcée contre les scans infrarouges et les balles perforantes. Le souffle saccadé par la trouille, seule la présence de Sim m'empêche de partir vérifier que Declan va bien. Mon cœur n'a pas fini de cogner dans ma poitrine : le vrombissement du drone à caméra thermique se fait entendre autour de notre refuge. La cabane se fait souvent mitrailler. De l'extérieur, elle semble branlante avec ses panneaux criblés de balles, et elle est laissée dans cet état exprès. Simon s'efforce de respirer lentement dans mes cheveux. Pas de bruit. Le drone doit être en vol stationnaire.

Les détonations explosent à quelques mètres de nous. Nous avons dû laisser des traces de pas à notre poste. Je sursaute lorsque les balles traversent le bois de la cabane. Certaines viennent se ficher dans l'épaisse planche au-dessus de nos têtes en la faisant vibrer. Je ne respire même plus et mords dans la doublure de ma manche de veste pour ne pas hurler de peur.

Dans ce fracas, je me dis que Declan est à l'abri tant qu'ils nous visent.

Deux salves de tirs lointaines plus tard, Simon caresse mon visage. Je n'ose toujours pas bouger.

— Chut. Ils vont peut-être revenir.

— Non, c'est bon, répond Declan. Ils sont partis.

J'ouvre les yeux. Il est là. Il ne semble pas blessé. Je m'extirpe de la cachette pour hurler :

— Espèce d'idiot, crétin, dingue ! Où tu étais ? Pourquoi tu es venu ? On était planqué ! Tu te rends compte que tu as failli te faire tuer ? J'aurais tout vu, tout entendu avec toi ! Tout ça pour nous coller ici et nous laisser croire que tu t'étais fait tirer dessus ! Tu te fous de moi ?

— Content de voir que tu vas bien.

— Je ne vais pas bien ! J'ai cru que tu t'étais fait fusiller !

Je le prends dans mes bras. Il se raidit, ce qui ne rend pas son contact moins satisfaisant. Trop bref, aussi. Je m'éloigne, incapable de supporter de toucher qui que ce soit d'autre que Sim plus longtemps, même lui. Figé, Declan demande :

— C'était quoi, ça ?

— Un câlin, idiot !

Simon éclate de rire à côté de nous. Je reste un instant le dévisager et m'aperçois que Declan se mord la lèvre pour ne pas craquer. Le mien m'échappe d'un coup et je m'exclame :

— Nous sommes vivants !

Declan rit avec nous. Que ça fait du bien ! Ça dissipe l'angoisse cuisante dans ma poitrine. Ils sont partis. Et en plus des hélicos, les faucheurs ont maintenant des saletés de nouveaux drones furtifs nocturnes équipés de sphère mitraillettes.

***

Imanna passe un savon à Declan. Il ne se laisse pas faire mais dans les faits et les procédures, elle a raison. Il n'aurait jamais dû essayer de nous rejoindre, moi et Simon. La seule défense de mon ex, c'est que les drones ont arrosé la planque du terrain où nous étions plus tôt. S'il ne nous en avait pas sorti, les cinq balles qui ont traversé la planche nous auraient sans aucun doute blessés, peut-être tués.

Lui, il a échappé aux tirs du drone sphérique en se planquant derrière un arbre. Oui, oui, un arbre. J'ai failli tourner de l'œil quand il l'a avoué à la Co-commandante. Celle-ci ouvre la porte pour nous faire entrer et claque le battant derrière nous.

— Lopi, Morel, pourquoi vous n'étiez pas à la cabane comme vous l'avait ordonné Jensen ?

— Nous avons quitté le poste pour sécuriser l'arrivée de marchands en provenance du sud-ouest, Co-commandante. Accueillir et sécuriser le trajet des nomades sur le territoire d'Hôpital font partie de nos attributions.

Elle n'est pas contente. Je suis la seule à systématiquement lui donner du Co-commandante. Elle me regarde d'un mauvais œil, mais Simon m'appuie :

— Emmett, Silas et les marchands peuvent confirmer. Tanaël et Declan étaient prévenus. Nous rejoignions la cabane en longeant le terrain côté forêt après notre escorte quand nous avons capté les mots drone et planquer avec le bracelet. Wax a tenté de répondre, mais la connexion était insuffisante.

— Tu défends Jensen, Morel ?

— Je vous rapporte les faits et laisse leur interprétation à votre appréciation.

Elle serre les poings. Declan nous dévisage, Sim et moi, comme si nous avions changé de visages.

— Bien. Vous êtes tous dispensés de garde pour deux jours, le temps de vous remettre de la fusillade. Declan, tu informeras Gemna et Luc qu'ils bénéficient de la même faveur. Et je ne veux pas de protestations, Jensen ! Co-commandant ou pas, tu es en repos. Si tu t'ennuies, va te défouler au gymnase. Allez dormir, maintenant.

Ça ne plaît manifestement pas à Declan, mais il hoche finalement la tête. Nous remontons tous les trois jusqu'à la salle d'équipement pour retirer nos ceintures et nos armes et les ranger dans nos casiers respectifs. Sim arrête Declan alors qu'il va pour ressortir directement à l'extérieur.

— Mec, merci d'être venu pour nous. On ne serait plus là sans toi.

— C'est mon job.

— Ton job, c'était de nous prévenir et de te planquer, on le sait tous les deux. Tu es venu nous chercher en sachant qu'on était peut-être encore hors de portée des bracelets. Tu as pris assez cher avec Imanna pour ça.

— C'est mon job de garder les membres des équipes sous ma responsabilité en vie.

— Pas de te retrouver sous les balles à leur place.

L'air triste, Declan ferme les yeux et sort sans un mot. Je soupire alors que Simon m'interroge :

— Je n'ai pas été assez clair sur le fait que j'arrêtais de lui faire la gueule ? Il s'est largement rattrapé, là.

— Je crois que tu as été assez clair, mais je ne peux pas t'aider sur ce coup-là. Je ne comprends plus rien à Declan depuis qu'on est ici.

13. Le cœur du Prince

— Raph ! Lève-toi ! C'est l'heure !

Sim tape dans le bois du lit du dessus pour réveiller notre coloc. Les ronflements insupportables du nomade cessent enfin. Dans la chambre, nous n'arrivons plus à dormir depuis que son groupe d'une cinquantaine de personnes a débarqué. Il a fallu se serrer. Ici, nous sommes neuf au lieu de six, puisque deux couples sont présents, en plus de Sim et moi qui dormons ensemble toutes les nuits dans notre bulle. Raph sait qu'il ronfle de façon insupportable. Il a la trentaine et nous appelle *« ses rossignols »* depuis le premier matin : nous lui avions piaillé dans les oreilles toute la nuit pour tenter de le faire arrêter de ronfler. Il faut dire qu'il en fait trembler la structure du lit !

Depuis que notre tour de nuit a commencé il y a trois jours, nous attendons que Raph soit réveillé pour dormir. Il est sympa, mais dans une autre chambre. Après s'être retrouvé sous les balles et avoir affronté le courroux d'Imanna, j'avoue que je n'ai plus qu'une seule envie : le dégager de là et plonger dans un sommeil profond.

Notre ronfleur se lève, ainsi que nos autres colocataires de passage. Ni moi ni Sim n'arrivons à nous endormir avant que la porte ne claque sur la dernière personne encore présente.

Simon soupire en m'enlaçant. Ça ne va pas, je ne trouve pas une position confortable. Je bouge jusqu'à me coller contre lui. Il bâille.

— Mmwaax. Bouge.

— Nan. J'suis enfin bien, là.

— Oui, mais viens plutôt contre mon dos.

— Tu as de ces lubies parfois ! Arrête de rêver d'elle.

— Arrête d'appeler le tien dans ton sommeil.

Je lui donne gentiment une tape sur l'épaule. Il m'a appris qu'occasionnellement, je parle en dormant. Et quel prénom sort à chaque fois ? Toujours celui de mon ex, à mon grand désarroi.

— Je ne l'aime plus, je ne le regarde même plus.

— Menteuse. Je t'ai vu le reluquer à l'entre deux, quand Tan est arrivé.

— J'aime bien les belles fesses, ça ne voulait rien dire.

— C'est vrai qu'il a un beau cul. Dors bien, ma belle.

— Toi et tes réflexions… Dors bien aussi, Noun.

Je m'installe dos contre le sien, trouvant enfin une position agréable.

***

Au réveil, il est presque quinze heures. Après une telle nuit de garde, je suis étonnée de ne pas avoir fait de cauchemar. Je me contente de regarder Sim dormir. J'aime bien faire ça. Je le trouve beau. Ces moments comblent sommairement le vide provoqué par l'absence de Val et Umy, toujours présent, et oppressant au point de me couper le souffle si je pense trop à eux. Brûler le restau, prétendre un double suicide, un déménagement anonyme dans une autre coupole… Sim, Peps et moi avons proposé une bonne vingtaine de plans aussi solides que farfelus pour les faire sortir d'Andromède. De ce côté, Declan a toujours appuyé nos propositions, même les plus dingues. Mais sans l'aval des deux Co-commandants, impossible de bouger et la réponse d'Imanna est toujours la même : trop risqué. Un comble lorsqu'on sait qu'elle n'a mis que quelques secondes à valider le faux attentat d'Orion.

Autant dire que ma confiance en elle frôle le ras du sol.

Mes amis, mes parents, Declan… On dit que le temps guéri les blessures du cœur. J'attends avec impatience qu'il vienne s'occuper du mien. Une larme roule sur ma joue. Je la laisse couler et entrelace mes doigts à ceux de Sim pour me réconforter, ce qui le fait ouvrir les yeux. Repérant les sillons humides, il soupire, déniche la trace de ma tristesse sur ma joue et l'efface avec des baisers avant de se rallonger.

Nous rions de nous être surpris maintes fois à nous changer dans la zone d'intimité et dormons en sous-vêtements sans malaise. Mais ce matin, pour une raison ou une autre, sa peau est chaude et réconfortante. Plus que d'ordinaire. Ma main passe sur son torse nu, délicatement poilu. Il frémit sous mes doigts. Je m'arrête, tapote sa poitrine.

— Il vaut mieux se lever.

— Oui.

Nous ne bougeons pas. Nous n'avons aucune raison de faire ça. Vraiment aucune. Pourtant, nos bouches se trouvent étrangement. Sa langue vient à la recherche de la mienne. J'essaie de me raisonner, en vain. Ses mains trop douces, ses caresses si tendres ont raison de tous mes arguments qui fondent comme un glaçon au soleil.

— C'est bizarre, murmure-t-il contre mes lèvres. On… On devrait arrêter.

— Tu as raison.

La seconde suivante, mes mains courent sur les muscles saillants de son buste, puis caressent son dos. Ses doigts m'agrippent pour mieux me ramener sur lui et j'en profite pour plonger avidement sur sa bouche. Je n'en reviens pas que ce soit aussi exquis de se sentir simplement désirée. Ça réveille mon corps dans un tressaillement brûlant qui coure dans mes veines.

Alors que j'ose penser à l'étrangeté de la situation, Simon se redresse, enfonce sa langue dans ma bouche jusqu'à m'étouffer un instant. Je ronronne sous le plaisir de la sensation.

À partir de là, tout est perdu. Nos sous-vêtements envolés, ses doigts serrent mes cuisses et ses dents effleurent ma peau. Le menthol explose dans sa bouche et je ne laisse pas le temps à la pastille de fondre tout à fait avant de l'embrasser à nouveau. D'un mouvement aussi doux qu'impérieux, il me plaque contre son torse pour me retourner. Sa voix est trop rauque quand il me dit qu'il veut que j'aie autant de plaisir que lui. Je ne comprends pas. J'en ai déjà !

Il chuchote des mots doux, aussi tendres que ses caresses, qui augmentent l'acuité de mes perceptions sensorielles. Je m'accroche à lui sans me rendre compte qu'il m'a lâché pour se tenir au montant du lit. Ce qui me traverse finalement est cataclysmique et délicieux. J'en ai le souffle coupé, tout mon corps tremblant des orteils jusqu'au bout des doigts.

Simon distille quelques baisers dans mon cou. J'autorise ses mains indécentes et ses lèvres affectueuses à vagabonder encore sur mon corps. Finalement, il pose sa tête sur mon buste et durant quelques douces minutes, nous baignons ensemble dans un espace de plénitude totale. Lorsque ma transpiration refroidit et m'arrache un soubresaut, Sim remonte le drap sur nous.

— Je ne sais pas si c'est parce que ça faisait longtemps, mais… Wouaw.

— Tu peux le dire. Je savais que c'était bon, oui, mais comme ça…

Il cache son nez dans ma nuque en se marrant. Quelque peu interloquée, je commence à rire avec lui en me rendant compte de ce que je viens d'avouer. Il se redresse à côté de moi. Une jambe glissée entre les miennes, il hausse les sourcils avec un air coquin.

Ses cheveux bruns coupés court, ses yeux que j'ai crus simplement marron la première fois que je l'ai vu, alors qu'ils sont parsemés de stries de jade. Mes doigts glissent le long de sa mâchoire carrée et nette. J'ai l'impression de découvrir à quel point il est beau avec un temps de retard. Il revient vers moi pour m'embrasser et s'arrête.

— Non. C'est déjà en train de redevenir louche. J'ai bien peur qu'on ait eu raison d'en profiter, parce que ça ne se sera produit qu'une fois.

— Tu vas me vexer !

— Tu as envie de recommencer ? J'ai plein d'idées en réserve, si tu veux !

— Non ! Je suis de ton avis. La magie se dissipe.

Il sourit et se contorsionne de façon à poser son menton sur mon ventre. Oui, je ne vois à quel point il est beau que maintenant. Mais c'est trop tard, c'est mon ami. Son sourire se dissipe et ses yeux redeviennent sérieux.

— Wax, je vais m'en aller. Elle a le droit à des visites à Hydre. Il faut que je la voie.

— Tu es recherché. Ils vont t'arrêter pour complicité de trafic d'humains.

— Techniquement, je l'ai fait avec elle pendant six mois ou presque.

— Mais c'était pour l'arrêter !

— Je suis sûr qu'elle ne savait pas pour les enlèvements. Elle n'a fait que programmer des Netras à sa manière, en refusant de se plier aux directives des grandes agences. Et pour pouvoir exercer librement, elle n'avait pas d'autres choix que de suivre les directives libidineuses du directeur. Il n'est pas à Hydre, lui. Il n'a pris que deux ans de prison ferme à purger à Capricorne. La condamnation de Laura est injuste à mes yeux, et je vais essayer de la sortir de là. Je le sais depuis un moment, mais je n'avais pas trouvé le courage de te le dire. Et je ne voulais pas partir sans t'avoir prévenue.

Je caresse ses cheveux. J'avoue être d'accord avec lui. Je ne pense pas que Laura mérite la perpétuité. Il s'est renseigné sur les deux derniers tirages au sort condamnant les prisonniers à l'Opération

Netra. L'attente des listes a dû être terrible pour lui. Mais je ne veux pas qu'il parte.

— Tu es sûr que tu veux risquer ta vie pour elle ?

— Tu ne le ferais pas si c'était lui qui était enfermé quelque part ?

Je hoche la tête, dépitée que la réponse soit toujours la même malgré les tensions qui règnent entre nous.

— Viens avec moi, chuchote Simon. Si je me fais avoir, tu pourras revenir ici ou t'installer dans une colonie. Et si on réussit, on pourra commencer une nouvelle vie, en nomade. On la jouera discret, mais on sera bien, j'en suis sûr.

— J'aurais aimé pouvoir te suivre, Sim. Vraiment. Mais ce n'est pas la vie que je veux.

— Au moins, je te l'aurais proposé. Ton cœur en guimauve te perdra, ma belle.

— Le tien peut-être avant moi.

— Tu as raison. J'ai le droit à un dernier baiser avant de sortir de la bulle ?

J'accepte. Après tout, où est le mal ? Ce n'est qu'un baiser qui clôt notre égarement intime.

— Je n'ai connu personne d'aussi doux et tendre que toi.

— Tendre ? Je n'ai pourtant pas été très tendre tout à l'heure. Tu as encore la marque de mes dents sur ton sein ! Il faut croire qu'on est compatible au lit.

Rieur, il m'arrache des petits bisous qu'il parsème partout sur mon visage et dans mon cou. Il me chatouille et j'en glousse encore tandis qu'il accroche le rideau pour l'ouvrir en se laissant glisser sur le côté. Là, il se fige en plein mouvement et s'étrangle :

— Declan ?

Je fais un bond et couine, il n'y a pas d'autre mot. Simon se lève et se rhabille à l'extérieur.

— Declan, ce n'est pas ce que tu crois !

— Ce que je crois n'a pas grande importance. On a des nouvelles d'Andromède. Habillez-vous et venez. Salle d'accueil N°2.

— Depuis quand tu es là, bordel ?

Le silence est tendu. Mon cœur bat à tout rompre.

— Je sais où tu as mis ta langue et laissé la marque de tes dents. Ça te va ?

En colère, il claque la porte au point d'en faire trembler le mur. Je sors à mon tour, enroulée dans le drap.

— J'ai eu tellement peur qu'il ait entendu pour Laura. Il t'aurait empêché de partir !

Mon ami recule et me regarde en secouant doucement la tête.

— Wax, viens avec moi. Je sais que je ne te propose que de l'amitié, mais sérieux… Il n'est plus le même. Il se ressemblait davantage sous PNI que maintenant ! Te laisser là, entre lui et les cauchemars… Je ne veux pas sortir Laura de prison en te sachant malheureuse ici.

— On en reparlera plus tard. Ce n'est pas comme si tu allais partir aujourd'hui.

Il a l'air bouleversé. Je me sèche rapidement avec le drap, tire notre panier pour y attraper une tenue propre. Il ne me répond pas et empoigne aussi des vêtements frais.

— Simon ?

— La prochaine fauche des prisons est dans trois semaines. Il faut en compter deux pour aller là-bas à pied. Mes affaires sont prêtes et cette nuit, c'est lune noire. Tu pourras dire que je t'ai faussé compagnie sans prévenir. Le sol est plutôt sec, je ne laisserai pas de traces, ou très peu.

— Cette nuit ? Mais… et Peps ? Tu lui en as déjà parlé ?

— Elle risque de tout dire à Declan pour me retenir. Il n'y a que toi en qui j'ai vraiment confiance, maintenant. Ça peut paraître dingue, mais c'est comme ça.

Mon cœur rate un battement. Je prends cinq minutes pour pleurer avant que nous ne nous regardions sévèrement pour nous encourager à nous ressaisir.

***

J'ai le cœur lourd dans le couloir des salles de débrief. Declan nous attend près de la N°2, les yeux rougis. Il a pleuré. *Parce qu'il nous a surpris ?* Je me secoue. Non, il a tourné la page, lui. Rejeter cette possibilité m'angoisse. Il a parlé de nouvelles d'Andromède. Il ne pleurerait pas pour mes parents. Il n'y a que deux personnes là-bas qui comptent autant pour nous trois.

— Declan, qu'est-ce qui se passe ?

— Entrons. Dépêchez-vous.

La pièce est rectangulaire et peut accueillir une vingtaine de personnes. Je ne vois rien d'autre, rien, que le garçon assis à même la table, face à la porte. Il redresse la tête. Ses cheveux blonds attachés en natte dans son dos, ses yeux de soie, ses lèvres fines… Il a l'air mal en point, mais c'est bien lui. Valentin me scrute. Je suis censée être morte, après tout.

Mes yeux se remplissent de larmes et je me précipite vers lui. Il m'ouvre ses bras avant que je ne le percute et le serre contre moi. C'est bon, si bon !

— Mon prince ! Tu es là.

— Tu es en vie. Tu es vraiment en vie.

— Oui. Val, je suis tellement désolée. On a dû partir, on n'a pas pu vous emmener avec nous, ni aller vous chercher, après. Pardonne-moi, je t'en prie.

Il me repousse et m'observe silencieusement quelques secondes.

— C'est à moi de demander pardon. Il avait raison. Tu es toujours en vie.

Avait ? Qui avait ? Je cherche Umy des yeux. Il y a seulement Imanna, Doc, Declan et Simon avec nous. Je suffoque, en proie à une terreur qui me tétanise encore plus que celle de la nuit dernière sous les balles.

— Mon prince, où se trouve Umy ?

— Pas devant lui. Ce n'est pas Declan.

Ce dernier détourne le regard, visiblement blessé par les mots de notre ami. Entre l'absence d'Umy et le rejet de Val, je comprends mieux pourquoi il pleurait dans le couloir. J'adopte une voix douce pour m'adresser à mon prince.

— Val, c'est Declan. C'est pour ça qu'on a dû partir. On espérait que vous aviez compris qu'il avait récupéré tous ses souvenirs avec notre dernier message sur le Fil.

— Celui des pâtes ? Oui, on avait imaginé un truc dans le genre.

Il me ramène fermement contre lui, reste sur ses gardes et inspecte son ami de haut en bas avec méfiance. Il lui fait finalement signe d'approcher et demande :

— La première fois que j'ai vu Wax ?

— Au Bronx, le lendemain de ses dix-sept ans.

— La première fois qu'on s'est vu ?

— Chez moi, trois jours après.

— Qu'est-ce que j'avais apporté à manger ?

— Un plat de lasagnes.

— On a bu ?

— Pas d'alcool, non.

— Mon surnom ? Pas Val, pas prince. L'autre.

— Chester, à cause d'une blague sur la carabine Winchester du salon des armes du musée d'Umy.

Chester ? Je n'ai jamais entendu personne l'appeler comme ça. Val hoche pourtant la tête, mais reste sceptique.

— Dis-moi quelque chose sur elle que personne d'autre que toi et moi ici ne sait.

Qu'est-ce que c'est que cet interrogatoire ? Declan cherche une réponse, ses pupilles bougent à toute vitesse.

— Un truc que je sais, que tu sais et que… que Umy sait et qu'elle ne sait pas. Ça te va ?

— Ça dépend quoi.

— Son pendentif.

— Je t'écoute.

Declan me lance un regard furtif avant de s'adresser à Val.

— Je l'ai déposé à Matt avec un mot pour qu'il le lui offre pour ses dix-sept ans. C'est moi qui ai fait le dessin. Tu m'as grillé en regardant mes notes sur le trafic de drogues moléculaires à Andromède. Je l'ai fait couler avec la chaîne que je tenais de mon père.

Je reste le dévisager, abasourdie. Declan tremble et Val insiste.

— Pas mal. Et ?

— Le numéro n'est pas celui d'un artisan, puisque je l'ai fait. C'est la date du jour où je l'ai vu pour la première fois. Pas le jour de l'interview. Celui où je suis arrivé à Andromède. Le 5 mai 2554.

Je sors ma chaîne de sous mon débardeur et inspecte le chiffre : 552554. Sous le choc, je dévisage Declan.

— Mais, Matt…

— C'était vraiment ton ami. J'ai seulement donné un coup de pouce au destin.

Il tourne les yeux vers moi. Ses beaux yeux d'un bleu semblable à celui de la mer de Cassiopée au coucher du soleil. Un éclair, un flash, un instant, j'ai l'impression de l'avoir de retour en face de moi. Mais ça passe trop vite. J'ai à peine le temps de réaliser que c'est déjà fini. La main de Val se décontracte sur ma taille.

— D'accord, je vous crois. Désolé pour le test, mec. Mais avoue que c'est complètement dingue que tu aies survécu à l'Opération. Et puis vous avez explosé dans une putain de bombe et on n'a plus eu la moindre nouvelle de l'extérieur. Tu m'avais promis qu'on sortirait ensemble et je… J'ai voulu y croire, au début, comme Umy, mais c'est devenu tellement… Tellement dur…

Le masque de mon ami se brise tel un miroir qui explose. Il se cache contre mon épaule. Mais on ne sait toujours pas où se trouve Umy ! Je le force à me regarder.

— Où est-il, Val. Où est notre Umy ?
— Ils… Ils me l'ont pris…
— Comment ça ? Qui ? Comment ? Qui te l'a pris ? Val, s'il te plaît !
— Jusqu'à ce qu'on réussisse à voir tes parents, on était persuadé que c'était une mise en scène. Même après, on a voulu continuer à y croire. Mais chaque jour qui passait sans nouvelles de vous, c'était plus compliqué… Quand on a été convoqué pour la remise des cendres, Umy a pété un câble. Il a hurlé dans le bureau qu'il savait que vous étiez vivants. Justin et Edith pleuraient et… Wax, c'était affreux. L'influence de Novak nous a protégés pendant deux semaines mais après, nous étions convoqués presque tous les jours. On s'est fait tabasser en interrogatoires. Bébé ne mangeait plus. Il a lâché le rugby, son boulot. Il attendait un mot, un signe de l'extérieur. Il restait toute la journée sur le Réseau et le Fil à chercher des indices qui lui confirmeraient que vous étiez en vie. Et puis la semaine dernière, ils ne l'ont pas seulement embarqué pour l'interroger. Ils me l'ont pris.
— Qui, Val. Qui l'a pris ?
— Les faucheurs. Ils sont partout. La sécurité, les magasins, les caméras, le Haut Conseil, partout. Ils contrôlent tout. Le mouvement des Frenox n'était qu'une couverture pour recruter de nouveaux faucheurs ou fournir des Netras. Tous les partisans ont disparu d'une façon ou d'une autre. Les gens commencent enfin à se poser des questions à force de voir les boutiques et les commerces des bas étages du Sud fermer, des maisons se libérer mystérieusement au Nord. Mais c'est trop tard !

Declan est aussi stupéfait que moi. Il demande d'une voix blanche :
— Val, où est-il ? Où l'ont-ils emmené ?
— À Hydre. Il a été accusé d'atteinte grave à la sécurité. Il aurait essayé de hacker le bureau de recensement d'Andromède. Il a tout reconnu au procès sans même essayer de se défendre. Umy ! Un hackeur, tu imagines ? Le juge l'a condamné à subir l'Opération Netra le mois prochain. C'était plié d'avance. Novak dit que c'est un piège pour vous faire aller là-bas si vous étiez encore en vie. J'étais tellement paumé… Je suis parti, sans but, et là, vous êtes là tous les deux. Il avait raison. Je ne l'ai pas cru. Personne ne le croyait plus. C'était trop dur d'imaginer que vous étiez parti sans nous, sans nous donner signe de vie. C'était tellement long, sans la moindre nouvelle… Pardon, pardon !

Il attrape Declan par le col et le ramène à lui en même temps. Pour rendre son étreinte à Val, il n'a pas d'autre choix que de me toucher un minimum. Sa peau me brûle à son contact. Il faut agir, vite. Et pour Umy, toute ma volonté ressurgit. Je sais exactement comment réagir.

— Declan, va chercher Peps. Je pense qu'elle sera heureuse de voir Val.

— Tu n'as pas à lui donner d'ordres, Wax, se mêle Imanna.

Mon ex s'éloigne mais Val ne me laisse pas faire de même. Declan gronde sur la Co-commandante.

— La situation s'est dégradée à Andromède. Les faucheurs leur sont tombés dessus, ils les ont pris pour cible. Tu le savais ?

Elle reste impassible, le visage sévère. Je n'ai jamais vu personne avoir une telle maîtrise de soi face à une telle accusation. Declan insiste.

— Tu savais. Tu savais qu'ils étaient harcelés et tu ne m'as rien dit ! Est-ce que tu as seulement lu un seul des plans qu'on t'a fait parvenir pour les sortir de là-bas ? As-tu au moins envisagé une seconde de tenir ta parole, de les faire sortir et de les protéger ?

— T'en parler n'aurait rien fait pour arranger les choses. Tout contact aurait confirmé que vous êtes en vie aux faucheurs, et s'ils avaient mis la main sur cette info, cela aurait mis en danger tout Hôpital.

J'ai à peine le temps de réagir qu'il plaque déjà Imanna contre le mur, la main autour de son cou.

— Je suis Co-commandant de ce territoire. Je t'ai fait confiance pour gérer les passes, pour me transmettre toutes les infos sur eux, pour me dire si quelque chose se passait mal, là-bas ! Tu m'as certifié qu'ils allaient bien malgré les rumeurs que j'entendais aux retours des missions ! Comment tu as pu les laisser aux mains des faucheurs, Imanna ? Comment tu as pu, en sachant ce qu'ils m'ont fait !

— Declan, tu perds le contrôle. Reprends ta place.

Doc a murmuré sans esquisser un geste. Mon ex baisse la tête, relâche sa prise sur la Co-commandante qui inspire un grand coup. Seulement là, Tibber bouge pour aider sa femme et adresse un regard noir à mon ex dont les mains tremblent.

Je suis glaciale, ou bien je bous. Je quitte Val pour me rapprocher d'eux. Tibber se retourne pour me lancer un regard dédaigneux :

— Vous ne comprenez pas. Imanna a dû prendre des décisions difficiles pour le bien du plus grand nombre.

— Tu prétends qu'elle a fait ce qu'elle estimait être le mieux pour protéger Hôpital.

— Exactement, approuve-t-elle à peine audible. C'est ma priorité absolue.

Ma voix se pare d'un froid polaire.

— Tu as donc sciemment laissé Umy et Val à la merci des faucheurs à Andromède alors que tu avais garanti ton aide pour assurer leur sécurité. Tu as caché des informations et menti à Declan, Co-Commandant d'Hôpital, pour l'empêcher d'intervenir. Tu as manqué à ta parole de saisir l'occasion de les informer que nous étions en vie. Tu ne les as pas fait venir ici avant qu'ils ne soient en danger comme promis. Tu leur as refusé le refuge que tu te vantes d'ouvrir à tous ceux qui le réclament.

Simon esquisse un sourire qu'il ne cache nullement à Tibber et Imanna.

— En tant que Responsable permanent de la garde, je me joins à Declan et Wax pour dénoncer cette trahison envers la devise d'Hôpital, ce qui démet immédiatement Imanna de ses fonctions.

Je ne laisse pas paraître ma surprise. Je n'ai pas eu le temps d'envisager une destitution, mais si c'est possible, la sanction me satisfait. Tibber retient fermement Imanna qui secoue la tête, paniquée et aphone, alors que son mari l'emmène hors de la pièce et referme derrière eux. Declan n'a pas bougé. Il semble ne pas comprendre ce qu'il vient de se passer. Simon lui redemande d'aller chercher Peps et il sort, encore sous le choc. Je retourne vers Val qui me ramène contre lui, toujours crispé.

— Que se passe-t-il avec Declan ?

— Il a du mal à reprendre pied après ce qu'il s'est passé. Et c'est devenu très compliqué entre lui et moi. On s'est beaucoup disputé, ces derniers temps.

— C'est l'euphémisme du siècle ! tousse Sim derrière moi.

Val l'observe un instant et penche la tête sur le côté.

— Vous êtes devenus proches, tous les deux.

— Oui. Nous sommes amis.

Je sais que mon prince a un bon instinct pour décrypter les gens, mais je suis étonnée qu'il voie juste si vite. Quoi qu'il en soit, nous n'avons pas une minute à perdre.

— Simon, plus tard, c'est maintenant. On part tous les trois, ce soir.

— Je dois m'absenter tout l'après-midi pour rassembler de quoi faire le voyage.

— Je te couvre. Fais de ton mieux.

Sim vient nous serrer avec Val contre lui. L'étreinte et douce mais chargée en émotions.

— J'y vais, déclare-t-il en nous lâchant. C'est agréable de te revoir, Val, et ne t'inquiète pas. On va les sauver.

Valentin sourit. La porte à peine refermée, il me demande :

— *Les* sauver ?

— Son amour à lui, Laura, elle est aussi là-bas. On va les faire s'évader.

— Une évasion ? On n'y arrivera jamais. C'est de la prison d'Hydre qu'on parle. Toute la coupole est une prison !

— Plutôt mourir en essayant que de rester les bras croisés.

Il déglutit, hoche la tête et deux coups retentissent à la porte. Declan laisse entrer Peps qui arbore une moue fâchée qui se dissipe instantanément lorsqu'elle voit Val.

— Par les étoiles ! Valentin ! Ils vous ont fait venir finalement, je savais qu'ils changeraient d'avis !

— Personne ne m'a fait venir, Prisci. Je me suis enfui.

— Sans aide ? Comment tu as fait pour nous trouver ? Peu importe, où est Umy ?

— À Hydre, réponds-je en voyant Val bloquer. Il a été fait prisonnier et il est condamné à subir l'Opération le mois prochain.

Ça rend la chose terriblement réelle de le dire, pourtant, le trou dans ma poitrine ne me semble plus si profond. Valentin est là. Nous allons rejoindre Umy. Nous allons enfin nous retrouver, coûte que coûte. Peps écarquille les yeux.

— Quoi ? Mais il faut y aller ! Il faut le sortir de là ! C'est hors de question qu'une telle chose arrive !

— On ne peut rien faire, regrette Val. Ils me l'ont pris. Il est perdu. Je ne le reverrai plus jamais. C'est pour ça que j'ai tenté le tout pour le tout et que je suis sorti. Et voilà que je vous retrouve tous. Si j'avais su, si je l'avais cru, on serait réunis depuis longtemps.

— Ou on serait tous morts, intervient Declan. Là, les faucheurs à l'intérieur vont prétendre que tu t'es suicidé parce que tu n'as pas supporté la condamnation d'Umy. Certains vont même penser que ce sera avéré. Dans tous les cas, vous faire sortir tous les deux plus tôt les aurait sûrement conduits directement ici.

Je le dévisage. Se rend-il seulement compte de ce qu'il vient de dire ? Sa sœur pointe un index rageur en direction de la porte.

— Toi. Sors d'ici.

— Mais, c'est vrai ! Ils étaient plus surveillés que Wax un soir de fête au Bronx !

— Non ! Je ne veux pas entendre les mots de cette traîtresse d'Imanna dans ta bouche ! Sors !

Declan ne bronche pas, ouvre et claque la porte derrière lui.

— Je ne le reconnais plus du tout. C'est de pire en pire, se plaint Peps.

Val m'adresse un regard qui en dit long. Cette journée a un goût de tournant dans nos vies. Mon prince murmure :

— On va quand même essayer d'aller chercher Umy. On part ce soir.

Peps reste bouche bée un instant, puis change de jambe d'appui en souriant :

— Simon avait déjà prévu de partir chercher Laura, je suppose. J'avais espéré qu'il ne se mettrait pas ce genre d'idées en tête. Bah, finalement, ça joue en notre faveur. Mais Declan sera furieux si on part sans lui. Il a changé, mais vous comptez toujours autant.

— Tellement qu'Imanna a eu raison de laisser Umy et Val se faire piéger par les faucheurs ?

— Bien sûr que non ! Ça ne ressemble pas à mon frère de dire ce genre de chose.

— Ne lui parle pas de nos plans, lui demande Valentin. Ne lui dis pas non plus où on va en lui laissant un mot ou ce genre de chose. Il serait capable de nous poursuivre pour nous empêcher d'y aller. Peps, que tu viennes avec nous ou pas, ne lui dit rien. C'est de la vie de mon mari dont il s'agit. Et des nôtres.

Elle lance un regard vers la porte qu'a claquée son frère avant d'afficher un air déterminé :

— Je suis des vôtres. Avec ou sans Declan, je suis des vôtres.

14. L'âme de la prog

Il est presque seize heures. J'installe Val dans mon lit où il s'endort immédiatement, exténué. J'aimerais rester veiller sur lui après tout ce temps, mais il faut que je me dépêche.

Je trouve Declan au réfectoire où il touille distraitement un café froid, avachi sur une table. Il ne prend même pas la peine de se redresser quand je m'assois en face de lui.

— Tu as dû te tromper. Ici, c'est la table des traîtres.

— Bouge-toi. Nous devons aller chercher Pierre et Gyna.

— Ça ne peut pas attendre demain ?

— Non. Ils ont déjà trop attendu. Ça fait des semaines que le programme est prêt. J'ai juste peur de ne pas être à la hauteur de leurs espoirs. S'ils doivent être déçus, je poursuivrai les recherches. Sinon, ça voudra dire que j'ai retardé le bonheur que Pierre pourrait déjà éprouver à marcher.

Je me lève. Il touille toujours son café en fixant la cuillère. Ça fait des semaines qu'on n'a pas échangé autant de mots hors temps de garde sans se hurler dessus ou s'envoyer des objets à la figure. Drôle de record, mais c'est un progrès.

— Tu comptes le boire ou pas ? Si tu veux venir avec moi chercher Pierre, il faut te décider.

Il me regarde pendant de longues secondes avant de repousser sa tasse.

— Il est sucré et froid. Même chaud, le café sucré, c'est dégueu.

***

Dans le bureau, Gyna sort un trousseau de petites clefs de sa poche. Elle ouvre le tiroir du bas du meuble en bois vernis dans lequel sont rangés trois boîtiers de régulation et m'en tend un. L'appareil trouve une place familière dans ma main ; j'en soupire d'aise et de trouille. Elle me donne également une carte qui m'intrigue plus.

— Flo nous a fait parvenir ta puce de l'AGRCCP après l'avoir scellée sur carte.

— Je la pensais avec mes parents ou détruite… Merci, c'est gentil de l'avoir conservée. Mais ma puce professionnelle n'était destinée qu'à la protection du PNI.

Declan hausse les sourcils, surpris. Je n'avais pas à le lui dire, ni lui à le savoir. Je me tourne vers Pierre en forçant un sourire. C'est parti ! Je jette un coup d'œil à l'interface que m'offre sa puce. Comme dans le descriptif de Jo Benedict, tout est vierge. Declan avait déjà désinstallé le programme initial qui ne fonctionnait pas : place au nouveau ! Le temps du téléchargement, une certaine tension monte dans l'air. Pierre demande à Declan :

— C'est quoi, le nom du programme ?

— Il n'a pas de… Pour l'instant, c'est le programme Pierre.

— Ah non ! C'est mon prénom, mais une pierre, ça ne bouge pas. Ça ne va pas !

— D'ac, cousin. En tant que premier à en bénéficier, tu as le privilège de le baptiser. À toi de choisir.

Le boîtier sonne : « *Installer ?* » Pierre tend sa main valide :

— Je peux le faire ?

— C'est tout à toi.

Content, il appuie sur l'écran. Dès qu'il le fait, je sais que ça ne va pas fonctionner. Declan s'accroupit à côté du fauteuil, soulève sa main et lui demande de la serrer après quelques minutes. Rien. La déception est immense et épaissit le silence dans la pièce. Ce n'est pas logique. J'ai tout retourné des dizaines de fois. Ce programme est parfait. Pourquoi il ne fonctionne pas ? Après tout, si Declan peut continuer à repérer les drones plusieurs minutes avant tout le monde…

Je le regarde sourire à Pierre, lui dire que nous allons continuer à chercher tous les deux, qu'on ne le laisse pas tomber. *C'est tellement évident !* La solution, c'est lui. Il y arrive, lui. Comment on a pu passer à côté ?

— Gyna, Pierre, attendez-nous ici, s'il vous plaît. On revient dans un instant, j'ai besoin de parler à Declan.

Intrigué, mon ex me suit dans le couloir. Je pousse sur la porte d'en face au hasard. Elle ne s'ouvre pas. Celle d'à côté non plus.

— On ne peut pas discuter ici ? suggère-t-il.

— Je ne préfère pas.

Il ouvre la porte suivante. C'est un débarras où se bousculent balais et produits d'entretien. Je le vois à peine, si serrée contre lui que je pourrais facilement l'assommer avec un bidon au cas où il se mettrait à m'attaquer à coups de balai. Scénario qui n'est pas à exclure, vu ce que j'ai à lui dire.

— C'est la seule pièce non verrouillée de ce couloir, explique-t-il.

Pas de reproches, pas de remarque sur notre proximité. Je salue son effort qui va être mis à mal.

— Pardon d'avance pour ce que je vais dire, ça risque de ne pas te plaire. Mais je suis certaine que le problème ne vient pas du programme. Il était déjà excellent avant mes modifs, je ne vois pas comment l'améliorer plus. Et tu y arrives, toi.

— J'arrive à quoi ?

— Tu accèdes aux extensions alors que le programme de personnalité est inactif. Tu as continué à t'améliorer, tu décortiques de mieux en mieux les mouvements de combats. Tes perceptions auditives sont aussi concernées. J'ai l'impression d'avoir la réponse sous les yeux avec toi, mais je ne comprends pas.

— Tu as dit que c'était parce que mon cerveau a établi des connexions lorsque que le PNI était actif. Et ça ne fonctionne pas tout le temps. Les aides physiques, ça me vient assez facilement à force de les travailler, mais l'image et le son, je n'ai aucun contrôle dessus.

— Ta vue aussi arrive à varier ?

— Je te vois là comme en plein jour, Wax. Je ne sais pas comment c'est possible, mais ça l'est. Ça m'arrive aussi en patrouille, parfois aux entraînements. C'est aléatoire.

Je le sens bouger, son exaspération. C'étaient des conneries, ses histoires de compter ses pas, la nuit dernière !

— Pourquoi ça fonctionne maintenant ?

— Peut-être parce qu'il veut te voir ? Qu'est-ce que j'en sais ?

Il s'agace. Je tente de me concentrer, me passe les mains sur le visage, frôlant sa poitrine dans le mouvement. *La solution est là, devant toi, Wax ! Réfléchi !*

— D'accord. Je serais un déclencheur, mais pas le seul. Nous ne patrouillons pas ensemble et nous gérons différents entraînements. Aide-moi. Décris plus de situations au cours desquelles le phénomène se produit. La solution est en toi, j'en suis certaine. Souviens-toi au tournoi, tu as utilisé tes capacités dès le premier passage ! D'autres situations, balance en vrac !

— Au tournoi, il y avait la foule, les souvenirs des anciens combats, tout ça... La semaine dernière, on est tombé sur un sanglier avec Tan. Pendant qu'on se barrait, j'ai pu localiser un écureuil qui bouffait une fraise à plus de cinq cents mètres de nous et toutes les autres bestioles dans le périmètre. J'ai me suis rendu compte que j'ai accès à la régulation de ma température aussi : une heure de boxe pour me défouler et pas une goutte de sueur. Mais je ne sais jamais si je peux compter là-dessus ou pas.

Attentive, je le distingue mieux dans la pénombre. N'empêche, je ne trouve toujours pas ce qui provoque l'accès à ses capacités Netras. À moins que la pièce manquante...

— Ne m'attaque pas à coups de balai, mais tu étais stressé, anxieux, peut-être en colère à l'idée d'entrer ici avec moi ?

— Non.

Pour une fois, ça m'aurait arrangé. Plus de pièces, plus de puzzles. Declan se racle la gorge. Je m'apprête à me protéger d'un envoi de bidon quand il lâche :

— N'en tire pas de conclusion bizarre. Je te dis ça pour aider Pierre. J'étais, disons, surpris par ta demande qu'on se retrouve tous les deux. Et impatient, et nerveux et... D'ac, ça m'excite d'être là avec toi.

Ça l'excite ? Après tout ce temps ? Toutes ces filles ? Je tente de me reprendre, me mets malgré tout à sourire béatement et prends son visage entre mes mains :

— Ce sont les ponts ! Ce sont mes ponts qui font le travail ! Ça vient de là ! L'envie, la peur, la colère, l'excitation... Tes émotions entrent en compte ! C'est ça qui manque !

Je sors en trombe. J'ai eu l'idée de travailler ces ponts après le Netra Declan 3, pour fluidifier le temps de réaction du PNI, jusqu'à satisfaction avec Declan 8. Ces structures généralement basiques lient le programme de personnalité et le programme de base et j'ai rendu les siens très, très complexes pour permettre une interaction optimale entre son cerveau, le PNI et les extensions. Mon ex me suit jusque dans le bureau où je saisis le clavier et remonte dans le programme Pierre. Les lignes défilent, je repère les trous. C'est tellement évident maintenant que je sais ce qu'il manque !

— Qu'est-ce qui se passe ? demande Gyna.

— J'ai la solution.

— Ne va pas trop vite en conclusion, temporise Declan.

— Je suis sûre de moi. Le phénomène fonctionne par intermittence pour toi parce qu'il ne touche pas des fonctions essentielles de ton corps. C'est l'équivalent d'un nouveau cortex qu'il faut que tu apprivoises. Mais pour Pierre, le programme répond à des fonctions vitales de base. Tu comprends, Pierre ? Marcher, courir, sauter, sourire, tu vas utiliser ce programme sans avoir à réfléchir pour l'utiliser. Qui sait, tu vas peut-être surpasser ton cousin à la course.

— Je vais devenir un agent sexy comme Declan et j'aurai plein de copines ?

L'enfant me gratifie de son charmant sourire tordu. J'éclate de rire. *D'où lui vient cette idée ?* Je me retourne vers mon ex qui affiche l'air coupable de celui qui ne veut pas l'être. Cette histoire d'agent sexy, c'est ce qu'il m'a dit lorsque je l'ai endormi avant de lui implanter le programme de personnalité : « *Vas-y Wax, transforme-moi en agent double sexy* » Il lui en aurait parlé ? Pas question que le petit garçon parte avec l'exemple de Declan en mode coureur de filles pour se projeter. Je serre sa main en souriant.

— Declan est aussi intelligent, gentil, courageux et honnête. C'est pour ça qu'il a autant de succès. Et puis, son programme est très différent de celui qu'on a concocté. Le tien est mieux ! Maintenant, tu veux voir un truc vraiment trop cool que personne d'autre n'a jamais vu ? Je vais même être obligée de demander à ta mère de sortir, secret de prog oblige.

Gyna sourit jusqu'à ce qu'elle comprenne que je ne plaisante pas. Pierre pousse sa mère dans le couloir, impatient. Une fois tous les trois face aux écrans, j'attrape mon boîtier, m'approche de Declan qui comprend ma demande muette et secoue la tête en reculant. C'est compréhensible qu'il refuse. Comment je réagirais si on me disait qu'on pouvait entrer dans une partie manipulable de mon cerveau d'une validation de carte ?

— S'il te plaît, Declan. Les ponts sont déjà prêts. Je n'ai qu'à valider le mode de lecture simple et à faire une copie des lignes. Rien de plus.

— Non. Tu as pu les construire une fois, tu peux recommencer.

— Franchement ? Non. Recréer les conditions dans lesquelles je les ai mis au point est impossible. Il y a quelques mois, j'étais à fond dans la prog, j'avalais études sur études, je testais lignes sur lignes. M'avoir qualifiée de zombie est bien en dessous de la vérité. J'étais comme possédée par la création du PNI. Il me faudrait peut-être des mois pour retrouver ne serait-ce que le fonctionnement de ces ponts sans en avoir les bases.

— Je ne te crois pas. Tu connais chaque ligne par cœur.

— C'est faux. J'ai beaucoup trop modifié le programme de personnalité original pour ça. Quant aux ponts, je les ai travaillés après de nombreux tests consacrés au PNI.

Je ne veux pas évoquer les Netras morts devant Pierre. Declan continue de me dévisager. Je lui tends la carte pour qu'il valide la connexion lui-même. Il recule.

— Non, surtout pas ! Vas-y. Fais-le, qu'on n'en parle plus.

Il me tend son bras gauche en regardant le plafond. Je n'attends pas qu'il change d'avis, valide la connexion et l'écran affiche : *« Programme interrompu – Réinitialiser ? »* Il recule aussitôt et s'accoude sur le bureau.

— Declan, j'aimerais que tu regardes. Je ne veux pas que tu me reproches dans le futur d'avoir modifié quelque chose quand tu détournais les yeux.

Il relève la tête, observe l'écran pendant que je valide le mode de lecture simple. Clavier en main, les deux programmes sur écrans, j'adopte le ton que je prenais lors de mes conférences.

— Je vous présente les programmes des agents Declan et Pierre, deux modèles uniques au monde. Sur votre droite, vous pouvez voir le Programme Agent Sexy. Sur votre gauche, le programme de réhabilitation des fonctions motrices de Pierre que nous allons compléter et rendre opérationnel dans un instant.

Le petit garçon se montre captivé et parfaitement enthousiaste lorsque je décris toutes mes actions. Je transpose les ponts et refais une lecture globale des modifications. Les signes et les symboles s'alignent harmonieusement. C'est tellement agréable de ressentir à nouveau la prog que j'en pleurerais presque. Enfin, je déconnecte le PNI. Declan, qui suit attentivement ce que je fais, s'inquiète en comprenant où je me place pour introduire une ligne.

— Il manque quelque chose, tu vois bien.

— Je sais. C'est la clef pour que ça fonctionne.

— On ne peut pas. Wax, c'est un enfant !

— Ce n'est pas à nous d'en décider. Tu peux faire entrer Gyna ?

Il me dévisage avant d'appeler sa tante, non sans grommeler. La maman se tient à côté de son fils, anxieuse. Pour elle, il ne s'agit pas d'un simple programme : c'est l'espoir de voir son enfant retrouver son autonomie perdue. J'inspire. Ils doivent savoir.

— Pour comprendre ma démarche, on peut imaginer Pierre au bord d'une rivière. Le programme se trouve sur l'autre rive, mais Pierre n'a aucun moyen de traverser la rivière pour l'atteindre et l'utiliser. Je viens d'ajouter des ponts qui partent du programme. Nous devons terminer leur construction du côté de Pierre. Une fois le pont terminé, Pierre pourra accéder au programme médical.

Gyna hoche la tête.

— Je comprends. Comment on termine ces ponts ?

— Avec une ligne de code de personnalité Netra.

C'est le plus dur à leur faire avaler. Gyna blêmie et bafouille :

— Mais… Elle ne fonctionnera pas, n'est-ce pas ?

— Au contraire, il faudra qu'elle fonctionne. Ne soyez pas effrayé. Je pense que ce sont ces ponts qui ont permis à Declan de hacker le PNI.

Mon ex entrouvre la bouche, pris au dépourvu. Gyna m'écoute avec une attention accrue. Je lui souris.

— Il n'est pas question de construire une personnalité à Pierre pour ouvrir le passage. Admettons qu'il aime la mousse au chocolat. Je rédige une ligne qui traduit cette préférence. Cette unique ligne va combler la marche manquante du pont. L'information va trouver son reflet dans le cerveau de Pierre et lui permettre de se lier à lui.

— Ça fera de moi un Netra ?

Je m'accroupis face à l'enfant pour continuer :

— Tu as des neuro-électrondes inspirées de celles implantées aux Netras, c'est exact. Mais tu as tes souvenirs, tes envies, tes rêves. Tu respires sans aide. Tu prends tes décisions sans programme de base ou de personnalité. Tu n'as pas été rendu neutre artificiellement. Personne ne va t'implanter une personnalité différente de la tienne. Au contraire, on va choisir quelque chose de vrai sur toi aujourd'hui et le traduire en ligne de code. Le pont permettra au programme de considérer ton cerveau comme une prolongation de ses lignes de Tuni. Il pourra interagir avec tes neurones, tes neurotransmetteurs, tes synapses… Tout ce qu'il faut pour que l'info se transmette au reste du corps.

— Il fera à nouveau fonctionner mon cerveau en entier ?

— Pas exactement. Le programme va remplacer les zones défaillantes de ton cortex moteur et en stimuler d'autres, partiellement fonctionnelles. Il n'y aura aucun ordre envoyé par le programme. Tu ne te rendras même pas compte que tu l'utilises, il fera partie intégrante de toi.

La mère et le fils se regardent. Gyna me demande d'un air gêné :
— Si c'est si simple, pourquoi personne ne l'a fait avant ?
— Ce n'est pas simple du tout, répond Declan à ma place. Les ponts Netras ont été conçus pour transmettre un ordre vers le cerveau. Ils bloquent toute information susceptible d'en remonter vers le programme de personnalité. Quand le pont ne remplit pas sa fonction, l'info parasite provoque un déséquilibre dans le programme qu'il faut corriger pour éviter une surcompensation dangereuse des électrodes. Les ponts que Wax vient d'ajouter permettent une circulation à deux sens. Le cortex peut envoyer directement des informations au programme et le programme peut répondre à la demande reçue, sans créer de déséquilibre. C'est extrêmement complexe à rendre stable, tellement que cette piste a été abandonnée depuis des années par l'équipe d'Outa.
— Mais Wax a réussi, sourit son cousin.
— Comment on peut être sûr que les électrodes de Pierre ne vont pas surcompenser ? interroge Gyna, inquiète.
— Les ponts de Wax fonctionnent déjà avec moi, assure Declan. Reste à s'assurer qu'ils permettront au programme de Pierre de fonctionner.

Ça va fonctionner. Par prudence, je hoche seulement la tête tout en profitant de l'expression sérieuse de celui que je n'ai que décidément trop peu vu en mode Programmateur. Mais avant d'installer le programme, il faut le finir. Et pour ça, il me faut un ancrage, si on peut dire. Quelque chose que Pierre aime, de suffisamment précis et que je connais un minimum pour pouvoir le traduire en symboles de Tuni. Après le football et les blagues, Gyna évoque leurs balades quotidiennes à la plage de Baie. Pierre aime y aller quel que soit le temps. Il se frotte ses doigts.
— Le sable est fin. Ça rend la peau douce.
— Tu ne comptes pas changer d'avis et ne plus aimer ça une fois de retour à Baie ?
— Non ! J'adore le sable. Même quand il colle, même quand il est mouillé.
— Je crois qu'on a trouvé notre ancre. C'est parti. On va traduire ça en code.

Je me laisse aller dans mon fauteuil, inspire, ferme les yeux pour mieux me souvenir de la sensation du sable sous mes doigts. Ça me ramène sur la plage de Rivage Blanc avec Declan. Le sable, c'est de la matière minérale, la désagrégation d'autres roches. La vision de la fontaine de l'hôtel des Ménades à Capricorne s'impose à moi. Je la repousse. Pour un enfant d'à peine dix ans, je ne dois pas penser à ça.

— Que fait-elle ? demande Pierre.

— Je construis ma ligne. Essayez de ne pas parler, s'il vous plaît.

Les minéraux. Le frottement. La sensation de la peau douce où persistent quelques grains. Les modèles ont dû rester comme ça pendant des heures. Je me secoue. Oublie cette fichue statue, Wax. Calée dans ses bras, sur la plage. Je serre les lèvres. C'est comme si c'était hier. Tout a tellement changé depuis… Je me redresse dans le fauteuil et frotte mes mains, m'imaginant Declan passer les siennes encore sableuses sur ma peau. Je me revois lui essuyer la joue après nos essayages de tenues de mariage et me mords la lèvre.

J'ouvre les yeux et m'empare du clavier. Les signes s'enchaînent sur la ligne et les codes se composent sous mes yeux et ceux de mes acolytes dont je n'ai même plus conscience. Mes doigts s'agitent jusqu'à ce que je ferme la parenthèse.

— Wax, murmure Declan.

Je lève un index strict, corrige, retire l'art, le remets. Je me souviens des constructions de sable sur la plage de la promenade. La manipulation, la douceur, le sens du toucher, exacerbé. Encore une correction, un ajout pour concentrer la sensation sur les extrémités. Il ne faudrait pas qu'il se retrouve à vouloir se rouler dans le sable et à s'en étaler partout dès qu'il en voit. Ici aussi, un ajustement. Je relie ma ligne, encore et encore. Il manque quelque chose.

Je me retourne et croise le regard de Declan. L'eau. Pierre aime le sable mouillé. J'ai découvert ce qu'est la pluie, ici, le reflet du ciel dans le lac. Sous les coupoles, il n'y a pas d'eau qui tombe du ciel. Je souris et ajoute à la ligne cette notion toute neuve, toute fraîche. Je repars en arrière, la rends plus légère avec un raccourci de Laura et demande son avis à Declan.

Il observe l'écran central sur lequel ma ligne de code est rédigée. Je vais lui demander ce qu'il fait quand je comprends qu'il la lit puis recommence. La ligne en fait quinze d'enchaînements de symboles à l'écran. Je le laisse s'imprégner de la structure, de l'impression qu'elle lui renvoie, des articulations et des liens. Les codes, c'est différent des mots. C'est bien plus intuitif, plus brut. Ça parle à notre cerveau reptilien plutôt qu'à notre logique évolutive. Je pourrais dire des milliers de choses en lignes de code que je ne pourrais pas traduire en mots, pour la simple raison que les mots correspondants n'existent pas.

Declan passe sa main autour de ma taille. Je reste immobile, surprise par son geste, attendant néanmoins son approbation. Enfin, il se tourne vers moi, ses yeux brillants d'un éclat que je n'ai plus vu depuis longtemps.

— Tu fais ça après avoir parlé deux minutes avec quelqu'un, en t'asseyant dans un fauteuil et en fermant les yeux. C'est tout ?

— Ben oui. Pas toi ?

Il éclate d'un rire franc et direct, se retourne vers sa tante et son cousin.

— Avec ça, Pierre, tu vas pouvoir apprécier la plage comme jamais !

— C'est trop ? Je peux atténuer !

— Non. Ce n'est pas trop. C'est parfait.

Il lâche ma hanche. Pourtant, la fierté que je lis dans son regard se répand jusque dans mes veines et me réchauffe de partout.

***

Declan a réinitialisé la carte de Pierre pendant que je clôturais la nouvelle version du programme. Une petite vingtaine de minutes plus tard, le boîtier sonne.

— L'heure de vérité, annonce mon ex. Pierre, je t'en prie, à toi la validation.

Le garçon appuie sur l'écran. Il n'a pas le temps de reposer sa main que tout son corps se contracte dans un spasme violent. Cette réaction me satisfait mais Gyna panique.

— Par les étoiles, retire-le ! Wax ! Retire vite le programme ! Pierre, Pierre !

Elle l'appelle sans obtenir de réponse. Declan se fige, stupéfait et inquiet. La crise dure une quinzaine de secondes, puis l'enfant se détend dans son fauteuil, l'air sonné.

Declan retient Gyna de me mettre une gifle lorsque je m'approche de son fils. Le cœur battant, prise d'une peur soudaine d'avoir causé plus de dégâts que de bien dans mon élan de certitudes, Pierre ouvre les yeux et me sourit. Ça fonctionne. Le côté gauche de son visage réagit à l'appel symétrique de son visage. Entendant sa mère sangloter, il s'inquiète.

— Maman, ne pleure pas ! Je vais bien !

Gyna s'effondre littéralement dans les bras de Declan, soulagée. Je prends les deux mains de Pierre et remarque qu'il tient déjà sa tête sans l'aide de son appuie-tête. Le programme est en train de prendre le relais plus vite que je ne le pensais.

— Ça va, Pierre ? Pas de nausées ?

— Ce ne serait pas digne d'un agent sexy.

Je ris. Il exerce alors une pression de sa main d'ordinaire immobile. Il s'en rend compte et recommence volontairement. Declan et Gyna voient le mouvement. Encore heureux qu'il soutienne toujours sa tante, parce qu'elle manque de s'évanouir quand son fils tourne la tête vers elle sans réfléchir et lui adresse un sourire parfaitement symétrique. Il me regarde à nouveau, puis Declan, puis sa mère, puis moi :

— Je bouge la tête sans aide, Wax ! Oh, dis, je peux marcher ?

— On va y aller doucement, d'accord ? Serre-moi encore les mains.

— Oh, s'il te plaît ! Je ne veux pas attendre des jours pour essayer !

— Doucement ne veut pas dire dans une semaine. Allons-y par étapes. Laisse-moi d'abord t'ausculter.

Il serre mes mains avec plus de force. C'est plus léger à gauche, mais quoi de plus normal ? Ça fait trois ans que ces muscles-là ne travaillent plus autrement qu'avec des exercices manuels et de la stimulation factice.

Je m'efforce de prendre mon temps pour vérifier le retour des sensations dans ses membres pour le faire patienter. Une fois sa ceinture de contention défaite, il va vouloir se lever tout de suite, c'est certain. Ça laisse aussi le temps à Gyna de reprendre ses esprits. Declan ne dit pas un mot et je n'arrive pas à déchiffrer son expression. Quelques minutes plus tard, j'annonce enfin :

— Bien, voyons si notre agent très spécial se sent capable de tenir debout.

— Déjà ? s'inquiète la mère.

— Génial ! s'écrit le fils. Maman, enlève ma ceinture, vite !

Pierre ne me lâche pas la main pendant que sa mère le libère. Il me sourit :

— Je sais comment appeler le programme. C'est le programme Gyna, parce que maman a cru en Jo pour m'opérer, en Declan pour le rédiger et en Wax pour le faire fonctionner. Ça vous va ?

— À moi, oui, approuve Declan. Wax ?

— Évidemment. C'est un excellent choix.

Gyna nous regarde l'un après l'autre. Elle sourit à son fils avant de le serrer contre elle. Heureux de pouvoir enlacer sa maman, il la presse tout de même pour qu'elle termine de retirer la lanière de contention.

Pierre m'accroche fermement les avant-bras. Toujours aussi émerveillé par les mouvements de ses membres endormis depuis des années, il se hisse sur ses pieds. On atteint là un point de rupture pour le jeune garçon qui se met à pleurer. Il relève la tête vers moi et murmure entre deux sanglots :

— Ça ne fait pas vraiment agent spécial, hein ?

— Au contraire, c'est normal ! À peine dix minutes et te voilà déjà debout ! Allez, vas-y. Fait ce que tu attends depuis tout à l'heure. Tu vas y arriver.

Il renifle, pince les lèvres et soulève la jambe gauche à quelques millimètres du sol pour avancer son pied. Prenant confiance, il enchaîne avec la jambe droite. Son genou gauche plie. Sa mère crie et je le rattrape.

— Tout va bien ! C'est normal. Demande à Declan ce qui lui est arrivé quand il est devenu l'agent double sexy et qu'il a voulu se lever trop vite ?

Pierre le regarde avec une mine déconfite, comme si tout ce qu'il avait fait jusque-là n'était pas déjà fantastique. Declan met un temps à répondre, d'une voix sensiblement sonnée :

— Je… Je suis tombé sur Wax.

— Tu vois ? C'est nickel, vraiment. Un vrai guerrier. Allez, recommence.

Cette fois, il enchaîne deux pas. Il me regarde d'un œil très sérieux, trop adulte à mon goût dans son visage encore poupon et me dit :

— Je vais te lâcher les mains. Maintenant.

Pour le coup, je n'étais pas prête. Il lève les bras en l'air au moment où la porte du bureau s'ouvre sur Sim.

— Vous êtes là ! Vous auriez pu… Par l'infinité de la Voie lactée ! Pierre !

Simon le regarde de haut en bas, le désigne debout, bouche bée. Le gamin lui sourit de toutes ses dents sans perdre l'équilibre. La surprise et l'émotion de Sim montent dans ses yeux qui se mettent à briller de larmes qu'il s'efforce de retenir. Tout fier, le gamin lance :

— Je tiens debout tout seul, Sim ! J'ai même marché !

— Je vois ça ! Vous êtes là, caché dans un bureau, en train de changer le monde !

— Où tu voudrais qu'on fasse ça ? s'amuse Declan. Au réfectoire ?

— Un peu, mon pote ! C'est la fête !

Il attrape Pierre qui rit aux éclats quand Simon le fait glisser sur son épaule comme un sac de pommes de terre. Gyna le suit en emportant son fauteuil, en oublie la clef sur le bureau et Declan passe devant moi pour l'attraper et m'empêcher de sortir.

— Tu l'as fait. Tu l'as vraiment fait.

— C'est toi qui l'as fait. Je n'aurais pas pu rédiger un tel programme sur le contrôle moteur sans y passer des mois, peut-être toute une vie. Sans le PNI que tu m'as laissé voir, je n'aurais jamais réussi à recréer ces ponts. Sans le PNI, je ne m'y serais jamais intéressé. Tu avais les pièces, j'ai terminé d'assembler le puzzle.

— C'est toi qui as construit ces ponts. Sans eux, sans toi, peu importe la qualité d'un programme de fonctions motrices puisqu'il ne fonctionne pas. Tu n'as pas seulement monté le PNI, tu as réalisé le rêve original de Birman et Tuni.

— La belle affaire ! Je l'ai fait sans m'en rendre compte.

Il sourit, me serre contre lui et murmure un merci à mon oreille, sans me lâcher. Étonnamment plaisante, je réponds timidement à son étreinte en posant mes mains sur sa taille et le repousse pour sortir. Il ne faut pas que je reste trop longtemps collée contre lui, sinon, je vais faire une connerie.

Dans le couloir, des exclamations joyeuses nous parviennent du réfectoire. Sans prévenir, Declan me saisit la main pour me retourner vers lui.

— Tu penses vraiment que ce sont les ponts qui m'ont sauvé et me permettent encore d'utiliser les extensions du programme de l'AGRCCP ?

— Oui. Si les ponts te permettent d'accéder aux extensions de l'AGRCCP alors que le programme de personnalité est inactif, il est fortement possible que le PNI ait sollicité des connexions préexistantes chez toi. C'est ce qui a pu favoriser l'émergence de ta personnalité naturelle. C'est plus plausible que mon premier raisonnement, à moins que les deux phénomènes ne soient complémentaires. Mais les ponts jouent assurément un rôle, puisqu'ils fonctionnent avec Pierre sans aucune personnalité élaborée.

— D'ac. Tu crois que tu pourrais désinstaller les extensions et le programme de base, maintenant ?

— Hors de question. Je ne prendrai pas ce risque.

— Pourquoi, si c'est ce que je veux ? Je pourrais le faire seul ou demander…

— Ne compte pas là-dessus ! Si tu fais ça, je te botterai de cul pour que tu comprennes à quel point je serai furieuse contre toi ! Et si je ne peux pas, je te trouverai où que tu sois et je te ferai payer ça pendant un millier d'années !

Il sourit et m'embrasse. Je le repousse durement. *Il a perdu la tête ?*

— Arrête ! Je ne fais pas partie de ton fan-club de minettes décérébrées !

Il revient, repose sa bouche sur la mienne. Je veux le repousser encore, mais mes mains accrochent son tee-shirt de toutes leurs forces. Ce type me rend complètement dingue. Il me fait reculer contre le mur pour mieux se coller à moi, pour m'offrir un baiser aussi tendre que son assaut a été brutal. Il faut qu'il arrête ça tout de suite. Je m'en vais, j'ai pris ma décision. Je vais partir sans lui, risquer ma vie pour sauver celle d'Umy.

Je vais briser ma promesse.

Les larmes me montent aux yeux, les sanglots font chavirer ma poitrine et il recule enfin. Les bras tendus contre le mur, il a le souffle court :

— Pourquoi tu pleures ? J'ai cru que…

— Quoi ? Que *« arrête »* veut dire *« continu »* ? Non ! Ce n'est pas un oui déguisé, c'est non. Ce n'est pas parce qu'on a réussi quelque chose de formidable tous les deux que ça te donne le droit de me sauter dessus.

Il passe le revers de sa main sur ma joue pour y effacer une larme. Ce que je m'exaspère à pleurer aussi facilement face à lui ! Je le bouscule en réalisant qu'il m'a violemment défendu face à Java contre ce genre de comportement.

— Wax, laisse-moi au moins…

— Declan, elle t'a dit non. Qu'est-ce que tu fous ?

Val. Je reconnaîtrais sa voix au milieu de la pire des tempêtes. Mon ex me lâche et je rejoins mon ami qui lui lance :

— Si c'est ta façon d'être à l'extérieur, pas étonnant qu'il t'ait été interdit de l'approcher à Andromède. Je préférais encore l'agent de Cassiopée. Lui au moins, j'ai eu du mal à croire qu'il n'était pas Stan.

15. Electrochoc

Au self, entre Val, Peps et Simon, j'ai du mal à ne pas lancer des coups d'œil vers le groupe de Declan. Gwen le colle, toujours prête à saisir la moindre occasion d'être avec lui. Tanaël, lui, reçoit les approbations de sa promotion en tant que nouveau Commandant de la garde, propulsé et soutenu par l'ex Co-commandant. Je saisis l'instant où Pierre se lève pour venir me voir sous le regard bienveillant de sa mère. Les jambes encore hésitantes, il marche pourtant bel et bien, en s'aidant de cannes. Après s'être installé sur les genoux de Peps, il se tourne vers moi :

— Wax, Declan a dit que tu donnais des prénoms à tes programmes, aux coupoles. Tu avais déjà donné celui de maman à l'un d'eux ?

— Non. Aucun de mes programmes journaliers n'était baptisé Gyna. Tu es complètement unique.

— Cool ! Je vais le dire à maman !

Je le regarde rejoindre la table avec entrain et croise des yeux bleus saisissants au passage. Le type à qui ils appartiennent me sourit. À partir de là, j'essaie de ne pas regarder dans sa direction, mais il est devant moi et la tâche s'avère bien difficile. Plutôt bel homme, il n'a de cesse de lancer des œillades vers notre groupe. L'idée d'aller l'aborder pour montrer à Declan que j'ai tourné la page de notre histoire me traverse l'esprit. *Ça rendra peut-être notre départ moins douloureux ?*

J'abandonne l'idée en constatant que mon ex a quitté sa table. Val et Simon se lèvent à leur tour, glissant leurs pains dans leurs poches. À la traîne, nous débarrassons nos plateaux avec Peps. Les éclats de voix montent sur la table d'à côté, ses occupants se mettant à réclamer après le mec qui nous a reluqué tout le long du repas.

— Allez, fais-nous une démo ! encouragent ses amis autour de lui.

Il me lance encore un regard et me sourit, cette fois. Je n'arrive pas à ne pas lui rendre la pareille et il monte sur sa chaise. Avec Peps, à la porte du réfectoire, j'observe le type qui porte une tenue de voyage de couleur sable qui lui colle magnifiquement au torse. Il se met à agiter les mains. Dans la salle, les lumières vacillent jusqu'à ce qu'il les claque très fort. Je sursaute à l'apparition d'une flamme jaune flamboyante d'une cinquantaine de centimètres, dans ses paumes. Abasourdie, je le vois la séparer en deux en éloignant ses mains l'une de l'autre. Ça doit être de lui dont m'a parlé Antho avant de partir en mission. Avec son sourire espiègle, Peps me glisse tout bas :

— Envoutée ?
— Complètement. C'est un porteur du don, c'est ça ?
— Oui. La plupart sont discrets, mais celui-là a la manie de se donner en spectacle. Il est vrai qu'il a l'art de faire chauffer l'ambiance.

Je ris et lui lance une bourrade sans lâcher les flammes du regard. Le type les fait danser entre ses doigts. Je suis subjuguée lorsqu'il les sculpte en formes d'animaux, pour le plus grand plaisir des spectateurs qui frappent dans leurs mains de plaisir.

Soudain, un gros lapin de flammes se dirige vers nous et tourne autour de nos pieds avant de s'évaporer. Le type descend de sa chaise pour nous rejoindre à grandes enjambées. J'ai la bouche sèche au moment où il plonge ses yeux bleus dans les miens. Puis, il regarde Peps de la même façon et s'incline avant de réitérer son mouvement devant tout le réfectoire pour clore son spectacle.

— Frimeur, lui lance mon amie.
— Tu dis ça à chaque fois, se retourne-t-il vers elle. Comme d'habitude ?
— Peut-être. Tu verras bien !

Ses joues s'échauffent autour de son sourire franc et amusé. Il y en a une qui le connaît mieux qu'elle ne voudrait le laisser croire ! Elle me tire néanmoins dans le couloir et je ne résiste pas pour la suivre, trop curieuse.

— Comme d'habitude, hein ? Raconte !
— Une autre fois.
— Tu te moques de moi ? C'est qui, ce canon sorti de nulle part ? Peps !
— Il vient régulièrement ici. On se voit quand il passe. N'en parle pas, même pas à Simon, s'il te plaît.
— Tu as un amoureux caché ? Un admirateur secret ! ris-je. Non, tu es trop vieille pour ça !

— Ou pas encore assez, qui sait ? Ne parle pas de lui, d'accord ?
— Je ne connais même pas son nom !
— Et c'est très bien comme ça ! Il est trop bouillant pour toi, de toute façon, s'amuse-t-elle en entrant dans la chambre.

***

Nous élaborons notre fuite. Peps s'est éclipsée pour demander à Vic de la remplacer à l'infirmerie et y prendre des affaires il y a bien une heure. Je la soupçonne d'avoir fait un détour pour profiter de son admirateur secret chaud bouillant. En revenant, elle tient un tas de fringues et une bouteille de vodka à la main. Elle verrouille derrière elle et vu sa tête, Sim s'effraie :

— Tu t'es saoulée avant de partir ?
— Non. J'ai croisé Tan qui m'a dit que mon frère s'était trouvé une bouteille de vodka pleine. Voilà ce qu'il en reste.

Elle s'installe par terre, y fait rouler le récipient de verre où il doit rester trois gorgées. Valentin fronce les sourcils, inquiet.

— Il a tout bu tout seul ?
— Oui. Il ne nous posera pas de problème ce soir. Il s'est endormi après m'avoir dit qu'il avait surpris Simon et Wax en séance post-coïtale, ce matin.

Simon éclate de rire face au sérieux de Peps. Je rougis et détourne les yeux pour ne plus voir ceux, étonnés, de Valentin. Sim répond en premier.

— On n'est pas ensemble, Peps. Wax et moi sommes amis.
— Ce qu'il a entendu lui a fait penser le contraire.
— Il a surtout bien failli m'entendre dire à Wax que j'avais l'intention de partir pour Hydre ce soir.
— Drôle de moment pour lui avouer un truc pareil, s'amuse Val.
— C'était le bon moment. Si après ce matin, je n'étais pas prêt à abandonner l'idée de rejoindre Lau, je ne l'aurais jamais été !

Mes amis échangent un regard avant de se tourner vers moi et éclatent de rire.

— Tu es si douée que ça au lit ? demande Peps.
— N'importe quoi ! Tais-toi !
— Elle cache bien son jeu, la Programmatrice, s'amuse Val.

Du bruit contre la porte. La poignée remue. Declan crie :

— Ouvre ! Je sais qu't'es là, Peps ! Rends-moi me… mes affaires ! Ouvre, bordel ! Ou je… Ou je te… Je vais défoncer la porte !

Il se laisse tomber sur le battant. *Quel idiot ! Un idiot complètement saoul.* Je devance Peps, sors dans le couloir pour trouver Declan qui tient à peine debout, torse nu. Je dois me rappeler à l'ordre pour ne pas céder à mon stupide corps qui réagit à sa vue. Il titube, relève la tête, sourit en me voyant et mâchonne :

— Wax, mon étoile, laisse-moi revenir avec toi. Rendez-moi mes affaires. J'viendrais plus vous emmerder, promis.

— Tu te rends compte que ce que tu dis n'a pas de sens ? Ta bouteille était vide. Il n'y a rien pour toi, ici. Arrête ton cinéma et va-t'en.

Il s'appuie d'une main pour se tenir tant bien que mal contre le mur, se retrouvant bien trop près de moi. Ses doigts frôlent mes épaules avec douceur. *Non. Je m'en vais. Je vais m'en aller sans lui. J'ai pris ma décision.*

— Je te donne tout. Tout ce que je veux, c'est être avec toi. J'ai cru que j'étais malheureux... Mais ne pas t'avoir avec moi... Je n'ai jamais été aussi mal que depuis le lendemain du tournoi. C'est la pire connerie que j'aie faite. S'il te plaît, je veux seulement être avec toi... Je t'aime. Réinitialise-moi, qu'on soit bien. Comme avant.

Les larmes menacent, ma gorge se serre.

— Non. Doc a raison. Ce que tu ressens pour moi, ce n'est pas réel.

— Pas... Pas réel ? Mais t'as dit que j'suis réel !

Il recule contre le mur d'en face et suffoque. *Je parle à qui, là ?* C'est la première fois que je me pose la question. *Est-ce Declan ou uniquement l'agent ? Ce serait vraiment possible ?* Non. *Reprends-toi, Wax. Pour Umy et Laura.* Les larmes roulent sur mes joues, ma voix se brise.

— Tu es bien réel et tu m'as brisé le cœur. Aujourd'hui, je ne veux plus de toi. Je ne veux plus de l'agent. Donc va cuver ta vodka ailleurs et laisse-moi tranquille !

J'entre dans la chambre sans lui laisser le temps de répondre. Il risquerait de me faire perdre pied. Val passe sa main dans mes cheveux.

— Tu as eu raison, princesse.

— J'ai dû lui mentir, Val.

— Ça ne me plaît pas non plus. Mais parfois, on n'a pas le choix.

***

— Je m'occupe de prendre la puce de Wax, déclare Peps une heure plus tard. Elle pourrait nous être utile si on croise un Netra à Hydre. Val, on y va. Vous, changez-vous pour votre garde. C'est parti.

Petit imprévu, Declan est toujours derrière la porte, avachi contre le mur dans le couloir, endormi, arborant un filet de bave au coin de la bouche. Sa sœur et Val tentent de le réveiller, en vain. Mes amis se dévouent pour le ramener dans son lit, se plaignant du poids de sa masse musculaire au passage.

Simon et moi les laissons gérer mon ex pour nous changer. Une fois prêts, je fais une ultime escale dans la chambre de mon ex où il est seul. Je l'embrasse sur le front pour lui dire au revoir, le cœur serré. Pourquoi m'a-t-il laissé voir ce soir à quel point notre situation le fait souffrir, lui aussi ? C'est dur de partir. Je suis aussi soulagée. Je sais où je vais. Je ne me sens plus aussi seule et passive. Nous allons retrouver et tenter de sauver Umy, peu importe que ce soit un piège tendu par les faucheurs. Lui, il sera à l'abri ici.

Peps et Val sont déjà dehors, prétextant vouloir observer les étoiles. Avec Sim, nous nous rendons jusqu'à la salle d'équipement. Nous disposerons chacun d'un couteau de chasse et d'un autre plus petit, d'un filin en acier, d'une lampe à dynamo et d'un second chargeur pour notre arme de poing. Simon s'arme d'un fusil en plus. Pas moi, je n'en prends jamais. Nous ne voulons pas trop changer nos habitudes et risquer d'éveiller le moindre soupçon.

Sur le chemin, mon ami rit avec Zack – un type maigre plus grand que moi qui tire super bien – de la cuite qu'a prise Declan. Le mot passe que le Co-commandant cuve dans son lit. Comme Tanaël se voit privé de coéquipier, il écope d'un congé exceptionnel. C'est encore mieux pour nous. Une heure et demie après notre prise de poste, Emmett et Silas nous rejoignent pour leur tour habituel.

— Peps et Val sont déjà partis se pieuter ? rit Emmett.

— Comment on pourrait le savoir ? demande Simon. Ils sont là-haut, au terrain.

— Merde, ils sont descendus vous rejoindre il y a plus d'une heure.

— Ils se sont peut-être cachés pour faire un câlin ? suggère Silas.

— Val est marié et gay. Il n'est pas parti se taper Peps ! dis-je, angoissée.

— Declan va m'achever s'il est arrivé quelque chose à sa sœur, appuie Sim. On n'attend pas. Silas, remonte le chemin et cherche leur piste. Emmett, tu es plus rapide à la course. Monte donner l'alerte. Nous deux…

— On inspecte le bois, dis-je en retirant la sécurité de mon arme. Ne prévenez pas Declan. Il va tellement flipper dans sa cuite qu'il pourrait nous cuire sur place.

Un échange de signes de tête et nous partons chacun de notre côté. Entre les arbres, l'obscurité est encore plus épaisse qu'au bord du lac.

Après deux ou trois minutes de course effrénée dans la forêt, Simon allume sa torche :

— Ta panique était plus vraie que nature.

— Elle était réelle, j'avais peur qu'ils nous démasquent. Tu étais très convaincant, toi aussi. Bravo.

Nous accélérons le rythme. Il ne faut pas traîner, les équipes vont vite s'organiser. C'est une partie délicate du plan. Il faut qu'on retrouve Peps et Val avant qu'on ne nous trouve. Un quart d'heure plus tard, soulagés, nous nous rejoignons tous et quittons le sentier, redoublant d'attention pour ne pas laisser de traces derrière nous.

Un tissu sur la torche qui éclaire notre chemin, Simon nous conduit jusqu'aux sacs qu'il a camouflés dans la journée. Mon cœur bat à tout rompre dans ma poitrine. Le moindre bruit me fait imaginer que quelqu'un va nous découvrir. Le temps défile et bientôt, nous allumons une seconde lampe pour nous faciliter le chemin jusqu'à la voiture de Simon. Équipée de pneumatiques énormes de la largeur de trois de mes mains côte à côte, il y a une marche pour monter à l'intérieur tellement le bas de caisse est haut. De couleur noire dans la nuit, mon ami me décrit le monstre d'acier comme un 4×4.

— Tu crois qu'on peut allumer les feux ? demande Peps.

— Non ! On va nous repérer à des kilomètres à la ronde ! riposte Sim à voix basse.

— Ce sera toujours mieux que de foncer dans un arbre, fait remarquer Val. Quel genre de programme manie cet engin ?

— Moi, réplique Sim.

— Toi ? Tu veux dire, sans aucune sécurité d'IA ni programme de trajet ?

— T'as tout compris ! Je suis bon conducteur et il y a une caméra infrarouge pour la conduite de nuit. Peps, file ton sac !

Il charge tout dans le coffre et s'installe derrière le volant. Peps le rejoint côté passager et je vais avec Val à l'arrière. Il semble peu rassuré malgré l'assurance de Simon.

— On y est arrivé ! lance mon amie alors que Sim met le contact.

— Franchement, j'ai du mal à y croire, chuchote Val. Si on m'avait dit ça hier, je n'y aurais jamais cru.

— Vous avoir tous dans la voiture avec moi ? Moi non plus ! s'amuse Simon.

Il démarre. Je me blottis contre Valentin qui me glisse, le ton compatissant :

— Je suis désolé qu'il faille laisser Declan derrière nous, princesse.

— Une fois Umy et Laura libres, je partirai à Baie pour le retrouver.
— C'est quoi, Baie ?

Un énorme bruit retentit et la voiture s'immobilise. Je me dis que nous avons percuté un arbre, comme prédit par Val. Puis, je me rends compte que nous n'avons pas été projetés vers l'avant. C'est plutôt comme si quelque chose nous était tombé dessus. *Une comète ? Un écureuil géant ?*

C'est Declan. Accroupis sur le capot enfoncé du 4×4, il pointe son arme de poing sur Simon. Je cligne plusieurs fois des yeux, persuadée d'avoir une hallucination. Ce n'est pas possible. Il était ivre mort il y a moins d'une heure ! Sans compter qu'il ne peut pas avoir sauté sur la voiture au point de la faire caler... Un silence tendu règne dans l'habitacle tandis qu'il ordonne de l'extérieur :

— Descends de là, Simon Gaëtan Morel. Tout de suite.

Ma parole ! C'est lui, je n'hallucine pas. Sim ouvre la portière, sort en passant ses mains derrière sa tête. Declan descend du capot en suivant sa cible du canon.

— Declan, ce n'est pas...
— Ce que je crois ? Décidément, je me trompe beaucoup, aujourd'hui. Tu n'es pas non plus en train de partir pour Hydre avec ma sœur, mon ami et ma femme ?

Sa femme... Mon cœur fait un bond ridicule. Il doit encore être saoul. Je me libère de l'étreinte de Valentin. Immobile et colérique, Declan me regarde sortir de la voiture en braquant toujours Sim. Je fais un pas en avant, paumes ouvertes.

— Simon part à Hydre pour tenter d'en sortir Laura. Il avait prévu le coup depuis longtemps. Dès qu'on a appris qu'Umy y était aussi ce matin, on a décidé de le suivre ce soir. Baisse ton arme, qu'on discute plus calmement.

— C'est contraire aux ordres.
— Imanna n'est pas là. Tu n'as pas besoin d'un flingue pour nous tenir tranquilles.

— Tu m'as promis de rester avec moi quoi qu'il arrive. Quoi qu'il arrive ! *« Tu es mon yang et je ne te lâcherais pas. »* Tu m'avais promis !

Voilà qu'il pleure. Pourquoi passe-t-il d'une émotion à l'autre aussi brutalement ? L'air me manque à l'évocation de ma promesse. Qu'il me ressorte ça maintenant, alors qu'il a été parfaitement infect avec moi depuis que nous sommes arrivés ici, c'est injuste. Mais le plus urgent, c'est qu'il rengaine. Le coup va finir par partir tout seul.

— Je m'en souviens. Je pensais que ça n'avait plus d'importance pour toi. S'il te plaît, ne tiens pas Simon en joue comme ça. C'est ton ami.

— C'est contraire aux ordres !

— Doc et Imanna n'ont rien à voir avec...

— Pas les leurs. Le premier, te protéger. Toujours. Rester près de toi, quitte à mourir pour ça.

Ses yeux bleus me fixent d'un air de défi. Les ordres de mission du PNI ? L'alcool doit lui faire dire n'importe quoi. Il fallait que nous retrouvions la puce.

— Declan, l'agent est inactif. Tu n'as pas à obéir à qui que ce soit.

— Second ordre : me protéger, moi. Le dernier : ne pas nous faire prendre en vie.

Le dernier ? Non, il fallait que nous retrouvions la puce. Il y avait bien autre chose. Il doit y avoir autre chose.

— L'ordre de mission...

— C'était ça, la mission, Wax. Se cacher, s'infiltrer, rester ensemble, nous sauver. Les données concernant la puce perdue étaient un ajout informatif dans les données de l'AGRCCP, nullement un ordre de mission. Cette histoire de chasse après Joan Fill, c'était notre vraie couverture.

Aussi choqué que moi, Simon baisse les bras, mais Declan s'écrit :

— Ne bouge pas !

Mon ami se redresse, relève les mains. C'en est assez. Sans hésiter, je vais vers mon ex et me cale contre lui. Il est brûlant et dégouline de sueur. Peu importe, je soupire d'aise quand il penche la tête pour toucher la mienne une seconde. Val sort de la voiture pour se retrouver là où j'étais et Peps se tient de l'autre côté du capot. Un instant, je crois que tout va s'arranger. Et puis je me souviens que je suis là à cause du flingue, toujours braqué sur Simon.

— Je suis là. Baisse ton arme.

— Tu ne vois pas le mal, hein ?

— Declan, c'est Simon. Ton ami d'enfance.

— Qui part pour Hydre le jour où Val arrive en annonçant qu'Umy y est aussi ? Valentin qui parvient à trouver Hôpital alors qu'il ne savait rien de notre position ? Ça fait beaucoup de coïncidences. Donc, dites-moi, vous êtes de mèche ou vous comptiez voir lequel des deux arriverait en vie à la coupole-prison ?

— Tu as perdu la tête ou quoi ? râle Peps. Ce sont tes amis, pas des traîtres !

— Ah non ? Pourquoi tu veux m'éloigner de ma famille, Morel ? Pourquoi tu veux m'enlever celles que j'aime le plus au monde ? C'est qui, la perle de ta vie ?

— Laura. C'est pour elle que je pars et j'irai, accompagné ou seul. Les filles ont pris la décision de me suivre. L'arrivée de Val était un hasard. Merde, quoi ! Baisse ton flingue !

Declan l'inspecte avec méfiance. Je n'imagine pas comment la situation pourrait être pire jusqu'à ce qu'il bouge pour mettre mon Prince en joue.

— On sait tous qui est le plus précieux pour toi. Explique-leur comment ils procèdent.

— Tu n'es plus toi-même, Declan. Je vous pensais vraiment morts, tous les deux.

— C'est pour ça que tu fais tout pour l'éloigner de moi depuis que tu es ici ? C'est pour ça que tu t'en vas avec elle, sans moi, au milieu de la nuit ? Dis-lui le deal ou je le fais.

Mon prince inspire un grand coup. Je percute enfin.

— Les faucheurs t'ont proposé un marché aux coupoles ?

— Oui. Ils l'ont fait. Toi contre Umy. Mais ce sont eux qui sont venus me voir ! Et je n'ai pas accepté. Je... Je vous pensais morts.

Declan bouge à nouveau et je m'ajuste contre lui, sous le choc. Je calcule à peine qu'il braque à nouveau Simon qui sursaute :

— Pas de deal, pas de faucheurs. Il faut que j'y aille. J'ai déjà trop attendu. Lau, c'est mon étoile à moi. Ma Cassiopée.

— Ce matin...

— Ce n'était jamais arrivé avant, se précipite Simon. C'était la seule fois, et ça le restera. C'était génial, je ne vais pas te mentir, mais Wax est mon amie. Nous sommes amis, c'est tout. Tu nous aurais surpris plus tôt, tu aurais compris. Mais tu aurais entendu aussi pour Laura. Je ne pouvais pas risquer que tu m'empêches de partir. Si c'était Wax, là-bas...

— Je suis là pour éviter ça. Toi et Val, partez. Vous avez été fauchés. Wax et Peps restent avec moi.

Son ton est catégorique. C'est une déclaration, pas une question. Simon le remercie et Declan rengaine enfin son arme. Mon ami m'adresse un signe de tête auquel je réponds par un sourire. Je me sens horrible, parce que je suis soulagée. *On ne va pas être séparés.* Peps, elle, contourne la voiture, furieuse :

— Je vais où je veux ! Ce n'est pas à toi de me dire en qui avoir confiance !

— Sois en colère, hais-moi, c'est que tu es en vie. Tu restes avec moi, sœurette.

— Tu te comportes en égoïste ! Ils ont besoin d'aide pour aller à Hydre !

— Ils ne partiront pas du tout si tu persistes à vouloir monter dans cette bagnole.

Je lui tends la main. C'est tellement plus simple de suivre son frère plutôt que de se battre contre lui ! Elle finit par saisir mes doigts, tremblante. Sim monte dans la voiture. Mon prince, lui, se contente de me regarder. Il n'a pas bougé et tente :

— Declan, on peut encore partir tous ensemble.

— Ce n'est pas une négociation. C'est une offre à prendre ou à laisser. Elles rentrent avec moi, vous partez. Je ne peux pas me permettre de les perdre, Val. Comme tu ne peux pas te permettre de perdre Umy. Va le sauver. Tu as une chance. Saisis-la, parce que je ne te laisserai pas rester. Tu en as conscience ?

— Je ferai tout pour sortir Umy d'Hydre. J'étais désespéré en quittant Andromède. Vous voir en vie m'a rendu espoir.

— Alors monte dans la voiture.

— Je suis désolé. J'ai cru qu'on t'avait perdu. J'ai eu tort. L'obscurité n'aura jamais raison de toi tant que ton étoile sera à tes côtés. Ma princesse, pardon. Je dois y aller.

Comme si le contraire était possible ! Il contourne la voiture pour monter à côté de Sim.

— On ne va pas les laisser partir comme ça ! s'exclame Peps.

— Pour qu'Umy et Laura aient une chance, on n'a pas le choix.

J'ai un instant de panique lorsque Declan sort à nouveau son flingue. Il tire six fois entre les arbres, recharge et me lâche pour aller donner son arme à Sim. Peps donne un coup de pied dans l'humus pour souligner sa colère.

— Tu penses vraiment pouvoir nous imposer de rester, le frangin ?

— Je vous expliquerai. Il est temps d'y aller si on veut qu'ils croient que Sim et Val ont été fauchés et que vous avez réussi à vous échapper.

***

Sur le chemin, Declan planque nos deux sacs récupérés à la voiture cinq minutes avant que nous ne trouvions Tanaël, Emmett et Silas dans le bois. Nous leur servons l'histoire mise au point entre-temps, expliquons que Simon et Val ont été fauchés. Tan s'inquiète. Combien y avait-il de faucheurs ? Avons-nous vu leurs visages ?

Quelle voiture ont-ils utilisée ? A-t-il touché l'un d'entre eux en tirant ? Declan s'énerve, ordonne de ne pas en parler à Hôpital pour éviter que tout le monde soit choqué et décrète que nous avons besoin de rentrer.

À l'hôpital, Emmett et Silas repartent à leur poste, manifestement affectés par la fauche qu'ils pensent réelle. Tanaël ne lâche rien et nous accompagne. Declan passe par le réfectoire pour avaler environ deux litres d'eau à même le pichet. Pressé par l'impatience de Peps, il nous fait le suivre à l'extérieur, jusqu'au parc, et s'assoit sur l'herbe en activant les leds de son bracelet. Peps et moi nous installons sur les balançoires du portique. Tan, toujours avec nous, s'impatiente franchement :

— Que fait-on ici ? Declan, il faut qu'on s'organise ! On a une chance de les rattraper si tu sais dans quelle direction ils sont partis. Rien à foutre des anciens ordres, on s'équipe à bloc et on va les chercher ! On parle de Simon et Val, là ! On savait qu'un truc pareil finirait par arriver. Et Imanna qui refusait de mettre un plan d'urgence en place. C'est bien la preuve qu'il en faut un !

— Tan, ça va. Sim et Val n'ont pas été fauchés.

Il se laisse tomber par terre, soulagé.

— Merde. J'y ai cru, moi ! Mais dans ce cas, que se passe-t-il ?

— Ils vont sortir Umy et Laura d'Hydre, grogne Peps. Le frangin nous a empêchées de partir avec eux. Mais c'est de la folie. À eux deux, ils n'y arriveront jamais. Declan, Tan a raison. En partant maintenant, on peut les rattraper avant demain midi !

— Non, c'est leur combat. Si les faucheurs nous repèrent Wax et moi dans le désert, ils ne nous lâcheront pas, quitte à tuer tous ceux qui seront avec nous. Je dois vraiment te rappeler que nous avons l'exemplaire unique de personnalité Netra complète en notre possession, celui que veut Fill ?

— Arrête avec cette Nouvelle Ère ! Les gens ne se laisseront pas contrôler par une milice Netra, ils n'accepteront pas de se faire opérer pour devenir les esclaves d'une élite ! C'est de la science-fiction ! Pourquoi les faucheurs s'acharneraient-ils à chercher des morts dans le désert ? Vous n'êtes pas le nombril du monde, tu sais ça ?

— Nous manquons d'éléments pour savoir ce qu'ils entendent par Nouvelle Ère, soupire Tanaël, mais le danger pour Wax et Declan en dehors d'ici est bien réel. Il y a une prime sur leurs têtes, Peps. C'est pour ça que Declan a dû arrêter les passes. Les faucheurs les cherchent toujours activement.

Je me sens mal, perdue et un peu en colère.

— Vous êtes en train de dire que Joan Fill, le type à la puce de simulation de Dragon, nous cherche depuis tout ce temps à l'extérieur en utilisant les faucheurs pour mettre la main sur le PNI ? Personne n'a pensé à me prévenir ?

— J'étais avec Declan sur la passe pour emmener Antho à Lynx, évoque calmement Tan. Sur le retour, on a rencontré des faucheurs qui ont lâché des infos. Doc et Imanna nous ont interdit d'en parler à qui que ce soit pour ne pas aggraver l'inquiétude générale à Hôpital. La garde est assez sous tension comme ça. Mais manifestement, un certain Co-commandant n'a pas tenu sa langue face à sa sœur.

— Je n'ai rien dit ! Il y avait assez de moi à devenir parano envers tous ces étrangers qui arrivent en masse certains jours.

Peps se renfrogne, l'air coupable. Pendant cinq secondes.

— J'ai écouté aux portes, voilà comment j'ai su, pour la Nouvelle Ère. Tu es rentré en retard et couvert de sang d'une passe. Tu ne croyais quand même pas que j'allais rester sans savoir ce qui s'était passé ! Maintenant que tout est dit, on peut rejoindre Simon et Val ?

— N'y pense même pas ! la menace son frère de l'index.

Ils continuent à se chamailler. Ça fait bientôt trois mois que nous sommes ici, que je vis avec plus ou moins de légèreté, me reposant sur mon anonymat relatif mis à mal en dévoilant le succès du programme Gyna avec Pierre. J'imagine mal comment nous pourrions être plus porteurs de poisse que ça. Je murmure :

— Je suis d'accord avec Declan. Nous ne devons pas attirer l'attention sur Simon et Valentin. C'est plus sûr.

— Il y a quelques heures, tu t'organisais pour partir avec eux à Hydre, je te rappelle ! crache mon amie.

— Je ne savais pas ce que nous savons maintenant.

— Si la menace est réelle, vous vous croyez en sécurité, ici ? Combien de nomades sont capables de vous identifier et de vendre Hôpital pour tenter de sauver leurs vies et celles de leur groupe, s'ils sont capturés ?

— Tu crois que je n'ai pas aussi pensé à tout ça ? s'énerve son frère. Nous ne pensions pas qu'ils continueraient à nous chercher si longtemps ! J'ai dû suivre la stratégie d'Imanna et Doc malgré mes réticences. Tan va pouvoir redresser tout ça. Si j'avais su, nous ne serions même pas venus ici.

— Et j'aurais pu continuer à te croire mort ! Mais après tout, je te croyais déjà mort après l'attentat d'Andromède. Un frangin de moins, quelle importance, hein ?

Peps repousse violemment la balançoire et s'en va vers l'hôpital. Tanaël se lève pour la rejoindre et s'arrête.

— On doit reparler de la fuite de Simon et Valentin. C'est hors de question de les laisser y aller seuls.

Son ami approuve et le nouveau Commandant se met à courir pour rejoindre Peps. Je me lève à mon tour lorsque Declan m'interpelle :

— Laisse-la, Tan va la calmer. Elle sait bien que je serais venu les chercher.

Après tout, elle n'est pas seule et j'ai des questions. Je vais m'installer à côté de lui sur l'herbe.

— Il est temps de me briefer sur Joan Fill, ses liens avec le PNI et les faucheurs.

— Tu fais déjà des cauchemars, je ne veux pas t'en donner de nouveaux. Et c'est compliqué de tout expliquer. Il y a des éléments qui ne concordent pas alors qu'on n'a retenu que les informations dont nous sommes sûrs.

— Il le faut, Declan. Tu gardes ça depuis trop longtemps pour toi. Et puis j'ai le droit de savoir, je suis concernée.

Il adresse un regard circulaire à la nuit, comme s'il pouvait y trouver une échappatoire, et se frotte le visage des mains. Il les fait remonter dans ses cheveux, soupire et murmure :

— D'après l'enquête de Sim, le Joan Fill qui a disparu en septembre avec sa puce de simulation dirige une boite de programmes et d'IA de sécurité à Dragon. Ce type a aussi bien protégé son identité que toi avant tes dix-sept ans, voire mieux. Apparence, âge, sexe, adresse, diplômes, rien n'est accessible. D'après Simon, c'est parce qu'il n'y a rien à trouver, car c'est un nom d'emprunt. Néanmoins, à Orion, Flo a découvert que ce même Joan Fill est le fondateur du mouvement Frenox et le Programmateur de personnalités Netras corédacteur de la première charte de Harley, qui date d'avant la fondation de son entreprise. Pourtant, les faucheurs ont utilisé le mouvement, ils n'en sont pas à l'origine. Un autre élément dont nous sommes sûrs, et qui ne colle pas du tout, c'est que c'est lui qui a lancé l'appel d'offre pour le PNI, en novembre.

— Joan Fill ? Mais... Il n'y avait pas son nom sur le contrat et il avait déjà disparu !

— J'ai eu la même réaction. Mais il n'y a eu aucun changement de direction dans son entreprise, ce qui laisse penser qu'il n'a disparu que pour se protéger et diriger dans l'ombre. En plus, s'il avait prévu de nous lancer sur sa piste pour tester le PNI, il pouvait très bien avoir prévu de le récupérer à Dragon. Mais à Paradis, Lik Jakson travaillait pour Joan Fill et quand il l'a appelé pour lui dire de préférer les billets aux menaces, Lik l'a appelé Maître. Là, ça devient tordu si c'était bien lui, parce que c'est comme ça que les faucheurs désignent leur chef de territoire.

— Les faucheurs ont divisé le désert en territoires ?

— Des territoires sur les terres autour des coupoles, oui. Lors de la passe avec Tan, un des faucheurs s'est vanté qu'il allait me mettre au frais en attendant de te trouver pour obtenir le vœu du Maître de Dragon. Il a prétendu que les primes individuelles, à côté, ce n'était rien. Ce vœu, on a pu constater que les faucheurs s'entretuent pour l'obtenir.

— Ce qui voudrait dire que Joan Fill est le Maître du territoire de Dragon.

— Difficile à affirmer. S'il était Maître en novembre et qu'il te voulait déjà pour fonder la Nouvelle Ère qu'il projette d'imposer avec le PNI, pourquoi a-t-il attaqué l'ARGCCP en décembre ? Ça n'a aucun sens.

— Comment ça, il me voulait déjà ? Quelle Nouvelle Ère ? Tu vas trop vite !

Declan renifle et se recroqueville sur lui-même.

— La veille de l'attentat, les faucheurs m'ont fait savoir qu'ils voulaient me proposer un deal. Ma réponse ne leur a pas plu, si bien qu'ils ont envoyé un groupe me chercher. Ils m'ont trouvé après notre dispute à Gambetta. Ils m'ont forcé à les accompagner et à participer à la fauche de quelqu'un. Après, ils m'ont emmené dans une maison, T53. Ma tête a fini sur la table et un couteau contre ma gorge. Ils ont parlé du Maître de Dragon, dit qu'il allait faire de toi sa reine des Netras, que c'était prévu comme ça pour instaurer sa Nouvelle Ère et que je devais me tenir loin de toi. C'est pour ça que j'étais à l'AGRCCP le lendemain matin. Mais ils ont su, elle est venue me chercher chez toi. À cinq contre un, avec un bras en attèle et sous médocs, j'ai à peine réagi. C'était cuit d'avance.

C'est trop pour être un hasard. Fill nous poursuit. C'est lui qui a tué Matt, qui a fait enlever Declan et qui l'a retenu prisonnier. Un profond sentiment de haine s'insinue dans mon cœur. Si j'en ai l'occasion un jour, je sais que je tuerai ce type sans hésiter.

— Elle… C'est la femme aux cheveux rouges de Patio ?

Il devient livide, au point que je m'en rends compte malgré la faible lumière qui nous entoure. Sa voix tremble.

— Tu l'as vu ?

— Je t'ai surtout remarqué, toi, ce soir-là. Mais je l'ai aperçue, oui.

Le souffle court, il cherche où mettre ses mains, en proie à la panique. Qu'est-ce que cette femme a bien pu lui faire ? Je sens mes yeux s'écarquiller et recule pour lui laisser de l'espace, mais il me retient :

— Désolé. Je… C'est Dara… C'est difficile de parler d'elle. Ne pars pas… Après ma conduite d'avant le dîner, je ne devrais même pas te demander ça, mais…

— Je ne pars pas, Declan. Je suis désolée. Je ne sais pas comment ils ont fait pour entrer à Gambetta. Tu aurais dû te réveiller à mes côtés, reprendre des médocs et rester avec moi.

Je me rapproche assez pour caresser sa joue avec mon pouce. Il ferme les yeux et se laisse aller sous la caresse. Le revoilà. Mon Declan. Enfin.

— Il fallait que je parte, Wax. Même si je n'avais pas été fauché, j'aurais dû partir le soir même. Je voulais vous emmener avec moi, Val, Umy et toi.

Je crève de lui dire que je l'aurais suivi. Mais je ne sais pas si ce jour-là, j'aurais été prête à le faire. Je retire ma main.

— Merci d'avoir partagé ça avec moi.

Ce n'est clairement pas la réponse qu'il espérait, mais je ne peux pas lui en donner une autre. Il se lève, marquant la fin de cet échange aux allures de confession.

— Il va falloir trouver une solution pour Pierre et Gyna. Nous devons protéger son programme avant de rejoindre Val et Sim. Vu nos infos, ce Joan Fill est sans doute à l'origine de l'arrestation d'Umy. C'est clairement un piège, mais il est hors de question de le laisser là-bas sans rien faire.

C'est plus fort que moi ou que la fatigue : je lui saute au cou et il rit doucement en m'enlaçant. C'est tellement plaisant d'entendre ce son dans sa gorge !

— Pourquoi tu ne l'as pas dit à Peps tout à l'heure ?

— Ça lui fera les pieds d'avoir voulu me laisser derrière elle. Et si je lui avais dit, elle aurait voulu partir tout de suite. Or, nous n'irons que demain. Il faut laisser le temps à Val de renoncer à l'envie de t'échanger contre Umy.

— Tu te trompes à son sujet, il ne ferait pas ça.

— Je suis persuadé qu'il ne le fera pas, mais il faut qu'il renonce complètement à cette alternative si jamais l'évasion échoue. Ça, c'est trop tôt. Il nous croyait morts hier encore et Umy est l'amour de sa vie. Si quelqu'un menace la personne qu'on aime le plus au monde, on est prêt à faire n'importe quoi pour la sauver.

Il marque une pause et continue en relevant le nez vers les étoiles :

— Nous partirons tout de suite après que j'aurais tout réglé avec Tanaël ici. Si vous ne m'aviez pas évincé de votre plan, nous aurions pu partir dès le lever du jour.

— Je suis désolée. On avait tous peur que tu nous empêches de partir.

— Je ne peux pas vous en vouloir. Je l'aurais peut-être fait.

— Pourquoi tu as changé d'avis ?

— Un ensemble de raisons. Mais que toi et Peps ayez envisagé de partir sans moi m'a fait l'effet d'un électrochoc. Tu m'avais promis, me rappelle-t-il d'un ton plus rude.

Je cherche mes mots. Longtemps. Ne les trouve pas.

— Tu es mon yin, souffle-t-il face à mon silence. Quand tu es là, je suis déchiré, en morceaux avec lesquels je me débats sans cesse. Mais sans toi, je ne suis plus rien. Et sans ma sœur, je deviendrais fou ! S'il te plaît… Ne me quitte plus jamais.

— Je suis désolée d'avoir eu un moment de faiblesse. Mais c'est dur de te voir brisé. J'ai cru, comme Val, que je t'avais perdu.

— Non. Je suis là. Je suis toujours là.

— Et si les faucheurs nous tombent dessus ?

— Je peux redevenir l'agent. Je serai plus efficace pour vous protéger en réinitialisant le programme et…

— C'est hors de question.

— Je ne sais pas pourquoi tu ne veux pas. Tu l'aimes. Je me perds à devoir cohabiter avec lui dans ma tête et quoi que je fasse, rien ne s'améliore.

Oui. Non. Son affirmation est aussi vraie que fausse. Pourquoi il faut qu'il gâche la conversation avec une sortie pareille ? Je n'arrive pas à dire les choses franchement et opte pour la pirouette.

— Tu es Declan, même en mille morceaux. Je refuse de te perdre encore.

— Pas même pour sauver Umy ?

— Nous y arriverons, toi, moi, Peps, Val et Sim.

Pourquoi il ne comprend pas de lui-même ? Il est Programmateur, après tout ! Il enfouit son visage dans mon cou. Son souffle tiède me donne la chair de poule. Nous n'avons plus discuté comme ça depuis... Jamais, en fait. Il ne me lâche pas et je finis par poser ma tête sur son épaule en fermant les yeux. *Je suis bien, là.*

— Wax, murmure-t-il. Tu es en train de t'endormir.

— Mmm...

Il dépose un baiser frais dans ma nuque, sous mon oreille. J'en voudrais encore des comme ça, plein. Mais pas ce soir. Ce soir, nous avons réussi à ne pas nous disputer. Je m'écarte de lui.

— Je vais aller me coucher, sinon, je serai trop fatiguée, demain.

— D'ac. Bonne nuit, princesse.

Un doux frisson me traverse. C'est le seul qui provoque cet effet-là en utilisant ce surnom. Et c'est la première fois depuis le face-à-face avec Java qu'il ose à nouveau m'appeler de cette façon. Quoique, s'il l'avait fait plus tôt, il se serait pris un revers en pleine figure. Là, je souris.

— Bonne nuit, Declan.

Il part en direction du gymnase. Je rentre vers l'hôpital et réalise que seuls les ronflements de Raph et un lit vide m'attendent dans la chambre, sans Simon, au milieu d'inconnus. Face à l'accès aux escaliers, je fais demi-tour et me perds dans le rez-de-chaussée sombre, y cherchant une pièce dans laquelle sont stockés des vieux matelas d'entraînements. À tâtons, j'en installe un sur le sol et m'y allonge pour la nuit.

16. Revendication

J'ouvre les yeux, secouée par Declan.
— Wax ! Qu'est-ce que tu fais à dormir ici ? Ce n'est pas sûr ! Peu importe, tu es là. Tu sais où est Peps ?
— Comment tu veux que je le sache ? Je dors !
— Il est plus de dix heures. Lève-toi, vite ! Je ne la trouve pas !
Je me redresse, l'esprit encore embrouillé et perturbé par sa voix chargée de stress. Qu'est-ce que je fais dans les ruines ?
Ah, oui. Les ronflements de Raph.
Declan appelle sa sœur dans le couloir sombre en faisant claquer les portes. Je me lève. Il déverrouille l'accès à l'étage délabré et je le suis avec prudence dans les escaliers en mauvais état. Il manque tout un pan de la structure de l'hôpital d'un côté, les restes du deuxième tenant encore de l'autre. La vue est néanmoins magnifique, offrant un large panorama sur la forêt en contrebas et les reliefs alentours. Je ne m'attarde pas sur le spectacle de cette nature baignée de soleil et tente également d'appeler mon amie.
Personne ne répond.
— Elle n'est pas là. J'ai cru que vous étiez reparties sans moi à force de vous chercher partout.
— Visiblement pas partout, j'étais juste là.
Il rit. *Il rit toujours à des moments étranges.*
— Oui, juste là. C'est l'histoire de ma vie. Mais Peps reste introuvable.
— Elle a dû dormir ailleurs. Tu as essayé d'aller dans la chambre de Jerry ?
— Oui, mais non, elle n'y était pas. J'ai été au hangar, au gymnase, autour du lac et au terrain. J'ai demandé à tous ceux que j'ai croisés où elle était. Personne ne l'a vue depuis Tan, cette nuit. Elle ne serait pas partie toute seule, quand même !

Nous échangeons un regard. Après hier soir… Oh que si ! Il s'énerve :

— Elle est partie ! Sans carte, sans indication autre que ces fichues étoiles ! Peut-être même sans sac et sans armes ! Les faucheurs ignoraient que c'était ma sœur tant qu'elle était en mission à Andromède avec toi. Mais depuis qu'elle est rentrée, ils ont pu avoir l'info. Ou au moins qu'on est proche. S'ils mettent la main sur elle… Oh, Peps, si tu te fais choper, j'irai te retrouver pour mieux te programmer moi-même, stupide grande asperge têtue !

J'ai un instant de stupeur de l'entendre dire un truc pareil et en reste la bouche ouverte comme un poisson hors de l'eau. Il m'attrape la main pour me faire dévaler les escaliers et condamne la porte d'accès à l'étage avec une chaîne solidement coincée par une barre de fer. J'essaie de trouver où aurait bien pu aller Peps pour se cacher de son frère, mais le plus probable reste qu'elle soit partie seule la nuit dernière.

Je traîne les pieds alors que Declan me tire aux dortoirs, faisant se retourner ceux que nous croisons sur notre passage. Dans ma chambre vide, il fouille dans mon panier, me sort une tenue propre et des chaussures à crampons.

— Enfile ça, ce sera plus pratique pour la marche qu'on s'apprête à faire. J'ai mis Tan à jour de la situation et j'ai prévenu Gyna et Pierre qu'on ferait un point ce matin, dès que je t'aurais trouvé.

Il me fixe. *Puisque ça ne lui monte pas au cerveau !* Je retire mon tee-shirt. Il reste sans voix devant ma brassière avant de se retourner.

— Pardon. Je sors.

— Reste de dos, c'est suffisant. Tu crois que Peps est partie depuis longtemps ?

— Sans doute après que Tanaël l'ait quittée cette nuit. Ça lui donne une grosse avance. Doc refuse de me dire où se trouve ta puce. On va en avoir besoin pour paramétrer la protection de Pierre.

— Peps a dit qu'elle s'en occupait, hier soir.

— Comment ? Mais non, elle… Et merde. Elle l'a embarquée.

Décidément, mon cerveau tourne au ralenti sans mon café.

— Avec quoi elle est partie ?

— Avec ta puce ! Elle a gardé le boîtier et la puce qu'elle m'a pris hier soir ! Elle savait que sans ça, je ne pouvais rien faire !

J'assimile enfin ce qu'il dit en boutonnant mon pantalon propre, écarquille les yeux et énonce, furibonde :

— Tu as picolé hier pour te réinitialiser tout seul ?

— Non… J'ai bu la première moitié de la bouteille à cause de notre dispute, de la trahison d'Imanna, de la condamnation d'Umy, de l'attitude de Val… J'ai continué pour oser aller te voir, pour m'excuser. Ensuite, oui, pour réinitialiser le programme. Mais elle est arrivée, et elle m'a pris ma vodka et mes affaires.

Je tire rageusement sur mon haut. Il me dit tout ça avant même que j'aie bu mon café ! Il veut me rendre folle ou quoi ?

— Encore heureux qu'elle ait pris tes affaires, comme tu dis ! Je vais aller chiner mon petit-déjeuner au réfectoire. En attendant, peu importe la restriction d'accès que tu trouves pour Pierre, lui en mettre une sera mieux que rien. Et je ne veux plus jamais t'entendre parler de réinitialisation du PNI !

Furax, je sors de la chambre.

***

Une fois avalé un morceau de pain, je me sens mieux. Ce n'est pas sympa d'avoir planté Declan en lui criant dessus, mais ma peur a pris le dessus. Que ce serait-il passé si Peps n'était pas allée le voir ?

Seule dans le réfectoire, la tête posée sur mes avant-bras, je m'autorise à tenter de m'y retrouver entre toutes les informations de la veille. Cette histoire avec Joan Fill tourne en rond et quelque chose ne colle vraiment pas. Comment un défenseur de la cause Netra, rédacteur de la charte de Harley, a-t-il pu passer Maître des faucheurs ? Declan s'assoit en face de moi.

— J'ai réuni ce qu'il nous faut. Pierre et Gyna nous attendent en salle de prog. Tu as mangé ?

— Un petit pain. Y'a plus de café.

— Tu sais que le café, c'est comme le bon chocolat ? Ça vient des passes.

Pour le coup, je percute ! Pas de café pendant notre expédition. Je lève les yeux au ciel, adressant un long gémissement désespéré à l'univers :

— Pourquoi ?

Il rit doucement, je grimace. Pas de petit noir dans le désert. Umy et Laura vont me devoir une vie entière de grain moulu ! Declan me prend la main sur le chemin jusqu'au bureau, de quoi me rasséréner. À proximité de la salle, nous nous retrouvons face à face avec Gwen dans un couloir. Elle s'arrête et nous dévisage ouvertement.

— Declan ? Tu as une minute ?

— Bien sûr.

Sa main toujours autour de la mienne, il dépose un baiser à la commissure de mes lèvres en soufflant :

— Partenaires.

Il recule et ajoute plus fort :

— Vas-y. Je te rejoins tout de suite.

Il va voir Gwen. Sous le choc, je le regarde la rejoindre. Et puis je vois l'air déconfit de Super Pétasse. De quoi rendre mon pas léger lorsque je passe devant elle. *Mon Declan.* Il m'a signifié qu'il faisait ça pour la galerie, mais au moins ne semble-t-il plus en colère perpétuelle contre moi. Dans le bureau, j'ai beau avoir été présente lors de l'installation du programme Gyna, la surprise est de taille quand Pierre se lève de mon fauteuil d'un bond et vient me sauter dans les bras.

— Merci, merci, merci !

Sa mère affiche un sourire sans fin et lorsque le jeune garçon se détache de moi, c'est pour mieux lui céder la place.

— Nous vous devons tellement à Declan et toi. Le résultat est au-delà de toutes nos espérances.

J'observe Pierre se déplacer comme s'il n'avait pas passé presque trois ans sans pouvoir le faire. Son équilibre est moyen. Ses muscles le rappellent à l'ordre par la fatigue, mais il va pouvoir travailler ça.

— Pierre, Declan va arriver. Prépare-toi à passer en mode agent secret. Gyna, tu vas devoir être de la partie, toi aussi.

— Je m'en doutais.

Le gamin sourit, ravi. Declan entre dans le bureau et ferme brusquement derrière lui. À peine se tourne-t-il vers nous avec un air ahuri que des coups retentissent à la porte.

— Declan ! crie Gwen. Ouvre ! Tu ne vas pas t'en tirer comme ça !

— Bouche-lui les oreilles, désigne-t-il Pierre à sa mère qui s'exécute in extremis.

— Wax ! Sort de là, espèce de salope ! Tu vas comprendre ce que c'est que de te frotter à moi sans les règles du tournoi ! Je vais t'apprendre à essayer de me piquer mon mec !

J'écarquille les yeux alors qu'elle continue de m'insulter dans le couloir.

— Qu'est-ce que tu lui as raconté ?

— Rien de spécial ! Juste qu'on ne se verrait plus.

Pierre joint ses index pour mimer un bisou. Je m'efforce de garder un visage impassible envers Declan pour chuchoter :

— Je croyais que tu étais avec Rosita.

— Rosi ? Non. Plus depuis trois jours. Disons que… Avec Gwen, on n'a jamais vraiment arrêté de se voir…

Je rougis de colère. Je ne me souviens pas avoir jamais rougi de colère avant.

— Tu as continué à coucher avec elle pendant que tu voyais les autres ?

Il a la bonne idée – ou très mauvaise – de ne pas répondre. Je saisis la poignée de la porte pour l'ouvrir. Il la retient.

— Non !

— Declan, si tu veux qu'on puisse suivre le programme de la journée, laisse-moi me défouler sur elle et occupe-toi de Pierre et Gyna !

Il lâche la porte qui s'ouvre instantanément. Gwen saisit mon col. Je la repousse violemment, referme le battant qui lui éclate le nez. Mon sourire est mauvais :

— Depuis le temps que j'attendais ça ! Voyez-vous ça. Pétasse se réveille !

Elle essuie sa narine sanglante sur son avant-bras. Le regard fou, elle me charge dans le couloir pour mieux me plaquer contre le mur sans que j'aie le temps de l'esquiver.

— Tu n'as pas la place pour tes pirouettes ici, Lopi. Declan est à moi, pas à toi !

Mes coudes. Elle se retrouve sonnée par les coups qui frappent simultanément ses tempes et recule en titubant.

— Pas besoin de pirouettes. Declan ne m'a pas appris que ça. Au passage, imprime qu'il n'est la propriété de personne.

— C'est toi qui l'appelles *ton* Declan, sale hypocrite !

— Parce que je sais faire la différence entre ses décisions et celles conséquentes d'une manipulation extérieure !

Elle se redresse. Mes paumes. Je la frappe si fort dans la poitrine qu'elle va heurter le mur d'en face. Elle persiffle :

— Il m'a baisée plus de fois que toi. C'est lui qui me l'a dit ! C'est mon mec !

Mon genou percute son diaphragme. Elle se plie en deux sous l'impact. J'en profite pour lui administrer une gifle dans la foulée et mieux susurrer méchamment à son oreille :

— C'est bien ça. Il t'a vulgairement baisée. À moi, il m'a fait l'amour parce que je suis sa déesse.

Elle hurle de rage et tente de me frapper plusieurs fois. J'arrive assez facilement à parer jusqu'à ce que son poing droit rencontre le mur et s'enfonce dedans. Choquée par le bruit du choc, je constate qu'elle a écrasé sa main contre le béton. *Je savais bien que je lui casserais les doigts un jour, d'une façon ou d'une autre !*

Et puis son poing gauche m'atteint en pleine figure.

— Ah ! s'exclame-t-elle, fière d'elle. Argh ! Espèce de salope !

La douleur de sa blessure l'atteint avec un temps de retard. Je vois des taches noires et des étoiles danser devant mes yeux, complétement sonnée. Declan sort du bureau pour se précipiter vers moi. Merde alors, il s'accroupit. Je n'ai pas senti que j'ai glissé au sol.

— Par les étoiles ! Ça va, ma princesse ?

— Tu te moques de moi ? s'emporte Gwen. Je viens de me fracturer la main contre le mur !

— Et si sa tête avait été dessous tu n'en aurais déjà plus à l'heure qu'il est ! hurle-t-il crescendo, fou de rage. Dégage, que je ne te revois plus jamais !

— Tu ne peux pas me quitter comme ça ! Pitié, ne pars pas…

Là, je me dis qu'elle n'a vraiment rien compris à Declan. Pas à celui que je connais, en tout cas. Il se lève, l'attrape par le col et la soulève du sol pour la plaquer contre le mur. Je me demande vaguement ce qu'il compte faire quand il saisit sa main encore intacte.

— Declan, arrête… Elle a le nez cassé, une main en miette. C'est déjà trop.

Elle pleure. Il la laisse glisser jusqu'au sol et la relâche, l'expression devenue indifférente, décuplant les sanglots de ma rivale. Declan revient vers moi, inquiet. Il pose une main tendre sur ma joue indemne avant de me porter jusqu'au fauteuil du bureau. Dans le couloir, Gwen l'appelle désespérément. Il dépose un baiser sur mon front et souffle :

— Je reviens.

Je n'ai pas le temps de lui dire d'y aller doucement, que Pétasse est amoureuse de lui, bien m'en déplaise. Pierre a toujours les oreilles bouchées par sa mère. Heureusement, parce que Declan vocifère dans le couloir :

— Si tu nous touches, si tu nous parles encore, je m'occuperai personnellement de toi, Gwenaela. Et ce ne sera pas entre tes cuisses. C'est ma femme. On a vécu des trucs durs, j'ai eu du mal à m'en remettre, mais j'ai failli la perdre hier et ça m'a remis les idées en place. Je l'aime, je l'ai toujours aimée et je l'aimerai toujours. Je ne reviendrai plus vers toi, pas même pour une nuit. C'est clair ?

Le bureau se met à tanguer. Je voudrais tellement que ce soit aussi vrai que ce qu'il laisse entendre ! Le coup de Gwen me perturbe sans doute plus que ce que je croyais. Ses pleurs ne se calment pas et me vrillent la tête. Je vois les sourcils de Gyna décoller, entends la voix de Declan et ne perçois que le mot pommade. Ça, oui, j'en ai bien besoin !

Gyna libère les oreilles de Pierre pour passer la tête dans le couloir :

— Je suis témoin !

Imanna se plante dans l'entrée du bureau.

— Vraiment ?

Elle tire la gueule. Gyna m'encourage à répondre en hochant la tête. Je dois confirmer que Gwen m'a cognée ?

— Oui.

Rien que pour voir le regard courroucé d'Imanna, je suis contente de ma réponse.

— Je suis témoin, articule-t-elle lentement.

Témoin... de la bagarre ? Elle était là ? Elle rebrousse chemin en emportant Gwen avec elle. Declan évite mon regard pour me dire qu'il va me chercher de la pommade pour ma joue qui, je le sens, gonfle dangereusement. Pierre tapote le bras de sa mère :

— Maman, c'est quoi, revendiquer ?

— Wax et Declan viennent d'officialiser leur mariage des coupoles à l'extérieur, mon chéri. Tanaël va le noter dans le registre et, avec Imanna, nous allons signer en tant que témoins de la revendication. Enfin, dès qu'elle aura accompagné Gwen à l'infirmerie, évidemment. Félicitations à tous les deux !

Mon cœur rate un battement. Je le sens clairement. Médusée, je demande :

— On vient de faire quoi ?

— Vous mariez, bien sûr !

Je me sens blêmir. Declan revient, un pot de crème à la main. Mon index pointé sur lui, je le menace :

— Si tu te marres, je te tue.

— Pas de raison de rire, tu as besoin de soins.

— Ne te fous pas de moi ! On ne peut pas se marier encore, pas comme ça ! Je ne savais même pas à quoi je disais oui !

— C'est assez clair pourtant : revendiquer son mariage ! Je ne m'attendais pas à ce qu'Imanna débarque et... et... et je ne pensais pas que tu dirais oui !

— Je n'ai rien compris de votre conversation dans le couloir, Declan !

De nouveaux sanglots coupent notre dispute : ceux de Pierre. Gyna nous adresse un regard noir à chacun.

— Je ne sais pas quel est le problème avec votre revendication, mais calmez-vous. Vous en parlerez plus tard.

Le visage douloureux, je laisse Declan me panser. Ça calme Pierre de le voir appliquer la pommade sur ma joue violacée avec des gestes tendres. J'avoue que ma colère se dissipe face au regard déboussolé de mon ex. Cependant, comment est-il possible que nous nous soyons mariés de la sorte ?

Une fois qu'il a terminé, Declan se tourne vers sa tante pour expliquer que nous devons aller tous les deux à la recherche de Peps, qui poursuit elle-même Val et Simon. Gyna comprend que nous devons partir sur-le-champ, nous y pousse même et nous assure qu'elle nous couvrira au maximum. Nous insistons sur la nécessité d'évoquer le moins possible le programme de Pierre à l'extérieur. Le petit garçon retrouve le sourire en se sentant investi d'une mission secrète. Je retiens mon souffle quand Declan sort de sa poche une puce plus rigide et plus grande que la mienne, mais incrustée dans une carte de la même taille que l'autre.

— Faites-y bien attention, les prévient-il. Simon absent, personne ici ne saura dupliquer cette puce, même si elle reste moins performante que l'originale de Wax. Wax ? Tu veux bien faire ce qu'il faut, maintenant ?

Simon a hacké ma puce pour la copier ? Pourquoi il ne m'a rien dit ? Je contemple la carte dans la main de mon ex. *Mon mari.* On réglera ça plus tard. J'attrape un boîtier et le connecte à la puce implantée dans le bras de Pierre. Il me suffit de présenter la carte à l'écran de démarrage pour qu'un autre de sécurité s'affiche. Désormais, chaque connexion exigera la présentation du double ou de l'original de ma puce pour accéder aux fonctions du programme.

— Merci, sourit Gyna. Nous n'avons pas assez de mots pour vous exprimer notre gratitude, Pierre et moi. Allons signer ce registre pour que vous puissiez aller retrouver ma nièce. Faites bien attention à vous sur le chemin.

— Ne dites rien aux parents pour notre mariage une fois rentrés, demande Declan.

— Pourquoi ? interroge Pierre.

— Parce que c'est un secret de mission. Nous leur ferons la surprise en arrivant à Baie ! D'ac, cousin ?

Le jeune garçon acquiesce avec une moue. Il trouve ça moins cool que l'histoire de la carte qu'il veut cacher dans le revers de son manteau, à défaut de la faire implanter dans l'avant-bras opposé.

***

La nouvelle de notre union inopinée s'est répandue plus vite qu'un feu à travers Hôpital. Dans le couloir principal, certains nous félicitent et d'autres désapprouvent ouvertement en nous dénigrant du regard. Quelles que soient les réactions, il est manifeste que tant que nous n'aurons pas officiellement signé cette revendication incongrue, personne ne nous lâchera. Partir discrètement s'annonce ambitieux. Dans le bureau de la garde, Tanaël nous accueille avec joie :

— Félicitations, tous les deux ! Je commençais à désespérer de vous voir vous réconcilier.

Il nous offre une accolade chaleureuse à chacun. Avec Gyna et Imanna, devant le registre que Tanaël a soigneusement complété, pas moyen de faire marche arrière. Je croise le regard de l'ex Co-commandante qui nous met clairement au défi d'officialiser notre mariage. Sans l'ombre d'une hésitation, Declan s'empare du stylo tendu par Tanaël pour signer Lopi-Jensen et me le passe en m'adressant un large sourire. Ses yeux bleus brillent d'émotion, comme lors de l'échange de nos vœux à Cassiopée. Est-ce que je suis à l'aise avec les évènements qui nous ont menés à renouveler notre promesse ici ? Non. Est-ce que je suis prête à l'épouser tout de suite ? Ma poitrine se bombe sous la vague de bonheur qui m'inonde à cette pensée, mes lèvres s'étirent et je m'empare du crayon sans réfléchir une seconde de plus. Mon cœur bat à tout rompre quand je griffonne en bas de la page. Gyna paraphe le document à son tour, laissant sa place à Imanna. Celle-ci signe et quitte la pièce, son masque d'impassibilité habituel lézardé, il me semble, par un sourire.

***

Tanaël nous aide à ne pas faire traîner les choses dans le bureau, manifestement conscient de l'urgence de notre départ. Gyna nous étreint une dernière fois avant que nous ne nous dirigions vers la salle d'équipement. C'est sans compter sur Doc qui nous interpelle quand nous le croisons.

— Wax, pouvons-nous parler un instant ?

— Nous ne reviendrons pas sur notre revendication, murmure Declan, les yeux baissés, en prenant ma main. Pas de leçon de morale, cette fois.

— Au contraire, chef. Toutes mes félicitations à tous les deux. S'il te plaît, Wax, insiste le médecin. C'est important.

J'ai un mouvement de recul. Pourtant, Declan se détend et propose :
— On discute tous les trois ?

Tibber accepte. Je me retiens de lui tirer la langue dans son dos, uniquement parce qu'il ouvre le premier salon qui se présente à lui.
— C'est à Wax que je dois parler, Declan.
— Je peux entendre tout ce que tu as à lui dire.

Doc me regarde avec l'espoir vain que je le fasse sortir et renonce en comprenant que c'est nous deux ou rien.
— Les tensions entre nous me navrent sincèrement. Imanna regrette la façon dont Val a dû sortir d'Andromède.
— Si elle regrette, qu'elle vienne reconnaître en personne que laisser Umy et Val à la coupole était la pire des choses à faire.

Le médecin esquisse un sourire amer avant de se laisser tomber sur un pouf au sol.
— Ce n'est pas aussi simple. Si c'était à refaire, nous ferions les mêmes choix, aussi difficiles et injustes qu'ils aient pu être. Je ne peux que vous dire que nous avons beaucoup souffert de ne pas pouvoir intervenir, les concernant. Wax, tu te souviens de ce que je t'ai dit à propos du peuple du don ?

Je fronce les sourcils. Où veut-il en venir ?
— Ils ont la capacité d'affecter les énergies naturelles.
— Oui. En retour, ils sont influencés par celles qui les entourent. Imanna exprime un don en lien avec les émotions. Elle est très sensible aux ressentis des gens, une vraie éponge.

Declan lève une main pour l'arrêter.
— Tu dis qu'Imanna est une enfant du don ? Ce n'est pas possible, on le saurait. On la connaît depuis qu'on est gosses !
— Oui. Et nous nous sommes arrêtés de nombreuses fois à Hôpital en tant que nomades avant de nous y installer pour succéder à tes parents. Declan, je dois vraiment parler à Wax. C'est important.

Il expire fort et recule d'un petit pas. Tibber me regarde d'un air grave.
— *« Vous avez été la tempête venue des coupoles qui a ébranlé l'équilibre de ce lieu. Il devait te rejoindre par ses propres moyens pour trouver son chemin. »*
— Sauf ton respect, j'ai autre chose à faire que de t'écouter citer un conte pour enfants que je connais par cœur.

L'homme pouffe doucement, indifférent à ma froideur manifeste.

— Je ne peux pas te présenter les excuses que tu attends. L'ouragan émotionnel que Declan et toi avez fait vivre à Imanna ces derniers mois a été très pénible à gérer. Vous rapprocher l'apaisait, mais vous étiez si explosifs une fois réunis qu'elle ne le supportait pas. Je voulais la protéger en vous éloignant, et je pensais sincèrement que c'était nécessaire, vu la façon dont vous vous déchiriez sans cesse. Mon approche s'est révélée erronée avec vous, même si j'ai fait de mon mieux. Si je peux te demander pardon, c'est pour cette maladresse involontaire.

— C'est toujours mieux que rien. C'est tout ce que tu avais à me dire ?

Je croise les bras. Nous n'avons pas une minute à perdre avec son blabla.

— Non. Tu ne sembles pas le réaliser, mais nous aussi nous sommes en droit d'attendre des excuses de ta part.

— À quel sujet ? J'ai rempli mon rôle à la garde autant que les autres. J'ai escorté, formé, surveillé, et j'ai signalé chaque drone possible. J'ai rendu sa mobilité à Pierre !

— Et c'est admirable. Mais en dehors de ça, essaye de te voir à travers nos yeux. Votre arrivée précipitée d'Orion a mis en danger nos contacts là-bas. Les tensions entre Declan et toi ont affecté tout Hôpital, tel que certains ont fui pour ne pas avoir à subir vos disputes systématiques. Imanna a passé tout ce temps à réparer les pots cassés derrière vous, au détriment de ses relations et de son bien-être.

— Même après avoir découvert la vraie nature de cet endroit, à l'opposé de la base que j'espérais pour contre-attaquer face aux faucheurs, je suis restée. Alors que vous refusiez d'apporter de l'aide à ma famille et à mes amis, je suis restée. J'ai continué à obéir aux ordres de ta femme en dépit du contrôle que tu exerçais sur Declan pour nous séparer. Si tu aimes citer *La princesse aux mille coupoles*, écoute celle-là : « *Je n'ai pas voulu pointer du doigt les faiblesses de ton Royaume. Peut-être même qu'elles n'existaient pas avant mon arrivée. Elles se sont révélées parce que la situation a changé.* »

— Et elle change encore. Je sais que Simon et Valentin ont disparu cette nuit. Emmett est venu me voir, il était très inquiet pour Sim. Mais si vous êtes encore ici, prenant le temps de revendiquer votre mariage, c'est qu'ils n'ont pas réellement été fauchés. Je me trompe ?

Merde !

— Non, avoue Declan. Tanaël devait vous prévenir plus tard dans la journée que nous étions tous partis en mission, Peps inclue.

— Dans ce cas, je vous ai croisé à temps. Des informations nous sont parvenues à propos des boosters que les faucheurs utilisent.

Finalement, il va réussir à justifier le retard qu'il est en train de nous faire prendre.

— Cinq par voiture, le Titan ou la Titanide mène l'équipe, récite Declan. Celui ou celle qui a une large bande noire sur les yeux et une verticale sur chaque joue porte un booster, ce qui en fait l'élément le plus dangereux. Je sais, Doc. J'expliquerai tout à Wax.

— Non, tu ne sais pas tout. Dans le Triangle, l'implantation des boosters n'est plus limitée aux Titans. Pour les plus forts, ils ont cherché à faire une mise à jour des puces et face à l'échec de la procédure, ils réopèrent et changent le booster complet. Si vous croisez une équipe, partez du principe que tous ses membres sont boostés.

Le médecin me lance un regard furtif. Il existe donc un moyen de retirer celui qui se trouve dans ma tête. Ça attendra. Umy passe avant ce détail auquel j'évite soigneusement de penser au quotidien. Tibber se relève. Sa taille impressionnante l'amène à frôler le plafond bas de la pièce. Cette fois, il regarde Declan.

— D'après nos infos, les effets du booster de deuxième génération sont encore plus aléatoires qu'avec la première version, ce qui rend les porteurs plus imprévisibles qu'avant. Soyez prudents sur la route. Et, Wax ?

Il m'adresse un regard énigmatique avant de citer à nouveau le conte de mon enfance :

— « *Qu'importe le monde, les mêmes étoiles te guident.* » Ne l'oublie pas en chemin, jeune guerrière du désert.

***

Nous arrivons enfin à la salle des équipements où nous attend le sac préparé en amont par Declan. Je ne sais pas pourquoi Doc tenait à me rappeler les passages de *La princesse aux mille coupoles*. En plus, je n'ai trouvé ce livre nulle part dans la bibliothèque. J'en avais déduit cette histoire inconnue dans le désert. Mais pour l'heure, trop de questions me tourmentent, et une autre attise bien plus encore ma curiosité.

— Explique-moi une chose, mon cher mari. Depuis quand Simon est assez doué pour avoir réussi à copier ma puce ?

— Il a un excellent niveau en traitement de données. C'est lui qui s'occupe de hacker les bureaux de recensements de Lynx pour y enregistrer nos faux profils et ceux des gens qui ont besoin d'un accès temporaire aux coupoles. Je n'étais pas supposé connaître l'existence de la copie de ta puce, mais il a galéré et j'ai surpris une conversation.

C'est vrai que Sim m'a dit qu'il gérait des dossiers de voyageurs, mais je n'avais pas réalisé qu'il s'occupait de toute la partie hack permettant aux gens d'accéder aux services voulus. D'après lui, les colonies envient leur savoir en traitements médicaux complexes aux coupoles. C'est d'ailleurs la raison majoritaire des demandes de séjours temporaires. Des cancers aux maladies dégénératives, de la stérilité à l'intervention esthétique, ce qui se règle en quelques injections de nanotronics ne semble pas aussi simple à guérir dans le désert.

— C'est une chance qu'un secret n'en reste pas longtemps un, ici. Au moins, Pierre est protégé.

— C'est une façon de voir les choses, oui. Pour partir, on va passer par le terrain et prétendre qu'on va pique-niquer à la clairière. C'est Jembo et Tania qui sont de garde. Ils vont sûrement se marrer, surtout après la revendication.

Il reste immobile devant la porte et scrute ma réaction. *Quoi encore ?*

— C'est une bonne excuse pour partir sans les inquiéter et prendre de l'avance. Pourquoi ça les ferait marrer ?

Il se racle la gorge en haussant les sourcils. *Ah.*

— C'est un genre de code pour les couples qui veulent de l'intimité, c'est ça ?

— Tu ne le savais pas ? Antho ne t'y a jamais emmené ?

Ce qu'il est lourd quand il s'y met !

— Non, Declan. Je ne suis allée m'envoyer en l'air avec personne dans ta jolie clairière, même pas avec Antho. Je ne savais pas ce que ça voulait dire, contrairement à toi, manifestement. Tu es content ?

— Oui, content. Prête à jouer le rôle de ma petite femme adorée ?

Il sourit. Ce sourire franc et sincère qui illumine ses yeux et contracte tout dans mon ventre. Celui qu'il m'a adressé la première fois qu'on s'est vu, qui me retourne le cerveau dès qu'il le dégaine. Cette fois, non. Je ne me laisserai pas avoir ! Je mobilise ce qui me reste d'irritation à l'idée qu'il sait parfaitement ce que signifie l'excuse bidon de la clairière. Il s'approche pour me tendre la main et je lui offre la mienne en débitant d'un air volontairement trop niais :

— Prêt à me dévorer des yeux comme de la mousse au chocolat ?

— Tu es mille fois meilleure que la mousse au chocolat.

Il ne me lâche que pour mieux se rapprocher de moi. Son sourire charmeur, ses intonations graves… Il veut jouer à ça ? Moi aussi, je sais ce qu'il aime ! Je laisse tomber la fausse niaiserie, tire d'un coup sec sur son débardeur pour le sortir de sous sa ceinture et passe mes mains sur son ventre.

— Toi, tu es bien plus savoureux que le meilleur des cafés.

— Ton équivalent de ma mousse au chocolat, ce n'est pas le café. Ce sont tes programmes.

— Je ne suis pas sûr que tu le prennes bien si je te compare à des lignes de code complexes à construire. Si je te dis qu'aucun programme ou défi de prog n'arrivera à la hauteur de la passion dévorante que tu m'inspires.

Les palpitations de son cœur accélèrent sous mes doigts. Il semble bien accepter mon parallèle malgré la référence à la prog et s'humidifie les lèvres du bout de la langue. *Pour un baiser ?*

— Il faut qu'on y aille, s'écarte-t-il. Ça ira, pour la crédibilité. On a un bon bout de chemin jusqu'au vieux parking. J'aimerais qu'on y soit le plus tôt possible pour profiter de la lumière du soleil.

Voilà qui interrompt mon imagination. *Ne te fais pas de film, Wax !* Les doigts enlacés pour remonter le terrain, Jembo et Tania nous accueillent chaleureusement.

— Il paraît que vous avez revendiqué votre mariage au beau milieu d'une bagarre ? s'amuse Jembo. Quoi que ça vous ressemble bien, il était temps !

Il était temps ?

— Que veux-tu ? J'ai été con ! lui sourit Declan. Ma princesse était sous mes yeux depuis le début.

— N'oublie pas qu'elle t'a vu déconner tout ce temps, souligne Tania. Savoure la chance qu'elle te donne et rattrape-toi, chef. Vous allez fêter ça ?

— Après le prochain départ des nomades. Pour le moment, on va se contenter d'un truc plus intime.

— Un p'tit pique-nique à la clairière ? raille gentiment son acolyte. Vous devriez être tranquille, personne d'autre n'y est. Mais vous êtes sûr que c'est prudent avec les nouveaux drones ?

— On ne va pas trop s'éloigner. Et puis, j'ai pris de quoi parer.

Mon partenaire désigne sa ceinture et Jembo rit.

— Comme si tu allais garder ça longtemps !

Je me colle contre mon prétendu mari et glisse mon pouce sous ledit équipement, prenant un air que j'espère convaincant dans le genre lubrique :

— Il y a certaines choses qu'on va devoir enlever, d'autres non.

Vu comme Jembo me dévisage et le regard brillant de Tania, j'en conclus que ça passe. Quant à Declan, si je ne savais pas qu'il joue la comédie, je crois que je me mettrais définitivement à fondre sous les braises de son regard.

— N'hésitez pas à aller plus loin que prévu, conseille Tania. Les enfants ont un match, tout à l'heure.

— Ne nous attendez pas, répond Declan. J'ai plusieurs semaines de câlins à rattraper !

Ses amis nous adressent un dernier signe de la main alors que nous nous enfonçons entre les arbres.

17. Vers Bois Noir

Dix mètres devant moi, Declan n'a l'air de souffrir ni de la raideur de la pente, ni de la chaleur ambiante étonnamment étouffante. Je m'adosse contre un arbre tordu. *Ils appellent ça une colline ?* Les joues et la nuque en feu, de la sueur goutte le long de mon nez alors que je n'ai même pas mon sac sur le dos. Mon compagnon vient poser sa paume fraîche sur mon front inondé. Essoufflée, je réclame :

— Une minute. J'ai besoin d'une minute. Comment tu fais ?

— J'ai bien mangé ce matin et je ne me suis pas pris une mandale magistrale dans la figure entre temps. Sans compter que le PNI s'occupe de réguler mes fonctions vitales sans que j'aie à demander quoi que ce soit.

— Chanceux.

Ma transpiration me pique les yeux. Je m'essuie d'un revers de main avant d'avaler la totalité de la petite bouteille dotée d'un système de purification qu'il me tend.

— On est à moins de cinq minutes du plateau. Ça redescendra, de l'autre côté.

— Il y a vraiment une clairière ?

— Oui, mais vu comme il faut crapahuter pour y aller, tu imagines bien que rares sont ceux qui vont réellement jusqu'à là-bas pour un simple pique-nique.

— Ouais. Aide-moi, au lieu de me regarder galérer.

Il me propose immédiatement sa main. Heureusement, parce que sans soutien, j'aurai fini par dégringoler la pente raide. Nous passons de la forêt dense aux herbes folles du champ sauvage en quelques pas. Dans ce joyeux mélange de la nature, des fleurs de toutes les couleurs s'épanouissent au soleil. Certaines plantes ici ou là se hissent même jusqu'à notre épaule. Des petits insectes bourdonnent paisiblement. C'est magnifique.

Mais je suis à bout de souffle et me laisse tomber sur le cul en écrasant les fleurs. Declan ouvre son sac et en sort une seconde bouteille dont j'avale la moitié sans me poser de question. Ensuite, je dévore un sandwich alors qu'il se contente de quelques prunes.

— Nous devons être les premiers à vraiment pique-niquer ici, estime-t-il. On devrait recevoir une médaille pour ça.

— Rien que pour être arrivé à cette clairière, on mérite un prix d'honneur. Merci pour le sandwich. Ça va mieux.

— Ça se voit. Tu n'as plus l'air d'avoir avalé un piment entier !

Je bouscule doucement son épaule. Le sourire vague, il coupe une fleur rouge aux pétales légers dont il fait tourner la tige entre ses doigts et marmonne :

— Je ne sais même pas si je dois considérer que c'est la première ou la seconde fois pour moi.

— Pour le pique-nique ?

Il glousse.

— Non, pour le mariage. Je ne m'attendais pas à ce que Gwen me provoque avec la revendication. J'ai eu la frousse qu'en disant non, elle se jette encore à mon cou.

— Si j'avais refusé, elle aurait tenté.

— Sans doute, admet-il en fixant sa fleur. Tu m'en veux beaucoup ?

— Oui. Néanmoins, tu as vu la tête qu'a tirée Imanna quand j'ai accepté ?

Nous rions tous les deux. Il fouille dans le sac et en sort la boite de pommade. Ça me fait plaisir qu'il y ait pensé. Mon cerveau migre dans mon cœur lorsqu'il se rapproche pour soigner ma joue.

— J'ai été choqué qu'elle se porte témoin. Sans ça, la revendication n'était pas valide. On arrangera ça en temps voulu. Pour le moment, il faut retrouver ma sœur, Val et Simon. Et essayer de libérer Umy et Laura.

— Tout un programme.

Il soigne méticuleusement ma joue en faisant pénétrer la pommade jusqu'à ce que ses doigts accrochent ma peau sous ses effleurements. Ses yeux dans les miens, mon corps se contracte en répondant à l'appel du sien. *Non. Il ne m'appelle pas...*

Il m'embrasse du bout des lèvres, me laissant la possibilité de lui répondre ou pas. Comme si ma bouche me laissait le choix ! Je lui rends son baiser de façon bien moins tendre, beaucoup plus avide. Beaucoup trop impliquée. Il s'éloigne en se léchant les lèvres.

— Pardon.

Cœur en guimauve piétiné. Je ravale les larmes qui menacent dans ma gorge nouée. J'ai eu assez d'entraînement ces dernières semaines pour y parvenir sans rien laisser paraître. Je parviens même à dire d'une voix neutre :

— Ce n'était qu'un baiser.

***

472 kilomètres. C'est la distance que nous parcourons à bord d'une épave marron dépourvue de carreaux. Depuis le parking de l'Ancien Monde bourré de vieux modèles de voitures rouillées et désossées, le paysage se résume à des champs parsemés de bosquets à perte de vue. Le vent dans les cheveux, je rumine le baiser de la clairière. Pourquoi il m'a embrassé pour s'excuser dans la foulée ? Après ce bon moment passé ensemble, les prochains jours s'annoncent gouvernés par un cataclysme silencieux et froid.

Nous avons récupéré mon sac de la veille dans le buisson où Declan l'avait caché. Celui de Peps n'y était plus et nous avons découvert des traces de pas qui suivaient celles des roues du 4×4, nous confirmant une bonne fois pour toutes qu'elle est partie à la poursuite de nos amis. Toutefois, deux fois, nous sommes passés dans des zones marécageuses où nous avons repéré des traces du véhicule sans trouver d'empreintes de Peps. De quoi nous angoisser.

La voiture nous lâche en cahotant au coucher du soleil. Ce n'est pas la seule carcasse sur la route, aussi nous l'abandonnons simplement sur le bas-côté. Sacs à dos chargés, nous continuons notre chemin à pied, jusqu'à un bois que nous atteignons une heure plus tard. Le couvert des arbres y est tellement serré qu'il donne l'impression que la nuit est tombée depuis longtemps. Alors que Declan continue d'avancer après un énième espace qui me semble tout à fait correct pour installer notre tente, je craque :

— Ce sera bien ici, non ?

— Non. De l'eau. Il faut trouver de l'eau.

J'ai terminé la deuxième bouteille qu'il m'a donnée avant d'arriver à la voiture. J'avais une troisième gourde dans mon sac dans laquelle Declan s'est abstenu de boire et que j'ai aussi finie. En fait, je ne l'ai pas vu boire depuis que nous sommes partis d'Hôpital.

— Il te reste encore une bouteille, non ?

— Non, mais j'ai entendu les nomades dire que ce bois était une étape sur leur itinéraire. Ils n'ont jamais précisé où était le point d'eau. Il faut chercher, c'est tout.

Nous tournons nos lampes à dynamo pour nous aider à éclairer notre chemin entre les arbres. Il fait de plus en plus sombre, très vite. Declan s'agace :

— Pourquoi ça ne fonctionne jamais quand je veux ?

— La super vision ?

— Entre autres. Pouvoir entendre l'eau couler, ce ne serait pas mal non plus. Mais non, si j'ai besoin que ça fonctionne, il ne me laisse rien utiliser !

Ma lampe éclaire une plante, à moins que ça ne soit un petit arbre d'à peine un mètre de haut. Ses feuilles sont larges et en forme de main. Des fruits rouges, striés de mauve, semblables à de grosses pêches, pendent à ses branches.

— Declan, tu connais ça ?

Il regarde le fruit, s'approche pour l'inspecter et en cueille un.

— Non. L'odeur me rappelle quelque chose, mais je ne l'ai pas identifiée en répertoire.

— De quel répertoire tu parles ?

— Ah... Oui, le répertoire de l'agent, je veux dire. Ce qu'on a senti et goûté, c'est un truc auquel j'ai tout le temps accès. Les poisons, leurs remèdes et autres identifications de substances courantes aux coupoles aussi. Mais ce fruit-là, je ne le connais pas.

— J'en ai déjà vu toute une cagette dans le bureau de Doc.

Dubitatif, il enfonce ses doigts dans la chair juteuse du fruit qui dégage une odeur douce et sucrée.

— C'est gorgé d'eau. Tu es sûre d'en avoir vu dans le bureau de Doc ?

— Oui. C'étaient ces fruits-là. Ils sentent vraiment bon !

Il lèche un de ses doigts.

— Declan ! Ils sont peut-être toxiques !

— Si c'était en évidence dans le bureau de Doc, il y a peu de risque. C'est plutôt un truc rare qu'il a négocié avec les nomades. Pas d'alerte de toxicité. Et c'est délicieux. Goûte ! Encore meilleur que fraise-chocolat !

Il croque dans le sien et me met un fruit dans la main en ronronnant de plaisir. *Une alerte de toxicité ? Il peut détecter les aliments toxiques ?* Je garde le silence face à cette capacité supplémentaire. En effet, il n'a pas l'air de tourner au vert. Au contraire, il termine le fruit et en cueille un autre :

— Goûte, je te dis ! Ça ne craint rien !

— On ne peut pas être sûr...

— Comme tu veux. Y'a plein de jus, le kiff ! J'avais trop soif !

Son expression m'arrache un sourire. Il mord dans le second fruit à pleines dents. Si on doit y rester à cause de ça… La chair délicate explose sous mes dents, tellement juteuse que du liquide m'en coule le long du menton. C'est aussi doux que ce que l'odeur le suggérait. Non, c'est encore meilleur. C'est sucré, mais pas trop, avec un léger goût de pêche en y cherchant bien. Quelques pépins à l'intérieur explosent comme des petites billes d'eau dans la bouche.

J'engloutis mon fruit et en cherche un autre sans plus me soucier d'une éventuelle toxicité de la chose. Declan pose son sac et s'assoit dessus. Je l'imite, trop contente que nous nous arrêtions enfin, la chair de ma trouvaille fondant sur ma langue.

— Tu vois, ma princesse, j'ai douté qu'on puisse arriver jusqu'ici. Finalement, aucun faucheur en vue. Peut-être qu'on a la chance de notre côté. Il reste des fruits ?

— Tu en as mangé combien ?

— Quatre, mais j'ai encore soif.

Nous fouillons minutieusement le petit arbre touffu jusqu'à ce que Declan annonce, triomphant, qu'il en a trouvé un. Il est beaucoup plus petit que les autres, tellement qu'il l'engouffre tel quel dans sa bouche. J'ai envie de m'en insurger, mais je ris. Il me semble qu'il brille dans le noir. L'épais couvert des arbres au-dessus de nos têtes laisse place au ciel étoilé, immense et scintillant de mille couleurs.

— Declan, les étoiles… Elles viennent vers nous.

J'ai vraiment l'impression qu'elles se rapprochent. Il caresse mon visage pour que je le regarde, se penche vers moi et m'embrasse. Il entrouvre mes lèvres et déchire la chair du fruit qu'il a gardé intact jusqu'alors. Le liquide est exquis, probablement la meilleure chose que j'aie jamais goûtée. Ses mains se perdent sous mon tee-shirt en même temps que les miennes soulèvent le sien quand il murmure :

— Elles sont dans tes yeux, les étoiles. Elles ont toujours été dans tes yeux.

— Parce que je te vois. C'est toi, mon étoile. Mon Declan…

— Oui. À toi. Tout à toi et rien qu'à toi.

Je perds pied. Littéralement. Il me porte et je bloque mes jambes autour de ses hanches. L'instant suivant, ses mains s'enflamment pour me retirer mes vêtements et m'allonger sur la couverture qui a été étalée sur le sol, à un moment ou à un autre. Les étoiles dansent autour de nous. Les yeux fermés ou ouverts, je les vois, transportée au-delà de leur lumière. Retrouver la peau de Declan, son odeur, son souffle et ses baisers me comblent. Au milieu de ce tourbillon insoluble, je m'extasie :

— Declan, on est mariés. Vraiment marié.

— Oui. Oui ! Tu es ma femme. La mienne, tout à moi.

Nos bouches ne se perdent plus. Ses muscles roulent sous mes doigts qui tremblent de satisfaction. Je répète inlassablement son prénom. Lui, il en réclame encore. Lorsque la vague de plaisir que je sentais arriver me submerge enfin, je m'y noie avec lui. Frémissant et heureux contre ma peau, il chuchote :

— Chaque fois qu'on se marie, c'est le plus beau jour de ma vie.

— Rien ne pourra plus jamais nous séparer, mon yang.

— Je t'aime, mon yin.

Je l'embrasse profondément, aussi bienheureuse que lui. Il se blottit contre moi en soupirant pendant que je lui caresse la tête.

***

Mes doigts dans ses cheveux. C'est mon dernier souvenir de la veille. Plus une sensation qu'un vrai souvenir, d'ailleurs. Pourtant, il est évident qu'on ne s'est pas arrêté là. Le bon côté, c'est que dans notre délire, nous avons trouvé le point d'eau des nomades. Il y a trois tables et des bancs en bois usés pour accueillir les voyageurs. Pratique. Mon compagnon dort encore sous notre couverture.

Je jette un œil au type qui a patiemment attendu que je me réveille, nue, dans les bras de Declan, sous notre moustiquaire. Assez maigre, d'un âge impossible à définir entre trente-cinq et cinquante ans, son visage émacié est recouvert d'une barbe légèrement grisonnante, surplombée par un regard bleu acier. Je ne sais pas combien de temps il est resté nous reluquer avant que je n'ouvre les yeux. Il s'appelle Andréal. Je ne lui ai pas dit mon prénom. Une fois installée à table, j'explique vaguement ce qu'il s'est passé la veille et il rit :

— Oh, vous avez mangé des phycéas, vous !

— C'est comme ça que ça s'appelle ? Et ça fait cet effet-là à tout le monde ?

— C'est un fruit spécial, c'est certain. Les pépins, surtout ! Certains docteurs les utilisent pour les mélanges de tranquillisants. Combien vous en avez mangé ?

— Moi, deux. Et lui, quatre.

Je ne précise pas qu'on en a partagé un en nous embrassant, il n'a pas besoin de ce genre de détails. Il écarquille les yeux en adressant un regard à Declan.

— Pas étonnant qu'il dorme encore ! Il risque de ne pas se souvenir de grand-chose, comme après un abus d'alcool.

— Tant mieux ! C'est assez compliqué comme ça entre nous.

— Certains souvenirs vont remonter malgré tout. Vous êtes en couple ?

— Plus ou moins.

— C'est soit plus, soit moins.

Je soupire. Il est gentil mais bavard. Et moi, sans café.

— Disons que par un enchaînement d'évènements tordus, nous nous sommes accidentellement mariés.

— C'est rarement accidentel, ce genre de choses.

— À qui le dis-tu ! C'est pourtant vrai.

Declan grommelle et plaque une main contre son front. Je me lève pour le rejoindre et le prévenir que nous ne sommes pas seuls. J'ai réussi à cacher mon pendentif et mon identité au type, il ne faut pas que ça change. Je soulève la moustiquaire et lui caresse doucement le visage.

— Walter, ça va ?

— Hein ?

— Andréal m'a expliqué que nous avons mangé des phycéas. Ça nous a donné des hallucinations, hier.

— Andréal ? C'est qui, ça ?

— Un nomade. Il est seul. Ne t'inquiète pas, ça va.

Il ouvre difficilement les yeux avant de se figer.

— Pourquoi je suis à poil là-dessous ?

— Il semble qu'on ait pris un bain, cette nuit.

— Un bain ? On a trouvé de l'eau ?

Le côté pratique l'emporte. Je hoche la tête et Declan se redresse sur le sol. Andréal le salue de la main. Il y répond d'un signe avec un sourire poli.

— Walter, donc. Ça me va. Et toi ?

Moi ? Me choisir une autre identité ? Je n'ai pas de deuxième prénom…

— Jessy.

— Tu m'expliqueras ton choix ?

— Peut-être.

— D'ac, Jessy. Que lui as-tu dit sur nous ?

— Qu'on est marié. Accidentellement. J'ai seulement voulu dire que c'était compliqué…

Je me rends compte que j'aurais pu passer cette info sous silence. Le café me manque vraiment. Declan hoche la tête et m'embrasse le front, s'habille rapidement pendant que je rejoins Andréal à qui il se présente dès qu'il arrive :

— Je suis Walter. Voici Jessy. Ma…

Il s'arrête, pâlit et me regarde.

— Qu'est-ce qu'on a fait, hier soir ?

— Ah-ah ! rit le drôle de type. Les phycéas, ça désinhibe ! Ravi de vous rencontrer.

Declan laisse Andréal lui serrer la main et finit par reporter son attention sur lui. Il y a de quoi manger sur la table : notre pain et la confiture du nomade. Declan se perd dans l'admiration de l'étang au moment où j'indique vaguement que nous allons vers le sud.

— Vous êtes potes avec les trois autres ? Un brun athlétique, un autre plus fin aux cheveux longs et une grande femme blonde ? Je les ai croisés hier.

Pour le coup, Declan ne retient pas son sourire pour l'inconnu.

— Oui, on a été séparé sur la route.

— Donc, vous allez aussi au marché de Bois Noir.

Après le soulagement, je retiens ma surprise. Declan opine sans sourciller.

— Oui. Mais on n'a plus notre carte, et c'est le brun notre tête de voyage. On sait qu'on doit suivre le sud pour les rejoindre.

— Le sud pour aller à Bois Noir, c'est vague. D'ici, c'est plutôt le sud-est. Sans carte, ça ne va pas être coton de vous y rendre. Tu as de quoi écrire ?

Declan va chercher ce qu'il faut dans son sac. Le type nous trace rapidement un itinéraire jusqu'à Bois Noir. Il y ajoute les axes de transports intercoupoles à éviter et les zones où il faut faire plus attention aux faucheurs. Tout au sud de la carte, il trace un arc de cercle et un mot au-delà : Hydre.

— Ici, nous sommes au bois des phycéas. Là, c'est Bois Noir. Plus vous vous rapprocherez de la prison, moins vous verrez de faucheurs.

— J'aurais pensé le contraire.

— Ça ne veut pas dire que la zone est sûre, grimace le nomade. Ça reste les environs d'une coupole.

Declan me recouvre la main par-dessus la table et je la serre. Andréal nous dit au revoir pour continuer son chemin. Il remonte, c'est la seule indication qu'il nous cède, comme si ça voulait tout dire. Declan me tient toujours quand je lui demande :

— Tu crois qu'ils vont vraiment s'arrêter au marché de Bois Noir ?

— Je ne sais pas. Wax, ce sont des hallucinations dont je me souviens ou non ?

— On sait qu'ils sont devant nous et qu'ils sont ensemble. C'est rassurant. Il faut les rattraper.

— N'évite pas le sujet. Tu te souviens de ce qu'il s'est passé, cette nuit ? Parce que je suis sûr qu'on cherchait de l'eau, mais après, c'est flou.

Oulala… C'est le trou noir pour lui. Je n'ai pas du tout envie d'avoir cette conversation !

— Tu ne te souviens pas du moment où on a trouvé les fruits ?

— Les pêches bizarres ? Si, c'était super bon. J'ai dû en manger quoi, trois ? Quatre ? On a… partagé le dernier ?

J'opine. Il me lâche et laisse tomber sa tête sur ses avant-bras :

— Je suis désolé. C'était assez gênant comme ça après la clairière.

— Nous étions drogués aux phycéas. Ne t'excuse pas pour cette nuit, s'il te plaît.

— Comment ça, cette nuit ? Qu'a-t-on fait d'autre ?

J'ai perdu une occasion de me taire ! Je me contente de me lever sans répondre.

— Wax !

— Declan.

— C'est important ! Je me souviens de toi dans l'eau. Illusion ou non ?

Je secoue la tête. Il ne va pas me lâcher !

— Je sais qu'on s'est baigné parce qu'on était encore humide au réveil.

— Dans ce cas, de quoi tu te souviens ?

Je commence à rassembler nos affaires. Si le baiser avec le phycéas le perturbe autant, comment va-t-il réagir s'il parvient à se souvenir de la suite ?

La mémoire me revient dans un flash sensoriel. Sa bouche qui embrasse mon ventre, son exploration minutieuse de mon corps ponctuée de caresses, de sourires, de plaisir et de rires complices. Surprise par la réminiscence, je lâche tout ce que je tiens et suffoque. La seconde suivante, Declan est à côté de moi. La façon dont il me tient me rappelle la douceur dont il a fait preuve lorsqu'il m'a plongé dans l'eau. Plus loin, derrière les arbres, il y a une cascade. Nous y sommes restés un temps infini à nous embrasser et à explorer nos corps.

— Wax, réponds-moi ! Ça ne va pas ? Qu'est-ce que tu as ?

Je ne peux pas lui répondre. Notre conversation sous la moustiquaire me serre le cœur. La nuit dernière, je lui ai dit que j'ai construit le PNI en ne pensant qu'à lui. Il l'a bien pris. Il m'a dit que ça changeait tout, que c'était donc sa propre voix dans sa tête, pas celle d'un autre.

Le sourire sincère dans mon souvenir, Declan affiche un air inquiet dans le présent. Il me berce contre sa poitrine en me murmurant qu'il est là, qu'il ne part pas. Il se trompe, ce n'est pas un cauchemar. C'est encore pire : j'ai l'impression qu'on me l'arrache encore. Il angoisse et insiste :

— Je t'ai fait mal, la nuit dernière ?

— Bien sûr que non ! Tu n'es pas devenu une bête féroce, voyons.

— Wax, s'il te plaît. Je dois savoir. Je ne veux pas être quelqu'un d'autre.

— Tu es resté toi, Declan. Mon partenaire, mon yang. Et mon mari, encore !

Il rit brièvement. J'hésite. Cette nuit, il a accepté que je me sois inspiré de lui pour monter le PNI. Est-ce que ce sera la même chose maintenant qu'il n'est plus sous l'effet des phycéas ? Il murmure à mon oreille :

— Je me souviens de nous, sur la couverture... Des étoiles partout ? C'est trop bizarre.

— Les étoiles étaient une hallucination. Pas la couverture.

— Ni ce qu'on y a fait ?

— Heu... Eh bien... Non, sans doute pas.

— Et la cascade ?

Mes joues s'empourprent. Je n'avais jamais touché ou embrassé qui que ce soit de cette façon avant, pas même lui. J'attends les cris, comme au gymnase. Ou que quelqu'un arrive et nous interrompe. Mais rien ne vient. Il me berce toujours.

— Nous étions aussi consentants que possible, toi et moi, vu la situation.

— Heureusement que je ne t'aie pas forcé ! Il ne manquerait plus que ça !

J'ai un haut-le-cœur. J'étais avec Declan, hier soir. Mais si j'avais mangé ces fruits en compagnie de quelqu'un d'autre, j'aurais agi de la même manière sans pouvoir m'en empêcher ? C'est ça qu'il ressent à chaque fois ? Que quelqu'un le prive de sa capacité à choisir d'être avec moi ? Par les étoiles, il a tenté de me l'expliquer, mais j'ai fait la sourde oreille parce que moi, je l'aime. La gorge nouée, je sens les larmes menacer. *Non. Non, pas cette fois !* Je le repousse pour recommencer à empaqueter les affaires.

— Je ne pensais pas à toi qui m'aurais forcée. Je sais bien que ce sont les traces du programme qui te poussent à te rapprocher de moi. Je ne devrais même pas… Pardon. Je ne me rendais pas compte comme c'était mal.

— Tu… Quoi ? Mal ? Wax, ce n'est pas mal ! On est marié ! Je t'interdis de penser que tu m'as forcé à faire quoi que ce soit la nuit dernière ! Et ne t'excuse pas !

— Si. Ça n'aurait pas dû arriver. Tu te bats depuis des semaines pour me laisser la liberté de choisir. J'ai l'impression de te voler la tienne dès que l'occasion se présente. Cette nuit était une énorme erreur, comme celle du tournoi.

— Ne dis pas ça. La nuit du tournoi n'était pas une erreur. Sous la cascade, c'était tout sauf une erreur. Ne dis pas ça !

— Tu l'as bien fait, toi.

— C'est… Oui, c'est vrai, mais… S'il te plaît, on peut en parler ?

— Non. Pas maintenant.

Je fourre nos affaires dans mon sac, emballe le reste du pain dans son torchon et ferme le tout. Cette nuit était une incroyable erreur sous hallucination. D'ailleurs, peut-être est-ce juste une longue hallucination que cette drôle de vie depuis l'attentat de l'AGRCCP. Agacé face à mon silence, Declan se plante devant moi bien que je m'apprête à défaire la moustiquaire. Je le contourne pour attraper le filet et le replier soigneusement avant de le mettre dans son sac. C'est là qu'on a posé la couverture après avoir trouvé l'eau. Je frémis au souvenir de ses caresses. Ses mains, dans le présent, tentent de glisser autour de ma taille. Je me dégage.

— Non ! À tous les coups, tu es encore sous l'effet de ces phécy-trucs. Tu en as mangé deux fois plus que moi.

— Des phycéas. Wax, je me sens aussi normal que possible.

— Jessy. Walter et Jessy. Si quelqu'un arrive et qu'il entend nos prénoms en sachant qui on est, on n'est pas dans la merde. Et si on croise quelqu'un qui te reconnaît, tu n'auras qu'à prétendre préférer utiliser ton deuxième prénom en dehors d'Hôpital. Ceci étant dit, on suit le chemin d'Andréal ?

Declan se renfrogne et croise les bras sur sa poitrine alors que je m'active toujours pour ne rien oublier derrière nous. Il finit par saisir le papier du nomade et l'étudie rapidement avant de rouvrir son sac à dos pour remplir nos gourdes vides. Il me tend la mienne avec un grand sourire.

— Un baiser pour me remercier ?

Je lui tire la langue et part devant.

18. Poursuite

Alors qu'il y a quelques mois je trébuchais à chaque pas dans les broussailles, je tiens maintenant le rythme de Declan sur le sol inégal qui longe la route. Près des arbres entre lesquels nous pourrons nous réfugier au moindre signe des faucheurs, sous un soleil de plomb, nous enfilons les kilomètres pendant de longues heures. De l'autre côté de la route, le paysage présente de nombreux reliefs. La sensation de liberté que m'inspire tout cet espace à perte de vue est sans égale. Sans avertissement, mon compagnon s'installe sur un tronc déraciné.

— Pourquoi tu t'arrêtes ?
— J'ai faim. Je préfère me poser. Pas toi ?

Il sort deux tablettes énergétiques de son sac et m'en tend une. Si, bien sûr que j'ai faim, à présent qu'il m'en parle. Je récupère la barre qu'il me tend et pars m'asseoir à un large mètre d'écart. Au moins, cette fois-ci, il ne me réclame pas de baiser. La tablette n'est pas mauvaise. J'ai mieux économisé mon eau et il en reste encore dans ma bouteille.

— Ça va, les pieds ? demande Declan.
— Oui. Dépêchons-nous, il faut les rattraper.

Là-dessus, je me relève, décidée à partir.

— Jess, il faut qu'on parle de cette nuit. On n'a pas utilisé de contraceptif. Il y a un risque que tu tombes enceinte.

Prête à lui débiter que les Netras ne produisent plus de gamètes après l'Opération, je me retiens à temps. Declan n'est plus un Netra. Si l'origine de son retour n'était pas mes ponts, mais une erreur survenue lors de l'Opération ? Ou un combiné des deux ? Il serait toujours fertile ? Angoissée, je compte les jours sur mes doigts, remonte le temps et me détends.

— Non. Ce n'est pas le moment propice du cycle.

— Tu l'as envisagé. Tu crois que je peux toujours avoir des enfants ?

— Franchement, je ne sais pas. Sans tests médicaux pour savoir si l'Opération t'a rendu stérile, nous ne pourrons pas être sûrs.

— Nous ?

Il se redresse, souriant de toutes ses dents. Je regagne la route en levant les yeux au ciel, exaspérée qu'il joue sur les mots. Il remonte à ma hauteur et passe devant moi pour marcher à reculons.

— Je me souviens d'autre chose, à propos de cette nuit.

— Oublie, ça ne comptait pas.

— Il y a plutôt intérêt que si !

Il sourit toujours, les yeux pétillants. Ça m'intrigue. De quoi peut-il se souvenir qui le réjouisse autant ?

— Ben, vas-y ! Crache le morceau.

— Tu as lu mes lignes de code de vie sur mon ventre. Tu m'as dit que nous partagions la même qui coure de sous nos côtes jusqu'à l'intérieur de nos cuisses, que c'était la preuve que nos destins s'unissaient pour ne plus jamais se perdre. Tu veux vérifier ?

Il se mord les lèvres d'un air coquin et soulève son tee-shirt pour dévoiler ses abdominaux contractés en haussant les sourcils. J'éclate de rire, c'est plus fort que moi. Et après la frayeur qu'il m'a faite avec cette histoire de grossesse, ça me permet de relâcher la pression. Il continue à se déplacer en marche arrière tout en récitant un tas d'âneries qu'il semblerait que j'aie dit sur son ventre. En l'espace de trois pas, son sourire s'estompe. Il saisit mon avant-bras et me tire très fort vers les arbres.

— Qu'est-ce que...

— Chut ! Cours ! Loin !

Les ordres brefs sont empreints d'une légère panique, mais surtout de peur. Nous filons aussi vite que possible dans les bois. Mes poumons me brûlent. Declan ne s'arrête pas avant de dénicher un amas de buissons feuillus et piquants. Au ras du sol, un passage où ramper. Au centre des branches, une cavité où tenir accroupi. Un terrier abandonné ? Mains égratignées et vêtements déchirés, mon compagnon force pour planquer nos sacs entre nos pieds. Enfin, il me cache dans ses bras. Je souffle tout bas :

— Des drones ?

— Non, une équipe. Ils nous ont aperçus. Dès que je te fais signe, arrête de respirer.

Son cœur bat à tout rompre dans sa poitrine. Concentrée, je n'entends pourtant rien d'autre que le bruit du vent dans les feuillages. À son signal, nous inspirons profondément et retenons nos respirations. C'est long, tellement long ! Je commence à manquer d'air lorsque je perçois une voix d'homme au loin :

— Ça devait être des bestioles. Viens, on continue !

Mes poumons me supplient d'inspirer. Mon partenaire commence aussi à suffoquer, mais il tient bon. La voix masculine nous parvient à nouveau.

— Dara ! Y'a rien !

Dara, la faucheuse aux cheveux rouges de mes cauchemars. Declan se met à trembler violemment. Je lui caresse la joue dans un geste que j'espère apaisant. Son étreinte se resserre sur moi et je le laisse faire pour l'aider à se calmer, à ne pas faire de bruit, à ne pas nous faire repérer. La terreur que cette femme lui inspire transpire de lui. Que lui a-t-elle fait pour le traumatiser à ce point ? Une haine indicible se propage dans ma poitrine. J'ai envie de la poursuivre, de la combattre, de l'enfermer dans une cellule où je l'abandonnerai sans aucun remords.

Mais ce sera pour une autre fois. Pour l'instant, à bout de souffle, je lutte pour ne pas faire de bruit. À quelques mètres de nous, une voix claire et féminine répond :

— J'arrive !

Cette fois, j'entends les pas qui s'éloignent, légers. J'imite Declan qui ne respire toujours pas. J'en suis à me dire que je vais perdre connaissance, quand il s'autorise une longue inspiration silencieuse que j'imite immédiatement. Nous restons malgré tout cachés dans notre amas de buissons piquants. Declan tremble toujours. Il plisse les yeux par moment, me laissant imaginer les pires scénarios. Mais plus rien ne se passe et il se détend enfin.

— Ils sont partis.

— Tu veux dire… de la piste ? On aurait pu respirer avant !

— C'était plus prudent de tenir le plus longtemps possible. On ne sait jamais, avec les boosters.

Une fois extrait du buisson épineux, Declan sort de son sac un pot d'antiseptique-cicatrisant des coupoles, de ceux qui accélèrent la régénération tissulaire. Assis dans l'humus, il m'applique la pommade sur mes plaies qui disparaissent en quelques passages. Je lui rends la pareille, prenant garde à couvrir chaque coupure.

Satisfaite de le voir guéri, je range le baume dans mon sac et efface les dernières traces de sang sur mes bras.

— Wax, on doit discuter de la nuit dernière.

— La prochaine fois que Dara se pointe, il ne faut pas que tu réagisses comme ça.

Il se fige comme une statue. J'écarquille les yeux.

— Ou comme ça ! Dès que tu en auras l'occasion, défonce-lui la tête ou ce sera moi qui le ferai.

— Non. Il faut la fuir. Ne lui laisse pas une occasion de t'attraper en vie, c'est compris ? Nous étions les meilleurs à Hôpital, mais face à Dara, nous n'avons aucune chance, même à deux contre un. Ne l'approche pas et ne la laisse pas t'approcher. Jamais.

— Elle ne peut pas…

— Si. Elle peut. Elle l'est, aussi dangereuse que ça. Je les ai entendus alors qu'ils remontaient vers la piste. Elle a pris du grade et n'hésite pas à tenir tête à Fill. Elle a dit qu'elle s'en balance du vœu accordé par Joan, du moment qu'elle met la main sur moi.

Il serre les mâchoires, le regard fuyant. À nouveau, cette pulsion agressive m'envahit.

— Je vais la massacrer.

— Non ! Elle ne nous attrapera pas. C'est tout.

J'enfile mon sac et pars, furieuse qu'il ne me laisse pas exprimer ma haine contre elle.

— Il faut néanmoins qu'on cause de la nuit dernière !

— Si tu veux en savoir plus, parle-moi de Dara.

— Ce n'est pas du tout la même chose !

— Ça te fera du mal d'aborder le sujet de Dara, ça m'en fera de discuter de ce qu'il s'est passé avec toi. Donc si, c'est la même chose. Lâche-moi avec ça.

Mon parallèle a le mérite de lui couper la chique… pendant cinq secondes.

— Tu as vraiment comparé ce qu'il s'est passé hier soir à ce que j'ai enduré avec cette tueuse vicelarde ? De ce que je m'en souviens, c'était plutôt agréable, cette nuit. Il n'y avait pas de douleur, de calvaire psychologique, de blessure sanglante ou de fracture. Pas d'arme expérimentale, de fouet, de batterie et de câble pour nous électrocuter ou de couteaux entre nous. Je me trompe ?

Ses intonations sont dures, douloureuses, trop aiguës. Réaliser ce qu'il a vécu m'horrifie. Elle l'a torturé. Mentalement, physiquement. Je me tourne vers lui :

— Désolée. Je n'aurais jamais dû comparer…

— Dis-moi ce qu'il s'est passé ! C'est ton deal ! Respecte-le !

— Nous avons été intimes.

— Je m'en souviens, oui.

J'accroche dans les sangles de mon sac, mal à l'aise.

— Non. Nous avons été très intimes, cette nuit. Plusieurs fois. Dans l'eau, sous un arbre, sous la moustiquaire. Je ne me souvenais plus de cette histoire de lignes sur ton ventre, donc j'ai des trous de mémoire aussi. Il n'y a pas eu d'armes ni de douleur. Bien au contraire, c'était du plaisir, de la tendresse et de l'amour. Cette nuit, tu étais celui que j'appelle mon Declan, en entier.

Je n'arrive plus à m'arrêter, même quand il ouvre la bouche. Je ne lui laisse pas le temps de m'interrompre et continue :

— Mais ce n'était pas réel. Nous n'aurions jamais fait tout ça sans avoir mangé les phycéas. Nous étions drogués au point de nous faire croire que le monde autour de nous n'existait plus. Pour toutes ces raisons, c'est douloureux d'en parler. Tu n'as pas supporté de m'embrasser à la clairière sans te sentir obligé de t'excuser. Comment pourrais-tu supporter le souvenir de m'avoir aimée de façon aussi décomplexée, aussi intensément ?

Il encaisse. Il ne se met pas à hurler et essaie de répondre sans y parvenir. Je chuchote :

— Ne te fatigue pas. Je sais que c'est terminé, entre nous. Pardon de t'avoir forcé à parler de ce que tu as subi avec Dara. Je ne pensais pas que tu le ferais. Maintenant, il faut qu'on oublie qu'on a pu être en couple et qu'on passe à autre chose.

Je reprends la tête de notre marche, le cœur lourd.

***

Nous atteignons l'étape suivante bien avant la nuit et remplissons nos bouteilles dans les ruines qui servent d'abri aux voyageurs. Nous décidons tacitement de poursuivre notre chemin sans plus aborder les sujets qui fâchent. Alors que la nuit se fait de plus en plus épaisse, Declan continue de marcher droit devant lui comme s'il y voyait en plein jour entre les arbres. Ce qui, pour autant que je sache, est peut-être vraiment le cas. M'appuyant contre un tronc, je l'apostrophe :

— Walt, je n'y vois plus rien !

— À quel point ?

— Tu es sérieux ?

Oui, il est sérieux. Je discerne à peine son ombre lorsqu'il se rapproche de moi. *C'est définitivement trop cool de pouvoir y voir la nuit !*

— Je ne distingue que des formes à moins d'un mètre. Je sais te différencier d'un arbre parce que tu respires.

— Tu aurais dû me le dire ! Ce que c'est chiant, ce truc !

Hum… Chacun son opinion à propos de ce genre de capacités.

— On peut s'arrêter ici ?

— Ce n'est pas terrible. Reste là, je vais chercher un meilleur endroit. Sors ton couteau. Je n'entends personne autour, mais on ne sait jamais. N'en profite pas pour tenter de me poignarder à mon retour !

J'entends dans sa voix qu'il sourit. *Quelle andouille !* Il doit être bien content de se venger de la sorte. En l'attendant, je m'inquiète pour le nomade Andréal. Être seul dans une forêt en pleine nuit doit être angoissant, avec des faucheurs qui peuvent arriver à tout instant et de n'importe quel côté. Je me rends compte à quel point je compte sur Declan et lui sur moi pour faire équipe, pour nous cacher à temps ou pour nous défendre. Les minutes passent et mes doigts tremblent sur mon couteau. Des pas se rapprochent.

— Walt ?

— Oui. Donne-moi ton sac, j'ai trouvé un endroit.

Soulagement total.

— Je peux le porter, guide-moi.

— Arrête de discuter, pour une fois. Fais ce que je te dis !

Son ton est bourru et fatigué. Je décroche les lanières. J'ai mal aux pieds, aux jambes et je ne devine même plus l'ombre de sa silhouette. Il bidouille avec les sacs. Comment je vais mettre un pied devant l'autre dans cette obscurité ?

— Tu peux poser tes mains sur mes épaules ?

— Que vas-tu faire ?

— Te porter sur mon dos. Ce sera plus prudent. Le chemin est escarpé, mais l'endroit est top.

Pas le choix. Je lève les paumes devant moi, rencontre son dos et remonte jusqu'à sa nuque. Il accroche mes cuisses pour m'aider, puis verrouille ses poings sous mes fesses. Je retiens mon cri de surprise et lui grogne dessus :

— Préviens, avant de faire ce genre de chose !

— Quoi donc ?

— Tes mains sur mon cul !

— Pardon ? Je ne te pelote pas, je te porte. Tu préfères te casser la cheville en trébuchant ? Arrête de te plaindre et tiens-toi bien. Ce sera plus facile.

Contrariée, je m'agrippe néanmoins à lui et renforce mon accroche quand il commence à grimper. Il y voit vraiment clair alors que je ne distingue pas le bout de mon nez.

Il m'avertit avant de me poser sur un sol dur et de me rendre mon sac. Puis, il me prend la main pour me faire passer dans une fissure étroite. Sa lampe éclaire légèrement l'autre côté pour me guider. C'est une grotte. Une vraie grotte, comme celles représentées dans les contes de fées, illustrés par animation, que j'affectionnais étant gamine. Le genre de grotte avec de la roche humide par endroit, au plafond parsemé de stalactites, avec des reliefs saisissants.

— Il y a un renfoncement plus loin. On y sera bien.

Sa voix se répercute sur la roche, bien qu'il ait parlé bas. Je le suis, prête à voir apparaître des elfes ou des lutins de n'importe quelle circonvolution. Naturellement, il n'en est rien. Une fois arrivés dans l'alcôve, Declan laisse la lumière de la lampe se refléter sur les parois d'un vert bleuté scintillant. Il déploie la moustiquaire, le matelas fin en dessous et s'y allonge. Je reste plantée là. Je n'avais pas pensé à ce détail technique. J'aurais beau l'éviter à longueur de journée, arrivé le soir, il va bien falloir qu'on partage ce même petit espace. Mon partenaire me laisse tergiverser comme ça durant près de dix minutes avant de s'exclamer :

— Tu comptes venir ou je te rebute au point que tu préfères dormir debout ?

Si seulement, je n'hésiterais pas autant !

— On va devoir dormir ensemble.

— À moins que tu ne veuilles rencontrer des moustiques aussi gros que mon pouce, oui. C'est dangereux, ces bestioles. Elles sont porteuses de maladies.

La raison me fait céder. Dans l'espace exigu, j'essaie de ne pas le toucher, sans succès. Il pousse un soupir. Au-dessus de ma tête, son bras attend que je la soulève pour passer dessous. Je n'ose pas bouger.

— Trêve. Installe-toi, qu'on puisse dormir tous les deux. S'il te plaît, laisse-moi protéger tes rêves.

Deuxième détail technique, plutôt gênant. C'est sûr que si je crie dans cette grotte à cause de mes cauchemars, on ne fera pas de vieux os. Nous avons eu suffisamment de chance la nuit dernière qu'aucun faucheur ne débarque alors que nous étions sous l'emprise des phycéas, il vaut mieux ne pas la forcer. Je soulève la tête. Il n'hésite pas à se coller à moi, à enlacer ma taille et à saisir mes doigts, comme il l'a fait chaque nuit qu'on a passée ensemble aux coupoles. La sensation est douce et horrible à la fois. J'ai une boule dans la gorge en lui murmurant :

— Ça va ?

— Mieux que depuis très longtemps.

Je ne réponds pas. L'effet des phycéas a dû se dissiper, pourtant, même s'il en a avalé une grande quantité. Mes doigts se resserrent involontairement autour des siens en ajustant ma position contre lui. Il en profite pour m'enlacer encore plus étroitement. À la lisière du sommeil, j'imagine l'entendre murmurer qu'il m'aime.

***

Je me réveille avant lui, les jambes entremêlées aux siennes et la tête posée sur sa poitrine. Ma main, passée sous son tee-shirt, est maintenue en place par la sienne, posée sur son vêtement. Lorsque je bouge pour tenter de me dégager, il me serre pour me retenir. Sur ma hanche, ses doigts se mettent à courir de façon bien trop sensuelle.

Il sourit. Je sursaute :

— Declan !

— Je préfère Walt. Je peux t'appeler Jess ?

— Oh… Oui, si tu veux. Mais je me présenterai comme Jessy.

— D'ailleurs, pourquoi Jessy ? Tu m'expliques ?

Il continue de chatouiller ma peau du bout des doigts. *Mais enfin !* Je me lève et m'éclaircis les idées. J'irai mieux après mon… café. Désillusion. Pas de café au pays des nomades.

— C'était une amie.

— Je connais tous les amis que tu fréquentais. Tu n'as jamais connu de Jessy.

— Si. Pendant deux ans. Pourquoi ça t'intéresse autant ?

— Je suis curieux. Je ne me souviens d'aucune Jessy dans ton entourage.

J'ai l'impression de me retrouver face à l'agent et son dossier soi-disant infaillible sur moi. Il sort de sous la moustiquaire, la replie jusqu'à la faire entrer dans sa doublure. J'attrape le matelas resté sur le sol avec un geste brusque et il insiste :

— C'était quand tu étais petite ? Une baby-sitter ?

— Non, pas du tout. Et toi, pourquoi Démétri et Stan ?

— Dis-moi pour Jessy, et je te le dirais pour un des deux.

Il sourit. Je serre les dents. *Sale type !* Il sait que maintenant que j'ai posé la question, j'ai envie d'avoir la réponse. Je tiens bon, pourtant. Vingt secondes.

— C'était une personnalité qui correspondait très bien à Six, une Netra que j'aimais beaucoup.

— Celle qui est morte le lendemain de tes dix-sept ans.

— Oui. Tu as mis ton dossier à jour ? À ton tour : pourquoi Stan ?

— À cause de Stanislas Boucher, celui qui nous a appris à nous repérer grâce aux étoiles avec Sim et Peps. Il a coupé l'herbe sous le pied à nos parents pour ça. Mais Simon a dû t'en parler en allant au terrain. Ou à l'occasion d'une de vos gardes.

— Non, il ne m'a jamais parlé de lui. Et Démétri, ça vient d'où ?

— Gourmande. Une info pour une info. Tu as faim ? Moi, oui.

Quoi ?!

— Je n'ai pas d'autre identité en poche.

— Tu as d'autres infos.

Je croise les bras sur ma poitrine en refusant le pain qu'il me tend. S'il me parle encore de la nuit des phycéas, il va m'entendre râler.

— Que veux-tu savoir ?

— Pourquoi tu as coupé tes cheveux ?

Déconcertée, je me revois m'acharner sur mes longues mèches dans ma maison vide de Gambetta. Je n'ai pas envie de parler de la solitude et des mensonges que j'avais l'impression de supprimer avec chaque mèche que je coupais – ou massacrais, pour le coup. Je peine à lui répondre :

— J'étais saoule.

Declan éclate d'un rire qui se répercute dans la caverne et provoque un tressaillement bien malvenu le long de ma colonne vertébrale. Je m'agace :

— C'est vrai ! J'avais bu, j'étais toute seule et je ne supportais plus mon reflet. J'ai tout coupé pour changer. À toi.

— D'accord. Démétri était le vrai prénom du gars que j'ai dû remplacer en passe, lors de ma première mission à Orion. J'ai gardé cette identité pour intégrer le cursus de NetraCORP.

Ça ne me regarde pas. Ne sois pas curieuse. Arrête de poser des questions ! En même temps, pour une fois qu'il répond ! Il me repropose le pain et cette fois-ci, je l'accepte.

— Pourquoi tu as dû le remplacer ?

— Pourquoi tu as bu toute seule ?

Son petit jeu commence à m'agacer sévèrement. Tant pis pour ma curiosité ! Je mords dans mon pain avec énergie et ne réponds pas. Declan soupire et fouille dans une de ses poches.

— Il a disparu à quelques semaines de ses vingt-cinq ans. C'était sa dernière mission et à l'époque, je le voyais comme un grand frère.

Il me tend une photo écornée à la coloration passée malgré le film qui la protège. C'est un petit format, à peine deux centimètres sur trois. Je peine à reconnaître Declan qui doit avoir quatorze ou quinze ans sur la photo. Le sourire aux lèvres pleines du jeune homme à côté de lui me fait monter les larmes aux yeux.

— Onze. C'est… C'était…

Je le repousse, me lève pour aller vomir. De grosses larmes roulent déjà sur mes joues, mes violents haut-le-cœur résonnant dans la grotte dans un bruit affreux. Declan passe dans mon dos pour tenir mes mèches éloignées du vomi. Une fois la bouche et le nez essuyés, il me serre contre lui. Je sanglote contre son torse. Onze, le Netra qui est resté avec moi si longtemps, n'était pas un criminel. C'était un ami de Declan. Sûrement de Peps et de Simon aussi. Le mien.

— Comment j'ai pu lui faire ça ? Dis-moi que je n'ai pas fait ça !

— Tu n'y es pour rien, tu ne pouvais pas savoir. Il a disparu à Lynx bien avant de réapparaître dans ton équipe. On ne sait toujours pas ce qu'il s'est passé entre temps. Je ne pensais pas que tu réagirais aussi fort en l'apprenant.

— J'aurais dû me rendre compte que quelque chose clochait, chercher plus loin ! Vingt aussi venait de l'extérieur. J'aurais dû faire quelque chose.

— Quoi ?

— N'importe quoi, mais pas ça ! Pas continuer à les tuer comme ça ! Je devrais être à leur place. Tellement, tellement de Netras… Il y en avait cinq cents rien que dans mon pôle. J'ai développé chacun de leurs programmes de personnalités. Cinq cents vies volées, brisées. Et leurs familles, leurs amis… Declan, si les Programmateurs savaient, ils arrêteraient tout. Il faut leur dire qu'ils sont utilisés pour tuer les gens !

— On ne peut pas faire ça. Ça déclencherait une guerre.

— C'est déjà la guerre. Et les Programmateurs font partie d'une armée sans le savoir. Sans Programmateurs, cette guerre s'arrête !

Un sifflement éclate dans la grotte. La chanson fredonnée me dit quelque chose, sans que j'arrive à me souvenir d'où je connais cette mélodie. Les yeux de Declan s'écarquillent. Il s'immobilise et me maintient contre lui quand la voix de Dara se répercute sur la roche.

— Je savais que je t'avais reconnu, hier, mon beau démon. Et tu m'offres la petite, comme promis. C'est bien. Tu seras récompensé pour ça. Je ferai en sorte que ta prochaine mort soit moins lente que ce que j'avais en tête.

La terreur déborde de mon compagnon et me contamine inexorablement, à l'image des ricochets de l'écho qui se rapprochent avec elle. J'attrape mon sac et le tire vers la sortie. Telle une montagne, il reste cloué sur place.

— Qu'attends-tu ? Bouge !

Dara recommence à siffler et dans ses yeux, je déchiffre qu'il ne me voit pas vraiment. *Ce n'est pas le moment pour un flash-back paralysant !* Comme il l'a fait à Orion pour me sortir de ma torpeur, je prends sa main et serre ses doigts.

— Declan, on doit partir. Ils sont là.

Rien. Pas même un battement de paupière. Un clapotis me parvient entre les notes de la mélodie lugubre. Je voudrais l'engueuler, lui ordonner de partir, le supplier de se réveiller. Mais élever la voix ne ferait que préciser notre position à Dara. Alors je pose ma joue contre la sienne et murmure tout bas :

— Tout va bien, mon yang. On reste ensemble. Toujours.

Quitte à se faire capturer, cette fois, nous serons tous les deux.

— Je vais bien m'occuper de toi, mon démon. J'ai préparé de nouveaux couteaux pour qu'on puisse s'amuser. Tu vois comme tu me manques ? Je m'occuperai d'elle, aussi. Joan ne veut pas qu'on touche à sa précieuse Programmatrice, mais elle est comme les autres. Il s'en lassera, et elle finira entre mes mains.

Il inspire brusquement et me serre contre lui de façon intense. Il saisit mon visage à deux mains et m'observe, la respiration haletante, ses prunelles cherchant désespérément à s'accrocher aux miennes.

— C'est réel ?

Je hoche frénétiquement la tête. Le sifflement retentit à nouveau et cette fois, Declan réagit et empoigne son matériel. *Pas trop tôt !* Nous rejoignons la fissure qui mène à l'extérieur. Une fois dehors, je retiens mon souffle. Très en hauteur, à flanc d'un pic rocheux, la forêt vrille sous mes pieds. Le vide tente de m'aspirer dans son gouffre. Je lâche la main de mon partenaire qui fait volte-face. Il jette un coup d'œil au dénivelé que je n'arrive pas à lâcher du regard.

— Va-t'en. Elle ne me fera rien. Toi, va-t'en !

— Je ne te lâcherai pas, jamais. Regarde-moi, pas en bas. Fais-moi confiance.

Il lance nos sacs à dos en contrebas. Je tremble de partout. *Fichu vertige !* Il m'agrippe sous les fesses pour que je noue mes pieds dans son dos et fait demi-tour, si bien que je vois une tignasse rouge vif s'extirper de la roche en rugissant :

— Où tu vas ? Reste ici ! Obéis !

Declan s'élance sur la pente raide d'un pied sûr. Dara nous suit de près, aussi agile que lui sur les rochers glissants de mousse, alors qu'elle doit avoir vingt ans de plus que moi. *Il faut la ralentir !* Je lâche le cou de mon compagnon pour attraper son arme à sa ceinture. Déstabilisé par mon mouvement, il grogne :

— À quoi tu joues ?

— Je vais tirer.

Le coup de feu part sans atteindre sa cible, mais je ne suis pas passée loin. La femme s'arrête quelques secondes et m'adresse un rictus haineux, se contracte de toute sa stature et hurle de façon provocante. Je tire à nouveau. La balle effleure son biceps et elle se remet à descendre à toute allure derrière nous.

— On y est presque, souffle Declan. Accroche-toi !

J'ai à peine le temps de refermer mes bras sur lui qu'il saute. La sensation de chute me retourne les tripes et je ferme les yeux, persuadée qu'on va s'écrabouiller. La réception est brutale. Mes pieds joints dans son dos se délient sous l'impact et ses mains s'enfoncent douloureusement dans mes côtes en amortissant le choc. Je vais avoir des bleus cette fois, c'est certain.

Je rouvre les yeux avec la vision stupéfiante de Dara qui nous fixe vingt mètres au-dessus de nous. Declan me crie de chopper mon sac et nous nous précipitons aussitôt dans le bois. Jamais je n'ai couru aussi vite, pas même la veille. Peu importe de laisser des traces, peu importe de faire du bruit. La seule chose qui compte est de mettre la plus grande distance entre nous et cette folle furieuse.

Un courant d'eau nous barre la route. Le vide, et maintenant l'eau. Cette forêt veut décidément ma peau. Mon compagnon s'y engouffre jusqu'à la taille et m'offre ses mains à saisir en me voyant hésiter.

— Elle nous suit, juste derrière. Je ne te lâcherai pas.

Dire qu'il a essayé de m'apprendre à nager à Capricorne et que je trouvais l'idée ridicule ! Tremblante, je m'accroche à lui. Mes vêtements deviennent lourds comme du plomb dans le contre-courant. Bientôt, l'eau atteint ma poitrine et le froid me coupe la respiration. Je suffoque alors que mes pieds décollent du fond de la rivière. Le courant exerce une pression telle que mes doigts glissent de ceux qui tentent de me retenir, en vain.

J'étouffe. Mes chaussures remplies d'eau me tirent vers le fond. Prise dans un tourbillon de bulles, je cherche désespérément à rejoindre la surface sans l'atteindre. Mes poumons brûlent. La panique m'ordonne d'inspirer. De façon incompréhensible, ma tête fait irruption hors de la rivière, m'accordant une bouffée d'air salvatrice, avant d'être à nouveau engloutie. Cette fois, ça dure tellement longtemps que l'eau s'infiltre dans mon nez, ma gorge... Le monde s'obscurcit.

De l'air. Je crache et tousse douloureusement. On me maintient sur le côté, puis, des mains puissantes me saisissent et me traînent sur le sol. *Qui est-ce ?* Je tousse encore. Mes poumons me supplient d'évacuer le reste du liquide qui les gêne.

— Pas de bruit, princesse. Elle arrive.

Valentin. Je manque de m'évanouir de soulagement. C'est sans compter sur l'angoisse qui me serre dans son étau l'instant suivant. Si c'est Val qui m'a sorti de l'eau, où se trouve Declan ?

19. À cinq

Le sifflement de Dara retentit au bord de la rivière. À l'opposé de la berge sur laquelle elle se trouve, cachés derrière un énorme rocher, les yeux de Val m'appellent à la sérénité. Mon cœur continue néanmoins à tambouriner dans ma cage thoracique. De nouvelles voix se font entendre, à quelques mètres de nous.

— C'étaient eux ? questionne une voix d'homme.

— Oui, répond méchamment Dara.

— Putain, pourquoi tu les as laissés filer ? s'insurge une voix grave de femme.

— Tu aurais fait mieux ? rugit notre persécutrice. Oslo ! Doha ! Descendez le courant ! Ils semblent aller vers le sud.

— Regarde là-haut ! Ce n'est pas un de leurs sacs ? remarque une quatrième personne.

— Les petits malins. On remonte le courant, tous !

— Dans ces rapides ? Je n'y vais pas !

Un coup de feu. Le silence. Mes yeux s'écarquillent lorsque je réalise qu'elle vient d'exécuter celle qui a refusé de risquer de se noyer. Val tremble sans dire un mot.

— Un autre volontaire souhaite rejeter mes ordres ? vocifère Dara. Non ? Dans ce cas, bougez-vous !

Nous entendons des grognements, puis des clapotis dans l'eau. Nous attendons là sans bouger, frigorifiés dans la fraîcheur du petit matin, sans faire un mouvement ou un bruit. Toutes sortes de peurs m'assaillent. J'ai toujours mon sac sur le dos malgré mes culbutes dans l'eau. Declan a-t-il sciemment retiré le sien ? S'est-il noyé en essayant de me rattraper ? Ou de se sauver ? Je suis persuadée qu'il préférerait mourir que de se trouver à nouveau entre les mains de son bourreau. Et puis Val est là, mais il est seul. Où sont Sim et Peps ? Seul le vent angoissant daigne répondre à mes interrogations silencieuses. Des larmes coulent jusqu'à mes oreilles. Enfin, mon prince tourne la tête vers notre droite et sourit.

— Tu as réussi à me faire peur.

— Il a fallu que j'attende qu'ils passent, explique Peps. Où est le cinquième de l'équipe ?

Mon sac m'empêche de me relever, la maintient hors de ma vue.

— De l'autre côté. Rouge lui a mis une balle.

— À un membre de son groupe ? Quelle tarée ! Ils devaient suivre quelqu'un d'important. Elle n'a rien lâché alors que deux se sont noyés. Pourquoi tu es trempé ?

— Parce qu'il m'a sauvé de la noyade ! dis-je, agacée de ne pas pouvoir me libérer de mon sac. Tu vas m'aider à me relever, ou tu vas me laisser faire la tortue encore longtemps ?

— Par les étoiles ! Wax ? Que fais-tu là ?

— La même chose que toi, andouille. Aide-moi à me relever !

Elle vient décrocher les lanières de mon sac d'un geste synchronisé et m'étreint brièvement à même le sol avant de me mettre debout.

— Declan est venu avec toi ?

— Évidemment ! Comment tu crois que j'ai réussi à arriver jusqu'ici ?

— Où est-il ? Et Simon ? Je ne les ai pas vus !

— Tu n'as pas vu Wax non plus, tente de la rassurer Val. Où tu...

— Wax !

Declan passe comme une flèche devant sa sœur et mon prince. L'instant suivant, je suis plaquée contre le rocher. Trempé, paniqué et soulagé à la fois, ses mains immenses encadrent mon visage.

— J'ai cru... Tu étais là et tu as glissé. Pardon, pardon, pardon...

— Je sais. Tu ne m'as pas lâché, c'est le courant qui m'a emporté.

Sa bouche rencontre si violemment la mienne que nos dents s'entrechoquent. Le baiser est empreint d'un besoin farouche de prouver que nos cœurs battent encore après cette rencontre avec Dara. Mes doigts ne trouvent rien d'autre à faire que de se perdre dans ses cheveux. Il gémit en me plaquant plus fort contre le rocher.

— C'est agréable de voir que je t'ai manqué, petit frère, ironise Peps.

— Je crois qu'on les a perdus, s'amuse Simon.

— On dirait que certains problèmes ont été réglés ! s'égaie Val. Bon, moi, je vais sécher.

Declan décroche de mes lèvres et agrippe mon prince pour le ramener contre nous.

— C'est toi qui l'as sorti de l'eau. Si ton mec ne risquait pas de me coller une droite pour ça, je te roulerais une pelle, Chester.

— Je ne m'efforcerais pas d'aller sauver mon mari, je n'aurais peut-être pas dit non ! rit Val. Mais Wax est bien mieux placée pour apprécier la chose.

— Eh ! proteste Sim. J'ai le droit à rien pour t'avoir tiré de la flotte ?

— Toi, tu as pris ta part à Capricorne ! Je ne suis pas près d'oublier que tu as failli m'étouffer dans ce hammam !

Les deux garçons éclatent de rire et Peps dévisage Declan.

— Qui êtes-vous et qu'avez-vous fait de mon rabat-joie et triste frère ?

Enfin, il me lâche pour saisir sa sœur par la taille et la soulever dans les airs. Comme elle est plus grande que lui, ça donne un drôle d'effet.

— Petite enquiquineuse ! Tu n'aurais pas pu attendre quelques heures de plus ?

— Non, et j'ai bien fait ! J'ai pu les rattraper, en partie grâce à Val qui nous a fait une petite crise existentielle sur le bord de la route.

— Excuse-moi d'avoir paniqué après notre première croisée avec ces faucheurs, se défend-il. En parlant d'eux, il ne vaut mieux pas traîner ici. Rouge est une meurtrière en puissance. Elle serait capable de revenir.

— J'espère qu'elle va se noyer dans les rapides, souhaite Simon. Les faucheurs ne sont pas censés poursuivre qui que ce soit aussi loin dans la forêt.

Declan glisse sa main le long de mon poignet pour attraper la mienne. Je me dérobe en tendant les bras à Peps, Val et Sim.

— À moi les câlins ! Vite ! On a encore du chemin à faire !

Mon ex s'empare de mon sac sans me demander mon avis. Prête à protester, Val passe sans le savoir une main sur mes côtes douloureuses et me conseille :

— Profite. Tu auras de quoi en avoir sur le dos après.

***

Au campement, il est manifeste que nos amis étaient en train de remballer quand ils ont entendu mes coups de feu. Ce qui me fait réaliser que je n'ai plus l'arme de Declan.

— Merde ! J'ai perdu ton flingue !

— Non, m'apaise-t-il, tu me l'as donné avant de commencer à courir.

Je secoue la tête, je ne m'en souviens pas. Comme il l'a dans la main, je dois bien le croire. Peps termine de plier la tente, Simon de s'équiper. Val me tend un sac qui me semble moins lourd que celui que je portais, à l'origine. En essayant de le passer sur mon dos, la douleur me vrille la poitrine et je le laisse tomber. Mon prince s'inquiète :

— Tu t'es blessée dans l'eau ?

— Ce n'est rien. Seulement quelques bleus.

— Fais voir. Sim, c'est toi qui as le baume !

D'un doigt sur l'épaule, il m'assoit sur mon sac et me demande de remonter mon tee-shirt pour inspecter les dégâts.

— Qu'est-ce qui s'est passé ? Princesse ! Tu es bleue partout !

J'ai envie de lui dire que je m'en doute, que chaque inspiration me fait souffrir et qu'après notre chute, je m'en sors carrément bien. Je n'en ai pas le temps : Declan est déjà accroupi devant moi, les mâchoires contractées.

— Ce sont tes côtes. Deux ont fêlé lorsqu'on a sauté. Tu aurais dû me le dire !

— Comment peux-tu affirmer que deux de mes côtes sont abîmées en regardant mes bleus ?

— Parce qu'elles ont craqué sous mes doigts. Je ne l'ai pas senti sur le coup, sans doute à cause du stress. L'adrénaline t'a anesthésiée jusqu'ici, mais maintenant, la douleur va se réveiller.

Nos trois amis nous dévisagent tous les deux.

— Quoi ? Je ne vous ralentirai pas.

— Tu as trouvé la seconde carte, c'est ça ? demande Simon.

— Oui. Encore heureux !

Declan éclate de rire. Peps se décompose en regardant son frère qui s'exclame entre deux soubresauts :

— Vous verriez vos têtes à croire qu'elle m'a réinitialisé ! C'est trop drôle ! Vous n'y êtes pas du tout !

Je suis sidérée de voir le soulagement dans les yeux de mes amis.

— Vous avez vraiment cru que j'avais fait ça ? Vous vous fichez de moi ! On a utilisé la seconde carte pour protéger Pierre et Gyna, pas pour réinitialiser le PNI !

— C'est-à-dire qu'il vient de dire qu'il avait senti tes côtes se fêler, se défend Val.

— Il a envoyé un rocher à plus de cent mètres sur la berge opposée de la rivière pour faire croire qu'il était remonté plus loin à Rouge, ajoute Simon.

— Et il est de bon poil ! se moque sa sœur.

— Vous seriez étonnés de savoir tout ce que je peux faire même sans PNI actif, s'amuse Declan. Enfin, vous allez le découvrir maintenant, je suppose.

Simon lui tend le baume, je l'arrête en brandissant ma main.

— Non ! Toi, fais-le. Ce sera très bien.

— Je préfère éviter une baffe !

Declan baisse les yeux et recule pour lui laisser la place. Sim s'accroupit avec prudence près de moi et Val demande :

— Vous n'êtes pas réconciliés ? Parce que le baiser de tout à l'heure était humide.

Il rit. Je riposte, revêche :

— Non. Enfin, si, mais on n'est pas ensemble.

— Pour le moment, souligne Declan.

Je lève les yeux au ciel, exaspérée.

— Il n'y a pas de *« pour le moment »* qui tienne, Walt.

— Vous aviez pourtant l'air sur la même longueur d'onde, tout à l'heure, insiste Peps. On a tous déduit que c'était reparti, entre vous.

Simon choisit cet instant pour appliquer le baume et je serre les dents. Declan en profite pour répondre :

— C'est un peu compliqué. On est tombé sur des phycéas.

— Ben voyons ! Raconte tout, pendant qu'on y est !

— Il y a des choses que je vais garder précieusement pour moi, sourit-il de toutes ses dents.

— Vous avez mangé des phycéas tous les deux ? s'amuse Peps. Ça a donné quoi ?

— Des trous de mémoire.

— De très bons souvenirs, ajoute son frère.

Je le dévisage. Il se moque de moi ?

— Je ne te suis pas. À Hôpital, tu ne supportais pas ma présence, et là... Argh !

— Pardon ! s'exclame Simon. Mais tu vires au noir. Je dois me dépêcher.

Je hoche la tête et serre les dents. Declan et Peps s'éloignent pour discuter. Val plonge ses doigts dans la pommade pour aider Sim. Mes deux amis ont beau faire attention, je laisse échapper quelques gémissements de douleur. Une fois terminé, Val m'aide à enfiler mon tee-shirt.

— Declan va beaucoup mieux. Pourquoi tu l'envoies balader ?

— Pour qu'il reste lui.

Peps s'approche de moi en dansant et chantonne :

— T'as mis une raclée à Pétasse !

— Oh, ça… Elle a surtout fracassé son poing dans le mur en évitant de justesse mon visage. Je n'ai pas de quoi être fière.

— Tu t'es battue ? s'étonne Val. Toi ? Dans le réel ? La fille qui fermait les yeux si Umy se faisait plaquer au rugby, parce que c'était trop violent. Tu es sûre ?

— Elle est même devenue une vraie guerrière ! sourit Peps. Et merci qui ? Merci la remise en forme spéciale zombie de Prisci !

Elle me fait rire et mes côtes me tirent. Pour l'instant, la guerrière se voit seulement attribuer les deux tentes du groupe à trimballer. Il faut profiter que l'équipe de Dara se soit disloquée pour nous éloigner.

***

Entre les arbres, nous mangeons quelques tablettes protéinées en continuant à avancer. Les effets de l'adrénaline se sont complètement dissipés et mes côtes me font abominablement souffrir. Je suis essoufflée. Chaque inspiration, chaque pas est un calvaire. Au moins, ça me fait oublier mes pieds gonflés.

Simon et Declan discutent à l'arrière du groupe depuis notre départ. Val se montre curieux des végétaux qui nous entourent. Peps lui répond patiemment tandis qu'il lui désigne pour la quinzième fois la même espèce d'arbre. Au moins, je ne suis pas la seule à galérer avec les plantes extérieures. Concentrée sur la gestion de ma douleur, j'ai conscience qu'ils calquent leur rythme sur le mien et que je les ralentis. Ça m'agace profondément. Mon amie me rejoint à la tête du groupe.

— On se rapproche de la rivière. On va faire une pause pour remplir nos bouteilles et te remettre du baume.

— D'accord.

Un souffle, je ne peux pas faire plus. Si elle veut discuter, qu'elle aille voir quelqu'un d'autre. Mais elle poursuit :

— J'ai dit au frangin de te lâcher la grappe.

— Vraiment ?

— Bien sûr. J'espère bien pouvoir dire que tu es ma sœur par alliance un jour !

Je ferme les yeux sans pouvoir répondre, ce qui lui laisse le temps d'argumenter :

— Laisse-lui du temps. Je sais que ça a été dur pour toi, mais tu n'as pas idée à quel point ça a été compliqué pour lui aussi, toute cette période de tensions à Hôpital.

— Il s'est tapé tout ce qui voulait bien aller dans son lit pendant deux mois, fais-je remarquer, pleine d'amertume.

— Ce n'est pas faux. Mais il a caché plein d'autres choses à tout le monde.

— Comme qu'il a continué à voir Gwen entre chaque conquête ?

Peps mâchonne en tirant la langue comme pour se débarrasser d'un sale goût.

— Oui, bon, ben, maintenant elle n'est plus là et il est avec toi.

Je m'arrête un instant pour souffler et me passe les mains sur le visage. Comment je vais lui faire entendre raison ?

— Peps, écoute-moi. Je ne me remettrai pas en couple avec lui. À chaque fois qu'on a été ensemble, il a changé d'avis. Ce qui l'intéresse, c'est le défi que je représente parce que je refuse ses avances.

— Non. Toi, écoute-moi, affiche-t-elle un air sévère. Tu es mon amie, je ne peux pas te laisser croire de telles conneries. Mon frère n'est pas parfait, mais c'est un type bien et il t'aime sincèrement. Vous êtes faits l'un pour l'autre. Il a déconné, certes, mais il a accès à des capacités Netras qui lui permettent de voir dans le noir ! Il y a de quoi perdre ses repères ! On a tous cru qu'il avait changé au point de nous trahir, alors qu'en fait, il voulait nous rejoindre ici et il est là. C'est ce qui compte aujourd'hui. Declan est là.

Elle me plante et s'en va à grandes enjambées vers la rivière. En passant à côté de moi, Val me chipe les deux tentes et mon ex me soulève en évitant miraculeusement mes bleus. Je ne contiens pas mon cri de surprise et lance un regard noir à mon ami qui me sourit.

— Tu n'aurais pas accepté si on t'avait prévenue !

Bande de conspirateurs. Je tente une torsion qui m'arrache un gémissement colérique de douleur. Declan se mord la lèvre tout en me tenant fermement.

— C'est seulement le temps de trouver où s'installer. Ordre de Val. J'obéis.

— N'en profite pas !

Sous la menace de mon index, il n'en profite pas. Il part même à la rivière avec Peps et Val une fois un emplacement trouvé, laissant Simon m'enduire le dos de baume.

— Declan va beaucoup mieux.

— Ne t'y mets pas toi aussi, s'il te plaît.

— J'entends par là que je suis content que notre départ l'ait réveillé, même un peu tard, et que vous soyez là pour m'aider à sortir Laura d'Hydre.

Je ferme les yeux et réclame un câlin à Simon. Notre étreinte est brève, sans chichis, sans larmes ou plaintes, bref, relaxante.

— Je suis désolée d'avoir emmené une telle tension avec moi.

— C'est secondaire. Tu es là. C'est tout ce que je voulais. Mais puisque tu en parles, tu n'exagères pas avec Declan ? Jusqu'à refuser qu'il t'aide bien que tu souffres ?

— Je n'ai pas le choix ! Dès qu'il me touche, je perds la boule.

Simon retire sa main, trop secoué par son rire grave. Encore amusé, il reprend son ouvrage.

— Tu ne veux pas qu'il t'approche, pas parce que tu ne veux pas de lui, mais parce qu'il te fait trop d'effet ? Toi, alors !

— Tais-toi ! Ce sera difficile de le repousser s'il t'entend dire ça.

— Ah, c'est vrai... Tu savais qu'il pouvait accéder aux capacités du PNI ?

— Oui. C'est ce qui m'a fait comprendre ce qu'il manquait pour faire fonctionner le programme Gyna. Même s'il n'y a accès que de façon imprévisible, elles dépassent mon imagination. Il t'a dit qu'il peut voir dans le noir ?

— Ouais. Je comprends mieux pourquoi il ne nous en a pas parlés avant. Si les faucheurs sont vraiment opérés pour acquérir le même genre de talents, les gens vont devenir paranos.

— Comment les nomades pourraient savoir de quoi il s'agit ?

— Les améliorations des capacités humaines étaient courantes dans l'Ancien Monde. Les gens appelaient ça le transhumanisme. C'était différent de ce qu'on voit aux coupoles aujourd'hui, mais on raconte que les exosquelettes et les implants sous-cutanés en tout genre étaient la norme. La technologie auraient permis une communication directe entre humains et intelligence artificielle. On dit qu'il suffisait de penser à une personne pour qu'elle apparaisse devant soi, et ça, qu'elle eut été vivante ou morte.

— Comment un savoir pareil a pu être oublié ?

— Parce que ça a dégénéré sec !

Il hausse les épaules. *C'est tout ?* Ma curiosité est loin d'être repue.

— Ben, vas-y ! Raconte !

— Tu veux un cours d'histoire en pleine forêt ?

— Tout ce qui peut me faire penser à autre chose qu'à la douleur est acceptable.

— Si tu le dis... Au début du millénaire, les conditions de vie sur la planète se sont dégradées très vite. Les animaux crevaient tous. L'air était pollué à en devenir irrespirable dans des pays complets.

D'autres disparaissaient sous des tempêtes perpétuelles ou la montée des eaux. Les immigrations vers les zones épargnées ont engendré leur surpopulation. Le tout a conduit à la famine et au développement de maladies virulentes et mortelles. La guerre mondiale des territoires fertiles a officiellement commencé en 2171 et s'est conclue en 2192 avec le traité d'Ökar Samara. Des villes-bunkers se sont développées et ça a été le début de la Période Sombre.

— La Période Sombre ? Je n'en ai jamais entendu parler lors de mes cours d'Histoire du Monde avec Umy, ni de villes-bunkers.

— Parce que nous avons peu de traces des villes-bunkers. Les coupoles les occultent complètement, même dans les musées. Certaines colonies disent avoir des archives jusqu'aux années 2220. Les informations recommencent à émerger vers 2370 avec les plans des premières coupoles, les suivis des sites de démantèlement et de constructions. En revanche, l'Ancien Monde s'est donné du mal pour nous cacher les technologies utilisées et le quotidien des gens de la période sombre. Même les fondateurs des colonies n'ont pas entretenu le souvenir de cette époque. Il ne reste que quelques écrits concernant la chute générale de la natalité qui évoquent un cybermonde. Très peu ressentaient le besoin de se rencontrer dans le réel, donc avoir un enfant, il parait que c'était devenu un évènement.

— S'ils vivaient à travers ce cybermonde, le virtuel devait être la réalité de certains.

— Possible, oui. Quoi qu'il en soit, l'ouverture des coupoles a mis un terme à ce mode de vie. Là-bas, seules les technologies nécessaires à des traitements médicaux, à l'entretien des structures et à leur sécurité ont été répertoriées.

— Dans ce cas, pourquoi les montres sous-cutanées, les ISC et les jeux y sont à nouveau devenus courants ?

— Le souvenir des améliorations a dû refaire surface et des Programmateurs s'en sont inspirés. Ou c'est l'incontournable utilisation de la technologie par l'être humain, qui sait ?

— Et le peuple du don, il n'existait pas à l'époque où les coupoles ont été fermées ?

— Les bizarres ? Si, mais il y a un genre d'accord tacite qui sépare le peuple du don et les colonies. Y déroger est très mal vu. Les plateformes étant à part, elles permettent à certains de faire exception pour du troc. Declan et Peps adoraient avoir des démonstrations étant gosses. En général, je les trouvais flippants.

Voilà pourquoi Peps ne veut pas que je parle de son aventure avec son soupirant du feu. Mon ami réajuste mon débardeur. Je n'ai pas osé regarder mon thorax. Tant que je ne les vois pas, je trouve plus facile d'ignorer les dégâts.

— Tes bleus ont arrêté de colorer, mais ce n'est pas beau à voir. Tu portes la marque de ses mains à la phalange près. Comment ça a pu arriver ?

— Quand on est sorti de la grotte pour échapper à Rouge, il a dû sauter avec moi pour nous donner assez d'avance. L'atterrissage a été rude. On est tombé d'environ vingt mètres.

— Wouaw ! Walt n'est pas content de tes côtes fêlées, mais tu t'en tires bien !

J'approuve d'un signe de tête et la voix de Peps gronde :

— Tu vas choper la crève.

— Pas avec la régulation de température. Et cette nuit, Jess me tiendra chaud !

Declan est trempé. Il tient un pantalon et la moustiquaire qui étaient dans son sac. Il a plongé dans la rivière pour ça ? Son tee-shirt le moule si bien que ma gorge s'assèche :

— Non ! Je dormirai avec Simon. Et Val, ou Peps. Ça ira.

— Tu plaisantes ? On a dit trêve, la nuit !

Il ne doit pas insister, ou je vais flancher. La présence de Simon calme les cauchemars sans les empêcher. Declan les chasse complètement la plupart du temps. Peps me gronde du regard. Je baisse les yeux. Ne pas le regarder retirer son tee-shirt mouillé, ne pas laisser le souvenir du bois au phycéas m'envahir. *Tu parles !* Il s'accroupit devant moi, cherche mon regard jusqu'à ce que je cède. Sa voix est douce, empreinte d'une pointe de fébrilité :

— Je m'excuse pour tout le mal que je t'ai fait à Hôpital.

— De même. On a tous les deux commis des erreurs.

— Nous, ce n'est pas une erreur. Mon erreur a été de croire que c'en était une. Ne fais pas la même, je t'en prie.

Je sens les regards de Sim, Peps et Val sur nous. J'ai tellement envie de le croire, de les prendre pour témoins de ce qu'il me dit afin qu'ils puissent le rappeler à sa mémoire lorsqu'il changera d'avis. Mais je dois tenir bon. J'invoque son réveil à Paradis, la tendresse mêlée au rejet à Orion, cette longue période chaotique à Hôpital. Même si ça veut dire que je dois garder une distance entre nous, je ne retomberai pas dans ce cercle infernal. Umy et Val ont besoin de nous unis, pas en train de nous déchirer pour la moindre broutille.

— Je suis désolée. Nous, c'est fini. Il faut passer à autre chose, je te l'ai déjà dit.

Declan se relève et tourne les talons pour repartir vers la rivière. Peps pousse un soupir que tout le monde entend avant de lancer, acerbe :

— Ne venez pas vous plaindre si les faucheurs débarquent en pleine nuit.

***

Les deux tentes sont installées entre des arbres dégagés, à quelques mètres l'une de l'autre. Val a décidé qu'on s'arrêterait camper ici bien avant la nuit pour me ménager. Je protesterais bien, mais je suis trop fatiguée. La troisième couche de baume soulage mieux les douleurs que les précédentes, si bien que je m'endors presque avec un morceau de viande séchée dans la bouche sur l'épaule de Simon qui s'inquiète :

— Comment on va faire pour entrer à Hydre ? Tout seul ou à trois, j'aurais tenté une entrée comme à Orion, mais à cinq, ce ne sera pas possible.

— Certains convois sont exclusivement confiés à un doublon de Netras, propose Declan. Si Wax réussit à hacker les conducteurs, on se cachera dans le camion et on entrera à Hydre les doigts dans le nez.

— Ce serait jouable ? me demande Peps.

— Il faudra être rapide pour les empêcher d'envoyer un message d'urgence, mais si je hacke leur programme journalier, oui, ce sera possible. Il faudra malgré tout repérer un camion conduit par deux Netras. Ce n'est pas si fréquent que ça. Les transporteurs préfèrent avoir un convoyeur non-Netra dans leurs équipes.

— Tu te souviens à quelle fréquence il y avait ce genre de demande à Andromède ? questionne Val.

— Les demandes de chauffeurs étaient quotidiennes, les remplacements de dernière minute, beaucoup moins. Je dirais une ou deux fois par mois. Il y est allé une fois. Il n'a pas aimé ça.

Le film a rempli son rôle et a protégé la photo de Démétri dans l'eau. Je la tends à Declan qui me regarde sans la récupérer.

— Il aurait voulu que tu la gardes, qu'il soit Démétri ou Onze.

— Tu lui as dit pour Dém ? s'étonne Simon.

Declan hoche la tête et tend la main vers ma joue. J'ai un mouvement de recul.

— Tu n'as pas changé d'avis, pour cette nuit ? Je n'aime pas l'idée que tu dormes avec d'autres mecs sans moi. Je suis ton mari.

J'en reste bouche bée. Après un instant de sidération, Peps lance, en pétard :

— Je t'ai pourtant dit de la laisser respirer, non ?

— C'est ce que je fais déjà en acceptant que ma femme préfère dormir avec mes amis qu'avec moi.

— Vous n'êtes mariés qu'aux coupoles, à ce que je sache.

— Tu n'es pas à jour, ma grande. On a revendiqué notre mariage avant de partir d'Hôpital.

Declan sourit niaisement. Il y a un blanc. Puis Peps éclate :

— Espèce de... Comment t'as pu me faire ça ? Tu vas me le payer cher, Cookie ! Te marier deux fois, sans ta sœur ! Tu es un frère abominable ! Et toi, la Programmatrice, pourquoi tu refuses de dormir avec lui si vous avez revendiqué votre mariage ?

— Ça ne compte pas ! Je ne savais même pas ce que je faisais ! J'étais encore dans les vapes après m'être battue avec Pétasse !

— Vous avez signé le registre ? enfonce le clou Simon.

— Oui. Mais c'était pour partir plus vite à votre recherche...

— Qui s'est porté témoin ? gronde Peps.

— Calme-toi, grande quille ! rit son frère. Imanna et Gyna.

— Gyna encore... Mais Imanna ?

— Oui, d'où il était plus simple de signer que d'essayer de passer entre les mailles du filet. Ce n'était pas prévu, mais je ne regrette pas. La prochaine fois, on fête ça avec vous. Promis.

— J'espère bien ! se marre Simon. Ça fait deux fois, mec !

— Que veux-tu ? Quand on aime, on ne compte pas !

Trop, c'est trop. Je me lève, les poings serrés, et explose :

— Il n'y aura pas de prochaine fois ! Je ne me marierai plus jamais, compris ? Et surtout pas avec toi ! Tu es mon ex, pas mon mari !

J'abandonne et pars me réfugier dans une tente pour me cacher sous une couverture.

***

Simon sort de la tente. Son mouvement me tire du sommeil. Val s'installe à côté de moi, si froid qu'il m'arrache un frisson.

— T'es gelé, prince.

— J'ai une bouillotte humaine à disposition, c'est gentil !

À la place chaude de Simon, il me propose son épaule en oreiller en échange de ma chaleur. *Tricheur*.

— Qu'est-ce qui s'est passé avec Declan, princesse ?

— Trop de choses. Trop de fois. Trop compliqué.
— Raconte-moi, demande-t-il.
— Non.
— Pourquoi ? Tu crois aussi que je vais t'échanger contre Umy ?
— Non. C'est seulement trop dur d'en parler pour le moment. Même avec toi.
— Mais tu l'aimes. Et lui aussi, il t'aime. Quoiqu'il se soit conduit comme un con à Hôpital. Ce n'est pas dans ses habitudes de ne pas écouter lorsque tu lui dis d'arrêter, si ?
— Non. Je l'aurais laissé à Hôpital sans le moindre état d'âme si ça avait été le cas ! C'est trop compliqué, Val. J'ai essayé. J'ai espéré. Force est de constater que ça ne fonctionne pas entre nous.
— Donc, tu renonces ?
— Au contraire. Je me bats pour le garder. Tant qu'il se sent bien, il vient vers moi. Mais à la moindre allusion à notre passé qui lui déplaît, il part en vrille et s'enfuit. Avec lui, je dois être sans cesse sur mes gardes. Cette fois, d'autres gens comptent sur moi. Je ne veux pas de cette pression constante, surtout avec les faucheurs à nos trousses. Et une fois à Hydre, je ne pourrais pas supporter qu'il me plante encore en plus de tout ce qu'on aura à gérer là-bas.

Val reste silencieux.

— J'ai tort ?
— Non, tu as raison de rechercher une relation saine.
— Il manque quelque chose, je ne sais pas quoi. D'autres perspectives, peut-être. On verra après, une fois que nous serons réunis et en sécurité. Parfois, l'amour ne suffit pas.

Il soupire, me console en caressant ma tête.

— Je t'aime, princesse. Je sais qu'on n'a pas de lien de sang, mais je t'aime comme un membre de ma famille. En te voyant dans l'eau ce matin, j'ai cru à un cauchemar.
— Mon prince était là pour me sauver ! Même pas peur !
— Alors, j'ai eu peur pour deux. Je me suis dit que quitte à mourir pour une illusion, celle-là était plutôt bien choisie. Après être parti, après ce que j'ai pensé... Ce que j'ai envisagé de faire...
— Chut. Je sais, c'est fini. On va aller libérer Umy et Laura, ensemble.

Declan avait raison pour le deal. Je ne peux pas en vouloir à mon ami d'avoir exploré toutes les pistes pour sauver celui qui partage sa vie. Pour la première fois, Val pleure devant moi. Jamais ce n'était arrivé, que ce soit de tristesse ou de bonheur. Il embrasse mon front et me serre contre lui.

— Je m'en veux tellement. Je me suis rendu compte que j'étais vraiment prêt à le faire si c'était le dernier recours quand Declan a atterri sur le capot de la voiture. Je me sens horrible.

— C'est humain. J'aurais aussi tout envisagé pour le sauver. C'est déjà pardonné.

Je me rends compte que sans Declan, je me serais sacrifiée sans hésiter pour mon ami. Grâce à son intervention effrayante, je tiens plus à ma propre vie. Prise d'un élan de tendresse pour mon ami en détresse, je murmure :

— Je t'aime aussi, mon prince.

20. Le lac

Pour ce qui doit être la dernière fois, nous remballons le campement avant d'atteindre le marché de Bois noir. Mes côtes vont beaucoup mieux grâce aux applications quotidiennes de baume, et les indications d'Andréal laissées sur la carte de Simon nous ont aidées à ne plus faire de mauvaises rencontres.

Même s'il s'en défend, Declan supporte très mal le roulement mis en place pour monter la garde la nuit. Il a des cernes mauves sous les yeux et ce matin, c'est à peine s'il tient debout. Il se mélange les pieds sur la piste lisse et envoie balader Peps lorsqu'elle lui propose son aide, si sèchement que Val intervient :

— Walt, c'est à ta sœur que tu parles. On s'inquiète tous. Tu as vu ta tête ?

— Non. Je m'en fous.

— Arrête de nous envoyer paître ! réplique sa frangine. Tu n'as qu'à dormir la nuit, plutôt que de sortir et de faire des rondes quand tu crois que je dors.

Il s'arrête, se retourne. Ses traits, tirés par la fatigue, me choquent alors que je m'autorise à le regarder vraiment pour la première fois depuis trois jours.

— Je vais me reposer plus loin. Tu ronfles.

— C'est faux ! Tu as recommencé, comme à Hôpital. Mais là, c'est trop. Trois nuits sans dormir, tu n'atteindras pas Bois Noir ! Tu tiens à peine debout !

Comme pour soutenir ces dires, Declan trébuche encore et se rattrape de justesse. Val persévère :

— C'est vrai que tu n'as pas dormi depuis que vous nous avez rejoints ?

— Oh, ça va. J'ai réussi à fermer l'œil une heure la nuit dernière. Je vais tenir jusqu'à Bois Noir. C'est bon.

— Tu n'as dormi qu'une heure en trois jours ?

Declan lui adresse un vague geste pour approuver. Simon ne tente rien. Depuis hier, ils sont à nouveau fâchés. Je ne sais pas pourquoi. Sim a l'air de savoir, lui, mais il n'a pas voulu m'en parler. Peps m'adresse un regard furibond et Val propose :

— On fera une pause plus longue au point d'eau pour manger. Ça vous va ?

Tout le monde opine, sauf Declan qui est déjà reparti devant.

***

Il nous faut à peine trois quarts d'heure pour arriver sur les rives sableuses d'un lac aux contours arrondis. L'eau y est claire. Mon prince ne demande son avis à personne pour monter une tente sur place. Dès qu'elle est installée, il grogne sur Declan :

— Walt, tu rentres là-dedans. Geins, ronfle, je m'en fous, tant que tu dors. On ne partira pas d'ici tant que tu n'auras pas récupéré un minimum.

— Tu fais chier, Val !

— Oui, moi aussi, je t'aime, mon choupinet.

Declan serre les mâchoires avant de s'engouffrer dans la tente. Je pars avec Sim chercher à manger dans des buissons aux alentours. Une grosse partie de nos réserves de plaquettes protéinées était dans le sac perdu dans la rivière, aussi, il est grand temps d'arriver à la colonie du désert pour nous ravitailler. Nous découvrons à notre grand plaisir une douzaine de pruniers chargés de fruits. Nous en garnissons nos poches pour en ramener aux autres. Plus loin, mon ami s'accroupit au milieu de drôles de feuilles et sort un légume de la terre.

— C'est génial ! Des carottes !

— Tu plaisantes ? Ça ne pousse pas comme ça !

Un hurlement déchire le calme de la forêt. Sim et moi courrons à toute allure vers le lac. J'arrive en premier à la plage et percute Val.

— Du calme ! C'est Declan, il dort. Peps est parti le voir.

Il est interrompu par un nouveau cri. *« Ne vous plaignez pas si les faucheurs débarquent en pleine nuit »* Voilà pourquoi elle a su calmer mes cauchemars à l'infirmerie d'Hôpital. Il en fait aussi. J'entre dans la tente tandis que Declan, allongé sur le matelas, se contracte de tout son long et hurle. Sa sœur tente d'étouffer son cri qui résonne sur le lac et me regarde, les larmes aux yeux.

— Je n'arrive pas à le calmer. Pas sans le réveiller. Et même ça, j'ai du mal à le faire.

— Il n'a jamais fait de cauchemar au point de crier, même à Orion !

— Il en fait toutes les nuits depuis que vous êtes rentrés à Hôpital. C'est aussi pour ça que je ne voulais pas qu'il vienne. Là-bas, il a essayé de ne dormir qu'une nuit sur deux, mais les cauchemars sont pires s'il fait ça.

— Pourquoi il nous l'a caché ?

— Tu l'as repoussé. Il n'a pas voulu insister. À Hôpital, il m'avait interdit de t'en parler. Je ne sais pas comment il a tenu, là-bas. Les nuits qu'il passait avec moi, il semblait plus fatigué au réveil que la veille.

Je ne me pose pas beaucoup de questions. À part ce matin, il s'est montré adorable, ces derniers jours. Je retire mon pantalon aux poches pleines de prunes et congédie Peps. Declan tremble comme s'il avait froid. Je m'allonge à côté de lui. Il n'a même pas pris le temps de se déshabiller avant de s'endormir sur la couverture. Dans ses gémissements, je distingue mon prénom, celui de Dara. Je caresse son visage qu'il enfouit dans ma main. Contre ma paume, ses lèvres murmurent :

— T'es là…

— Oui, je reste avec toi. Tout va bien, repose-toi.

— J'ai cru que tu m'avais oublié.

Je mets un instant à me rendre compte qu'il dort toujours. Dans un chuchotement, j'ose le rassurer :

— Je ne t'ai pas oublié. Je t'ai retrouvé. On reste ensemble.

Il se colle à moi comme si sa vie en dépendait, cherche sa position jusqu'à me pousser presque complètement sur le dos et pose la tête contre mon cœur. Sa main glisse jusqu'à mes reins et seulement là, il soupire de bien-être et cesse de crier.

***

Inlassablement, je caresse les cheveux de Declan comme je l'ai fait tant de fois à Capricorne et à Paradis. Il pourrait sans doute les attacher avec un élastique, c'est incroyable ce qu'ils poussent vite. Une heure a dû s'écouler et Val vient tirer sur la fermeture de la tente.

— Voilà pourquoi il insistait pour dormir avec toi.

— Oui. Ça va être compliqué de passer mes nuits avec lui et de l'éviter le jour.

— Arrête de l'éviter tout court.

— Tu sais pourquoi je ne peux pas.

Declan grogne, se retourne en m'emportant avec lui dans le mouvement. Hilare, mon prince referme la porte et, blottie contre mon ex, je m'endors aussi par intermittence. Le soleil se rapproche de la ligne d'horizon quand il embrasse ma paume qui lui caresse distraitement le visage. Il me sourit :

— Salut, toi.
— Salut. Ça va mieux ?
— Dans tes bras, oui.

Ça commence mal. Je ris et secoue la tête :

— Trêve accordée, uniquement pour dormir.
— Je ne veux pas de ta pitié.

Il se relève sur un coude et se fige lorsqu'il voit mes jambes nues enlacées aux siennes. Ses yeux remontent jusqu'à ma hanche pour mieux glisser sur ma taille découverte par mon tee-shirt retroussé. Son regard est si brûlant que je crois un instant qu'il est bel et bien possible qu'il finisse par m'enflammer sur place. Je déglutis :

— Ce n'est pas de la pitié. C'est une nécessité. Tu as besoin de dormir sans faire de cauchemars et moi aussi. Donc j'abdique, je jette l'éponge et prévois de dormir avec toi toutes les nuits à partir d'aujourd'hui. C'est compris ?
— Toutes les nuits sans exception ?
— Tant que tu auras besoin de moi.
— Ce sera toutes les nuits du reste de nos vies.

Pourquoi il me sort un truc pareil ? Il aura ma peau et mon cœur se brisera encore, même si ce n'est que pour ça.

— Ne dis pas ce genre de choses. Il faut avancer et continuer nos chemins, même s'ils doivent se séparer.
— C'est toi, mon chemin. J'ai été long à la détente, mais je sais que je ne veux pas d'une vie dans laquelle tu ne seras pas avec moi. Laisse-moi une dernière chance, s'il te plaît. Je ne suis pas complet sans toi.
— Tu es complet, Declan. Tu n'as pas besoin de moi pour être entier.
— C'est faux. Tu es mon yin. Tu le seras toujours. Ne pars pas, j'ai besoin de toi.

Il me faut du courage, beaucoup de volonté et un grain de folie pour me relever, le repousser. Il faut que je lui dise non. Que je me montre ferme.

— D'accord.

Gné, c'est quoi, cette réponse ?

— D'accord ?

— La nuit, c'est trêve. Mais le jour, tu vas ramer comme jamais. Tu n'es pas près de m'embrasser encore.

Joyeux, ses yeux pétillent et brillent, plus beaux que jamais. *Il me faut mon pantalon, vite !* J'enfonce mes ongles dans mes paumes pour ne pas me jeter sur lui alors qu'il chuchote dans mon dos :

— Je ramerai même dans un lac asséché s'il le faut.

***

Nous avons décidé de rester au lac pour la nuit. Cette soirée est de loin la plus détendue que nous passons tous les cinq depuis que nous avons commencé notre périple. C'est en partie dû au fait que Declan est à nouveau de bonne humeur – rien que d'être assis à côté de moi le fait sourire. Nous avons de la nourriture trouvée dans les environs : carottes, prunes et même radis. Tout est cru, hors de question d'allumer un feu, mais nous retrouver avec le ventre plein nous fait un bien fou.

— Que ce soit clair, vous en êtes où ? nous demande Peps. T'es ma sœur ou non ?

— Tu es insupportablement directe parfois, lui lance Sim. Tu sais ça ?

Elle lui jette un noyau de prune à la figure. Il riposte en touchant Val. J'en jette un sur Peps qui se lève pour mieux m'attaquer et déclenche une bataille douloureuse de noyaux volants ponctuée d'éclats de rire. Je réussis à échapper à Val qui cherche à m'attraper en faisant simplement mine d'avoir mal aux côtes et pars en courant.

— Petite tricheuse ! lance-t-il dans la pénombre. Tu ne perds rien pour attendre !

Il fait trop sombre pour qu'il me voie. J'ai réussi à me cacher, mais des bras se referment autour de moi. Une main s'abat sur ma bouche.

— Je t'ai eue.

Je mords violemment l'inconnu qui m'a attrapée par-derrière et lui envoie un coup de tête dans le nez. J'ai le goût de son sang sur la langue, mais il ne braille pas, ne me lâche pas. J'écrase son pied, envois mon coude dans ses côtes et empoigne dans ses cheveux, me libérant assez pour crier :

— Faucheurs !

Ma voix explose sur les eaux sombres et tout s'anime autour de nous. Des faisceaux de lampes déchirent la nuit, des hurlements retentissent tandis que je fais basculer mon agresseur sous moi et lui écrase le visage à coups de coudes et de poing jusqu'à ce qu'il perde connaissance. Je lui ligote rapidement les pieds et les mains avec le filin à ma ceinture et le laisse sur place, le visage en sang.

— Jessy !

Declan, à l'autre bout de la plage. Je le retrouve avec Peps et Val sur le sable.

— Où est Sim ?

— Il était du côté des tentes, assure Peps. J'en ai assommé une.

— J'en ai eu un aussi, ajoute Declan.

— Et j'ai immobilisé celui qui m'a trouvé, inconscient. Il en reste deux.

On se concentre sur le nouveau silence qui nous entoure et fait monter une angoisse insupportable. À nouveau dans le noir complet, nous nous tenons tous les quatre dos à dos, essayant de repérer le moindre indice qui pourrait nous dire où se trouve Simon.

— Tu n'entends rien ? demande Peps à son frère.

— Ça ne fonctionne pas comme ça. Ce n'est pas comme si j'avais un bouton marche/arrêt.

Si, moi ! Je me retourne et l'accroche pour l'embrasser. Il ne sursaute pas, n'hésite pas une fraction de seconde non plus. À peine nos bouches se sont jointes qu'il recule, part en courant dans la pénombre en direction des tentes. Peps se lance derrière lui et je me jette sur elle pour la retenir. Deux coups de feu successifs se répercutent sur les eaux calmes.

Le hurlement effrayé de Peps résonne autant que les détonations. Elle se débat pour le suivre dans la nuit et je l'enserre de toutes mes forces jusqu'à lui faire plier le genou au sol. Si Simon et Declan ne reviennent pas, hors de question qu'il lui arrive quelque chose. Valentin s'accroupit à côté d'elle.

— Calme-toi.

— Non ! C'est ma famille, là-bas ! Lâche-moi, Wax ! Laisse-moi y aller !

— Elle ne te lâchera pas. Personne ne va te laisser perdre la vie bêtement. Tais-toi et écoute.

Je resserre ma poigne, ignorant la douleur lancinante dans mon buste, et ramène ses épaules en arrière. Elle cesse de gesticuler, inquiète. Le silence s'épaissit encore, laissant mon imagination déborder. Si elle a raison, si Declan et Simon ont été touchés ? Si Declan s'est fait tirer dessus et Simon, enlever ? Si l'un d'entre eux est gravement blessé ?

Je l'entends avant de le voir, me relève et fais volte-face pour envoyer mon pied en arrière. Il rencontre une mâchoire et la fait craquer, son suivit d'un grognement de colère :

— Sale dégénérée ! Je vais te chopper !

Je distingue les contours du type plié en deux et lui envoie mon genou dans la figure. Il attrape mon mollet dans le mouvement et un nouveau coup de feu éclate dans la nuit. Je perds tout contrôle sur la peur et la fureur qui se déversent de mes poings et hurle sur le faucheur immobilisé. Je l'insulte en le frappant. Je le cogne encore quand je perçois la voix de Val, soulagée, appelant Simon.

Je m'arrête, essoufflée, terrifiée. Le type sous moi ne bouge plus. Mes mains sont poisseuses de sang. De la lumière éclaire le sable à proximité et la voix de Declan annonce :

— On est là, on va bien.

Peps se trouve déjà à ses côtés. Val part à la rescousse de Simon qui a du mal à tenir debout. Je tremble de partout. La lampe m'éclaire un instant. Je reste sur place, immobile, sous le choc. Declan me rejoint. Il me touche, et partout où ses mains passent, mon corps se réveille.

— Tu es pleine de sang. Pourquoi tu es pleine de sang ?

Du sang ? Derrière moi, le type qui nous a attaqués se trouve bien plus loin sur la plage, allongé, inerte. Je ne me souviens pas m'en être éloignée.

— Wax ? murmure encore Declan. Tu as mal quelque-part ? Tu es blessée ?

— Je ne crois pas. Il nous a attaqués par-derrière… Je ne pouvais pas le laisser leur faire du mal. Y'a aussi l'autre, dans les herbes, plus haut. S'ils se réveillent…

— Non, ils sont K-O. Ne t'inquiète pas. L'agent m'aide, grâce à toi. Je vais m'occuper d'eux. Je m'occupe de tout, princesse. Val ? Val ! Tu peux venir avec Wax, s'il te plaît ?

Nous remontons vers la tente d'où mon ami sort, déversant un rayon de lumière sur moi. Il écarquille les yeux.

— Elle n'est pas blessée, assure Declan. Aide-la à se déshabiller, si tu peux. Je vais m'occuper des faucheurs et je reviens.

Val s'approche. Declan s'en va. Une douleur sourde se réveille dans ma poitrine, une oppression familière. Je tente de suivre mon ex sur le sable.

— Il revient, me retient Val. Il va bien. Viens retirer tes vêtements. Ils sont… sales.

Des caillots de sang et autres amas luisants s'agglutinent sur ma poitrine. Je ferme les yeux.

— Enlève-moi ça. Val, enlève-le tout de suite !

Il se plante devant moi et m'observe, ne sachant manifestement pas par où commencer. Il passe finalement ses doigts sous mon tee-shirt détrempé et le roule pour me le passer par-dessus la tête. Les mains de Val tremblent lorsqu'il abandonne le vêtement sur le sable. En se retenant de vomir, il recule sans pouvoir continuer. Declan réapparaît et murmure :

— Wax, je peux ?

— Oui, oui, enlève. Enlève tout. Vite !

Mon pantalon s'avère aussi collant que mon tee-shirt et mes sous-vêtements. Nue, je panique :

— Qu'est-ce qui s'est passé ? Pourquoi je suis encore couverte de sang ?

— Tu t'es bien défendue, c'est tout. Viens te laver avec moi, ma princesse.

Il m'accompagne dans l'eau. Elle est froide. Il fait froid. Je tressaille. Une fois dans le lac jusqu'à la taille, Declan retire son tee-shirt. Il l'utilise pour me nettoyer le visage et pour tremper mes cheveux.

— Declan…

— Ne t'inquiète pas, je ne fais que te nettoyer.

Oh, ça...

— Je sais. C'est sur la plage… Qu'est-ce que j'ai fait ?

— Tu as sauvé Peps et Val. Et Sim aussi, en m'aidant à m'ouvrir aux capacités de l'agent. Tu nous as tous sauvés.

Son tee-shirt glisse sur mes épaules, jusqu'à mes mains. Il me tend ensuite le tissu que je me contente d'observer. La lune dessine presque un demi-cercle dans le ciel et éclaire suffisamment son visage pour que je le voie se mordre la lèvre.

— Tu préfères sans doute continuer seule.

Je secoue la tête. Il m'aide en commençant par mon cou, à l'affût du moindre signe qui lui signifierait d'arrêter au fur et à mesure qu'il me tire hors de l'eau. Il n'y a plus personne sur la plage, plus aucune trace du type que j'ai mis K-O.

— Tu les as tués ?

Declan se redresse et me regarde avec un visage grave dans le clair de lune.

— Oui. Trois d'entre eux.

— Bien.
— C'est tout ? Bien ?
— Ce sont eux ou nous. On n'en a jamais ouvertement parlé, mais on savait que ça finirait par arriver.
— Wax, je viens de tuer un homme par balle. J'ai brisé le cou d'un autre et planté mon couteau de chasse dans le cœur d'un troisième. Et tout ce que tu trouves à dire, c'est « bien » ? Certains pensent vraiment protéger les coupoles en fauchant les gens de l'extérieur et surtout, tous ne choisissent pas cette vie. Tous ne veulent pas capturer les gens. J'ai moi-même fauché un type pour sauver ma peau. Et si j'étais tombé sur des gens comme nous, ce soir-là ?

Sa voix tremble. La panique, le choc ? Peu importe. Je suis calme, maintenant. Je sais que j'ai cogné fort, longtemps et sans faiblir. J'ai frappé pour tuer. Pour nous sauver.

— Il n'y a pas de gens comme nous. Il n'y a que nous, notre famille. Nous protégeons notre famille. C'étaient eux ou nous, et nous gardons les membres de notre famille en vie. C'est pour ça qu'on va chercher Umy et Laura. Nous sommes en vie.

Le silence s'étire entre nous quelques secondes. Il doit avoir autant froid que moi. *Ah, non. Il peut réguler sa température, lui.*

— Heureusement qu'on a établi une trêve pour la nuit, souris-je. Je ne crois pas qu'on aurait pu fermer l'œil ce soir sans ça. Je peux rester monter la garde avec toi ?

— D'ac, mais il faut que tu fasses quelque chose avant.
— Quoi ?

Il sourit à son tour, essore son tee-shirt et secoue la tête.
— T'habiller.

***

Nous passons finalement tous une nuit complète. Declan et moi nous sommes endormis dehors, tels quels. Il s'était installé assis contre un arbre en lisière de la plage. Lorsque je l'ai rejoint – habillée et avec la seconde couverture – j'ai réclamé après lui en écartant ses jambes à petits coups de pieds, jusqu'à ce qu'il me cède la place dans ses bras.

Une fois levée, Peps insiste auprès de son frère pour savoir où sont les faucheurs de la veille jusqu'à ce que je lui dise crûment qu'ils sont tous morts. De là, elle ne bronche plus, nous laissant profiter du petit-déjeuner. J'ai du mal à ignorer la gorge de Simon. Son cou est entouré d'un trait net et rouge vif aussi épais que mon pouce. Il a déjà mis du baume hier soir et au réveil, mais la marque est encore bien visible.

— Ce n'est pas si terrible, pas autant que tes côtes, me sourit-il. Au fait, Declan, je n'ai pas pu le dire hier soir, mais merci. Je ne m'en serais pas sorti sans toi.

— Tu n'as pas à me remercier. Je n'aurais rien pu faire sans l'intervention de Wax.

— C'est n'importe quoi, interviens-je. Il va falloir que tu apprennes à accepter les remerciements. Et que tu arrêtes de dire que ce sont les autres qui ont fait les choses à ta place, comme pour le programme Gyna.

— Sans toi, aucune fonction de l'agent ne se serait activée hier soir.

— Jusqu'à preuve du contraire, c'est toi qui es parti sauver Simon. Accepte le merci.

— Tu m'as permis de le faire et tu es resté avec Val et Peps que tu as défendu.

J'hallucine !

— Ça peut être considéré comme une maladie, l'excès de modestie ?

Simon éclate de rire et Declan s'entête :

— Tu en as arrêté autant que moi la nuit dernière, Wax.

— Peut-être, mais ça ne change rien à ce qu'on a dit hier, Walt.

J'insiste sur son pseudonyme. Il est hors de question qu'il fasse une bourde pareille à Bois Noir. Tous ceux qui auraient vent de notre véritable identité seraient une chance supplémentaire de nous savoir en vie pour les faucheurs.

— Je ne peux pas t'appeler princesse, plutôt ? Ça me viendra plus naturellement que Jessy.

— D'accord, l'artiste.

— L'artiste ?

— C'est toi qui as fait le dessin de mon pendentif, non ?

— Vrai. Pas sûr que ça fasse de moi un artiste pour autant.

— La princesse Jessy et l'artiste Walt ! rit Simon. Je crois que vous êtes au point. Et nous, qui on devient ? Marshal est grillé, recherché et tout le bordel. Val doit être soit mort soit recherché. Peps est connue sur le Fil comme Priscilla Zelman.

— J'ai envie d'un nom de fleur, ou de couleur, lance Peps. Ou les deux ! Pourquoi pas Violette ? Ou Lilas ?

— Tu serais davantage une rose, juge Val. Soyeuse en surface et piquante si on s'aventure à la cueillir.

— Ça me plaît ! sourit-elle. Va pour Rose. Toi, tu es aussi beau qu'un mannequin. Calixte ! Non, Manny !

— C'est trop évident, se moque Sim.

— Quoi ? Qu'il est beau ? C'est ma faute peut-être ?

Nous rions tous et Val rougit.

— Chester, je connais et ça me convient. Et toi, Sim, comment va-t-on t'appeler ?

— Érim, propose Peps.

— Ça ne va pas la tête ? Je ne vais pas m'appeler Érim !

— Amir, Omar, Jaewonn ! continue-t-elle en se marrant. Oh, tu avais mis des jours à te décider pour Marshal ! Pourquoi pas Tall, comme à Andromède ?

Ils rient. Je n'en reviens pas de la façon dont ils décident de leur prénom, en fonction de leur trait de caractère ou physique. Declan et Val s'amusent à proposer à Simon d'autres appellations qu'il refoule. Alors que nous replions tous les deux la tente pour partir, il me demande :

— Et toi, tu n'as pas une idée de prénom pour moi ?

Après tout, je faisais ça tout le temps, avant. Je nommais des inconnus. Je leur racontais une histoire à travers des lignes de codes. Je ne le ferai plus. C'est terminé. Je ne construirai plus de programme de personnalité. Je me rends compte que je l'ai décidé à l'instant même où j'ai vu la photo de Démétri dans la grotte. Je prends le visage de Simon en coupe, le regarde, imagine devoir lui donner un prénom et une identité. Mais c'est différent. Lui, je le connais vraiment.

— Hayden.

— Hayden... Pourquoi ?

— C'est un prénom qui m'inspire la douceur et la tendresse que je vois en toi. Mais c'est à toi de choisir, pas à moi.

— Hayden. Ça me plaît bien.

***

Sur le chemin, je m'attends à ce que le contrecoup de la nuit passée me tombe dessus, en vain. Lorsque nous distinguons les ruines indiquant le site de Bois Noir au loin, nous sommes soulagés. C'est une zone qu'Andréal nous a signalée comme sûre et nous comprenons vite pourquoi. Le terrain a beau être plat, il est extrêmement aride. Aucune plante n'y pousse. Seuls des amas de roches donnent du relief au paysage. Difficile d'imaginer que des gens vivent ici.

Cependant, je ne suis pas à l'aise d'être autant à découvert. Dara nous a repérés de loin sur la route malgré la réactivité de Declan. Si nous nous faisons courser par une voiture ici, nous n'avons aucune chance. Je sursaute en entendant un animal couiner à proximité. La bestiole est grosse avec une longue queue... Un écureuil des sables comme me l'avait décrit Javani ! Mon sourire refuse de se dessiner complètement, le souvenir aujourd'hui entaché par son agression. Declan profite de l'avance du groupe pour venir à côté de moi.

— Je peux te parler de Démétri ?

J'opine et nous ralentissons pour laisser les autres passer devant.

— La première fois, je l'ai vu alors que je t'attendais devant l'AGRCCP. Je lui ai couru après en espérant que c'était toujours mon ami, mais il était marqué. Je lui ai demandé qui était son Programmateur et quand il m'a dit que c'était toi, j'ai trouvé dur.

— Tu as dû me détester, oui. Je lui ai implanté une personnalité différente tous les jours pendant deux ans. Il n'aurait pas été Netra sans ça !

— Non, il aurait été mort. On a discuté, tu sais. Il était heureux d'être avec toi.

— Il disait qu'il était chanceux de faire partie de notre famille. C'est Six qui a utilisé ces termes en premier pour désigner notre équipe. Je suppose que je les voyais davantage et les connaissais mieux que certaines personnes de mon entourage, à l'époque.

Je souris tristement. Les autres atteignent déjà la lisière des ruines. Declan s'arrête carrément.

— Comment tu as su qu'il n'aimait pas conduire ?

— Je m'en suis rendu compte après sa première mission de conducteur. Le lendemain, il était encore stressé de sa journée. J'ai retiré cette personnalité de son profil.

— Je suis content qu'il ait été avec toi. Démétri était vraiment quelqu'un d'important pour moi. Je n'aurais pas pu espérer meilleure Programmatrice pour lui.

Je lui souris avant d'observer les ruines.

— Nous ne devrions pas entendre des gens à cette distance s'il y a un marché là-dedans ? Ou voir quelqu'un, au moins ?

— Je ne sais pas, je ne connais pas Bois Noir. Rose ! Hayden ! Chester ! Revenez !

Peps est la plus près. Elle se retourne et s'effondre.

Il y a cet instant infime, ce court moment pendant lequel vous analysez les informations reçues et traitez les images que vous percevez. La plupart du temps, vous n'avez pas conscience de cette mécanique cérébrale. Mais si l'information est trop choquante, votre cerveau cherche une explication plus admissible que la réalité, et vous pouvez ressentir cet enchaînement chimique.

Là, je m'en rends compte. Lorsque Val et Sim tombent à leur tour parmi les ruines, que des silhouettes surgissent du sol pour les emporter, que Declan disparaît déjà derrière un mur. Mon cerveau bloque, tente d'interpréter ces chutes inexpliquées. Puis, il me hurle de me sauver. Il me tétanise d'horreur. Ma volonté reprend le dessus, faisant fi des risques et du danger. Couteau à la main, je m'engouffre dans les ruines dans lesquelles il n'y a déjà plus une trace de mes amis. J'y hurle de rage et de désespoir.

La piqûre est nette dans mon cou. Une minuscule fléchette. La tête me tourne. Cependant, j'ai le temps de la voir, cette jeune femme aux yeux fardés de pourpre sur leurs pourtours. Ses iris d'un bleu indigo saisissant rendent son visage complètement stupéfiant. L'air intrigué, plus elle se rapproche et plus elle devient floue.

— Vous êtes qui ? Des faucheurs ? Vous m'avez pris ma famille. Rendez-les-moi.

J'ai du mal à sortir les mots. Mes jambes cessent de me porter et je me retrouve à genoux devant elle. Elle s'accroupit.

— Bienvenue à la maison.

Elle sourit avant que je ne sombre à ses pieds.

21. Bois Noir

J'ouvre les yeux sur un canapé, contre Declan qui passe sa main sur ma tête et me sourit. Pas vraiment l'idée que j'avais de mon réveil quand je me suis effondrée dans les ruines. Je m'attendais plutôt à être ligotée dans un camion ou un cachot, séparée des autres. Nos ceintures équipées et nos sacs ont disparu, moins surprenant.

Peps, Simon et Val sont installés sur un autre canapé, en face de nous, des bols dans les mains. La fille des ruines termine de servir Sim. Ma parole, c'est...

— Du café ?

Ses yeux indigo se tournent vers moi, rieurs.

— Jessy, c'est ça ? J'ai cru comprendre que tu serais ravie d'en boire.

— Tant qu'il n'est pas empoisonné comme vos fléchettes.

— Tu ne peux pas me le reprocher, beauté ! Je m'appelle Hélia, Chargée de section d'accueil de Bois Noir. Vous étiez cinq, armés, avec des tatouages Transit et pour info, tu as les cheveux pleins de sang. On l'a joué prudent. Vous seriez dans une salle d'accueil réservée aux faucheurs si molosse ne s'était pas réveillé si vite.

— Arrête de m'appeler comme ça, ronchonne Declan.

— Ça te va bien, pourtant ! Tu grognes dès qu'on s'approche d'elle.

Hélia me tend une tasse pleine. La boisson chaude n'a pas grand-chose à voir avec le café des coupoles ou d'Hôpital, mais c'est mieux que rien. Notre hôtesse s'assoit dans le fauteuil face aux deux canapés et se frotte les mains.

— Maintenant que vous êtes tous réveillés, je vais répondre à la question de ma jonquille, lance-t-elle en regardant Peps qui serre les mâchoires, l'air mécontent. Bois Noir marque la frontière entre trois territoires faucheurs, entre des lignes de convois. Les sbires de Fill, le type aux commandes à Dragon, poussent vers l'ouest. La tarée qui dirige ceux du triangle d'Andromède, Orion et Lynx, cherche à empiéter sur les limites d'Oprimus au sud, autour d'Hydre. Les faucheurs s'aventurent peu sur le terrain aride de Bois Noir et s'ils tentent leur chance, nous sommes là pour les cueillir et continuer à faire passer le coin pour zone morte et mortelle. À vous ! Que s'est-il passé pour que vous arriviez ici sans être signalé par Hôpital ?

— Je te l'ai déjà expliqué…

Declan est interrompu par un index autoritaire. Hélia me regarde, attendant ma version. *Merde, que lui a-t-il dit ?* Je tente d'aller au plus court, espérant ne pas faire de gaffe :

— Nous ne pensions pas passer par ici, mais nous avons fait de mauvaises rencontres sur notre route. Un nomade nous a indiqué que nous pourrions troquer au marché pour continuer notre voyage.

— J'entends… Mais pas ce que je veux.

Hélia se lève pour faire le tour de son fauteuil avant d'exposer le boîtier et ma puce. Six ouvertures basculent dans les murs, des canons nous cernant de partout. Je me jette devant Declan pour l'empêcher de lui sauter dessus. Les jambes encore lourdes et la tête vaseuse, les effets de ce qu'ils m'ont administré dans les ruines ne sont pas encore tout à fait dissipés. Hélia secoue la tête et me regarde.

— Quatre humains et un Netra non marqué. Une équipe pour le moins insolite.

— Les Netras sont humains. Et il n'y en a aucun parmi nous.

— Donc, peu importe si je valide cette réinitialisation ?

— N'y touche pas !

J'ai crié et fait un pas en avant. Hélia interrompt son geste pour mieux m'attraper et colle le canon de son arme sous mon menton. Tétanisée, mon cœur bat à tout rompre.

— Pourquoi portes-tu le collier de Lopi autour du cou ?

— Lopi ? Comment tu peux savoir que c'est son collier sans savoir à quoi elle ressemble ?

— Parce que c'est sa clef. Si tu la portes en guise de trophée pour l'avoir fauchée, vous êtes tous très mal barrés.

— Tu te trompes… tente Simon.

— Je ne me trompe pas, mon chou. J'ai besoin du nom associé à cette clef. Si tu es une Lopi, tu l'as. Sans ce secret de famille, vos vies à tous vont s'arrêter ici.

Quelle clef, quel secret ? D'où cette fille du désert me connaît ? Hélia accentue la pression sur ma mâchoire et entame son décompte.

— Cinq…

— Jessy, si tu dois te souvenir de quelque chose, c'est le moment, me presse Simon.

— Quatre…

— Ce n'est pas du bluff, renchérit Declan. Toutes les armes sont chargées.

— Je ne bluffe jamais, molosse. Trois…

— Je ne sais rien ! Je ne sais même pas de quelle clef elle parle ! Hélia, je peux te dire tout ce que tu veux sur ma famille, mais je n'ai aucune clef !

— Tu l'as, si tu es la fille d'Edith et Justin. Deux…

L'arme d'Hélia disparaît de sous mon menton. Pas le temps de réfléchir, mon coude s'enfonce dans ses côtes. Je saisis son poignet pour l'empêcher de faire tout mouvement qui ordonnerait le tir sur mes amis. C'est inutile. Declan et Peps ont refermé trois des six trappes dans les murs que Simon et Val maintiennent fermées. La tête d'un type dépasse de la quatrième ouverture. Declan le bloque d'un bras autour de la nuque qui lui maintient également un canon à balles à chocs électriques dans la bouche. De l'autre main, il tient en joue la cinquième personne qui menace Peps. Mon amie vise elle-même le sixième trou avec un long fusil, la dernière tireuse nous ayant en ligne de mire, Hélia et moi. Declan grogne :

— Nous venons d'Hôpital. Aucun marchand n'a jamais parlé de clef pour entrer à Bois Noir. Dégage ma femme de ta ligne de mire ou je te bute la première.

Hélia accroche dans mes cheveux, me retourne et me jette au sol. *Merde !* Bizarrement, dans cette position, elle me met aussi hors d'atteinte de la tireuse. Mais elle tient à nouveau ma carte et mon boîtier, à quelques centimètres de la validation. Le rictus insaisissable, elle murmure :

— Une réinitialisation et votre Netra de combat sera hors d'état de nuire. Je me trompe ?

— Ne fais pas ça ! C'est mon mari, pas un Netra !

— Mousse au chocolat ! s'exclame soudain Val. La mousse au chocolat d'Edith, celle de mamie Lili. Elle a refusé plusieurs fois de me la donner. Elle disait que c'était son secret de famille le mieux gardé et que seule Wax pourrait en hériter !

Le regard si particulier d'Hélia s'éclaire. *La mousse au chocolat ? C'est une blague ?* Ses épaules se décontractent et elle se relève en me tendant la main.

— Il était temps ! Pendant une seconde, j'ai cru avoir fait un câlin à une faucheuse. C'est bon, vous êtes les bienvenus.

Elle appelle ça un câlin ? Je me relève seule. Hélia me tend mon boîtier et ma carte que je sépare soigneusement avant de rejoindre Declan. Il relâche alors celui qu'il tient à travers le mur et me presse contre lui. Pour revoir notre position de couple infiltré, on repassera ! Les deux armes encore visibles disparaissent des trappes. Hélia s'installe d'une demi-fesse sur l'accoudoir de son fauteuil et Peps baisse son fusil en soupirant :

— Si après ça je n'ai pas pissé dans ma culotte, je peux tout vivre !

— Jamais je n'aurais ordonné qu'on abîme une fleur sauvage, mon bouton d'or !

— Je déteste les surnoms, donc garde tes mots doux pour quelqu'un qui en voudra.

— On se calme, Rose, intervient son frère. Il y avait aussi des sécurités à Hôpital.

Hélia me tend encore la main. *Elle peut se brosser !* Mon Prince saisit sa paume.

— Je préfère la poignée de main aux menaces quand on rencontre du monde.

— Et j'aime les mecs qui savent garder leur sang-froid en toutes circonstances. D'ailleurs, Wax, pourquoi c'est beau gosse qui a le nom de la clef ?

— Je te l'ai dit : j'ignorais qu'une clef était associée à mon collier. Et pourquoi tu es soudain certaine que je suis Wax et pas une amie à qui elle l'aurait confié ?

Hélia tire une photo de sa poche.

— Il fallait que je m'assure que vous n'aviez pas basculé côté faucheur, mais je suis à peu près sûre que ton mari est Declan, que la montagne sexy s'appelle Simon et que ma jolie Rose est pleine de Peps ! Y'a que beau gosse... C'est un de tes amis d'Andromède ? Umy, ou Valentin ? J'ai envie de dire le cuistot, juste pour le plaisir de l'imaginer à poil sous un tablier. Quoique, avec un équipement de rugbyman sexy, il passe aussi !

Hélia rit. Nous, beaucoup moins. Elle soupire et me donne la photo.

— Ta mère n'a pas exagéré, ils n'ont rien eu le temps de te dire avant ton mariage. Je suis Hélia, ta cousine, la fille de la sœur de ton père. C'est de la clef de la maison de tes parents ici que je parle.

Une maison ? En arrière-plan, le cliché nous montre les premiers étages de l'hôpital en bien meilleur état qu'aujourd'hui. Quatre couples avec des enfants plus ou moins grands posent devant. J'y reconnais, sans aucun doute possible, les deux personnes à gauche qui portent un bébé : mes parents.

— Tu veux dire que mes parents ont habité ici ? Qu'ils savent tout de l'extérieur ?

— Évidemment ! Ton père a ramené ta mère de Lynx et tu es née ici, ma chérie. Ils ont décidé de repartir vivre à Andromède après ta naissance. Ce sont mes parents et moi à leur gauche sur la photo. Et devinez qui les a aidés à Hôpital ?

Je regarde le couple souriant dont le père tient un bambin dans les bras. Hélia ? Declan fait signe à sa sœur et Simon d'approcher puis souffle à mon oreille, interloqué :

— Mes parents… Ceux de Simon… On est… C'est nous !

Effectivement, je crois bien reconnaître un air de Declan dans le petit garçon à moitié caché contre la jambe de son père. Aucun doute sur son identité, il doit être près de l'âge actuel de son fils qui lui ressemble beaucoup. Il y a un air de Simon chez l'autre enfant assis en tailleur. Je retrouve aussi le regard clair et espiègle de Peps chez la petite fille souriante à côté de celle qui doit être sa mère. Declan me désigne le couple à côté de mon père.

— Ce sont mes parents. Et tout à droite, ceux de Simon. Elle ne ment pas, nos parents se connaissaient bel et bien. Tu ne t'en souviens pas, Peps ?

— Et toi donc ? Je devais avoir à peine cinq ans sur cette photo ! Comment veux-tu que je m'en souvienne ?

— C'est complètement dingue, souffle Simon. On s'était déjà vu. Genre, vraiment petits, mais on s'était déjà vu.

— Oui, mis à part le beau gosse blond dont j'ignore toujours le nom, rappelle Hélia.

— Valentin, se présente-t-il.

— Yes ! La chance qu'a Umy ! Depuis quand tu n'es plus à la coupole ?

— Depuis que mon mari s'est fait embarquer par les faucheurs pour Hydre.

— Ainsi que ma copine, ajoute Sim.

— Je suis désolée pour eux, compatit Hélia.

— Il n'y a pas à l'être, réplique Declan. On va les sortir de là.

Hélia se décompose en un instant. Elle nous fixe tour à tour en secouant la tête, muette, avant d'exploser, agitée.

— Vous n'êtes pas sérieux ? Hydre ! La prison d'Hydre ! Vous allez vous faire tuer avant même d'être entrés dans la coupole ! Alors en faire sortir deux prisonniers ? Ça ne s'est jamais vu !

— Il faut une première fois à tout, déclarent simultanément Val et Simon d'un ton catégorique.

— Nous sommes tous conscients du danger, continue mon prince. Même si trouver un moyen de nous rendre moins repérables serait le bienvenu. Nous sommes tous connus ou recherchés.

— Sans compter qu'avec ton look, tu ne passes pas inaperçu, ajoute Peps. Il va falloir changer tout ça. Les fringues, la coiffure, tout. Pour nous tous.

Val baisse les yeux pour s'observer.

— Mon look ? Je porte les mêmes fringues d'Hôpital que vous !

— Ça ne suffira jamais ! s'inquiète Hélia. Il va vous falloir bien plus qu'un simple coup de ciseaux ! Et c'est sans compter sur la sécurité de la coupole. Même grimés, vous ne passerez pas la reconnaissance faciale de la gare !

— Nous avons un plan pour entrer plus discrètement, s'indigne Simon.

— Wax et moi sommes censés être morts, les gens ne nous porteront pas attention. Ils ne vont pas aller imaginer que nous avons ressuscité, tempère Declan.

— S'ils vous croisent séparément, c'est possible. Mais ensemble, les gens vont vous griller ! Et lui, sérieux, quoi qu'il enfile, à mon avis, ça ne va pas changer grand-chose.

Val entrouvre la bouche et écarte les bras d'un air ahuri en voyant Hélia le désigner.

— Qu'est-ce que j'ai fait pour que tu me prennes à partie ?

— Tu as un nouveau visage sous la main, peut-être ? se fâche mon ex. Nous irons. Umy et Laura sont enfermés là-bas. Il est hors de question de les y laisser.

— Arrête de grogner, molosse ! De nouveaux visages, ce n'est pas une mauvaise idée. En revanche, ce ne serait pas infaillible.

— Ça veut dire que tu vas nous aider ? demande Peps.

— Je ne vais pas laisser ma cousine se jeter dans un traquenard ! En tout cas, pas sans faire ce que je peux pour qu'elle s'en sorte. Et puis, je suis incapable de résister dès qu'une jolie plante a besoin de moi.

***

Nous longeons un couloir étroit qui débouche directement dans une rue, derrière un étal fait de bric et de broc. De nombreuses personnes se bousculent, marchandent, vendent, achètent. Ça crie, ça hurle dans tous les sens. Je me souviens qu'Antho m'a décrit cet endroit comme une gigantesque plateforme d'échange cruciale du désert. Je réalise aujourd'hui pourquoi. Même les manifestations des Frenox me semblent bien calmes comparé au tumulte dans lequel nous nous engouffrons. Je ne suis pas la seule impressionnée : Declan resserre ses doigts sur les miens alors que Sim nous donne la main à Val et moi, et Val à Peps. Je me demande comment nous avons fait pour passer à côté d'un tel tintamarre lorsqu'Hélia se retourne pour nous crier :

— Nous sommes dans l'allée cinquante-six sud, on doit remonter de l'autre côté de l'artère principale, au quarante-trois nord. Ne me perdez pas ou je vous souhaite bon courage pour retrouver vos affaires !

Elle lâche Declan et s'enfonce dans la foule. Nous n'avons pas d'autre choix que de la suivre : nous ne savons pas où nous sommes et plus aucun de nous n'a de ceinture ou d'arme. En quelques secondes, pourtant, elle disparaît et Declan se fâche :

— C'est qui, cette couleuvre ? Où elle est passée ?

— Derrière ! nous appelle Sim. Elle est avec Rose !

— Mais comment ? Elle était devant il y a deux secondes !

Il est contrarié. Je me demande ce qui l'exaspère le plus : avoir été pris en otage ou avoir été semé dans la foule ? Hélia nous balade un temps infini dans la masse du marché, au point que j'ai mal aux pieds à force de piétiner. Je n'en peux plus des couleurs vives, des gens hurlants, des bonnes ou mauvaises odeurs qui s'entremêlent, des marchands qui nous accostent. Les enfants en particulier nous bousculent et nous manquons d'être séparés au moins cinq fois par des charriots qui arrivent ou repartent. J'en suis au point d'avoir du mal à tenir la main de Declan et Sim quand ce dernier se penche vers moi.

— Regarde en haut !

Je lève les yeux au ciel pour y découvrir une immense voûte lumineuse. Il doit y avoir des milliers de lampes à imitation de lumière naturelle, semblables à celles que nous avions dans les bas-étages d'Andromède, suspendues à dix mètres du sol. Ce n'est que maintenant que je remarque les immenses colonnes qui soutiennent le plafond. Tout en haut de celles-ci, des miroirs renvoient la lumière dans toutes les directions. Au milieu de l'allée bordée d'étals, je comprends pourquoi je ne les ai pas remarquées plus tôt. Ici, les gens se bousculent moins, la rue est beaucoup plus large. Nous devons avoir atteint l'artère principale. Nous pouvons faire des vrais pas et nous retrouvons même à courir entre les passants, comme les gosses plus tôt, pour suivre Hélia jusqu'à une rue beaucoup plus calme. Les maisons mitoyennes s'y enfilent, bariolées de couleurs plus vives les unes que les autres, aux motifs disparates. Le changement brutal me soulage tant que j'en pleurerais de joie.

— Bravo, nous félicite Hélia. Vous ne m'avez pas perdu.

— Ce n'est pas faute d'avoir essayé de nous laisser derrière, pourtant ! râle Peps.

— Mon bouton d'or, je ne t'aurais jamais laissé dans la foule. Les autres peut-être, mais pas toi !

— Arrête avec tes surnoms débiles avant que je ne te casse la figure, cœur d'artichaud !

— Je suis toujours d'humeur pour un câlin, ma jonquille.

Sous le regard exaspéré de Peps et l'amusement manifeste de Val, Hélia nous conduit jusqu'à une maison dont la façade est peinte en bleu, vert pomme et orange. Declan y entre en premier, prudent. Je le suis, aussi sur mes gardes. Nos sacs sont déjà dans l'entrée qui se prolonge par un couloir. Sur la droite, il y a un escalier droit et un peu raide qui monte à l'étage. Sur la gauche, une salle à manger munie d'une grande table sur laquelle repose un carton abandonné entourée de huit chaises. Plus au fond de la pièce, un coin salon compte un canapé et un fauteuil installés autour d'une table basse. Une porte y laisse entrevoir la cuisine, brutalement éclairée par une lumière vive qui illumine ensuite toute la maison. Hélia revient par le couloir et se plante devant moi, main tendue.

— Bienvenue chez toi, cousine. Rends-moi ma photo. Ton exemplaire est sous cadre, dans le salon.

— Mes parents ont vraiment vécu ici ?

— Oui. Pour tout t'avouer, j'occupe cette maison depuis le décès des miens, mais pendant que vous serez là, je dormirai chez un ami. J'ai descendu notre correspondance avec ta mère. Sa dernière lettre est en haut de la pile sur la table. Elle t'est adressée, au cas où tu serais arrivée ici. Plutôt un bon plan puisque te voilà !

Mon cœur se met à battre la chamade.

— Tu peux leur envoyer une lettre ? Je vais pouvoir les rassurer, leur dire que je ne suis pas morte dans une explosion, que Val est en vie, qu'on va aller libérer Umy, qu'il faut qu'ils partent de là-bas, qu'ils reviennent ici !

— Doucement ! Ce n'est pas aussi simple que ça.

— Et pourquoi pas si tu sais comment communiquer avec eux ? gronde Declan.

— Tout doux, molosse, j'ai mes raisons.

— Ne m'appelle pas comme ça !

— Rabat-joie ! La réponse se trouve dans les lettres.

Je manque de trébucher jusqu'à la table. Un carton y est rempli de courrier, mais je repère tout de suite le papier sur lequel est inscrit mon prénom de la main de ma mère :

« Mon bébé,

Umy nous affirme que tu n'es pas morte, que ton collier et ton pendentif qui manquent à l'appel en sont la preuve. Pour lui, c'est un signe évident que vous vous êtes enfui dans le désert. Nous essayons de le raisonner pour le garder en sécurité avec Val, mais c'est difficile. Ils souffrent tellement de vous avoir perdu.

J'espère qu'il a raison, que dehors, vous avez trouvé refuge. Je n'ose laisser l'espoir m'envahir que dans cette lettre. Il sera trop douloureux d'attendre ton retour chaque jour à la maison. Si tu es en vie et avec Hélia, saches que nous sommes en sécurité à Andromède, bien entourés, même si l'échange de courrier est désormais trop risqué.

Hélia est ta cousine, fille de nos estimés Faradja et Liliane, la sœur de ton père. Si tu lis ces lignes, tu as dû découvrir que Kliff et Deborah, les parents de Pépita et Declan, ainsi que Carène et Oliver, ceux de Simon, nous ont aidés à nous installer à Andromède. Tu avais à peine deux ans. Ta rencontre et ton mariage avec Declan sont des imprévus qui nous remplissent de joie avec ton père, quelles que soient vos raisons.

Nous partirons pour Baie dès que possible. J'espère de tout mon cœur t'y voir avec Declan. Cela signifiera que les cendres qui reposent dans le salon ne sont pas les vôtres.

Je t'aime, où que tu sois. Maman »

Pas de lettre, pas de réponse. Ne pas leur dire, devoir les laisser dans le doute. C'était avant qu'Umy se soit fait arrêter qu'ils ont écrit. La situation n'a pas dû s'améliorer depuis. De toutes les informations que contient la lettre, je n'en retiens pourtant vraiment que deux sur le coup et me tourne vers Peps :

— Pépita ? C'est ton prénom ? Vraiment ?

Elle lève les yeux vers le plafond.

— Bien sûr ! Mes parents ne m'ont pas juste appelé Peps à la naissance ! Mais plus personne ne m'appelle comme ça depuis très, très longtemps.

— Maman est la seule à persister, se marre Declan. Et Edith, manifestement.

— Si qui que ce soit ose le répéter, je lui ferai vivre un vrai enfer, menace sa sœur.

Nous rions brièvement. Je me tourne vers Hélia.

— Alors comme ça, nous sommes vraiment cousines ? Je suis désolée que tes parents soient décédés.

— Merci. Ça fait trois ans, un sale virus qui a fait beaucoup de victimes, malheureusement. Ma mère était la petite sœur de ton père. Elle et Edith entretenaient une correspondance qu'Edith a poursuivie avec moi jusqu'à ce dernier envoi. C'est à cause de notre lien familial que nous devions partir tous ensemble vivre à Andromède, mais pour finir, un seul couple a pu passer.

Je suis plus que surprise. Jamais mon père n'a laissé entendre qu'il pouvait avoir une sœur ! Mais c'est une information rédigée de la main de ma mère…

— Comment ma mère sait que je connais Simon ?

— Elle liste seulement les gens sur la photo, suppose Peps.

Hélia claque des mains.

— Bien, ne perdons pas de temps. Il va vous falloir une transformation drastique pour ne serait-ce qu'espérer tenir dix minutes à l'intérieur d'Hydre sans vous faire repérer. Installez-vous et surtout, prenez une douche pendant que je vais chercher…

Simon la retient par l'épaule :

— Tu as bien dit une douche ? Où ?

— Dans le couloir, en face de la cuisine.

Sim me pousse sur Declan qui percute la table de la salle en me réceptionnant. J'éclate de rire avant de me lancer à sa poursuite dans le couloir. C'est trop tard. La porte se verrouille devant moi.

— Espèce de brute ! Ce n'est pas toi qui as encore du sang dans les cheveux. J'ai une option prioritaire !

— Certainement pas ! Ma douche, je te dis ! Premier arrivé, premier servi !

— Il y a une autre salle de bain en haut, s'aventure à révéler Hélia.

Declan s'engouffre dans les escaliers sans demander son reste. Je soupire avant de l'entendre crier de l'étage.

— Il y a même une baignoire !

Cette fois, je ne laisse pas le temps à Peps ou Val de réagir et joue des coudes pour passer la première. Il est déjà torse nu dans la salle de bain. Tout mon bas-ventre se contracte. Me voyant hésiter à entrer, il me tire vers lui avant de fermer la porte. Il y a bien une baignoire, mais il n'y a que ça. Une baignoire, avec une colonne et un paravent pour l'utiliser comme une douche.

— Declan, ce n'est pas…

Je m'interromps devant ses épaules découvertes, son torse lisse et musclé, la courbe de son bas-ventre, de ses hanches. Son tatouage apparaît sous la ceinture de son pantalon devenu trop grand suite à notre diète forcée dans la forêt.

— Je n'ai pas démenti pour le mariage, dit-il sans faire attention à ma phrase inachevée. Ce sera plus facile pour justifier qu'on doive dormir ensemble.

Je continue de le détailler, incapable de détourner les yeux de la perfection de sa peau et plus franchement capable d'aligner deux pensées cohérentes.

— Wax ?

— Oui, oui, le mariage. C'est bien. Je n'y avais pas pensé.

— Heu, ouais… Et pour Hélia ?

— Quoi, Hélia ?

— Tu n'as pas entendu ce que je t'ai dit ? Ça va ?

— Oui… Je suis seulement fatiguée. Nous avons failli mourir hier soir, j'ai tué deux types et été droguée après une longue marche. Je t'ai cru mort un quart de seconde, c'était déjà trop long. On a été menacé de se faire fusiller et là, tu m'offres la vue de ton corps parfait à côté d'une baignoire. Je n'en peux plus, je veux être propre et me reposer. Dans tes bras, de préférence.

Il pince les lèvres pour tenter de refouler son sourire sans y parvenir.

— T'as gagné. Je te laisse le premier tour.

— Reste. S'il te plaît.

Je l'enlace. Il me rend mon étreinte. La sensation est si douce que je m'y laisse aller, ferme les yeux pour profiter de cet instant et de son contact. Je cherche pourquoi je ne dois pas lui céder, pourquoi je ne dois pas accepter de partager la baignoire avec lui. Non, je n'arrive plus à me rappeler pourquoi je l'ai repoussé jusqu'ici. En revanche, je me souviens qu'il aime que j'embrasse ses clavicules. Sous mon contact, il bafouille et recule pour ouvrir la porte. Je suis son mouvement sans le lâcher, remonte dans son cou, continue le long de sa mâchoire… Cherchant ses mots, il se passe la langue sur les lèvres alors que je me hisse sur la pointe des pieds, pourquoi pas pour finir ce que j'ai commencé sur sa bouche.

— Tu devrais te doucher en premier, ma princesse. Et te reposer. On fera… Si tu veux… Après… Je te promets… Par les étoiles, je n'arrive pas à croire que je fais ça ! Lave-toi, toute seule.

— Reste avec moi…

— Je ne peux pas, vraiment. Sinon, tu n'es pas prête ni d'être propre, ni de dormir.

Hélia apparaît derrière lui sur le palier, un de nos sacs à la main, suivie de Peps et Simon. Ma cousine s'amuse :

— On va peut-être vous laisser l'étage, les amoureux.

— Non ! s'exclame Declan. Je veux dire, on a besoin de se reposer. Tous.

Il délie mes mains dans son dos, ferme la porte. Je rumine, déçue de ne plus avoir d'autres choix que de me laver seule.

***

Après trois shampooings, je n'ose pas imaginer combien de lavages auraient été nécessaires pour me débarrasser de ma crasse si j'avais encore eu mes longues boucles. Une serviette minuscule fixée autour de la poitrine, je constate que Simon dort déjà dans la chambre en face de la salle de bain, dont la porte est grande ouverte. Il a seulement enfilé son dernier caleçon propre avant de s'écrouler sur l'édredon. Je perçois la voix de Peps au rez-de-chaussée. Val a dû partir se doucher après Sim. Je pousse la porte de la seconde chambre à gauche. Declan me tourne le dos, plongé dans l'inventaire de mon sac.

— Les amis d'Hélia viendront demain. D'après elle, il nous faudra deux camions. Ça implique de trouver un deuxième ensemble boîtier/carte. Tes affaires sont toutes…

Il s'arrête net en découvrant mes jambes nues, mes fesses à peine cachées.

— C'est une mise à l'épreuve ?

— Non, ce sont les plus grandes serviettes disponibles. J'ai un truc propre ?

— Rien. Tout est foutu. Je vais me laver. Débrouille-toi pour t'habiller entre-temps. Si tu finis nue dans le lit, je ne donne pas cher de ta peau.

Ça me fait sourire, mais la fatigue me rattrape dès qu'il sort de la chambre. J'appelle Hélia à la rescousse. Elle me dégote rapidement un tee-shirt et un pantacourt bariolé, puis s'assoit à côté de moi, sur le lit.

— Désolée pour l'arrivée chaotique. Ça a été rude.

— Ce n'est rien. Il fallait que tu sois sûre que c'était nous.

— J'étais déjà sûre de vos identités, sauf de celle de beau gosse. Ce sont mes coéquipiers qu'il fallait convaincre que vous n'aviez pas formé une équipe de fauche. La situation est tendue, les faucheurs ne manquent pas de stratagèmes. Un groupe a même utilisé la caravane de nomades qu'ils avaient capturée pour tenter de s'infiltrer au marché. Un autre a menacé des commerçants pour qu'ils fassent entrer un mouchard. On les a démasqués et arrêtés à temps jusqu'ici, mais on doit se montrer extrêmement vigilant.

— Hôpital n'est pas aussi regardant. Il faudra transmettre les infos à Tanaël pour qu'il renforce les contrôles des caravanes.

— Vous n'êtes pas en groupe pour rien ! C'est la première chose qu'a suggérée ma jolie fleur !

Je souris et bâille, fatiguée.

— Fais attention, elle déteste vraiment les surnoms.

— Je les adore. Elle s'y fera, comme molosse !

Elle affiche un sourire rayonnant qui laisse place à un regard inquiet.

— Vous savez que l'arrestation d'Umy, sa condamnation à Hydre, tout ça, c'est un piège tendu par les faucheurs pour vous forcer à vous montrer ?

— Oui, on en a conscience. C'est même sans doute un piège organisé par Joan Fill.

— Fill ? C'est pourtant plus calme du côté de Dragon depuis qu'il a pris la suite d'Alcide, pendant la période des neiges. Ses faucheurs ne viennent que très rarement à proximité de l'axe des transports. Ils ne se sont pas du tout introduits sur le terrain de Bois Noir. C'est l'autre timbrée du triangle qui nous pose vraiment un problème.

— Tu sais qui c'est, cette femme ?

— Non. Elle se fait seulement appeler la maîtresse du Triangle. Les faucheurs qui viennent de là-bas sont les pires, ils sont complètement cinglés, comme s'ils avaient perdu tout instinct de survie.

— Avant de partir d'Hôpital, Tibber nous a dit que le Triangle ne limite plus les boosters aux Titans et Titanides des équipes.

— Ce qui explique pourquoi ils sont de plus en plus fous et difficiles à battre. Mais on est bien entraîné et nos quelques bottes secrètes nous sont très utiles ! Quant à Hydre, il faudra être prudent en allant vers là-bas. Les faucheurs n'y sont pas nombreux, mais redoutables. Sur ce, je te laisse. Tu tombes de sommeil, cousine.

— Merci pour ton aide… cousine.

Elle soupire, sort et croise Val qui apporte avec lui une douce odeur de vanille. Il me rejoint sur le lit, passe sa main dans mon dos et dépose un baiser rapide sur ma tempe.

— Il n'y a que deux lits. Je peux dormir avec vous ?

J'ai envie de lui dire non, d'aller dans le canapé parce que j'ai la ferme intention de dormir collée contre Declan. Puis je me souviens que ce sera effectivement une très bonne idée qu'il soit là pour me retenir de faire une bêtise. J'accepte et décide de prendre le temps de tresser ses cheveux humides avant de nous coucher.

— Val, pourquoi je résiste à Declan, déjà ?

— Pour ne plus avoir le cœur brisé, même si je doute qu'il le ferait encore. Si tu ne t'en souviens plus, c'est qu'il est temps de dormir. De toute façon, l'éclairage principal ne va pas tarder à s'éteindre.

Comme si elles avaient attendu son ordre, les lumières de Bois Noir s'interrompent brutalement.

— Timing parfait ! s'exclame-t-il, amusé.

Nous nous allongeons dans le lit l'un en face de l'autre. J'attrape sa tresse dans son dos pour l'enrouler autour de mes doigts. Mon prince se rapproche. Sa peau est douce et tiède. Si nous n'étions pas amis, ou plutôt s'il n'était pas gay, fidèle à son homme et mon ami, cette position serait bien trop intime. Il soupire :

— C'est étrange de ne pas trouver ça bizarre de dormir avec toi et Declan ?

— Non. Ce qui est étrange, c'est qu'Umy ne soit pas là.

— J'ai tellement peur qu'on n'y arrive pas.

— On y arrivera. On a un atout : on ne lâchera rien, parce qu'on aime Umy.

— On va se donner tous les moyens pour réussir, murmure Declan dans le noir. J'ai le droit à ma place ?

Il vient se coller contre mon dos, torse nu, avec juste un pantalon de nuit ample. Où l'a-t-il trouvé ? *Non, c'est bien qu'il l'ait trouvé.*

Un sourire dans le noir, une inspiration, puis une autre. Entourée de la sorte, je n'ose pas imaginer comme Umy doit se sentir seul à Hydre. Je n'ose pas l'imaginer en détention. Je me blottis plus fort contre Valentin, comme si sa proximité pouvait atténuer la distance me séparant encore de son mari.

22. Mutation

Stuart et Dylane, les amis qu'Hélia a appelés en renfort, sont tombés d'accord pour me faire porter des rajouts après m'avoir décoloré les cheveux. Les fines tresses blondes descendent jusqu'à la moitié de mon dos. Même mes sourcils y sont passés. C'est ce qui me choque le plus, avec mes yeux marron foncé. Il m'a fallu cinq essais avant de réussir à mettre une seule lentille. Nous allons tous en porter, sauf Val qui ne les supporte pas du tout.

Si j'ai du mal à me reconnaître dans le miroir, je me demande surtout comment je vais pouvoir reproduire seule le visage qui s'y reflète. Le mascara, le crayon noir et le blush, passent encore. Mais les prothèses amovibles, les faux-cils et les réglages du stylo qui modifie les contours de mon visage me semblent bien plus laborieux. Stuart me fait promettre de m'entraîner les prochains jours jusqu'à obtenir un résultat satisfaisant. Même si nous pourrons enregistrer nos apparences dans une imprimante à maquillage à la coupole, nous devons les maîtriser en cas de retouches d'urgence.

En sortant de la chambre pour rejoindre Dylane, je croise un type aux yeux aussi maquillés que les miens, du rouge pourpre sur les lèvres, ses cheveux méchés noirs et gris artistiquement frangés sur son front et dans sa nuque. Fin mais musclé, son tee-shirt à lanières laisse apparaître sa peau lisse entre les interstices. Wouaw ! Ses fesses sont moulées dans un pantalon de cuir noir tellement serré que j'ai l'impression qu'il va craquer à chaque pas. Je me retourne sur Val, bouche grande ouverte, alors qu'il fait la même chose sur moi.

— Ma parole ! Wax ?

— Val ! Par les étoiles, je n'ai reconnu que ton cul !

— Content que tu reconnaisses au moins quelque chose !

— Et tes cheveux ? Umy va regretter la tresse. Je regrette déjà la tresse !

— Du moment qu'on le sort de là, je m'en balance de la longueur de mes cheveux.

— Plus sérieusement, tu ne peux pas aller à la coupole comme ça. Tu vas rameuter encore plus de gens qu'au Bronx !

— C'est ce que je lui ai dit aussi, lance Simon derrière moi.

Les cheveux hirsutes et d'un noir de jais, un tatouage de dragon se hisse vers son oreille pour se perdre sur son torse, hors de ma vue. J'ai beau savoir que c'est un dessin, le réalisme de la bestiole est saisissant. Il porte à merveille une chemise et un pantalon très élégants, à l'effet recherché troublant dans la panoplie. Derrière lui, Peps est méconnaissable. Le côté droit de sa tête est rasé, ses cheveux devenus blancs taillés à peine un centimètre sous son oreille à gauche. Elle porte un tailleur pantalon beige assez strict. La transformation est radicale bien qu'elle ne soit pas encore maquillée.

— Ils ont décidé de vous rendre encore plus beaux que vous ne l'étiez ? Vous croyez que c'est comme ça qu'on va passer inaperçu ?

— Il semblerait qu'à Hydre, ce soient des styles courants, affirme mon amie. Tu penses quoi de ma coupe ? Je ne m'attendais pas à ce que ce soit aussi léger ! J'adore !

Je passe mes doigts sur ses cheveux ras, approuve avant de descendre voir Dylane. Plus tôt, je l'ai entendue se demander comment elle allait bien pouvoir habiller Declan. Le tailleur de Peps me plaît bien, j'espère en avoir un dans le même style.

Dans le salon, c'est une véritable tornade de vêtements. À peine la dernière marche des escaliers franchie, notre styliste me tend une tenue et des bottes avant de me pousser dans la salle de bain. Le bout de tissu qu'elle m'a donné n'est certainement pas un tailleur. D'un bleu soutenu et très décolleté sur le devant, le haut atteint le bas de mes fesses sans cacher complètement mon shorty. Les talons compensés des cuissardes sont hauts et de larges bandes tressées en huit laissent voir la peau de mes mollets. Leurs lacets s'entrecroisent jusqu'en haut de mes cuisses. De retour dans le salon en tirant sur le tee-shirt, j'inspecte les bottes que je trouve de plus en plus jolies. Dylane arrive avec Declan qui s'étrangle :

— C'est une blague ?

Je me redresse pour le regarder et ma mâchoire se décroche. Quelques touches claires parsemées de-ci de-là illuminent sa coupe dans le même style que celle de Val, une mèche asymétrique lui barrant le visage en plus. Ses yeux sont d'un gris insolite, son nez me semble plus fin et ses lèvres plus pleines. Les volutes d'un tatouage ornent tout ce que je vois de son bras droit et remontent dans son cou jusqu'à sa mâchoire. Sa veste aux manches retroussée, rapiécée de partout, laisse apparaître une chemise et un tee-shirt gris unis de deux tons différents dessous. Il porte une quantité impressionnante de bracelets et de morceaux de cordes autour du poignet gauche. Son jean très lâche lui tombe sur les hanches d'une façon qui me donne envie de le lui arracher sur-le-champ. Des chaussures noires montantes à talons complètent le tout. Il est tout simplement à tomber.

— Tu es superbe.

Pas le temps de me mordre la langue. Dylane sourit :

— N'est-ce pas ? C'est la bonne avec lui.

— Dylane, sa tenue n'est pas complète, là ? demande Declan. Tous les types vont lui sauter dessus !

— Tu m'accuses d'avoir oublié un morceau ? Ce n'est pas ma faute si les hommes sont de pauvres choses qui ont du mal à contrôler leurs pulsions quand ils voient une femme mise en valeur, et ceci malgré des siècles d'évolution.

Le tee-shirt serait une robe ? Il m'observe, entrouvre les lèvres et gonfle les joues.

— Tu ne peux pas l'habiller comme ça. Elle ne peut pas se promener comme ça sous mon nez toute la journée. Je suis un homme faible à l'évolution coincée.

Mes joues s'enflamment. Val et Sim descendent l'escalier. Simon siffle et déclare :

— Ma belle, tu es magnifique. Je parie qu'il y en a un qui rêve déjà de la façon dont il pourrait te retirer tes bottes !

— Sublime, ajoute Val. Un appel à l'hétéro-sexe !

— Oh oui ! ris-je. Viens par ici, mon prince goth sexy !

Il me soulève brièvement avant de s'éloigner d'un large pas.

— J'adore, mais l'objectif n'est ni de provoquer une émeute, ni de te propulser sur le réseau d'Hydre comme icône de fantasmes, j'en ai bien peur.

— Tu peux parler ! C'est à cause de toi qu'on devra monter la garde anti-groupies !

— Vous allez arrêter de vous complimenter les uns les autres ? C'est incroyablement nombriliste et agaçant, ronchonne Declan.

— Après des jours à suer dans la forêt, rien qu'être propre méritait des éloges. Mais si ça peut te consoler, te voir me rappelle pourquoi je préfère les mecs, s'amuse Val.

Ça a le mérite de faire rire tout le monde. N'empêche, je ne suis pas à l'aise avec les fesses aussi découvertes. Sous les directives de Dylane, j'enfile les tenues durant une heure. Gardant tel élément, rejetant tel autre, je termine avec un sautoir, un tee-shirt classique d'une taille trop grande et un short en jean délavé qui atteint presque mes cuissardes. Peps nous a rejoints entre-temps et regrette que les grandes bottes ne soient pas pour elle, tout en étant ravie que je décide de les garder. Nous terminons notre relooking complet en prenant des photos pour qu'Hélia puisse établir les faux visas de voyage sur carte à puce.

***

Dans mon dos, Declan retire ses multiples superpositions de vêtements. Je tente de rester concentrée sur le démaquillage de mes yeux, réussissant mystérieusement à retrouver son reflet dans mon miroir pour le reluquer. Gifle mentale. *Ne pas craquer pour ne pas avoir le cœur encore brisé. Pour le garder tel qu'il est. Pour garder mon Declan*. Je dois m'en remettre une au moment où il vient à côté de moi :

— Je peux t'aider ?

Si près de son torse nu, je bafouille. Quel tricheur ! Il sourit et me pousse sur le lit pour m'y asseoir, s'installe à cheval sur mes cuisses pour passer le tissu démaquillant sur mes yeux.

— Ça va être plus long de redevenir toi le soir que d'enfiler la peau de Jessy le matin. Tes yeux m'ont manqué toute la journée. Quoiqu'avec ton regard habituel et ta première tenue à l'essayage, je t'aurais monté ici dans la seconde.

Un seul mouvement suffirait pour rencontrer ses lèvres. Il serait encore plus aisé de frôler son épaule de ma langue, de suivre son tatouage temporaire jusqu'à la base de son cou…

Je m'obstine à ne pas bouger, un nœud dans l'estomac de ne pas obéir à ce que me dicte mon corps. Lorsqu'il dépose un baiser doux sous mon oreille, j'ai l'impression que je vais exploser si je ne cède pas et ne l'embrasse pas tout de suite. Ses mains passent sous mon tee-shirt et le retirent sans rencontrer aucune résistance. C'est le mieux que je puisse faire : rester passive. Parce que de l'intérieur, je suis sens dessus dessous.

— Je me souviens de toi dans l'eau, souffle-t-il en caressant mon lobe d'oreille. Je me souviens nous avoir installés sous l'arbre. Je me souviens parfaitement quel goût tu as… Arrête-moi avant que je ne puisse plus m'arrêter, Wax.

Là est bien le problème. Je veux qu'il continue. Non. Ce que je veux plus encore, c'est qu'il reste lui, tel qu'il est maintenant. J'ai besoin de notre bonne entente pour tenir bon. Nous avons tous besoin qu'il garde la tête froide pour accomplir l'évasion impossible que nous projetons de réaliser.

— Arrête. Pas ce soir. Descends de mes genoux, s'il te plaît.

Il inspire un grand coup, se pince les lèvres sans bouger. J'imagine un instant qu'il va me dire non, s'emparer de ma bouche et me plaquer sur le lit. Je sais que s'il le faisait, je ne pourrais rien lui refuser. Ça briserait mes dernières barrières. Je sais aussi que plus tard, je serai dans une colère noire s'il ne respecte pas mon choix. Malgré cela, un instant, l'envie de le retrouver est si intense que je souhaite qu'il le fasse.

Il recule et ma bêtise me donne envie de lui crier de rester. Je me glisse sous les couvertures alors qu'il reste statufié dans le filet de lumière qui passe encore par la fenêtre de la chambre. Étrangement, même une fois l'éclairage de la ville souterraine éteint, il ne fait jamais vraiment nuit à Bois Noir.

— Viens dormir, l'artiste.

— Je ne peux absolument pas te prendre dans mes bras ce soir.

— Je peux te prendre dans les miens.

Il hésite. Il faut dire que je m'en veux autant qu'il doit m'en vouloir de ne pas céder à la tentation. Une larme roule sur ma joue en silence, suivie par sa jumelle. Declan me rejoint, pose sa tête au creux de mon épaule et essuie du pouce le sillon humide.

— Je suis désolé, ma princesse. Je ne voulais pas te faire pleurer.

— Je pleure à cause de moi, pas de toi.

— Arrête, quelle que soit la raison. C'est pire que de ne pas avoir eu l'occasion de délasser tes bottes.

Je ris doucement. Plus tôt, il s'est plaint en constatant que je m'étais déjà déchaussée.

— Tu aimes vraiment les lacets ?

— Tu veux que je réponde à ça maintenant que tu es tressée de partout ?

— Tu parles des rajouts ? Ce sont mes cheveux !

Il se rapproche, ses jambes emmêlées aux miennes.

— Une masse de cheveux tressés, oui. J'ai envie de passer mes doigts dedans encore plus qu'avant. Je préfère ton brun naturel au blond mais la coiffure, j'adore. Tu m'as promis de m'en faire baver, mais là, je dois me retenir de tirer la langue comme un animal assoiffé !

Il rit contre ma poitrine. Ma peau frissonne le long de mon échine. La porte de la chambre s'ouvre sur Valentin qui vient se glisser contre moi.

— Je ne m'attendais pas à ce que le cuir soit le pire à supporter. Ma peau est en feu.

— Il va falloir tenir bon. Comment je vais faire pour te reconnaître si ton cul n'est pas moulé dans ton pantalon noir ?

Il se marre et pose sa tête dans le creux de mon autre épaule.

— C'est quoi, tes jambes sur les miennes ? lui demande mon ex.

— C'est cadeau, chuchote mon ami épuisé.

— Vous n'avez pas honte de m'utiliser pour un oreiller ?

— Même pas ! répondent-ils en chœur.

Je leur embrasse le front l'un après l'autre.

— Je vous aime.

— Je vous aime tous les deux, ajoute Val.

— Je vous aime encore plus, conclut Declan.

***

Deux jours plus tard, Peps a définitivement saisi comment se maquiller pour devenir une nouvelle personne. Val et moi trichons : nous nous maquillons l'un l'autre, nous faisant autant rouspéter par Stuart pour notre stratagème que féliciter pour le résultat. Simon et Declan ont le droit à quelques rectifications supplémentaires avec le stylo sculpteur.

Fin de matinée, Hélia nous annonce qu'elle a réussi à obtenir une entrevue avec son contact pour le deuxième ensemble carte/boîtier. Nous devons tous nous rendre au rendez-vous pour obtenir ce dont nous avons besoin. Tandis que les autres se réjouissent de sortir de la maison, je surprends l'expression inquiète de Val. J'attrape ma veste et vais le voir au fond du couloir où il tente manifestement de maîtriser sa respiration.

— Tout va bien ? Tu sembles inquiet à l'idée de sortir.

— Un peu. Je me demande si le cuir ne va pas encore m'irriter alors que je commence à peine à m'y habituer !

Avec un sourire crispé, il m'offre son bras. Nous rejoignons le groupe dans la rue pour suivre ma cousine dans la foule du marché qui bat son plein. Nous prenons notre temps pour repérer les numéros d'allées et inspecter les marchandises. Declan est tout particulièrement intéressé par les valeurs de troc et ne tient pas en place. Nous admirons un panel d'aliments aux goûts inconnus avec Valentin quand mon ami se fait approcher :

— Hé ! Où tu vas comme ça, mon mignon ?

— Hein ? Désolé, pas maintenant !

Hélia nous appelle, se faufilant comme à son habitude dans la foule. Nous la suivons. Les doigts de Val me serrent à m'en couper la circulation lorsqu'il se fait à nouveau accoster.

— Si je m'attendais à te rencontrer là !

— Vous devez faire erreur, je ne suis pas d'ici.

— Impossible. Tu es sorti tout droit de mes rêves.

J'hallucine ou ce type l'a abordé pour l'allumer ? Val inspire et s'excuse :

— C'est gentil, mais non, merci. Je suis avec mon amie et nous avons un rendez-vous urgent.

Le type me regarde, l'air déçu, avant de reluquer Val qui me pousse pour ne pas perdre le groupe de vue.

— Il est culotté de t'avoir retenu comme ça en pleine rue !

— Ne t'inquiète pas, je gère. Ne me lâche pas la main et garde un œil sur le groupe.

Dix pas maximum. Voilà un autre type qui nous barre la route.

— Quel beau jeune homme ! Tu devrais venir jusqu'à mon étal. J'ai des vêtements qui pourraient te plaire et je serai vraiment ravi de t'aider à les essayer.

— Merci, mais non merci. J'ai déjà tout ce qu'il me faut. Au revoir.

Nous le contournons. Confuse, je demande :

— Qu'est-ce qu'ils ont tous à t'approcher comme ça ?

— Il faut croire que je suis plus beau que toi !

Je lui tire la langue et il se marre. Trois personnes se retournent sur lui cette fois-ci, dont une femme. Si elle et un des types se contentent de lui adresser un grand sourire, le plus près siffle d'appréciation en le reluquant de bas en haut. Agacée, je me plante devant mon ami et gronde :

— Il est déjà pris ! Qu'est-ce que c'est que cette attitude ? Un peu de tenue !

— On ne fait que regarder, riposte l'homme. Mais s'il veut faire plus…

— Il ne veut pas. Passe ton chemin avant que je ne m'énerve, pervers !

— Wax, non, souffle Val. N'interviens pas…

Il s'interrompt, bouche ouverte. Le type recule en levant les mains.

— C'est bon, pas la peine de s'énerver... Désolé de vous avoir dérangé.

Il se détourne. Pour continuer notre chemin, je saisis farouchement le poignet de Val qui a toujours les yeux écarquillés.

— Comment tu as fait ça ? Il est parti de lui-même !

— Encore heureux ! Si on s'arrête tous les dix mètres parce que quelqu'un te saute dessus, on n'est pas arrivé ! Ton cul dans du cuir est agréable à regarder, mais ça ne donne pas le droit aux gens de t'aborder de cette façon. Ils s'accrochent à toi, te sifflent, te retiennent ou te barrent carrément le chemin ! Tu vois les autres ? J'ai perdu Hayden de vue à cause du pervers !

Val se redresse un instant, lève la main dans un signe adressé au reste du groupe. Il ne lui a fallu que quelques secondes pour le trouver, mais je repère déjà un énième soupirant prêt à tenter sa chance et ne tarde pas à le tirer par la main.

Nous nous retrouvons face à une porte en bois dont la teinte oscille entre le bleu et le vert. Les différents quartiers de lunes y sont représentés en cercle.

— Où vous étiez ? demande Hélia.

— Chester est trop sexy, il a fallu que je joue à la garde du corps.

— Ça promet pour Hydre ! se marre Simon.

— Vous n'attirerez pas autant l'attention à Hydre, je vous l'ai déjà dit, assure ma cousine. Les gens y rivalisent d'extravagance pour mieux passer inaperçus. Entrez, c'est l'heure !

Hélia ouvre la porte verte et nous pousse dans le magasin. Très calme, de la musique douce y résonne sobrement. Le contraste avec la foule extérieure est si saisissant que j'ai l'impression de débarquer sur une autre planète. Mais pas pour longtemps ! Hélia referme derrière elle et hurle dans notre dos :

— Andès ! Tu es là ?

Val crispe les mâchoires et me colle contre lui. Bien qu'il soit resté calme face à ses harceleurs sur le marché, il affiche immédiatement une véritable antipathie à l'idée de rencontrer le contact d'Hélia. Pourtant, je reconnais immédiatement la barbe grisonnante et les yeux bleu acier de l'homme qui contourne le comptoir de la boutique, encore en tenue de voyage : c'est Andréal.

— Nous sommes là pour un boîtier et une carte capable de pirater des Netras, annonce ma cousine.

— J'ai fait un bon voyage, merci. Te voilà bien entourée, aujourd'hui. Tu me présentes ?

— Arrête ton baratin ! Tu sais très bien qui c'est. Dis-moi combien, je trouverai.

L'homme sourit, l'air amusé.

— Je suis ravi de constater que tu restes égale à toi-même. Mais tu n'as pas de quoi négocier.

— Argh ! Tu m'emmerdes !

— Moi aussi, je t'aime, petit soleil ! Rassure-toi, ils ont de quoi troquer. Je peux ?

Il s'adresse à Val en nous désignant, Declan et moi. *Il peut ? Il peut quoi ?* La main de mon prince se crispe sur ma taille et m'inquiète. Que peut-il bien vouloir de nous ? Val embrasse mon front sans le lâcher des yeux.

— C'est à eux de décider, pas à moi. S'ils disent oui, c'est oui.

— Vous voulez quoi ? demande abruptement Declan.

— Rien que vous ne puissiez m'offrir, jeune homme.

Je me tourne vers mon prince, intriguée. Il hoche la tête.

— Ne t'inquiète pas, ça ira. Nous avons besoin du matos.

Andès pose une main paternelle sur l'épaule de mon ex et nous emmène dans une pièce de vie où cuisine, table et lit se côtoient. Il s'assoit sur une chaise en face du lit en nous faisant signe de nous y installer côte à côte.

J'ai encore le souvenir de son regard amusé lorsqu'il nous a trouvés nus au bois aux phycéas. Que veut-il de nous ?

L'homme tend les mains vers celles de Declan en remuant les doigts. Prudent, mon partenaire le laisse saisir son poignet droit, mais hésite avant de lui donner le gauche. Andès y trouve tout de suite la puce sous-cutanée du bout du pouce qu'il déplace au-dessus. Il sourit et ferme les yeux un instant. Declan écarquille les yeux.

— Qu'est-ce que…

— Chut. Laisse faire.

Mon partenaire s'efforce de ne pas bouger, mais ses mouvements semblent involontaires. Andès le tient jusqu'à ce qu'il soit parfaitement calme et une fois qu'il retire ses mains, elles laissent une marque rouge cuisante sur chacun de ses avant-bras.

— Je ne m'attendais pas à un échange aussi fort, souffle le drôle de type. Tu te sens mieux ?

— C'était bizarre, mais oui, ça va. Vous vous êtes installé ici ? À Bois Noir ?

— Oui.

— Vous êtes nombreux à vivre dans cette colonie ?

— Non. À toi, maintenant.

Je suis pétrifiée, cherche à comprendre ce qu'il vient de faire à Declan et suppose à voix haute :

— Vous êtes du peuple du don, c'est ça ?

— Je peux ressentir, capter ou restituer de façon consciente certaines énergies qui m'entourent, si c'est ce que tu demandes. Oui.

C'est exactement ce que je demandais. Mon partenaire roule des épaules et m'encourage d'un regard. J'observe attentivement Andréal avant de lui présenter mes mains. Il tâte ma peau et fronce les sourcils.

— Ce n'est pas normal, je n'arrive pas à...

Il ne finit pas sa phrase, se lève, retire ses chaussures et pose ses index sur mes tempes. Ses doigts descendent vers ma nuque en contournant mes oreilles jusqu'à ma colonne. Je suis mal à l'aise de me retrouver le visage près de son estomac et la situation empire au moment où il trouve le point douloureux du booster dans ma nuque. *Merde ! C'est qui ce type ?*

— Là, dit-il. Qu'est-ce que tu as, là ? Ça me bloque. Je n'arrive pas à le contourner.

— Ce n'est rien. Lâchez-moi !

Je ne peux pas partir, comme sous l'emprise des doigts d'Andès qui me frôlent à peine.

— Tu as vraiment quelque chose ? demande Declan. Tu sais ce que c'est ?

— Je... Un booster. Rose et Doc pensent que c'est un booster. Lâchez-moi, s'il vous plaît. Ça fait mal !

— Un booster ? s'affole mon ex. Pourquoi tu ne me l'as pas dit ?

— Ne bouge pas. Je m'en occupe. Donne-lui tes mains, le jeune.

— Non, ça fait mal ! Dis-lui d'arrêter !

Declan glisse ses doigts dans les miens au lieu d'intervenir. Je m'accroche avec force à lui jusqu'à ce que la douleur explose sous mon crâne pour se dissiper aussitôt. La chaleur cuisante est atténuée par une brise fraîche glissant comme de l'eau. Je suis si soulagée que je m'effondre contre Andès. Il s'accroupit devant moi, chasse les mains de Declan et m'oblige à relever les yeux vers lui.

— C'est fini, je l'ai grillé. Quand l'ont-ils mis ? Tu n'avais rien, l'année dernière.

L'année dernière ?

— Vous l'avez vu lors de son hospitalisation de l'été ? demande Declan.

— Oui. Justin et Édith étaient très inquiets, et moi, à Andromède. Elle était très fatiguée, mais il n'y avait pas de blocage.

Je me détends dans les bras d'Andès. C'est qui, ce type ? Lui aussi, il connait nos vraies identités ? Et mes parents ? *Ces deux-là vont me devoir une sévère mise au point à nos retrouvailles.* Mes membres recommencent à répondre au fur et à mesure, pendant que l'homme et Declan discutent.

— Son évolution physique a été rapide. Le booster a eu des retombées bénéfiques. Pour les cauchemars, elle ne devrait plus en faire. Ou moins, et moins intenses.

— Capoeira ? réussis-je à murmurer.

— T'inquiètes-tu de savoir si tu sais toujours danser ?

— Défendre et protéger mes amis.

Je me redresse enfin, découvrant son air satisfait et doux.

— Tout savoir acquis est acquis. Reprenez des forces, vous allez en avoir besoin. Vous venez de partager bien plus que ce que je demandais. Merci.

Il nous tend un verre de jus de fruits à chacun, puis glisse un boîtier et une carte dans la main de Declan. Trop contents de nous en sortir à si bon compte, nous sortons dans la boutique. Dès qu'il nous voit, mon prince se redresse, le visage fermé. Simon pose une main sur son épaule pour le retenir. Andès fixe Val avec intensité, comme s'il pouvait lire en lui. C'est flippant.

— Ils comblent le vide, mais pas suffisamment. Il est temps d'apprendre, Valentin.

— Je n'ai aucune leçon à recevoir de toi ! Où tu étais, après l'attentat ? Où tu étais pour le ramener à la raison ? Pour qu'on n'en arrive pas là !

Simon accroche notre ami tendu et colérique. Andès inspire profondément.

— Être Guide impose de faire des choix difficiles.

— Et tu n'influenceras pas les miens. Je ne veux pas être comme toi ! Je le sortirai d'Hydre sans ça.

— Ce n'est pas une question de volonté. Ma proposition tient toujours.

— Non ! Tu nous as laissé tomber. J'avais besoin de toi quand nous étions à Andromède !

— Ton équilibre est précaire. Ils peuvent te donner beaucoup plus. Tu te sentirais bien mieux. Laisse-moi t'aider.

L'atmosphère est tendue. Andès fait un pas vers Val. Je me mets en travers de son chemin.

— Quel que soit votre passé commun, si mon prince dit non, c'est non. Néanmoins, merci pour votre aide, Andès.

L'homme me dévisage, l'expression indescriptible. Val, Simon et Hélia sortent. Peps vient serrer la main du voyageur avant de tirer Declan avec elle. L'homme au don me retient.

— Valentin ne se sent pas entier sans Umy. Il va avoir besoin de puiser en Declan et en toi pour se relever. Pour se trouver.

— Nous serons là pour lui. Pas besoin que vous le demandiez pour que je prenne soin de mes amis.

— Souviens-t'en le jour où l'ombre de tes ennemis surgira.

***

Val m'attendait dans la rue. Il ne m'a pas lâché jusqu'à ce que nous arrivions à la maison, laissant les autres profiter du marché. Il a ignoré tous les sifflements sur notre chemin, toutes les personnes qui, malgré notre allure soutenue, ont tenté de l'approcher. Il a seulement grogné sur un type qui lui a vigoureusement accroché le bras.

Une fois la porte fermée sur nous, il desserre enfin son étreinte et se laisse tomber dans le canapé du salon.

— J'ai cru qu'on n'arriverait jamais ici indemne.

— C'est vrai que les gens du marché ont été sans gêne. Avec toi.

Val s'enfonce dans le canapé et se passe les mains sur le visage.

— Ce vieux fou t'a tout dit, c'est ça ?

— Seulement qu'Umy te manque et que nous devons rester ensemble. Tu peux m'expliquer d'où vous vous connaissez ?

Il ferme les yeux. Je m'installe à côté de lui et patiente.

— Ce type se prétend Guide. Il me prétend Guide. Il dit que j'ai la capacité d'exprimer un don. C'est une malédiction, oui. Je ne suis pas normal.

— C'est étrange au premier abord, c'est vrai. De là à dire que c'est anormal, c'est exagéré. Les gens qui expriment sont nés avec un sens qui leur permet d'interagir avec l'environnement, non ?

Val roule des épaules et m'observe curieusement.

— Tu as déjà entendu parler d'eux ?

— J'ai même eu le droit à quelques démonstrations à Capricorne et à Hôpital. Alors être Guide, qu'est-ce que c'est ? Tu sais trouver le nord sans boussole ? Tu ne te perds jamais ?

— Si seulement, ce serait pratique ! Mais non.

Il se renfrogne et s'éloigne jusqu'à se coller à l'opposé dans le canapé.

— De ce que m'ont raconté Peps et Simon, ceux qui expriment un don doivent être prudents et cacher leurs capacités aux coupoles. C'est pour ça que tu ne m'en as jamais parlé ?

— En partie, oui.

— Tu accepterais de m'en dire plus, maintenant ? Je ne t'en voudrai pas si tu n'as pas envie d'en discuter. Je suis curieuse, mais pas à ce point-là.

— Menteuse.

Il sourit, pousse mon pied du bout de sa chaussure.

— Je ne sais pas comment t'expliquer. Ni par où commencer.

— Par le début. Depuis quand tu sais que tu exprimes un don ?

— J'en ai réellement pris conscience vers mes quinze ans. Avec le recul, je pense que ça a dû commencer entre six et huit ans. Et sans Bébé, c'est très compliqué de gérer le phénomène.

— Tu fais comme Andès ? Tu as besoin de toucher des gens ?

— C'est plus compliqué que ça. Il dit que je suis un Guide comme lui parce que mon expression demande des échanges comme il l'a fait avec Declan et toi, pour maintenir un équilibre d'énergies internes. Tant qu'on le fait régulièrement, suffisamment et de façon contrôlée, tout va bien. Mais si on ne le fait pas pendant trop longtemps, ça dérape.

— Ça semble difficile à gérer. Umy le connaît aussi ?

— Il l'a seulement croisé. Lorsque tu as été hospitalisé l'été dernier, il est allé te voir à l'hôpital. Il m'a senti sur toi.

— Il a senti quoi ? Ton odeur ? Comme un chien ?

Il étouffe un petit rire.

— Non ! Il a senti la trace de mon don avec le sien. Après t'avoir rendu visite, il est venu chez moi et il m'a baratiné sur mon rôle en tant que Guide. Il a prétendu aider les gens à suivre le bon chemin pour eux. Il m'a proposé de m'initier, mais j'ai refusé. On avait des projets, je pensais pouvoir me débrouiller. J'avais Bébé, ça allait bien. Je m'en suis mordu les doigts, ces dernières semaines.

Je lui fais signe de venir contre moi. Il hésite. Y'a un truc qui le chagrine.

— Si tu as besoin d'un échange, vas-y. Andès l'a fait tout à l'heure.

— Je sais. Je ne pensais pas que ce serait aussi désagréable. Je ne pensais pas sentir qu'il le ferait. Le problème, c'est que je ne m'équilibre pas comme lui. Certains passent par les flux d'énergies qui proviennent de nos émotions ou des éléments naturels présents dans les corps, comme l'eau ou l'électricité. J'ai besoin de... Je... Je m'équilibre avec l'énergie sexuelle des gens.

Il guette ma réaction. Pour le coup, il me la coupe. *C'est possible, ce qu'il me raconte ?* Il me serre contre lui et s'énerve soudain.

— Tu entends ce que je dis ? C'est du délire !

— S'il te plaît, explique-moi. Il y a quelques mois, j'aurais sans doute été sceptique. Maintenant, non. Qu'est-ce qui se passe si tu n'es pas équilibré ?

— C'est... Comment t'expliquer... C'est comme la validité d'une ligne de code. Tant que je suis entre 65 et 100 %, ça va. En dessous de 65 %, ça dérape. Le don attire les gens les plus enclins à m'équilibrer rapidement et jusqu'à un certain point, je décide. Si je suis vraiment mal, le don prend le contrôle... Enfin... Il trouve de quoi se servir, coûte que coûte. Au contraire, si je passe au-dessus des 100 %...

— Tu prends feu ?

Il se redresse et rigole. Ben oui, mais une électronde au programme mal équilibré où ne serait-ce qu'une ligne dépasse le 100 % de validité, elle grille, tout simplement.

— Non. Ça ne m'est pas arrivé souvent, mais j'aurais presque préféré. Si je passe de l'autre côté de la barre, les gens me sautent dessus sans me demander mon avis. Ils veulent leur part de ce qui déborde, qu'une poignée de main leur suffise pour le capter ou qu'ils en réclament davantage. C'est la recherche de l'équilibre. Je dois jongler sans arrêt.

— C'est ce qui s'est passé au marché ?

— Non. Là, c'était l'autre côté de la balance. Ceux qui m'ont arrêté tout à l'heure étaient prêts à m'offrir de l'énergie parce que mon don a capté qu'ils étaient en capacité d'en générer rapidement pour combler mon manque.

— Donc, tu attires les gens dès que tu n'es plus dans la bonne fourchette d'équilibre.

— À première vue, oui. Mais les deux cas sont très différents. Légèrement instable, j'arrive à repousser ceux que j'attire, même si certains sont collants. Si je déborde, les gens viennent me toucher sans me demander mon avis et si je refuse, ils peuvent vite devenir agressifs.

— Effectivement, dans les faits, c'est très différent. C'est Andès qui t'a expliqué tout ça ?

— Non ! C'est Queen, un ami qui a déménagé à Boussole avant qu'on ne se rencontre. J'ai appris à gérer à mes dépens et à ceux de mon entourage jusqu'à ce que je rencontre Umy. Avec Bébé, je n'ai jamais eu à me poser de question. Andès m'a expliqué que c'est parce qu'il est mon régulier principal, celui avec qui j'échange au quotidien. Et... Comment dire... D'après lui, Declan et toi, vous êtes aussi mes réguliers.

— Mais on n'a jamais couché ensemble !

Ou j'ai un important trou de mémoire ! Il soupire.

— Non. J'aurais fait de vous mes réguliers sans m'en rendre compte, à force de passer du temps avec vous. En théorie, j'ai seulement besoin d'un contact physique pour provoquer un échange. Te tenir les mains devrait suffire. Dans la pratique, je peux capter des bribes de flux par simple contact dans certains contextes, c'est vrai. Mais j'ai besoin de plus fort pour maintenir l'équilibre sur le long terme. Et ça, je ne sais pas le provoquer sans passer par la case arrière-boutique.

— Dans ce cas, comment tu faisais avant d'être avec Umy ?

— J'écumais les bars, les clubs, les décalés, les expos érotiques, trois ou quatre fois par semaine. Dès que j'étais en manque, c'était facile de draguer, de conclure, puisque les types venaient à moi d'eux-mêmes. Une fois qu'ils étaient comblés, eux, ils se barraient. Souvent, de mon côté, un amant ne me satisfaisait pas, donc je poursuivais la soirée dans un autre endroit, pour trouver un autre gars. Pendant un temps, j'ai espéré trouver quelqu'un avec qui me poser ; mais avant de rencontrer Umy, je m'étais résolu à être un éternel coup d'un soir.

C'est de ça dont parlait Andès lorsqu'il a dit que Val aurait besoin de puiser en Declan et moi ?

— Ça ne colle pas. Il n'y a aucune tension sexuelle entre nous. Nous sommes amis. Tu dois avoir un autre moyen de t'équilibrer, sinon Andès ne m'aurait pas désignée comme une de tes régulières.

— Ou il raconte des conneries. Ce type n'est pas fiable. Après l'explosion à Orion, Bébé s'est complètement fermé à moi. J'ai dû réutiliser mes anciennes alternatives pour ne pas avoir à coucher avec qui que ce soit. Mais ça ne suffisait pas. Les mecs me tournaient tout le temps autour, au restau. Les journalistes, les fournisseurs, même certains faucheurs, en interrogatoire. C'était de plus en plus dur de dire non, alors j'ai tenté de contacter ce Guide à la noix. Il n'est jamais venu. J'ai essayé de provoquer un échange de façon consciente avec Bébé, mais sans le côté intime, ça n'a pas fonctionné. Et il a été arrêté. Je n'ai pas réussi à l'aider.

Cachant son front sous sa main, l'autre poing serré, mon ami serre les dents.

— Ce n'est pas ta faute, Val. Tu as essayé.

— Et ça n'a pas suffi. Dans la forêt, bizarrement, ça allait. Depuis qu'on est ici, c'est plus compliqué, mais je me sens mieux après une nuit passée avec Declan et toi. C'est pour ça que je me suis incrusté dans votre lit tous les soirs. Désolé. J'espère tenir jusqu'à Hydre.

— Si ton idée est d'aller t'envoyer en l'air avec le premier venu une fois à la coupole, oublie. Ce n'est pas une alternative envisageable.

— Je n'aurais pas le choix. Je te l'ai dit, ce don est une malédiction. Si je perds le contrôle…

— Ça n'arrivera pas. Ton choix, le seul acceptable, c'est de continuer à chercher comment provoquer un échange.

Je me tourne sur le canapé et lui tends les mains. Il reste à me regarder en grimaçant quelques secondes avant de me faire face pour saisir mes doigts. Nous ne sommes même pas immobiles qu'il souffle déjà.

— Ça ne fonctionne pas.

— C'est trop tôt pour le dire. Tu peux essayer de visualiser l'échange d'énergie entre nous.

— On parle d'énergie sexuelle, Wax !

— Ben, je vais penser à Declan !

Il entrouvre la bouche avant de rire. Je sens mes joues s'enflammer et bredouille :

— Ne va pas lui répéter que j'ai dit ça.

— Tu veux invoquer tes souvenirs de cette nuit sous influence des phycéas ?

— C'est un coup bas. Concentre-toi, le Guide.

Nous restons là à attendre que quelque chose se passe. Impossible d'invoquer les souvenirs du bois aux phycéas ; j'ai bien trop peur de ce que mon prince pourrait capter. Silencieuse, je guette, comme avec Andès, une sensation de détente, quelque chose qui viendrait de Val. Mais rien ne se manifeste. Mon ami s'agace.

— C'est n'importe quoi. J'aurais dû ravaler mon orgueil, tout à l'heure, et demander à Andès de me montrer comment faire. Mais je me suis énervé. Je vais devoir assumer et retourner voir ce charlatan aux énigmes incompréhensibles.

— Quelqu'un d'autre peut sans doute te conseiller. Une autre personne qui exprime ?

— Faut-il encore trouver cette personne.

— Peut-être qu'Hélia pourra encore nous aider ?

— Non, s'il te plaît, n'en parle pas aux autres. Je ne veux pas qu'ils aient peur de moi.

— Peur ? Pourquoi ils auraient peur, voyons ?

Je n'aurais pas ma réponse. La porte d'entrée s'ouvre sur Dylane qui nous apporte une valise pour chacun. Maquillage, vêtements, bijoux… Elle a pensé à tout. Je m'inquiète de savoir contre quoi tout lui troquer. Elle pense me rassurer en m'assurant qu'Hélia s'en est déjà occupée. Je me promets de lui en parler dès qu'elle sera rentrée.

***

Mon ex fait la tête parce que sa sœur a refusé qu'il troque une veste aux manches trois-quarts qu'il avait réussi à négocier au marché. Ils se chamaillent encore autour de la table du déjeuner tandis que tout se précipite. Ma cousine déboule dans la maison en criant :

— Vous avez vos deux camions ! Dépêchez-vous si vous voulez les chopper !

Nous échangeons un regard tous les cinq. *Si vite ? Si tôt ?* Nous nous mettons tous en mouvement au même instant mais Declan s'inquiète :

— Il nous manque encore les visas !

— Nop, molosse ! Ils sont là ! Quand Andès est dans le coup, tout arrive à point nommé !

Elle tend à Declan un paquet de cartes ficelées qu'il glisse dans sa poche. Je grimpe à l'étage avec Simon pour attraper nos sacs de voyage et vérifie le contenu du mien : mon boîtier, ma carte, nos ceintures équipées et des cartouches de rechange pour les flingues. Je glisse la photo réunissant nos parents devant Hôpital avec celle de Démétri et Declan dans la pochette en doublure. Par bonheur, elle est plastifiée et en plus, je constate qu'elle a déjà été pliée par le passé. Voilà quelque chose que je ne veux pas laisser derrière moi.

23. Piège

Val, Peps et moi nous tenons aux arceaux de la voiture. Dylane poursuit Hélia qui fonce depuis près de vingt minutes dans le désert. Si Peps s'amuse autant que notre conductrice dans les nuages de poussière, Val n'en mène pas large, et moi non plus. Quand nous entrevoyons la large piste des camions des coupoles, ma cousine ralentie et Dylane nous hurle :

— Ils ont déjà échangé les chauffeurs !

— Que fait-on ? demande Peps. Demi-tour ?

La voiture d'Hélia accélère encore d'un cran. Dylane rétrograde avec un air plus concentré. Le moteur rugit et je dois m'accrocher pour ne pas basculer en arrière sous l'impulsion de l'accélération. Son compteur affiche près de deux cents kilomètres à l'heure pour tenter de rattraper les engins. S'ils sont sur une piste entretenue et stable, nous, pas du tout ! Un appareil se met à grésiller sur le siège passager. Dylane me tend le talkie-walkie dans lequel la voix déformée de Declan explique :

— *On manque de pétrole pour atteindre le prochain point de relai entre chauffeurs. On les fait s'arrêter pour intervention technique.*

— Et comment on fait ça ?

— *On ne peut pas abîmer un camion. Je vais m'allonger en travers de la route, ça devrait suffire.*

Peps et moi nous mettons à hurler dans le talkie et Declan assure, très serein :

— *Ça va bien se passer. C'est agréable de se sentir aimé !*

— S'il t'arrive quoi que ce soit au milieu de cette route, penses bien que tu n'auras jamais l'occasion de m'enlever mes cuissardes.

— *S'il ne m'arrive rien, j'aurai le droit de te les enlever ce soir ?*

— Si tu n'acceptes pas, je te frappe ! me menace Peps.

Je lui adresse un regard noir avant d'appuyer sur le bouton.

— Marché conclut.
— *J'ai hâte à ce soir !*
— Sors de là en vie, idiot.
— *Je ne manquerai l'occasion de délasser ces merveilles pour rien au monde !*

Il coupe son appareil sans me laisser répliquer. Dylane a beau être à fond, Hélia l'a semé et ils ne sont plus qu'un point au loin. Val me lance :

— Je vais vous laisser tous les deux, ce soir !
— Surtout pas ! Je ne peux pas rester seule avec lui !
— Je n'ai pas du tout envie de me retrouver entre Declan et tes cuissardes !

Une secousse le fait se rattraper sur moi. J'attrape sa main et sens clairement une énergie fraîche remonter le long de mon bras pour se propager à tout mon corps. Déjà, Val retire sa main et tout disparaît, comme un mirage. *C'était quoi, ça ?*

Au loin, des ruines d'avant la refonte du monde forment un monticule de bâtiments effondrés et à moitié ensevelis par la nature. Immense au milieu du désert, l'ancienne ville n'a rien à envier aux photographies d'archives qui nous étaient montrées à la petite école pour nous expliquer pourquoi il fallait rester bien à l'abri sous le verre CARP. Le talkie s'allume à nouveau et Sim annonce :

— Deux équipes de faucheurs nous ont pris en chasse. Ils arrivent par la gauche !
— Bande de merdes ! s'exclame Dylane. Ce n'est pas le moment ! Vérifiez vos armes, équipez-vous !

Je sors ma ceinture et celle de Peps de mon sac. Val tremble à côté de moi. Je lui mets un flingue dans les mains.

— Ne cherche pas à viser les gens, tire au sol pour les empêcher d'avancer vers nous. Ça va aller ?
— Non ! Je n'avais vu ces machins qu'au musée !
— Faut qu'on s'en débarrasse rapidement ! crie Declan dans le talkie. Les camions sont rapides ! Hélia, merde ! Devant toi !

La voiture de ma cousine pile et disparaît dans une explosion de poussière du désert. Une troisième équipe ? Peps déballe une pléthore de jurons alors que mon angoisse me coupe le souffle.

Dylane fonce dans le nuage épais jusqu'à ne plus rien y voir et s'arrête. Je saute de la voiture sur les talons de mon amie qui me distance rapidement. Un projectile siffle à mes oreilles. Bordel ! Je dégaine, tire deux fois à l'aveugle en me retenant de tousser.

Les yeux fouettés par la poussière, je vois à peine la tenue rouge me foncer dessus. La canne que le faucheur utilise m'envoie une onde de choc électrique. Le contact est trop bref pour me sonner, mais je la sens bien passer ! La canne fond déjà sur ma poitrine.

Pas le temps de reculer : je tends les mains en avant. La décharge me traverse sans être douloureuse et se propage directement vers mon assaillant. *Retour à l'envoyeur !* Je profite qu'il se crispe pour lui tordre le poignet et lui faire lâcher son arme. Il crie quand je lui retourne le bras pour le faire passer dans mon dos, tire sur son épaule et le bascule vers l'avant. Sa réception au sol est rude et il ne bouge plus.

Trois coups de feu consécutifs retentissent derrière moi.

Pétrifiée, je réalise notre erreur avec Peps. Une des équipes a dû rester en arrière et s'attaquer à notre voiture. Val et Dylane sont seuls face aux faucheurs alors que mon prince n'a aucune expérience de combat et que je ne connais pas du tout le niveau de la styliste. Mes jambes me portent déjà vers eux. La poussière retombe et je brandis mon flingue dès que je les aperçois. Val est retenu par deux faucheurs. Dylane tremble, à genoux face à une femme. Une autre est à terre, morte. Le dernier de l'équipe, muni d'une casquette, s'occupe de retirer simultanément deux couteaux de la poitrine du cadavre. Il porte les deux marques noires symétriques du Titan sur ses joues. Je le braque, terrifiée, le souffle court.

— Relâchez-les ! Tout de suite !

— Voyez-vous ça... Une dérangée qui se pense en situation de négocier ? Vos voiturettes ne sont pas très discrètes, dans le désert. On était sûr de trouver du gibier intéressant dans ce secteur non revendiqué.

Casquette me regarde droit dans les yeux tout en essuyant une lame sur sa cuisse. Un canon se pose entre mes omoplates.

— Lâche gentiment ton flingue, ou tes amis meurent.

Deuxième erreur. Les faucheurs font équipe de cinq. Moins parfois, s'ils ont perdu un coéquipier sur le chemin, mais jamais plus. S'ils sont cinq devant moi, celui que j'ai laissé derrière faisait obligatoirement partie d'une autre équipe qui s'est divisée.

Peu importe de rattraper les camions si l'un de nous se fait tuer. Il faut faire confiance à Declan, Simon, Peps et Hélia pour s'occuper du reste des faucheurs et gagner du temps pour qu'ils viennent nous sortir de là. Tremblante, je lève lentement les mains et laisse tomber mon arme. Le type donne un coup de pied dedans pour l'envoyer à Casquette qui le ramasse avec un demi-sourire.

— Quelle obéissance ! Je te pensais plus farouche. Les gonzesses rapportent presque deux fois plus en ce moment. On garde le type ou on le tue ici ?

— On le garde, tranche immédiatement un des faucheurs. Je veux m'amuser avec lui sur le chemin du retour.

— T'es dégueu, Bang. Bah, ça rapportera deux mille de plus. Chargez-moi ces trois-là dans le ferry.

Bang passe des menottes magnétiques autour des poignets de Val. Sa collègue me rejoint, saisit mes mains pour faire de même et demande à Casquette :

— Qu'est-ce qu'on fait de Strass ?

— Dans la soute.

— On va la trimbaler toute la semaine ?

— Elle m'a fait gagner deux beaux couteaux. Et puis dans un sac en soute, elle ne dérangera personne.

— Faut vraiment qu'on s'encombre de son cadavre ? Quelle perte d'énergie !

— Tu veux passer Titanide pour la laisser pourrir ici ?

Casquette sourit, la tête renversée en arrière, le couteau filant entre ses doigts agiles. La faucheuse serre les poings.

— Non, Titan. On fera comme tu dis.

Celui qui est derrière moi me pousse dans le dos et m'accroche par les cheveux. Son flingue contre ma tempe, il me fait monter à bord de leur voiture avec Dylane et Val. Assis sur un rebord de quelques centimètres, nos poignets sont soudainement rabattus entre nos jambes par force magnétique, contre le rebord de la caisse. Le dénommé Bang s'accroupit à côté de Val.

— Alors, grand brun, à l'aise ?

— Un ferry, c'était un bateau, marmonne-t-il les dents serrées.

— C'est qu'il essaie de parler, le beau dérangé ! Pour dire quoi ? J'ai pas compris !

Val ne répond pas. Il tente de regarder ailleurs. Le type lui accroche la mâchoire et lui lèche la joue. *Beurk !*

— J'ai hâte d'atteindre la grotte pour te faire ta fête, mon puceau.

— Bang, arrête ça. L'équipe de Griff remonte. Tu paries combien ?

— C'était trop facile avec le drone explosif qu'ils ont envoyé avant. Équipe complète et... Bah, un mâle et une femelle ?

— Quatre, avec deux mâles et une femelle.

— Qui en moins, tu crois ?

— Le nouveau, Iago. Il n'aura pas eu les tripes de tuer un déjanté.

Ils rient grassement tous les deux. La deuxième voiture arrive. Ça veut dire que les autres se sont fait capturer ? Val m'appelle :

— Jessy. Regarde-moi. Jessy !

Je relève les yeux. Dylane tremble à côté de moi, une larme roulant sur sa joue.

— Jessy ! m'invective encore mon prince.

Du regard, il me désigne ses poignets qu'il peut éloigner de la carrosserie. Un défaut des menottes ? On a peut-être encore une chance…

— Putain, je rêve ! lance la voix de Casquette. Griff, où est ton équipe ? Ils étaient combien, dans la première voiture ?

— Quatre. Des coriaces. Les deux autres de Zolo y sont passés aussi, y'a plus que Iago et moi. Une des nanas avait des saletés de fléchettes.

— Tu ne l'as pas tuée ?

— Non, mais ce n'est pas l'envie qui manque après la raclée qu'on a prise, hein, grincheuse ?

Peps n'avait pas de fléchettes. Ce serait Hélia ? Casquette ricane :

— Pas mal. Où sont les deux autres ?

— L'explosion de la voiture en a tué un. Iago a dû se débarrasser d'un autre, un mâle.

Deux… Deux sur quatre ? En face de moi, Val semble muré sous un masque de concentration alors que Dylane pleure et que je perds complètement pied.

— V'là l'hécatombe ! Bravo Iago, tu es sorti indemne de là.

— Pas grâce à vous. Ils n'étaient pas censés être débiles et faciles à attraper ?

Mon sang se glace. Cette voix… Non, ce n'est pas possible.

— On appelle cette zone *« la tombe »*. Griff ne te l'a pas dit ?

— Parce qu'ils sont durs à attraper ?

— C'est peu de le dire.

— Vous en avez eu combien ?

— Trois, vivants. Deux femelles.

Des félicitations, des rires. Un débat sur les rencontres respectives. Ils parlent d'une grotte alors que je me noie dans le désespoir. Val tente de trouver comment désactiver nos menottes, sans succès. Qui est avec Hélia ? Peps, Simon, Declan ? *Quelle importance, s'il me manque deux des trois ?* Les faucheurs s'apprêtent à remonter dans les voitures. Val se réinstalle lorsque le visage grimé de Javani apparaît par-dessus la rambarde de sécurité. Je baisse la tête pour me cacher au mieux. *Espèce d'ordure de traître.*

— Sympa. C'est lequel, le mec ? Le machin tout maigre ? Il passera l'âge minimum ?

Java accroche le visage de Val pour le dévisager. Bang se hisse à côté de lui.

— N'y pense même pas. Je compte m'en occuper à la grotte.

— Tu ne toucheras pas à celui-là. Trop de valeur. C'est Valentin Drumst.

— Qu'est-ce que tu racontes ? T'es sûr ? À l'extérieur ?

— Je t'ai dit que je l'avais déjà vu à Andromède. Je suis sûr.

— T'as dit ça pendant que tu délirais après ton implantation de booster. Drumst est blond aux cheveux longs.

— Il s'est teint et a coupé ses cheveux, sombre crétin. C'est Drumst, y'a pas de doute. Ces timbrés allaient sûrement à Hydre. Tu comptais y faire quoi, le cuistot ? Préparer un dernier repas pour ton taré de mari ?

Alors, il est boosté ? C'est comme ça qu'il est passé de l'autre côté ? Peps et Doc ont bien dit que l'implantation pouvait rendre les gens fous... Java saute du rebord de la voiture en ricanant et revient avec une règle d'identification. Il scanne le visage de Val qui serre les poings. Avec un sourire triomphant, il partage le résultat que tout le maquillage du monde ne pourra pas empêcher de s'afficher.

— Eh bien, quel œil, Iago ! le félicite son chef. Je n'l'aurais jamais reconnu sans l'scanner. Ça explique pourquoi ils étaient particulièrement coriaces à attraper. Parfait. On remonte tous à la grotte.

— T'es sérieux, Griff ? Tu crois qu'on va se partager les cinquante mille que pèse Drumst avec ton équipe et ceux de Zolo à la grotte ?

— Le marché était clair. On les capture ensemble et on partage les gains.

Un silence tendu s'ensuit. *Ils vont se battre entre eux pour une prime mise sur la tête de Val ?*

— On ne savait pas qu'un pactole se cachait dans le lot. On a choisi la deuxième voiture, on garde le butin. Gardez les vôtres, c'est cadeau.

— C'est Iago qui l'identifie et tu crois que je vais te laisser partir avec ?

— On peut aussi vous tuer tous les deux et récupérer vos deux prises et la voiture.

— Ne crois pas qu'on va se laisser faire.

Un lourd silence suit. Il faut que je sache qui se trouve dans l'autre voiture. Que feront-ils s'ils découvrent que Declan est dans le groupe ? S'ils me scannent ? En se débrouillant bien, Val pourrait passer ses bras menottés par-dessus la tête de Java et l'étrangler. Je tente de faire signe à mon prince mais il secoue la tête, refusant de bouger. Dylane renifle, se redresse autant qu'elle peut et là, Val lui plaque la main sur la bouche.

— Si tu parles, tu mourras.

Terrifiée, elle me dévisage puis regarde Val qui ne lâche rien avant qu'elle ne hoche la tête. Entre les faucheurs, des crans de sécurité se déverrouillent, des cannes CE chargées grésillent. Java lance :

— On n'a pas vérifié les autres. Si Drumst est sorti, il n'est peut-être pas tout seul. Les Lopi sont probablement dans le coin, avec le vœu de Fill à la clef.

— Tu crois que je ne l'ai pas déjà envisagé ? gronde Casquette. On vérifiera ça une fois que vous serez hors-jeu.

— Tu as raison. Je ferais pareil, à ta place. Ah… Le timing ne va pas du tout… Va falloir que je le fasse moi-même.

Java tire à bout portant dans la tête de la faucheuse et envoie son coude dans la mâchoire de Bang avant de se ruer à l'avant de la voiture. Profitant de l'aberration passagère et de la rixe qui éclate dans le groupe, il désactive le champ magnétique qui nous retient à la carrosserie et crie :

— Mise en pratique, l'écureuil !

« *Tu lui feras confiance si un jour, tu te retrouves avec lui face aux faucheurs.* » Les mots de Peps il y a quelques semaines me reviennent et rallument une lueur d'espoir. Il lance un flingue et un couteau à mes pieds, puis tire en direction du groupe. Au moment où je me lève, le faucheur qui accompagnait Java tient les deux autres à distance avec un fouet à impulsion électrique dans une main et un flingue dans l'autre.

Les mains toujours liées par les menottes, je tire sur Bang qui me repère en premier et le touche à l'épaule. Grâce à ça, la balle à choc électrique qu'il m'envoie dévie largement de sa trajectoire et me rate. Une rafale de tirs touche en pleine poitrine le faucheur qui m'a fait monter dans la voiture et il s'écroule. Je n'ai pas le temps de viser à nouveau que Val me frappe l'intérieur des genoux et pour me ramener à côté de lui. Un couteau se fiche dans la cabine derrière moi. À un cheveu près, c'était ma tête !

— Merci.

— Je te préfère avec tes deux oreilles. C'est mon arme que tu as. Il ne reste que deux balles.

Je lance un regard au groupe. À côté du type au fouet, Java brandit un couteau et son arme à feu, pointue, à la chambre plus longue que le canon. Pourquoi les trois autres ne leur tirent pas dessus ? J'ai ma réponse une seconde plus tard, tandis que Casquette lance un couteau. Le fouet électrifié du Titan Griff l'arrête. Pour le maîtriser, il le maîtrise !

— Tu te crois vraiment à la hauteur pour m'affronter, Lame ?

— Comme si j'avais le choix !

C'est une pluie de couteaux qui s'abat sur le Titan. Le fouet les repousse tous. J'ai à peine le temps de relever mon arme pour viser celui qui aide Casquette qu'un mouvement attire mon regard sur la gauche. Le coup part dans le vide. Bang s'accroche au rebord de la voiture et saute avec nous à l'arrière.

— Comment tu t'es libérée, la déjantée ?

Son corps se contracte pour se jeter sur nous. Dylane s'interpose et lui envoie ses deux poings encore alourdis par les menottes en pleine figure. La riposte est vive : Bang la saisit au cou malgré son nez tordu qui pisse le sang et son arcade éclatée. Il la soulève à bout de bras du sol sous nos yeux choqués.

— Tu peux viser un pied ? suggère Val.

Pour le déstabiliser et qu'il lâche Dylane. Je lève le canon qui tremble entre mes mains. Les pieds de Dylane bougent dans sa lutte pour respirer. *Et si ma balle l'atteint, elle, plutôt que le faucheur ?* Mon prince pose sa main sur mon poignet pour baisser mon arme.

— Ne force pas.

Le poing de Java surgit, frappe dans l'épaule de Bang et enchaîne sur son nez déjà en miette. *Que fait-il là ?* Peu importe, Bang a lâché Dylane. Val la rattrape alors qu'elle tombe comme une pierre, immobile. Ses lèvres sont déjà bleues. Java parvient à faire passer le faucheur pervers par-dessus le bord de la remorque du pick-up et se retourne un instant.

— Je me charge de lui. Drumst, occupe-toi de la fille. L'écureuil, repousse tous les autres aussi longtemps que possible.

Il saute à son tour. Val pince le nez de la styliste pour lui insuffler de l'air par la bouche. Il semble savoir ce qu'il fait. *Il faut qu'il sache ce qu'il fait !* Je me retourne vers les Titans qui se battent toujours de l'autre côté. Le fouet de Griff vole et repousse un énième couteau.

Combien Casquette en avait-il sur lui ? Son acolyte cesse d'attaquer. Pris de violentes secousses, il tombe dans la poussière et se fait traîner au sol par Griff qui le ramène jusqu'à ses pieds, son fouet enroulé autour du type.

Il secoue le faucheur du bout de la chaussure, me laissant voir son regard fixe et le sang coulant de ses oreilles, son nez et sa bouche. Casquette s'élance pour saisir des couteaux au sol pendant que Griff dénoue son fouet du corps désarticulé. Declan et Tan n'avaient pas exagéré. Ils sont en train de s'entretuer pour une simple récompense.

Du mouvement dans l'autre voiture attire mon œil. Des cheveux blancs. Peps.

Peps et Hélia sont ici ? Mais alors, Simon et Declan… Ma poitrine se serre un instant en envisageant le pire. J'inspire profondément. Il ne faut pas paniquer.

— Val, comment va Dylane ?
— Elle respire, ça va.
— Bien. Restez planqués ici.
— Non ! Wax, attend !

Désolée, mon Prince. Je saute de la voiture pour me précipiter vers Griff. S'il ne veut pas se faire empaler par un couteau de Casquette, il devra se protéger à l'avant. S'il pivote suffisamment, je pourrais le contourner pour rejoindre Peps et Hélia et les délivrer.

Il dévie une lame qui entaille mon biceps. Je ne bronche pas. Réfugiée à quelques mètres du dos de l'imposant Griff, ce n'est pas le moment qu'il comprenne que je me trouve derrière lui. J'ancre mes pieds au sol, prête à lui envoyer ma dernière balle dans la tête.

Java roule dans la poussière sur ma gauche. La tenue rouge de Bang ne suffit pas à camoufler le sang pourpre mêlé à la poussière sur son visage, son bras et son ventre. Mon complice d'Hôpital glisse en tentant de se relever, manifestement affaibli, surplombé par son adversaire.

Et merde. Je vise et tire ma dernière balle. Bang se tourne vers moi avec un sourire carnassier. Je ne devais pas être loin de le toucher, mais c'est raté. Deux pas dans ma direction. Je vais faire quoi contre lui si, avec ses coups puissants, Java n'a pas réussi à l'arrêter ?

Javani se relève et se jette sur Bang pour le plaquer au sol. On a besoin d'aide pour les arrêter. Il faut que j'atteigne Hélia et Peps.

Je fais deux pas en arrière. Le fouet de Griff s'enroule autour de Casquette dans une étreinte mortelle. Je trouvais Declan rapide en entraînement, mais pourquoi les attaques s'enchaînent-elles si vite de tous côtés dans un combat réel ? C'est impossible à suivre !

Je me secoue. *Reprends-toi, Wax.* Les assauts de Declan étaient bien plus rapides que ça. Java assène coup sur coup à Bang, Griff maintient son attention sur Casquette. Je laisse tomber mon flingue déchargé. Courage.

Je change de plan et m'approche de Griff dont un manche de couteau dépasse de son étui, dans son dos. La lame entre mes mains liées, je la soulève, la brandie et l'abat sur le dos de ma cible.

Un arrêt brutal du geste. Un sourire moqueur. Griff a stoppé ma tentative en enroulant son fouet autour de mes menottes. Mélange de peur et de colère, je pousse de toutes mes forces en avant sans réussir à l'atteindre. Il me chasse d'un geste sec et vif qui me fait valser au sol. Je protège au mieux ma tête du choc, mais cela me coute d'accentuer ma plaie au bras.

— Pas étonnant que peu d'entre nous réussissent à passer par cette zone sans finir en brochette grillée pour insectes, remarque le Titan. Vous êtes coriaces ici, les déjantés. J'ai une question. Comment Drumst a réussi à convaincre des barjos de l'extérieur de l'aider ?

J'encaisse un coup dans mes côtes à peine remises qui me plie en deux. Son poing me vise dans la foulée. Avant que je ne ferme les yeux, Val s'interpose. Sa main encaisse et arrête le poing du Titan dont le visage vire au rouge cramoisi.

— Personne ne touche à notre princesse, sale faucheur !

Prenant ses appuis, il repousse le Titan médusé par sa force. Clouée au sol, je le regarde faire, tout aussi ébahie. Depuis quand Val sait se battre ?

Je pousse sur mes mains pour me redresser et vois Javani armer son poing de pics saillants pour l'abattre une dernière fois sur Bang. La seconde suivante, il lève son visage en sang vers le ciel et s'écroule à côté du corps sans vie de notre ennemi commun.

De l'autre côté, Valentin enchaîne les esquives pour éviter de se faire agripper par le fouet de Griff qui ne crépite plus. Mon prince encaisse un coup de pied dans le ventre. Il se retourne en toussant et pose un genou à terre. Écrasant sa grosse chaussure à crampons dans son dos, le type l'envoie frapper le sol. Le faucheur réactive le champ électrique de son fouet et l'abat sur lui.

Je crie, et me relève, trop loin pour m'interposer. Le fouet n'atteint pourtant pas Val. Il s'enroule autour de la jambe de Javani qui s'est interposé. Les crépitements cessent. Mon prince crache du sang. Je le rejoins en me traînant dans la poussière, le souffle toujours court. Griff libère Java.

— Eh bien, plus coriace qu'il en a l'air, le cuistot ! Un peu plus et je l'achevais en oubliant ce qu'il rapportait !

Le Titan roule des épaules, légèrement essoufflé. Il contourne Java pour se pencher sur Val et moi. Derrière lui, l'ancien responsable des serres d'Hôpital saisit un couteau au sol et l'envoie se planter dans l'épaule de Griff qui se retourne en ronchonnant :

— Putain, Iago ! Tu vois double ? Vise mieux que ça !

— Au contraire, j'ai atteint ma cible. Je ne compte pas partager la récompense du Maître de Dragon.

— Drumst ne suffira pas à... Oh, je vois. Les deux autres n'étaient pas vraiment morts, dans la voiture. Les Lopi sont aussi du voyage.

Il se redresse, rit. *Est-ce qu'il a raison ? Est-ce que Declan et Simon vont bien ?* Java tombe à genoux, blessé, épuisé et complètement désarmé. Griff se penche en réactivant son fouet.

— Je te laisse la récompense de Drumst au complet, tu l'as bien méritée. Mais le vœu sera pour moi.

— Non... Je ne te laisserai pas faire ça à chef et princesse.

Le Titan s'avance. Devant lui, Java tente de se relever et trébuche, à bout de force.

— Tu comptes vraiment essayer de me battre, seul, dans ton état ? Accepte mon marché, jeunot. Partons pour Dragon.

— Qui t'a dit qu'il était seul, le naze ?

Declan saute du toit de la voiture. Griff hoche la tête, l'air satisfait.

— Cette voix... Voilà le célèbre monsieur Lopi, revenu d'entre les morts. C'est un honneur.

Le fouet crépite et s'envole. Mon ex l'esquive, tente de se rapprocher de Griff qui recule en grognant. Le fouet claque sur le sol avant de retourner dans les airs. Declan passe dessous et tend le bras. Le câble s'enroule tout autour et je me fige de terreur. Quel impact pourrait avoir une décharge électrique de cette ampleur sur ses électrondes ? Mais déjà, l'extrémité que tenait Griff vole en arrière. Le poing de mon compagnon s'enfonce dans le nez du Titan. Deux coups de feu retentissent.

— Declan !

C'est Val qui a crié. Ma voix est coincée dans ma gorge. Declan repousse le corps sans vie qui s'écroule à ses pieds, ses lanières rouges arborant deux trous nets. Derrière lui, Java laisse échapper un éclat de rire et se laisse tomber tête la première dans la poussière.

***

Declan prévient Simon de la fin de la rixe par talkie. Il nous rejoint avec la voiture d'Hélia, encore mécontent d'avoir été mis de côté pendant la confrontation. Peps ne lui laisse pas le temps de se plaindre et lui impose des tests rapides avec son frère. Elle est inquiète après le choc à la tête qu'il a subi lors de l'accident de voiture.

Nous n'avions pas prévu d'avoir l'utilité de la trousse de soins si tôt. Elle s'occupe d'inspecter le cou de Dylane et ordonne que Val soigne mon bras. Hélia s'occupe des blessures dans le dos de Java, celui-ci soignant lui-même la brûlure laissée par le fouet autour de sa jambe. Voyant Declan hocher la tête face à Simon, enfin satisfait, il s'adresse à lui.

— J'ai vraiment cru que tu n'avais pas pu gérer ceux de la grotte, ou qu'elle était trop loin… Tu m'as fait une belle frayeur, chef.

— Une faucheuse s'est réveillée plus vite que prévu, après ton départ. La grotte, ça a été. Explique-toi, Java. Que fais-tu dans une équipe faucheur ?

— À ton avis ? Je me suis fait embarquer par des recruteurs à Lynx et Imanna a jugé qu'il fallait saisir l'opportunité pour m'infiltrer.

— Quelle inconscience… Sache qu'Imanna n'est plus aux rênes de la garde. Demande à Tanaël de te rapatrier ou mieux, rentres directement. Vu le bordel ici, ce sera plus prudent.

— Sérieux ? Tanaël est arrivé Commandant ? Comment ça se fait ?

— Longue histoire, mais les décisions comme celle de te laisser seul dans une équipe de faucheurs est une erreur de plus de la part d'Imanna. Ça me conforte dans l'idée qu'on a eu raison de la démettre de ses fonctions.

Java esquisse un sourire.

— Wouaw, mec. Je crois que c'est le truc le plus sympa que tu m'aies jamais dit.

— Ce sera sans doute le seul, savoure. On doit partir au plus vite pour avoir une chance de rattraper les camions avant leur dernier arrêt pour Hydre.

Val, qui n'a pas prononcé un mot durant ses soins, s'inquiète :

— Il va falloir trouver une autre solution. On ne les rattrapera pas. On a perdu trop de temps.

— Peut-être pas avec vos antiquités, s'amuse Java en tapotant sa voiture. Récupérez la route intercoupoles et ne déviez de la piste qu'une fois que vous les verrez à l'horizon. Avec ces bolides, vous pourrez les rallier sans problème. En attendant, je vais m'occuper de mes charmants collègues et garder les voitures de Bois Noir avec Dylane. Et faire une sieste.

Nous prenons nos sacs pour tout transférer dans le véhicule des faucheurs. Java inspecte le cadavre de Griff avant de murmurer quelques mots et de lui fermer les yeux. Il se relève et croise mon regard. Il vient de nous sauver la vie, mais j'ai toujours autant peur de l'approcher. Il esquisse un étrange demi-sourire, lèvres pincées, et lève deux doigts vers moi en hochant la tête. Il se détourne ensuite et va vers un autre corps en boitant pour répéter le même étrange rituel. Est-ce le moment pour lui parler ? Val me retient et secoue la tête.

— Je veux seulement le remercier de nous avoir aidés.

— Declan va le faire. Ça le touchera davantage, venant de lui.

Je soupire et regarde mon ancien agresseur exécuter pour la troisième fois le même rituel funéraire. Declan saute du pick-up après s'être changé, du sang ayant tâché ses fringues. Il va directement voir Java et ils échangent une poignée de main franche.

— Tu as sans doute raison. Allons-y.

24. Équilibre

Hélia fait vrombir le moteur de la voiture de Javani sur la piste intercoupoles. Le paysage défile déjà à toute allure lorsqu'elle active un injecteur qui la fait pousser un cri de joie extatique. Le compteur atteint les trois-cent-soixante-dix kilomètres heures.

Je me retiens de vomir.

La course est effrénée, des décombres nous entourant de façon irrégulière depuis que nous longeons la ville. Heureusement, à cette allure, quelques minutes suffisent pour que ma cousine annonce :

— Ils sont devant ! Accrochez-vous !

Hélia ralentit à peine pour décrocher de la piste, slalomant entre les tas de gravats comme un drone esquive les obstacles en pleine course. Je peine à retenir ma terreur tandis que la voiture frôle un mur encore debout dans un tournant. Dire que j'ai pu avoir peur de la conduite de la mère d'Umy à Andromède ! Val s'agrippe à Declan en fermant les yeux. Même Peps et Simon n'en mènent pas large.

Dans un dernier sursaut de vitesse et de poussière, nous dépassons les camions. Alors que je ne sais pas comment elle fait pour anticiper les obstacles à cette allure, Hélia tire soudainement son frein à main et tourne son volant. Le pick-up glisse. Val me tombe lourdement dessus. Dans la poussière, je mets un instant à me rendre compte que le véhicule s'est immobilisé à quelques centimètres d'un muret. Val s'est rattrapé à cheval par-dessus moi et me regarde intensément. Je pose la main sur son front, inquiète. Il ferme fort les yeux, puis se détend.

— Val ! Ça va ?

— Pas terrible. Entre l'attaque des faucheurs et la conduite de ta cousine, mon stress fait yoyo.

— Wax, sort de là ! me presse Peps. Declan et Sim sont déjà partis !

Mon prince me tend la main pour m'aider à me relever. J'attrape mon sac, le boîtier et la carte à l'intérieur. D'un geste, j'assure mon flingue à ma ceinture. Nous devons commencer par hacker les chauffeurs du camion de derrière. Sim est déjà de l'autre côté de la route alors que nous suivons Hélia entre les pierres et les gravats. Val me tient la main tout du long. C'est Simon qui se colle au hack, pas Declan. Declan est allongé au milieu de la route. La rencontre avec les faucheurs et la conduite d'Hélia m'ont fait oublier ce détail effrayant quelques minutes. Pourquoi il sert de proie, d'ailleurs ? Sim sera à la hauteur ? C'est vrai que c'est lui qui a craqué ma puce de l'AGRCCP... Les doigts de mon prince resserrent les miens, tendus.

— Tu es sûr que ça va, Val ?
— Oui. Appelle-moi Chester dès maintenant, Jessy. On y sera dans quelques heures.

Nous arrivons à temps pour voir les deux camions s'immobiliser. Heureusement que je n'ai pas assisté à leur approche, j'aurais été capable de débouler sur la route par peur qu'ils ne s'arrêtent pas. Personne ne bouge à l'intérieur de la première cabine, ni Declan, sur la piste. Si le convoi reste immobile plus de cinq minutes, la balise signale l'arrêt pour que quelqu'un, posté à la coupole, demande confirmation que tout va bien. Il s'en écoule au moins une avant qu'enfin, le passager du premier camion ouvre sa porte pour aller voir Declan.

Je me précipite vers la seconde cabine en même temps que Simon. Nous ouvrons ses portes simultanément, moi côté conducteur, et scannons les joues des Netras qui ont seulement le temps d'écarquiller les yeux de surprise le temps de la connexion. Je fais défiler les lignes le plus vite possible, pourtant mes doigts me semblent être de plombs. Je n'arrive pas à les faire suivre mon raisonnement comme je voudrais.

Quatre lignes, quatre points principaux à modifier pour pirater le Netra. Le conducteur paraît agité. De l'autre côté de la cabine, Simon qui concentré et tape avec agilité sur son écran. Enfin, le Netra que j'ai connecté se calme.

— Bonjour, Programmatrice.
— Bonjour... Netra BXG-930-65. Comment te sens-tu ?
— Stressé, Programmatrice.
— Il n'y a pas de quoi l'être. C'est une mise à jour manuelle qui a oublié d'être signalée au départ d'Orion, indispensable pour la

prochaine livraison à Hydre. Tout va bien. Je vais m'occuper de vos collègues à l'avant, avec mon coéquipier.

Je le déconnecte. Au même moment, le Netra de Simon entonne :

— Bonjour, Programmateur.

Je cours jusqu'à l'autre cabine et l'ouvre. Personne. Le Netra conducteur n'y est pas encore remonté. Il se tient derrière moi et me fait sursauter.

— Vous êtes couverts de poussière. Qui êtes-vous ? Des braqueurs ?

Je scanne sa joue sans répondre et valide la connexion avec ma carte.

— Nous vous installons la mise à jour d'un patch qui a été oublié au départ d'Orion. Elle est indispensable pour valider votre entrée à Hydre.

Mon assurance et le timbre de ma voix rassurent suffisamment le Netra pour que j'aie le temps de modifier deux lignes sur les quatre. Pourtant, il souligne :

— Ce genre de MAJ se fait automatiquement avec la validation de notre itinéraire, d'habitude.

Je m'interromps et retourne sur son écran d'accueil qui me hurle sa peur de tous les côtés.

— BXG-563-87, tout va bien. C'est une simple MAJ de routine.

— Non. Pourquoi avoir mis un homme au milieu de la route pour nous arrêter, sinon ?

Il tente de remonter dans la cabine. J'envoie un pic d'endorphine qui révulse ses yeux et le fait tomber par terre. Je dois faire vite si je ne veux pas qu'il ait de séquelles. Je termine de rectifier la troisième ligne. *Vezna-ni/Equa/Domeo-ré...* Plus qu'une...

— Jess ! Que fais-tu ? se précipite Declan.

— Il a déjà dû être braqué et s'en souvient.

— C'est possible ça ? Merde !

— J'ai fini !

Je retourne à l'écran d'accueil, abaisse le pic d'endorphine et modifie deux ou trois autres niveaux pour le désorienter, mais pas trop. Faut-il encore qu'après un tel traitement, il se réveille. Je m'accroupis de l'autre côté du Netra et le secoue doucement.

— Quatre-vingt-sept ? Réveillez-vous.

— Programmatrice ?

— Oui, je suis là. Vous avez eu un malaise en pleine mise à jour de logiciel. Avez-vous suffisamment bu, aujourd'hui ?

— Je ne sais pas. J'ai peut-être oublié.

Simon et Peps terminent de gérer le dernier chauffeur de l'autre côté. Declan aide Quatre-vingt-sept à se redresser en lui tendant un sachet de soluté de réhydratation.

— J'ai fait comme vous. Je n'ai pas assez bu et j'ai fait un malaise en vous attendant avec les drapeaux pour vous signaler l'arrêt. Vous en voulez un ?

— Je peux vraiment ?

— C'est évident. Vous hydrater est important après un tel étourdissement.

Le Netra avale la solution avant de nous remercier. Je lui souris, mais déjà, dans la cabine, une sonnerie retentit et une voix nasillarde réclame :

— BXG-563-87, demande de confirmation de non-incident sur votre trajet.

Declan pose sa main sur l'avant-bras du Netra. Mauvaise pioche. Équipé d'un implant frontal, il effleure sa tempe pour valider la communication avec sa centrale de référence.

— Confirmation de non-incident. Code 302. Mon binôme a aussi profité de l'arrêt pour se soulager.

— D'accord. Ne traînez pas.

— C'est noté, madame.

Declan et moi échangeons un regard. Depuis quand les Netras mentent sciemment ? Il nous observe avec méfiance, puis Simon arrive.

— C'est bon pour moi ! Tout va bien ici ?

— À vous de me le dire, répond le Netra.

— Il vient de nous couvrir, laisse échapper Declan, stupéfait.

— Sérieux ?

Mon ex hoche la tête. Je lui confirme également l'information. Le Netra nous observe attentivement tous les trois.

— Combien veulent monter ?

— Nous sommes cinq. Vous avez déjà emmené des gens à Hydre ?

— Oui, une fois. Sous la contrainte. Pourquoi me vouvoyez-vous, Programmatrice ?

Je ne me suis même pas rendu compte que je le faisais. Declan aussi l'a fait. C'est vrai qu'on ne vouvoie pas les Netras. Nous sommes censés les tutoyer, et eux, nous vouvoyer.

— Vous parlez, vous marchez, vous réfléchissez, et vous proposez même de nous arranger pour que tout se passe bien. Vous êtes une personne, Quatre-vingt-sept. Et je vouvoie les gens avec qui je fais affaire.

Il détourne le regard, l'air songeur. Peps, Val et Hélia viennent à notre rencontre avec nos sacs.

— Vous n'êtes pas comme les autres, déduit-il. Vous n'avez pas utilisé d'arme contre nous, seulement désactivé notre fonction d'alerte automatique. Pourquoi ?

— Nous ne vous voulons pas de mal. Nous voulons nous rendre à Hydre pour aller voir des amis.

— Les criminels sont retenus à la prison d'Hydre.

— Des innocents se retrouvent parfois au mauvais endroit, au mauvais moment, murmure Declan.

Le Netra nous observe encore quelques secondes avant de dire :

— Si vous ne nous maltraitez pas, nous vous ferons entrer dans la coupole.

— Nous devrons effacer les souvenirs de notre rencontre, Quatre-vingt-sept. Pour votre sécurité comme pour la nôtre.

— C'est évident. Pourquoi me prévenez-vous, Programmatrice ?

Parce que je repense trop à Six, Vingt et Démétri, là.

— Ce sont vos souvenirs. Pour moi, les retirer, c'est proche de la maltraitance.

— J'oublie tout une fois ma personnalité de chauffeur désinstallée.

— Et vous retrouvez tout si on la réactive, à moins d'une commande d'effacements.

Quatre-vingt-sept plisse les yeux. Declan se penche à mon oreille.

— Arrête, tu vas le faire surcompenser.

— Il faut s'en aller si vous voulez monter avec nous, conclut le Netra. Nous ne pouvons pas prétendre devoir nous arrêter plus longtemps. Il faudra un Programmateur dans chaque cabine pour effacer nos souvenirs avant notre arrivée à Hydre.

Jusqu'où cette personnalité peut-elle aller dans sa réflexion sur le braquage ? Simon passe son boîtier à Declan sans hésitation.

— Le hack, oui. L'encodage, c'est ta partie.

— Je dois vérifier la tête de Sim et soigner Walt, déclare Peps. Jessy, aide Chester à mettre du baume, sur le chemin

— D'accord, mais... Walt est blessé ?

— Rien de grave, mais je préfère m'en occuper !

Elle s'en va avec Simon. Son frère se mord la lèvre inférieure en regardant mes cuissardes, remonte le long de mes jambes et reluque ouvertement mon débardeur.

— Ce soir.

Ces simples mots contractent tout mon bas-ventre. J'en oublie de l'engueuler de ne pas s'être soigné plus tôt. Misère, je suis dans la mouise. Val offre une étreinte à Hélia avant de monter dans la cabine. Je l'imite, reconnaissante pour tout ce qu'elle a fait pour nous alors qu'elle nous connaît à peine.

— Merci, Hélia. Je ne pourrais jamais te rendre la pareille.

— Sortez Umy, Laura et tous vos jolis culs de là, ça m'ira très bien, cousine. Il y a deux cartes de paiement avec celles d'identité. Allez-y mollo sur les dépenses, ce n'est pas illimité, mais c'est sécurisé. Et pensez à utiliser les manchettes, c'est moins repérable que de filer directement une carte.

— Merci encore. Sois prudente pour rejoindre Dylane et Javani.

Je monte dans la cabine lorsque Peps se jette dans les bras de ma cousine. Décidément, cette journée est vraiment étrange.

***

Nous avons fermé le rideau de la couchette sur nous. Val a plusieurs bleus sur le torse et un plus bas, sur le côté de la cuisse. Il refuse que je l'aide à mettre du baume dans son dos, se rhabille sans en avoir appliqué. Dans un soupir, il murmure :

— On y est presque. Tu crois qu'on va réussir, princesse ?

— On fera tout pour. Mon prince, dis-moi ce qui ne va pas.

— Tu veux la liste ? Mon mari me manque. On s'est fait capturer par des faucheurs et on n'a laissé aucun survivant derrière nous. J'ai manqué de faire une crise cardiaque dans une voiture aussi rapide qu'un aquatube. Declan aurait pu se faire écraser par un camion. Des Netras se mettent à mentir pour nous faire entrer dans Hydre et j'ai la trouille de ce qui nous attend à la coupole.

— J'entends, mais… Tout ça n'a rien à voir avec ton refus que je t'aide avec le baume.

— Tu te souviens du taux d'équilibre ? Là, je dois tourner autour de 60 %. Max.

Comme à Bois Noir, je lui ouvre les bras. Il secoue la tête et j'insiste :

— Tu as besoin de contact. Il est hors de question que tu deviennes un aimant pour les mecs quand on a besoin d'être discret.

— Je n'ai jamais dit que je ne deviens un aimant que pour les mecs ; c'est seulement ma préférence personnelle.

— Si ça peut te rassurer, je n'ai pas envie de te sauter dessus.

L'air hésitant, il cède et vient à côté de moi. Je le tire dos contre mon torse dans l'espace exigu. Après quelques minutes, il se détend enfin et commence à caresser mon avant-bras du bout des doigts.

— C'était vraiment horrible, tout à l'heure. On n'a pu sauver personne de l'autre côté, comme au lac.

— Ces gens sont pris dans une telle spirale de violence que je ne sais pas s'ils veulent être sauvés.

— Peut-être pas tous, mais il doit bien y en avoir, non ?

Declan a aussi envisagé que des faucheurs du désert puissent y être sous la contrainte. Javani lui-même était en mission, infiltré. Les doigts de Val courent toujours sur ma peau et me font tressaillir. Il soupire de satisfaction.

— C'est de ça, dont j'ai besoin.

— Si tu arrives à canaliser ce qu'il te faut en me faisant frissonner, sers-toi !

— Ce genre de light, comme celui dans la voiture, ne me suffira pas. Sans compter qu'on n'appelle pas ça un échange pour rien ; je ne peux pas te prendre sans donner ou plutôt, dans mon cas, sans créer. Ce serait dangereux pour toi.

— À quel point ?

— L'arrêt cardiaque.

— Sérieusement ?

— Très sérieusement.

Ah. Nous voilà bien !

— J'ai essayé, chuchote-t-il. Pour Bébé, j'ai tout tenté, durant des semaines. Rien n'a fonctionné. Ce que je capte là, c'est déjà bien.

— Tu avais toutes les options optimales avec Umy mais rien n'a fonctionné. Nous, nous sommes liés sans jamais avoir eu recours au package arrière-boutique. Quelque chose nous échappe. On va trouver comment faire et te remettre d'aplomb, j'en suis sûre. En attendant, laisse-moi te soigner. Si ça provoque un échange suffisant, ça peut empêcher que ton mari ait le cœur brisé par une infidélité.

Mon ami cède et me laisse le tartiner de baume. Andès a bien dit qu'il devrait puiser en moi ou Declan. Il n'a pas précisé comment nous y prendre. Si j'avais su, je ne serais pas sortie si vite de la boutique ! Comment faire pour lui donner quelque chose qui ne s'éveille que de manière aléatoire ? Il faut trouver une solution avant d'arriver à Hydre, et tant pis si c'est de façon non-conventionnelle aux yeux du Guide de Bois Noir.

Aucun échange ne naît entre nous pendant que je le soigne. Ni après, même s'il se concentre manifestement pour tenter d'éveiller ce qu'il appelle un light.

— Je n'ai jamais couché avec une fille, lance-t-il abruptement.

— Ce n'est pas aujourd'hui que ça va commencer !

— Envoûté, on ne choisit pas. La seule chose qui compte, c'est l'équilibre, l'énergie, le désir, la satisfaction des corps. Ce que j'ai capté en te caressant le bras, c'était une miette de casse-croûte alors que je suis affamé. Repousse-moi, ne me laisse pas te piéger.

Il dépose un baiser sur ma joue, descend vers mon cou. Son odeur devient délectable. Là, sous ses lèvres, un frémissement chaud se propage sur ma peau. C'est électrique, rien à voir avec la sensation fluide transmise par Andès. Il en grogne de satisfaction. C'est agréable, je reconnais, mais pas plus que de boire un verre d'eau en ayant soif.

— Tu peux continuer ton manège autant que tu veux. Comme tu me l'as dit un jour, il te manque certains attributs pour me séduire.

— Je ne suis pas eunuque, à ce que je sache !

Il me dévisage en souriant. Ses iris vert pâle brillent, lumineux. *Par les étoiles !* Pas étonnant qu'il puisse mettre qui il veut dans son lit quand il contemple quelqu'un de cette façon. *Dis quelque chose, Wax. N'importe quoi !*

— Tu n'as plus ta queue-de-cheval.

Il écarquille les yeux un instant avant de se marrer, tant et si bien qu'il s'allonge à côté de moi en essuyant des larmes de rire.

— T'as osé ! Sérieux, toi, tu as osé cette blague ?

— Hayden m'en a appris plein ! Il craignait que je ne comprenne pas les sous-entendus des gars d'Hôpital qui tentaient leur chance.

— Cette montagne de muscles a dévergondé ma princesse. Au moins, j'ai bien ri ! Mais repassons aux choses sérieuses.

Il se tourne à nouveau vers moi, prêt à me regrimper dessus. J'entoure sa jambe avec la mienne pour l'en empêcher et pose ma main sur son cœur.

— Tu m'aimes, mais tu ne peux pas m'aimer de la façon dont j'ai besoin.

— Le don pourrait t'en donner l'illusion.

— Je ne veux pas d'une illusion. Tu es mon ami, mon prince, irremplaçable et unique. Notre relation est parfaite comme elle est. Je t'aime déjà pleinement, Valentin.

Bouillante, brûlante, la chaleur se déverse en nous comme si un barrage venait de céder. Chaque battement de cœur me donne, lui renvoie. Je gémis et plane, complètement enivrée par la quantité colossale de vagues d'ondes qui me traversent et me réchauffent. Je perçois qu'il émet le même genre de sons que moi, mais c'est vague, flou, trop étrange et trop exquis.

Je ressens son vide, sa tristesse, son besoin immense de réconfort, de tendresse, de contact. Je perçois cette énergie flamboyante en lui qui exige de se mêler à la mienne pour y mettre de l'ordre. J'ai l'impression d'avoir un sixième sens, une nouvelle façon de voir et de toucher à ma portée. La notion du temps perdue, la sensation refoule et ce que nous partageons trouve un rythme, une fluidité entre nous.

L'équilibre.

***

Val dort à côté de moi. J'ai un instant de doute, mais nous portons toujours nos vêtements. *Soulagement*. Mon ami ne m'a plus semblé aussi paisible depuis des jours, même dans son sommeil. Cette histoire de don y est sans doute pour quelque chose.

Le soleil se couche à l'horizon. Il faut attendre une bonne demi-heure avant que les Netras ne s'arrêtent pour manger. Je dois secouer Val de toutes mes forces pour le faire émerger. Les quatre conducteurs disposent de seringues nutritives, et nous de deux plaquettes protéinées à nous partager. Je vais m'asseoir à côté de Peps : j'ai envie de savoir d'où lui est venu ce soudain besoin de faire un câlin à Hélia. Elle me plante en me snobant pour laisser la place à Declan.

— Ça a été le voyage, de votre côté ?

— Bien sûr. Pourquoi ça n'aurait pas été ?

— On a fait deux autres pauses relais. On a essayé de vous réveiller, rien à faire. Donc, je vais être direct : les chauffeurs ont supposé que Chester s'appelait Prince puisque tu l'avais appelé de cette façon lors de, je cite, *« votre coït »*

J'écarquille les yeux. Val manque de s'étouffer et lève l'index :

— Je ne comptais pas en parler, mais je ne veux aucun malentendu. Je suis un Guide, comme Andès, le type de Bois Noir. Généralement, je m'équilibre avec Umy. Vu la situation, j'avais besoin d'aide avant d'arriver à Hydre mais je n'ai pas l'habitude d'échanger consciemment, alors quand ça s'est activé, ça a été plutôt perturbant. Mais que les étoiles m'en soient témoins, il n'y a pas eu de coït !

— Oh, c'est ça ! soupire Declan soulagé. C'est assez doux avec toi, pourtant. Plus qu'avec Andès.

J'arrête de mâcher. Val reste bouche bée. Peps semble soulagée et Simon continue de grignoter comme si de rien n'était. Mon Prince esquisse un sourire.

— Tu savais ?

— Il y avait des indices, qu'ils datent d'Andromède ou de ces derniers jours. Je l'avais envisagé sans jamais ressentir le besoin d'aborder le sujet.

— Tu n'étais pas curieux de savoir si tes soupçons étaient fondés ?

— Pas particulièrement. Nos parents nous ont appris que ce sont ceux qui expriment qui doivent faire le premier pas pour se dévoiler. On est comme on naît, mais le peuple du don considère offensant que quelqu'un qui n'exprime pas lance le sujet. J'ai respecté cette règle de vie, même avec toi.

Val est soulagé que son statut soit bien accueilli. De mon côté, je lève les yeux au ciel.

— Il faut rester avec ses soupçons tant que la personne ne confirme pas d'elle-même ? C'est ridicule ! Andès a répondu sans se vexer quand je lui ai posé la question.

— Il a été gentil. À l'avenir, retiens-toi. Même si c'est difficile à imaginer pour les curieuses comme toi.

Je lui adresse une grimace et il répond avec une pire. Je ris lorsque Quatre-vingt-sept annonce :

— Nous devons repartir. Veuillez remonter dans les camions.

Declan me raccompagne à la cabine.

— Hayden a retiré les traces de ta puce dans les programmes Netras et a posé un code tampon pour qu'elle ne se lie pas à eux quand tu les effaceras, tout à l'heure. Je n'y connais pas grand-chose en hack, mais ça devrait fonctionner.

— On a de la chance qu'il ait bidouillé ma puce à Hôpital pour savoir le faire. Sinon, ces Netras n'auraient pas pu être endormis ou modifiés par qui que ce soit.

— Oui. J'espère qu'après ta sieste de cet après-midi, tu me laisseras m'occuper de toi malgré tout, ce soir.

Son timbre est trop grave. Souriant, il se penche pour attraper le lacet de ma cuissarde et tire jusqu'à défaire le nœud avant de s'enfuir vers l'autre camion. J'hésite à le suivre et remonte dans la cabine. Je lui arracherais bien trop facilement un vêtement ou deux pour me venger.

***

Assis en tailleur sur la couchette, je chuchote à Val :

— Tu te souviens de ce qu'il s'est passé pendant notre échange ?

— Pas franchement. Je me rappelle une sensation de barrage qui cède de façon brutale et incontrôlée. C'était effrayant et apaisant à la fois.

— Pareil. Tu sembles aller mieux.

— C'est vrai. C'est frustrant. Je n'ai aucune idée de comment on a réussi à amorcer cet échange, même si c'était chaotique. Mais dis-moi, tu avais décidé de rester imperméable à la drague de notre cher Walter jusqu'à nouvel ordre, je me trompe ?

— Quelle drague ?

— Tu plaisantes ! Dis-moi que tu plaisantes.

Valentin soupire face à mon regard perdu.

— Il ne pouvait pas être plus direct. Il a défait l'attache de ta cuissarde et toi, tu ne captes pas ? Désolé, ma pote, mais tu es un cas désespéré.

— Tu considères ce genre de plaisanterie comme de la drague ?

— Princesse, ce n'était pas une plaisanterie. C'était un gigantesque feu vert annonciateur d'une nuit romantique.

Sur ce, nous abordons les étapes d'arrivée du camion à Hydre. Le collègue de Quatre-vingt-sept nous décrit les contrôles d'entrée dans la coupole qui se résument à trois validations de passage. La première se fait à la grille de délimitation entre la coupole et le désert, sur le parcours de livraison. La seconde au quai de déchargement de marchandises et la dernière lors de l'ouverture du garage où sera stationnée la cabine du camion. D'après eux, aucune fouille de cabine n'est prévue si aucun incident de parcours n'est signalé sur le trajet. Même les remorques ne sont scannées que de façon aléatoire. Une aubaine pour nous, si bien que je demande :

— Pour sortir, les contrôles sont les mêmes ?

— Non. Afin de prévenir toute tentative de voyage intercoupoles non autorisé, les cabines sont fouillées avant de nous être confiées dans le garage de départ, au quai d'accrochage et au dernier point de contrôle du parcours de départ des marchandises. Les remorques sont également contrôlées par infrarouges à chacune de ces étapes. Des contrôles supplémentaires inopinés sont organisés afin de garantir la sécurité de la coupole d'Hydre.

Donc, pour l'instant, l'option d'emprunter le même chemin pour sortir est à mettre de côté. Vingt minutes avant d'arriver, Quatre-vingt-sept nous avertit pour effacer notre rencontre de sa mémoire. Il est côté conducteur, aussi je m'occupe de son collègue passager en premier pour avoir le temps de lui parler.

— Quatre-vingt-sept, merci de nous aider à entrer dans la coupole.

— Merci d'avoir tenu votre promesse et de ne pas nous avoir fait de mal. Nous atteignons la limite. Il faut que vous vous cachiez, maintenant.

Je valide la commande des changements faits sur le premier Netra et me dépêche de scanner la joue de Quatre-vingt-sept avant que son collègue ne reprenne ses enregistrements de contrôle. Le rideau entrouvert, j'encode les dernières lignes lorsque le camion ralentit. Quatre-vingt-sept dit à voix haute :

— Nous arrivons.

— La route a été agréable et sans incident, répond son collègue.

J'applique ma puce sur le boîtier. Un silence d'une trentaine de secondes suit, puis Quatre-vingt-sept réplique :

— Oui, ça a été calme.

Enfin, nous atteignons le mur d'Hydre. Nous restons silencieusement cachés dans le compartiment couchette. Les Netras patientent ensuite le temps du décrochage de leurs remorques. Toujours pas de fouille, comme annoncé. Pour terminer, ils vont garer le véhicule dans le garage. Le Netra passager descend rapidement.

— Tu ne rejoins pas la salle de déconnexion ? demande-t-il à Quatre-vingt-sept.

— J'ai quelque chose à faire avant. J'arrive.

Val et moi retenons notre souffle. Qu'est-ce qu'il fabrique ? La porte de la cabine claque après son collègue. Quatre-vingt-sept passe sa main sous le rideau.

— Pourquoi je me souviens que vous êtes dans notre cabine, Programmatrice ?

— Je ne sais pas, Quatre-vingt-sept.

Je serre sa main dans la mienne. J'ai effacé nos conversations de son programme journalier, il ne devrait pas se souvenir de nous. Ce n'est clairement pas normal. Ou plus simplement, c'est lui qui s'en souvient ? Sans passer par le programme ?

— Je ne saurais pas décrire votre visage mais votre bienveillance, oui. Attendez dix secondes que la lumière de la cabine soit éteinte avant d'ouvrir, c'est plus prudent. Ensuite, sortez par la grande porte bleue. On vous confondra avec des chauffeurs de retour de convoi.

Personne ne vous posera de question. On ne pose jamais de questions aux humains qui sortent d'ici.

Un frisson d'horreur douloureusement électrique se propage jusque dans mes doigts.

— Tu es autant humain que nous, Quatre-vingt-sept.

— C'est ce que disait aussi mon premier Programmateur, mais ce n'est pas ce que pense tout le monde. Merci d'être ceux que vous êtes, hackeurs du désert.

Ses doigts glissent des miens et il sort de la cabine.

25. Bienvenue à Hydre

L'air est frais dans le garage. Je tape à la fenêtre de la cabine dans laquelle sont toujours cachés Declan, Peps et Simon. Ces deux derniers ne sont pas d'accord pour suivre les conseils de Quatre-vingt-sept, mais Declan, Val et moi gagnons à trois contre deux. Nous appuyons donc sur le bouton rouge qui enclenche l'ouverture de la porte bleue décrite par le Netra et sortons.

Nous ne croisons personne à l'extérieur du garage. Pas physiquement. Après toutes ces semaines d'entraînement pour repérer et éviter les drones, je me crispe à chaque engin volant que nous croisons, qu'il offre des renseignements pratiques, l'histoire de la coupole ou un service de livraison. Declan, Simon et Peps rient de me voir aussi alerte à l'intérieur de la coupole-prison. Même Val trouve à dire que si j'avais été aussi attentive à mon environnement à Andromède, j'aurais repéré tous les gardes du corps qui m'entouraient, y compris Declan et Sim, en moins de dix minutes.

Il est environ deux heures du matin. Peps interroge un drone balise qui nous indique les hôtels qui peuvent nous accueillir tous les cinq avec une clef sous forme matérielle. Sur place, c'est une femme en chair et en os qui nous accueille malgré l'heure tardive, là où je pensais avoir affaire à une simple borne d'enregistrement. Declan sort nos visas et valide nos réservations pour une semaine. Nous ne pourrons de toute façon pas tenter quoi que ce soit plus tôt. Il faudra non seulement trouver un moyen de sortir Umy et Laura de la prison, mais aussi de la coupole, ensemble. Je découvre que mes amis s'appellent Chester Manny, Rose Stella et Hayden Morel en même temps qu'ils prennent possession de la carte-clef de leur chambre. Puis, l'hôtesse donne la nôtre à Declan :

— Bon séjour à Hydre, monsieur et madame Jensen.
— Merci.

Avec un grand sourire, il se retourne et tombe sur mon regard fatigué. Il attend que nous arrivions devant notre chambre pour me demander :

— Qu'est-ce qui se passe ?

— Monsieur et madame Jensen ? Vraiment ?

Il me fait des yeux noirs en ouvrant la porte devant nous, insère la carte qui nous serre de clef dans le bloc de la poignée de la porte et déclenche les lumières. Un rangement dans l'entrée, salle de bain et toilettes à gauche, un grand lit double trône au centre de la pièce équipée d'une fenêtre. Le sac de Declan frôle à peine le sol qu'il me lance :

— Je te rappelle que jusqu'à notre passage chez Andès, on ne pouvait pas dormir l'un sans l'autre sans cauchemarder. C'est Hélia qui a déduit ton nom de famille une fois que j'ai indiqué Jensen pour moi. Tu voulais que je fasse quoi ? Que je lui dise : « *Pour cette mission, on va la jouer célibataires* » ? Tu es ma femme, Wax, même si tu as besoin de temps pour mettre de l'ordre dans tes idées.

— Non, Declan. Je suis ton ex. Nous ne sommes plus en couple.

L'air furieux, il retire ses trois couches de vêtements d'un coup, ses chaussures et son pantalon, et s'enferme dans la salle de bain sans un mot de plus. Je suis toujours dans l'entrée. Je n'ai pas eu le temps de poser mon propre sac. Son explication tient la route. Cauchemars ou pas, lui a besoin de moi pour ne pas en faire. Aussi, je ne suis pas certaine que les miens disparaissent avec la désactivation du booster. J'en faisais déjà avant, à cause de l'attentat de l'AGRCCP. *Ça m'agace.*

Assise au bord du lit, je retire mes lentilles et me démaquille. Sans attendre, je troque mon haut contre une nuisette dans ma valise. *Merci Dylane !* Un tee-shirt large aurait fait l'affaire pour la nuit. Face à la porte, j'attends que Declan se décide à sortir de la salle de bain. Lorsqu'il l'ouvre enfin, il affiche un air farouche et fâché qui se délite au fur et à mesure qu'il remonte le long de mes jambes jusqu'à mon buste. Là, il se mord la lèvre et murmure :

— Tu vas me narguer en utilisant vulgairement les pressions de tes cuissardes pour les retirer sous mon nez ? Après cette horrible journée ? Va au moins dans la salle de bain.

— Pas du tout. Je t'ai promis que tu pourrais les enlever ce soir.

Ses mains poussent déjà mes hanches en arrière. Je bascule sur le lit en riant, ses dents chatouillant ma clavicule.

— Je me serais allongé au milieu d'une route bien avant si j'avais su.

— Si tu refais ça, je te botte les fesses plutôt que de te laisser retirer mes bottes.

Il desserre minutieusement chaque lacet sur toute leur longueur et m'enlève les cuissardes l'une après l'autre. Une fois ça fait, il trouve le moyen de rester s'occuper de mes jambes, de les caresser des pieds jusqu'au haut des cuisses. C'est déjà trop, beaucoup trop. Je devrais lui dire d'arrêter, mais je ne trouve plus les mots. Sur mes hanches, ses mains remontent de plus en plus jusqu'à ce qu'il vienne poser ses lèvres contre ma joue.

— Je peux continuer en te débarrassant de la nuisette ?

— Non. Tu n'as passé le deal que pour les cuissardes.

— Argh ! Ta vengeance est terrible.

Il se laisse tomber à côté de moi. Je cale ma tête au creux de son épaule.

— Ce n'est pas une vengeance, Declan. Je veux me concentrer sur notre objectif et si on se remettait ensemble, je ne le serai pas.

— Tu persistes à prétendre qu'on n'est pas en couple après m'avoir laissé retirer tes cuissardes. C'est une punition.

— Non !

— Parce que tu laisserais quelqu'un d'autre t'enlever tes bottes comme je viens de le faire ?

Il faut que cet idiot se taise ou je vais flancher !

— Non, mais j'ai souffert à chaque fois qu'on s'est rapprochés. C'est pour cette raison que j'essaye de raisonner avec ma tête plutôt qu'avec mon cœur, désormais.

— Dois-je comprendre que c'est ton cœur qui s'exprime quand tu viens t'endormir contre moi ?

Je fais mine de le repousser pour finalement mieux me pelotonner contre lui. Il soupire et murmure :

— C'est à cause de mon attitude et de mes actes à Hôpital que tu hésites maintenant. Tan et ma sœur m'ont assez traité de crétin aveugle et entêté comme ça. Ils n'avaient pas tort, même si j'étais incapable de l'accepter à ce moment-là. Je m'en veux de t'avoir fait du mal, ma princesse. Pardon.

— Nous devons profiter du temps qui nous est donné pour apprendre à nous connaître. Peut-être découvrirons-nous que nous sommes finalement faits pour être amis.

— Que tes cuissardes m'en soient témoins, je ne pourrai pas me contenter d'être ton ami ! Je veux te garder près de moi, toujours.

— L'un n'empêche pas l'autre. Je t'ai prévenu, j'aspire au trophée de la pire glue de la terre. La preuve, je suis encore avec toi au lieu de m'éloigner, de te laisser de l'espace et de prendre le temps de réfléchir à ce qu'on fera après.

— Je ne veux partager tout mon espace qu'avec toi. Pour après, on s'en va, on se planque et on reste ensemble, quoi qu'il arrive.

Il passe une jambe au-dessus des miennes. Je respire l'odeur de sa peau, chaude et réconfortante. Si seulement c'était possible de céder sans risquer de le perdre encore ! Je me tourne, dos vers lui.

— Qu'est-ce qui va se passer si on se fait repérer par des drones de Joan Fill avant d'avoir eu le temps de trouver comment sortir d'ici ?

— On ne va pas être repérés. Ce sont des drones de livraison ou de renseignements, de patrouille ou d'assistance. Aucun n'est équipé de caméra thermique ou de mitraillette. La reconnaissance faciale se cantonne aux arches d'accueil et de départ des voyageurs intercoupoles. Ne t'inquiète pas.

— Je m'inquiète. Nous sommes en plein milieu d'une souricière prête à se refermer sur nous au moindre faux pas. Tu as eu une idée qui expliquerait comment Joan Fill a pu passer de la défense des droits Netras à engager des faucheurs pour nous traquer ?

— Il est possible que ce ne soit pas la même personne.

— Tu crois ?

— Ça me semble même de plus en plus probable. C'est plausible que quelqu'un ait profité de l'anonymat du Joan Fill qui a participé au projet de la charte de Harley pour usurper son identité. Ça expliquerait son changement d'intérêt de la cause Netra pour la mécatech et l'accélération de l'évolution du matériel de traque.

— La mécatech est accessible dans le quotidien. Il y a des robotronics partout, des drones, et même des jeux qui poussent assez loin cet aspect de la prog. S'il est doué, il a pu développer ce côté tout seul, un peu comme Sim.

— En parallèle d'un travail d'origine avec les Netras ? Jusqu'à ce niveau ?

— Avec du temps et de l'investissement, ce n'est pas à exclure.

— Ça se tient. On ne sait même pas de quelle génération il est. C'est un puzzle sans fin. On a trop d'éléments flous. Grâce à Hélia, nous sommes sûrs que celui qui a cherché à nous attirer à Dragon se fait appeler Joan Fill, qu'il a pris les commandes des faucheurs de ce territoire et qu'il les dirige pour nous traquer.

— Et ce Lik Jackson, à Paradis, ce n'était pas Joan Fill sous un autre nom ?

— Non. J'y ai pensé aussi, mais on a vérifié avec Sim. C'était un vrai intermédiaire.

— Tu regrettes qu'on n'y soit pas allé ?

— Non.

— Moi, oui.

— Comment ça ? C'était dangereux !

— La situation actuelle ne l'est pas ? Avec tous nos amis impliqués et Umy en prison ? On s'est même fait capturer par des faucheurs !

Declan ajuste sa position contre moi et bâille.

— J'étais instable et paumé, on courait droit vers la catastrophe. Maintenant, c'est différent. Je mettrais tout en œuvre pour vous protéger, comme aujourd'hui. Je ferai ce qu'il faudra pour qu'on s'en sorte vivants.

— Tu as été impressionnant, face au Titan.

— J'ai seulement laissé l'agent guider mes gestes. Ce n'était rien comparé à ce qu'il va falloir faire pour sortir Laura et Umy d'ici.

Ma main se referme contre son torse, les larmes menaçantes.

— Il me manque, Declan. J'ai un vide dans la poitrine quand je pense à lui.

— Patience. Nous touchons au but, nous serons bientôt réunis.

En quelques secondes, sa respiration se fait régulière, plus calme. Mes yeux refusent de rester fermés alors que je tente de trouver un sommeil qui ne vient pas. Les minutes s'écoulent, je change de position plusieurs fois, rien à faire.

On frappe à la porte de notre chambre.

Je sursaute, sur mes gardes. Declan inspire fort et marmonne :

— Qu'est-ce qu'il fait là… C'est Val…

Il enfonce son visage dans son oreiller. Val ? À la porte, j'active la transparence de la zone Sécuravu. C'est bien notre ami, démaquillé qui plus est. Je le fais entrer, nerveuse.

— Que fais-tu à te promener dans le couloir ? Il y a un problème ?

— Je n'arrive pas à dormir.

— Ce n'est pas une raison pour te balader démaquillé !

— Je n'ai croisé personne, j'ai fait attention.

Les mains enfoncées dans les poches, il jette un coup d'œil aux cuissardes abandonnées au pied du lit.

— J'avais peur de vous interrompre.

— Dans ce cas, que fais-tu là ? mâchonne Declan, à moitié endormi.

— Pour la vue. Je voulais vérifier qu'on ne voit pas la prison, d'ici. Votre chambre est bien orientée, comparée à la nôtre. Je sais que c'est con, qu'il fait nuit, mais ça me trotte dans la tête.

Declan saute du lit et active la transparence de la fenêtre. Nous nous approchons et il pointe son doigt vers l'extérieur.

— On voit seulement une partie des illuminations du haut de la tour ouest. Le mur et les autres établissements cachent le château.

— Les petits points lumineux, tout au fond ? demande Val. Ce sont des lumières de la prison ?

— Oui. Ce n'était pas particulièrement flagrant cette nuit, mais Hydre a une structure très particulière soutenue par seulement six tours non-résidentielles. On en trouve trois du côté de la ville d'accueil et trois du côté de Ville-Close. Les bâtiments de la prison se trouvent de l'autre côté de Ville-Close, à l'extrême nord de la coupole, et ses deux tours adjacentes sont très lumineuses la nuit. C'est une des nombreuses mesures de sécurité qui a comme double fonction l'embellissement de la coupole.

— Comment tu sais tout ça ?

— J'ai été un vrai journaliste à une époque, je te rappelle.

— C'est vrai que monsieur Blockposteur était très convoité pour ses articles de qualité !

Val et Declan rient. Mon ami colle sa joue à la fenêtre.

— On y est. On est vraiment à Hydre. On a réussi à entrer.

— J'aimerais pouvoir lui dire que nous sommes de ce côté du mur, tout près, dis-je tout bas.

— Il sait, assure Val. Je suis sûr qu'au fond de lui, il doit le sentir. Il a toujours cru que vous étiez en vie, même lorsque tout le monde lui soutenait le contraire.

***

La file est interminable au bureau des demandes d'audience de la prison. Sim, Val et moi avons enfilé nos manchettes et y avons glissé nos puces d'identification Transit contenant nos fausses identités. La texture extensible s'ajuste et reproduit parfaitement la pigmentation de nos peaux, y compris nos tatouages Transit, si bien qu'on peut les présenter sans risque.

Hélia et ses amis avaient raison. Comparés à certains looks extravagants arborés ici, nous sommes loin de détonner, même à l'intérieur de l'hôtel. C'est déstabilisant. En plus du maquillage, certains portent des loups ou des postiches grossiers. Les gens grimés transpirent l'anxiété de croiser une connaissance dans un lieu si significatif sur la raison de leur présence à Hydre et regardent leurs pieds. Une situation qui nous arrange. Il ne manquerait plus que quelqu'un reconnaisse l'un de nous.

Après plus de trois heures d'attente et d'angoisse, notre tour vient face à l'hôtesse qui garde les yeux rivés sur son écran.

— Qui venez-vous voir ?

— Umy Drumst, annonce Val. Trois visiteurs.

— Encore Drumst... J'ai trois créneaux à la suite mardi de la semaine prochaine, à partir de quinze heures.

— Les visites ne sont pas permises pour trois personnes ?

— Si vous réservez un créneau pour trois, seul l'un de vous se présentera pour répondre au test. Je suppose que ce n'est pas ce que vous voulez.

— Comment ça ? Quel test ?

— Le questionnaire instauré par l'avocate de monsieur Drumst en condition d'accès aux visites. Présentez vos visas dans la zone de scanner Transit, s'il vous plaît.

Huit jours pour tenter de le voir ? Elle se moque de qui ? Declan passe devant Val pour présenter sa carte avant que notre ami n'envoie bouler l'hôtesse.

— Nous prenons. Mardi, quinze heures, un seul créneau pour trois. Nous pensions néanmoins planifier plusieurs visites. N'y a-t-il pas de possibilité avant cette date ? Les condamnés à l'Opération sont prioritaires.

— Que monsieur Drumst soit condamné à figurer sur cette liste le mois prochain ne change rien à la disponibilité des salles de rencontre, surtout à l'approche de la publication du tirage.

— Et combien faut-il vous offrir pour un autre rendez-vous, plus tôt ?

— Vous cherchez à corrompre un membre du personnel d'Hydre ?

— Ce serait fort déplacé de notre part, mais s'il y a des suppléments acceptés pour une visite plus longue, il y en a peut-être aussi pour une date plus rapide ? Nous sommes ses seuls amis qui aient pu venir. S'il vous plait, Madame.

La femme nous regarde enfin, l'air en pétard. Elle nous dévisage quelques secondes et plisse les yeux. Mon cœur bat à tout rompre dans ma poitrine. Pourvu que le maquillage de Stuart suffise !

Declan glisse sa carte sur le bureau. Elle la saisit et secoue la tête, agacée, et regarde son écran.

— Une personne, ce soir, dix-huit heures trente. Si vous échouez au questionnaire, le rendez-vous de mardi sera automatiquement annulé et le supplément de visite n'est pas plus remboursable qu'un autre.

— Inscrivez Jessy pour ce soir, valide Val. Jessy Jensen. Walter Jensen sera avec elle en accompagnateur simple. Merci, merci beaucoup, Madame.

Elle ne nous regarde plus, débite le compte débité et valide nos rendez-vous pour passer aux suivants. Plus loin, nous attendons Peps et Simon qui patientent pour fixer leur visite avec Laura. Sim ne veut pas aller la voir seul, et Declan et moi ne sommes pas sûrs de l'accueil qu'elle nous réserverait. Après tout, elle est ici par notre faute. Sans l'argument de la condamnation, ils obtiennent un créneau de rencontre le mardi à quinze heures quinze. Une fois tous sortis du bâtiment, je serre Val dans mes bras.

— Pourquoi tu m'as donné ton créneau ? C'était à toi de t'inscrire pour ce soir !

— Non. Si j'y vais, si je lui dis que tu es là, il ne me croira pas. Mais si c'est toi, si tu lui dis que nous sommes tous ici, il saura que c'est vrai. Il a besoin de te voir, toi. C'est le plus important.

— On ne pensait pas rester si longtemps dans cette coupole, souligne Peps.

— Il faut voir le bon côté, encourage Declan. On va avoir le temps d'explorer les lieux et de préparer notre retour à la maison.

— Le timing est mauvais, s'inquiète Sim. Autant celui de mardi est trop loin, autant celui d'aujourd'hui est super court. On n'a rien eu le temps de mettre au point.

— Peu importe que ce soit serré ou pas. Ce n'est pas comme si nous avions deux vies à griller sur ce coup-là.

***

Pressés par le temps, nous avons formé deux équipes à la va-vite pendant le déjeuner. Declan, Peps et Simon sont restés en ville, bien plus habilités que Val et moi pour repérer le terrain. Avec mon prince, nous décidons de rester à l'hôtel pour mieux découvrir les lieux et tenter de glaner des renseignements sur place. L'endroit est modeste et propose à sa clientèle un simple salon de thé douillet sur fond musical en journée. Dans des tons bordeaux et chocolat, cinq tables pour deux personnes sont disposées arbitrairement au milieu de la salle. Contre les murs, des espaces séparés par des paravents défraîchis permettent une relative intimité aux plus grands groupes. Une bibliothèque met à disposition des lunettes d'immersion et des tablettes de navigation sur le réseau.

Nous allons nous installer avec Val dans un canapé à l'angle gauche de la pièce. Deux fauteuils larges complètent l'ensemble autour d'une table basse et ronde. Les meubles fanés restent confortables à l'assise et la musique est assez forte pour couvrir une conversation à voix basse, c'est le principal.

Pendant que Val nous commande deux cafés, je n'ai rien d'autre à faire que de détailler le seul autre client dans la pièce. C'est un jeune homme de notre âge à peu près, installé à une table pour deux légèrement excentrée, à côté d'une plante verte artificielle. Assez fin dans son ensemble, il porte une chemise à fines rayures bleues, un jean noir et des chaussures lisses assorties. Une apparence on ne peut plus classique qui rend les gens qui l'adoptent carrément suspects. Ou je deviens parano à l'idée de préparer une double évasion de la coupole la plus sécurisée du monde. De retour du bar, mon ami s'installe dans le fauteuil, près du mur en face de moi.

— Le serveur n'était pas pressé. À croire qu'il est allé moudre le café lui-même avant de le passer dans la machine.

— Tu lui plaisais peut-être. Tu crois que ton don pourrait nous aider à obtenir des infos ?

— Je ne suis pas assez stable pour ça. Ça se terminerait en confession sur l'oreiller.

— Pourquoi sur l'oreiller ?

Je réalise le sens de sa phrase en posant la question à voix haute, le sourire amusé de Val confirmant ma déduction plus lente que ma langue. Il va falloir que je m'habitue vite à son expression du don. Gênée par mon idée qui m'apparaît complètement déplacée, je plonge le nez au-dessus de mon café et profite de l'odeur de mon péché mignon pour changer de sujet.

— Ça m'a manqué. Je vais faire une cure !

— La rechute ne sera que plus difficile.

— Je prends le risque !

Val affiche un air très sérieux et se penche, en appui sur ses genoux, pour chuchoter :

— Je dois te parler de lui, avant le rendez-vous.

— À propos de ce questionnaire à passer ?

— Je ne sais pas. Peut-être. Il faut que tu saches. Il a changé. Il n'a pas fait que s'obstiner à vous chercher. Physiquement, il avait beaucoup maigri et ça n'a pas dû s'arranger depuis qu'il est ici.

— À quel point ?

— Il me piquait mes pantalons et encore, ils étaient trop grands, sur la fin.

D'Umy et Val, Valentin a toujours été le plus fin des deux. Depuis que je le connais, Umy a une carrure faite pour être rugbyman. Qu'il ait pu ne serait-ce qu'entrer dans un des pantalons de son mari me file la chair de poule.

— Après le troisième interrogatoire des fau… Je veux dire, des agents de sécurité, il a développé des tocs. Tout devait aller soit par deux, soit par quatre. Il y avait aussi quelques objets dans la maison que je n'avais plus le droit de toucher. La photo que tu lui as offerte, par exemple. Il aimait caresser le cadre et dire un de nos prénoms en passant sur chaque arête. Je ne sais pas comment ça a pu évoluer, ici.

Je bois mon café brûlant d'une traite. Je ne veux pas pleurer devant lui, pas maintenant, pas au milieu de ce salon quasi vide. Mon ami se masse les tempes pour continuer :

— Un jour, il s'est mis à hurler que tu étais en vie. J'ai essayé de lui dire que non, que c'était fini. Il hurlait, jurant sur son sang que tu étais vivante. Qu'il préférait mourir que croire le contraire. Que j'étais un traître de ne pas y croire.

— Ce n'est pas vrai, tu le sais bien…

— Il s'est coupé le poignet gauche, le côté du cœur, qu'il disait. Il refusait les baumes de cicatrisation, ça lui a laissé plein de marques sur l'avant-bras. J'ai planqué les couteaux, fermé la cuisine du resto avec un cadenas… Il trouvait tous les jours un nouveau moyen de se couper, de se griffer. Et quand il le faisait, il disait que tant que ça ne le tuait pas, c'était que tu étais en vie. Tu comprends pourquoi il faut que ce soit toi qui ailles le voir ? Tu comprends pourquoi il ne me croira pas, si c'est moi qui y vais ?

Mes mains tremblent. Umy s'est mutilé à cause de notre disparition inexpliquée. Pendant qu'on se disputait vainement avec Declan, il souffrait au point de se faire du mal. La culpabilité m'étouffe. Je hoche la tête, une boule dans la gorge et les larmes aux yeux.

— Il a décidé seul de faire ce qu'il a fait, murmure Valentin. Je sais ce que tu te dis, je me suis accusé de la même chose chaque fois qu'il a réussi à se blesser. Mais nous ne pouvons pas changer ce qu'il s'est passé. Nous ne pouvons que faire de notre mieux à présent et lui confirmer que tu vas bien dès ce soir.

— Comment tu fais pour ne pas nous en vouloir ?

La chaise du type qui était installé dans le salon racle le sol. Val reste attentif à ses mouvements perceptibles malgré la musique et attend qu'il soit parti pour répondre :

— Je vous ai cru décédés. Le temps que je réalise que vous étiez bien en vie, j'ai eu l'explication de votre silence. Tu ne pouvais pas savoir que quelqu'un vous empêcherait de nous contacter. Chacun fait le choix qui lui semble le meilleur au moment où il le fait. Ce sont des décisions personnelles qui ont conduit à une situation globale. Tu n'es pas responsable de leurs choix, à eux.

— J'aurais dû désobéir et vous rejoindre, rentrer à la maison.

— Par les étoiles, non ! Si cette femme avait raison à propos de quelque chose, c'est à propos de la surveillance étroite qui nous entourait. Entre les journalistes et la sécurité, tu ne serais jamais arrivée jusqu'à nous. Ne t'en veux pas. Ni pour votre absence, ni pour ce que Bébé s'est fait. Va le voir, rassure-le. Redonne-lui espoir. Aussitôt qu'il te verra, il ira mieux.

Je hoche à nouveau la tête, le désir urgent de voir mon meilleur ami loti au fond de mon ventre.

26. Questionnaire

La place des larmes, pavée, immense et presque vide, forme un large ovale. Une énorme porte de quatre mètres de haut exhibe ses belles arabesques formant les mots « *Ville Close d'Hydre* » à son sommet. Sous l'appellation, les barreaux s'entremêlent pour former un étrange animal à sept têtes.

— C'est un emblème si complexe qu'il en devient bizarre.

— Il est inspiré du mythe de l'Hydre de Lerne, de la mythologie d'Hercule, m'explique Declan. Ils ont dû trouver ça sympa quand ils ont construit, la bête aux têtes qui repoussent si tu les coupes qui surveille les prisonniers.

Peps et Simon ont fait du mieux qu'ils pouvaient pour cacher leur inquiétude, mais ils étaient tendus lorsque nous avons quitté l'hôtel. Ils ont fait un rapide repérage des lieux jusqu'à la gare du tram de la prison vers laquelle nous nous dirigeons maintenant. Néanmoins, ils n'ont pu accéder à aucune information sur ce qui nous attend une fois à l'intérieur. Nous ne savons rien des systèmes de sécurité en place. Nous n'avons aucune piste sur le questionnaire évoqué par la réceptionniste de ce matin. La seule précision que mes amis ont pu collecter à ce sujet, c'est qu'il a été mis en place pour filtrer les visiteurs trop nombreux à réclamer un rendez-vous avec Umy. Simon a acheté du matériel pour se connecter au réseau d'Hydre, mais il est encore loin d'avoir réussi à l'infiltrer pour intégrer les informations de nos faux profils sur un quelconque serveur. Ajoutons à cela que les faucheurs sont présents dans une mesure inconnue dans cette coupole. La situation n'a rien de très rassurant, pour ne pas dire catastrophique.

Je me raccroche à Declan qui ne tremble pas et semble confiant.

Devant les portes de la centrale d'accueil, des agents filtrent les visiteurs. Ils demandent à voir les visas ou à scanner les puces d'identification. Mon cœur bat la chamade bien que le garde nous regarde à peine, manifestement las de devoir vérifier l'identité de tout le monde.

Ensuite, nous prenons place dans une file de guichets automatiques où nous devons justifier notre voyage jusqu'à la prison. Ces queues-là sont plus longues, à tel point que je m'inquiète de rater le tram de quinze heures comme prévu. C'est alors qu'une voix annonce attendre les visiteurs de monsieur Drumst à l'accueil physique N°3. Declan me désigne une file du menton. Un écran matérialisé en hauteur affiche le message *« Visites M. Drumst »*. Nous suivons le mouvement. Bientôt, d'autres personnes se pressent derrière nous, ce qui irrite mon compagnon. La file avance rapidement si bien qu'à peine trois minutes plus tard, nous nous adressons à la guichetière et scannons nos pièces d'identité sans essuyer la moindre réflexion. Mon stress monte : c'est trop facile.

Nous poursuivons et passons un portique détecteur d'armes avant d'atteindre le quai de la gare. Alignés de façon ordonnée, les gens patientent pour monter dans la navette qui accoste. Nombreux dans le tramway, nous nous installons le long des repose-fesses pour le trajet.

Nous passons sous trois tunnels en gare avant de nous engager sur la passerelle. Declan observe comme moi le spectacle fascinant que nous offre la ville close qui s'étend sous nos pieds jusqu'à ce qu'une jeune femme l'aborde :

— Je t'ai vu dans la file. Tu vas aussi voir Umy ?

Il se retourne, l'air étonné. Elle est brune, voluptueuse, avec le visage en cœur. Je fais mine de reporter mon attention sur la vue tout en écoutant leur échange.

— J'accompagne aujourd'hui. Tu sais pourquoi autant de gens tentent d'aller le voir ?

— C'est évident, non ? Tous les lopistes qui le peuvent viennent déposer une demande de visite. C'est une forme de soutien. Il faut montrer qu'on n'est pas d'accord avec sa condamnation. Et puis, ça doit faire plaisir à Umy de savoir que des gens essayent de le rencontrer.

— Ou bien ça le saoule que des inconnus curieux l'emmerdent à longueur de temps, riposte Declan d'un ton sec.

Vexée, la jeune femme s'en va. Je m'appuie du coude sur l'épaule de mon ex pour me rapprocher :

— Pourquoi tu t'es énervé ? Elle nous donnait des infos, là.

— Je n'aime pas ces gens qui essayent de voir Umy. Ils ne le connaissent pas et saturent les créneaux. C'est à cause d'eux que Chester va devoir attendre si longtemps pour le voir.

— C'est pour ça qu'un questionnaire a été mis en place. Les gens font ce qu'ils peuvent à leur niveau pour manifester contre sa condamnation. On n'y peut rien.

Il serre les dents, agacé. Son regard s'adoucit en se posant sur mon avant-bras. Val y a dessiné un signe étrange au dernier moment, les larmes aux yeux. Il m'a demandé de le montrer à Umy en me disant qu'il saurait que ça vient de lui.

— Tu sais ce que ça veut dire ? me demande Declan.

— Parce que ça a une signification particulière ?

— Oui. Ça veut dire *« je t'aime »* en japonais, une langue d'avant Frimbert. J'ai appris à Chester à reproduire le dessin après une visite au musée ensemble. Il voulait pouvoir lui dire qu'il l'aimait sans avoir à dire les mots.

Il passe son pouce sur chaque trait de la marque. Mal à l'aise, je replonge dans la contemplation des rues étranges de la ville close jusqu'à ce que nous atteignions l'autre côté. Le tramway s'arrête et les portes s'ouvrent sur un quai très large. Des écrans matérialisés en plusieurs endroits affichent des renseignements sur les conditions de visite. De ce côté aussi, un guichet d'accueil physique est réservé pour ceux qui viennent voir Umy. Pas moins d'une vingtaine de personnes y patientent déjà. Au bout d'une demi-heure, Declan se rend aux toilettes et revient avec un air amusé :

— La courte et médiatique vie des Lopi va être adaptée sur grand écran.

— Tu plaisantes ?

— Non. D'après un gars que j'ai croisé aux toilettes, je devrais me présenter au casting du film pour le rôle de m'sieur Lopi. J'ai un faux air, semble-t-il.

Il rit. Je secoue la tête. Il n'y a plus que deux personnes devant nous au guichet lorsque le tram arrive. *Déjà une heure que nous sommes là !* Je me retourne pour voir la navette bondée se vider. La file s'allonge là où il restait encore une petite dizaine de personnes de notre groupe. Combien de gens passent ce fichu test tous les jours ? À notre tour, l'hôtesse enregistre nos visas et vérifie notre heure de passage. Nous allons passer le questionnaire selon notre ordre d'arrivée mais en cas de réussite, il faudra tout de même attendre notre heure de rendez-vous pour le voir. Après ce point, elle nous remet une carte à puce d'accès à chacun et nous laisse passer.

Je me retiens de déplorer la performance de la sécurité qui nous arrange bien. Pourquoi poster des gens manifestement épuisés là où un humatronic permettrait un repérage immédiat de suspects ?

Je ravale mes questions et ralentis en approchant d'une passerelle piétonne. Un bandeau d'affichage avertit du contrôle par reconnaissance faciale. Quatre scanners en évidence sont déployés au-dessus de la passerelle. Pas moins de cinq gardes les complètent de chaque côté, et ils semblent bien plus alertes que tous ceux que nous avons croisés jusqu'ici. Leur équipement gris-brun, de leurs casques à champ de force jusqu'aux chaussures cloutées, en passant par les gants renforcés aux phalanges et leurs ceintures garnies d'armes, annonce clairement que nous passons côté prison. Je serre la main de Declan qui me sourit :

— Souviens-toi. Quoi qu'il arrive, je ne te lâcherai pas.

J'inspire longuement, silencieusement, en repensant à l'ébauche de solution que nous avons imaginée au cas où la reconnaissance faciale se déclencherait. À ce stade, attirer l'attention nous conduira sans doute à un scan d'empreintes. Avec de la chance, nous serons mis suffisamment à l'écart pour pouvoir neutraliser les gardes qui nous intercepteront et continuer notre chemin avec un minimum d'encombre. Tu parles d'une solution que de miser sur un coup de chance !

Mes mains et mes jambes tremblent de façon incontrôlable quand nous nous engageons sur la passerelle. Dix pas. Nous passons la première ligne de scanners. Aucune alarme ne retentit. Un garde se rapproche pourtant. Mon cœur palpite furieusement. La main de Declan me tient et m'encourage à poursuivre mon chemin. Fermant les yeux, suivant mon guide à l'aveugle, un pas après l'autre, j'ai l'impression d'avancer au ralenti.

— Bonjour. Contrôle de routine. Vos empreintes, index et pouce, s'il vous plaît.

Declan ne s'arrête pas. Il passe son bras autour de ma taille pour m'empêcher de me figer sur place. C'est une personne derrière nous qui se fait contrôler. Alors que je ne rêve que de m'éloigner des gardes, mes jambes ralentissent jusqu'à refuser de bouger, tétanisées. Declan s'arrête et me ramène fermement contre lui :

— Pour une prison, les bâtiments et ses jardins historiques sont vraiment beaux. Je sais que c'est dur. Encore un effort et nous aurons terminé de passer le pont. Tu pourras te détendre. Fichu vertige. Tu en trembles encore et tu es toute pâle.

Il me frictionne le dos. Je relève les yeux et découvre une contrôleuse en face de nous.

— Vous allez bien, Madame ?
— Oui. Je crois.
— Dans ce cas, avancez. Vous gênez le passage.

Declan la remercie et avance en me poussant très fort. Les yeux fixés au sol, la tête me tourne lorsque les tracés de fin de traversée de la passerelle apparaissent. Nos maquillages ont suffi ? Ce serait étonnant. Nous avons été retirés du système de reconnaissance faciale ? Je peine à y croire, pourtant personne ne nous prend en chasse tandis que nous nous éloignons.

Nous avons réussi. Sans même avoir besoin d'assommer qui que ce soit. C'est possible, ça ?

L'immense bâtiment en pierre couleur sable de trois étages présente deux tours en demi-cercles, très larges en façade sur le niveau zéro de la passerelle et le premier. Nous devons nous rendre sur la terrasse de la tour ouest, présentons nos visas à un lecteur automatique qui déverrouille un tourniquet de sécurité. L'intérieur est aussi époustouflant que l'extérieur, sinon plus. D'une hauteur sous plafond d'environ huit mètres, de gigantesques fenêtres permettent au soleil de s'engouffrer dans la pièce aux voûtes majestueuses.

C'est splendide, mais quelque chose me dit que l'ambiance va changer une fois sous terre.

***

Un ascenseur contrôlé par un gardien est réservé aux allers-retours avec le huitième niveau de la prison où nous avons indication de nous rendre pour passer le questionnaire. Le guichet automatique du quai retient suffisamment les gens pour que nous nous retrouvions seuls à attendre que les suivants arrivent. Le gardien nous observe.

— Vos maquillages sont plutôt réussis.
— Il parait qu'on devrait postuler pour le film, réplique Declan en haussant les épaules.

Le type éclate de rire, un rire clair et chantant, plutôt agréable.

— C'est une bonne idée ! Tout est envisageable pour veiller sur les étoiles de Wax.

Nous n'avons pas le temps de l'interroger sur ce qu'il entend par là. Un groupe de cinq personnes entre dans l'ascenseur. Dans le lot, un garçon avec une longue tresse blonde et aussi fin que Val se faufile. Il s'est manifestement maquillé pour ressembler le plus possible à mon prince. À bien y regarder, ce n'est pas le seul à être grimé de façon à ressembler à l'un de mes amis. Qu'est-ce que tous ces déguisements signifient ? Et cette histoire de protéger mes étoiles ? L'ascenseur s'active pour nous entraîner dans les entrailles de la prison d'Hydre. Le gardien se tourne vers nous.

— Le huitième sous-terrain de la prison est le plus sécurisé. Vos identités vont être vérifiées une dernière fois avant de vous donner accès à l'espace de visite. La salle de rencontre de monsieur Drumst se trouvera sur votre gauche en sortant, il s'agit de la salle N°3. Les toilettes se trouveront sur votre droite. Un distributeur de boissons fraîches ou chaudes sera à votre disposition en la salle d'attente, ainsi que de quoi vous sustenter si besoin. Vous y serez nombreux. Je vais vous demander de rester courtois envers Maître Hubert, l'avocate de monsieur Drumst, qui va vous recevoir et vous faire passer un questionnaire. Nous vous rappelons que seuls ceux qui réussiront à répondre correctement à ce test pourront rencontrer le prisonnier. Sachez que c'est lui-même qui a choisi ces questions. Si vous n'êtes pas un de ses proches, ne vous attendez pas à savoir répondre à l'une d'entre elles correctement. Il est inutile d'injurier Maître Hubert ou de tenter de monnayer une entrevue si vous ne savez pas répondre à ces questions. Je vous remercie pour votre attention. Bonne visite.

Les portes de l'ascenseur s'ouvrent. Je laisse passer les gens et me place volontairement dans le dos du surveillant pénitentiaire jusqu'à être la dernière à devoir sortir.

— Comme ça, vous veillez sur les étoiles de Wax. Vraiment ?

— Lopistes de la première heure ou non, nous sommes de plus en plus nombreux à le faire. Une aide sera toujours offerte à ceux qui suivent les drapeaux noirs.

Je me plante face à lui, les yeux dans les yeux. Je grave son visage carré, son nez légèrement empâté et son regard marron clair dans ma mémoire.

— J'ignore ce que ça signifie, mais je m'en souviendrai.

Il m'accorde un large sourire sous le regard mécontent de Declan. La foule qui s'entasse dans la salle d'attente après le dernier contrôle d'identité par simple scan de nos visas ne fait rien pour arranger son humeur.

***

Le café du distributeur n'est ni mauvais, ni bon. Les visites s'enchaînent rapidement dans la salle N°3. Les gens y passent entre deux et trois minutes avant de ressortir en haussant les épaules en signe de capitulation face au redoutable questionnaire. La fille du tram recalée par Declan en fait partie. Presque autant de personnes arrivent au fur et à mesure que les autres s'en vont. À l'appel de Jessy Jensen, j'ai un nœud dans l'estomac en franchissant le seuil de la salle N°3.

C'est une pièce minuscule à la surface difficile à évaluer, car aucun mur n'est d'angle. L'équipement semble confortable, même s'il est minime : deux petits canapés se font face, enchainés au sol. La table ronde entre les deux meubles paraît coulée à même la dalle et manque de couleur sur ses rebords. Un gardien se tient près de la porte du fond de la pièce. Une femme à la masse de cheveux crépus relevée en chignon se penche rapidement en avant pour m'accueillir.

— Madame, bonjour. Je suis maître Hubert, responsable de la défense des droits de monsieur Drumst. Si vous avez des reproches à faire, allez-y tout de suite, qu'on n'en parle plus.

Elle s'assoit sur le canapé qui fait dos au gardien. Je n'arrive pas à décrocher mon regard de la porte du fond. Un drapeau noir flottant y est dessiné. Me ressaisissant, je parviens à articuler :

— Je n'ai aucun reproche à émettre. Vous faites votre travail du mieux possible.

Elle porte des lunettes à monture dorée qui soulignent ses traits fatigués. D'une cinquantaine d'années, l'avocate redresse le nez vers moi.

— Merci. Asseyez-vous, madame Jensen, je vous en prie, me désigne-t-elle le canapé face à elle.

Je m'exécute, impressionnée par le garde posté à la porte d'accès à la prison qui ne bouge pas un orteil, pas un cil. *C'est un humatronic ou un humain de chair et d'os ? Un Netra non marqué ?* Non, pas ici, certainement pas. Maître Hubert se racle la gorge.

— Comme vous le savez, je vais vous poser quelques questions que monsieur Drumst a sélectionnées. Il ne peut pas recevoir tous ses fans et souhaite désormais consacrer son temps aux gens qui le connaissent intimement. Si vous ne savez pas répondre à l'une des questions, vous devrez partir. Avez-vous compris ?

— Oui.

— Bien. Première question : qui a été le premier petit ami de monsieur Drumst ?

— Valentin Drumst.

— Seconde question. Où s'est-il marié ?

Je plisse les yeux. Tout le monde sait qu'il s'est marié avec Val à Cassiopée. La réponse attendue doit être plus précise.

— Sur une estrade en bois montée sur la plage du domaine de Rivage Blanc, face à la mer et au coucher du soleil, juste après Wax et Declan qui ont été leurs témoins. Jacob Ubontati a célébré leur mariage. À la coupole de Cassiopée, bien sûr.

L'avocate lève les sourcils. J'y ai été trop fort dans les détails ?

— Parlez-moi du cadre accroché au-dessus de son canapé à Andromède.

C'est large. Je m'humidifie les lèvres et réajuste ma position sur le canapé. Si j'en dis trop, elle risque de me griller ?

— Il contient une photo en noir et blanc de lui et son mari.

— Ce n'est pas ce que monsieur Drumst demande.

— Eh bien... Valentin y tient Umy dans ses bras. Ils se regardent et se sourient mutuellement. Elle a été prise à Gambetta. Je veux dire, chez Wax Lopi. Le cadre... Il fait trente centimètres sur vingt. Il est en bois rouge ciselé à la main.

Je ne voulais pas aller trop dans les détails, mais si je ne donne pas la bonne info, je ne passe pas. La femme me regarde, joint ses mains plates l'une contre l'autre et pince les lèvres. *La panique monte.*

— Ce n'est pas l'information qu'attend monsieur Drumst sur ce cadre ou cette photo. Il attend une information personnelle.

— La description de la photo n'est-elle pas personnelle en soi ?

— Je suis désolée. Vous allez devoir sortir.

Mes mains tremblent, je serre les poings. Val m'a bien parlé de son toc autour de ce cadre, mais ça m'étonnerait beaucoup qu'Umy est abordé ce sujet avec son avocate. Qu'est-ce qu'il a bien pu lui dire sur ce cadre que je n'ai pas déjà dit ? L'avocate se lève, impatiente. *Merde !* C'est moi qui le lui ai offert, personne d'autre ne peut savoir...

— C'est Wax ! Wax lui a offert le cadre et la photo pour son anniversaire en décembre dernier. Elle a choisi ce cadre parce qu'il y en avait un dans le même style au musée où Umy travaillait. C'est elle qui a pris la photo en cachette lors d'une soirée à Gambetta. Elle l'a fait ajuster et imprimer chez Jam, le photographe du dix-huitième de la tour 14. Il l'a traitée de folle au milieu du Bronx quand il a ouvert le paquet avant de le mettre sous le comptoir le temps du service pour le cacher aux lopistes parce qu'il y avait foule. C'est en lui offrant que Wax l'a convaincue de se dévoiler avec Val, d'arrêter les rumeurs sur le faux couple qu'elle formait avec Umy sur le Fil.

N'importe quoi. Demandez-moi n'importe quoi, mais permettez-moi de voir Umy, s'il vous plaît. Je ne suis pas une lopiste. C'est mon ami.

L'avocate semble sidérée. Le souffle court, les larmes aux yeux, je dois ressembler à ce que j'affirme ne pas être : une lopiste qui tente de voir Umy par tous les moyens. La femme se retourne vers moi et s'adresse au surveillant sans me quitter des yeux.

— Gardez un œil sur elle. Je dois parler à mon client.

Elle sort de la pièce en faisant claquer ses talons. Sur le canapé, mes genoux se mettent à sauter sur place comme jamais auparavant. Elle revient seule. Le désespoir m'envahit le temps qu'il lui faut pour s'asseoir en face de moi.

— Monsieur Drumst a accepté de vous rencontrer. Votre rendez-vous est néanmoins le dernier de la journée. Je dois donc interroger le reste des personnes qui sont dans la salle d'attente avant d'essayer d'avancer l'heure de votre visite. Vous comprenez ?

— Oui. Oui, la dame de l'accueil nous a prévenus.

Le soulagement ne dure qu'un instant. L'avocate a un air grave, si grave qu'il m'inquiète.

— Que se passe-t-il ? Il y a un problème avec mes réponses ?

— Monsieur Drumst est, disons-le clairement, très instable. Il se peut qu'il change d'avis d'ici à l'heure de votre entretien.

Très instable. Par les étoiles, Umy…

— D'accord. Dans ce cas, je vous laisse poser les questions aux autres. Qu'on puisse se voir rapidement.

Je me lève sans dire un mot de plus, mais en arrivant à la porte, Claire Hubert me retient :

— J'espère que vous êtes vraiment une amie. Monsieur Drumst n'a pas besoin d'une visite décevante de plus. Il a le droit à un appel court à ses parents tous les jours, mais il n'a eu aucune visite digne de ce nom jusqu'ici. Si je le récupère plus affaibli que ce qu'il est déjà, je protègerai mon client de vous, qui que vous soyez. Me suis-je bien fait comprendre ?

— Parfaitement bien, maître Hubert.

Declan panique un instant en voyant mon visage baigné de khôl. Je le rassure et me rends aux sanitaires pour me nettoyer et me remaquiller. Deux filles entrent et s'installent à côté de moi face au projecteur miroir. Je sursaute en voyant la plus proche s'arracher les cheveux. Toute blonde sous sa perruque brune, elle se masse le cuir chevelu. Dans le reflet, je me rends compte qu'une fois son postiche retiré et les cheveux de la même couleur, on se ressemble. À bien y regarder, son amie s'est efforcée d'adopter le look sportif qu'arborait Peps à Andromède. La première soupire :

— Tu m'avais prévenue que la perruque tiendrait chaud, mais le maquillage commence à gratter, c'est affreux !

— C'est pour la bonne cause, réplique sa copine. Quitte à ne pouvoir venir qu'une fois, soyons au maximum pour aider les étoiles à se fondre dans la masse.

— Fais gaffe à ce que tu dis.

— Ne t'inquiète pas. On est dans le même camp. Hein ?

La fille s'adresse à moi alors que sa copine va aux toilettes.

— Ton maquillage est pas mal, dommage que tu ne sois pas brune. Tu aurais peut-être pu faire sonner la reconnaissance faciale la semaine dernière. Il y a eu jusqu'à trente-huit déclenchements en une journée !

Autant de fausses alertes ? Ce serait aux lopistes et à leur acharnement à se grimer le mieux possible que nous devons d'être passés sans encombre aujourd'hui ? Cette fille, sa copine, le type dans l'ascenseur... Tous les autres... Je hoche la tête.

— Pourquoi ça ne sonne plus autant ?

— Officiellement, mise à jour suite à un bug du système. Mais certains racontent qu'un hackeur a piraté le programme de reconnaissance faciale et qu'en fait, il est carrément hors-service.

— Si c'est le cas, ce hackeur doit être vraiment doué.

— On veille sur les étoiles de Wax, n'est-ce pas ?

Elles me sourient en sortant des toilettes. À mon retour dans la salle d'attente, elles n'y sont pas et deux personnes de plus sont parties. Le flux des arrivées a bien ralenti la dernière heure. J'espère que ça va aller vite. Je me rassois à côté de Declan alors qu'un type entre à son tour dans la salle de rencontre.

— Les lopistes sosies des Lopi et de leur entourage ont déclenché plus d'une trentaine de fois la reconnaissance faciale la semaine dernière. En une journée.

— J'ai cru entendre ça, oui. Étonnant que des ressemblances troubles avec des personnes décédées déclenchent une alarme.

— En effet. Une mise à jour a été faite depuis, à cause de toutes ces fausses alertes.

— En même temps, pas de risque que des zombies se pointent ici. Si ?

J'approuve en souriant, amusée.

27. Trésor

Il ne reste plus que deux lopistes à passer. J'ai envie de les envoyer bouler. Une fois le dernier questionnaire passé, la porte se referme et nous laisse seuls dans la salle d'attente. Je m'agite, en proie au doute.

— Maître Hubert a dit qu'il était instable, qu'il pouvait changer d'avis et finalement refuser de me voir. Comment on a pu le laisser vivre ça si longtemps…

— Nous ne pouvions pas arriver plus tôt. Et nous sommes là, maintenant.

— Et s'il m'en veut tellement qu'il ne me pardonne pas ? Qu'il n'est pas prêt à le faire ?

— Il t'attend. Il sait, il saura. Ne t'en fais pas. Il…

La porte de la salle s'ouvre et Declan se lève en même temps que moi. C'est l'avocate elle-même qui sort et referme derrière elle.

— Vous êtes ensemble ? Je n'ai que madame Jensen d'enregistrée pour la visite.

— Oui. Je suis la seule à avoir pu m'inscrire aujourd'hui. Walter m'accompagne.

— Bien. Monsieur Drumst accepte toujours de vous accorder une audience, madame Jensen.

Elle regarde Declan. Visiblement, son visage lui parle davantage que le mien et la perturbe.

— Vous êtes un parent de monsieur Lopi ? lui demande-t-elle finalement.

— Oui, répond-il sans hésiter.

Elle hoche la tête, soucieuse.

— Madame Jensen, entrez, s'il vous plaît. Il ne va plus tarder.

Maître Hubert m'invite à m'asseoir dans le canapé. Elle reste debout, agitée et nerveuse dans un coin de la pièce. Voilà qui ne fait rien pour me rassurer. Autant pour combler ce silence tendu que pour ratisser des informations, je lui demande :

— Allez-vous rester tout le long ?

— Non, je dois m'assurer qu'Umy accepte bien votre présence. La dernière fois, ça a été, disons, musclé.

— Nous devons revenir le voir avec mon mari qui est en salle d'attente, et un autre ami, mardi. Devront-ils aussi répondre aux questions ?

— Si Umy décide qu'il le faut, oui. Sinon, ça ira.

— Vous êtes d'Andromède ?

Le fait qu'elle utilise son prénom dans un contexte professionnel m'intrigue. Elle me dévisage.

— Oui, je suis une amie de longue date de ses parents. Je l'ai connu en couche-culotte, si jamais il vous le demande.

Elle n'est pas contente. J'ai abusé en lui posant des questions ? Enfin, la porte en face de moi pivote. Je me lève sous le coup de l'impatience et de l'angoisse. S'il est trop mal, est-ce qu'il va me reconnaître ? Ne pas faire demi-tour au premier coup d'œil en voyant une blonde devant lui ? En quoi est-il instable ? Je n'ai plus le temps de poser ces questions. Mon ami se tient devant moi.

Pendant un instant, c'est moi qui doute. *Est-ce vraiment Umy ?*

Le souffle court, je dois me faire violence pour ne pas tomber le cul sur le canapé. Mon ami est encadré par deux gardes, les yeux baissés. Pieds et poings liés par des menottes magnétiques reliées par des chaînes, il n'est plus que l'ombre de lui-même. Les derniers souvenirs de Val ne sont pas à jour. Amaigri, les joues creuses et les cheveux ras, ses os sont visibles partout. Au cou, aux épaules, aux hanches, ses vêtements amples n'arrivent pas à cacher sa maigreur. Sa mâchoire si douce est devenue saillante. Il tremble, semble essoufflé. Où est passé mon ami sportif au regard si expressif ?

Les gardes laissent Umy s'asseoir sur le canapé. Ils ne paraissent pas rassurés lorsqu'ils retirent les chaînes de ses menottes et désactivent la rétention magnétique. Que peuvent-ils bien craindre de lui, vu l'état dans lequel il est ? Les surveillants s'éloignent sans partir. Il m'apparaît que personne ne bougera avant d'avoir assisté à sa réaction face à moi. Je murmure son prénom. Il fixe la table. J'en fais le tour pour aller m'accroupir à côté de lui. Un garde m'avertit :

— Je ne ferais pas ça, si j'étais vous.

— Je n'ai pas peur de lui, contrairement à vous. Dégagez d'ici. Vous ne servez à rien.

Mon ton est brusque et glacial de colère. Ils l'ont laissé se mettre dans cet état et le traitent comme un parasite contagieux ! En tournant la tête, je rencontre directement le regard d'Umy qui a un mouvement de recul. Même l'or de ses yeux semble moins intense que dans mes souvenirs.

— Umy, tu me reconnais ?

Il secoue la tête et recule.

— Non. Non, ce n'est pas toi.

Mon cœur se serre. Les gardes brandissent déjà les menottes ; je les stoppe d'une main tendue.

— Umy, si ce n'était pas moi, comment je pourrais t'apporter ça ?

Je relève ma manche et lui montre la marque de Val sur mon poignet. Il le regarde fixement jusqu'à demander :

— Je peux le toucher ?

À peine je lui accorde la permission qu'il saisit mon avant-bras pour tracer les contours du dessin, comme Declan l'a fait plus tôt dans le tram. Ses doigts me serrent le poignet avec une force impressionnante vu sa maigreur, mais je ne bronche pas.

— Il me manque. Je le cherche partout, mais ce n'est jamais lui.

— Umy, nous sommes là. Nous sommes venus pour toi.

Il me serre tant le poignet que ma main commence à bleuir. Il marmonne par bribes :

— … Pas lui… pas l'bon monde… Fou d'être ici…

— Umy, tente d'intervenir l'avocate. Il faut la lâcher, tu dois lui faire mal.

— Elle a dit que je pouvais, grogne-t-il d'une voix sourde.

— Tout va bien, Maître. Vous pouvez nous laisser ?

Il passe et repasse sur la marque de Val sans desserrer sa poigne. Je serre les dents. L'avocate opine après m'avoir fait promettre de frapper à la porte du couloir si besoin et s'en va avec les deux gardes.

Enfin seuls.

— Umy ? S'il te plaît, regarde-moi. C'est moi.

Il termine de suivre le tracé des lignes sur ma peau avant de m'observer, méfiant.

— Tes yeux ?

— Je sais, mais c'est moi. Le voyage a été tellement long depuis que Chester nous a retrouvés. Il a vraiment hâte de pouvoir te voir. Umy, nous sommes là.

— Qui est là ? Pourquoi tu ne dis pas leurs noms ?

— Parce qu'il faut être prudent.

— Pas ici. J'ai explosé leur matos plusieurs fois. Les gardiens n'ont pas encore remplacé ce que j'ai cassé. C'est pour ça que Claire reçoit ici. Elle m'a avoué que ça la stressait de recevoir les lopistes sans une autre surveillance que celle des gardes en cas de litige. Certains s'énervent contre elle. Personne ne réussit plus le test depuis que j'ai changé les questions, de toute façon. Y'a rien à surveiller.

Je libère mon bras en douceur, secoue ma main douloureuse et me lève pour inspecter les niches où je ne trouve que des câbles shuntés. Je passe mes paumes le long des murs pour y chercher d'éventuelles bosses qui indiqueraient la présence de micro-caméras dissimulées sous papier à réflexion miroir sans rien trouver. Umy me regarde faire en se passant une main dans le cou.

— Qu'est-ce que tu fais ?

— Je vérifie que ton avocate ne t'a pas dit ça pour mieux nous espionner.

— Elle ne ferait pas ça. C'est une amie de mes parents.

— Prudence est de mise. Il n'y a pas qu'elle qui pourrait vouloir écouter ce qu'on se dit.

C'est long de tout vérifier et je manque de temps. Je retourne m'asseoir près de lui et lève les yeux au plafond pour retirer une de mes lentilles. Il m'observe faire sans broncher. C'est le moment de jouer quitte ou double.

— Umy, c'est moi. C'est Wax. Déguisée pour pouvoir venir te voir, mais c'est bien moi. Val, Simon, Peps et Declan sont ici aussi. Nous sommes venus te chercher.

Il regarde dans la pièce comme s'il s'attendait à les voir apparaître. Ma parole, il est complétement à côté de la plaque ! Je remets ma lentille et sors ma chaîne de sous mon tee-shirt. Immédiatement, il saisit mon pendentif et l'inspecte dans tous les sens.

— C'est le vrai. Y'a la date.

Enfin, ses mains lâchent mon collier pour prendre mon visage en coupe. Je ferme les yeux sous son contact et il passe son pouce sur mes lèvres chargées de rouge criard. Je ris doucement en sentant une décharge d'électricité statique entre sa paume et ma joue. Il n'en a plus guère l'apparence, mais c'est bien mon ami. Lorsque je le regarde à nouveau, il sourit :

— C'est toi. C'est vraiment toi, dans notre monde. J'avais raison. Tu es en vie.

Je caresse ses mains osseuses. Il me ramène brusquement contre lui et j'ai l'impression de refermer mes bras dans le vide. Comment peut-on changer si radicalement en si peu de temps ? Sa maigreur me fait froid dans le dos, mais je suis tellement heureuse d'avoir enfin, moi aussi, reconnu mon ami que j'en fais abstraction et le serre tout autant. Il débite ensuite sans temps mort :

— Tu es en vie. Je savais que tu étais vivante ! Où tu étais ? À l'extérieur ? Et Declan ? Il va bien aussi ? Et tes parents, ça donne quoi ? Ils savent pour toi ? Et tu sais pour eux ? Tu vas t'occuper de moi après ? Novak te laissera faire. Peut-être que tu pourras me ramener, comme Declan ? Parce que c'est lui, même s'il est Netra, n'est-ce pas ? Val en était sûr après le message des tagliatelles. Même s'il a douté, après les attentats. Il a été si mal. J'ai voulu m'en aller pour qu'il aille mieux, mais il n'a pas voulu. Et puis, il y a eu le jugement. Il a disparu, lui aussi. Il est parti. Tu sais où il est ? Il a été pris par les faucheurs ? Au moins, si c'est ça, je le retrouverai de l'autre côté. Non. Non ! Ne venez pas à Hydre. Tu feras comme avec Declan. Je ne veux pas vivre sans Valentin, avec le souvenir de tout le mal que je lui ai fait. Il est parti, lui aussi, tu sais. Je l'ai perdu…

Il s'arrête, les yeux dans le vague. Qu'est-ce qu'il raconte ? Il compte sur ses doigts. Plusieurs fois. Je lui remets mon avant-bras sous le nez. Il regarde le tracé, incrédule.

— Umy, Valentin va bien. Il nous a trouvés. C'est lui qui a dessiné le signe sur mon poignet. Il t'aime, il est là. Tu ne l'as pas perdu. Il a insisté pour que je vienne aujourd'hui à sa place pour que tu saches que je suis en vie. Nous sommes ici à Hydre et nous allons tous sortir de là, avec toi. Il est hors de question que tu subisses l'Opération Netra.

— Non. Il faut… Je… Il… Valentin… Il est là ? Il va bien ?

— Oui. J'étais à Hôpital avec Peps, Declan et Simon. Valentin nous a retrouvés là-bas, il nous a avertis que tu avais été condamné et nous sommes venus pour te sortir d'ici.

— D'accord. Et Declan ? Tu vas me mettre le même programme qu'à lui ? C'est beaucoup de travail, je sais, mais tu me connais.

— Non, ce n'est pas ça. Declan n'est plus le même qu'à Cassiopée. C'est à nouveau lui, comme du temps où il était Stan, tu comprends ? Celui avec qui vous avez mangé…

— … des tagliatelles ! Tout le monde me disait que j'étais fou de vous croire en vie ! Mais la réalité dépasse la simple folie ! Si Declan a pu revenir, je le ferai aussi.

J'observe mon ami. Que lui ont-ils fait pour qu'il soit aussi perdu ? Je reprends ses mains et m'applique à parler lentement.

— Umy, nous allons te sortir d'ici. Val a dit que tu es là pour avoir tenté de hacker le bureau de recensement d'Andromède. Qui t'a accusé d'avoir fait une chose pareille ? Tu as une idée ?

— Le gouvernement, qui d'autre ?

— On sait tous les deux que tu n'as pas le niveau.

— Ouais. C'est pour ça que je me suis fait avoir. J'ai presque réussi, mais j'ai été trop long à trouver le rapport de l'attentat d'Orion. Chaque dossier était crypté, c'était chiant. Je me suis déconnecté trop tard, la troisième fois.

— Tu as essayé trois fois ? Par les étoiles, comment tu as fait ?

Il hausse les épaules.

— J'ai suivi un tuto. Je n'avais pas le choix. C'était la seule façon de prouver à Val que vos identités n'avaient pas été authentifiées à Orion.

J'en reste bouche bée une seconde, à la limite d'exploser de rire.

— D'accord. Eh bien, on n'a pas de tuto à suivre pour te faire sortir. On a besoin d'informations. Par exemple, où se trouve ta cellule ?

— Au cinquième, au fond du couloir. Mais je change souvent. Parfois, je ne passe qu'une nuit dans une cellule. Dans d'autres, deux ou trois.

— Je reviens te voir mardi avec Val et Declan. Je vais essayer de négocier avec ton avocate pour que Val puisse venir avant. Nous ne te laisserons pas subir l'Opération Netra et Simon est également venu chercher quelqu'un qui compte pour lui.

— Simon ? Quelqu'un d'autre ? Nous sortir... Vous êtes complétement fous !

— Umy Drumst, j'ai découvert que tu utilises le nom de famille de Val au bureau des demandes d'audience alors que je suis ta témoin de mariage. Tu vas sortir ton cul d'ici et venir avec ton mari, moi et nos amis. On va trouver un lieu sûr et être enfin tous réunis. Tu m'entends ? Quitte à te traîner par la ceinture si tu refuses d'obtempérer, mais je vais te sortir d'ici !

Il me dévisage si longtemps que je crois qu'il est à nouveau parti dans ses pensées.

— Tu es différente. Toujours la même, mais différente. C'est le bon monde ?

— Le monde a tellement changé ces derniers mois, je me le demande parfois aussi. Avec tout ce que j'ai découvert et appris, il a bien fallu m'adapter. Mais c'est toujours moi, Umy.

— Bien sûr, que c'est toi. Ça a toujours été toi.

Il relève mon menton avec ses doigts. Dans son regard, à cet instant, j'ai l'impression de plonger dans un puits d'amour sans fond. Comment peut-il envisager que je vais le laisser ici ?

— Tu diras à mon mari que je l'aime aussi. Je lui ai fait tant de mal. C'est pour ça qu'il a disparu. Il est parti lui aussi. Val est parti. Il est parti...

Umy se replie sur lui-même, le souffle court. Il remonte sa manche, découvre son avant-bras bandé et se met à gratter le tissu. Je pose lentement mes doigts sur les siens pendant qu'il récite nos prénoms à chaque nouvelle griffure. Je dois l'appeler plusieurs fois pour qu'il cesse.

— Umy, Val est là. Tu le verras mardi, il n'est pas parti. Il a parcouru des centaines de kilomètres pour venir jusqu'ici. Il sait que tu l'aimes. Et il t'aime plus que tout au monde.

Il relève les yeux et dit un peu plus fort mon prénom avant d'attraper ma main. Il serre fort à nouveau. Au moins, il ne se fait plus mal.

— Ce n'est pas si simple, l'amour. J'ai eu une crise de folie devant les infos. J'ai tout arraché, le projecteur, tout. Je ne voulais plus que Val me touche. Je ne voulais plus que toi dans mes bras. J'aime Val comme je n'ai jamais aimé personne. C'est ce que je croyais, c'était une certitude. Mais quand vous avez disparu, quand tu as disparu... Tout a perdu en saveur. Plus rien n'avait d'intérêt. Tout était gris. J'étais vide. Val est resté, je ne sais même pas pourquoi, ni comment il a fait pour me supporter. Je regrettais de ne jamais t'avoir fait comprendre à quel point je t'aime, à quel point tu comptes. Je lui ai dit tout ça. Il le sait. Je t'aime.

Il est perdu. Il ne sait plus ce qu'il raconte. Il mélange tout. Mon cœur tambourine dans ma poitrine et comme je ne réponds rien, il poursuit :

— Au début, ça m'a fait du bien de penser que tu n'étais pas morte. Je me suis permis de le croire pour me calmer suffisamment, pour qu'on me laisse sortir de l'hôpital et pouvoir aller à la remise des cendres. Là-bas, il n'y avait pas ton collier. C'est devenu l'élément qui me faisait encore tenir. Declan t'a dit qu'il a fait fondre la chaîne de son père pour faire ton pendentif ?

J'opine. Il laisse un silence que je n'ose pas rompre. Il passe ses doigts sur ma chaîne, sur la plaque gravée de mon prénom. Il a été admis à l'hôpital, à Andromède ? Val a omis certains détails.

— J'étais dévasté par ces images d'explosion, vos bagues, vos cendres. Mais ce collier, je savais que Declan ne l'aurait pas retiré.

Que tu ne l'aurais ni laissé ni perdu comme certains l'ont prétendu. J'ai cru que je m'étais trompé. Que j'avais rencontré Val trop tôt avant de te retrouver et que je m'étais voilé la face après. J'ai cru que je t'aimais de cette façon tellement j'étais perdu sans toi.

« Il a besoin de te voir, toi. C'est le plus important. » Les mots de Val prennent un autre sens.

— Tu le lui as dit... Il le croit toujours.

— Je me suis retrouvé ici du jour au lendemain. Je me suis retrouvé sans lui. C'était... J'étais... Une fois que mes parents m'ont dit qu'il avait disparu aussi, tout ce qui me restait s'est effondré. Wax, comment je vais faire pour qu'il me pardonne ? Pour lui expliquer que je t'aime sans doute autant que lui, mais que c'est lui l'homme de toutes mes vies, à travers tous les mondes ?

Il se recroqueville sur lui-même. Je comprends que mon prince a quitté Andromède sans savoir qu'il allait nous trouver, qu'il a dû avoir un moment de faiblesse où il a voulu tout abandonner. Y compris Umy, qu'il croit amoureux de moi. Sur le chemin vers Bois Noir, il m'a dit qu'il était parti. J'ai cru qu'il évoquait son départ d'Hôpital, mais il devait parler de sa sortie de la coupole. Je repense à ces histoires de régulier, de don, à la dispute de Gambetta après laquelle il avait accusé Umy de m'aimer plus que lui. Comment il a pu tenir jusqu'ici en croyant que son mari était amoureux de moi ?

— Umy. Umy, regarde-moi. Valentin se bat pour toi. Il t'aime infiniment, il l'a écrit sur mon bras.

On frappe à la porte, côté prison. Un garde l'entrouvre pour nous prévenir :

— Plus que cinq minutes.

— Déjà ? Mais...

Il referme sans me prêter attention. Je pousse Umy pour qu'il se redresse.

— Parlons pratique. Il faut que tu me dises : c'est quoi, la sécurité ?

— Ne venez pas pour me sortir. Je t'en prie. Je veux juste que Valentin sache que je l'aime.

— Fais-toi à l'idée : tu sortiras d'ici avec nous ou pas du tout, et on sera tous ensemble dans un cas comme dans l'autre. Mais nous aurons plus de chance de réussir avec ton aide. Tu n'as pas le choix.

Cette fois, il sourit franchement. Umy, mon trésor. Il est enfin là, complètement.

— Je me perds dans les autres mondes, parfois. Mais cette fois, c'est bien toi.

— Je ne sais pas de quels autres mondes tu parles mais oui, c'est moi. Et beaucoup de gens te soutiennent à l'extérieur. Les lopistes ont décidé de protéger mes étoiles, figure-toi. Ça nous a bien aidés aujourd'hui. Mais nous avons besoin de plus d'informations.

— Ouais, les gens disent qu'on est des étoiles, Val, toi, Declan, moi et Peps aussi. Mes parents m'en ont parlé. Mais on est encore vivant, non ?

— Jusqu'à preuve du contraire, oui, on est toujours vivants. Ces lopistes qui disent veiller sur nous, on peut leur faire confiance ?

— Mes parents disent que oui.

— D'accord. Et les faucheurs, tu as une idée de comment les repérer quand ils sont en civil ?

— Si quelqu'un t'attaque sans réfléchir, y'a des chances que c'en soit un.

Je souris, mais le temps nous manque :

— Je m'en souviendrai. Joan Fill, tu en as entendu parler ?

— Non. C'est qui ?

— Un détail. Les drapeaux noirs comme celui qu'il y a sur la porte, tu sais ce que c'est ?

Il se retourne pour le regarder et hausse les épaules.

— Je ne sais pas. Ce n'était pas là avant. Il y en a quelques-uns dans la prison. Certains parlent de pirates.

— Il m'a pourtant dit de les suivre.

— Un vrai pirate ?!

J'étouffe un rire face à son air ahuri.

— Non, quelqu'un qui m'a dit veiller sur les étoiles de Wax. Ces drapeaux, ce sont des indices ? Une préparation de ton évasion ?

— Qui voudrait essayer de s'évader d'ici ? C'est complètement fou. On est à Hydre.

— Toi, tu vas t'évader. Parle-moi de l'intérieur. Comment c'est ?

Il me décrit le couloir jaune des visites, le sas de fouille qui suit et donne sur la salle commune. Il me parle d'un ascenseur interne, le seul moyen pour passer du cinquième au huitième à sa connaissance. Pour accéder aux cellules, il faut passer par une salle de transition où les prisonniers subissent encore une fouille et où se trouvent les douches de chaque zone.

Sept zones divisées en six compartiments en tout, différenciés de A à G, à tous les niveaux. Plus de trois-cent-trente cellules, dont les plus profondes se situent à 30 mètres sous la surface, et aucune issue d'après Umy.

Il me donne des détails sur l'intérieur du bâtiment sans remettre en cause son évasion. Il n'a plus rien à voir avec le type amorphe qui est entré. Ça fait plaisir. Je lui parle rapidement de Laura. Il pense voir de qui il s'agit : elle serait détenue au huitième. En même temps, une rousse pâle aux yeux verts, ça ne doit pas être si fréquent.

La porte s'ouvre sur les gardes. Ils sont trois. L'un me contourne pour venir dans mon dos. Je ramène Umy contre moi. Il se met à trembler.

— C'est le bon monde, vraiment, hein ? Tu reviens. Promis ?

— Promis. C'est notre monde, aussi fou qu'il soit. Nous sommes là. Pardon encore d'avoir été si longue à arriver.

Le garde me dénigre du regard. Maître Hubert entre dans la pièce et détourne son attention.

— Ce n'est rien, souffle Umy. Tu es là, maintenant. Dis-lui que je l'aime. Dis-lui que je suis désolé pour le 14 avril.

— Je lui dirai. Tu as ma parole.

— La rencontre s'est très bien passée, conclut maître Hubert en jetant un œil aux gardiens. Monsieur Drumst s'est conduit de façon exemplaire. Madame Jensen, pouvez-vous sortir maintenant ? Je crains que le temps de la visite ne soit écoulé.

Je me retourne vers Umy qui lance :

— Je t'aime.

— Je t'aime aussi.

De l'extérieur, nous entendons la voix grave de Declan crier :

— Je vous aime tous les deux !

Umy sursaute. Puis, un large sourire illumine son visage. Je lui serre les mains une dernière fois, dépose un baiser sur sa joue et m'éloigne seulement lorsque deux des trois gardes lui repassent les menottes. Maître Hubert les suit dans le couloir au sol jaune. Le troisième surveillant verrouille la porte derrière elle avec sa puce sous-cutanée avant d'ouvrir celle qui donne sur la salle d'attente où Declan patiente, seul.

— Alors, comment il va ?

— Mal. J'avais beau m'y attendre, je ne m'étais pas préparée à ça.

Le garde scanne la porte de la salle de rencontre N°3 pour la verrouiller et se tourne vers nous.

— Les heures de visites sont dépassées. Le personnel habituel a terminé sa journée. Veuillez me suivre.

Declan me propose sa main. Je la saisis. J'en ai besoin comme béquille émotionnelle. Le gardien nous raccompagne jusqu'à l'ascenseur sans prononcer un mot. C'est un mouvement de Declan qui tente d'attirer mon attention discrètement qui me fait réagir.

Le garde n'a validé notre ascension que jusqu'au quatrième sous-sol.

— Excusez-moi, vous ne nous ramenez pas directement au hall d'entrée ? demande Declan.

— C'est un simple point de contrôle des visiteurs avant sortie.

— Il n'a jamais été mentionné.

— La prison d'Hydre se doit d'être aussi vigilante aux visiteurs qui entrent qu'à ceux qui sortent.

Je baisse les yeux. Rien qu'à la pression que Declan exerce sur ma main, je sais qu'il est tendu. La porte de l'ascenseur s'ouvre sur le même type de couloir qu'au huitième, hormis sa décoration à dominante vert pastel. La plus grosse différence, c'est qu'ici, une pièce aux murs entièrement équipés d'un panneau Sécuravu régule l'accès à la salle des visites. De l'autre côté, on peut y voir des escaliers qui mènent à l'étage supérieur. À l'intérieur, six postes individuels se dressent, tournés vers un septième, central. Je n'en avais jamais vu avant, mais leur utilité saute aux yeux : une plaque de scan avec deux traces de mains. Une identification par empreinte.

Le garde verrouille les deux portes d'ascenseurs et ouvre celle de la pièce transparente. On est dans la merde.

— Veuillez entrer et présenter vos mains sur les consoles. Tenez-vous droit et regardez l'image d'Hydre qui va apparaître face à vous.

— Wouaw. On ne plaisante pas avec la sécurité, chez vous, tente Declan. Une cabine de contrôle Sécuravu, carrément ?

Le surveillant pénitentiaire reste de marbre. Il est seul. Declan peut sans doute le mettre hors d'état de nuire. S'il ne l'a pas encore fait, c'est qu'il a un autre plan en tête. Peut-être attend-il de voir si notre passage va faire sonner toutes les alarmes ? Si je l'active alors qu'il est encore du côté du garde, il pourra l'immobiliser et nous nous enfuirons, à défaut de mieux.

Je franchis le seuil de la cabine sans hésiter, pose mes mains sur le premier pupitre de verre venu. L'emblème d'Hydre apparaît devant moi et fait tournoyer ses sept têtes sur elles-mêmes, mais le scan ne se lance pas.

— Votre machine est cassée ?

— Elle ne s'activera que lorsque la cabine sera close. Monsieur, veuillez entrer.

Declan évite ostensiblement de s'approcher du garde quand il entre dans la cabine avec moi. L'homme le suit et nous enferme tous les trois dans la pièce Sécuravu. Une fois que Declan a posé ses mains sur son poste, le surveillant valide la procédure de vérification d'identité avec son poignet.

Un scan du visage se lance également.

Mes jambes tremblent. L'aventure s'arrête ici pour nous. Je tente de me rassurer en me disant que nous serons possiblement enfermés au même étage qu'Umy, ce qui nous permettrait de nous voir, et peut-être d'agir de l'intérieur. Tout, pourvu qu'on ne soit pas livré aux faucheurs.

Mes pensées n'ont pas le temps de divaguer plus loin. La plaque sous mes mains passe au vert et la photo d'identité de Jessy Jensen s'affiche en lieu et place de l'hydre miniature. Le silence dans la cabine est assourdissant. Le garde observe les résultats affichés sous ses yeux d'un air dubitatif. La porte du côté des escaliers s'ouvre automatiquement et il se racle la gorge :

— Tout est bon. Je vais vous accompagner jusqu'au Hall d'entrée par les escaliers.

Il sort en dernier, verrouille la pièce de transfert et passe devant nous pour franchir les premières marches.

— Nous avons été étonnés par votre visite. Vos noms ne figuraient pas sur la liste des visiteurs potentiels que monsieur Drumst nous a fournie.

— Comment voulez-vous qu'il pense correctement à quoi que ce soit vu l'état dans lequel il est ? Il a été incohérent du début à la fin. Il m'a même demandé si nous étions dans le bon monde !

Le surveillant pince les lèvres et hoche la tête.

— Il souffre de confusion mentale et peine à distinguer ses rêves de la réalité. On appelle ça le syndrome du condamné libre, ici.

— C'est donc un phénomène courant ?

— Pas tel que le vit monsieur Drumst, non. Il était déjà perdu dans ce qu'il appelle ses mondes avant son arrivée.

***

Nous sortons de la gare pour redescendre sur la place des Larmes. La nuit tombe sur la coupole. De nombreuses personnes sont rassemblées ici par petits groupes de quatre ou cinq, au maximum. La grille de la ville est illuminée de multiples couleurs harmonieuses à l'heure où la place n'est pas encore éclairée.

J'ai encore du mal à réaliser que nous avons quitté la prison, indemnes, sans Umy. Le voir dans cet état d'affaiblissement a été choquant. L'abandonner à la bâtisse souterraine est à la limite du supportable. Éreintée, j'avance en suivant Declan qui me tient par la main jusqu'à ce qu'il s'arrête en plein milieu de la place et se tourne face à moi.

— Finalement, c'était une bonne chose de venir ici dès ce soir. Il semblerait que des étoiles se soient invitées à Hydre.

Je lève les yeux. La voûte de la coupole s'obscurcit, oui, mais sans traces d'étoiles, bien trop petites pour être discernables au travers du verre CARP. En revanche, autour de nous, les gens font flotter des drapeaux noirs matérialisés dans leur main ou à l'aide de projecteurs portatifs. Dans chaque groupe, une ou plusieurs constellations de Cassiopée apparaissent par intermittence, petites lueurs discrètes, mais bien présentes, illuminant la place des Larmes de leur charme doux.

Suivre les drapeaux noirs, des drapeaux qui s'illuminent le soir venu, brandis comme signe de reconnaissance entre ceux qui refusent un châtiment qu'ils jugent injuste. Le symbole de ralliement des lopistes en deuil à Andromède s'est propagé jusqu'ici. Le soutien de toute ma coupole d'origine nous a accompagnés jusqu'ici. Declan esquisse un sourire.

— Tu crois qu'il sait que les étoiles brillent pour lui à l'intérieur de la coupole ?

— Je ne pense pas, non. Mais ça me réconforte de les voir aussi nombreuses.

***

Peps et Simon nous attendent au salon de l'hôtel. Soulagés que nous soyons rentrés, Val ne nous réserve pas le même accueil. Il s'est installé au bar depuis notre départ, d'après Sim. Je l'y trouve effectivement, assis sur un tabouret, devant un verre de liquide ambré.

En voilà un avec qui je vais devoir avoir une mise au point qui s'annonce houleuse.

— Chester ? Tu veux bien monter dans la chambre ?

Il tourne la tête vers moi, les yeux vitreux, et me pointe du doigt tout en tenant son verre.

— Toi…

Soupir.

— Chester, nous aurons accès à la visite de mardi. Aussi, j'ai un message pour toi, de sa part.

— Quoi ? Qu'il a trouvé le grand amour en toi ? Il me l'a déjà dit. Je n'irai pas. C'n'est pas moi qu'il veut voir.

Il descend d'une traite son verre d'alcool et fait signe au serveur de le resservir. Entre souffrance et colère, mon prince m'adresse un coup d'œil et secoue la tête. Je ne l'ai jamais vu se mettre dans un état pareil. Comment j'ai pu passer à côté de son mal-être jusqu'à maintenant ? Comment a-t-il fait pour supporter ce secret ? Quelle piètre amie je fais pour lui.

— Écoute-moi. Il a dit que c'est toi, l'amour de sa vie.

— Il a fallu que tu couches avec lui aussi pour qu'il s'en rende compte ?

Entre cri et grognement, son allusion à mon aventure d'une nuit avec Sim me retourne la tête une seconde de trop et il enchaîne :

— Tu veux pas Walt. Alors qu'il est fou de toi. Tu n'veux pas non plus de mon mec ? Tu dis wouaaaw, t'es sexy Val ! Mais r'gard'toi ! T'attires tout c'qui a une queue entre les jambes ! Même moi, alors qu'j'suis gay. Laisse-moi boire. Mec, s't'plaît, un autre double.

Val adresse un immense sourire aguicheur au serveur. Je pose ma paume sur le verre pour refuser la boisson, ce que le barman semble approuver.

— Écoute-moi, Chester Manny, appuyé-je sur son pseudo. Il t'aime et il est désolé pour le 14 avril, même si je n'ai pas la moindre idée de ce qu'il s'est passé ce jour-là.

— Il m'a dit qu'il t'aimait, ce jour-là. Il m'a dit qu'il ne pouvait pas vivre sans toi, là, comme ça, devant nos bols de céréales ! Il a voulu partir loin de moi. Tu me l'as pris, ce jour-là !

Declan arrive à temps pour retenir ma main qui manque de s'aplatir sur le visage de Val. Les quelques personnes présentes dans le salon nous regardent.

— Chester, tu es saoul. Viens, mec, on va discuter là-haut.

Val adresse un clin d'œil au serveur.

— Non, je picole. Et je drague.

Un cri retentit au bar. Valentin se débat bien inutilement sur l'épaule de Declan qui lui colle une fessée monumentale sur le postérieur avant d'entrer dans l'ascenseur. J'emprunte les escaliers, atteins la porte de notre chambre du troisième avant eux. Val râle dans le couloir. Je le pousse dans la chambre. Declan referme derrière nous et explose.

— C'est quoi ce bordel, Chester ? Tu veux tous nous griller, ou quoi ?

— Elle ne t'a pas dit ? Elle ne t'a pas dit qu'il l'aime, elle ?
Mon ex se tourne vers moi.
— Explique. Après la visite, je suis à bout de patience.
— Il refuse de croire qu'Umy l'aime plus que moi. Pourtant, il l'aime au point qu'il est en train de se laisser mourir parce qu'il te pensait mort, Val !
— Tu mens ! C'est toi qu'il veut ! Pas moi ! Il va même te faire un bébé !
— Tu t'entends raconter des conneries ? Umy est amoureux de toi. Il a arrêté de manger quand il m'a cru morte ? Il a presque arrêté de respirer lorsque ses parents ont dû lui annoncer que tu étais parti ! Il t'a dit qu'il m'aimait ? Oui, il m'aime, je suis sa meilleure amie, sombre crétin ! Il m'aime comme une amie ! Pas comme toi ! Pas comme ça !

Je claque la porte de la salle de bain, retire mes lentilles et mon collier. Ça ne me ressemble pas de hurler comme ça. Toute la pression de la journée est en train de lui retomber dessus. Mes larmes sont noires sur mes joues tandis que Val s'emporte dans la chambre.

— Elle ment ! Il ne veut plus de moi. Il me l'a dit à Andromède !
— Ben, il a changé d'avis. Tu l'as entendue, non ?
— Non ! Tu ne l'as pas vu, toi. Tu n'as pas vu comme il était malheureux sans elle. Je le sais depuis le début, qu'il l'aime bien plus que moi. C'était qu'une question de temps avant qu'il ne s'en rende compte.

Declan ne répond pas à cette sottise. Démaquillée, je rejoins Val, avachis sur le lit.

— Toi, ne bouge pas ou je te fourre cette éponge dans l'œil. Walt, s'il te plaît, laisse-nous. Va rassurer Rose et Hayden. On doit parler, Chester et moi.

Mon ex sort de la chambre. Val ne dit plus rien jusqu'à ce que je termine de le démaquiller.

— Pourquoi tu insistes pour que j'aille le voir ?
— Parce qu'il le faut, Valentin. Il faut qu'il reprenne des forces pour pouvoir sortir d'ici. Umy est très, très mal en point. J'ai eu du mal à le reconnaître. Il a eu du mal à me reconnaître. La seule chose qu'il voulait voir au début, c'est ta marque. Il ne voulait pas me lâcher.

Je lui montre son dessin effacé par endroits tellement Umy est repassé dessus. Mais ce n'est pas ça qui retient l'attention de mon ami. Son mari a serré mon bras si fort qu'il m'a laissé la trace de ses doigts en hématome sur la peau.

— Il t'a fait mal.

— Oui et non. Parce que c'est ton dessin qui lui a permis de reprendre suffisamment pied pour me laisser le temps de lui montrer mon collier et de lui prouver qui j'étais vraiment. Val, il t'aime. Il était perdu à Andromède, oui, c'est vrai. Le choc de l'attentat d'Orion lui a fait perdre la tête. Il a tant souffert qu'il a confondu ses sentiments. Il me l'a dit. Mais il t'aime, Valentin.

— Je sais. Mais il t'aime plus. Et il veut un bébé avec toi.

— D'où tu sors une idée pareille ? Tu sais mieux que lui ce qu'il ressent peut-être ? S'il m'aime, ce n'est pas dans le sens romantique que tu crois. C'est mon ami. Tu es son mari, il n'a fait aucune erreur le jour où il t'a dit oui. Sans toi, crois-moi, il est pire que perdu. Savoir que tu avais disparu aussi l'a complètement anéanti. Il me demandait sans arrêt s'il se trouvait dans le bon monde, parce qu'il te cherche partout, au point de confondre la réalité et ses rêves. Il décrochait beaucoup de ce que je lui disais. Il a repris pied vers la fin de notre conversation, je crois, mais ça a été difficile.

Son souffle se fait court. En silence, il frôle les restes de son esquisse jusqu'à ce que ses larmes commencent à couler.

— J'ai l'impression qu'il me manque une partie de moi depuis l'attentat d'Orion. J'ai un trou dans la poitrine. Tu le calmes. Mais tu ne le combles pas totalement. Wax, tu te rends compte que je vais en mourir si tu me mens ?

Il est encore saoul, certes, mais je reconnais parfaitement la sensation qu'il décrit. Mon ami se laisse glisser par terre. Je m'assois avec lui. Allongé sur le sol, sa tête sur mes jambes, je passe inlassablement mes doigts dans ses cheveux sans réussir à satisfaire mon geste, comme s'il ne pouvait pas être aussi réconfortant sans descendre dans son dos. Sans relâche, je lui réponds que oui, je suis sûre que son mari l'aime et veut le voir. Oui, il voudra lui faire des câlins. Oui, il l'embrassera à nouveau. Non, il ne veut pas faire de moi sa femme, ni me faire un bébé. Oui, je suis juste son amie. Absolument, il ne veut que lui, uniquement lui.

« Cœur en guimauve », dirait Simon.

Mon prince cède finalement au sommeil, la respiration encore chahutée par ses larmes. Declan nous rejoint dans la chambre et m'aide à le hisser sur le lit. Comme la veille, nous nous installons tous les trois pour dormir, à la différence que Val se trouve entre moi et mon ex.

— J'ai vraiment cru qu'on était foutu quand j'ai vu les contrôles dans l'espace Sécuravu.

— Et moi donc !

— Heureusement que Simon a réussi à enregistrer nos identités dans le système.

Pas de réponse.

— C'est Sim qui nous a enregistrés, n'est-ce pas ?

— Non. Il a flippé à mort au moment où je lui ai dit pour les scans.

— Dans ce cas, qui l'a fait ? Quelqu'un a grillé nos identités ? Et ce qu'on veut faire ?

— C'est assurément quelqu'un qui veut nous aider. Pour le reste, je ne sais pas encore. Mais après tout, il y a des gens qui veillent sur les étoiles de Wax, non ?

— Tu crois que ce sont eux ?

— Pourquoi pas ? Je préfère envisager ça qu'une manipulation de Fill ou des faucheurs.

— Arrête. Si Fill était là, il nous aurait déjà capturés. Tu vas me faire faire des cauchemars.

Il tend la main en travers de la taille de Val. Je l'accepte, rassurée par ce simple contact. Demain, le plan d'action pour sortir Umy de prison va trouver ses fondations. Pour le moment, il est temps de nous reposer. Blottie avec eux, je reprends confiance. Peu importe qu'on nous reconnaisse, que des faucheurs, Dara ou même Joan Fill en personne nous tombent dessus. Je me sens capable de gravir des montagnes pour sortir mon ami de la coupole prison.

À suivre…

Les Étoiles de Wax — Tome 3

HYDRE

L'urgence est imminente. La date de
l'Opération Netra d'Umy approche.

Nous n'avons que quelques jours pour mettre au point
une évasion sans précédent.
Dans la peau de mon alter-égo Jessy,
jongler avec mes sentiments va s'avérer aussi éprouvant
qu'échapper aux pièges de la prison labyrinthique.
Déterminée à protéger mon groupe,
je compte me montrer aussi impitoyable
que nos ennemis si la situation l'exige.
Mais la fuite est complexe et les faucheurs camouflés
plus près de nous que jamais.
Au point que nous devions revêtir l'uniforme à lanières
rouges pour aller sauver l'un d'eux.

**_Hydre_ sera disponible
en 2025 !**

Découvrez l'univers de l'autrice
Ludivine Suzan,
toute l'actualité de la saga
Les Étoiles de Wax
et des side stories en ligne
sur les réseaux

Le site officiel : ludivinesuzan.com

La page Facebook

La page Instagram

Stories bonus :

— *Dans les yeux de DECLAN* —

• Le faire taire •

• La garde •

Le faire taire

Tan m'attrape le bras pour le brandir en l'air. Putain, ce que je me sens bien dans ce bain de foule, gonflé par l'adrénaline du combat qui coule encore dans mes veines. Ça faisait un bail que je ne m'étais pas senti autant moi, malgré l'autre qui me braille dans la tête. Elle me regarde, elle me sourit, à côté de ma sœur. *Wax.*
Elle bleuit à vue d'œil ! Va lui mettre du baume tout de suite !
Il a raison. Tan ne me lâche pas.
Rejoins-la. Je m'en fous de ton bain de foule ! Ma déesse va...
Gwen surgit devant moi, saisit mon visage et m'embrasse. *Beurk ! Beurk-beurk-beurk ! Alerte ! Attaque ! Beurk !*
Je me marre. Gwen appuie ses lèvres plus fort.
Plus de voix. Le vide dans ma tête. Mon bras l'enlace, la ramène contre moi. Même la foule qui crie autour ne compte plus. Il est parti. Sa langue vient à la rencontre de la mienne. Il n'est vraiment plus là ! Je souris contre les lèvres de Gwen. Enfin seul...
Mais ce n'est pas Gwen que je veux embrasser. Je la repousse, relève les yeux et cherche Wax du regard. Elle n'est plus là. Pia-Pia se colle à moi :
— Depuis le temps que j'attendais ça.
Horrifié, je me rends compte de ce que je viens de faire. Je viens de rouler une galoche d'enfer à Gwen devant tout le monde. Tanaël me regarde avec un air éberlué. Je lui adresse une grimace et il hausse les épaules en signe d'impuissance. *Merci mon pote !*
À force de jouer des coudes, je réussis à me faufiler dans la foule. J'ai le droit aux frappes dans le dos. Je me rends compte que les marques du combat contre Wax apparaissent et surtout, je réussis à décoller Gwen. Un peu à l'écart, je me penche à son oreille :
— C'est gentil, mais je ne suis pas intéressé, Gwen.
Elle resserre ses doigts autour des miens et me regarde avec ses grands yeux bleus aguicheurs :
— Tu n'avais pas l'air désintéressé.
— Ouais. Ce n'était pas désagréable...
...de me retrouver seul dans ma tête. « Pia-pia-pia », quoi qu'elle dise, comme d'habitude, je décroche. Et comme je n'écoute pas

vraiment, je ne capte pas qu'elle tente de m'embrasser à nouveau. Je bondis en arrière, un peu brusque.

— Sérieusement, Gwen, je ne voulais pas te repousser devant tout le monde, mais c'est non.

— Il faut passer à autre chose, Declan. Vous n'êtes plus en mission.

— Ça n'a rien à voir avec la mission. Rien à voir avec Wax. Tu es une fille sympa, il y a plein d'autres mecs qui veulent sortir avec toi.

— C'est avec toi que je veux sortir, moi.

— Ce n'est pas réciproque. Désolé, je dois aller mettre du baume.

— C'est vrai que tu commences à avoir des bleus. Je vais t'aider !

— Non !

Cette fois, la colère passe. Si la simple présence de Javani arrive à me mettre en rogne, Gwen est son exacte réplique au féminin. Tan arrive derrière elle. Il se racle la gorge et saisit ses épaules. Elle a les larmes aux yeux. *Tant pis.* Je dois retrouver Wax. Mes hématomes me font déjà mal, je n'ose pas imaginer ce que ça donne sur elle.

J'ouvre le vestiaire. Peps s'occupe d'elle, bien sûr. Sim aussi.

Sim ? Ses mains remontent le long de sa jambe, ses doigts effleurent sa culotte…

La fureur monte, incontrôlable. C'est *ma* princesse !

***

Le moins qu'on puisse dire, c'est que j'ai picolé. J'ai enfilé 33 bières. Je devrais être sur les genoux depuis longtemps, comme Tan et Simon, qui ont essayé de me suivre. Pourtant, je ne tangue pas, je n'hésite pas en ouvrant la porte de ma chambre. Elle est si belle, dans mon lit. Combien de fois j'ai rêvé qu'elle était dans mon lit ? Trop de fois. Je l'observe dormir et n'arrive pas à résister à l'envie de passer ma main dans ses cheveux.

J'arrête mon geste. Aucune raillerie satisfaite ne se fait entendre dans ma tête. Depuis que Gwen m'a embrassé, je ne l'entends plus. Pour combien de temps ? L'alcool le garde loin de mon esprit ? En tout cas, je n'entends plus sa voix tenter de m'influencer. Enfin, je peux me demander calmement ce que je veux.

Et je veux être avec Wax, là. Moi, je veux être dans mon lit, avec elle, comme je l'ai fantasmé tellement de fois. *Ma Princesse…*

J'effleure sa peau. Elle pense que je suis Simon et m'envoie bouler. Non, je ne suis pas Simon. Et je veux être dans mon lit, cette nuit. Dans notre lit.

Elle m'y accepte. Je lui propose mes lèvres. Si près d'elle, l'appel du baiser devient magnétique. Elle m'embrasse et mon cœur bat plus fort, plus intensément. C'est elle et moi, rien qu'elle et moi. Il n'est pas là, à jubiler en arrière-plan d'une quelconque victoire, à me dicter où et comment la toucher, de quelle façon l'embrasser. Je suis le seul à profiter de sa peau, de son odeur, de son goût mentholé par le contraceptif. Je suis le seul à profiter des sensations merveilleuses qu'elle éveille en moi, de ses murmures qui soufflent mon prénom, de sa langue sur la mienne. La douceur des gestes est naturelle entre nous et m'arrache des sourires de bonheur. J'aime provoquer des frissons sur sa peau, explorer son corps, arracher des gémissements de plaisir à sa gorge. C'est tout ça, l'amour que je ressens pour elle. Toute cette harmonie entre nous, dépourvue de violence, de déchirements et d'hésitations. Et c'est si bon ! Sa fatigue sonne la fin de nos caresses. Souriante et détendue, elle murmure :

— Reste toute la nuit, toute la vie. Avec moi.
— Je ne demande que ça, ma princesse.
— C'est tellement bon de te retrouver.

Elle s'assoupit dans la seconde. J'embrasse sa tempe et la serre contre moi. Un message apparaît en haut à gauche de mon champ visuel :

> Fin de métabolisation accélérée de la substance nocive :
> Alcool

Ouais, même pas le droit de me saouler avec les potes, j'ai compris. Quoique pour cette fois, je suis bien content d'être resté sobre. Je souris et m'endors avec elle.

***

Je la serre contre moi en me réveillant. Son contact est si doux, crépitant et fluide à la fois. Si particulier et unique.

Je ne m'en lasserai jamais.

Je souffle. Il est de retour, bien sûr. Ça ne pouvait pas durer.

Elle est bien, là, dans tes bras.

Oui, mes bras. Dégage !

Je suis là, et tu es là. Il faudra bien faire avec. On n'a pas le choix. Mais je peux te dire que si j'avais su avant que me taire te ferait aller la retrouver, j'aurais fermé ma gueule plus tôt.

Te retrouver. Me retrouver…

Non. Non, mec. Sérieux, on est bien, là ! Elle est bien, toi aussi et moi aussi. Je me tairai autant que tu veux...

Une larme m'échappe. Me retrouver... Pas moi, non. Lui. Celui qu'elle a épousé. Son mari.

Arrête ! Ce n'est pas ce qu'elle voulait dire ! Arrête ! Pas ça ! Non !
Je m'assois sur le bord du lit et retire ma chaîne.

Tu as perdu la tête ? Non ! Ne fais pas ça ! Tu vas lui briser le cœur. Tu vas te briser le cœur, putain !

Mon cœur est déjà brisé, à cause de toi. C'est toi qu'elle a trouvé en moi, qu'elle veut voir en moi. Toi, pas moi. Moi, elle m'a rejeté, quand elle a su mon vrai nom, à Gambetta.

Ne m'éloigne pas d'elle. Je te l'interdis. Je suis là aussi, ne m'ignore pas. Si tu fais ça, je jure que je vais tellement te pourrir la vie que tu n'entendras même plus ce que les gens disent autour de toi.

Essaie pour voir.
Je laisse la chaîne sur l'oreiller.

***

Retourne la voir avant qu'elle ne se réveille. Dépêche-toi. Tu as décidé de la rejoindre sans moi, hier soir. Elle sait que je suis désactivé. C'est avec toi qu'elle a couché. Ne sois pas con, fais demi-tour !

— Ferme ta gueule, putain !

Je frappe le mur du couloir. *Inspire, expire, garde le contrôle de tes émotions.*

— Declan ? Tu vas bien ?

Oh non, pas elle. Peps a raison à propos de cette fille. Plus tu la repousses, plus elle te colle !

Je m'efforce de saluer Gwen d'un simple signe de la tête, mais c'est déjà trop d'encouragements. Elle vient à côté de moi, les mains jointes dans son dos, en se balançant de gauche à droite.

C'est quoi, sa danse bizarre ? Elle a des vers ? Dis-lui de partir !
Je retiens mon rire. *C'est elle, que tu ne supportes pas ?*
On ne la supporte pas. Reconnais au moins ça.
C'est elle qui t'a chassé hier soir. Pas l'alcool ?
Pas de réponse.

— ... à l'entraînement ce matin, continue Gwen sans se rendre compte que je n'ai pas la moindre idée de ce qu'elle disait la seconde d'avant. Tu es d'accord ?

Refuse et allons au gymnase.

Il faut que je sache. Que je sois sûr. Je passe mes doigts dans ses cheveux et m'efforce de sourire.

Je te vois venir. Ne fais pas ça. Partons d'ici !

— Pardon pour hier soir. C'est toi qui as raison. Cette mission a été tellement longue et compliquée que j'ai du mal à me détacher de ce qu'il s'est passé aux coupoles. Tu veux bien m'aider ?

— Bien sûr. Comment ?

Non, t'as rêvé, Pia-pia ! On n'a pas besoin de toi ! On s'en va ! Rejoignons Wax avant qu'elle ne fasse un nouveau cauchemar.

Je m'humidifie les lèvres. Je vais vraiment sortir avec Gwen ? Elle me tourne autour depuis qu'elle est arrivée à Hôpital, mais je n'ai jamais eu la moindre attirance pour elle.

Exactement. Donc, non, tu ne vas pas faire ça. Ce n'est pas...

Il se tait dès que j'effleure les lèvres de Gwen. Chassé, parti. Ça fonctionne. Si Wax attise la présence de l'agent, Gwen la neutralise complètement. J'hésite, c'est dégueulasse de l'utiliser de cette façon. En même temps, elle obtient ce qu'elle réclame depuis des années.

Pas un son, pas de sarcasme ni de raillerie dans ma tête. J'ai enfin la paix. C'est pour cette raison que je laisse Gwen m'enlacer en retour.

Pour le faire taire et essayer d'être moi.

La garde

— Ils devraient déjà avoir leur bracelet.
— Arrête un peu, tu veux ? rit Tanaël. Elle est avec Simon. Ce sont les meilleurs après nous pour repérer les drones, tu le sais bien.
— Justement, je veux qu'ils aient un bracelet.
— Mais bien sûr, c'est juste pour ça.
— Qu'est-ce que tu insinues ?
Mon ami soupire et ralentit le pas :
— Tu l'aimes toujours. Ce ne serait pas aussi électrique entre vous sans ça.
— Non. On ne se supporte plus.
— C'est pour ça que tu l'appelles toujours quand tu cauchemardes.
Grillé.
— Oh, la ferme.
— Le silence est la meilleure stratégie ?
Je ris. Ce qu'il peut être casse-couille quand il s'y met !
— Je veux qu'ils soient en sécurité. Tous les deux. Et que notre meilleure équipe en poste ait de quoi communiquer. C'est tout.
Ce n'est pas totalement faux. Je suis hyper tendu, tous les sens en alerte. Et cet idiot d'agent qui ne s'inquiète que pour Wax... Au moins, ma vue et mon ouïe sont amplifiées à pleine puissance. Il faut que j'arrive à le faire taire !
C'est la sécurité de Wax la priorité. Pour toi aussi. Arrête de lutter.
— Tu sais, après ce jour-là, au lac, je pensais vraiment que même si ce n'était pas une super jolie fille, tu finirais avec elle.
Notre conversation au lac. C'était avant. C'était moi. Que moi.
Tu l'aimais déjà. Tu vois ! Protège-la, laisse-nous être avec elle. C'est tout ce qui te gêne, là ?
— Une super jolie fille ?
— Ben, attend, elle est sexy !
SEXY ? Il vient de dire ça, lui ? Qu'est-ce que t'attend pour lui remettre les idées en place ?
Je sers les dents.
— Ouais, chacun ses goûts.
— *Équipe du lac, bracelet activé.*
Pas trop tôt !
— Redis-leur, pour la cabane.

— Oui, chef, grommelle Tan. Nickel. Declan veut que vous alliez à la cabane.
— Mais enfin, pourquoi tu leur as dit que ça venait de moi ?
Tan se marre.
— *Oui, on a compris. Emmett a passé le message,* répond Wax.
— Tant qu'à faire… Il fait bien son boulot, lui ?
— Pas sexy, hein ? réplique mon pote. Emmett a envie de sortir avec elle. Ça ne te gêne pas que je lui donne un coup de pouce ?
Pff, ce minus n'a aucune chance avec Wax.
— Mais non. S'il veut fréquenter une fille têtue et violente, qu'il le fasse.
— Parfait, dit-il en tendant son poignet pour activer le bracelet. Tout est affaire de transmission. C'est le seul message qu'il t'a passé ?
La réponse se fait attendre. *Il aide un autre à courtiser Wax. Et tu le laisses faire sans réagir ? Sérieux ? Fous-lui une mandale !*
Ça dure. Je vais pour activer mon bracelet quand elle répond :
— *Emmett s'est fait griller le tour par Silas.*
Silas ? C'est une blague, c'est un de mes potes ! Tu l'as cherché, crétin. Tan se marre en voyant ma tête et transmet :
— Le pauvre.
— *Les pauvres,* rectifie Wax.
Elle a dit non aux deux. *Ça soulage !* Non, je n'en ai rien à faire. C'est son ex, au Netra. *C'est ma femme !*
— Je suppose que ce n'est pas le bon matin pour fixer un rencard ?
Je dévisage Tanaël et secoue la tête.
— Ne fais pas ça, mec. Je vais te foutre une tarte, si tu fais ça.
Mon pote me défit en réactivant son bracelet :
— Alors, bon matin ou pas ?
Il y a encore un temps d'attente pour la réponse. Tan s'arrête. On est à la limite de leur portée. Enfin, elle répond :
— *C'est un beau matin, mais pas le bon. Peut-être un autre, on ne sait jamais.*
La tête que fait mon pote ne me plaît pas, mais alors pas du tout. Il sourit beaucoup trop en lui répondant d'une voix suave :
— Je note. On ne sait jamais.
Je le choppe par le col et le coince contre un arbre. Tan soutient mon regard. *Merde ! Pas lui, putain ! De quel droit t'oses flirter avec ma femme ?*

— Tu te fous de ma gueule ? C'est mon ex, Tan ! Tu es mon pote ! Ça ne se fait pas !
— Tu déconnes ? T'as couché avec Irin et Magda, je te rappelle.
— Tu m'as dit toi-même que ça n'avait pas compté, avec elles !
— Vrai. Ça veut dire que Wax compte pour toi ?
— Évidemment qu'elle compte. Tu es con ou quoi ?
Je le lâche. Mon pote sourit :
— Je ne savais pas trop. Elle compte aux coupoles normalement, pas ici. Ce qui se passe là-bas reste là-bas.
Je déglutis. Il a raison. *Non. C'est ma femme, et la tienne aussi. Pour mémoire, avant que Doc ne te retourne le cerveau, tu étais d'accord avec ça.*
— Désolé de t'avoir poussé.
— Bah, je l'ai un peu cherché. Mais tu sais, on a passé un peu de temps ensemble. Et Wax a un truc spécial. Je veux dire par là que c'est le genre de fille que t'espère retrouver entre deux missions, en régulière, sur le temps de service.
Il va se taire, oui ? Dis-lui de la fermer !
— Tan…
— Laisse-moi finir. Je ne lui demanderai pas de sortir avec moi dans le futur, et je refuserai même si elle me le demande, à une condition : que tu arrêtes réellement de voir Gwen.
Avec grand plaisir ! Je vote pour l'esquive de Pia-Pia !
Je reste le regarder. Rien qu'à évoquer Gwen, ma vue redevient classique et je dois plisser les yeux pour distinguer Tanaël dans le petit matin.
— Comment tu sais qu'on continue à se voir ?
— Elle me l'a dit. Et pour être honnête, je crois qu'elle ne t'apporte pas ce que tu cherches vraiment.
Pas si con, finalement, ton pote.
— Et qu'est-ce que je cherche, à ton avis ?
— Parce que tu l'ignores ?
— Gwen m'a beaucoup aidé, Tan. Arrêter de la voir, ce sera dur.
— Si tu continues à aller la voir entre deux nanas, elle va s'accrocher à toi, encore et encore. Gwen est comme elle est, mais aucune fille ne mérite qu'on la traite de cette façon. Plaque-la pour de bon ou prends-la en régulière.
Elle chasse l'agent. Il ne l'aime pas. C'est la seule qui le chasse aussi bien.

— Tu ne sais pas ce que tu me demandes de faire, Tan. Gwen me file un coup de main pour reprendre pied, quand ça ne va pas. Tu n'imagines pas comme c'est le bordel dans ma tête, sans elle.

Il serre le poing.

— C'est l'une ou l'autre, mec. Si tu aimes Gwen...

— Je ne l'aime pas. Elle m'aide, tu comprends ?

— Pas du tout. Si tu n'arrêtes pas ton histoire avec Gwen, je drague Wax jusqu'à ce qu'elle craque. Tu l'as entendu, elle m'a laissé une ouverture. C'est plus que ce que les autres ont eu jusqu'ici depuis Antho. Je ne laisserai pas passer.

Je lui retire toute ma sympathie s'il sort avec elle.

Il n'est pas sérieux. Il n'est pas sérieux ! Putain, si. Il est sérieux. *Ne le laisse pas faire. Je t'en prie. Ça te fera du mal autant qu'à moi de la savoir avec lui. Pense à Antho. C'était déjà dur alors que ce n'était pas un ami à toi, mais si elle dit oui à Tan ?*

Et merde.

— Ne sors pas avec elle.

— Je veux ta parole.

Merde, il fait chier !

— J'arrête de voir Gwen. C'est promis.

Il reste silencieux. *Quoi encore ?*

— Je ne coucherai plus avec elle, d'ac ?

Il pince les lèvres et m'évalue avant de tendre son poignet :

— Wax, c'est Tanaël. Pas de malentendu, hein ? C'était pour un pote, le rencard.

— *Pas de malentendu. Tout va bien.*

— Rassure-moi, ce n'était pas un coup monté pour me faire arrêter de voir Gwen ?

— Non. Si elle avait accepté tout de suite le rencard, je ne t'aurais même pas proposé de deal. Et si tu ne tiens pas parole et que tu retournes avec Gwen, je saisirai la chance qu'elle me laisse.

— Pourquoi, mec ?

Tan secoue la tête :

— Si tu ne comprends pas, c'est que tu es vraiment pommé, mon pote. Allez, viens, on est en retard.

À vous

J'espère que vous avez apprécié vos retrouvailles avec Wax et Declan en mode ennemies to lovers !

Dans ce tome, mon petit cœur de romancière a souffert de leur relation branlante. Néanmoins, la séparation était inévitable. Les hésitations de Wax, autant que ses certitudes, ne lui permettaient pas d'être la personne dont Declan avait besoin pour se retrouver et vice-versa. Hanté par son enlèvement et ses conséquences, il devient une vraie tête à claques jusqu'à se retrouver, et on adore le détester.

Faire apparaître les faucheurs a été la partie la plus satisfaisante pour moi. La menace, voilée dans Netras, devient concrète dans le désert. J'ai particulièrement aimé travailler la dynamique des combats, même si je n'ai pas laissé beaucoup de chances de survie aux ennemis de nos personnages principaux.

La préparation de ce deuxième tome a été plus fastidieuse que prévu. Être écrivaine indépendante demande de porter de nombreuses casquettes auxquelles je ne suis pas encore rodée ! Ici, je remercie mon formidable mari et mes deux filles. Leur tolérance est mon meilleur atout au quotidien, lorsque je me plonge de longs jours dans les méandres de l'écriture, de la relecture, de la correction, de la création... Cœur sur vous.

Merci aussi à mes fidèles bêta-lectrices, Manon, Caren et Émilie, pour ce tome. Vos retours ont chamboulé cette suite pour son bien.

Et toujours, à toi, lectrice, lecteur, merci de vivre cette aventure avec Wax et Declan. Rendez-vous en 2025 pour la suite !

À vous, l'aventure continue.